中短篇 小說集

열 명 길

朴常隆 作品集　Ⅰ

1986

차   례

다시 만날 박상륭

이　청　준

그가 떠날 무렵의 일들이 생각난다.

박상륭은 부인이 먼저 카나다 병원으로 취업 이민을 떠난 후 그의 佳作 「詩人一家네 겨울」에 나오는 정엽처럼 금호동 골짜기의 한 음습한 셋방구석에서 커다란 수쾨양이 한 마리와 함께 별나게 다정스런 홀아비 생활의 몇 달간을 보냈다. 그러나 어언 자신의 출국일이 가까와졌을 때 어느 날 밤 그는 그 고양이를 품에 안고 약수동 우리집 셋방을 찾아왔다. 〈너한테밖엔 이놈을 맡기고 갈 데가 없어 왔다.〉 당시로선 제법 고가에 속하던 인삼주 한 병을 예물(?)로 내놓으며 각별히 후일을 부탁했을 만큼 그로선 여간 정이 든 놈이 아니었다. 그가 외출에서 밤늦게 돌아오면 아궁이 불기에 털을 태우고 재범벅이 된 몸뚱이로 잠자리를 함께 파고들기 일쑤요, 그걸 상륭이 조금이라도 꺼려하는 눈치면 금세 토라져서 심통을 부려대곤 하는 놈이었다니까. 나는 물론 그 누더기뭉치 같은 몰골의 험상스런 녀석을 떠맡을 수밖에 없었다. 녀석에 대한 그의 촌놈다운 情誼 때문이었다.

하지만 이제와서 상륭의 부인이 그 일로 새삼 그 고양이녀석을 질투할 필요는 없을 것이다. 왜냐하면 그 무렵 상륭은 그의 부인을 위하여 분명한 알리바이를 남겨 놓았기 때문이다. 바로 그 얼마 전, 상륭은 이 땅에서의 마지막 작품으로 「7일과 꿰미」라는 꽤나 긴 중편소설 한 편을 탈고하고 있었다. 외로운 바닷새 부부의 사랑 이야기였다. 시커먼 얼굴에 투박스런 말투와 행동거지, 거기다 언제나 짓궂게 비틀리고 기상천외한 사건들이 거침없이 감행되는 그의 종래의 소설들과는 전혀 격이 다른 고운 작품이었다. 〈이제 마지막이 될지도 모르는데, 소설쟁이가 제마누라 사진이라도 한장 찍어 줘야겠더라.〉 어째 소설이 좀 다르다는 소리에 그가 쑥

스러워하지도 않고 큰 소리로 내지른 대답이었다. 고양이놈에 대한 알뜰한 정의는 결국 먼저 떠나간 그의 아내에 대한 작자의 그리움과 사랑의 누출인 셈이었다.

상룡은 어쨌거나 그렇게 떠나갔다. 그리고 나는 이제 그것으로 그가 우리 작단에 깊이 박아두고 간 토색적인 언어와 원형적 삶의 소설 말뚝들도 더 이상 늘 수가 없게 되었거니 하였다. 게다가 누구보다 결이 안 다듬어진 그 남도 야성이 반질반질 틀이 잡힌 그 동네에서 얼마나 버텨낼지가 의문스럽기도 하였다.

하지만 나의 그런 예상은 두 가지가 다 빗나가고 있었다. 얼마쯤 뒤부터 작자는 노트장에다 4백자짜리 원고지칸을 촘촘히 그려넣고, 거기다 깨알같이 작은 글씨로 소설을 써넣어 줄기차게 우송을 해 오고 있다는 것이었다. 「7일과 꿰기」가 마지막 소설이 될지도 모른다던 소리는 결국 위인의 허세나 엄살이 되고 만 셈이었다. 다시 한번 그의 순수한 뚝심에 실없는 실소를 흘리게 되면서도, 한편으로는 글장이로 태어난 자의 외로운 숙명에 고개가 끄덕여지지 않을 수 없었다. 뿐만 아니라, 생활에 대해서도 그는 제법 잘 적응을 해 나가고 있다는 소식이었다(그가 맡기고 간 고양이녀석이 새 주인을 사귀기도 전에 가출해 나가 버린 바람에 나는 이후로 편지조차 맘대로 못 하고 있었다). 아마 부인의 주선으로 해선지, 병원 시체실 청소부 노릇으로 제법 자리가 잡혀 가는 터이라고.

한데 그에 대한 이런저런 일들은 몇 년 뒤에 그가 다시 문득 서울 거리에 나타남으로써 어김없는 사실로 밝혀지고 있었다. 1975년 여름께. 역작 『죽음의 한 연구』를 끝낸 박상룡은 더 이상 혼자 참지를 못하고 허겁지겁 작품 출판을 위해 서울로 달려온 것이다. 나는 광화문께의 한 술집에서 그를 만나 취한 김에 터놓고 그에게 물었다.

「어떻게, 이젠 일자리를 좀 나은 데로 옮겨 볼 요량이 없어? 시체실 청소부라니 어디 그거 오래 할 노릇은 못 되지 않나 말이다.」

「아니, 전혀 그런 생각 없다. 그 자리가 내겐 최고로 편하다.」

그는 여전히 시골놈이 억지로 배운 서울 말투로 자랑스럽게 말했다.

「첫째로, 내 자린 그곳 놈들이 아무도 탐을 내어 넘겨다보는 놈이 없으니까 쫓겨날 염려가 없어 안정성이 최고고, 둘째론, 일거리가 많지 않아서 내 시간을 많이 낼 수 있어 좋다. 거기다 또 그 뭐냐…… 청소가 끝나면 시체실 문앞에 걸상을 내놓고 햇볕을 쬐고 앉아서 책을 읽거나 때로는 정신없이 나대나 옷깃이 흐트러진 여자들 속살 구경을 하는 것도 보통 재미가 아니고……」

꺼림칙해하거나 민망스러워하는 기미가 조금도 없었다.

「그럼 앞으로도 우리 말 소설은 계속 쓸 테냐?」

나는 내친 김에 그의 소설에 대한 생각까질 마저 물었다. 그가 새 작품을 써들고 온 것을 알면서도 부러 시큰둥한 단서까질 덧붙이면서였다.

「실제 삶의 마당을 떠나 버린 말로 너 혼자 거기서 소설을 쓴다는 게 무슨 뜻이 있을지 알 수 없어 하는 소리다. 하긴 아마 너는 언제까지나 네가 떠나간 60년대 말기의 한국말로 소설을 쓰게 될 테니, 거기서 순수한 60년대 한국말(혹은 삶)의 화석의 가치는 찾을 수가 있겠지만, 그리고 네가 떠나가 있는 거리만큼 더욱 더 선명하고 절절한 향수를 담을 수도 있겠고……」

하지만 나는 그 물음조차 다 끝낼 수가 없었다. 그가 갑자기 고릴라처럼 화를 내며 큰 소리로 고함을 쳐댔기 때문이었다.

「뭐가 어쩌고 어째? 너 지금 나더러 소설 그만두라 그 소리를 하고 있는 거지? 가만있어! 지금 나하고 네 집으로 가자. 가서 네놈의 박힌 귓구멍을 좀 뚫어 줘야겠다. 내 이래뵈도 돈깨나 지니고 왔다. 그 돈이 네집에서 다 떨어질 때까지, 네놈의 머릿속 물정이 틀 때까지, 일주일이고 이주일이고 그걸 말해 주마.」

나는 그의 서슬에 그만 기가 질리고 말았다. 그래 다시 작자를 달래면서 단자리에서 간신히 화를 풀게 하였다. 다름아니라 그는 실상 그곳에서도 여전히 우리와 다름없는 삶을 살고 있으며 그 삶에 그가 대응해 나가는 길도 그의 말(우리 말)의 질서와 사고로 해서라는 것, 그러니 거기서 태어날 소설도 좀 특별한 경우에 처해진 우리 말 소설일 수밖에 없지 않으냐는 것이 그날 밤 그가 화풀이 겸해 한 이야기의 대충 줄거리로 기억된다. 거기다 그와 나 사이에선 제 땅을 멀리 떠나 있는 자의 이점, 이를테면 떠나 있는 자의 객관적 시선이라든가 포괄적 전체성 같은 시답잖은 소리들이 위로삼아 길게 오가고 있었던 것으로 기억된다. 한 마디로 그는 계속 한국 사람으로 〈한국〉 속에 살고 있었고 앞으로도 그러리라는 것을 필연의 숙명으로 선언한 것이었다. 그러니 그는 당연히 우리의 삶에 대한 우리말 글을 써야 했고, 우리의 삶 속에 우리의 글장이로 살아갈 수밖에 없는 것이었다.

상룡은 그러고 나서 다시 카나다로 떠나갔다. 그리고 다시 십수 년. 그러나 그가 떠나가고 난 이 십수 년 동안도 내게선 그가 아주 떠나간 것이 아

니었다. 내 방 한 구석 서가 위에서 두 권의 책으로 그가 계속 남아 있어
온 것이다. 한 권은 그가 이민길을 떠난 뒤 계량이 없는 위인에게서 술을
많이 빼앗아 먹은 비평장이 김현 일당이 신세갚음으로 그의 중단편을 묶어
낸 『朴常隆小說集』, 다른 한 권은 그가 이민지에서 써 보내와 출간한 『죽
음의 한 연구』. 그런데 이 두 권의 책들은 그저 먼지나 뒤집어쓰고 서가
에 얌전히 박혀 있는 게 아니라, 때때로 나를 썩 불편하게 해 오는 이상하
게 거북스런 존재들인 것이다. 그 책 속의 소설들이 내게 자꾸 말을 걸고
간섭을 해 온 때문이다. 그의 소설은 먼저 죽음에 대해 내게 말해 온다.
박상룽의 소설엔 그가 마침내 『죽음의 한 연구』라는 작품을 냈을 만큼 이
젠부터 곳곳에 많은 죽음이 횡행했다. 어떤 것은 아예 죽음의 그림자로
빚어져 태어난 듯한 작품도 허다하다. 그 죽음의 양식과 충격, 삶에 대한
기능과 의미, 그것들이 끊임없이 내게 말을 해 오고 간섭을 해 오는 것이
다. 왜냐하면 죽음은 우리가 그것을 어떻게 이해하고 대응해 나가느냐 하
는 정신적 태도에 따라 우리의 삶과 문화의 한 기본적인 양식의 틀로 결
정되며, 상룽이 그래서 거기에 관심을 기울여 온 만큼 나도 또한 적지 않
은 수의 작품을 죽음으로 배경해 놓고 있는 까닭에서다. 다음으로 나를
편치 않게 한 것은 그의 소설들의 괴로운 갈등이다. 박상룽은 원래 남도
시골 태생이다. 그런 만큼 그의 유년의 경험 세계와, 그것에 밑받침된 정
서의 밑바닥도 매우 원초적이고 직정적인 세계의 그것들일 것이었다. 충
동적이고 주술적인 사건들이 함부로 출몰하는 그의 작품들의 일차 현장
분위기는 그의 그런 의식의 바탕을 그대로 드러내 보인 것이라 할 수 있
으리라. 그런데 시골나기 글장이들이 대도시의 조직적인 생활 질서에 접
하면서 대개 다 겪게 되듯 박상룽도 필경은 그의 소설에서 자기 내부의
비이성적 충동과 혼돈의 세계를 논리적 이성으로 질서화함으로써 그것을
극복하려는 욕망을 드러낸다. 그리하여 그는 자연히 이성의 실체격인 〈말〉
의 기원과 본질·기능 들에 깊이 탐색하고 그럼으로써 적지 않은 성과도
거둔다. 그러나 한편 그는 끝끝내 자신의 피 속에 녹아 흐르는 생래적 정
서의 충동, 혼돈스럽고 주술적이기까지 하면서도 보다 근원적인 생명력이
꿈틀대는 원형적 체질까지를 아주 바꿔 버릴 수는 없다. 그는 이성과 논
리를 꿈꾸면서도 때로는 그 토속적 원형적 자아에의 향수 때문에 그가 소
설로써 지향해 가고 있는 질서의 세계에 대해 본능적인 복수심을 억누르
지 못한다. 그리고 그는 다시 자신의 복수심을 달래 재우기 위해 더 많은
괴로움과 인내를 감당한다. 박상룽의 문장이 짓궂게 꼬이고, 그러면서도

vi

그것이 몸이 떨릴 만큼 아프게 찔러 오는 것은 그의 그런 복수심과 갈등 때문이 아닌가 생각된다. 원죄의 형상과도 같은 유년기적 자기 원형에의 향수와 그로 인한 어쩔 수 없는 질서에의 복수심, 그러나 그 복수심을 조용히 잠재우고 언필칭 창조적 자아로 지양해 나가야 하는 글장이의 갈등…… 그의 소설들은 그런 식으로 나를 괴롭혀 온 것이다.

하기야 어쩌면 이 모든 것이 그와 내가 같은 촌놈이라는 데서 비롯된 나의 일방적인 선입견과 독단적 오독의 결과인지도 모른다. 하지만 내가 그의 소설로부터 그런 괴로움을 당해 온 이상엔, 그리고 앞으로도 그럴 각오라면 나로서도 여기서 그에게 어떤 조그만 저주쯤 보낼 권리가 있을 것이다. 이제 그 달갑잖은 저주의 말 몇 마디로 작품집 출간에 대한 나의 덕없는 축의를 대신하고, 이 글을 그만 여며야 할 것 같다. 다름아니라, 상룡은 이 책을 내고 나서도 그 복수심과 자기 갈등에서 여전히 해방될 수가 없기를 바란다. 그가 어느 한쪽으로 조화를 이룩하여 그의 삶과 소설이 편해질 수 없기를 바란다. 혼돈스러우면서도 아름답던 유년적 삶에의 향수와 질서·조화·자기 학대 따위의 공리적 이성적 문학 욕망 사이에서 어느 한쪽으로도 귀착하지 못하고 그의 내면의 복수심과 갈등이 끝없이 깊어지고 무거워져 가기를. (안에 있거나 떠나가 밖에 있거나 그것들은 어차피 글장이가 짊어져야 할 숙명의 천벌과도 같은 것이니까.) 그리하여 그 자기 복수심과 갈등에 못 이겨 끝내는 그가 또 한 편의 소설을 써들고 다시 한번 날 살려라 허겁지겁 숨이 차서 내달려 오기를. ──그가 없는 땅에서 맘놓고 빌어 본다.

〔1986. 6〕

2月 30日

「선생은 지금 어떤 걸 생각하십니까?」 A씨가 불쑥 나에게 물었다. 나는 사실로 말을 하자면 A씨의 발가락을 심지로 해서 불을 붙여보고 싶은 충동을 느끼고 있던 참이었다. 「나요? 난 별로 생각하고 있는 게 없읍니다.」

「나는 이제껏 수없이 말해 왔었지만, 지금도 그 왕자(王子)의 생각을 하고 있읍니다.」

「흙 속에 목까지 묻혀서 백년인지 천년인지를 살았다는 그 사람 말씀이죠?」 나는 그가 눈치를 채고 이야길 중단해 주었으면 하고 좀 빈정거리며 말을 주었다. 〈선생은 지금 어떤 걸 생각하십니까?〉──이것이 그가 이야기를 꺼내는 첫마디가 된 때문이다. 「마녀가 주술(呪術)을 걸었다죠? 나도 그것쯤은 알고 있읍죠.」 나는 계속해서 말해 주었다. 「나는 그런 동화(童話)보다는 발가락을 생각하는 게 낫다고 믿는다니까요.」

「그런데 참으로 그 주술을 풀어 줄 공주(公主)가 왔을까요? 공주인지 누구인지, 하도 까마득한 옛날에 읽은 것이 되어서 밑도끝도 기억엔 없읍니다만, 어쨌든 난 그것이 궁금합니다.」 나는 대답하지 않았다.

「그 이야기에 의하면 구해 주러 왔었단 말입니다.」 그는 명랑한 음성으로 자기 질문에 스스로 결론을 지었으나 나는 듣기도 싫고 말하기도 싫었다. 나는 홑이불자락 밖으로 비죽이 나온 그의 발가락을 쳐다볼 뿐이다. 그건 노란 전기불 빛을 받고 짓쩌들은 상아빛으로 아른아른해 보였다. 「어쩌면 흙이 아니고 무슨 얼음으로 된 병 같은 게 아니었을까요?」 나는 눈을 돌려 내 몸에 시선을 주었다. 몸은 홑이불이 덮어져 있어 해수욕장의 모래 속 생각이 났다. 모래를 젖꼭지까지 덮고 가만히 내려다보면 내가 무슨 지렁이나, 아니면 모래 속에서 솟아나온 나무둥치 같은 기분이 들었

다. 나무둥치와 잎은 어떻게 자기의 보이지 않는 뿌리를 인식할 수 있을
까, 지렁이는 땅속으로 기어들면 자기의 실체를 어떻게 수긍할 수 있을까
——그런 것이 갑자기 걱정스러워지곤 했었다. 그래서 난 몸을 움직여 보
려고 한다. 잘 움직여지지 않는다. 힘있게 떨치고 일어나는 것은 생각뿐
이다. 그러나 생각도 이젠, 모래 속에 파묻힌 몸뚱이처럼, 반복해서 생각
하는 동안에 생각이 부스러진 모래 속에 묻혀 움직이지도 않는다. 나는 다
시 A씨의 발가락으로 눈을 준다. 드러내진 것이라곤 발가락뿐이다. 그는
아무리 추운 겨울이라도 발을 이불 속에 넣곤 잠을 못 잔다는 것인데, 「돈
좀 벌어 보겠다고 미친 듯이 쏘다니다 밤늦게 잠자리에 들면 발이 타는 듯
열이 나고 해서 내 놓고 잔 것이 그만」 버릇이 되었다는 것이다. 내가 A
씨의 발가락을 보며 성냥을 켜대고 싶다고 생각하는 동안에도 그는 계속
말한다. 「선생이나 너가 걸리게 된 이 고약한 병(病)은 몇 천년 전부터 있
어 왔던 것이 확실합니다. 그 당시엔 이 병을 마녀의 주술이라고 생각한
모양이었읍니다.」A씨는 이 병에 대한 미발표의 고찰이라도 했다는 투로
말하곤 했다. 「사실 산것이라면 그 주술에 얽매인 바 되어 있지만 말예요.
안 그래요? 우리 같은 사람들은 그 주술을 희생적으로 나타내는 사람들이
지만 말입니다.」때때로 A씨는 모든 사람의 십자가를 대신 지고 끙끙댄
다는 영웅주의에 사로잡힌 듯이 보였다. 「글쎄 생각해 보시오, 그들이 깨
닫질 못해서 그렇지.」그리고 A씨는 말을 좀 중단한다. 이건 내 생각이
지만, 그는 그때 자기의 고통 속에 돌고 있는 영웅의 피에 자신을 흠뻑 담
그고 있는 중이었다. 「그 피 속에서 익사나 해 버려라.」하고 속으로 내가
욕설을 뱉고 있노라면, 그는 어느덧 소시민(小市民)의 음성으로 이야길 계
속하고 있다.
「오늘날의 의학도 이 병만은 마녀의 주술에 의한 것이라고 설명한단 말
예요. 선생도 그랬었다고 들었읍니다만 구역질과 열을 좀 느끼고, 두통을
참아 보다가 누워 버렸더니 흙이 발가락 끝부터 덮이기 시작했단 말예요.
난 그 흙을 눈으로 본 듯이 느꼈다니까요. 발가락 끝부터 부자유스러워지
더니 허벅지로 허리통으로 막 덮여 올라왔읍니다.」
「그건 흙이 아니고 무슨 얼음으로 된 병 같은 것이 아니었을까요?」나는
간호원이 나타나게 되면 A씨의 발가락을 덮어 씌웠으면 좋겠다고 말하리
라고 결심했다. 나는 내 몸에 대한 실감이 들지 않으면 A씨의 몸을 건너
다보았는데 번번이 혐오감을 느끼고 눈을 돌리게 마련이다. 나는 내 발
가락을 A씨의 병상에 놓고 건너다본다. 그것은 분명히 내 것이었다. 피

같은 건 돌고 있는 것 같지도 않고, 더우기 움직일 수도 없다. 드러내진 나무 뿌리처럼 거적의 길이가 짧아 햇빛을 쐬는 강가의 익사체의 발가락처럼 거기에 있다. 그것이 내것이다. 나는 구역을 참으며 다시 눈을 돌렸다. 여태도 내 몸은 흰 무덤 속에 누워 있다.

「의사들은 뭐 길란-바레 (Guillain-Barre) 라고 하는 마비 (麻痺) 라고 합디다만. 마비라니오? 엉터리없는 얘기지요. 그럼 도대체 이 마비는 무슨 원인으로 오는 것이며, 병균의 정체는 무엇이냐고 나는 대들었지요. 그랬더니 의사는 웃으면서 항복했읍니다.」 나는 눈을 감았다. 시간은 아마도 상당히 흘러 자정은 넘은 것 같았다. 그래도 잠은 좀체로 오지 않는다. A씨는 이야길 하다가 잠들어 버리는 버릇이 있었는데, 이야기를 중조(重曹)로 해서 밥통 속의 산(酸)과 골통 속의 산이 중화되기 시작하면 코를 골기 시작한다. 그러나 나는 아무리 해도 잠을 들 수가 없어(이 병에 걸리기 얼마 전부터) 거의 뜬눈으로 밤을 새우곤 했다. 나는 A씨의 어떤 점에 대해선 감탄을 하고 있다. 그는 낙관적이기도 하지만 자기의 병이 즐겁기라도 하다는 표정을 갖고 있다. 나도 A씨처럼 어떤 기다림이나 꿈을 가져 보려고 애도 써 보았다. 그러나 그것이 내겐 체험이 되지 않았었다.

「의사의 대답이 말입니다. 〈그건 주술 탓입니다〉 그랬다니까요. 물론 직접적으로 그렇게 대답한 건 아니지만 말입니다. 글쎄 생각 좀 해 보시오. 아직까진 이 병의 원인도 균도 알 수 없다는 거예요. 뭐, 무슨 균이라더라? 하아 이것 참, 하여튼 무슨 균이 우리 같은 환자에게서 발견되긴 한다는 겁니다. 헌데 말입니다. 그게 반드시 우리 같은 환자에게서만 발견되는 것이 아니고, 다른 종류의 환자에게서도 볼 수 있다는 것입니다. 자, 그러니 그것이 주술에 옭힌 것이라는 말하고 같지 뭡니까? 그래 난 또 다부쳐 물었지요. 여, 여보쇼, 의사 선생!」 나는 아주 지루해졌다. 언제나 같은 얘기의 반복이란 것은, 같은 레코드를 쉴새없이 듣는다는 것이나, 스무 판 이상을 했는데도 마지못해서 다시 해야만 하는 장기나 화투처럼 맥빠지게 하고 지루하게 한다. 나는 무슨 다른 할일이 있었으면 하고 생각한다. 손이라도 움직일 수 있으면 책이라도 읽을 텐데. 그 문자도 본 적이 없는 폼페이판(版) 예언서라도 독파해 낼 텐데. 아니면 무슨, 내가 아직 기억해 내지 못한, 내 추억의 가장 벽촌(僻村)에 묻힌 어떤 놈이라도 끌어내었으면 하고 원한다. 뭐 아들과 같이 손을 잡고 만화영화를 보러 갔었는데, 또는 아내와는 어떻게 알게 되었는데, 강가에서 살던 어린 시절엔 무엇을 어쨌는데…… 그런 따위 추억이라면 샅샅이 몇 천 번이고 반복해서 그 수액을 짓쨌으므로 이미 말라 버린 나무토막에 불과하게 되었고, 줄 떨어진 깡깡이로 탄주되는 늙은 걸인의 밤노래가 되었다. 공상도 마찬가지였다.

「〈그렇다면 약이 있을 리도 없을 텐데 당신들은 주사도 하고 투약도 한단 말요. 눈 감기고 아웅 하는 거요?〉했더니 그는 화가 난 모양이었으나 눈을 감고 진정하더니, 〈그러나 백 명이면 아흔 명은 낫는 병이니까, 걱정하실 것은 없어요. 물론 급성기를 넘긴 환자에 한해서 그리고 그 자신에 대해 성의가 있는 환자에 대해서 하는 말입니다만. 글쎄, 급성으로 왔다 회복이 되 더디다고 해서 포기해 버리는 환자가 간혹 있거든요. 그리고 약은……〉하고 무슨 약명을 얘기했는데 잊고 말았습니다. 무슨 호르몬제(劑)라는 것만은 분명히 기억하고 있는데——. 하하, 그런데 말요. 그게 또 무슨 귀신얘기 같단 말입니다. 그 약을 써 보니까 환자의 상태가 좀 좋아지더라는 정도로 알고 있을 뿐 대체 그 약이 어떻게 작용하는가는 모른다는 거요. 이 이야기 역시 마녀의 장난을 증명하는 게 아니고 뭐냐 말입니다. 난 그렇다는 믿음이 든 때부터 마음이 아주 홀가분해졌답니다. 몇 천년인진 모르지만, 이 많은 세월을 격하고서라도 나는 그 왕자와 같은 몸의 후신(後身)이라는 생각을 가졌읍니다. 이런 연상은 뭔가 기다림 같은 것을 나의 공허하던 나날에다 가득 부어넣는 것이 되었읍니다. 나는 돈을 좀 벌어 보겠다고 실로 많은 세월을 눈코뜰 사이 없이 바쁘게 보냈는데, —— 뭐 몇 푼 못 했지만요——이만하면 중류쯤의 생활은 보장되었다는 생각이 들었을 때 난 왠지 좀 허탈된 기분을 느꼈지요. 갑자기 할일이 없어진 듯하고 돈이 무용한 듯한 생각이 들었읍니다. 난 그때 좀 당황했었지요. 헌데 비로소 난 지금 삶의 어떤 묘한 맛을 즐기고 있단 말입니다. 때때로는 빈들빈들 보내는 일도 나쁘지 않다는 말예요. 그렇더라도 동화 속의 그 왕자의 경우와 같이 이 사악한 마녀의 주술을 풀어 주는 어떤 이가 온다는 믿음이 없다면 난 이렇게 광란의 정신을 아편으로 잔잔케 하는 듯한 느낌을 가질 수가 없을 것입니다. 아시겠죠?」

나는 처음엔 A씨의 이런 이야길 들었을 땐, 「선생은 행복을 느끼고 계시는군요? 헌데 온다는 분이란 어떤 분이죠?」하고 물었었다. 요즈음도 늘 같은 대답이지만, 그때 그는 의미심장한 어조로, 「나도 처음엔 그것이 미심쩍었어요.」「믿음만 있었을 뿐이지 구체화된 어떤 대상이 없었거든요.」하고 말을 꺼냈다.

「글쎄 누가 그 주술을 풀어 주겠느냐 하고 두 달 동안을 생각했읍니다. 하

12

하, 그런데 말예요.」A씨는 유태교도가 되어 있는 나직한 목소리로 말한
다. 「무슨 꽃주일(主日)이라든가 뭐라는 주일에 환자를 문병온 예수교인들
이 있었읍니다. 일행 중엔 목사가 한 분 계셨었지요. 좋은 기회여서 난 나
의 그 의문을 그 목사님께 말해 보았읍니다. 난 벌써부터 전화로든 뭘로
든 어떤 목사에게 한번 물어 보려든 참이었지만 말예요. 그랬더니 그 사자
(使者)의 대답이 아주 적절하고도 훌륭했읍니다. 난 아주 만족스러웠죠.」
A씨는 〈사자〉라는 표현이 항상 마음에 든다는 식으로 그 단어를 사용했
다. 「듣고 계십니까? 헤헤, 난 그 후론 시간마다 기도를 하고 있단 말예
요. 나를 이 반죽엄의 흙구덩이 속에서 파 헤쳐 줄 그 분이 나에게 믿음
의 싹을 키우는 한 방법으로 나를 소명(召命)한 거랍니다. 아시겠어요?
자기를 믿고 의지하게 하기 위하여 나를 이렇게 만든 거라 이 말씀이란 말
입니다. 나를 택하셨다 이 말씀이야요. 아시겠어요?」그는 그것이 다른
사람에 대해서 우월감을 가질 만하다는 것을 믿고 있었다. 그런데 이 선
택된 인간이 꼭 한번 풀죽어 말한 적이 있었다.
「선생도 소명받은 분입니다.」
「네? 내가요? 나는 아닙니다. 절대로 그럴 리 없읍니다. 나는 어쩌면
악마가 쓰러 눕혔을 거예요. 난 아주 죄가 많은 사람이었으니까요. 실제
로 나는 악마의 수염을 내 뺨에 느꼈었다니까요.」내가 이렇게 분명히 말
해 주었을 때 비로소 그는 환한 얼굴이었었다.
　그런데 어떻게 된 셈인지, 그 뒤부터는 A씨의 견해가 여간 너그럽게
바뀌지 않았다.
「선생도 분명히 소명받은 분입니다. 물론이죠! 그러니까 선생도, 선생
도 말예요, 나처럼 기도를 해 보시오. 기도라는 건, 그건……」난 처음엔
의아했으나 점차로 A씨의 계산을——그는 타산적인 사람은 아니었지만
——알게 되었다. 그의 유치병적 영웅주의가 그 정점에 달한 탓이었다. 그
는 나를 자기의 신도로 만들려 했다. 내가 어떤 소명을 내 독자적으로 의
식했다고 치더라도 그때는 벌써 나는 간접적인 제삼의 신도가 되어 있었
을 것이다.
　나는 그러나 개의치 않았었는데, 그의 집요 탓에 오늘 밤엔 분통이 터지
고 말았다.
「선생도 말예요, 선생도……」
「혹시 선생께서는 〈도〉라는 토씨에 관해서 생각해 보신 적이 있읍니까?」
나는 고함치다시피 물었다.

「아니오, 그런 건 생각해 본 적이 없는데요.」그는 의아해하며 우물쭈물했다.

「그러시겠죠. 선생은 화장터에 가 보신 일이 있었읍니까?」

「그거야 집안에 노인이 있었던……」

「그럼 선생은 자식이라곤 그것밖에 없는 나어린 아들을 태우며 막걸리를 마셔 본 적은 있읍니까?」

「그런 일은 없었지요. 혹시 선생께서……」

「선생은 자기 집을 자기 손으로 태우고 불구경을 해 본 일은 있읍니까?」

「단연코, 그런 일이 있겠……」

「선생은 그 다 타버린 잿더미 위에서 된서리 내린 밤을 새워 본 적은 없었읍니까?」

「무, 물론, 어 없……」

「선생은 돌아갈 곳이 없어, 며칠 동안이고, 전신이 마비되어 쓰러졌을 때까지 그냥 어느 지점에서 서성거려 본 일은 있읍니까? 몸을 갖다 붙일 곳이 없은 적이 있었느냐 말예요? 있었느냐 말입니다.」

「없었지요, 없었어요.」

「……」

「난 아주 행복스런 가정이 건강해질 나를 기다리고 있읍니다.」

「선생은 언제까지나 살고 싶습니까?」

「그럼요. 사실 지금은 죽고 싶어도 죽을 수도 없잖느냐 말예요. 칼이 손안에 놓여 있다 해도 주술에 걸린 팔이 들어 줘야 말이지요. 난 살고 싶고 말고요.」

「그럼 선생은 타다 만 자기의 뼈를 주워들고 냄새 맡아 본 적은 없었읍니까?」

「하하, 그건 농담이시겠지.」

「선생은 이 건물이 불덩이가 된 걸 상상해 보신 적은 없었읍니까?」

「네? 부, 불덩이요? 이 건물이 말이요? 불덩이가 된다고요? 아아, 그, 그런 일이야 있을 수 없지요. 없고 말구요. 그런 건 쓸데없는 불안이에요. 그런 일은 없을 겁니다.」그는 늙은 똥개처럼 양미간에 주름을 잡았다.

「저쪽에 환자용 산소통이 보이죠? 산소통의 위력은 선생도 잘 아시죠? 어떤 면회인이 새고 있는 산소통 옆에서 담배에 불을 붙인다고 합시다.」

A씨는「끄음」하고 신음했다.

「이 큰 건물을 밤이나 낮이나 밝히고 있는 전기에 대해선 생각해 보았읍니까? 어떻게 어떻게 되어서 합선이 되었다고 생각해 보시오.」
「그렇게 되는 일이 백년 만에나 한 번씩 있는 게 아닙니다. 티끌만한 비화(飛火) 한 송이에도 큰 벽돌 건물이 끄을리니까요.」
「아아.」A씨는 할 수만 있다면 귀라도 막고 몸부림이라도 하고 싶은 듯했다. 「그, 그, 그만해 두시오!」
「선생 병상 옆에 있는 스팀이 보입니까? 아래쪽 어딘가는 보일러실이 있는 것입니다.」
「흐으으」
「저 소독된 의료 기구들이 보입니까? 저것들은 틀림없이 몇 백도인지 천도인지 모르는 고압솥을 거쳐나온 것입니다. 그런데 그 고압솥의 뚜껑이 기계화된 취급자의 권태와 피로감에서 온 부주의로 해서 약간 잘못 닫길 수도 있다는 것을 생각해 보시오. 이렇게 큰 건물이라도 다섯 개 정도는 날릴 수 있다는 겁니다.」
「흐흐으으흐.」
　확실히 내가 나빴다. 나는 그만둬야 되겠다면서도 그럴 수가 없었는데 사실은 내 속에서 산소통이나 고압솥이나 그와 비슷한 것이 터졌던 모양이다.
「그러나 그런 우발적인 일이란 있을 수 없지요. 그럼요! 그러기에 나와 같은 사람도 살고 있지요. 설사 그런 일이 일어난다 해도 선택된 인간은 불안해할 이유는 없읍니다. 나 같으면 그런 최후의 날이 빨리 왔으면 하고 기도하겠읍니다. 내가 만약 선생이라면 나는 도시락을 싸들고 소돔이나 고모라나 폼페이를 찾으러 다니겠어요. 그럼요!」
「후유우.」
　어쨌든 나는 속이 좀 후련해졌다.
　나는 다시 A씨의 발가락으로 눈을 주었다. 내 발가락이 거기에 죽어서 투명한 얼음 속에 비치되어 있다. 나는 그것을 보며 그가 뭐래도 다시는 말 같은 건 하지 않을 생각이었다. 그와 내가 같은 것은, 같은 전신마비병 환자라는 것뿐이다. 그래도 그것도 같진 않다. 그는 소명받은 병이며, 나는 저주받은 병이다. 그는 사비(私費)를 치르는 병이며, 나는 국비(國費)를 구걸하는 병이다. 아무것도 같은 것은 없다. 그래도 한 가지만은 물어보고, 그만둬야겠다는 생각이 든다. 어쩌면 그것은 그의 것이자 내 것인지도 모를 테니까.

「지금 내가 선생의 발가락에다 성냥을 켜 댄다면 누구의 것이 타겠읍니까?」
「아 그거야 내 발가락 아니겠오.」
　A씨는 얼굴을 찡그리며 땀을 뻘뻘 흘리고 묘한 콧소리를 하고 있었는데, 내가 묻는 말엔 화를 터뜨리며 분명하게 대답했다. 나는 더 이상 말하지 않았다. 그것은 분명히 내 것은 아니었다. 난 좀 외로운 듯한 느낌이 들었다. 그건 형태는 내 것과 비슷하리라는 생각이지만, 내 것과는 전혀 다른 종류의 것으로 거기에 있어 왔던 것이었다. 나는 다시 A씨의 발가락을 보지 않으리라고 작정했다. A씨의 발가락은 A씨에게 잎을 피워주는 뿌리였다. 그의 발가락은 움직이는 것 같진 않지만 그의 기대의 땅을 깊숙이 파고들어가 열매를 맺게 할 그런 것이었다. 그는 어떤 분이 와서 구해 주겠지, 암튼, 이 유태교도에겐 그의 메시아가 나타날 게다.
　그러나 내 것은 끈끈이에 붙은 파리의 그것이다——라고는 해도 파리와도 같지 않다. 나는 파리처럼 날아 가려고 애쓰지는 않는다. 끈끈이에 붙은 것을 즐거워하는 것도 아니고 슬퍼하는 것도 아니다. 나는 이랬어도 그렇고 저랬어도 그렇다. 끈끈이에 붙지 않은 채 있었더라도 아마 마찬가지였을 것이다. 어디에나 어린것이——결혼한 뒤 십오년이나 지나서 얻은 자식이므로 뉘 아들놈인지는 나도 모르지만 그런 건 중요한 건 아닐 게다——타는 연기는 깔리고 있고, 어디에나 계집이 피우는 암내는 등천한다. 나는 만약에 할 수만 있다면 철도로 뛰어들거나 높은 건물의 옥상으로 오르게 될 것이다. 아직은 나는 그렇게 해서 〈고백〉할 만한 것을 갖고는 있다. 그것은 〈고백〉은 아닐는지도 모른다. 사는 것이든 죽는 것이든 그 구별이 명확해야만 한다. 나는 그 어린것의 작은 관 속에 나를 쑤셔넣고 그 초열(焦熱) 속에서 ㄴ를 증명했어야만 했다. 그러나 나는 외곽(外廓)에서도 남의 땅 이끼 위에 버려진 혼혈아처럼, 나를 데려다놓을, 떠나 버린 생활을 다시 파종할, 손바닥만한 터 하나 없다. 내 손 안엔 곰팡이 핀 빵떡 한쪽 없다. 나는 거지가 그의 전 재산을 우그려 쌓아가지고 나직이 매달고 다니듯이, 나를 온통 쌓아서 이 병상에다 메다꽂아 놓았다. 그러나 거지도 그의 신발이 발등밖에 덮지 못하게 되면 어느 모퉁이엔가는 버리고 마는데, 나는 그런 것까지도 오그려 쌓아가지고 왔다. 나는 여기에 있는 것이 전부이며 이것이 나라고 하는 모든 재산이며 이것이 나라고 하는 모든 과거와 현재이다. 그리곤 아무 군데도 아무 것에도 나의 것은 흔적까지도 묻어 있지 않다. 나는 오늘 여기에 있으니까 나의 전부가 여기에 있을 뿐, 내가 만약에 다음 순간에 어디로 가야 된다면 여기엔 아무것도 남아 있지 않게 될 것이다. 나는 나의 쓸모 없는 척추니 복숭아뼈니, 맹장이니, 회충이니 심지어는 대소변까지도 이 자루 속에 처넣어가지고 가야 한다. 그러나 A씨와 같은 어떤 사람들은 나와는 다르다. 확실히 다르다. 그들은 그들의 오물이나 쓰레기통만을 지고 다닐 뿐, 정작 그들의 심장은 어떤 곳에다 두고 다닌다. 지나간 시간의 뒤주 속, 또는 다가올 시간의 꽃망울 속, 아니면 그네들 아내나 자식이나 또는 신의 태 속에다 간직해 놓고 다닌다. 그들은 그들의 쓰레기를 뒤적이면서도 남겨 놓은 자기의 보석을 생각할 것이다. 그러나 나는 나의 전부를 뒤적여도 생각할 것이 없다. 나는 생선 대가리를 씹을 때면 유리쪽 같은 투명한 뼈조각이나 차돌같이 굳은 뼈를 추려내며 생각하곤 했었다. 이것들이 도대체 어디에 소용된 뼈들일까? 가지런하다거나 해서 한 전체를 질서롭게 할 것 같지도 않았고 어떤 귀여운 모양들을 갖고 있어서 생명이 그 몸 안에서 공기 놀이를 할 만한 것도 못 되고, 무슨 조직을 위한 필요에 의해서 그렇게 되어진 것 같지도 않았다. 그런데 그것들이 모여서 날씬하고 아름다운 한 모습을 이루고 있는 것을 내가 어떻게 이해할 수 있을까? 그로부터 얼마 후에는, 내가 그것들의 뼈를 보고 의아해한 것이 아니고, 바로 나의 것을 상 위에 추려 놓으며 그랬던 것이라는 걸 알게 되었었지만——. 나는 정말이지 다른 사람들처럼 간을 떼어놓고 다니다가 물속에 끌려들어간 토생원(兎生員)이나처럼은 생각할 것이 없다. 그렇다고 나는 개혁(改革) 이전의 돈주머니를 세며 소일하는 구두쇠처럼도 될 수가 없다. 나는 그 구두쇠의 변해진 모습과 흡사할 게다. 묵은 화폐에 눈을 가늘게 뜨던 그도 얼마의 세월이 지나면 다시는 그 묵은 화폐를 세며 새로운 화폐의 단위로 셈해 보는 따위 짓은 하지도 않을 것이다. 그것은 하지 않는 것보다도 지루한 일이 되어 버릴 것이기 때문이다. 그러나 그는 그 짓을 하지 않게 되었을 때 새로운 권태를 느낄 것이다. 아주 낯설은 권태가 그를 찾아와서 그가 묵은 화폐를 음미하며 한 자리에서 삼백 번도 세어 보았듯이 그의 털구멍에서 뇌 속의 주름까지를 세일 것이다. 그때 그는 뭘 할 것인가, 그 변해진 구두쇠는?

어느덧 날이 밝고 있는 모양이다. 밤을 지키던 간호원이 한번 순회를 한 뒤 한 시간은 지났다. 그녀가 나타났을 때, 나는 A선생의 발가락을 덮어 주었으면 하는 청 같은 건 하지 않았다. 나는 그의 발가락 따위는 까마득하게 잊고 있었다. 어쨌든 나는 한잠 자기나 해야겠다. 아직은 한잠 잘 피곤이 있다는 것이 내게는 위로가 된다. 의사나 간호원, 또는 그외의 사람들이 바쁘게 웅성거릴 땐, 나는 나로서도 그것의 정체를 알 수가 없는 집요로부터 도망쳐 나와 잘 잘 수가 있었다.

A씨의 발가락을 아주 낯설게 느낀 그때부터 나의 흥미는 변해졌다. 혐오를 느끼면서도 (항상 밖으로 나와 있는) 그의 발가락을 바라보면 시간은 어떻게 흐르든 흘러갔었는데, 이젠 그것이 나에겐 혐오의 대상도 되지 못한다. 그 발가락이 변덕장이였거나 내가 변덕장이였다. 어쩌다 눈이 머물면 지금도 그것은 가지런히 열 개가 천정을 향해 죽순처럼 솟아 있다. 이젠 불을 켜대고 싶은 심정이나, 웃고 싶은 기분이나, 침을 덮어씌우고 싶은 혐오감이나, 어떤 종류의 감정도 유발시키지 못하는 언제나 거기에 그 공간을 차지하고, 사차원에 사는 그것. 그러나 당분간은 뭘 보고 뭘 생각해야 할까 그것이 고통스러웠다. 간호원에게 부탁하여 내 발가락을 내놓기도 해 보았으나, 내 것은 보지 않은 것만도 못했다. 모든 발가락이 다 내게는 A씨의 발가락이었다. 보지 않았으면 그래도 내 발가락은 관념 속에선 살아 있었다. 몇 시간도 되지 않아서 나는 다시 간호원의 조력을 필요로 했다. 천정이나 벽이나, 낮 열두시부터 두 시간 동안 허락되어진 건강한 면회인들——하지만 그들에 관해서 관찰하고 판단하고 추측한다는 일 같은 건 신물이 난다. 이젠 아무것도 할 짓이 없게 되었다. 어떤 죄수의 도로(徒勞)——그런 것이라도 더없이 훌륭한 것이니 그런 것이라도 하나 있었으면 좋겠다.

날이 궂은 어떤 날, 그 중형을 받은 죄수는 컴컴한 독감방(獨監房) 한구석에 쭈그리고 있었다. 할 짓도 없고 시선 보낼 곳도 없어 바닥이나 보고 있는데, 그 습기찬 바닥에서 무엇이 팔딱팔딱 뛰고 있는 것을 발견했다. 그것은 벼룩이었다. 그는 그것을 잡아선 어떤 방법으로 죽이는 게 제일 그럴 듯할까 하고 궁리하다가 묘안을 생각하곤 싱긋이 웃었다. 그는 그날로부터 자기의 피를 덕여 가며, 신이 그의 권태와 고독 탓에 인간을 창조하고 자기의 영혼을 덕여 가며 자기의 꼭둑각시로 만들려고 했듯이 그 죄수는 벼룩을 자기의 인간으로 만들려 했다. 그리고 얼마의 세월이 흘렀는지도 몰랐다. 그런데 신은 인간에게 실패를 했는지 어쩐지 모르지만, 죄수는 그 벼룩을 자기에게 즐거움과 〈영광을 돌리는〉 신도로 만드는 데 실패하지 않았다. 그는 출옥이라든가 세상 일에는 관심도 없이 만족스러운 신으로 늙어지고 있었는데, 그가 사실로 출옥을 겁내게 되었을 때 그에게 출옥이 허락되어졌다. 그는 하는 수 없이 옛집으로 돌아갔다. 그리고 마누라와 회포도 풀기 전에 벼룩부터 내놓고 팔뚝의 피를 먹이기 위해 눈을 삼고 있는데, 그것을 발견한 그의 마누라가 표정이 없는 얼굴로 그것을 잡아 두 손가락 바닥에 놓고 무지막지하게 뱅글뱅글 굴리다가 눌러 죽여 버렸다. 그가 놀래서 고함을 쳤을 땐 벼룩은 영광스러웠던 입성만을 남겨 두고 타계한 뒤였다. 이 출옥수는 마누라를 마누라가 벼룩을 죽인 거와 같은 방법으로 죽여 버리고도 이를 갈아댔다. 그러나 감옥은 다시 그에게 세월을 주지 않았다. 그는 정신분열자였기 때문이라는 것이다.

병신 같은 자식! 에잇, 모자란 놈! 나 같으면 그 따위 벼룩은 출옥하기 전날 눌러 죽여 버렸을 것이다. 그것으로 끝이다. 그러나 나도 한방울쯤의 눈물은 흘려 주었을 것이다. 그것이 그 메마른 시간을 자기도 모르는 사이 보내게 해 준 동지에 대한 조의(弔意)의 전부다. 그런데 나는 벼룩같이 날쌘 놈이 아닌 이가 내 목에 기고 있대도 잡을 수도 없다. 벼룩이나, 빈대나, 이 같은 놈들이 A씨나 내 몸에 붙는다면 그것들은 여기가 에덴이라고 할 것이다. 불안 없이 피를 빨 수가 있다는 것에 대해선 그러겠지만, 포식을 하고 나면 녀석들은 전쟁을 찾을 게다. 「동쪽이 더 좋겠어!」 그렇게 생각하겠지. 「여기에선 먹고 착하게 잔다는 일밖에. 무슨 죄를 질 일이라도 없을까!」라고——. 그러나 나로 말하면 그것들 중의 어떤 놈이 하나 내 목을 뜯어 준다면 길들이는 일까지는 바랄 수도 없지만 그 가려움증에 대한 관찰 같은 것으로 당분간은 시간을 메꿀 수도 있을 것인데. 벼룩 뒷다리 박사쯤은 될 수도 있을 게다.

나는 다시 발가락을 생각하기로 했다. 그것이 꽤 오랫동안을 나의 대상이 되어 왔기 때문이다. 그러나 이젠 A씨의 것이 아닌, 홑이불 속에 묻혀 눈엔 보이지 않는 관념의 숲속에서 살고 있는 내 발가락을 생각하기로 했다. 애인에 대한 정성으로 내 발가락을 사모하기로 했다. 그래서 우선 나는 나의 온 신경을 모아 한번 움직여 보려 했다. 그래야 관념을 실체로 부각시킬 수 있을 것 같았기 때문이다.

안 되었다.

또 해 보았다.

그래도 안 되었다.

또 했다.

마찬가지였다. 한 시간쯤 후에는 나는 땀에 흠씬 젖어 있었다. 그것은 어쩌면 어처구니없는 싸움이었을지도 모른다. 실감이 되지 않는, 그러니까 차원이 다른 곳의 보이지 않는 어떤 것을 상대로 칼을 휘두른다는 짓은 도깨비불에 물을 끼얹는 용감한 며느리의 수고나 같은 것이었다. 그러나 나는 시간이 그렇게도 빨리 흘러 버린 것을 발견하곤 놀랐다. 젠장, 나는 왜 그것을 진작 생각하지 못했을까. 나는 대상이 없는 대상과의 승산 없는 씨름에서, 말하자면 그것의 허점(虛點)을 발견한 듯한 기분이었다. 나는 여기 십년을 누워 있든, 이십년을 누워 있든, 지금 생각으론 지루하지는 않을 것 같다. 나는 할일이 생긴 것이다! 나와 같은 사내가, 정말이지 나와 같은 사내가 활동적인 건강한 몸이었더면 어찌 할 뻔했나? 나는 내 몸을 마비시키기 위하여 송곳을 들어 발가락부터 차근차근 찔러대기 시작했을까? 아니면 죽는 방법이나 연구했을까? 난 어차피 지루했을 것이다. A선생, 당신의 이야긴 확실히 구성이 있었읍니다. 난 소명받은 사내올시다. 정말이외다. 나는 발가락부터 시작해서 창자나 허파나 머릿속의 혈관이나 머리털에서 다리의 털까지를 내 마음대로 움직여 보려는 중입니다. 그러는 동안에 나는 그 죄수와 같이 나 자신의 신이 되어 지내며 가치 있는 일을 하고 있다고 생각을 하다가 이 세상을 떠나게 될 것입니다. 나는 아뭏든 내 몸의 각 부분을 내 마음대로 할 수 있게 되면 그때 가선 이 벼룩을 어떻게 죽일까 궁리하게 되겠지만, 지금은 이 방법을 해 나가려는 것입니다.

그리고 한 달인가 석 달인가 반 달인가 얼마가 흘렀다. 그 전엔 나는 시간이 시간마다 흐르는 것을 거의 눈으로 보고 있었으나, 나의 방법을 생각해낸 뒤부터는 전혀 날짜 계산이나 시간 계산을 할 수가 없게 되었다. 대략 적당한 시간 간격으로 육십까지를 세면 그것이 일 분이 되었고 삼천 육백 번을 세면 한 시간이 되었고, 삼천 육백 번을 열일곱 번 세면 잠자는 시간을 건너뛴 하루가 가곤 했었던 것인데, 마비를 상대로 투쟁을 해 온 이후 대체 얼마의 세월이 흘러간 것인지 그것을 모르겠다. 나는 때때로 눈을 두리번거리며 어떤 잠들었던 나무꾼처럼 내 몸에도 낙엽이나 덮이지 않았나 찾아봐도 언제나 깨끗이 세탁된 환자용 홑이불이 덮여 있을 뿐이었다.

어쨌든 이 헤어 볼 수 없는 기간 동안은 A씨와 나 사이에 거의 이야기가 오고 가지 않았다. 눈 많은 땅은 삼동(三多)이 그와 나와의 사이에 가로놓여 있었다. 그의 창에서 내 창으로 새끼줄을 쳐 놓고 빙글빙글 돌려서 쌓이는 눈 속에 굴을 트지 않는 이상, 나는 그의 창이 동쪽인지 서쪽인지 분간할 수 없는 것이다. 나는 나의 양식을 내 벽 안에 간직해 두었고, 그는 그의 것을 그랬을 것이다. 때때로 나는 그의 앓는 소리 같은 것을 듣기는 들었었다.

「설마 설마 불이야? 그런 일은 없을 겁니다. 그렇지요? 그렇단 말예요! 아아, 그분이 저쪽에서 마차를 수리하고 있군 그래.」 이런 이야기였던 것 같다.

그런데 그와 나와의 마지막 밤에, 「올 것이 왔어요, Z선생! 올 것이 왔어요! Z선생, 올 것이 왔다니까요!」 A씨는 미친 듯이 떠들어대기 시작했다. 이 동안 그가 뚜렷한 상대를 두고 그렇게 떠든 적은 아마 없었다. 그의 부르짖음은 충분히 무덤 속까지도 메아리쳐 갈 만한 내용을 지니고 있었다. 나는 얼른 그이 쪽으로 눈을 주었다. 관심을 갖고 보니 그는 몰라 보게 변해 있었다.

「아니, A선생, 온다던 그분이 왔읍니까?」 나는 놀라서 물었다. 「정말 그분이 온 겁니까?」 나는 선의 있게 연거푸 물었다.

「예, 왔어요, 왔읍니다.」 이 축복받은 독실한 유태교도는 눈물을 흘리며 부르짖었다. 나는 정말 가슴을 죄이며 그의 다음 이야길 기대하지 않을 수 없었다. 어린이를 위한 동화나, 선인을 위한 동화나, 그것들이 동화에서 그쳤던 것은 아니었나보다. 나는 두근거리는 심정으로, 내가 언제나 도외시했던 세계에 대해서 너무 편견에 사로잡혀 있었다는 것을 후회했다. 나는 당분간은 이것 저것 다 그만두고, 오직 그 문제만을 생각해 보아야겠다고 마음먹었다.

내 귀에는 그의 흐느낌이 들려 왔다. 그러나 나는 그가 그 정도로만 기쁨을 표현하는 것은, 그가 너무 동정 많이 받아 온 거지 여편네 같다는 생각이 들었다. 나는 하영든 그의 흐득임이 진정되길 기다려서 이 기적에 관해서 자초지종을 물어 보기로 했다.

「나는 내일 바퀴 달린 긴 의자에 실려서 장지(葬地)로 가는 겁니다. 아시겠죠, 내 기분을?」

「예? 뭐, 뭐요? 뭐요?」 나는 움직이는 몸이었더면 병상 아래로 굴러 떨어지고 말았을 게다. 어지러웠다.

「그렇다니까요, Z선생. 가족과 의사 사이에 무슨 이야기가 오고 간 모양이었읍니다.」 그는 이를 한번 갈았다.

「그게 뭐 다른 거겠읍니까? 이왕 죽을 사람이니 집에 와서나 죽으라는 것이고, 집에 가서나 죽으라는 것이죠. 낮에, 선생이 잠들었을 때, 의사와 아들이 다녀갔지요. 매일 하던 식으로 발가락부터 쿡쿡 쩔러 보더니 신경이 통하지 않는다는 거예요. 회복은 말초신경부터 되느니 어쩌느니……」
그의 목소리는 차차토 위축되어 나중엔 알아들을 수도 없었다. 그는 뭐라
고 한없이 씨부리기만 했다. 나는 참을 수 없어 눈을 감아 버리고 말았다.
내게는 그의 심정이 잘 납득되지 않았다. 나는 다시 나의 고향집 마비의
처마 밑에 신발을 벗어 가지런히 놓았다. A씨에 대해서는 금방 잊어버릴
수 있었다. 그러나 열마 지나지 않아, 나는 깜짝 놀라 A씨를 지켜보아야
되었다. 그는 증오하는 눈으로 나를 보며,
「Z선생, 저 산소통은 언제 터지지요? 고압솥은? 전기는 왜 합선이 안
되고 보일러는 왜 가만히 있지요? 왜 그렇게 안 되느냐 말이요? 세계는
언제 멸망되지요? 언제 되느냐 말입니다.」 외쳐대고 있었다. 이 유태교
도는 색다른 메시아를 갈망하기 시작한 것이다. 미쳐 있었다. 나는, 내 발
가락은 움직이기 시작했다는 이야길 할까 말까 하다가 그만뒀다. 휴머니
티(?)한 의사의 자선적인 심정과도 다르다. 의사나 간호원들은 내 발가
락이 움직이고 있는 걸 알고 있지만 A씨에겐 이야길 하지 않는 게 자선
이라는 식으로 비밀에 붙이고 있는 걸 나는 알고 있다. 움직이는 발가락
이 어떻단 말인가. 다시 마비시킬 수만 있다면 나는 또 수고할 것이다.
그 죄수가 만약 종신형을 받은 죄수였다면, 어느 때엔가는 그 벼룩에게서
자기가 배워 준 모든 지혜를 빼내려 했을 게다. 그 따윗 것 그이에게 말해
뭣할 것인가.
　밤새도록 한잠도 곳 자고 흐득이던 그는 오전 열시쯤 바퀴달린 긴 의자
에 실려 나가 버렸다. 그의 마지막 인사는, 「아시겠죠, 내 기분을?」이었
다. 그 한마디뿐이었다.
「그러나 한난계는 한계점(영하 273도) 이하로는 더 하강하지 못합니다.」
나는 되는 대로 지꺼리고 있었다. 그는 나보다는 오개월이나 전에 하루에
팔백원씩이나 되는 입원료를 지불하고 입원해 있었던 사람이었다. 그는 무
슨 사장이라 했고, 뭐라 했고 또 뭐라 했다. 나 같은 전직 학원강사 따위
는 비길 바도 못 되는 소명받은 그는 소명에 좇아 실려가 버렸다.
　그의 발가락은 그때도 덮여 있지는 않았는데, 그때도 동짓달 죽순처럼,
무슨 당나귀 귀처럼 공중을 향해 열 개나 솟아 있었다.
　그런데 나는, 길들고 있는 나의 이 벼룩을 어쩌해야 할 것인가. 옴 도
비가야 도비바라 바리니 사바하.*

——略——

* 失明된 者가, 光明을 얻고자 할 때 외는 呪文이라 함

詩人 一家네 겨울

「이건 정말, 견딜 수 없이 쓸쓸한 저녁이다. 상처를 입고 참호 속에 처박혀 있는 기분이야. 전우를 찾아 보아야 시체밖엔 없고, 억양이 다른 말씨를 쓰는 병사들의 발자국 소린 머리 위에서 끊이질 않고, 초연만 자욱하고,」

정엽이는 안절부절 못하며 이렇게 중얼거렸다. 눈이 몹시 퍼부어 내리고 있다. 가까운 등성이 너머의 어느 주름에서 늑대가 짖고 있다.

「불이라도 좀 더 지펴 볼까?」정엽인 몸을 으스스 떨며 플래시를 집어들었다. 무엇이 문밖에서 기다리고 있을 것 같은 무서움이 자꾸만 든다.

「아직은 뭐 초저녁인걸.」

윗목에 벗어둔 고무신을 신으며, 정엽인 마음을 다져먹고 문을 열었다. 기다렸다는 듯이 눈 실은 바람이 사납게 달려들어 얼굴을 후려치곤 책상 위의 호롱불을 빼앗아 버린다. 한순간에 어두움의 모든 중력이 자기 한 점으로 쏠리고 있는 듯함을 느끼고, 정엽이는 숨을 헐떡이었다. 정엽인 한 번 더 으시시 떨곤 부엌으로 들어갔다. 얼마 전에 넣었던 장작이 벌써 거의 일그러지고 모닥만 조금씩 남기고 있었다. 정엽인 피곤스러운 듯한 느린 동작으로 잉걸불을 모으고 그 위에다 모닥을 주워 얹었다. 그리고 후우후우하고 입바람을 냈다. 불이 일자, 여름 동안 끄을린 검은 얼굴이 흔들리며 음울하게 나타난다.

「괜히 희 어밀 보냈지. 장인영감 회갑이 내일이니 보내지 않을 수도 없었지만. 검둥이(개)는 어디를 갔을까 대체나? 정든 줄 알고 풀어 주었더니 또 큰집에나 간 모양이지?」정엽인 옆에 누가 있기라도 한다는 듯이 말하며, 잘 마른 장작을 몇 개 더 쌓아 올리고, 덜 마른 장작으로 아궁을 빼곡 채웠다. 그리고 일쩍 잠이나 들어야겠다는 생각으로 부엌에서 나왔다.

그러나 잠들기엔 아무래도 마음이 안정되질 않은지 우두커니 서서 멀리로 시선을 보냈다. 내리는 수풀 저쪽에서, 오누이나 과부가 살고 있을 듯한 먼 산가(山家)의 창 불빛 한 개가, 조수에 밀려오는 감빛 낙엽 한장처럼, 스쳐여 왔을 뿐이고, 산의 요철(凹凸)도 분간되지 않았다. 잠깐의 사이를 두고, 눈바람이 또 쏴아하고 과수를 뒤흔들며 휘몰려 온다. 바람은, 한 등성이 너머의 늑대의 울음과, 세 등성이 너머의 암승(庵僧)의 목탁 소리와, 거기서 또 한 등성이 너머의 홀아비 숯굽장이네 화덕에서 익는 씨그름한 굴밤 냄새를 안아왔다.

「이럴 때로 봐선 과수원을 팔아 치웠던 게 좋았을 걸. 은퇴한 교장나리가 그렇게 욕심을 냈댔는데,」

정엽이는 새삼 과수원이 귀찮아짐을 느꼈다. 이삼 년 동안이나 수확도 별로 좋지 못했다. 그렇더라도 사과가 익을 무렵이면 밤에 잠도 제대로 이루지 못하고, 별 쳐다보듯 사과알을 쳐다보며 행복해하긴 했었다. 그렇게나 고운 사과알들이 모두 자기의 혼령이며 심장이라는 믿음이 들었었다. 햇볕과 산들바람과 대지와의 혼합감이 뼈끝까지 스며들어 정엽인 그것들의 젖 냄새를 감지할 수 있었다. 정엽인 그 때, 인간으로서가 아니라 바로 대자연 그것으로서의, 그리고 승화된 자로서의 삶을 살았던 것이다. 사과가 익는 철엔 정엽인 도통한 중놈이었다. 헌데 겨울이 되면, 과수는 잎 떨어지고 낙탁한 가지로 봄이 될 때까지 흐느껴 울며, 찾아 주는 사람도 없다. 밤은 어찌 그리도 지루하고, 낮은 어찌 그리도 울적한지, 가을까지 익어 왔던 행복과 자부는 잎처럼 떨어져 찬 땅에 구르다 썩어 버리고, 산 그늘이 시려서 발이 빨간 산비둘기나 날아와 거기 팽개쳐진 가난한 인간의 고혼을 쪼았다. 햇볕과 미풍과 대지는 떠나고 없었다. 허영을 잃은 아낸 소박하지만 정서가 없고, 아이들은 몇 살도 되잖아 벌써 저희들대로의 성(城) 속으로 들어가 버렸다.

정엽인 꺼질 듯한 한숨을 한번 쉬고, 마루에 쌓인 눈을 쓸어내기 시작했다. 바람이 불어다 놓은 것이었다. 생각으론 울적한 마음을 쓸어내 보자는 것이었지만, 싸악싹하는 비질 소리가 오히려 더 무서움을 만들어냈다. 이내 비질을 그만두고 바지자락에 묻었을 눈을 툴툴 털었다. 「누가 좀 와 주지 않으려나?」사람이 그리워졌다. 그러나 이런 밤에 누가 와 줄 것 같진 않다. 읍이나 마을은 삼 킬로보다 더 밀리에 있다. 제일 가까운 인가란 게, 읍과 과수원의 중간 지점쯤 되는 곳에 있는 물레방앗간이 기껏인데, 그것도 빈 날이 많았다. 물레바퀴가 얼어 버리는 철이 되면, 세 철을 지내던 방앗간 주인은 읍내 집으로 가 버리고, 대신 예순다섯 된 집 없는 성영감이 나무쪽을 주워다 방을 데워 지냈지만, 그도 너무 멀리까지 구걸을 가서 돌아오지 못한 날로는 방앗간은 상여집처럼만 보였다. 정엽이는 너무 쓸쓸한지라 그 성영감 생각을 잠깐 했다. 그가 이 밤엔 멀리 있는 아내보다 더 가까이 느껴지기까지 한다.

「이렇게 궂은 날엔 먼 동네까진 못 갔겠지. 저승길 재촉이나 마찬가지니까. 봉기라는 거지하고 화투나 치고 앉았을까?」 그런 늙은이일지라도 그리 멀지 않은 곳에 있다는 것이 위로가 되었다.

견딜 수 없이 추워져서 정엽인 문고리를 잡았다. 문을 열어야 하는 것이 무섭기까지 하다. 무엇이 불을 새파랗게 켜고, 아니면 무슨 빨간 손이 쇠뭉치를 들고 기다리고 있을 것만 같은 기분이 든다. 「여기서 뼈가 굵었는데, 왜 이렇게 싫어졌을까?」 정엽인 좀 스스러워하며 거칠게 문을 잡아당겼다. 그리고 플래시를 이리저리해서 방안을 샅샅이 훑어보고서야 신발을 벗었다. 아무 것도 기다리고 있지 않았다. 방바닥 어디에서 새는 연기가 매콤하게 코에 즐거웠다.

그제서야 안심을 하고 정엽인, 신발을 갖고 들어가 웃목에 펴놓은 신문지 위에 장화와 짜란히 놓았다. 그리고 성냥을 켜 호롱에 불을 옮겼다. 가물가물 파랗게 붙더니 차차로 커지며 어둠을 감빛으로 익힌다. 그래도 너무 어둡다. 심지를 키우며 정엽인, 「돈이 좀 들더라도 전기는 끌어와야지」 했다. 심지가 자라자 불꽃이 독한 냄새를 풍긴다. 아침에 일어나 보면 천정이니 콧구멍이니 얼굴이니가 새까맣게 되어 있을 것이다. 플래시는 껐다. 「이렇게 자꾸만 오그라들고, 활개를 칠 수 없을 것 같은 것은 대체 웬 일일까? 이렇게 찌뿌듯해 보긴 정말 처음인데.」

뭘 읽을 걸 집어들다 힘없이 놓고, 정엽인 머리가 아픈 듯 이마를 짚었다.

「도대체 아무 것도 할 수가 없을 것 같은데. 헌데 무엇이 싸립문을 흔들었을까? 이 밤은 뭔가 불길한 상념을 일으켜 세운단 말야.」 문풍지가 울기 시작한다. 「관 속에서 시체를 세우듯 하거든. 그리곤 뭘 종용한단 말야. 근데 무엇이 창을 두들겼을까? 무엇이 천정에서 낄낄대고 있을까?」

정엽인 과도를 노려보며 귀를 곤두세웠다. 그러나 다시 아무 소리도 들리지 않았다. 겨울이 되면 소리도 참 많지만 그래도 적막하기만 하다.

정엽인 경련하듯 한번 떨곤, 종일 입고 있었던 헌 오바를 벗어 벽에다 걸었다.

걸어두었던 오바를 떼어 걸치고, 홍선이는 장갑을 꼈다. 애는 써 보았

지만 잠을 들 수가 없었다. 품바느질하시는 어머니의 낡은 재봉틀 소리
가 귀에 거슬리고, 동생녀석들은 킥킥거리며 잠잘 줄을 모른다. 낮잠을
자지 않았던 날로도 불면증에 괴롭힘을 받았는데, 낮잠도 한숨 잔 뒤라,
잠이 더 올 리도 만무였다.
「어딜 가려고 그러느냐?」
　안경 너머로 아들을 보며, 어머니가 걱정스레 묻는다.
　홍선이는 대답도 하지 않고, 짜증을 부리며 나왔다. 지북이 쌓인 눈 위
로 눈은 계속 뻑뻑에 내리고 있다. 기분이 상쾌해진다. 홍선이는 낡아진
판잣쪽 대문을 걷어차고 행길로 나섰다. 어딜 가려고 행길로 나선 것은
아니다. 그런데 어디라도 가려고 나선 것이다.
　홍선이는, 길이 있으니까, 길을 따라 되는 대로 걸었다. 눈이, 이따금
씩 부는 바람이, 눈 밟히는 소리가, 인적 없는 행길이, 움직이고 있다는
것이, 그리고 혼자라는 것이 좋았다.
「여자와 같이라면 더 바랄 게 없지만, 딸맥이라도 좀 같이 걸어 달랠까?
후훗. 허지만 틀렸어, 틀린 거야!」
　홍선인 고개를 저었다.
　딸맥이란 열서넛 돼 보이는 다방집 식모아이 이름인데, 레지가 있는데
도 차 나르기를 좋아하며, 제법 사내 냄새를 아는 듯한 태도를 짓곤 했
다. 〈딸 막내둥이〉라는 뜻의 이름이라 했다.
　다른 상념이 떠올랐다.
「재봉틀 대가리를 바수어 버린다? 바늘이 옷감에 박히는지, 내 살점에
박히는지를 모르겠단 말야.」
　그리고 또 다른 상념이 떠올랐다.
「모두들 날 가두어 두려 한단 말야. 아무 장난감도 없는 방 속에다 처넣
고 문을 잠가 버린다니까. 어쩌다 보니 그렇게 되어 난 쇠어 있었어. 문이
열렸을 때도 난 나갈 수가 없었다. 나가 보았지만 마찬가지였다. 방에서
방으로 건너다니다 제자리로 돌아왔을 뿐이었으니까. 하지만 언제까지나
그렇게 되진 않는다, 자살이라도 할 수 있으니깐, 나는.」
　이 상념은 바뀌지 않았다. 그의 불만에서 비롯된 것이기 때문이었는진
모른다.
「눈이란 건, 소리라는 소리는 모두 삼켜 버리는 것만 같단 말야. 고통이
라는 고통도 모두 삼켜 줄까? 어쩌면 그럴는지도 모르지. 골고다의 사월
에, 십자가에서 내린 눈 몇 송이가 세상의 고통을 씻어 주었다는 얘기도

있으니 말야.」

　홍선이는 빠져들어가고 있었다.

「죽는다는 일은 싫긴 싫은 거지. 하지만, 눈이 고통을 한겹 두겹 빼앗아
주며 한겹 두겹 수의를 입힌다? 수의가 두터워져 나중엔 무덤이 되겠지.
누구도 그 흰 가슴에서 어떤 사내 하나가 잠들어 있는 줄은 모른다.」

　뉘집 개가 컹컹 짖는다. 어느 집 벽시계가 시간을 알리고 있다. 홍선이
는 자신도 모르게 걸음을 멈추고 종소리를 세었다. 무겁게 짓누르는 둔탁
하고 기분나쁜 음향이 아홉 번 울리고 꼬리를 사린다. 장의사(葬儀社)네 할
멈의 기침 소리 같았다. 홍선이는 진저리를 한번 치고 다시 발을 떼어 놓
았다.

「칼로 동맥을 끊는다? 그런데 칼은 없다. 물 속에다 머리를 처박고 참
는다? 그건 참을 수가 없게 되겠지. 동아줄에 목을 매단다? 그건 수속
이 복잡해. 그렇다면 돌로 머릴 짓바수어 버린다? 돌로? 하아, 그게 제
일 무난하겠어. 순간에 끝나 버린다. 역시 그게 좋겠군!」

　홍선이는 폭포 속을 뚫고 나가듯 눈 속을 뚫고 나가며, 갈대를 헤치고
나가듯 상념을 헤치고 나갔다. 홍선이는 가로등도 없는 방천길을 따라 걷
고 있었다. 한 삼백 걸음 더 떼어 놓으면 언덕 위의 교회로 이어 주는 목
교가 나타나고, 거기서도 계속 한 오백 걸음 더 나아가면, 거기선 길이 세
갈래로 나뉘는데, 걷는 방향에서 왼편쪽 길은 다른 읍과 연결된 길이며,
가운데 길은 물레방앗간에서 정엽이네 과수원을 통해 산 너머 마을로 이어
주는 길이고, 오른쪽 길은 읍의 중앙통으로 데려다 주는 길이다.

　홍선이는 어느덧 교회로 건너 주는 목교를 지나고 있었다.

「그런데, 아직 살 만큼도 살아 보지 못한 젊은놈이, 자기의 재능도 다 발
휘해 보지도 못하고 자살을 한다? 가난 탓에, 비굴 탓에? 방(房)에서 나
오려고?」

　홍선이는 차게 실소했다.

「물론 꼭이 죽자는 것도 아니고, 그래야 할 이유가 있는 것 같지도 않지
만 말이다. 그렇지만 난 그들에게 뭔가를 보여 주고 싶단 말야. 내게 주
의를 쏟도록 만들고 싶다니까.」

　홍선이는 신경질적으로 머리칼의 눈을 털고, 담배를 빼어 물었다. 「그
렇군!」 불을 붙이려다 말고, 홍선이는 담배를 던져 버렸다.

「문제는 역시 대상이다, 대상이야! 그렇구 말구! 대상을 하나 부각하면
된단 말야. 그리고 그것을 향해 돌진한다.」

　홍선이는 비약되어 있었다.

「후훗훗. 그러니깐, 가만 있자……아이가 자궁에서 나올 때 머리부터 나온다던가 발부터 나온다던가? 꺼꾸리라고 불려지는 사람이 있는 걸로 봐선 발부터 나오는 게 정상일 것도 같으나, 이치 속으로 따져보면 다리니 팔이니 턱이니 하는 게 걸려 잘 나올 수 없을 듯도 싶단 말야. 참 젠장! 그놈의 속은 알다가도 모르겠군. 하지만 그 속이 어두울 테니 빛을 갈망했을 게라. 그렇다면 눈이 가까운 쪽부터 내밀었겠지. 발가락을 먼저 내밀었다면 그 녀석은 태 속에서도 비틀거렸던 놈이야. 〈설 땅이 어디냐〉는 식으로 말이지.」홍선인 눈살을 찌푸렸다. 「머리가 됐든 다리가 됐든, 어쨌든 머리부터 빚어내는 게 좋겠다.」

　홍선인 세 갈래 길에서 좀 망설이다 왼편으로 꺾었다. 길 옆에 웅숭그린 창낮은 방에서 라디오 소리가 흐르기도 했고, 재봉틀 소리가 들리기도 했다. 재봉틀 소리가 들리는 창에 대고 홍선이는 눈을 한번 흘겨 줬다. 지붕들은 누구네 지붕이나 없이 눈을 무겁게 덮어 쓰고 찌그러져 가고 있었다. 조금 더 걸었을 땐 집들도 없어지고 원근도 굴곡도 분간할 수 없는 벌판이 나타났다. 눈은 흩어지고 혼들면서 쉼없이 내려 쌓이고, 발벗은 바람은 시린 발을 구르다 숲의 가지에 매달려 버린다.

「보릿겨 같은 비듬에 덮인 푸수수한 머리털. 곰팡이가 피고 있는 주름 많은 이마.」홍선이는 생각나는 대로 쪼각쪼각 주워 모았다. 「불에 끄을린 눈썹. 어제밖엔 오늘도 내일도 보지 못하는 물크러진 눈. 콧물이 마를 줄 모르는 뻘건 코. 이가 모자라 언청이가 된 입술. 셋만 남은 게 황태(黃苔)는 잔뜩 끼고, 그래도 맛을 짜는 이빨. 홀쭉한 볼. 서너 가닥의 노란 수염. 곧 숨이 질려고 깔딱거리는 때낀 목젖. 못 먹어 빼마른 어깨. 보람도 없는 일 탓에 부르트고 굵어진 손마디. 세월이 무거워 휘어진 척추. 위하수체로 늘어진 곱낀 배때기. 뼈뿐인 것을 묶어 두고 있는──불씨 꺼져 가는 오돌막.」여기까지 생각이 미치게 되었을 때 홍선이는 눈을 빛내며 우뚝 멈춰섰다. 「그래, 그런 정도의 인간이라면 너무도 충분하다!」

　홍선이는 몸을 오른편으로 돌려, 길도 아닌 논바닥을 치달리기 시작했다.

「그는 몇천 번이고 죽음을 생각했을 것이다. 고통 없는 죽음을 원했을 것이다. 그리고 기도했겠지,」

「한울님, 제발 이 목숨을 소롯이 데려가 주옵시오!」

성영감은 이를 악물고 배고픔을 참으며, 고통 없이 얼른 **죽었으면** 그것만 바랬다. 오늘은 점심 때, 교회 집사라는 과부할미네 집에서 삶은 고구마 한 개밖에 못 얻어먹었다. 그것도 그녀의 고약스런 아들이 고함을 질러서 맘이 편치도 못했다. 「젊은 양반, 늙은이 괄시 너무 마슈!」 한 마디 했다가 마루에서도 쫓겨나 길에서 먹고 말았었다. 그래도 그 집 과부할미의 인정이 그중 나았다.

「홍선아, 그만해 두지 못하겠니? 주진 못하지만 쪽박까지 깨서야 쓰겠니?」 그런 소릴 들었을 땐 눈물이 나오려 했다. 읍을 벗어나 마을로 가면 인심도 조금은 후했지만, 눈바람이 센 날 그렇게 멀리까지 갔다간 길바닥에서 죽기 알맞았으므로 읍내 몇 집을 들렀을 뿐이다.

「이놈의 몸뚱이 탓이라, 으호흐흑, 대체 내 팔자가 왜 이런가, 으흑,」

성영감은 훌쩍훌쩍 울며 창자를 훑었다. 가을에, 이삭을 주워 석유는 준비해 두었었지만, 너무도 많은 손들이 들을 훑고 다녀서, 이런 경우에 지어먹을 양식을 남겨 둘 수가 없었다. 있기야 조금은 있었다. 그저께까진 구걸해다 모아 놓은 게 한 말 정도 있기야 있었지만, 사흘 앞을 못 봐이 지경이 되었다. 날씨도 연일 좋았고, 또 먼 마을까지 다니려다 보니 몸이 **추워서**, 그것을 팔아 헌 내복 두 벌에 구멍난 군용장갑 한 켤레를 사끼고 나니, 십원인가 몇 원인가가 남았었는데, 어제 빵 한 덩이 사 먹고 말았던 터였다. 그러고 나니 오늘 아침나절부터 눈발이 비치기 시작하자 대문들은 닫기고, 인심도 닫기고 말았다. 눈이 온다고 왜 그렇게 인심이 사나와야 되는 건지, 그것을 성영감은 이해할 수가 없었다. 먹지 않는다고 몸뚱인 왜 그렇게 죽을 고통을 받아야 하는지도 알 수가 없었다. 게다가 방바닥도 따뜻해질 줄을 모른다. 북더미는 충분했지만, 뱃속이 비어 있으니 온기가 나지 않는다. 혹시는, 봉기가 찬밥 한 덩이라도 품고 와 줄지도 모른다는, 이루어질 아무 희망 없는 희망이 있긴 하나 있었다. 그러나 봉기는 다니다가 해지는 마을의 사랑방에서 잠들기 일쑤요, 또 먹고 남은 것은 간직하는 버릇이 없고 냇물에다 버려 버리는 성미가 있었다.

「나는 밥을 빌었지만 배가 불러졌으니, 고기님들, 내가 베푸는 인정이나 잡수.」 남은 것을 버릴 때면 으레 하는 소리였다.

「젊은 탓으로!」 성영감은 허를 찼었지만, 봉기의 인정이 두텁긴 두터운 줄 잘 알고 있었다. 앓아 누워 있었을 때, 닷새 동안을 한 끼도 빼놓지 않고 밥을 빌어 먹여 준 일이 있었기 때문이다. 하지만 이렇게 지척도 분간할 수 없이 궂은 밤에 봉기의 인정을 바란다는 것은, 고통 없는 죽음을 바라는 거나 마찬가지로 가망이 없을 게다.

　성영감은 뼈를 갈아 마시듯 흐득이며, 「이 늙은 놈이 무슨 죄를 그렇게
나 많이 졌기에 이 팔자로 죽일려는 겁니까? 죽일 테면 이 당장에 죽이
시옵쇼.」하고 몸을 뒤틀었다. 발끝부터 차차로 얼어오고 있는 것 같았다.
늙은 몸뚱이가 고독하게 당하는 이 고통은 견딜 수 없게 하는 것이었다.
안간힘을 써 보지만, 죽음과 맞선 이 아픔은 경감되지 않는다. 생명이 소
중한 것은 아니다. 고통이 무서워 도피했던 것이 연명(延命)의 이유였을
뿐이다. 고통이, 의지할 아무 것도 없이 궁지에 몰린 불쌍한 몸뚱일 으드
득 으드득 씹어댄다. 성영감은 눈에 보이는 그 고통을 흐린 눈으로 쏘아
보며, 희미한 목소리로 대어들기 시작했다.

「그래서 나를 어쩔 셈이야, 나를?」
　정엽인 가위라도 눌린 듯 피로와하며 목을 뒤틀더니 눈을 떴다. 그리곤
무엇이든 갑자기 바뀌어져 보이는지 두리번 두리번거렸다. 얼굴은 잿빛이
되어 있고, 전신에 식은땀을 흘리고 있다. 헌데 여태도 시간은 흐르고 있
고, 문풍지는 울고 있고, 호롱불은 흔들리고 있다. 정엽인 모든 게 아까
와 다름없음을 알곤 비로소 안심이 되어 바보스럽게 웃었다. 십분이나 그
보다 짧은 시간 속에서였는지 모른다. 잠이 든 것도 아니고, 깨어 있었던
것도 아니었는데, 웬 사내 하나가 들어왔었다. 그리고 말하는 것이었다.
「글쎄 말야, 난 도대체 할 일이 없고 생각해 보니 자네는 혼자 있더군.
뭔가 창조 같은 게 멈춰 버린 그런 상태였다네. 허엇, 창조란 말에 놀라
나? 흥미가 사라져 버린, 그래도 아무 것도 작위치 못할 그런 상태를 말
했을 뿐이네만.」그는 히죽이 웃었다. 그는 가죽 장갑을 끼고, 장화를 신
고, 눈을 함빡 뒤집어쓰고 있었는데, 방안의 따뜻함 때문에 물방울을 뚝
뚝 흘렸다. 「날 모르겠나? 난 자네가 날 알아 보리라고 생각하는데……」
　그래서 살펴보니 어디선가 많이 보았던 사내 같기도 했고, 생판 모르는
사람 같기도 했다.
「도둑고양이처럼. 울타리를 뚫고. 그리고 깃을 세우고……」
「나 혼자 있다는 것이 그래 어쨌다는 거야?」정엽인 대들었다.
「뭐 어쨌달 거야 없지만, 눈이 몹시 짙게 내리고 있더군.」
「눈이 내린다고 남의 집에 침입해도 괜찮을 이유라도 있나?」
「헤헷, 그야 뭐, 허지만 그렇게 물으면 난처해지잖나? 난, 난 말야, 발
자취가 남지 않을 거라는 생각을 하면서 걸어왔지. 이내 없어져 버리고

만다니까. 헤헤헤.」

「그건 무슨 뜻인가, 대체나?」정엽인 몸서리를 치면서도 태연하려 애
썼다. 그 때 그가 품에서 뭘 꺼내 휘둘러 보였다. 시퍼런 단도였다.

「보시다시피 난 장갑을 끼고 있고, 주위에 사람도 없고, 집도 없고……」

「그, 그럼, 자, 자네는 날 해치겠단 말인가? 나를? 해쳐야 할 이윤 뭔
가? 뭐냐 말야? 갖고 싶은 걸 가지면 될 거 아닌가.」

「기회가 썩 좋으니깐, 기회가.」그는 이치에 닿는 말만 하며 살아왔다는
표정을 지었다.

들고 보니 그도 그럴 듯하다 싶어서 정엽인 말을 만들지 못하고 우울한
얼굴로 그를 올려다보았다. 그리고 찬찬히 살펴보았다.

그의 얼굴이 차차로 낯익어졌을 때 정엽이는 깜짝 놀랐다. 그는 자기와
너무도 흡사하게 닮아 있었다. 거울 속의 자기에게 들려 주었던 그 말을
되풀이해서 이 사내에게 들려 준다 하더라도 틀릴 게 없을 것 같았다. 「짝
없이 면적은 넓지만 그래도 밉지는 않은 얼굴이야. 눈썹은 좀 엷어 섭섭
하긴 하지만, 눈꼬리까지 여간 잘 덮고 있지 않거든. 코야 나무랄 데 없
을 것 같다. 조금만 더 높았다면 질투를 많이 받게 돼서 그것도 좋지 않
거든. 뭐니뭐니해도 역시 매력은 턱에 있지. 코 높이까지 앞으로 내민 이
턱의 매력에 한때 여편네가 녹았지. 이 넓은 어깨에 기대어 보고 싶어하
지 않는 여자는 없었는데, 하반신이 좀 한심스럽지. 그렇게 볼품 없는 건
아니지만, 전쟁이 오른쪽 엉덩이판을 통과해 갔거든. 곤란한 건, 앉아서
눈맞춘 날씬한 숙녀 앞에서 서야 했을 때였지.」──그런데 바로 자기 모
습의 해적판(海賊版)이 눈앞에 서 있잖은가. 「허허허, 헛」정엽인 웃음을
참을 수가 없이 됐다.

「이봐, 그만해 둬!」해적판이 정엽이에게 압력을 넣었다. 「그러나 날
정신병자라곤 말게. 난 말야 살인하기에 알맞는 밤이라는 생각을 했을 때
금방 실천에 옮기고 싶어서 왔을 뿐이니까. 나중엔 생각이 어찌 바뀌게
될진 모르겠지만, 지금 이 당장은 무슨 충분한 이유가 있는 것만 같다네.
울타리에 딱 마주쳤을 때, 울타리를 뚫고 싶은 그런 거나 마찬가지야. 후
후훗.」그는 칼을 내밀고 다가왔다.

「그래서 나를 어쩔 셈야, 나를?」

정엽인 부르짖었던 것이다.

바람이 과수원 사립문을 삐끄덕거리고 있고, 창에 부딪치는 눈송이 소
리가 노크를 하고 있는 것 같기도 하다. 문풍지도 정말 너무 울어싼다.

「정말」정엽인 이불을 걷어차고 뛰쳐 일어났다. 「살인하기엔 더 바랄 수 없는 밤이다!」정엽인 책상 위에 놓여진 과도를 힘껏 잡아쥐었다. 그리곤 타는 듯한 눈으로 목표 없이 쏴 보며, 이를 악물었다.

「아 제길할?」정엽인 도대체 진정할 수가 없는지 신경질적으로 서성였다. 「이러다 미치지나 않을지 모르겠는걸. 독수리와 까마귀는 부리를 갈며 우짖고, 화약 냄새는 코밑에서 떠돌고, 벗겨진 철모와 짤려진 손바닥에 박모가 담기고, 밤이 오고, 부엉이가 날으고, ……제일 가까이 있는 사람이라곤 성영감밖엔 없구나.」정엽인 과도를 한번 휘두르고 나서 오바를 걸쳤다. 정엽이 얼굴은 땀으로 번쩍였다. 「정말, 아내를 보낼 일이 아니었어.」정엽이는 장갑을 끼고, 서둘러 장화 속에다 발을 밀어넣었다. 그리곤 왼손엔 플래시를 쥐고, 오른손엔 과도를 움켜쥐었다. 정엽인 이빨을 부딪치고 있었다. 불나비떼처럼, 눈송이들은 아직도 불켜진 창에 부딪치고만 있었다. 정엽인 미친 듯이 문을 걷어찼다. 수억의 불나비들이 호롱불을 마시러 달려든다. 불은 금방 말라 버렸다.

정엽인 문 달을 정신도 없이 마루에서 뛰어내렸다. 그리곤 칼부림을 하며 뛰기 시작했다. 눈이 쌓인 탓에 잘 열려지지 않는 사립문은 짓밟아 버리고, 물레방앗간이 있는 방향으로 달렸다. 목덜미를 잡히지 않으려는 듯한 그런 자세로 뛰었다. 거의 숨도 못 쉬고 있었다.

그렇게 달리다가 정엽인 푹 꼬꾸라지고 말았다. 논두렁에서였다.

정엽인 목을 한사코 눈 속에다 처넣으며 부르짖었다.

「기, 기어코, 내, 내가 죽어야 하는가? 사, 사, 사람 살려!」

「안됐지만, 후후, 정말 안됐지만, 자네는 죽어야겠어!」

홍선이는 들을 가로질러 물레방앗간 가까이까지 왔다. 몇 번이나 넘어지고, 몇 번이나 방향을 다시 잡아야 했다. 「그렇게 말해 줘야지. 훗.」

홍선이 손엔 반되들이 주전자만한 돌이 하나 쥐어 있었다. 물레방앗간 아래쪽 냇물 속에서 주워 온 것이다.

「나도 내일부터 사람이 좀 바뀌어질 것이다. 그건 틀림없지, 암믄.」

방앗간은 반마장 이내에 나타났다.

「모두 박수갈채로 나를 환영할 것이다. 내가 빚은 대상은, 죽지 않으면 안 되는 것으로서, 죽지 않고 살아오며 선한 사람의 나날의 생활을 가려왔다. 그것이 밤이었던 걸 난 이제 알게 되었다.」

홍선이는 긴장으로 숨을 헐떡이며 문짝이 없는 방앗간 안으로 쑥 들어섰다. 서너 간 저쪽의 자그맣고 누덕진 대살문에 불빛이 묻어 있다.

무의식적으로 발소리를 죽이고 문앞으로 걸어가선, 홍선이는 귀를 기울였다. 곧 숨이 지고 있는 앓는 소리가 들린다. 무서운 웃음이 홍선이 얼굴을 스쳐갔다. 문고리에 홍선이의 손이 닿았다.

문은 힘없이 열렸다. 팔락하는 쉰 소리가 좀 났을 뿐이었다. 홍선이는 빨려든 듯 들어섰다.

성영감은 북더미 속에 파묻혀서 북더미를 씹고 있었다. 줄기의 밑둥 부분에선 당분도 좀 나왔고, 잘만 씹으면 넘길 수도 있을 것 같아서, 영감은 셋뿐인 이빨을 갖고 기를 써댔다. 그러느라고 누가 들어온 것도 모르고 있었다.

「홋, 후후, 후훗!」

누구의 웃음 소리가 영감의 고막에 울렸다. 영감은, 헛들은 것이나 아닌지 모르겠다고 생각했으면서도, 북더미 위로 고개를 빼 올려봤다.

「그! 근데, 댁은 뉘시오?」

영감은 씹던 걸 턱에 흘리며 솟구쳐 앉았다. 누가 불을 등에 가리고 서 있는데, 어떻게 보면 허깨비 같고, 어떻게 보면 허깨비가 아닌 것도 같았다. 영감은 눈을 닦고 다시 보았다. 봉기는 아닌 것이 분명했다. 어쨌든, 그의 손에 큰 떡덩이 같은 게 들려져 있어 내심 반가웠다. 굶어 죽으라는 팔자는 아닌가보다.

「할 말이 있으면 하시오!」홍선인 돌을 높이 쳐들었다.

「하, 할 말이라뇨? 댁은 하, 한울님이 내리셨나요?」성영감은 넙죽 엎드렸다.

「안됐지만, 당신은 죽어야 할 그 이유란 말야!」홍선인 뚝뚝히 들려줬다.

「엣? 내, 내가요?」성영감은 그가 허깨비나 아닌가 다시 올려다보았다. 그리고 살을 꼬집어 보았다. 살은 아팠지만, 그렇다고 정신이 말짱하지도 않다.

「내가 죽어야 한다는 겁네까?」성영감의 음성은 좀 냉소적이었다.「이런 불쌍한 늙은이가 뭘 잘못했읍넨까?」그 순간 성영감에게 어떤 생각이 스쳐갔다.

「그렇다면 댁은 저승에서 온 사잡넨까? 아이구 한울님!」성영감은 다시 넙죽 엎드려 머리를 조아렸다.

「뚝뚝히 말해 주지만 난 저승에서 온 사자가 아니야! 난 사람이야!」

「사, 사람이라고요?」성영감은 놀라며 알 수 없다는 표정으로 다시 올려다보았다. 저승에서 온 사자가 아니라는 것 때문에 적이 안심된 듯했다.

「그렇단 말야! 난 사람이야. 십자가 뿌리로 방울져 내리는 보혈이야!」

「그렇다면,」성영감은 설움이 북받쳐 어깨를 들먹이기 시작했다. 「배가 고프고, 춥고, 불쌍한 이 늙은이께 적선은 못 할망정 뉘신지도 모를 댁과 척질 일이 뭐이 있다고,……보물이 있어 보물을 탐냅네까, 돈이 있어 돈을 탐냅네까,……빌어먹은 죄밖엔 없는 이런 병든 늙은이를……모지러진 목숨밖엔 남은 게 뭐 있다고……살려 주사이다, 큰 인정 베풀어 살려 주사이다!」

성영감은 손이 발기 되도록 비비며, 벌벌 기어왔다. 죽이려는 자의 바지자락이라도 붙들고 애원할 모양이었다.

「그러면 죽는 날까지 은혜를 잊지 않겠읍네다. 적선하시우 예? 적선하시우! 인정을 베푸시우! 그 은혜는 한울님이라도 갚아드릴 겁넨다.」

「그러니깐 당신은 죽어야 한단 말야. 그러니깐 말야!」홍선이는 영감의 애원에 영향받고 확신을 더 가진 듯 사납게 소리쳤다. 「돈이 있다거나, 보물이 있다거나, 살아 볼 만큼의 생명이 있다거나, 건강하고 팔팔하다거나, 동정으로 사는 걸뱅이가 아니라면 살아야지! 살아야 하구 말구! 허지만, 당신은 불쌍하고 가난하고, 비천하고, 늙고, 병들고, 더러워졌으니 죽어야 한단 말야. 그러니깐, 규탄받고 뒈져야 한단 말야! 뒈져야 한다구!」

「그, 그런 늙은네틀」성영감은 배고픈 고통이나 추운 고통 따위는 까마득하게 잊고, 그렇게도 저주했던 생명을 고수하기 위하여 비지땀을 흘리며 홍선이의 구두끝에 얼굴을 문질렀다. 「죽여 뭣합넨까? 죽여 뭣합넨까? 살려 주시오!」

「시끄럿!」홍선이는 사정없이 영감의 등짝을 짓밟았다. 영감이 잠잠해졌을 때까지 짓밟아댔다.

「알겠어? 오늘 밤은 획기적인 밤이야! 역사가 바뀌는 밤이라구! 가난이, 질병이, 불쌍함이, 불행이, 비극이, 비천함이, 늙음이, ——그런 모든 것이 죽어 버리는 밤이다! 행복과 불행은 양립해선 안 된다. 가진 자와 못 가진 자가 같이 있어 되겠나? 고귀함과 비천함이 대립해선 되겠느냔 말이다? 그 한쪽이 죽어 버리면, 알겠어? 세상이 바뀐단 말야. 너는 나를 지배해 왔었다. 아니, 너는 송두리째 나였단 말야. 너는 그늘이라는 모든 그늘이 뭉친 놈이야! 악마라고 하는 게 너란 말야. 너는 죽엄 그것이었다구, 넌 육십사방을 막고 있던 방이었어! 헌데 내가 이 돌로 너의 머리를 바수고 나면, 후후훗, 내가 땅에다 천국을 세우는 목수가 되는 것이다. 구원자가 되는 거야. 거기엔 은혜와 감사만이 있을 뿐이다. 아직 아무도 널 이겨낸 자가 없었지?」피를 토하듯 들려 주며 홍선이는, 영감의 뒤통수를 겨누어 돌을 힘껏 내리쳤다. 「들리나? 나를 영접하는 선한 양들의 박수 소리가? 그들은 이제 갇혔던 우리로부터 풀 좋은 방목장으로 나왔다!」
　성영감은 비명 한번 못 지르고, 쭉 뻗어 바르르 떨더니, 그것도 멈춰 버렸다.
「이렇게 해서……나는 죽었다! 내 손으로 죽었어! 나는 지금 바꾸어져 있을 것이다.」
　홍선이는 시체를 멀리 보며 소매끝으로 땀을 씻었다. 에테르 냄새 같은 웃음이 떠돌았다.
「정말 너무 오래고 무서운 싸움이었다. 이젠 이겼다.」
　홍선이는 축축히 젖고 있는 볼을 느꼈다. 왜 볼이 젖고 있는지는 그 자신도 몰랐다. 기쁘지는 않았다.
　호롱불이 꺼질 듯이 일럭이었다. 홍선이 자기 그림자가 영감의 시체 위에 흩뿌려졌다. 그런데 그것이 갑작스런 허탈을 불러일으켰다. 동시에 공포인지 뭔지 알 수 없는 무엇이 짐처럼 억누르기 시작했다. 사실 박수 소리 같은 건 들리지도 않았다. 쥐새끼 소리도 없었다. 무엇이든 혼들려 보이기만 했다. 그리고 조용함이 시작되었다. 모든 것이 다 끝난 듯도 싶고, 아직 시작도 되지 않은 듯도 싶은, 그런 무균(無菌)의 조용함에 자꾸 휘몰리는 것이었다.
　홍선이는 숨이 막혀 떨었다. 한번 휘저어나 보고 싶어 홍선이는, 채이는 것을 힘껏 걷어차 보았다. 그래 보아도 조용함은 찢기지를 않고, 물에서 죽어 가라앉은 시체의 호주머니에서 빠진 지폐 두 장이나 혼백과 같은 그런 것이 휘적휘적 저으며 솟아 올랐다. 뻔히 뜬, 성영감의 눈이었다.
「허? 헉!」
　홍선이는 문을 박찼다. 문이 부서져 나뒹군다. 홍선이는 내달았다.
　그렇게 달리다가 홍선인 폭 꼬꾸라지고 말았다. 논두렁에서였다.

　기를 써서 일어난 뒤, 켜진 채 버려져 있는 플래시를 움켜쥐고, 정엽이는 다시 뛰기 시작했다. 논두렁에서 굴러 떨어졌을 땐 꼭 죽는 줄만 알았

었는데, 죽진 않았다. 보우하심을 입은 것일 게다. 뛰면 뛸수록 **공포도**
더 커지고 더 빨랐다. 집에선 꼭 **죽을** 것만 같고, 죽진 않는다더라도 **무**
서워 참을 수가 없어 달려나왔던 것이다.

　물레방앗간을 목전에 두었을 때에야 정엽인 뒤를 돌아다볼 용기를 가졌
다. 그래서 돌아다보고 정엽이는 털썩 주저앉았다. 「내 그럴 줄 알았어.」
정엽인 울고 싶은 걸 간신히 참았다. 한 서른 걸음 저쪽에서 검은 그림자
하나가 필사적으로 따라오고 있었다. 정엽인 칼 쥐었던 손에 힘을 주었
다. 헌데 힘있게 쥐혀지진 않고, 뽀드득 소리만 난다. 정엽인 얼른 손을
펴 보았다. 떡고물처럼 뭉쳐진 눈 한 덩이가 쥐어져 있을 뿐이었다. 맥이
탁 풀렸다. 이젠 몸을 지켜 줄 만한 아무것도 갖고 있지 않다. 양철쪽을
우그려붙인 플래시 따위가 목숨을 건져 줄 성싶진 않다. 정엽인 멍청히
그를 기다렸다. 도망칠 생각도 들지 않았다. 그런데 바라보고 **있는** 사이
그 그림자는 사라지고 말았다.

　정엽인 맥없이 웃고 말았다.
「날 따라온 게 아니라 날 찾으러 가는 모양이군. 병신 같은 자식! 녀**석**
은 아직도 내가 과수원에 있는 즌 아는 모양이지? 허지만 난 여기에 **있**
다네. 뛰쳐나오길 얼마나 잘했나,」

「나오긴 정말 싫었지만,」
　봉기는 팔짱을 꽂고 방앗간을 향해 부지런히 걸었다. 그는 찐빵 다섯
덩이를 품에 넣어오며, 「우리 같은 사람은 우리끼리나 도와야지. 그러나
저러나 얼어 죽진 않았는지 모르겠군. 젊은 나도 촌으론 못 가는데 늙은
이야 더욱 못 갔겠지.」했다. 그는 몹시 초조해 서둘렀다.

　차분한 마음이 되어서 정엽인, 서두름 없이 눈을 털며 일어섰다. 그리
고 불빛을 앞세워 방앗간 안으로 들어섰다. 방에, 불빛 같은 건 보이지
않고, 사람이 있을 것 같은——느낌이 주는 아무 위로도 없었다. 웬지 쭈
빗쭈빗하고 기분이 나빴다.
　먼지가 거미줄에 뭉쳐 박쥐 날개나 도마뱀처럼 수런거리고 있고, 먼지
니 왕겨 냄새는 습기에 썩어 몹시 불쾌했다. 게다가 방문은 떨어져 죽어
누워 있고, 얼른 판별키 어려운 묘하고 낯선 냄새가 끈적끈적 흐르고 **있**
어서, 정엽인 몸서리를 쳤지만, 몸을 돌이킬 수는 없었다. 호기심인지,
모험심인지, 뭐 그런 것이 자꾸 끌어갔다. 보지 않곤 돌아설 수가 없을

36

것 같았다.

　그래서 정엽인 방 속에다 플래시빛을 휙 밀어 넣었다.

「……」

　정엽인 울고 싶은 것인지 웃고 싶은 것인지 모를 표정으로 입을 삐쭉삐쭉하더니, 그대로 조용히 허물어져 주저앉았다. 피로했던지도 모른다.

　얼굴에 차가움을 느끼고서야 정엽이는 정신을 차렸다. 누가 눈뭉치로 자기의 얼굴을 문질러댄 듯했다. 일주일이나 칠년보다 많은 세월이 흐른 것만 같았는데, 어지럽게 하는 불빛이 집중되고 있어, 정엽인 얼른 눈을 뜨지 못했다. 게다가 손발이 꽁꽁 묶여 있는 모양으로 몸을 움직일 수가 없었다.

「눈이 너무 많이 오고 있기 땜에, 전 이 영감이 굶어 죽지나 않았는가 하고 와 봤드랬죠.」

　멀리서 주고 받는 소리 같은, 내용을 알 수 없는 말소리가 들렸다.

「빵내기 화투 한판 한다고 늦게 와 보니 이렇게 돼 있잖겠어요? 마음씬 좋은 영감이었댔는데,」 봉기였다. 그는 감정 없는 음성으로 씨분대며, 정엽이의 손발을 풀었다. 「뺑소닐 놓을까 보아 묶어맸는데, 염(殮)하는 기분이더구먼요.」

　손발이 자유스럽게 되었다고 생각했을 때, 차가운 무엇이 두 팔목에 채워진다. 정엽인 영문을 모르고, 다시 부자유스러워진 팔목을 내려다보았다. 수갑이었다.

「일어섯, 이 개새끼야!」

　누가 구두발로 엉덩일 모질게 찬다. 정엽인 아직도 어쩔거리는 정신으로, 주위를 살피며 비틀비틀 일어났다. 순경 하나와 형사 하나와 봉기가 있었다. 봉기까지도 플래시를 들고 있었는데, 그건 정엽이 자기 것 같았다.

「과수원도 큰 걸 갖고 있고, 학벌도 좋고, 마누라도 자식도 있는 사람이 뭘 하겠다고 저 따위 영감을 죽여?」

　좁은 고을이라, 서로 인사는 하지 않는다 하더라도, 서로가 서로의 사정을 웬만큼씩은 알고 있었다.

　정엽인 그 말을 듣고서야 자기의 처지를 확실히 깨달았다.

「내, 내가, 내가 죽였단 말요?」 정엽인 놀라 펄쩍 뛰었다.

「그렇다면?」 형사였다.

「살인자를 보긴 보았지만, 누군지는 모르겠소. 하여든 나는 안 죽였소. 이 늙은인 고맙게도 내 대신 죽어 준 겁니다. 내 대신 말요! 알겠읍니까? 어떤 놈이 죽였단 말요.」

「흐흥, 흐흐흥!」형사가 웃음을 쳤다.

「그래서?」순경은 물었다.

「누가 말요, 누가 날 죽이려 했단 말요. 난 예감으로 그걸 알았단 말입니다. 아시겠소? 살인하기엔 정말 근사한 밤이란 말입니다. 그래서 난 성영감 생각을 하고 뛰쳐나온 겁니다. 헌데 내가 살인을 했단 말요? 어떻게 해서 그렇게 믿게 됐읍니까? 봉기써라면 경우를 바꾸어서 생각할 수 있을 겁니다.」

「여보슈!」봉기가 주먹을 휘두르며 나섰다. 「사람을 죽였으면 곱다시 끌려가기나 할 일이지, 다른 사람은 왜 끌어 넣소, 끌어 넣길? 내 춧같이!」

「차근히 생각해 보시오, 내가 여기 닿았던 시간에 당신이 닿았고 당신이 여기 닿았던 시간에 내가 닿았더라면 경우가 바뀐다는 걸 말요, 알겠소?」

「야 이새끼야 임마,」형사가 정엽이의 귀밑을 윽박지른다.

「말도 안 되는 소린 그만둬! 자식, 멀쩡한 놈이 횡설수설이야.」

「지능적인데. 정신박약을 가장하려 드는군. 헷. 우리도 너만큼은 배웠어.」

정엽인 설명이 불가능하다는 걸 깨닫곤, 슬프게 입을 다물었다. 순경이 개 끌 듯 정엽일 끌었다. 눈바람이 매웠다.

냇가를 따라 걷게 되었을 때 봉기는, 품 속에서 빵떡을 꺼내 냇물에 던져 넣으며 구시렁거렸다.

「고기님들, 잡수! 성영감이 고기님들께 베푸는 인정이라우. 좋은 곳에나 가게 해 주셔이다. 고수레!」

그리곤 형사를 향해, 「나으리, 저는 돌아가 시체를 어떻게 해야겠어요. 영감님은 늘 내 손에 염되기를 원했어요. 초상집 염은 모두 내가 맡다시피 했죠.」하고 처진다.

「그건 나도 알지. 그렇다면……」형사는 뭘 잠깐 생각하더니 「돌아가도 좋아. 하지만 시체엔 손 하나 까딱하지 말라구! 방안 모양이 바뀌어져도 안 된단 말야. 알겠어? 조금이라도 달라져 있으면 자네도 감방행이야. 그리고 새벽엔 서(署)로 와!」하고 엄하게 분부했다.

「예, 예,」봉기는 몇 번이고 굽신거렸지만, 돌아갈 생각이 없어진 듯 멍해 서 있기만 한다.

「돌아가라구! 그리구 지키란 말야!」

봉기는 마지못해 돌아서서 몇 발자국 떼어놓았다. 「쎄필, 혹만 더 붙였군.」

「데리고 갈 걸 그랬잖아?」 순경이 걱정투로 의견을 보낸다.

「에이 뭘. 어차피 밝기까진 어쩌는 도리 없잖아? 시체나 도둑맞으면 사건만 복잡해진단 말야. 눈오는 밤에 체조한 두 순경,」

「하하하,」

신문의 사회면을 생각한 모양이었다.

「이봐, 헌데 그런 늙은일 어쩌자고 죽였지?」 형사가 음성을 좀 부드럽게 해서 물었다. 「어차피 알려지겠지만, 아무리 해도 이유를 모르겠는걸.」 그리고 정엽이에게 담배를 권했다.

「고맙습니다만, 피울 줄을 몰라서……」

「교인인 줄은 몰랐는데?」 정엽이 부인이 교회를 다니고 있는 걸 염두에 두고 하는 말이다.

「몇 번 전에 다녔지만 지금은 아니요.」

「영감이 괴팍해서 애들을 잘 놀래 준다는데, 당신네 애라도 놀래 줬던 모양이지?」

「………」정엽인 대답하지 않았다. 심문은, 천천히 서류를 꾸미면서 해도 늦지 않다는 심산인지, 형사도 더 묻지 않았다.

곧 가로등이 나타났다. 짙은 새벽과 새하얀 눈송이가 가로등에 손을 쬐이다 멸어지고 있었다. 그리고 낮은 지붕들과, 불 꺼진 창들, 삐끄덕거리는 점포문과 우울한 골목들이 넋없이 지나갔다. 개도 짖질 않았다. 이런 풍경이 정엽이에겐 갑자기 낯설게 느껴졌다. 고향에론가, 어디에론가, 가야 할 사람들이, 값싼 일숙박비를 지불치 못해 몸뚱이를 담보로 살며 빚을 갚아 줄 소식을 기다리고 있거나, 유배 온 죄인들이 죄를 벗겨 줄 전령을 기다리며 막연하게 살고 있는 곳만 같이 생각되었다. 하지만 누가 그들의 빚을 갚아 주며, 누가 죄를 벗겨 줄 것인가?

정엽인 생각에 잠겨 묵묵히 걷다가 부르짖듯이 말을 터뜨렸다. 눈이 타는 듯이 번쩍였다.

「왜 영감을 죽였느냐구요? 왜 죽였느냐구요?」

형사와 순경이 놀랜 눈으로 쳐다봤다.

「도대체 난 할일이 없었고, 생각해 보니 영감이 혼자 있었소. 주위에 집도 없고, 사람도 없었단 말요. 게다가 눈은 몹시 짙게 내리고 있잖았음

니까. 난 발자취가 남지 않는다는 생각을 하고, 장갑을 끼었읍니다. 그 이
상 더 좋은 기회가 있을 성싶지 않았소. 그래서 난 바로 실천에 옮긴 거
요. 그런데 영감은 죽었소.」
　형사는 차가운 웃음을 띠고 있었고, 순경은 거의 멍청해 보였다.
「난 사람들이 나를 정신박약자라고 생각해 주지 않기를 원합니다. 그리
고 오늘 밤에 만난 알 수 없는 어느 친구처럼 나를 담보로 삼아 두고, 모
두 떠나 주기를 원합니다. 고향으로 가야 될 곳으로——」
　거기까지 말하고 정엽이는 고개를 푹 숙였다. 어깨가 무거운 듯 휘청거
리고 비틀거렸다.
「내 피에 대하여 당신은 죄가 없으니, 빌라도여, 당신은 손을 씻으시오.」

열 명 길

　벽안(碧眼)의 사대 혼혈, 시의(侍醫) 대목수(大木瞍)는, 어수선한 마음을 진정하기 위하여 치렁한 빌로도 휘장을 걷고, 밖을 내어다보며 생각을 간추렸다. 침대에선, 왕의 이모 시녀장(侍女長)의 딸이 조금 전에야 잠이 들어 쌔근거리고 있다. 그녀는 대목수의 여잉(餘剩)을 오개월이나 길러 오고 있었다. 새 달의 첫 열무날〔4日〕이 밝아 오려는 무렵이다. 대목수는 밤새도록 열 번도 더 왕에게 불려 갔으므로 아직 한잠도 못 붙여 본 채였다. 하늘은 두터운 구름장에 덮여 비라도 한줄금 할 듯한데 기류는 느긋함 없는 피곤처럼 낮은 데로만 침전되며, 오징어를 말리는 갯벌에서 흐르는 더러운 냄새는 끈적끈적 피부에 달라붙고, 나무들은 술 깬 주정뱅이나 느긋해진 아편장이의 손가락 같다. 대목수는 그런 새벽을 넋없이 지켜보다가 화장터같이만 보이는 제당(祭堂) 꼭대기로 눈을 주었다. 야차의 눈두덩 같은 시계가 다섯시 반을 읽혀 주고 있다. 반 시간이 지나면 종치기 제장(祭長)이 종줄을 잡아당길 터인데——열무날〔4日과 19日〕의 아침이므로——종이 울림과 동시에 예배에 참석키 위한 성내의 선남선녀가 남김없이 몰려나와 제당 안으로 걸어 들어갈 것이다. 이 왕(王)이 치리(治理)하게 된 이 칠년 동안은, 한번도 거름이 없이 한 달에 두 번씩 이와 같은 집회를 가져왔던 것이다. 이 모임은 화룡(火龍)에게 제물과 기도를 드리기 위한 것인데, 참례는 강요되어 있었다.

　제당에 불이 밝혀지려면 아직 육칠 분 더 있어야 되겠지만, 불이 켜지고 일이 분쯤 지나면 산통의 여인이 각혈하는 듯한 그런 비명이 울려나기 시작한다. 그것이 대목수에게는 언제나 견딜 수 없는 것이었다.

　제물이라고 하는 건, 알 낳지 않은 비둘기 한 쌍을 불태워 바쳤던〔燔祭〕것에서부터 시작한 것으로서 그것이 그들의 죄를 대속(代贖)하며 동시에 그들의 염원을 전해 주는 다갈〔香〕이 된다는 것이었다. 그러던 것이 얼마쯤 지나선 홈 없는 암숫양이 대신되게 되었는데 거기에선 왕의 신앙의 자취를 엿볼 것이 있었다. 양 한 마리 값이 비둘기 한 쌍 값의 삼십 배인 형편이었었다.

「그런데 작년부턴——」

대목수는 진저리치듯 몸을 부르르 떨었다. 그때 누가 대목수의 침실 문을 노크했다. 대목수는 그러나 들리지 않은 듯, 생각을 따라 자꾸 더 빠져들어갔다.

「폐하께서 더 위독해계십니다.」

노크를 하던 자는 허락이 있기도 전에 들어와 떠는 음성으로,

「임종이 가까운 듯싶습니다.」했다. 시녀장이었다. 그녀는 당황되어 있었고 질려 있었다.

「……」

대목수는 천천히 고개를 돌렸다. 시녀장은 흠칫해져서 반 걸음쯤 물러섰다. 버쩍 늙고 낯선 사내가 쏘아보는데, 전갈(全蠍)과 같은 그런 것을 이빨이 물고 있었다. 그렇다고 딸의 남편이 아닌 다른 사람은 아니었다. 시녀장은 마음을 가다듬어 다시 한번 쳐다보고, 그의 이빨이 물어뜯고 있는 건 전갈이 아니라 웃음이란 걸 알았다.

시녀장은, 천진하게 잠든 딸의 이마에 한숨을 한번 불어 주곤 갑자기 생각난 듯 서둘러 나가 버렸다, 그 뒤에다 대고 대목수는 「알았읍니다. 알았어요.」하고 쉰 목소리로 대답해 주었다. 그런데 웬일로 다리가 자꾸만 후들거려 맨바닥에 무릎을 꿇었다. 결코 기쁘달 수는 없지만 그래도 기다리고 기다렸던 그 시간이 오긴 온 것이다. 빨리 온 것인지 늦은 것인지는 그 자신도 알 수가 없었지만, 하여튼 왔다.

왕의 춘추는 마흔 일곱, 대목수보다 두 살 위였다. 왕과 시의라는 관계는 본래부터 그렇게 준비되어 왔던 것처럼 사대째나 계승되어 오고 있다. 그런데 대목수는 선친들보다 불행했다. 이 왕이 치리하게 된 그 해부터 모든 제도가 급속도로, 그리고 방관만 하며 참을 수 없을 정도로 과격하게 바뀌기 시작했으므로, 대목수는 많이도 괴로와하고, 많이도 슬퍼하고, 많이도 참지 않으면 안 되었었다.

인구는 한 이천여. 고래가 수면에 등을 내고 낮잠을 즐기는 것 같은 이 땅의 넓인 팔구십 평방킬로미터 정도. 기러기는 날아들지 않고, 숲에선 일년내내 꾀꼬리가 운다. 수산물이나 농산물이나 축산물 등 무엇이든 다 풍족하고, 이웃과의 교역도 활발해서 거지도 없고, 도적도 없고, 그렇다고 부자도 없었다. 그런데도, (별세한) 왕의 병적인 조울증과 우유부단과

게으름 때문에 통치력은 형편없이 약화되어, 종내는 열 명의 대신들이 거느리는 열 개의 부락 국가로 분산되거나, 무정부 상태로 될 듯한 위기에까지 이르고 있었다. 백성의 신망을 한몸에 받는 대목수 부친의 충성심 덕으로 옥좌에서 쫓겨나기까지는 않았다손치더라도 왕은 사생아나 쓸모없는 지폐처럼 옥좌에 그냥 던져져 있었다. 왕은 거기서 푸르뎅뎅한 얼굴에 눈물을 떠올리고 뭔지 아첨스러운 눈으로 대목수의 부친을 바라보곤 했다. 잘 바치지도 않았지만 세금은 대신들의 가용으로 녹았고 국사엔 귀떨어진 동전 한푼 쓰이지 않았다. 궁중의 이 무질서는 금방 백성들께 반영되었다. 백성은 결코, 해적들이었던 그들 선조의 피를 바닷물이나 밀포기 밑에 던져 넣어 거름을 삼을 순 없었던 모양이었다. 허리춤엔 다시 단도가 꽂히고 가슴팍에선 술방울이 마를 날이 없었다. 몇씩이나 되는 첩을 두고 몸이 휘도록 순방하며 투전판에 코를 끄을리다가 가난해지면 선린을 약탈했다. 다시 해적으로 돌아가고 있었다. 죄짓지 말고 사람답게 살아 보자고 했던 그래서 이 작은 왕국을 빼앗고, 원주민녀들을 아내로 맞아 정착했던 그들이——돌아가고 있었다. 벌써 잊어 가고 있었지만, 그들이 정착하던 날 그들은, 그들을 싣고 사해를 헤쳐 주었던 배의 용골두(龍骨頭)는 뽑아다 성내에 세워 자기들의 모험과, 주림과, 고독과, 피워 보지 못한 젊음과, 표랑의 얘기들을 잎 피우도록 했고, 죄 많은 선채는 불사르며 그 화염 속에다 검과, 화약과, 혁대와, 표랑벽과 죄까지도 던져넣어 버렸던 것이다. 이 세대에서 태어난 그들은 참으로 깨끗했었다. 그리하여 선장은 그들의 왕이 되었으며 용골두는 그들의 수호신으로서 경배받기 시작한 것이다. 왕은 편안치 못한 밤과 낮에 쇠어 나중엔 가래를 끓이다 제물에 죽을 지경이 되었다. 그 즈음에 불행하게도 대목수의 부친이 병사하고 말았으므로 왕은 더 견딜 수 없게 되어 아들을 불러들였다. 아들의 손을 잡고 왕은 비쭉비쭉 우는 소리로 이렇게 말했다.
「너의 증조부가 사해에서 모아들인 재화만은 이 침대 아래 마루밑 항아리 속에 고스란히 있느니라.」 그리곤 죽을 듯이 떨어대며 거품을 뱉았다. 「그, 그것 다 줘도 조, 좋으니, 그, 그 무, 물약 한 병만 사, 사다 주련? 이, 이름은 모, 모른다.」
그러나 아들은 표정이 없었다.
그 이튿날은 그런데, 왕의 서거가 포고되었고, 그로부터 이레 뒤엔 새 왕의 대관식이 있었다. 죽은 왕은 목에 밧줄을 걸고 상량에 매달려 있었는데, 손에는 눈물이라도 짜 담고 싶은 듯한 순금잔이 움켜쥐어져 있었고 갈겨놓은 설사무더기 속엔 새알만큼씩 한 다이어몬드가 세 개나 떡감고 있었다. 그게 아마 그의 영혼이었던 모양이다.

대관식은, 극히 형식적으로 꾸물대며 침울하게 행해졌다. 새 왕에 대해서도 자살한 왕에게서와 마찬가지로, 대신들로부터 애비 모르는 자식에 이르기까지 별 기대가 없는 듯했다. 누구에게나 볼장은 다 보고 말자는 표정이 있었다. 새로 등극한 왕 쪽에서도 백성의 열광적인 환영을 기대하지 않은 듯했다. 다른 때 같으면 주연을 베풀어야 하는 열닷새 동안을 모습 한번 보이지 않았다. 뜻하지 않은 부왕의 죽음에 당황했던 것이거나, 야심을 갈았을 것이다.

그 열닷새의 침묵을 깨뜨리고 집정관에 용신을 나타낸 첫날 왕은, 부왕이 마굿간에나 처넣어 버렸던 검은 피부의 노예——그는, 건국 기념일날 한 번씩 안겨 주는 위안부에게서 태어난, 검은 피부의 오대 잡종으로서, 힘 쓸 곳을 몰라 밤낮으로 울었다는 사내다. 그런데 위안부라는 건 따로 있었던 것이 아니고, 반년의 생계를 보장해 준다는 조건으로 가난하며 능력 없는 과부들 중에서 오륙 명을 사서 하룻밤만 위안부로 삼았던 것을 말하는데, 자살한 왕이 등극하고 오래지 않아 그 제도는 사라지고 없었다. 그녀들의 반년 생계를 유지해 줄 능력이 이 왕에겐 없었던 것이다——에게 날선 도끼를 들리워 대동하고 노대신들이 아연실색할 일을 공포했다. 대신직을 교체한다는 것이었다. 그러나 왕의 신경질적이면서도 근엄한 표정과, 도끼 쥔 녀석의 부릅뜬 눈 아래서 대신들은 쭈글한 손을 가늘게 떨 뿐이었다. 교체는 그들의 장자나 장손들과 한다는 것이었으므로 탐욕스러운 그들도 (하는 수 없이라곤 해도) 탐욕의 반은 남길 수 있는 것에 매달릴 수밖에 없었다. 그들은 사실 아들이나 손자로부터 암암리에 압력을 받아 오기도 했었다.

「대신직을 제장직(祭長職)이라고 개칭하겠소.」——이것은 부칙이었다. 이것이 왕의 첫 치리였는데 젊은 제장들의 환심을 사기에 보탬이 되었다.

다음으론, 부왕 때부터 분명치 않게 된 사맹삭(四孟朔)의 녹봉(祿俸) 문제를 확실히했다. 이제까진 세금이라는 명목으로 착취한 것(곡식과 가축과 어물과 피륙 등)들을 왕과 열 명의 대신이 십일등분하여 왔으나, 그것은 송두리째 국고에 넣고, 그 대신 그것보다도 일리라도 많은 녹을 왕이 급여한다는 것이었다. 이것 역시 기쁘게 받아들여질 일이었다. 세금의 십일등분이란 사실상 불안한 수입이었으며 괴로운 수입이었던 것이다.

은퇴한 대신들은 너무도 국사에 밝아 있었던 터라, 왕이 한 맹삭이 다가기도 전에 제물에 쓰러질 것이라고 비웃고만 있었다. 그런데 왕은 쓰러지기는커녕 자꾸 더 두각을 나타내 가고만 있었다.

주요한 치리로서의 세째번 것은 유야무야했던 그들의 수호신의 신위(神威) 확립의 도모였다. 양지와 음달이 바뀌는 동안에 미온적이고 서낭당적으로 되어져 버린 것을 갑자기 압도시켰다. 대신직을 제장직으로 바꾸었던 이유는 여기에 있었던 모양으로 그들을 정치 이외의 일에 종사시킴으로 해서 그들의 섭력을 약화하려 했던 것이다. 집정관을 규모가 큰 제당으로 개축하는 사역에 감독을 시킨다든가 용골두를 본떠 석재(石材)로 만든 우상을 신현(神現)으로서 누구나 생명을 느낄 수 있도록 하는 설교를 시킨다든가, 열무날을 택해서 이제껏 없던 제사를 행하게 한다든가, 구전(口傳)되고 있는 교리를 기술하게 한다든가, 청소년을 모아 글을 깨우쳐 준다든가 하는 일들을 시켰는데, 별 할일이 없던 그들에게 사는 보람까지를 느낄 수 있도록 하는 일들이었다.

왕은 그렇게 해서, 그때는 벌써 범할 수 없는, 인간 이상의 존재가 되어 있었다. 이렇게 되기까지는, 물론 대목수의 숨은 공로도 컸지만, 그러나 사람들은 그를 가리켜 무척 고독해 뵈는 무능한 학자라고만 했다.

그런데 왕의 표방(標榜)은 「모든 사람은 화룡(火龍) 밑으로 모이라」였다. 화룡이란 재당앞 광장 가운데 꽂힌 용골두를 가리켜 하는 이름이었다. 그러나 그것이 언제부터 화룡으로 불려지게 되었는진 아무도 몰랐다. 구전에 의하면 그것은 불〔火〕의 상징으로 되어 있었다.

「이 따위 우스꽝스러운 게 불이란 말요? 좀 위풍은 있어도 바보 같은 참나무 토막에 불과하잖소.」

회의가 한창이던 나이에 왕자〔現王〕가 자기 아버지에게 묻던 것을 대목수는 기억하고 있다. 명상하는 자세 중의 하나로서 〈연꽃 자세〉에 관한 강의를 듣고 있었을 때였다.

「사실 이 모습은, 왕자님 말씀대로, 위풍 있게 깎여진 참나무 토막에 불과하긴 하죠.」

대목수의 아버진 그 방면에서도 다만 혼자 밝아 있었다. 말년엔, 그는 의원이라기보다는 중이었다. 그러고 보면 교리의 대부분은 그에 의해 윤색 보충된 것이나 아닌지 모른다. 대목수를 낳다 죽은 마누라의 혼령을, 그는 책 속에서 만나며 늙어 왔던 터였으므로 그러는 동안에 어떤 확신과 체계를 갖게 되었을 것이다. 대목수는 물론 유모를 친모로 알고 자라야만 했었다. 그 점은 왕자도 비슷했지만 왕자는 그래도 대목수보다는 행복했다.

왕자는 어쨌든 다섯살까지는 어머니의 양지에서 놀다가 어머니를 여읜 뒤에는 일곱살 더 많은 이모에게서 극진한 사랑을 받으며 자랄 수 있었기 때문이다. 그런데 이모는 무슨 이유에선지 결혼도 하지 않고 늙어 왔다.

결혼도 하지 않은 그녀가 뒤늦게 딸을 낳았을 때 사람들은 〈형부와 처제가 붙어서 낳았다〉고 쑤군대기도 하고 〈이모와 조카가 붙어서 낳았다〉고도 쑤군댔지만 그 내막은 아무도 몰랐다.

「원래는 선체의 머리였던 것입니다. 그러나 이 모습 속엔 자기의 몸을 태워, 모든 사람이 죄라고 생각했던 것을 대속한 그 숭엄한 구주적인 신성이 있읍니다. 불이 그들의 죄를 태워 버렸던 것입니다. 불은 이 상징의 너머에 있겠읍죠만, 이것은 그 불의 모상(模像)입니다. 원래 대양을 주름잡았던 것처럼, 지금은 차안과 피안 사이의 그 넓은 심연을 주름잡고 있읍니다. 이것은 그 심연 위에 놓여진 다리〔橋梁〕이며, 뗏목입니다. 정신을 집중하여 귀를 기울여 보면 이 불의 음성이 들립니다. 그 언어는 그러나 듣는 이에 따라 다 다릅니다. 다르지만 결국 그것은 불과 한마디에 도달합니다. 건너라는 것이죠.」

왕자는 몽롱한 눈이 되어, 푸른눈의 이 노학자를 우러러 보았다. 왕자의 눈엔 아지랭이와 같은 뭐 그런 크렁한 것이 맺혀 있었는데, 불의 모상에서보다도 고독해 뵈는 이 노학자의 백발에서 더 많은 신성을 느낀 듯했다.

노학자는, 아직 너무도 젊은 이 젊은이 앞에서 자기가 너무 비약되어 있다는 것을 깨닫거나 한 듯, 어조를 고쳐 내용을 바꾸었다.

「곳에 따라, 풍속이나, 사고하는 방식이나, 인식에 따라, 그것은 여러 모양으로 상징될 것인데…… 그것은 보이는 것이 아니라 인식되어지는 어떤 것이니까 말입니다. ……상징이 없이는 그런, 무소부재의 존재를, 신앙하기란……우중으르선 거의 불가능하다 해도 과언은 아닙니다. 신앙할 순 있다 하더라도 그 많은 신앙을 궁극적인 하나의 인식으로 승화시키긴 어렵습니다. ……내 조부님의 땅에선 사람이 바로 신의 상징으로 되어 있더군요. 신이 〈자기 닮게 사람을 창조했다〉는 것입니다. 자기 닮은, 창조의 맨마지막 극치를 이룬 피조물의 이름은 〈사람〉이었읍니다.」

여기까지 말해놓고 노학자는, 하늘과 바다가 딱 닿아 벽이 되어 버린 그 뛰어넘을 수 없는 숙명 쪽으로 그늘진 눈을 보냈다. 그 너머 어디에 선조의 나라가 있었다. 그러나 이젠 조국은 내세의 땅이나, 사라져 버린 올림포스처럼, 그렇게 먼 곳에 있어 그 그늘의 끝이 어스름히 와 드리우고 있을 뿐이었다.

조부의 일지(日誌)에 의한다면, 〈안개가 짙게 낀 어떤 우울한 겨울 밤에〉 해적에게 납치된 걸로 되어 있었다. 〈선장이 매독을 앓고 있었다〉고 했다. 그러나 고국의 명약(名藥) 〈오르기트 시럽〉으로도 낫게 할 수가 없었다는 것이었다. 〈선장은 벌써 늙어 있었다〉고도 했으며 〈벌써 미쳐 있었다〉고도 했고, 〈균이 혈관에 파고들어 발작을 일으키며 헛소리를 하고, 그렇지 않을 때에라도 백치에 불과했다〉고도 기술했다. 〈나는 조국에 내 땀을 흘릴 수 있을 것이라는 아무 희망도 가질 수 없게 되었다. 하는 수 없었다. 나는 내 책들과, 연구에 필요한 얼마 정도의 것을 좀 날라다 달라고 부탁했다. 거칠은 자들 속에서, 그리고 문명으로부터의 절연 속에서 살아가야 한다는 건 무서운 일이었기 때문에〉라고 그날치 일지는 끝맺었었다. 그 일지는 대단히 심각한 여러 사건과 사조와, 마녀의 사적인 비방(秘方)에서부터 과학적인 독살(毒殺) 방법까지를, 그리고 자기 인생의 온갖 고뇌를 고백하고 있었다.

「그렇다면」 왕자는 살기라도 띤 듯한 번들거리는 눈으로 달라붙었다. 「우리에겐 이런 모상이 있는데도 어찌하여 백성은 서낭당에 술과 떡을 올리고 조상의 산소에 절을 하며 부적을 지니고 다닙니까? 그런 건 모두 원주민의 유풍이라고 말씀하신 걸 기억하고 있는데.」

「이러한 상징이 그저 여기에 있는 것만으론 안 되지요. 이 신상이 죽은 것이어서는 안 됩니다. 신상에 입이 있어야 됩니다. 이것의 언어는 절대적인 것으로 되어져야 됩니다. 그러면 흩어진 인식들이 모여들 것입니다 그땐 쉽게 단결되며, 문란해진 법도와 질서가 바로잡히고, 타락된 백성을 구원으로 이끌 것입니다.」

「그러나 역시, 이런 나무 토막을 예배한다는 것은 우습지 않습니까? 이런 것 없이라도, 내 생각 같아선, 정기적인 마을 집회(集會)를 갖고 설교를 한다든가, 또는 이 일에 종사하는 전문적인 사람들을 두어서 인식들을 깨우쳐 준다든가, 뭐 그런 방법들로써도 가능할 것 같습니다.」

「실제에 있어서는」 노학자는 왕자가 기특하다는 듯이 바라보며, 「그게 가능하질 못할 것입니다. 아까도 말씀드린 바와 같이 그런 무소부재의 어떤 존재를 신앙하기란 우중으로선 어렵습니다. 우중뿐만이 아니라, 거기에 종사하는 사람도 그렇습니다. 어떤 형상이나 인식도 지니지 못한 자가 타인을 어떻게 교화할 수 있겠느냐는 것이죠. 물론 자연물 숭배의 경우는 제외하고 하는 말입니다만. 반드시, 모습을 만들어 세워놓은 것이 아니라 하더라도, 〈신이 자기 닮게 인간을 창조했다〉든가, 뱀 닮게 만들었다든가, …… 우리가 그것을 눈에 볼 수 있는 구체적인 어떤 것을 끌어넣는다는 것은 어떤 종교를 가능케 하는 것입니다. 그건 암시적이긴 하지만, 훌륭한 상징이며 우상이 되는 것입니다. 그래서 수천수백의 이교도를 개종시키는 것입니다. 만약 그렇지 못하다면, 어떤 사람은 뱀을 숭배하고, 어떤 이는 호랑이를 숭배하고, 또 어떤 이는 태양을 숭배할 것입니다. 그래도 그것이 성공한 종교라고 할 수 있겠읍니까.」

「그러나 내 생각으른, 사람들의 인식을 기어코 하나로 끌어들일 필요는 없을 것 같습니다. 어떤 상징을 내세운다 하더라도, 그렇게 될 수도 없을 것이지만 말입니다. 왜냐하면, 같은 바위 하나를 놓고라도 보는 사람의 관점에 따라 아주 다른 것으로 보일 수도 있을 테니까 말입니다. 같은 한 사람이 본다 할지라도 때와 장소와 기분에 따라서 아주 낯설은 것으로 보이게도 될 것이니까 말입니다. 그러고 보면, 여러 사람인 경우는 그만두고라도, 자기가 자기 앞에 이교도가 되는 것이죠. 그런 것이야 어쩌되었든, 사람들의 신에 대한 인식을 어떤 틀 속에다 집어넣는다든가, 억압한다는 것이야말로 나쁜 결과를 가져올 것 같습니다. 성공이 아니라 그 반대가 될 것 같은데, 내 생각으론, 신에 맞선 자세엔 제약이 따르면 안 될 것 같습니다. 제멋대로 인식하도록 둬두는 것입니다. 풍랑에 괴롭힘을 받을 땐 구원의 큰 손을 가진 해룡을, 갈증이 심할 땐 샘의 요정을, 풍작으로 기쁠 땐 소 닮은 어떤 곡물신을,——믿도록 둬두는 것입니다. 그러고 보면 한 사람이 수벽 수천의 신의 얼굴을 갖게 될 것이지만 그 하나하나의 신들은 모두 참하며 다정합니다. 서로 배척할 까닭이 없읍니다. 자기들 영역 밖의 일에 대해선 맘쓸 필요가 없으니까요. 나중엔 그 많은 모습들이 하나의 전체를 만들 것입니다. 그땐 신의 모상이란 불필요하잖겠읍니까?」 왕자는 진지했다.

노학자는 왕자의 손을 잡아 쥐고, 감격한 듯한 미소를 보이며 한동안 침묵을 지킨 채 있었다.

대목수는 자기대로 생각을 했다. 말은 안 했는데, 자기가 끼어들 계제가 아닌 듯해서라기보다도 자기가 이해될 것 같지 않아서였다. 「거기까지가 인간일 게다. 아무리 비약해 보아야, 다시 제자리로 되돌아오잖느냐. 인간을 그 이상으로도 이하로도 끌지 말아야 할 게다. 뻗어가 보아야 환원될 뿐 아니냐. 그것을 왜곡하고 착각하면 어딘가에 착오가 생길지도 모른다. 맞닿을 수 없는, 무서운,」 대목수는 가볍게 한숨을 쉬었다. 그러는 사이 노학자가 느릿느릿 말하기 시작했다.

「그런 태도는 결국 무신론이 되든가 아니면 종내엔 하나의 신상을 만들어내고야 말 것입니다. 신상은 그런 많은 방황 후에 나타난, 그러니까 그 많은 신들이 조화되어 나타난 것이라고 보아야 합니다. 왕자님의 말씀은 과정이고 신상은 도달입니다. 그런데 문제는 이와 같은 신의 모상에 있는 게 아닙니다. 이것을 뛰어넘은 저쪽에 있는 불에 있읍니다. 그것에 닿지 않으면 안 됩니다. 그땐, 이까짓 참나무 토막이야 눈에 보이는 것이 아닙니다. 그렇다 하더라도 이 용골두를 불이라고 절하며 믿고 마음을 의지하는 불쌍한 노파의 그것과 조금도 다를 것은 없읍니다. 불에 닿는 점에 있어서 고급과 저급이 있단 것뿐이지, 그 닿는 높이는 같다는 말입니다. 그땐, 서로 조금씩 다른 인식이 백 개가 모였다고 할지라도, 백 명의 이교도가 모였다고 할 순 없읍니다.」

말을 마치고 노학자는, 오른손의 장지(長指)로 왼손 바닥을 톡톡 쳤다. 그런데 그런 사소한 손짓이 분위기를 아주 활기롭게 만들었다.

「그런데, 우리의 신은 왜 하필 불이어야 합니까? 물이라도 좋고, 바람이라도 좋고, 말씀이라도 좋다는 식입니까?」대목수가 끼어들었다.

「〈태초에 불이 있었느니라. 불은 신과 함께 계셨고, 이 불은 곧 신이었던 것이니라. 그가 태초에 그와 함께 계셨고, 만물이 그로 말미암아 지은 바 되었으니, 지은 것이 하나도 그가 없이는 된 것이 없었느니라.〉」노학자는 아들의 눈을 들여다보며, 카랑카랑한 음성으로 계속했다. 「지어진 것 안에 생명이 있었으니 그것이 곧 불이었느니라. 불이 곧 생명의 근저니라. 그러나 불은 생명보다 먼저 있으며 나중까지 있느니라. 불은 시초며 궁극이기 때문에, 불과 조화된 생명은 영생할 것이로되, 불과 상극된 생명은 스러질 것이니라.」

「불과의 조화라는 건 어떤 것입니까?」왕자가 다시 나섰다.

노학자는 잠깐 침묵한 뒤에, 「일심으로 정진하고 난 뒤의 상태를 말하는 것입니다.」

「정진은 어떻게 합니까?」왕자가 성급을 부렸다. 왕자에겐 사실 그것이 문제였는지도 모른다.

「방법이야 많겠죠.」노학자는 좀 피곤을 느낀 듯이 발음했다. 「자신을 비우고 또 비워 진공이 될 때까지 비우는 방법도 있으며, 자신을 채우고, 또 채워 우주보다도 더 많이 채우는 방법도 있고, 자기 육신을 학대하여 뛰어넘을 수 없는 장벽을 뛰어넘는 고행법도 있지만 내 생각으론, 우선 자신을 대상으로 삼고 세밀한 관찰을 해 보는 것이 제일 좋을 것 같습니다. 불이 어디에 있는가를 찾아내는 일입니다. 어떤 사람은 핏속에 있다고도 생각할 것이며 어떤 사람은 척추에 있다고도 생각할 것이며, 어떤 사람은 뇌실이나 심방이나 고환 속에 있다고도 생각할 것입니다. 그러나 아직 누구도 그것이 어디에 있는지는 모릅니다. 그러나 부정하는 방법으로 관찰을 계속해 간다면 우린 틀림없이 불을 찾을 수 있을 것입니다. 불은 손톱에는 없다, 손가락에도 없다, 혈관 속에도 없다, 뇌실에도 있지 않다……라고 말입니다. 이때 어느 사소한 것 하나라도 빼어 놓아선 안 됩니다. 그리고 나서 불이 없다고 믿을 수 있는 부분은 전부 떼어내 버리는 것입니다. 그러면 당연한 결과로 불만이 남습니다. 우리는 그 불을 정말이지 소중하게 아끼고 북돋으며 다음의 일로서 보다 더 큰 불의 전체를 찾아야 됩니다. 방법은 역시 육신을 뒤집어엎듯이 우주를 갈아엎어야 합니다. 정말로 좋은 보습이라면 불을 찾아낼 수 있을 것입니다. 그리하여 불의 전체를 찾았다면 자기의 불을 거기에 귀의시키는 노력을 해야 됩니다.」

「그럼 선생께선 불이 어디에 있다고 알게 되었읍니까?」 왕자는 갈증이 나서 물었다. 그러나 노학자는 대답하지 않고 물러가 버렸다. 왕자는 슬기로왔던지라 더 묻지 않았다. 그날부터 왕자는 버섯핀 용골 밑에서 미쳐서 세월을 보냈다. 보내며 바래져 갔다. 나중엔 피골이 상접해지고 눈은 열기로 붉었다. 누가 보든 그는 무엇에 몹시 굶주린 붉은 귀신이었다. 왼종일을 손톱만 들여다보는 날이 있는가 하면, 머리털을 헤아리고, 손톱으로 허벅지를 긁어 피를 내선 쉬파리로 하여금 빨게 내버려 두는가 하면 똥덩이를 손바닥에다 놓고 헤쳐대며 냄새를 맡았다. 그런 짓은 사실로 똥덩이를 헤쳐보고 난 뒷 날 말끔히 없어졌다. 그 뒷날 그가 용골 밑에 나타났을 때 그는 머리를 감아 빗고, 옷도 비단으로 갈아입어 깡마른 대로나마 우아한 자태였었다. 그런데 그날로부터서 그는 아무것도 보지 않고 지냈다. 예의 〈연꽃 자세〉로 앉아, 듣지도 않고 지내는 것 같았다. 어쩌면 그는 진공(眞空)을 성취하려 했는지도 하긴 알 수 없다. 그로부터 얼마 뒤에 그는 돌변해 버렸기 때문에 돌변해 버린 그는 인간이 추락될 수 있는 한계에서도 한발자국이나 더 밑바닥으로 내려갔는가 하면 비약할 수 있는 범위에서도 한발자국이나 더 위로 치솟아올라 보이는 그런 행동을 했다. 신의 것인지 동물의 것인지 명확히 알 수 없는 아뭏든 그 사이에 인간은 개재되어 있지 않은, 현기증나는 여행을 해댔다. 어쩌면 그는 충일을 성취하려고 했는지도, 하긴 알 수 없다. 그로부터 얼마 뒤엔 그의 모습을 보기가 매우 어려워졌기 때문에.

대목수는 왕자가 그러는 동안을 해부실에서 보냈었다. 그의 방법은 달랐다. 그도 자신을 상대하면서 그랬는지 어쨌는진 모르지만 얼뜻 보기엔 자신을 방관자로 두고 그 속으로 뛰어드는 것 같진 않았다. 그러나 그의 말대로 하자면, 「이 동안 내 몸이 천번도 더 난도질되었다」고 했다. 그의 방에선 헤아릴 수 없이 많은 개구리와 쥐와 토끼가 난도질되어 쓰레기 처리장으로 보내어졌다. 그리고서의 그의 결론은, 「나는 아무리 애썼지만 뼈와 살과, 골과, 털과, 물과, 찌꺼기밖에 불은 찾지 못했다. 유기적으로 구성된 세포들의 운동으로서만 생명은 가능했는데 그렇다고 그 운동이 불에 의해 야기되는 것 같진 않았다. 불은 없었다.」그리고는 그는 손을 한 번 씻은 뒤 소리는 안 나게 휘파람을 불며 주방으로 가, 술 한 모금을 마시곤 선친들이 진리라고 말하는 먼지 속으로 기어들어가 자벌레처럼 꿈틀거렸다. 그 점에 대하여 왕자는 가볍게 일축했다.

「장작을 아무리 쪼개 보아야 불씨는커녕 연기 냄새도 맡을 수 없잖나.」

그 말을 들었을 때 대목수는 조롱하는 자처럼 고개를 흔들고 속으로 대꾸해 주었다. 「그러나 불잉걸의 정말 깊은 속엔 정작 불은 없죠. 그게 불이 되었을 땐 재만 남을걸요.」

어쨌든, 왕자가 등극한 이년 후엔 화룡의 신도가 아닌 백성은 하나도 없었다.

그렇게 되길 기다려 왕은 색다른 방(榜)을 냈다. 아편 재배의 권장이었다. 아편은 제당 앞뜰 이삼백 평 정도에 완상용 화초로 가꾸어지고 있었을 뿐 아편에 관하여 조금이라도 아는 백성은 하나도 없었다. 그런데 왕은 대목수 부친에게 들어 알고 있던 약간의 기초 지식에다 대목수의 설명에 의해 자상히 알게 되었고 대목수는 책과 부친의 일지에서 알았던 약초였는데 부친의 일지엔 채취 방법에서 제조 방법과 인체에 미치는 영향까지를 상세히 기술하고 있었다. 그런데 죽기 며칠 전의 고백에 의한다면 죽은 왕이 바로 실험 대상으로 되어 있었다. 그런 구절을 읽게 되었을 때 대목수는 토해져 나오려는 걸 억지로 참고 부친의 일지를 내동댕이쳐 버렸었다. 이 아편 재배 장려에 대해서 대목수로선 한사코 반대하지 않을 수 없었다. 그러나 왕은 막무가내였다. 왕은 짝을 찾아볼 수 없을 외곬의 사내였다. 끝내는 대목수를 소금 뒤주 속에다 처넣어 버렸던 사내였다. 소금 뒤주 속에 감금되어 대목수는 자기에 한 왕의 배신이 슬퍼서 이를 악물고 하루는 참았다. 고독했지만 이튿날 오전도 참았고 오후도 참았고 밤에도 참았다. 사흘이 되어서는 배가 고팠다. 슬프다든가 고독하다든가, 하는 ──정신이 작위할 수 있었던 것들은 그렇게 큰 의미를 지니지 못했다. 목이 마르고 뒤틀렸다. 잡히기 쉬운 대로 소금덩이를 하나 집어들어 사탕처럼 혀끝에다 녹여 보았다. 눈물 맛 같은 게 짜릿해서 비처럼, 아버지의 죽음처럼, 고양이의 밤울음처럼, 쥐의 눈꺼풀을 어루만지는 비낀 별처럼, 수음처럼 좋았다. 그래서 한 웅큼 틀어넣곤 미친듯이 씹어대다가 똥물까지 토해냈다. 울음이 나왔다. 〈마음이 결정된 대로 두들기면 열어 주겠다〉는 유혹으로부터 철저히 절망하고 싶어서 대목수는 시간을 생각했다. 아마도 오래잖아 끝내 주리라. 시간 같은 바다가 낙엽을 서로 원하지도 않고 주고받은 뜻도 없는데도 낯설은 먼 해안에다 밀어올려 주듯이 바다 같은 시간도 그래 주리라. 그러나 대목수는 금방 자기는 전혀 다른 시간 속에 있음을 수긍하고 있었다. 뒤주 속의 소금에 저려진 흐르지 않는 웅덩이 같은 시간은, 죽음에로가 아니라 정지된 탓에 생명 그것을 미이라로 만들어 버릴지도 모르는 시간이다. 이 생각은 대목수로 하여금 기왕에 받아 온 고통보다도 더욱 더 혹독한 불안과 공포를 보탰다. 그리고 흐르는 **것**에 대한, 늙는 것에 죽는 것에 대한 갈망을 불러일으키고 흐르지 않는 것으로써 곁을 스쳐 흘러가는 것에서의 영원한 소외가 못 참을 것으로 체험되었다. 정지된 속에서의 자살은 성취될 것 같지도 않았다. 어떤 움직임도, 외침도, 호흡도, 응당 사라져야 할 것이 사라지지 않고 영원히 남아 환상처럼, 환상처럼 어지럽게 할 것 같았다. 가령 어깨에서 머리 위로 손을 한번 쳐들었다 한다면, 손은 어깨 위에도 머리 위에도, 움직여진 그 사이에도 있어 여러 수천 개가 되어 버릴 것이다. 대목수는 자신도 모르게 뒤주벽을 쳐대고 있었다. 그래도 뒤주는 얼른 열리지 않았는데 밖에선 충성인지 뭣인지를 약속하라는 것 같았다. 대목수는 모두 좋다고 대답했다. 「될 수만 있다면 난 언제까지고 살고 싶었다. 내 것이 아닌, 다른 사람의 꼭둑각시 생명이면 어떠냐? 무엇을 즐길 수 있다는 건 좋은 것이다. 나는 나 하나가 죽어짐으로 세상이 천국이 된다더라도, 난 안 죽을 수 있으면 안 죽을 것이다.」──이것이 대목수가 소금 뒤주를 회상할 때면 스스로도 믿지 않으면서 하는 말이다. 「그러나 사실 난 꼭 한 번 죽고 싶었을 뿐이다. 그래서 난 죽고 있다.」

　왕이 고가로 사들인다는 포고대로 고가에 **팔리**고 있음을 알자 고기잡이를 전업으로 삼았던 어부들까지도 삼년 후엔 (왕의 즉위 5년) 발벗고 아편

재배에 나섰다. 그 몇 해는 아편이 되기도 잘 되었다. 이땐 벌써 제장들의 횡포는 삼가 대미를 감춘 뒤였다. 백성은 왕만의 심복한 신민으로서 제장들은 물 위에 뜬 나무조각이었다. 사들인 아편은 대목수의 지도 아래 공장에서 담배로 제조되었다. 담배 제조란 그렇게 어려운 것은 아니었다. 부스러지지 않을 만큼 말려진 대마엽(大麻葉)에다 묽은 아편을 적당량 발라 말린 뒤 그것을 진짜 담배잎으로 보기 좋게 말아 풀칠만 하면 되었지만 대목수의 도움이 필요했던 것은 매 개(個)의 담배 속에 포함될 아편의 함량 때문이었다. 그러나 그것이 아편이 주성분이 된 담배라고 하는 건 왕과 대목수 이외의 사람은 아무도 몰랐다. 아편은 다만, 한 달에 두 번씩 왕래하는 배에 실려 이웃땅의 큰 시장으로 가서 금화를 벌어 오는 것이라고만 알았다.

아편 재배 장려 이후 4년 동안에 왕의 창고에는 아편 담배가 노적가리처럼 쌓이게 되었다. 이러는 동안에 숨겨졌던 유전(遺錢)은 바닥이 드러나고 있었지만, 백성의 신망과 아편은 불어났다.

이 왕의 치리 육년 오월(5년 4개월)엔 호구 조사가 있었고, 십일월엔 백성들은 다시 한번 기쁜 소식을 듣게 되었다. 그달 둘째 열무날을 맞아 십오세 이상 육십 오세 미만의 남자는 불구자와 정신박약자, 신병으로 가망이 없는 사람을 빼놓곤 누구나 초대해서 새달 첫 열무날까지 십오일간의 주연을 베푼다는 방이 곳곳에 나붙어 있었다. 아편 재배에 애쓴 백성들에 대한 위로연이라는 것이었다.

「우리가 애쓴 게 뭐 있나? 우리야 재미만 톡톡히 보았지.」

「어느 땐가 성군(聖君)이 온다더니, 지금이 바로 그 때라.」

저자 거리에서나, 사랑방에서나, 동구밖 느티나무 아래서나 백성들은 왕의 이 〈그럴 듯한 초대〉 얘기로 시간 가는 줄을 몰랐다.

「정말 이처럼 살기 좋은 세상은 다시 없을 걸세. 안 그래? 우리 조상은 참 불쌍했어. 조금만 더 살았더라도 이런 태평성세를 살았을 건데.」

「이게 모두 비둘기 덕분이야.」

「이 사람아, 비둘기 태워 제사하는 건 우리 마을 이야기고, 성내에선 양을 바친다 하데. 불도 뭘 먹어야지, 암문.」

「이 무식한 사람아, 사람은 입으로 먹고 귀신은 눈으로 먹고 불은 코로 먹는 거야. 냄새만 맡는단 말야.」

「앗다, 거참, 꽤나 아는 척하네 그려. 대체 그날이 몇 날이나 남았는가?」

「이제는 사흘밖에 더 남았다구?」

「히히. 이봐 이 사람아 생각해 보라구, 다른 때 같으면 감히 쳐다볼 수
도 없던 비단옷 입은 선녀들이 나긋나긋한 손으로 술을 따르며 이렇게 눈
을 찡긋한다, 하휴우!」
「자네는 거 언제나 음(淫)에 지랄이거든.」
「하휴우, 생각만 해도 사지가 떨려. 잘하면 속곳까지는 슬쩍할 수 있다.」
「하다니?」
「헤헤, 만져 본다는 거지.」
「자넨 파리 팔자나 될 걸 잘못됐어. 똥구멍도 빨 수 있었을 텐데.」
「흐흐으.」
「보름 동안이라? 우리가 초대받은 날은 열아흐레 날이지? 젠장 낮도
길고, 밤도 길고, 아침도 길다.」
　기다렸던 그날은 그리하여 왔다. 성문은 열무날 하루 전 자정부터 열어
뒀다. 그러나 사람들이 몰려들기 시작한 건 이른 조반을 끝낼 무렵부터였
다. 시중의 포목장수들을 비롯해서 신장수, 모자장수, 양말장수, 심지어
단추장수에 이르기까지——그들은 뭍을 왕래하는 중간 도매상들에게서 사
서 팔았지만 즐거운 비명을 지르며 물건을 팔기에 손이 모자랐었는데, 그
날이 되어 성안으로 들어간 사람치고 모양내지 않은 사람은 하나도 없었
다. 물론 어두운 색깔이나 어두운 얼굴은 하나도 없었다.
　오월의 호구 조사에 의하면, 당시의 인구는 이천 삼백여 명이었는데,
그 중에서 남자가 사할오부(1,035명), 여자가 오할오부(1,265명)의 비율
이었다. 그런데 이 현상은 사면 육십사방이 바다라는 그런 입지 조건 탓
이기도 했지만, 이 섬을 빼앗던 당시에 원주민 남자의 칠할이 살상된 탓
도 있었다. 이 사할오부의 남자 속에서도, 십오세 미만의 소년과 유아가
백오십여 명, 불구자과 정신 박약자가 이십여 명, 육십오세 이상의 노약
자가 백여 명이었다. 그러고 보면 성문을 통과한 인원은 기껏 칠백 육십
명에 불과했다.
　정오에는 성문을 닫아도 되었다. 아무도 그런 걸 이상스럽게 생각하지
않았지만, 성문엔 큰 빗장이 걸리고, 작은 샛문들에도 자물쇠가 채워졌
다. 그러고 나니 성(城)은 참으로 성(城)이었다. 성은 이 땅의 오분의 일이
나 차지하고 있었는데도, 건물이라곤 왕의 침궁과 제당을 위시해서 석조
건물 백여 채가 듬성듬성이, 서늘한 계절의 양광(陽光) 아래 단조로히 좌정
(坐定)해 있고, 오히려 벌의 날개짓 소리가 시끄러울 정도였다. 온통 숲이
며, 연못이고, 꽃밭으로 되어 있어서, 백성들은 처음엔 조금씩 서먹거려

54

했지만, 성내를 휩싸고 있는 짙은 은근함과, 빽빽하면서도 부드러운 고적함과 명상적으로 심정을 가라앉혀 주는 모든 분위기에 차차로 감염되어 갔다. 그러한 것들은 이제까지 느껴 보지 못했던 어떤 다른 종류의 삶을 접촉케 해 주는 것이었다. 손발이 부르튼 건강한 아내의 미소 속에서 잠시 느낄 수 있었던 그런 것과도 다르면서 그런 것만큼이나 뿌듯하게 해 주는 것이었다. 무엇보다도 그들에게 큰 감명을 주는 것은 역시 선조들을 싣고 사해를 주름잡았던 그 용골두였다. 그들은 누구나 없이 그것의 앞에서 경건히 머리 숙여 존숭을 표했다. 그러나 그것은 소낙비와, 미풍과, 뙤약볕과, 밤 이슬에, 옛날의 격돌의 정열은 침륜되어 버리고, 그 추억의 몇 편린으로서 버섯이나 피어나고 있었다. 그렇게나 지금은 쇠로(衰老)되어 버렸지만, 그러나 그것이 그들 왕국의 번영과 생활과 화평을 가능케 했었던 것이다. 그것의 모습이 그렇게 늙어 시들었다고 해서 누구도 슬퍼하지 않았다. 오히려, 흐릿해진 윤곽에서 그들은 보다 더 짙은 불의 입내를 느낄 수 있었으며 보다 또렷이 불의 발가락을 볼 수 있었던 것이다. 불이 타고 있었다. 그 용골두 안의 어디에서——, 그 용골두 밖의 어디에서——, 그 용골두 너머 어디에서——, 불이 타고 있었다.

불에서 경배를 마친 사람들은, 조상들의 용기와 모험을 얘기하며 놀이와 구경을 찾아 끼리끼리 흩어져갔다. 배젓기도 하고, 그네도 타고, 공놀이도 하고 씨름판도 벌이며, 골패짝에 마누라를 얹기도 했다. 섭섭한 건, 돈은 가졌지만, 술집도 색시집도 상점도 없는 그것이었다. 도대체 어디에서고 잔치 준비를 하고 있는 것 같지도 않고, 연기도 오르지 않고 있었다. 그러는 사이 벌써 일년 중에서도 해 짧은 달의 하루가 지려고 하고 있었다. 그러나 그때까지도 왕으로부턴 아무 소식도 없었으므로, 사람들은 비로소 권태와 주림을 느끼기 시작했다.

「어찌된 셈일까?」

「낸들 알 수 있나.」

「이럴 줄 알았다면 도시락이나 싸들고 올 걸. 여편네가 싸 준다는 걸 핀잔을 주고 달려 나왔더니,」

「뉘는 아니게? 제길, 도시락은 그만두고라도 아침 밥이나 좀 든든히 먹고 올 걸.」

「돈은 땄지만, 성밖으로 나갈 수가 없던 걸.」

「왜, 닫겼던가?」

「다 알아 본 내라네.」

「아 이거 배가 고파 어디 살겠다구? 목두 컬컬하고.」

「성급하기도 하이. 생일에 잘 먹자고 이레도 굶는단 말야. 열무날은 내일이잖나? 아직도 열닷새가 꼬박이 남았잖아. 허리끈이나 늦추어 두게. 그리고 먹는 데 너무 허겁거리지 말라구. 그 명주옷에 설사나 갈겨 보게, 마누라한테 구정물이나 맞을걸.」

「그깐 마누라는 남아돌아가구 있어. 자네들이나 내나 언제 물귀신이 될지도 모르는데, 마누라년이 한 서방만 철석같이 믿고 산다던가. 인제는 다 뭍의 여자들 얘기라. 자네 애놈인들 뉘놈의 새낀 줄 아나? 어젯밤에도 난 집에선 안 잤어. 열녀비(烈女碑) 똥구멍에 누워 잤는데. 자네 여편네는 말하지 않던가? 열녀비가 있는 쪽에 나물 캐러 갔다 왔다고 말일세. 캐기야 인삼(人蔘) 하나 큰 것 캐서 씹어 먹고 말더라만, 흐흐흐 헌데 이 사람아 하다못해 돼지털이라도 좀 잘라 밥풀에 이겨서 발라 주게나, 미끄러운 불두덩 때문에 난 녹았지. 어쩌다 보니 발가락 새에다 지랄하게 되더라. 삼년 재수는 없게 됐어.」

「하하하하.」

「후후우훗.」

「아 저런 잡놈이? 남의 마누라 걱정 말고, 네 마누라 배꼽 걱정이나 해라. 창자가 빠져 나온 건지 배꼽이 서발은 튀어 나왔더라. 명주실로 좀 감아 두라구. 그게 받치고 있는 탓에 난 공중에 둥둥 떠서 애만 썼다야. 나중엔 어지러워 죽겠더군.」

「하하하, 그러고 브니 자네 마누라가 거웃이 없는 건 확실한 모양이군, 응?」

사람들은 권태로이 씨분대며 퍽적지근 땅바닥에 주저앉고 말았다. 이우는 달이 떠오를 무렵엔, 지칠 줄 모르고 쏘다니며 지껄여대던 잡놈들도 지쳐 자빠져 눈을 감았다. 화톳불도 없었다. 달빛만 많고 그늘 쪽은 적막했다. 씨르래기만 어디서 씨르럭거리고 있고 까치는 잠들었고 불켜진 창은 가까이 있어도 멀리에 보였다. 성 속에 들어왔어도 성은 멀리에만 있는 듯하고 여자도 보이지 않았다. 초조하고 배만 잔뜩 고팠다.

거의 모두들, 포기하고 잠이나 자려 되는 대로 늘어져 있었을 무렵이나 되어서였다. 느닷없는 종소리가 울려퍼지며 성벽 위의 요소요소에서 오십 개도 넘는 봉화가 일제히 타올랐다.

「왕이 오신다, 왕이 오신다.」

어느 쪽에선지 환희로 다급해진 부르짖음이 났다.

「뭐, 폐하께서? 어디야, 어디?」

자기들도 모르게 사람들은 몸을 곧추세워 옷깃을 여미고, 먼지를 털었다. 흥분되어 버렸다. 눈이 멀도록 기다리고 기다렸던 시간이다.

「저쪽이다, 저쪽에서 흰 말을 타고 용신을 보이셨다.」

사람들의 시선이 머문 곳에 과연 왕이 용신을 나타냈다. 제당의 우단(右端)에서, 건강한 처녀와 같은 흰 말을 타고, 인자한 웃음을 보이며, 팔을 넓게 벌리고 나왔다. 횃불을 든 다섯 명의 제장이 길을 트고 있었으며 검은 피부의 종자는 도끼를 허리에 차고 따르고, 그보다 좀 떨어진 곳에서 대목수는 터덕터덕 걸어 따르고 있었다.

백성들은 다시 한번 옷매무새를 가다듬고, 너그러운 용안을 우러러보며, 「성군 만세! 만만세!」를 외쳤다. 섬이 너무도 놀라서 한가로운 졸음을 깨이고 도망이라도 치게 만들 듯한 함성이 되었다. 「만세! 만만세!」

왕의 불그스레한 얼굴엔 신의 그것과도 같아 보이고 역사(力士)의 그것과도 같아 보이는 웃음이 자꾸 더 피어 올랐다. 왕은 그러나 아무 말도 없이 자기의 백성들 사이를 휘어둘러 제당의 계단이 시작되는 곳에서 말을 버리고 대목수의 부축을 받아 계단을 올랐다.

두 시간 후에야 백성들은 왕을 다시 볼 수 있었다.

왕이 제당 안으로 들어갔을 땐, 성 밖에서 종사하던 제장들까지 모두 와서 제물을 준비해 놓고 왕이 나타나기만을 기다리며, 불의 아가리를 가진 석화룡 밑에 끓어엎드려 왕의 만수무강과 사후의 복락을 빌고 있었다. 제물은 불의 아가리에 각각 한 마리씩의 양이 묶여 있었는데——보통은 열무날 아침으로만 드렸던 것이지만 비둘기를 양으로 바꾸었던 열무날 전날 밤에 이와 같은 제사가 한번 있었다——사방벽에 걸린 휘황한 촛불빛과 우울한 듯하면서도 엄숙한 기분을 주는 분위기에 익숙치 못해 「매애애해」하고 서럽게 울었다. 왕은 그것을 눈여겨 쏘아보며 만족해하는 웃음을 지었다. 눈이 가늘어지고, 진한 침이 지르르 흘러내리는 웃음이다.

왕이 용상에 앉기를 기다려, 엎드려 있던 사람들은 고개를 들었다. 검은 종자는 왕의 뒤에 버텨서고, 대목수는 지정된 자기 자리에 앉았다.

왕의 지시를 기다려 대제장이 자리에서 일어났다. 제사와 예배가 시작되려는 것이다. 대제장은 우선 제당 안을 천천히 휘둘러본 뒤, 손뼉을 딱하고 한 번 쳤다. 그것을 신호로, 화룡의 꼬리 부분에서 각각 두 명씩의 제장들이 연자(硏子) 같은 것을 돌리기 시작했다. 이 화룡은 석공과 목수가 협력해서 석 달을 만든 것으로 연자 같은 것을 용미에서 돌리면 용의 아가리가 하품하는 하마의 입처럼 벌려지게 되어 있었다. 최대한 이 미터 반까지 벌려졌다. 그것의 목구멍은 약대의 목통처럼 되어 있어 그 두 시간 동안은 탈 기름이 언제나 준비되어 있었다. 제사는 제물을 산 채로 목은 화룡의 윗이빨에, 발은 아래 이빨에 묶어 연자(같은 것)를 돌림으로 해서 두 배나 더 늘여 최후의 숨을 넘기려는 직전에 망나니 제장이 목을 자르고 그 잘라진 두 동강의 몸을 태우며 그 연기 속에다 기원과 때〔垢〕를 실어 보내는 것이다. 제물들은 이 시간을 위해 기름을 준비해 왔거나, 좋은 심지로 성장해 왔던 모양으로 잘도 타고, 뼈 몇 조각이나 남기곤 했다. 모제사바하. 이른바 〈쑥대머리제사〉라는 것이었다.

대목수는 아예부터 이 제사를 싫어했다.

「그런 방법의 제사는 은총을 부르기보다는 막을 것이옵니다. 폐하, 그리 마옵소서!」 이렇게 진언도 해 보았으나 왕은 웃으며 「경은 어질지만 어리석소. 과인의 연민이 그와 같은 것을 창안한 것이거늘. 물주머니는 학대받을 것이잖소? 제물은 자기도 구하고 남도 구하는 것을 모르오?」 하고 일축해 버리는 것이었다. 두번째 진언했을 땐 대답도 안 했는데, 세번째의 진언엔 성이 머리끝까지 나서 이번엔, 굶주린 광견(狂犬)의 우리에 넣어 버리라고 검은 종자에게 분부했다. 하는 수 없어 대목수는 무릎을 끓어야 했다.

기도는 제장들의 목청 뽑는 선창에서부터 시작된다.

「전능하신 불이여, 굽어 살피소서!」——이건 후렴구임엔 틀림없지만 이해하기에 따라 인도 구호(引導口號)라고 해도 될 것이다——라는 선창에 이어, 「우리의 육신은 불이 잠시 머무는 미지근한 물주머니입니다.」 하고, 왕이 정해진 기도의 서두를 떼면, 모든 신도가 복창한다. 「우리의 육신은 불이 잠시 머무는 미지근한 물주머니입니다.」

「전능하신 불이여, 굽어 살피소서!」

「그러나 이 물주머니는 간사스러워 가뭄들거나 창수지기 쉬운데.」

　(신도의 복창)

「전능하신 불이여, 굽어 살피소서!」

「아무쪼록 연약한 우리로 하여금 이와 같은 물주머니에 집착케 마옵시고,」

　(복창)

「전능하신 불이여, 굽어 살피소서,」

「당신의 국토(國土)에 한시 바삐 불러 주셔서,」

　(복창)

「전능하신 불이여, 굽어 살피소서,」
「다시는 나완 상관 없이 이 객체에 돌려 보내지 마옵시고,」
 (복창)
「전능하신 불이여, 굽어 살피소서,」
「종사치 말게 하옵시며,」
 (복창)
「전능하신 불이여, 굽어 살피소서,」
「불을 모시는 동안 불을 흩뜨리지 말게 하옵소서.」
 (복창)
「전능하신 불이여,」
「당신의 국토와 권세와 영광이 영원히 당신 안에 있나이다. 모제사바하.」
 (복창)

　이때쯤은, 기름타는 냄새와 먹물 같은 연기가 제당 안에 빽빽해진다. 그 연기 속에 전복처럼 엎드려붙어, 그로부터는 모두 자기들만의 설움〔祈禱〕을 토하기 시작한다. 그런데 왕의 고백이 언제나 가장 길고 격렬했다. 대목수는 멍하게 연기로 해서 멀리 보이고 악몽 속의 일과 같은 광경을 바라보며 딴 생각에 잠기기가 일쑤였는데, 그와 같은 격렬한 발작은 몸엔 결코 해롭지 않을 것이라고 믿었다. 아뭏든, 누적된 것은 불안이건, 불만이건, 공포든 고독이든, 정열이든, 증오든, 사랑이든 그것이 무엇이든 설사해 버린다는 일은, 범람이나 고갈로부터 중용을 태어나게 할 것이며, 새로운 힘을 북돋고, 거듭 태어나게 할 것이다, 라고.
　왕은 기도하는 동안이면 무아(無我)에서 헤맸다. 자기의 객체에 대해 증오와 저주를 퍼부어대며 머리칼을 쥐어뜯고 가슴을 쳤다. 그런 시간이 길면 두 시간도 더 되었고 짧아도 반 시간은 넘었다. 예배가 끝나면 왕은 온몸을 경련하며 피맛 본 망령처럼 침실로 가는데 왕의 아래 속옷은 흥건히 젖어 끈적거리고 그리고도 부족해 숨을 씨근거린다. 왕이 침실로 들어가면——거기에도 물론 작은 모양의 화룡이 있었는데, 그것은 눈만이 유달리 큰 놈이었다——왕의 침대엔 발가벗은 여인이 한 사람이나 두 사람 많으면 다섯 사람까지——최음제(催淫劑)에 자극받고 몸을 비틀고 있도록 되어 있었다. 물주머니에 대한 저주를 본격적으로 퍼부어댐으로 해서 불에 닿으려는 것이다. 최음제도 역시 소금 뒤주와 광견 우리의 위협을 놓고, 대목수에게 제조케 한 것임은 물론이다. 대목수는 무력하고 비겁했지만 화약을 발명한 사람이, 그것이 굉장한 해를 입힐 것을 너무나 잘 알면서도 진지했듯이 일단 그 일을 착수하였으므로 거의 완벽한 것을 만들어 내지 않고는 견디질 듯했다. 연구로부터 문득 자신을 살펴볼 시간이 생길 때면 대목수는 쓰게 웃었다. 그리곤 자신의 비겁에서 어떤 쾌감까지를 불러일으키곤 했다.

최음제는 요힘베 껍질에서 뽑아낸 알칼로이드와 광견의 타액(唾液)을 주성분으로, 선인장 즙(汁)을 가미하여 조제했는데 복용자에게 광견병 증세와 현란한 신비를 곁들여 나타나게 하려는 것이었다. 요힘베 껍질에서 뽑아낸 알칼로이드에 의한 들쑤시고 뒤틀려지는 참을 수 없는 흥분과, 광견 타액에 의한 가학성 발작과 젖음, 그리고 선인장 즙에 의한 무지개가 흐르는 듯 몽롱하고 현혹적인 쾌감은, 제아무리 냉정하고 순결한 여인일지라도 변태적인 색광녀로 만들어 버리고 마는데, 왕은 그 여인을 조종하여 자기 객체에 학대를 퍼붓도록 한다. 왕은 그렇게 참을 수 있을 만큼 참는다. 그러나 왕이 학대받는 표정은 아무도 본 사람이 없고, 또 표현할 수 있을 만큼 명석한 정신을 지니고 있었던 여인도 없었으므로 수수께끼로 남아 있지만 아뭏든 왕의 몸엔 다음 열무날까지나 치료해야 할 정도의 상처가 생기게 된다. 그런 후에야 비로소 왕은 얼굴에 온화함을 띠고 치정(治政)에 임하게 된다.

왕이 시계 밑 노대(露臺)에 다시 나타났을 땐, 그림자의 무게가 척추로 흘러내리는 시각——달이 하늘 가운데에 와 있었다. 때에, 다시 한번 종소리가 울렸다. 소리까지도 이슬에 젖은 듯 축축했다.

「사랑하는 백성이여,」

종소리가 멎기도 전게, 이번엔 우렁찬 왕의 음성이 들렸다. 「많이도 지쳤겠도다.」

시들해졌던 백성들에게 왕의 음성은 감로수였다.

「과인은 그대들의 실망과 불만을 모르는 바 아니로되 그대들을 무위케 기다리게 해야만 되었던 어떤 불미로운 사건에 대하여 과인은 못내 섭섭해하노라.」 왕은 어떤 반응을 기다린 듯 잠시 침묵했다.

「참으로 불미스러운 길이었노라. 이 일은 내일 새벽엔 밝혀질 일이로되, 그대들의 궁금증을 풀어 주고, 그대들의 실망을 씻어 주기 위하여 미리 얘기해 두는 바는, 그대들을 위해 준비했던 음식에 어떤 자가 비상(砒霜)을 넣었기 때문이었다는 그것이노라.」 왕의 연설은 여기서 끊겼는데, 그리고도 몸을 돌이키지 않은 것은 무슨 계산이 있어서인 듯했다.

「글쎄, 내 수상타 했더라니,」

「비상이란 게 독약 아냐? 어떤 놈이 그런 짓을 했어?」
「찢어 죽여야 마땅해.」
「찢어 죽여서도 부족해, 시체라도 절단을 내야지.」
 저주하는 소리는 곧 부르짖음으로 변했다.
「그 놈을 찢어 죽이시옵소서!」
「우리의 분을 풀어 주십시오!」
「그놈을 당장 우리에게 보내소서!」
 백성들은 주먹을 휘두르며 미친 듯이 외쳤다.
 왕은 그때를 기다려 참고 있었던지 흔쾌히 웃으며 손을 저어 부르짖음을 껐다.
「그러나, 그와 같은 불행을 미리 알았음을 과인이나 그대들이나 천만 다행으로 여길 수밖엔 없노라. 과인도 그대들의 분노에 십분 공감하는 바이로되, 모든 건 법대로 행할 것이니 내일까진 참도록 하라. 내일은, 그자의 그 행위에 대하여 법이 얼마나 두렵고 백성에 대한 과인의 사랑이 얼마나 두터운가를 보여 주겠노라. 그리고, 그대들을 위해 약간의 주연을 베풀려 하니 조금만 더 참고 기다려 주기 바라노라. 모두 수고가 많겠노라.」
「만세——, 만세——」
「만만세——」
 백성들의 환성 속에서 왕은 사라졌다. 그 검은 종자와 대목수가 왕을 보위하며 따랐다.
 조용한 곳에 왔을 때 대목수는 「폐하, 마옵소서, 지금이라도 마옵소서, 저 어리고 어리석은 백성들께 그리 마옵소서.」하고, 뭔가를 눈물로 간원했다. 대목수로서는 큰 용기를 낸 것이지만, 부들부들 떨고 있었다. 「하옵고 폐하, 폐하께 바치는 저의 충성을 의심치 마옵소서.」
「어허, 사사건건 경은 어찌 그리 말이 많소? 과인이 하는 일에 너무 참견치 말기 바라오. 과인이 불의 언어며, 불의 뜻이며, 백성의 구주임을 경은 의심한단 말요? 모름지기 모든 객체는 파괴되어져야 될 것이어늘. 경은 장작에서 불을 찾듯, 생명 있는 것의 사지를 절단해 보았어도 불을 찾지 못하였잖소. 그것이 경의 어리석음이오. 불로 해서 장작을 태우잖으면 장차는 장작은 썩고 말 것. 그래서 과인은 불을 붙이려 하며, 붙은 불을 위대한 불에 귀의시키려 하는 것이 아니오? 그것이 합(合)이며, 질서며, 국토(國土)란 말이오. 알겠소? 과인은 전체의 불과 부분의 불과의 사이에 가로놓인 교량이오.」

「하오나 폐하, 그것은 거기에 머물지 않고 곧 바로 이산(離散)될 것이옵니다. 만약 이산이 없다면 우주는 생명을 잃고 황폐해져 버릴 것이옵니다.」
「허허헛, 과인이 바라는 바가 바로 그것이라는 걸 경은 알고 있구료. 과인으로 해서 끝나 버리는 것이오. 과인은 매듭짓는 자가 아니오? 경은 과인의 일을 돕기나 하시오!」
「폐하, 하오나 다시 한번 살펴보시옵소서. 생명이란 여러 혼돈이 질서화한 그것이 아니옵니까? 죽으면 그뿐으로, 어디에 귀의할 불을 남기진 않사옵니다. 생명, 그것이 궁극이며, 불의 전체라 하였사옵지, 생명과 불이 별개의 것이 아니지 않사옵니까?」
「경의 이야긴 어찌 그렇게 흐트러져 있는고? 감기 기운이라도 있어 보이누먼.」
「아니옵니다. 소신은 폐하와 소신, 두 견해에서 말씀올린 것에 불과하옵니다. 소신의 의견은 불은 전체도 부분도 없으며 생명을 그저 불이라고 상정한 것에 불과하닲나……」
「닥치지 못할까? 어서 창고나 열어 주도록 하라!」
왕은 대목수와 검은 종자를 남겨두고 훌훌히 앞서 걸어가 버렸다.
대목수는 검은 종자가 열쇠 재촉을 두 번이나 했을 때까지 흔들거리며 그냥 그 자리에 서 있었다. 「백성은 자기들도 모르는 새 왕의 철사줄에 묶이고 만다. 그들은 사유(私有)의 개인을 잃고 말 것이다. 생명까지도 왕의 창고에 헌납된다. 왕은 그러나 구주인 체한다. 백성은 아무도 불평하지 않을 게다, 그땐 불평까지도 갖지 못할 것이다. 백성은 추워하겠지, 추워하면서 불꺼진 국신 탓에 비굴해지겠지. 왕은 그들의 언 발에 오줌을 갈겨 준다. 그것을 이 내가 도왔다. 난 죽고 싶지 않았지. 소금 뒤주에서, 광견의 우리 속에서. 지금도 역시 그런 건 무섭다. 정말 무섭다. 헌데 어쩌면 왕 쪽이든 내 쪽이든 어느 쪽이 착오에 사로잡혀 있음이 분명하다. 왕 쪽인가, 내 쪽인가?」
「시의 각하, 자물쇠는 끌러야죠!」
「아, 알았으니──그만 말해둬라.」
대목수는 제정신이 아닌 듯 중얼거리며, 녀석을 따라 복도를 지났다. 입에 소금 맛이 돌았다. 「알구 말구, 알구 말구, 헹, 알다뿐이야?」
복도의 끝에서 제당을 버리고 창고로 통한 길을 걷고 있었을 때도 대목수는 제정신이 아녀 보였다. 그래도 걸음걸이만은 확실했다.
창고 앞엔 이삼십 명쯤 종자들이 웅숭그리고 서 있다가, 대목수가 나타나자 움직이기 시작했다. 녀석들은 아편담배를 만들었던 직공이기도 했다. 그러나, 성밖의 백성들이 그랬듯이 녀석들도 그것이 어디에 쓰이는 줄은 몰랐다.

대목수는 둘러보지도 않고 회중시계 줄에 매달아 두었던 열쇠를 꺼내 자물쇠 구멍에 끼워 넣었다. 「알구 말구. 알구 말구, 알다뿐야……」

자물쇠는 둔중하면서도 탄력 있는 소리를 내며 튕겨났다. 창고를 울리는 듯한 그 툼하는 소리가 귓바퀴에 느껴졌다고 했을 때, 대목수는 비그르 무너지고 말았다. 그리고 그 이튿날 새벽 다섯시가 되기까진 아무것도 몰랐다. 아마도 그 겁센 놈이 안아다 침대에 던져놓은 모양이었고, 졸도에서 깨인 건 어젯밤이었다 하더라도 쌓였던 피로와 수면 부족이 계속 혼수로 밀어넣었던 모양이었다.

혼수에서 의식을 서서히 회복하고 있었을 때의 대목수의 기분은 한껏 개운했다. 무슨 일이 어떻게 일어났고, 진행되었나는 기억에도 들지 않았다. 우선 목이 좀 말랐으므로 대목수는 눈은 감은 채 침대머리로 더듬거리며 손을 뻗쳤다. 여느날 새벽으로나 하는 버릇이었다. 그런데 주전자가 손에 닿기도 전에 입술로 물이 흘러들었다. 대목수는 놀라 눈을 번쩍 떴다. 그래서 보곤 더욱 더 놀랐다. 시녀장이 아끼는 딸이 수줍은 듯 주전자 귀를 대주고 있다. 어쨌든 실컷 마시고, 정신을 차려서 대목수는,

「대체 어떻게 된 셈입니까?」하고 물었다. 겨우 울려나온 뻑뻑한 소리였다.

「폐하께서 가 보라고 그러셨어요. 어젯밤에요. 시의 각하는 이 나라와도 바꿀 수 없는 귀중한 친구라고 하시면서……극진히 간호하라 하셨어요. 그리고 저……」

시녀장의 딸은 뭘 더 계속하려다 제물에 얼굴이 빨개져 머뭇거렸다.

「아, 폐하께옵서. 」

대목수는 몸에 배어 버린 예절로 몸을 일으키려 했다. 그러자 시녀장의 딸이 얼른 말렸기 때문에 손을 가슴에 얹는 정도로 그쳤다.

「그래 밤을 새우셨읍니까? 뜬눈으로? 」

「…… 」

「난생 처음 받는 호의에 뭐라고 감사드릴 바를 모르겠읍니다만, 난 병자가 아니었는데 너무 수고를 하셨군요. 이 친절은 두고두고 감사해야 할 영광이 되겠읍니다. 이젠 돌아가셔서 쉬시죠. 」대목수는 정중한 언사를 썼다.

「아프시지 않았대두」 시녀장의 딸은 몹시 머뭇거리더니, 기어들어가는
소리로 웅얼거렸다. 「전 곁에 있고 싶었어요.」
　대목수는 얼른 이해할 수가 없어서 그녀를 올려다보았다. 슬픈 듯한 명
랑함을 지닌, 새끼 고양이의 그것과 같은 눈망울이 피하지도 않고 당돌하
게 내려다보고 있다. 대목수는 그런 눈엔 익숙해 보질 못했으므로 여간 당
황하지 않았다. 대목수는 눈을 피해 촛대에 꽂힌 촛불을 바라보았다.
「오참,」
　갑자기 어젯밤 일이 생각혀 대목수는 미친 듯이 뛰어 일어났다.
「백성은 어젯밤 어찌 되었다 합니까?」
「진정하셔요, 네? 좀 진정하셔요.」
　시녀장의 딸은 당황되어 자기도 모르게 대목수의 가슴을 안았다. 「이러
심 해로울 거예요.」
　대목수는 무력해져 다시 몸을 부렸다. 그리곤 어떤 설명을 기다리는 눈
을 했다.
「어머니 말씀을 들으면 모두들 그 담배 칭찬을 하며 광대놀이랑 아주 즐
겁게 보았다 합니다. 물론 식사도 배불리하고 술도 남아 넘쳤다 합니다.」
「으음.」 대목수는 신음을 했다.
「오참, 처음엔 모두 재채길 하고, 침을 흘리며 쓰러져 좀 고통스러워하
곤 했었다는데, 새벽녘엔 열다섯 소년까지도 기분좋아 하더라나봐요. 젊
어지며, 체력을 기르는 담배라니까 연기라곤 한방울도 내놓지 않으려 애
를 쓰더래요. 호호호. 그 모양이 어쩌나 우스운지 몰랐대요.」
「왜 웃으시오?」 대목수는 시녀장의 딸을 무섭게 노려 보았다. 그러자
시녀장의 딸은 아주 소심해져서,
「제, 제가 잘못했나요?」하고 고개를 떨구었다. 대목수는 한숨을 한번
깊이 쉬고, 시녀장의 딸의 머리칼만큼이나 치렁한 휘장으로 눈을 돌렸다.
방안엔 아직도 아침의 빛 같은 건 스며들지도 않았다. 촛불빛이 던지는
긴 그림자들이 불길하게 움직인다. 「어디엔가엔 분명히 착오가 있어. ……
기어코 불을 빼앗기는 건가. 아니 어디엔가는 착오가 있어. 불을 빼앗는
건 아닌지도 모르지. 아니 어디엔가는 착오가 있어. 불을 빼앗기면서도
무지한 그들은 웃고 있겠지. 아니 어디엔가는 착오가 있어, 분명히 어디엔
가는 착오가 있어. 으흐흐으음.」 대목수는 가슴이 터질 것만 같아 머리를
감싸며 앓았다. 「으흐으음. 으흐음.」
「가, 갑자기 나빠지셨나요?」 시녀장의 딸은 당황해서 대목수의 손을 잡

는다. 잡는 손은 떨고 있었다. 「네? 아주 나빠지셨어요?」

「아, 아니오.」대목수는, 옆에 시녀장의 딸이 있는 것도 잊고 약함을 보였다는 것 때문에 당황했다. 「아닙니다. 몸은 좋습니다. 아주 좋습니다. 헌데 혼자 있도록 둬두지 않으렵니까? 혼자 있도록 말입니다.」대목수는 혼자로 되는 것이 무서울 것이라고 알면서도, 묘한 기분이 들어 그렇게 애원했다.

「뭐 제가 잘못이라도 저질렀나요?」시녀장의 딸은 조용히 일어섰다. 「허지만 폐하께선 절더러 각하를 모시라는 것이었어요.」그녀의 눈엔 이슬이 맺혔다. 「고독하셨을 거라구요.」

「폐하께서?」

시녀장의 딸은 순진하게 고개를 끄덕였다. 그리고도 자리를 얼른 뜨지 않았다.

「내게서도 불을 빼앗을 작정인가? 이 귀여운 아편을 잡아매 줌으로 해서 내 명석을 흐트려 버리려는 것이지? 이 귀여운 아편을 주어서. 나의 명석은, 내가 명석한지 어떤지는 모르지만, 이미 필요 없게 되었으니까. 왕은 다 이루었으니까. 헌데 이 아가씬 겨우 이제 스물이나 되었을까? 난 마흔넷이야, 흐음.」대목수는 꿈 속에서처럼 허덕였다. 대목수는 좀 울고 싶은 기분이 들었다. 외로운 것도 같았다. 허탈이 밀린 것도 같았다. 그러면서도 어지러운 생각은 떠날 줄을 몰랐다.

「오늘은 열무날이군. 왕은 어제, 오늘 아침엔, 비상을 넣은 자의 가증한 죄행을 벌한다 했는데, 그가 누군가? 지금쯤은 묶여 새파래져 있겠지. 그런데 그는 과연 비상을 넣었을까? 비상은 약창고밖에서는 구할 수가 없잖나. 쥐가 그것을 물어다 주었단 말인가? 비석(砒石) 옆에서 분신자살한 쥐의 혼백이라도 나타났단 말인가? 열쇠는 내게 있잖나?」대목수는 왕의 저의가 뭔지는 모르나, 왕의 책략이 숨어 있을 것이라 알곤 눈살을 찌푸렸다. 그 순간에, 갑자기 불안이 몰려왔다. 그래서 대목수는 눈을 희번득이며 경련하기 시작했다.

「나는 이제 필요가 없게 됐다. 헌데 열쇠는 내게 있다. 내게 있다! 내게? 내게! 내게? 으흐, 으으, 으흐으흐훗.」대목수는 불맞은 멧돼지처럼 박차고 일어났다.

「넣었다면, 그래, 넣었다면, 내가 넣었다.」대목수는 되는 대로 토로하며 마루를 쾅쾅 굴렀다. 「내가 넣었다, 내가. 교활한 놈, 언제든 저주받을 게다.」

「저어, 좀 고정하셔요, 고정하셔요, 네?」
「오, 그렇지.」 대목수는 뒤집힌 눈으로 이를 갈며, 시녀장의 딸의 어깨
를 움켜잡았다. 「그러고 보니까, 그러고 보니깐 말야 넌 만찬(晩餐)으로
들여보낸 거였구나, 그렇지? 내게 고백해라, 몽다리 귀신으로 죽여선 안
된다는 거지? 어허, 어허, 어하하하하……」
「무슨 말씀이신지, 전 잘 모르겠어요.」
「그렇다면 내가 가르쳐 주지.」 대목수는 시녀장의 딸을 번쩍 안아들어
침대에다 동댕이쳤다. 「가르쳐 주고 말고, 가르쳐 준다!」 대목수는 그녀
의 몸 위로 육박했다. 「가르쳐 준다. 가르쳐……」
「이, 이, 이러심 안 돼요, 안 돼요!」
  시녀장의 딸은 한사코 반항했다. 그러나 공포는 느끼고 있지 않은 것
같았다. 어젯밤에, 이 방에 들어오기 전에, 어머니로부터 배울 건 다 배
웠다. 지금 반항하는 건 다만, 사나운 것 앞에서의 방어 본능 그것으로서
뿐이었다. 대목수가 조금만 부드러웠더라도 그녀의 방어 같은 건 모래로
쌓은 성벽에 불과했을 것이다.
「정말, 정말예요!」
「뭐, 뭐라구?」
  대목수는 갑자기 환멸을 느껴 버렸다. 욕정에 불타서 그녀에게 대어든
건 아니었었다. 「핫, 핫, 핫핫핫,」 대목수는 몸을 일으켰다. 비참한 생각
이 말초 부분까지 흐르고 있었다. 대목수는 침대에 걸터앉아 눈을 감고
고개를 푹 숙였다. 지지리도 못나고 더러운 자신이 미웠다. 등뒤에서 흐
느끼는 소리가 들린다. 곧 이어 따뜻한 얼굴이 느껴진다.
  대목수는 그렇게 한참 있다가, 표정과 태도와 어조를 고쳐서 「아가씬
올해 몇이시지?」 했다. 그러며 아가씨의 눈물을 씻어 주었다.
「열여덟, 열여덟이에요.」 아가씬, 자기의 나이가 많다는 투로 얘기하며,
조용히 고개를 쳐들어 당돌하게 쏘아보았다.
「열여덟?」 대목수는, 이 어린 처녀에게 방금 전에 한 행동을 웃을 수도
없고 변명할 수도 없어 고개를 흔들었다.
「열여덟, 호오, 쯧쯧. 정말 잘못된 일이야. 폐하께서 잘못 생각하신 거
야.」
「허지만 전 어른이에요.」
「호오, 그야 그렇지. 그렇구 말구. 헌데 가만 있자, 그러니까 내가 일써
마흔넷이던가? 아가씨의 아빠뻘이군.」 대목수는 무상을 느끼고 한숨을

쉬었다. 「아가씨, 그럼 일어나실까? 일어나야지. 아가씬 정말 내게 잘 대해 주었소. 고맙소.」 대목수는 목이 메어 잠깐 쉬었다 다시 이었다. 「곧 종이 울릴 텐데, 일어납시다, 응? 예배에 참석해야지. 난 폐하를 모셔야 되고.」 대목수는 쓸쓸한 표정을 지었다.

「싫어요, 난 싫어!」 이번엔 아가씨 쪽에서 자기를 터놓았다. 「누가 그런 예배에 참석한댔어요? 폐하께서 귀뜸해 주시더라면서, 대목수씨와 전 오늘만은 예배에 참석 안 해도 된다는,」

「뭐요, 예배에?」 대목수는 놀라 부르짖었다. 「그게 참말이오?」

「네. 어머님이 그러셨어요.」

「그게 참말이오?」 대목수는 갑자기 심정이 밝아지고 기쁜 듯해, 자신도 모르게 아가씨를 꽉 끌어안았다. 「고맙소, 고맙소. 그런 것을 갖고……」

「예배엔 참석하지 않는 거죠? 난 그런 거 싫어.」 아가씨는, 대목수가 그것 때문에(예배에 참석치 안 해도 좋다는) 기분이 좋아진 줄 알고, 어린 애처럼 굴었다.

「난 화룡이 우습고 미워. 난 싫어.」 그러면서 아가씬 대목수의 가슴으로 파고들었다.

「싫긴?」 대목수는, 그럴수록 더 참례해야 된다는 생각이 들어 아가씨를 달랬다. 「싫어하면 벌받아요. 알겠지?」

「난 이렇게 있는 게 좋은 걸. 대목수씨와 함께요.」 아가씨는 〈대목수씨〉라는 말을 두번째 쓰며, 귀엽게 몸부림해 보였다. 「벌받아도 좋아요.」

「벌받는다는 게 뭔지 알고나 그래? 자, 귀를 기울여 들어봐요, 또닥 또닥 톡칵 톡칵……」

「호호호, 그게 무슨 소리요?」

「젊고, 씩씩하고, 준수하고, 환한 이웃 나라 왕자가 오는 소리지. 왕자가 탄 말발굽 소리야. 아가씨를 맞으려고.」 대목수는 꿈에 잠긴 듯한 그녀의 눈을 한동안 들여다보았다. 「그런데 예배에 참례치 않으면 왕자가 돌아간단 말야. 나 같은 늙은인 백을 보태도 모자라.」 그리고 대목수는, 자기의 목을 감은 통통한 손을 부드러우면서도 무정하게 떨치고 일어나선 세면대로 갔다. 「오늘만은 좀 쉬고 싶지만, 이러고 있을 순 없을 것 같아.」 대목수는 냉수에 낯을 후덕후덕 씻고 타올로 문질렀다. 벽시계는 오분 전 여섯시를 가리키고 있다. 알고 보니 자기는 여태껏 잠옷으로 있다. 자기는 잠옷으로 갈아입은 일은 없었다. 하옇든 대목수는 좀 부지런을 피워 황토빛 시의복으로 바꾸어 입었다.

아가씨는 엎드려져 서럽게 흐느끼며,

「그럼 당신은 왕자가 아니었나요? 난 다 알아요, 다 알아요. 누가 젊은 왕자 기다린대? 난 그런 사람 보기도 싫고, 생각만 해도 미워.」 하는 말을 반복했다.

「당신은 왕자가 아니게요?」

대목수는 준비를 끝내고 아가씨의 등을 톡톡 두들기며, 「보기나 한번 보구 싫다 하시지. 당장에 반해 버릴걸. 그럼 안녕.」 하고 문을 열고 걸음을 옮겼다. 잠깐 동안 머리가 좀 맑았는데, 다시 핑글핑글 잡아돌고 무겁다.

대목수는 왕의 침실 문앞에 가서

「의원 대목수 대령하였사옵니다.」 하고, 적당한 음성으로 알렸다. 그 말이 떨어지기도 전에 안에서 문을 열었다. 시녀장이 연 것이다. 그녀의 얼굴에 묘한 웃음이 감돌고 있는 것이 대목수에겐 불쾌했다.

여섯시가 되었는지 종소리가 울려나기 시작했다.

왕은 휘장을 걷고 밖으로 시선을 보내고 있었는데, 「폐하, 편히 주무셨읍니까?」 하는 대목수의 아침 인사를 듣고서야 몸을 돌렸다. 왕은 웃음을 가득 담은 얼굴로, 「과인은 밤새도록 여기 서 있었소. 헌데 경은 평안하였소? 늙어 가면서는 젊은애와 가까이 지내노라면 어느덧 젊은 기분이 들지.」 농담을 한 뒤 「모든 게 다 지나칠 정도로 만족한 출범(出帆)을 했소. 경에게 어떤 훈장을 주어야 될까를 생각했지. 밖으로 좀 눈을 주어 보오.」 하고 대목수가 되도록이면 외면하려 애썼던 현실로 눈을 돌리려 했다. 언제까지고 외면만 할 수는 없다 싶어 대목수는 왕의 등 너머로 밖을 내어다보았다. 그리고 옅은 구역질을 느꼈다. 맨바닥에서 아무렇게나 뒹굴어 자고 깨인 부시시한 얼굴의 백성들이 피로한 기색으로 모두 경미히 떨며 연못을 찾아들고 있었다. 주름 하나 없이 보기 좋던 옷들이 이슬에 젖어 후줄그레해져 있었다. 「풀기가 빠져 후줄그레해진 건 옷이 아니라, 옷이 싸주고 있는 그 안의 어떤 것일지도 모른다. 아니, 그보다 더 안의 어떤 것일지도!」 대목수는 눈을 내리떠 버렸다. 그러자 창턱이 보였는데, 거기서 어떤 지극히 작은 생명 하나가 몸부림하고 있는 것이 보였다. 그것이 대목수를 아찔거리게 했다. 참을 수가 없게 되어 대목수는 그것을 짓눌러 죽여 버렸다. 그러고 나니 웃음이 나왔다.

「경도 만족스럽소?」 왕은 대목수의 웃음을 놓치지 않았다.

「예, 예, 만족하옵니다.」 왕의 물음이 무엇에서 비롯되었든 대목수는 자기 감정대로 대답했다. 대목수의 엄지손가락 바닥에는 아직도 그것의 꿈틀거리는 저항이 남아 있었다. 그것이 대목수에겐 만족스러웠던 것이었다. 그런데 그것은, 촛불을 탐하고 뛰어들었다가 날개와 다리를 태워 버린 부나비 한 마리였다. 확실히 대목수는 비약되어 있었던 것이다.
「오늘만은 경을 좀 쉬게 할까 했는데……아무래도 오늘의 제물을 본다면 경의 간섭은 여간이 아닐 테니까.」하고 왕은 눈을 찡긋해 보였다.
「하오나, 신은 폐하를 모시겠사옵니다.」
「오참, 고맙소. 자, 그럼.」
밖엔 벌써 흰말이 대령해 있었다.
대목수와 도끼 든 종자를 대동한 왕이 제당 앞 광장에 나타나자 아직도 덜깬 취기와 담배에 쿨룩이는 수많은 얼굴들이 왕에게 아침 문안을 올렸다. 대목수는 땅바닥만 쳐다보고 터덕터덕 따랐다. 이쁜 색단추들이 알밤처럼 구르고 있었다. 아니, 어쩌면 그건 단추가 아닐지도 모른다. 흑백일는지도 모른다.
「열닷새 후에는 단추 없는 옷들만이 스적스적 걸어 나가겠지. 그 이후엔 성벽을 두들기며, 〈우리에게 담배를 주시오, 담배를 주시오,〉하고 아우성칠 게다. 떨어진 단추를 달라는 사람도 있을 것인가? 손이 피투성이가 될 것이다. 처음 얼마 동안은, 뭣인가가 조금은 남아 있는 동안은, 반항심도 있겠으나 조금 더 지나면 무력한 거지나 안 될까. 그 반항심을 불살라 버릴 아편은 그런데 충분하다. 반항심이 조금이라도 남아 있는 동안에 엄지손가락으로 짓눌러 줄 자는 누구인가?」대목수는, 눈에 뜨이는 빨간 단추 하나를 주워 엄지 손가락 바닥에 놓고 꾹 눌러 보았다. 그리곤 호주머니 속에다 깊이 간직했다.
제당 안엔, 대목수가 상상했던 것보다 훨씬 더 참혹한 광경이 준비돼 있었다. 대목수는 왕의 빙그레 웃는 웃음을 보고서야 가까스로 정신을 차렸다. 화룡의 두 아가리엔 빨가벗기운 남녀 한 쌍이 양을 묶어 맨 것과 같은 방법으로 묶여서 공포와 저주에 일그러진 얼굴로 여기 저기를 휘둘러보며, 고래고래 고함치고 있었다. 그들은, 두발(頭髮)이 윗이빨에, 두 발〔兩足〕이 아래이빨에 단단히 묶여져 있었기 때문에, 손과 입으로서만 가능한 까지의 의사를 표시할 수밖에 없었는데, 자기 손으로 긁어 헤친 상처에선 피가 낭자히 흐르고 있었다. 게다가 여인은 산후(産後)와 같은 그런 심한 하혈이 있어서 가랑탱이가 시뻘겋게 덮이고 있었다. 그들이 묶은 것에 손을 가져가려 하면 연자가 돌며 목을 늘이기 때문에 감히 묶은 것엔 손을 못 대고 있었다.

「대왕 폐하, 아니, 하누님, 시의 각하, 제 아내는 어제 해산(解産)을 하였사옵니다. 해산을 하였사옵니다. 그래 저는 어제 아내 곁에만 있었사온데 어느 결에 비상을 넣겠나이까, 예? 동포들이 제게 뭘 나쁘게 했다고 그런 짓을 하겠읍니까, 예? 그앤 죽은애〔死産兒〕여서 묻어 주느라 밤에도 나오질 못했나이다. 비상이 어떤 건지, 그런 걸 저희 같은 무식한 백성이 어떻게 알겠사옵니까요. 살, 살려 주, 주시와요, 예? 제 아내에게 미역국 한 그릇 못 먹였나이다.」

남자는, 제물을 목부들께서 사다 바치던 사내였다.

「대왕님, 살려 주사이다. 대왕님! 저의 지아비만이라도 살려 주사이다, 대왕님.」여자는 왕을 향해 손을 싹싹 비비고 눈물을 흘리며 애원했다. 그러나 왕의 귀는 막혀 버린 모양이었고, 의식도 가물거리고 있는 듯했다. 번들거리는 눈으로 그녀의 온몸을 핥으며, 헤벌린 입술로 거품침을 줄줄 흘리고만 있었다. 왕의 숨소리가 자꾸 가빠져 갔다.

대목수는 아무리 해도 그들을 정면으로 볼 수가 없었다. 그래서 눈을 감고, 고개를 숙여 버렸다. 그러고 나니, 가까운 곳의 부르짖음도 악몽으로만 생각할 뿐, 현실의 일이라고는 믿어지지가 않았다. 대목수는 생각하기를 눈물이든 오줌이든 뭘 좀 흠뻑 흘리지 않으면 안 되겠다고 했다. 그렇지 않으면 기절되어질 것만 같았기 때문이다.

그 부부는 자비가 내릴 것 같은 동안은 갖은 아첨을 다 섞어 구걸을 했으나 대제장의 손뼉 소리를 듣곤 포기했는지, 「이 색골 왕놈아, 이 당나귀새끼 같은 돌팔이 의원놈아, 죽어 구렁이나 될 놈들아, 내 아내가 어제 낳은 새끼는 저 색골 왕놈의……」라고 폭언을 퍼부어댔다. 그러나 그것도 목이 길어나는 아픔으로 중단하고 말았다.

그 남자의 아내는, 왕을 원망하진 않고, 「여보, 난 내 잘못으로 죽어 마땅하지만, 당신은 무슨 죄요?」하고 심히 통곡하다 기절해 버렸다.

「어제 우리의 음식에 비상을 넣었던 년놈들이래.」

「어응, 그렇구먼. 저렇게 벌받아 싸지, 암.」

「우리 왕은 정말 성군이야.」

제낭 안을 엿본 자들로부터 소식을 전해 들은 사람들은 이렇게들 주고받았다.

목이 석자나 뽑혀져 올라왔을 때도, 남자는 푸루룩이며 마지막 한번이라도 더 숨을 쉬려고 애쓰고 있었다.

왕과 제장들은 불 앞에 떳떳이 선 자기들 모습에 만족되어 있었고, 그 외의 사람들은, 대목수처럼 구역을 참느라 애를 쓰고 있었다. 졸도한 부녀들(성내의 부녀들)만도 다섯은 되었다. 시녀장의 딸은 보이지 않았다.

숨이 끊기기 전에, 대제장의 손뼉 소리가 났으므로 연자는 더 이상 돌지 않았으나 이번엔 망나니 제장 두 놈이 도끼를 들고, 기묘한 의식적(儀式的) 인 춤을 추며, 용의 아가리 위로 올라왔다. 세번째 손뼉 소리가 우뢰처럼 들리고, 도끼 나르는 소리가 새 날개깃처럼 들리고, 두 몸뚱이가 기름 속 으로 투신하는 소리가 두 낙수(落水)처럼 들리고, 아득한 세월을 두고두 고 두개골 떨어지는 소리가 들려 오다 말았을 때, 대목수도 떨어지고 말 았다.

아뭏든, 대목수가 다시 일으켜졌을 땐, 낙조가 휘장을 태우고 있었다. 대목수는 어느 사이 침실에 와 있었고, 잠옷으로 갈아 입혀 있었다. 그리 고 역시 새벽에와 마찬가지로 시녀장의 딸이 곁에 있었는데, 이번엔 입술 을 붙이고 그녀도 잠이 들어 있었다. 지난 밤을 새운 피로에 견디지 못한 모양이었다.

대목수는 조용히 일어나, 밖으로 나갈 채비를 한 뒤, 아가씨에겐 관심 도 없이 밖으로 나왔다. 계집처럼 졸도나 잘 한다는 것에 대한 수치감과, 푹신한 침대에서 젊은 처녀나 즐길 만큼 행복하지는 않다는 그것과, 자기 의 도움으로 해서, 불을 잃게 되는 백성들과 적어도 십오일간은 같이 지 내 주어야 된다는 의무감으로 나온 것이다. 그만큼만 생각해도 한결 위로 가 되었다.

그로부터 대목수의 손은 나날이 바빠만 갔다. 병자가 속출했기 때문이 었다. 사실, 백성과 같이 지낼 결심을 하고 나왔을 땐, 그들에게 흡연을 중단하도록 지도할 셈이었으나, 뭣 때문엔지, 그렇게 하지 못했다. 그 점 은 대목수 자신도 설명할 수가 없었다. 어쩌면 소금 뒤주나, 광견 우리가 떠올랐기 때문이었는지도 몰랐다. 그 검센 종자놈은 조수라는 명목으로 항상 대목수의 뒤통수에서만 지냈다. 어쩌면, 백성의 왕에 대한 존경심과 왕으로 인해 느끼는 행복을 깨뜨려 주고 싶지 않았는지도 모른다. 어쩌면 그랬을지도 모른다. 아니, 그런 건 이유가 되진 못한다. 어디엔가는 착오 가 있었다. 그래, 어디엔가엔. ——대목수는 자기를 확신할 수가 없었다.

그러는 사이, 다시 한번 열무날이 돌아왔다. 그 동안 대목수는 만번도 더 회의하고 만번도 더 실망했다. 착오는 그 희미한 윤곽을 안개 속에서 만 드러냈다. 그것은 잡으려면 흐려지고 보고 있으면 떠올랐다. 그러나 그것의 정면(正面)은 볼 수가 없었다. 다음번 열무날(새달 초나흘)엔, 양치기 부부가 제물이 되었다. 그 목부의 아내는 넉달 된 왕의 씨앗을 유산(流産)하면서 죽었다.

그날 정오가 되어 성문이 열렸을 때, 성문으로 밀려나가는 백성들의 어깨는 들어왔을 때에 비해 너무도 늘어져 있었다. 깨끗했던 옷들은 흙먼지에 뒤덮여 상복처럼 늘어졌고, 기대로 뻔쩍이던 눈들은 회색 안개 같은 것에 덮여 흐릿했다. 죽은 사람도 둘이나 되었다. 그들은 가망 없는 고질을 숨기고 왔다가 숨진 사람들이었다. 사람들은, 뭔가 좀 너그러워지고 느슨해진, 그리고 시선을 내부로 접어들인——아편에 중독이 되고 난 후에 오는 그런 태도로 지루하게 꾸물대며 나갔다.

왕은 비로소 금침을 펴고, 이모(시녀장)가 따르는 잔을 유쾌히 들며, 「이모, 딸은 낳아 주었으니 이젠 아들만 하나 낳아 주구려, 엉?」했다.

대목수는 옷을 찢어 발기며 울어댔다. 고독한, 자기를 배신한 무력한 자신을 울고, 또 울고 또 울었다. 해가 질 때까지 울고, 만상이 잠들 때도 울었고, 이튿날 달 떠오를 때까지도 눈물을 닦지 못했다. 시녀장의 딸이 한시도 떠나지 않았으나 아무 위로도 되지 못했다. 대목수는 그날로부터 독한 술 속에서 두 주일을 살았다. 취하면 가슴을 치고 허허거리고, 깨이면 또 마셨다. 왕은 관심을 보이지 않고, 멋대로 두었으나 시녀장과 그녀의 딸은 걱정이 많았다. 대목수는, 밤에도 성내의 으슥한 곳을 쏘다니며 통곡을 하다 쓰러진 곳에서 코를 골았다. 때로는 비에 젖고 이슬에도 젖고, 꽃꿀에도 젖고 또 때로는 달빛에 젖고 산 그늘에도 젖었다. 시녀장의 딸은 그가 쓰러진 곳이면 거기서 같이 밤을 새웠다. 이 아가씨에겐 그의 고민하는 모습이 좋았으며, 탄식이 좋아서, 그랬다.

화룡에게 바치는 제물은, 그날로부터 바뀌었다. 짐승 대신에 사람이 쓰였다. 제물이 된 그 남편들은 모두가 다 자기 처의 임신에 관해서 말하곤 했다. 최음제에 의해 왕의 피학대음란증——대목수의 진단이다——을 만족시켜 준 여인들이었다. 그리고 결국엔 가학성음란증——역시 대목수의 진단이다——까지도 만족시켜 주고 죽어갔다.

그즈음 대목수에겐, 하는 수 없어서 떠오른 것이지만, 새로운 생각이 하나 떠올랐다. 그것은, 최음제를 다량 조제하여 무기력해진 백성들께 나누어 주어 보자는 것이었다. 그것이 흘러빠져 남음이 없는, 그래도 뭔가 남아 있는——남은 생명이 꺼져 가는 동안에 한번도 작열되지 못하고 삼출(滲出)되어질 어떤 것을 섬광이라곤 해도 눈뜨게 하는 촉매제 역할을 할 것이 아니겠느냐는 것이다. 반항이나, 증오나, 미미한 무엇이든 야기시키고 싶은 것이다. 그것은 아편과는 상극된 것임엔 틀림없었다.

그러나 실패했다. 왕을 더 즐겁게만 만들어 주었다. 왕은 성벽 위에서, 이 패륜의 백성들을 내려다보며, 학대받고, 학대하는 자들 속에서 자기의 만족을 모아들였다. 그때에 그는 비로소 백성과의 일체에 닿은 듯, 지극히 만족해했다. 그러나 대목수의 실패는 최음제에 의한 그들의 발작이, 생명의 저 깊은 근원에서 비롯된 것이 아니라 썩어진 고깃덩이의 말초 신경에서 비롯된 것이라는 거기에 있었다. 그건, 아편을 좀 끊어 갈증을 주어 보는 것보다 나을 것이 하나도 없었다. 그 이후부턴 왕은, 심심하면 검투(劍鬪)를 구경하는 어떤 황제들처럼, 심심하면 뼈굵은 남자와 엉덩이 큰 여자들을 불러다 놓고, 〈최음제 놀이〉를 구경하곤 했다.

어찌되든 세월은 흐른다. 일년이 흘렀다. 그 동안 변하기도 많이 변했다. 성벽은 갈증에 부대낀 손들이 긁어 헤치느라 흘린 핏자국이 낭자했고 왕의 창고엔 아편과 바꾼 토지 문서와 피륙이 산더미처럼 쌓였다. 왕의 것이 아닌 가축이나 나뭇잎 하나 없었다. 백성은 수고하여 거두어들인 것을 바치고 가공된 아편을 사갔으며, 굶주린 배를 채우기 위해서 가공되지 않은 아편을 갖다 바치고 곡물을 사갔다. 이 순환은 자체내에 조금의 모순도 지니지 않고 있었다. 모든 건 예상했던 그 결과에 귀항(歸港)한 것이다. 한 끄트머리의 이산의 가능성이라곤 없는 완전한 합(合)에 승화된 것이다. 백성들은 결코 아사(餓死)되거나 갈증으로 숨져 가지는 않을 게다. 아마도 그 직전에 군주가 그들을 끌어올려 줄 것이다. 그런 동안에 그들의 불은 정화(淨化)되는 것일 게다. 백성은 정토민(淨土民)의 긍지를 살려 무넘무아 속에 자기를 쑤셔넣었으며 증오할 것도 사랑할 것도, 다른 것도, 갖지 않았다. 혁명이나 반항, 또는 죄라고 하는 것은, 아니면 행복이니 불행하니 하는 색깔 많은 언어들은, 그냥 침수(沈水)당한 섬이었다. 바다 밑, 그 가라앉은 섬에서 무슨 소리라도 울려 올라올 것인가? 종소리라도? 새소리라도? 모루를 치는 망치 소리라도? 하다못해 한숨짓는 소리라도?

대목수는 이와 같은 변천을 겪어야 하는 동안에, 자신도 모르는 새 무뚝뚝하고 침울한 사람으로 변해 있었다. 그는, 어울리지도 않게, 황토색 옷에 빨간 단추 하나를 달아 놓고, 그것을 어루만지며 시간을 보냈다. 친구라고는 시녀장의 딸뿐이었다. 어쨌든 서로 정이 깊이 들었다. 그녀는 자기 밖의 변화에 대해선 거의 멍청이었다. 대목수는 그녀의 그런 것이 좋았다. 제물을 보고도 그녀는, 무서워하기는커녕, 호기심을 갖고 관찰하기가 일쑤였다. 그 여자는 손톱을 깎지 않아 자기 배에 그렇게나 큰 상처를 냈다느니, 그 남자는 머리털이 짧아 턱과 뒤통수에 밧줄을 걸 수밖에 없었다고 하느니, 그런 것들이었는데, 양을 보던 눈과 바꿔어진 것 같지 않았다. 왕만큼이나 도통했거나, 백치임에 틀림없다고 대목수는 생각했다. 그리고 어쩌면 아편이나 마술이나 최음제덩이일 것이라고도 생각했다.

「근데 이 빨간 단추는 뭐죠?」

어느날은 이 마술이 물었다. 「저보다도 더 좋아하는 것 같아요. 그죠?」

「글쎄, 뭘까? 나도 잘은 모르겠어. 언젠가는 이 엄지손가락으로 눌러 죽여 버려야겠지.」 대목수는 그 이상은 더 설명하지 않았다.

「호호호, 그런 말이 어딨어요? 그게 죽나요, 뭐? 엄지손가락이나 다치겠죠.」

「뭐라구? 안 죽는다구? 손가락이나 다친다구? 흐음, 그럴까 정말?」 대목수는 아가씨의 말을 반문해 보며, 생각에 깊이 잠겼다. 「그럼, 죽은 건 부나비가 아니라, 이 엄지손가락인가?」

대목수는 자기도 모른 새 산보로를 따라 걷고 있었다.

대목수는 엄지손가락을 유심히 들여다보았다. 「하아, 그래, 그것은 그때 생명을 살았고, 이 손가락은 죽음을 수확했다.」 대목수는 시녀장의 딸이 찾아와 식사를 재촉했을 때까지, 자기도 잘 모르는 상념을 따라 걸었다.

저녁엔, 오랜 만에 유쾌한 기분이 되어, 시녀장의 딸과 마주 앉았다.

「정말, 낮엔 좋은 얘길 해 주었어.」

「무슨 얘기?」

「손가락이 다친다는 얘기……」

둘이는 창으로 비비고 드는 박모를 통해 서로를 지켜보았다. 그리고 한참 말이 없었다. 서로의 으스름한 형태가 서로에게 갑자기 그리움을 불러 일으켰다. 서로 너무 멀리에 있는 것 같아 서로 붙들고 싶어졌다.

「나구 멀리 가요, 응? 나구!」 아가씨 쪽에서 먼저 입을 열었다. 그리고 얕은 한숨을 쉬었다.

대목수는 대답 없이, 아가씨 곁으로 다가가 아가씨의 손을 부드럽게 쥐었다.

「이런 곳을 떠나 살고팠어요. 당신은 절 아직도 어리다고 생각하세요.」

「당신이 어린 게 아니라, 내가 너무 늙었어.」

74

「그럼 저도 늙게 해 주세요.」

「……」

　불을 밝힐 녘이 훨씬 넘었는데도, 대목수의 침실엔 불이 켜지지 않았다.

　불은 그 이튿날 저녁에야 켜진 것 같았다. 대목수의 나이 마흔넷도 고비를 넘는 십이월 중순경이었다.

　결혼식은 올리지 않았다. 그래도 시녀장의 딸은 대목수의 부인으로 통했다. 왕이나 시녀장은 몹시 흡족해했다. 뭣보다 왕이 흡족해한 것은 대목수가 명랑을 찾은 그것에 대해서였다.

「과인이 너무 민했소. 진즉 그렇게 처녀 하나를 첨매 주었더면 그렇게나 유쾌해질 일이었던 것을.」

　마흔다섯이 되면서부터 둘이는, 낮 동안을 같이 보낼 시간은 갖질 못했다. 대목수는 왼 낮을 연구실에 틀어박혀 도대체 얼굴을 보이려 하지 않았다. 사람들은 그가 무엇인가 특별한 것을 연구할 것이라고만 지레짐작했다. 그러나 대목수로선, 한 시간 정도나 손을 놀렸을 뿐 나머지 시간은 하루에 세 번 왕에게 약판을 들고 가서 식사를 한다는 외엔 멍하게 벽이나 쳐다보거나 빨간 단추를 주물럭거리고 앉아 있었을 뿐이었다. 그달부터 대목수의 부인은 태기가 있었다.

　그리고 사개월이 흘러온 것이다. 그러니까 왕의 춘추 마흔일곱의 사월이고 대목수가 기다린 그 시한(時限)이 된 것이다. 왕은 지금 임종하려 하고 있다. 대목수는, 일월 초순부터, 왕에게 정력제(精力劑)라고 비소제(砒素劑)를 조금씩 복용시켜 왔었다. 그것은 한 달 전부터 만성적인 중독 증세로 나타났는데, 만성적 중독 증세라고 하는 것인즉, 식욕이 없어한다든가, 빈혈 때문에 현기증을 잘 느낀다든가, 몸이 자꾸만 허약해진다든가, 성욕이 감퇴된다든가 하는 증상을 말한다. 왕은 그 증세에서 오는 당연한 발현(發現)으로서, 살찌고 왕성하고 정력적인 남녀를 제물로 바쳤다.

　비소는 원래, 〈살바르산으로서 매독 치료에 쓰이며, 아비산(亞砒酸)·아비산 소다액(液) 등의 형태로 허약자나 만성 피부병에도 쓰이고 수녀나 비구니나 청상 과부들이 육체의 고뇌를 감축시키고 성녀답게 창백하게 보이려는 목적으로 복용하는 수도 있으나, 그것의 적당한 분량을 지나치면 급성 중독 증세로 나타나 구토와 설사, 두통과 말초부의 동통(疼痛), 장기의 위장염으로 되어〉 급기야는 죽게 된다.

　달 전부터 왕은, 대목수에게 자주 병세를 문의하면서 예의 만성적인 중독 증세를 일일이 말했다. 그러면서, 어찌 되었든 뭘좀 맛있게 먹어 보았으면 좋겠다고 했다. 그래서 대목수는, 「어떠하옵니까, 오장육부가 시원할 때까지 한번 토해 보시는 것이?」하고 차게 웃으며 권했다.

「오호, 글쎄, 그래 보고 싶구료. 그럼 속이 좀 후련해질 것도 같구료.」

그날 밤으로 대목수는, 구토제를 조제하여 그 이튿날 아침엔 왕께 바쳤는데, 구토제엔 주석이 포함되어 있었다. 〈비소 중독을 확인하고 주석이 포함된 구토제를 복용시키면, 감홍 증세가 나타나는데〉대목수가 기다린건 그 감홍이었다.

그 감홍을 확인하고서부터 대목수는 〈오르기트 시럽〉을 복용시켜 왔는데, 그것들이 특효약인 줄은 왕도 알고는 있었으나, 〈그러한 약품이 감홍과 혼합되면 유독한 부식성 수은 염소를 만들어 목숨을 빼앗는 줄은〉모르고 있었다. 이러한 모든 처방은, 해적에게 납치되었던 조부의 일지에 기록된 대로였다. 왕은 지금 그 부식성 수은 염소에 녹아 가고 있는 것이다. 왕의 불이 부식되어 물은 물대로, 불은 불대로의 본고장으로 돌아가려고 하고 있는 것이다.

대목수는 왕의 곁으로 가 볼 필요도 없다고 생각했으나, 다시 시녀장이 부르러 왔으므로, 마지못해 자리에서 일어났다. 그리고 아편 주사를 한 대준비했다.

「죽기 전에 당신도 한번은 경험해 보아야 되잖겠소. 당신이 백성들께 배푼 구원이 이것 아니었소?」

대목수는 문을 밀고 나섰다. 아직도 머릿속이 어수선하긴 마찬가지다.

복도의 중간쯤에서 시녀장이 기다리고 있다가, 「금방 운명하실 것 같아요.」하고 초조히 소곤거렸다.

「좋은 친구였는데. 나의 우정과 충성을 의심친 마십쇼.」

시녀장은 앞서 종종 걷다간, 뭘 생각하고서인지 오뚝 멈춰 서는 것이었다.

「승하하시면, 어떻게 되죠? 저 백성들은 어떻게 되죠?」

「글쎄올시다.」나오기 쉬운 말로 얼버무려 대답해 놓고 가만히 생각해 보니, 그것이야말로 큰 일이었다. 「그런데, 대체, 나는 왕이 죽고 나면, 어찌 하자는, 것이었을까?」대목수는, 시녀장으로 해서, 한번도 생각지 않았던 문제에 부딪치고 흠칫 놀랐다. 한번도 생각해 보지 않았다는 것은 왕이 죽지 않고 살아 있었다는 그 이유 때문이었다. 왕이 살아 있다는 건 대목수의 집념을 더욱 더 외곬으로 끌어넣었다. 동시에, 악몽과 같은 수많은 무서운 광경이 밀려왔다. 아우성치며 줄을 잡으려고 내미는, 피투성이의, 손, 손, 손, 무수한 손, 손들. 갈증에 꿈틀거리는 몸들, 몸들, 무수한 몸들. 그것들이 파도처럼 휘익 몰려왔다. 「으으음!」대목수는 낮게 비명하며 손을 휘저었다.

「웬일이시우? 잠을 못 주무셔서 그러시나?」시녀장이 부축했다.

「아, 네, 조금. 이젠 괜찮게 됐읍니다.」대목수는 억지로 웃어 보이려 했다.

「그는 참으로 불의 언어며, 불의 능력이며 구주였던가? 대체 나는 어찌하자는 것이었을까? 나는 무슨 일을 저질렀단 말인가. 나는 왕권을 대행할 욕심이라도 있었던가? 나는 절대로 아편을 나누어 줄 순 없다. 그러나 그들에겐 절대로 아편이 필요하다. 누군가, 그래 누군가가 아편을 나누어 줄 게다. 하는 수 없잖나. 그렇다면 나의 친구, 나의 왕의 죽음은 무엇인가? 나는 잘 모르겠어. 잘 모르겠어. 어느 쪽엔가엔 착오가 있다, 착오가.」

제장 하나가 왕의 침실에서 나와 옆을 지나가며 대목수의 핼쑥한 얼굴을 홀끔 핥았다. 「이 당나귀 같은 놈!」하는 표정이었으나, 대목수는 눈치채지도 못했다. 때에 여섯시 종이 울렸다.

「나는 무슨 일을 저질렀을까? 왕의 행복을 도운 건가? 흐응, 어쩌면 난 왕의 암시(暗示)에 걸려들었는지도 모른다. 나는 그렇다면, 충신인가, 백성을 위한 사람인가? 아무렇게든 해두자. 그렇지만 어쩌면 이렇게 더럽게도 같은 결론이냐? 난 패배한 놈일 뿐이다.」

대목수는 푸들푸들 떨며, 왕의 침실 문고리를 잡았다. 힘을 주며, 「살려야 되겠어, 그래서, 패배를 썩워 줘야 된다.」하고 이를 갈았다.

왕의 주위엔 시녀 하나 없이, 그 검센 종자놈이 도끼를 짚고 서 있을 뿐이었다.

그런데 왕은, 다시 까무라쳐 가고 있었다. 대목수는 얼른 맥을 짚어 보고 왕의 임종이 아직 얼마간은 남은 걸 확신했다. 대목수는 좀 안심하고, 준비한 아편을 주사하려 했다. 그러자 시녀장이 황급히 나섰다.

「폐하께선, 옥체에 아무것도 넣지 말라 하셨읍니다. 더우기 진통진정제는 금하라 하셨읍니다. 폐하께선, 몽롱한 정신으로나, 혼수 상태에서 최후를 보긴 싫어하시는 눈치였읍니다.」

대목수는 바보같이 입을 헤벌렸다. 그렇게밖에 달리 아무것도 표현할 수가 없었다.

한 이십분이나 지났을까, 왕은 다시 의식을 회복했다. 대단한 기력이라고 대목수는 감탄했다.

정신을 차린 왕은 대목수를 알아 보곤, 손을 내밀었다.

「폐하,」대목수는 목멘 소리로 한번 부르고, 왕의 빼빼 마른 손을 덥썩 잡았다.

왕은 미미하게 웃으며,

「과인을 제당으로 옮겨 주오. 비로소 과인에게 행복한 순간이 오려나 보오. 과인은 과인의 불이 과인으로부터 떠나 정토의 불에 귀의되는 것을 보았소. 과인은 다시 환원되진 않을 거요. 물과 불은 극이어늘, 이 상극의 아들은 고뇌밖에 더 있겠소.」하곤, 시녀장을 눈짓으로 불러, 「저 서랍 속에 유서가 있소. 잘해 보오.」했다.

「폐하, 저 백성들은 어찌 하실 것이옵니까?」대목수는 더 계속하지 못했다.

「그들은 걱정 없소. 그들의 불은 나로 더불어 정토에 옮겨 살고 있으니. 물주머니의 고통은 석화(石火)에 불과할 뿐, 불꺼진 그 잿더미가 무엇이 걱정이겠소. 과인은 그들에게 불의 신앙을 가르쳐 준 걸 만족해하오. 헌데 경에겐 어떤 분깃을 주어야 할고. 그래 과인이 여태껏도 생각한 바인데, 경의 충성에 보답하는 작은 표시로, 경을 경의 조국으로 돌려보낼까 하오, 바로 오늘.」

「하오나 폐하, 소신의 나라는 여기이옵니다. 그것은 신을 추방하는 것에 불과하옵니다.」

「자, 그럼 과인을 좀 옮겨주오.」

검센 종자가 나가서 다른 종자 하나를 데리고 왔다. 그래서 왕은 종자 두 사람에 의해 침상째 제당으로 옮겨졌다. 왕은 행복해했는데 대목수는 비틀거렸다. 대목수의 마음과 꼭 같이, 하늘은 납빛의 구름으로 짙게 흐려 있고 기류는 후텁지근히 휘감아 흘렀다.

그런데 화룡의 아가리는 텅 비어 있었다. 대목수는 의아해하며, 한편으론 불길한 예감에 떨어야 했지만, 침착하려 애썼다.

왕은 휘늘어지는 몸을 간신히 지탱해서 용상에 앉을 수 있게 되자, 더듬더듬 이렇게 말하는 것이었다.

「불이 과인에게 택해 준 이 날을 감사하노라. 그러므로 경들의 충성심에 최후로 호소하는 바는, 과인을 저 불의 입술에 제물로 삼아 주기 바라노라.」

「아니 되옵니다, 폐하. 아니 되옵니다. 폐하의 날은 아직 다 가지 않았

사옵니다. 폐하, 돌이키소서!」대목수는 왕의 발치에 엎드려 진정으로
빌었다.
「그리고, 과인의 총신 대목수도 과인과 함께.」왕은 분명히 발음했다.
「……」
　대목수는 귀를 의심했다. 그래서 멍하니 왕을 올려다보았다. 대목수의
입술은 씰룩이고 있었다.
「허, 허어, 허허어, 어허허허, 허어어.」
　웃는 건지 짓는 건지 알 수 없는 소리가 다 빠져나오기도 전에 대목수
는 묶이고 말았다. 왕과 마찬가지로.
「제길헐, 머리칼을 기를 일은 아니었댔는데.」
　대목수를 붙들어 맨 녀석은 조금 전 복도에서 만났던 그 제장과 검센 종
자였다. 그에 비해 왕은 정중히 모셔지고 있었다.
　왕이나 대목수나 묶인 채, 옷은 벗기워야 했다. 그것이 의식(儀式)이
었다.
　대목수는 눈을 회번득이다 시의복 자락에 매달린 빨간 단추를 발견하고
뚝 따내어 엄지손가락 바닥으로 꾹 눌렀다. 「폐하, 불은 정토에가 아니라
신의 엄지손가락 안에 있나이다. 후흐후.」
　벗긴 옷은, 헐벗은 백성에게 주거나, 종자들이 제비뽑아 가지는 풍습이
있었는데 용포는 검은 피부의 검센 종자의 것이 되었고, 시의복은 난장이
광대의 것이 되었다.
　알몸만이 불 앞에 서야 할 것이다.
　대목수는 알몸이 되고 나서 한결 자유스러움을 느꼈다. 바다를 단숨에
뛰어넘어 할머니 품에나 안긴 기분이었다. 대목수는 바른편으로 고개를
틀어 보았다. 그리고 헐쭉 웃었다. 아직 그럴 만한 나이도 아닌데 뱃가죽
이 쭈그러붙은 불쌍한 생원 하나가, 숨을 헐헐거리며 땀을 흘리고 있는
것이 보여서였다. 「폐하, 만수무강하소서.」
　그리고 대목수는, 제장 하나 하나의 얼굴을 다 살펴보고, 창 너머의 바
깥 날씨도 보았다. 「흐린 날씨였기에 망정이지, 맑았더면 불을 믿고 말았
겠는데. 맑은 날로는, 어딘가 갈 곳이 있는 것 같기만 했거든. 그러나 흐
린 날로는 몸이 있는 곳이 다 간 곳이었지. 순전히 기분이 말야.」
　생각을 하며 대목수는, 신도들의 얼굴을 살피기 시작했다. 모를 얼굴은
하나도 없었다. 「모두 이 시의각만 바라보고 있군. 후훗, 관심을 써 주
지 않은 것보다는 낫다. 그런데 참, 이 빨간 단추를 돌려 주잖으면 안 되

겠군.」대목수는 자기의 여인을 찾았다. 곧 눈이 마주쳤다. 대목수는 한쪽 눈을 쩡긋해 보였다. 왕의 지시를 기다려, 그때 대제장의 손뼉이 딱하고 울렸다. 그리하여 불의 아가리는 아주 천천히 음미하며 벌어지기 시작했다.

왕은 순간 정신을 잃었다가 초인적인 기력으로 다시 한번 회생되어, 비소에 중독된 시퍼런 피부를 푸들푸들 떨며, 목이 길어나는 아픔에도 불구하고 대목수에 대한 우정의 말은 잊지 않았다.

「친구여, 이렇게 해서 그대의 친구는 그대를 귀국시키느니라. 과인과 더불어 제물을 삼은 것은 과인의 우정의 전부의 표시인 것이니 감사해 주기 바라노라.」

「나도 당신에게 충분할 만큼 우정을 주었다고 생각합니다.」대목수도 대답을 보냈다.

「서로 협력했던 것이지.」하고 왕은 최후의 기력으로 자기의 영혼과 친구의 영혼을 부탁하는 기도를 시작했다.

「전능하신 불이여, 굽어 살피소서. 이 최후의 고백을 들어 주소서. 백성들 앞엔 위선적인 폭군이었으나, 당신 앞에선 언제나 작고 비굴했던 이 몸뚱이를 바치나이다. 받아 주소서. 하옵고 나의 친구의 교만한 불도 거절치 마소서.」

왕은 그리곤 손을 홰홰 내젓더니 목이 잘리기도 전에 숨을 거두고 말았다. 왕의 목을 두 치쯤 늘였던 연자는 멈췄다.

「모제사바하」왕이 못다한 기도의 마지막 구절을 대목수가 대신해 주었다.

「고맙지만,」대목수는 미친 듯이 떠들기 시작했다.

「나를 위한 기도는 그만둘 걸 그랬잖나? 불이란 건 똥돼지만도 못한 거다. 불이란 건 물주머니 속에 있는 거위를 말하는 거다. 그 이상의 불이란 건 없을 뿐이다. 전능하신 불이여, 너 비틀거리느냐? 나는 회충약이며, 나는 설사약이니라. 흐으하하핫.」대목수는 좀 돈 듯했다. 「만약에 불이 있다거나 그것이 우리를 지배하고 있다면, 불 앞에 어릿광대였던 왕이 타는 연기는 거침없이 하늘로 치솟을 것이고, 사람 앞에 어릿광대였던 내가 타는 연기는 땅으로 깔릴 거다. 물론이지. 그런데 난 왜 죽어야 하나? 하필이면 왜 이런 더러운 아가리에서 죽어야 하나? 그렇다고 해서 왕이여, 그대는 날 개종자(改宗者)라곤 말아라. 차라리 이 몸을 미친 개에게나 보시(布施)할 것을.」대목수의 목소리는 고통으로 자꾸 쉬어 갔다.

「물, 물물, 아, 아, 아가, 소, 손을, 소, 손을」대목수는 자기의 여인을 향해 손을 내밀었다. 「아가, 아, 아가 !」

　그런데 대목수의 여인은, 자기 남정네의 손짓의 의미를 알곤 주춤주춤 뒷걸음질치더니 얼굴을 감싸고 밖을 향해 휙 내달렸다. 그녀는 갑자기 환멸을 느껴 버렸다. 그 늙은 남자의 내미는 손이 거지의 그것같이만 보였다. 동전 한잎에 존엄성을 던지고, 밥 한술에 모욕을 참는 그런 때낀 손보다도 더 더러워 보인 것이다. 그 남자만의 것으로 알았던 무구(無垢)는, 결국 그 남자의 피부였지 내장이 아니었다.

　그녀의 뒷모습을 보고 대목수는 캑캑거리는 노루 울음 소리로 웃기 시작했다. 이젠 죽기 전에 잡아 볼 손도 없다. 빨간 단추 하나를 재산의 전부로 전해 줄 사람도 없다. 그래서 대목수는 그 단추를 입에다 넣고 애를 써서 삼켰다. 그리고도 웃었다. 뚝 뚜둑 소리를 내며 목이 한발이나 뽑혀져 올라오고 있었기 때문에, 웃음 소리는 긴 연통을 통해 흘러 빠지는 휘파람 소리 같았다. 모든 것이 웃음 때문에 그랬겠지만, 핏줄은 터질 듯이 부풀어 오르고, 근육은 제멋대로 떨며, 기름땀을 냈다. 그리고 오줌을 질질 흘리고, 설사를 갈기며, 위에로도 아래로도, 구멍 있는 곳으로마다 피를 흘렸다. 눈방울은 튀어나오고 콧구멍은 기력을 다해 벌름거렸는데, 웃는 듯한 모습엔 변함이 없었다. 아직 대목수의 생명은 다하지 않았다. 될 수 있으면 몸의 길이보다도 더 길어진 목 그대로라도, 더 오래 자기 내부의 밖을 내다보고 싶은 듯, 튀어나온 눈을 되는 대로 굴렸다.

　다시 대제장의 손뼉 소리가 울려나자, 망나니 제장 두 놈이 도끼춤을 추며 불의 입술 위로 올라왔다. 누구의 그것보다도 대목수의 생명은 오래고 질겼다. 그리고 거세고 푸르륵거렸다.

　다시 한번 손뼉 소리가 났을 때, 동시에 왕과 대목수의 목은 베어지고, 구속에서 풀려난 목이, 늘였던 고무줄처럼 오그라지며 분수처럼 피를 뿜었다. 그런데 대목수의 목구멍에선 넘어가다 걸렸던 빨간 단추가 그대로 뿜겨나 용상 아래에 가서 떨어졌다. 그리고 그리하여 그로부터 세 시간 후엔, 네 동강의 몸뚱이는 연기로 화해 버렸다. 그런데, 왕의 몸이 타는 연기나, 대목수의 몸이 타는 연기나 모두, 낮고 음침하게 밑으로 깔리다간 끄을음으로 엉겨, 제당 벽과 마루청과 신도들의 전신으로 들러붙을 뿐이었다. 하기야 그날은, 몹시도 기류가 낮고, 후텁지근하고, 음침한 날이었다.

——俺——

뙤 약 볕 · 1

섬의 중앙, 동백나무 숲 속, 늙은 백송 그늘 아래,——뜨거운 낮엔 해녀의 자맥질이 보이고, 흰 달밤엔 인어의 노래 소리가 들리는 언덕에 〈말〔言語〕〉을 모시는 사당이 있어 왔다.

사당은 백송과 같은 연배이거나 그보다도 많은 세월을 참아 온 듯, 비와 뙤약볕과, 해풍에 깎이고 시달려 피곤해 보였다. 눈에 보이지 않는 〈말〉의 구체적인 형상화(形象化)라는 내력을 지닌 그것은, 문도 창도 없는 오각(五角) 입체의 돌집이었다. 어떤 족장 하나가 〈말〉을 그런 모습으로 생각했다는 것이다. 그러나 〈말〉이 어찌하여 그런 입성으로 그 언덕에 태어나서 늙어 오고 있는가 하는 것에 대하여 생각하는 사람은 거의 없었다. 생각할 필요도 없는 것이긴 했다. 〈당굴〉이라고 불리는 늙은 사당지기가 보이지 않고, 그 대신 그의 제자가 스승의 자리를 차지하고 앉아 있으면 늙은 당굴은 〈말〉이 되어 사라졌다고만 알면 되었고, 사공은 낯설은 바람냄새에 대해서, 농부는 씨뿌리고 거둘 시기에 대해서, 목부는 가축의 병에 대해서, 그리고 피해자는 가해자의 처벌에 대해서, 사춘연대는 사랑의 번뇌에 대해서 묻고, 대답에 만족하면 되었다. 당굴은 자기의 입술로 말하는 것이 아니며, 자기의 생각을 포함시켜도 안 되는 것으로 되어 있었다. 그러니까 당굴은 〈말〉과 사람들 사이의 먼 거리를 좁혀 주는 다리〔橋梁〕인 셈이었다.——사람들이 알기론——당굴은 〈말〉도 사람도 아닌, 그 가운데에 거하는 어떤 것이었다. 당굴은 〈말〉의 입술이며, 섬의 혼령이며, 사람들의 한 의지(依支)였다.

당굴들은, 대대로, 사당으로부터 한 대여섯 걸음 떨어진, 사립문도 울도 부엌도 온돌도 없는 흙집에서 살았다. 음식은 모두 날것으로 먹으며, 의복은 거의 걸치지 않았다. 생활은 사람들이 보살펴 주도록 되어 있었으므로 당굴은 〈말〉과 교통하기 위하여 명상이나 하면 되었다. 당굴은 결혼도 하지 않는다. 인습과 사람들의 요구대로, 높은 가지의 처녀 독수리처럼 그렇게 살다가 늙어 여생이 짧게 되면, 그 긴 명상으로부터 깨어나 마을의 골목들을 헤매며 소년들을 관찰한다. 후계자를 물색하는 것이다. 그렇게 해서 뽑힌 소년은 섬의 풍속에 따라 당굴의 아들이 되어 버리는 것이고, 수업을 참지 못하고 도망친 예비 당굴은 섬에서 추방해 버리거나 목매달아 버리거나 했다. 뽑힌 소년은 자기의 가족이나 이웃과도 관계가 끊기며, 이름도 잊어버려야 한다. 다만 〈말〉과 스승과만 사귀는 지고한 고아가 되어 버리는 것이다.

역대의 어느 당굴보다도 많은 존경과 신뢰를 받았던 그 당굴이 모습을 보이지 않고, 그의 제자가 스승의 자리에 나타났던 날, 사람들은 막연한 불안감을 갖고 있었다. 사실 이 새 당굴의 이력서는 오점으로 얼룩져 있었던 터였다. 그는, 석달 열흘 강풍에 남편을 잃은 청상 과부가 어떤 사형수의 최후의 소원을 들어 주고 낳은 자식이었는데, 그의 스승의 말 같은 건 귓등으로 듣고, 제멋대로 뛰쳐나가 화식을 하며, 싸움질을 하고 돌아오려고도 하지 않았다. 그래도 스승은 참고 기다렸는데, 족장이 이 환속한 소년에게 추방형을 내려 버렸다. 그러나 스승은 〈말〉이 허락지 않는다고 하며 족장 단독으로 내렸던 형벌을 취소시켜 버렸다. 그 젊은이는 평상시엔 언제나 권태스러운 듯한 흐린 눈을 하고 있었는데, 스승은 그의 그런 눈빛 뒤에 감추어져 있는 맹렬한 어떤 혼돈을 보았던 것이다. 현명한 스승이 제자에게 반한 이유는 여기에 있었는지도 몰랐다.

다시 또, 그는 자기를 구해 준 스승에게 감사도 드리려 하지 않고, 당굴 수업의 엄격한 규칙을 어겼다. 소경의 아내에게 추파를 던지고, 남편 옆에서 그 여자의 젖통을 갖고 놀았다는 것이다. 족장은 먼저보다 더욱 노발대발하여 다시 추방형을 내렸지만, 스승은 고요하게 이렇게만 말해 주었다.

「족장님, 〈말〉이 그애를 택하였소.」

세번째는, 어머니가 돌아가신 날 밤에, 술을 퍼마시곤 어머니가 살던 오막살이에다 불을 질렀다는 이유로 이번엔 공동묘지에서 목이 매달리게 되었는데 존경 그것을 선주(仙酒)로 사는 스승도 족장 앞에 무릎을 꿇어야 했으며, 〈말〉의 입술까지 열도록 해야 했다.

그리고는 물신(物神)의 이 미동(美童)도 사고를 일으키지 않았다. 그가 절연의 가장 높은 곳에 거하는 그의 스승과 〈말〉의 품에 귀의해 버린 것인지 어쨌는지는 아무도 모른다. 그는, 웃음이라곤 볼 수도 없었던 그의 스승보다도 더 웃지 않으며, 피골이 상접해 굽은 그의 스승보다도 더 여위어 가고 있을 뿐이었다.

그렇게 해서, 제자도 또한 늙어 가도록, 스승과 제자 사이에선 별 말이 없었다. 그러다가 스승은 〈말〉의 자궁 속으로 들어가 영생될 생명으로 배태되고 말았다.

자기대로의 어떤 고민 탓에, 새 당굴은 몹시 당황했지만, 스승의 역할을 떠맡아야만 되었다. 어두워지면 초롱에 동백기름을 채워 처마에 달고 사람들의 의논 상대가 되어야 하며, 바람 냄새와 풀 냄새와 볕에서 천기를 알아야 되고, 지네니 선인장 꼭지니 견우자씨니 양귀비 꽃즙 등을 종합하여 환약과 물약도 만들어둬야 되며, 재판도 해야 되었다. 무엇보다도 재판하는 일이 그에겐 제일 괴로왔다. 〈말〉을 배후에 두지 않은 당굴이란, 족장 같은 계급과는 달리 어떤 권한을 부여받은 〈계급〉이 아니기 때문이다.

새 당굴(45세)은, 사라진 당굴과는 달리, 좀체로 모습을 나타내지 않았다. 그렇지만 새 당굴도, 사람들이 자기를 찾아와 밖에서 도란거리고 있을 때면, 자신도 모르게 허영을 좀 느끼고 더욱 근엄한 모습을 지어 보이곤 했다. 호기심 많은 소년들이 쭈빗쭈빗해하면서도 얼굴을 밀어넣고 취한 듯이 자기를 바라보아 줄 때면 그도 자신을 성자로 생각했다. 그러나 그들이 잠자리로 돌아가 버리고, 흔들리는 흐릿한 불그늘 밑에 앉아 섬의 온갖 고독을 다 감내하고 있는 자신을 바라볼 때면, 자기를 지탱해 주던 모든 것이, 그리고 영혼까지도, 가벼운 죽정이가 되어 벗겨져 떨어지고 남는 것이라곤 없었다. 이 시간은 방패 뒤에 숨었던 밤〔栗〕――그 인간적인 나신(裸身)이 송이를 트는 시간이다. 당굴은 벌떡 일어나 발소리를 요란하게 울리며 여기저기를 걷는다. 그래 보아도 마음이 가라앉지 않으면 〈고행의 돌더미〉 위에 무릎을 꿇는다. 때로는 그렇게 하고 며칠이고를 참는다. 뙤약볕이 등가죽을 벗기고, 모난 차돌이 뼈를 휘어놓고, 갈증과 주림이 창자를 녹이려 들더라도 땀과 눈물을 흘리며 그는 참는다. 그러나 평정을 얻어서가 아니라 기절해 쓰러져 버리는 탓으로 그의 고행은 번번이 실패하고 말았다.

스승이 죽은 날로부터 번뇌는 계속되어 왔다. 냉정히 따지면, 스승이 죽고 난 후의 두 달 동안은 교태 많은 유부녀의 정부라도 된 듯한 흥분으로 살긴 살았다. 그런데 그 흥분이 차차로 바뀌기 시작하더니 사음(邪淫)에 대한 참회가 뒤따랐다. 스승은, 「〈말〉과 통하지 못하면, 타인에겐 숭배를 받더라도 자신에겐 차녀(娼女)로밖에 생각되지 않은 것이 당굴이다」라고 말했었다. 임종을 느끼고, 자기를 스승들의 무덤으로 옮겨달라고 하며,

평생을 지켜 온 비밀을 가르쳐 줄 때 했던 말이다. 그리고 덧붙여서, 「나
도 이런 사실을 알았을 땐 몹시 괴로와했다. 괴로운 건 지금도 마찬가지
다. 그러나 당굴은 모든 사람의 큰 한 빛이라는 걸 명심해둬라. 그리고
이젠 저 백송을 스승으로 삼아라. 백송은 대지 그것의 당굴이니라. 너도
속히 아들을 구함이 좋을 게다. 그러면 너의 괴로움은 훨씬 가벼워질 게
다. 또 한번 반복하는 바지만, 사람들은 그 안에 사는 보이지 않는 존재를
보지만, 너는 이 오각의 볼품 없는 돌집을 보이지 않는 것으로 볼 수 있
을 때까지 정진해라.」 그리고 그 늙은인 숨을 거두어 버렸다. 처음이자 마
지막인 긴 설교였었다. 그럼에도 불구하고 새 당굴은 괴로와 떨었다.
　나중엔 거의 실성거리게 됐다. 잘 먹지도 않고 제대로 자지도 않았다.
누가 뭐라 해도 입술만 움지작거렸을 뿐, 이내 고개를 돌려 버렸다. 밤중
이면 금지된 지역으로 내려가 사람들의 창문 뒤에 서 있기도 했고, 바닷
가로 달려가 뭍이 보이지 않는 곳까지 헤엄쳐 나가기도 했다. 그의 가슴
은 오열로 흐늘어져 버렸다. 취하고 싶었고, 여자와 자고 싶었고, 그물을
던지고 싶었다. 끝내 그는, 청청한 대낮에 언덕을 치달려내렸다.
「누구에게든 나를 고백해야겠어. 나는 익명(匿名)의 당굴이라고. 그러므
로 이번이야말로 목매달아 달라고, 태워 달라고, 추방해 달라고……」
　내려가다가 그는, 김을 매고 있는 한 농부를 보았다. 그래서 그는 허겁
지겁 농부 앞으로 달려가선 되는 대로 무릎을 꿇고 그의 흙발을 가슴에다
품었다.
「다, 당굴님!」 농부는 놀라서 부르짖었다. 그도 같이 무릎을 꿇으며,
「어, 어찌 나 같은 불쌍한 놈에게 이렇게 하십니까?」 하고 손을 비볐다.
「일어나셔서 인사를 받아 주시죠!」 농부는 정 깊은 어조로 말하며 넙죽
엎드렸다.
　당굴은 꿈에서 깬 듯이 두리번거리다가 황황히 일어섰다. 당굴의 입술
엔 흙이 범벅이 되어 있었는데, 그것은, 고백이 흘러나오려다, 입술에서,
농도 짙게 응고되어 버린 탓 같았다.
「이 밭에 많은 열매가 맺히기를 빌겠소.」 그리고 당굴은 비틀거리며 올
라와 버렸다. 남은 오후 동안 당굴은 스승들의 백골을 베고 누워 눈이 붓
도록 울었다.

　저녁엔 전날들이나 똑같이 밝힌 초롱을 처마에다 달았다. 그리고 오랜
만에 흙집 밖으로 나와 바위 위에 무릎을 대고 앉았다. 그는 표정을 잃고

바다——그 검푸른 고적을 바라보며 마음속에 백송을 키우려 했다. ……저
절로 박락되는 아집, 교만할 줄 모르는 지고한 교만, 연륜을 거듭할수록
더욱 윤기가 도는 백악색의 성성한 노송……. 그러나 당굴은 고개를 절레
절레 저었다. 백송과 자기 사이엔 자기도 모른 새에 적어도 천리는 멀어져
있었다. 좀 더 젊었을 때야 자신을 백송과 같은 위치에 놓고 바라보는 데
서슴지 않았었다. 그 당시, 백송은 너그러웠지만 어줍잖은 한 친구에 불
과했었다.

당굴은 괴롭게 눈을 감았다. 그러자 스승들의 흰 뼈들이 소리내며 무너
져 덮는다. 당굴은 꿍하고 한번 신음을 했다. 자기도 또한 잊혀진 한 선
조가 되어 그 흰 주검들 위에 몸을 부리고 싶다고 생각했다. 그러면 유혼
(幽魂)이라도 〈말〉의 안방에서 살게나 될까.

초여드레 달이 질 무렵에, 그때에야 식사를 끝낸 모양으로 낮에 보았던
농부가 올라왔다. 그는 허리를 굽혀 인사한 뒤, 당굴의 무릎 밑에 앉으며
공들인 세마포 옷 한 벌을 내놓았다.

「저어, 이거, 이거……」 농부는 머뭇머뭇한다. 「볼품은 없지만……」

「……. 내가 누군데 이러시오?」

「아, 당굴님입죠!」 농부는 서슴지 않고 소리쳤다.

「〈말〉님과 같이 사시며, 섬을 지켜 주시고……」

당굴은 말 없이 농부를 내려다보았다. 동백기름의 흐르르한 불빛에 당
굴의 얼굴은 일그러져 보였다.

농부가 돌아간 뒤, 당굴은 마음이 스산해져, 사당 옆을 왔다 갔다 했다.
사당은 한번도 시야 속에서 모습을 감추지 않았다. 눈을 감아 보아도 그
것은 동백꽃의 암내에 취해 서 있기만 했다.

당굴은 미칠 듯한 기분이 되어 사당벽을 쳐대기 시작했다. 「말을 해라,
말을! 말을!」 당굴은 발악했다. 그러다가 당굴은 주저앉고 말았다.

어깨가 함초롬히 안개에 젖고, 몸이 감각을 잃었을 때에도, 당굴은 움
직이지 않았다. 그는 수업 시대로 되돌아가려고 안간힘쓰고 있었다. 〈말〉
이 무엇인가? 어떻게 하면 〈말〉에 도달될 수 있을까? 잊었던, 명상의
주제——그 원점으로 되돌아가려고 이를 갈아붙였다.

사람들은, 말——言語——은 보이지 않는데도 대단히 신비한 어떤 마력
은 갖고 있다는 전제에서, 〈말〉은 바다와 땅을 만든 것이며, 자기들의 운
명과 시절을 지배하며, 구멍 없는 오각 돌집에서 사는 것이라고 알았다.

스승은 이 소박한 교리에다 더 보태서, 이 우주엔 〈큰말〉과 〈작은말〉이 있는데, 〈큰말〉은 어디에나 저절로 있으며, 그리하여 〈작은말〉들을 지배한다고 한다. 〈작은말〉은 돌에게도 보리이삭에게도 지령이에게도 있는데, 이 〈작은말〉들이 〈큰말〉의 뜻을 감시할 수 있는 것은, 두 〈말〉의 결합이 이루어지는 바로 그때라는 것이다. 그런데 무한히 큰 것(〈큰말〉)과 무한히 작은 것(〈작은말〉)은 같은 것이므로 이 세상의 모든 것은 다 같은 한 몸이라 한다. 이 생각이 사당을 짓고 〈말〉을 모시게 한 것인데, 五(五角)라는 숫자는 주역(周易)의 어느 구절에서 뽑아낸 절대적인 숫자로서 신격(神格)을 나타내며, 구멍 하나 없는 건물로 표상한 것은 아무것도 존재치 않던 태초의 우주 그것이라 하며, 그 속의 방은 어떤 것을 생성시키는 자 중 그것의 상징이라 했다. 그래서 그것이 〈말〉이라는 것이다. 그렇다면 〈말〉은 어떻게 태어나게 되었는가? 〈말〉을 태어나게 하려면 〈말〉의 〈말〉이 있어야 되며, 그 말의 〈말〉이 나타나려면 또 〈말〉이 있어야 되는데……그렇다면 〈말〉이란 우연의 자존자(自存者) 그것인가? 당굴의 사색의 절벽은 바로 여기였다. 그렇더라도 이 절벽은 뛰어넘지 않으면 안되는 것이다.

당굴은 숨이 막힘을 느끼고, 다시 걷기 시작했다. 자갈 채이는 소리와 풀잎 밟히는 소리가, 단애를 치는 바닷물 소리에 섞여 짙은 안개 속으로 흩뜨러져 간다. 당굴은 좀 걷다가 걸음을 멈추고 귀를 기울였다. 인기척이 있는 것 같아서였다. 당굴은 안개 속을 두리번거렸다. 아무 것도 보이지 않는다. 당굴은 비겁해진 신경에 짜증을 부리고, 흔들리지도 않는 불그스레한 초롱 밑으로 와 누웠다. 대기의 냄새가 신선해지기 시작한 것이 새벽이 돼 가고 있는 모양이었고, 안개의 중량이 가볍게 느껴지는 것이 당분간은 좋은 날씨가 계속될 것 같았다.

당굴은 몸을 편하게 해서 생각을 떨치려 했다. 그러다 막 잠이 들려 하는데 누가 당굴을 불렀다. 목이 쉬고 떨리는 음성이었다. 당굴은 헛들은 것이라고 자기에게 일러 주며 계속 자려 했다.
「당굴님,」 두번째 불렀다. 「저어, 제 얘길 좀 들어 주세요.」 분명히 헛들은 소린 아니었다. 당굴은 짜증이 났지만 일어나 앉았다.
「저예요. 섬돌입니다.」 섬돌이라고 말하는 젊은이는 머뭇거리며 당굴 가까이 와 섰다.
섬돌이라면 당굴의 옛친구의 아들이다. 이름도 당굴이 지어 주었으며, 속으론 욕심을 냈던 젊은이였다. 그러나 섬돌이에겐 병든 홀아버지가 있고, 자기(당굴)는 아직 젊으므로 더 기다려 보자 하고 있는 중이었다.

「앉아라, 아버지는 평안하시냐?」당굴은 따뜻하게 물었다. 그러자 웬일로 섬돌이는 당굴의 무릎에 머리를 파묻고 흐득이기 시작한다.

당굴은 듣지 않아도 뜻을 알 수 있을 것 같았다. 당굴은 섬돌이의 등을 어루만지며, 깊은 한숨을 쉬었다.

섬돌이는 지치도록 울고 나더니, 종잡을 수 없이 씨분대기 시작했다. 할 얘기는 너무 많은데, 말이란 외줄로밖에 흘러나오지 않는다는 걸 화내는 투였다.

「제가, 제가 뚝쇠를, 어제 아침에 아버지가 돌아가셨기 때문에, 바다에 나간 사이에 내종(內腫)이 아버지를 죽였기 때문에, 사, 사람을, 뚝쇠를 죽였어요!」섬돌이는 와들와들 떨며, 동백숲속을 휘둘러본다.

당굴은 아무 말도 하지 않기로 했다. 이제까지의 어떤 것보다도 무서운 시련이 다가온 것 같은 느낌이 들었다. 섬돌이의 중언부언에서 당굴은 알 것은 다 알아 버렸다, 벌써 잊고 있었지만, 섬돌이의 얘기가, 지나간 어떤 사건 하나를 떠올려 주었다. 그 문제는 물론 죽은 스승이 해결했었다.

「용서해 주세요, 당굴님! 네? 용서해 주세요!」섬돌이는 당굴의 다리를 붙들고 애원했다. 「전 아직 아들 하나 없는 홀몸입니다.」

「……」

「열살 되던 해였어요. 난 다 본 걸요. 다 봤어요. 그리고 얼마나 울고 이를 갈았는지 모릅니다. 그 전에도 종종 그랬다지만, 이 눈으로 본 건 그것이 처음이었어요.」차차로 침착해진 모양이었다. 「전 사흘 동안 먹지도 자지도 못했지요. 아버진 그때부터 내종을 앓기 시작했읍니다.」여기까지 말해 놓곤 젊은이는 돌변해져서 바위를 내리쳤다.

「그 자식, 그 자식을 죽여야 했읍니다. 그래서 죽였읍니다! 아버지가 구년 동안 앓은 병을 한꺼번에 앓게 해 주었죠. 나무에 묶어놓고, 발톱에서부터 톱질을 했죠. 천천히 했읍니다. 허벅지를 묶어놓고. 그랬더니 좀체 죽지 않더군요. 으흐훗. 난 아주 이상했죠. 그런데 짜식은 고자더군요. 처음에 톱을 딜 땐 떨렸지만, 목까지 썰 땐 웃음이 나왔읍니다.」

당굴은 몸을 으시시 떨었다. 흙물이 튕겨져 그러려니, 또는 생선을 다루느라고 그러려니 하고 생각하였었는데, 얘길 들으면서 살펴보니 섬돌이 옷에 얼룩진 짙은 반점은 모두 피였고 피비린내였다.

「그렇게 토막을 낸 뒤, 그놈의 친척집마다 던져 주었죠. 그래도 술을 잔뜩, 먹여 주었으니 별로 아프진 않았을 겁니다. 아시겠읍니까? 얼마나 뼈에 사무쳤는지 아시겠어요?」 섬돌인 제정신이 아니었다.

「전 구년 동안 한번도 잊은 적이 없었어요. 뭣 때문에 아버지가 그렇게 혹독하게 당했는지 그것을 난 아직도 몰라요. 그놈은 아버지의 얼굴이니 가슴이니 배를 짓밟으며 몽둥이로 패댔읍니다. 알 수 없는 말을 지껄이면서 그랬읍니다. 〈한번 용서해 주었으면 되었지 또 불러내, 엉?〉 그러고도 모자라서 놈은 기절해 버린 아버지의 바지를 찢고, 부끄러운 곳에다 똥칠을 하기 시작했읍니다. 그리곤 살맛 본 사나운 똥개를 데려다 핥게 했읍니다. 유력자고, 늙은 족장의 천치 딸의 남편이래서 그랬는진 모르지만 말리려는 사람도 없었어요. 저도 움직일 수가 없었읍니다. 개가 아버지를 핥을 때 저도 정신을 잃고 말았읍니다. 그런데도 늙은 당굴님께서는, 뚝쇠에게 생선 오백 마리와, 닭 열 마리와, 쌀보리 한 가마니의 벌금밖엔 물리지 않았읍니다. 아버지가 못 벌게 되고, 난 어렸으므로 받을 수밖엔 없었죠. 어쨌든 아버진 그때부터 누운 세월을 구년 사시다가 어제 돌아가셨읍니다. 결국 뚝쇠가 죽인 겁니다. 사람을 죽인 사람은 죽어야 되므로, 그래서 저는 뚝쇠를 죽였읍니다.」 섬돌이의 음성은 차차로 작아지더니, 다시 울음을 터뜨렸다.

「당굴님, 제게 잘못된 것이라도 있읍니까? 생선 오백 마리와, 쌀보리 한 가마니와, 닭 열 마리는 아버지에게 상처를 낸 데 대한 벌금이고, 아버지를 죽인 것에 대해선 제가 벌을 주었단 말씀입니다. 그런데 무엇이 잘못되었읍니까?」 섬돌이는 자기가 정의라고 생각한 것을 자신에게라도 확신시키고 싶은 듯했다.

「저는 늘 그놈에게 얻어맞는 꿈만 꾸었죠. 꿈에서만이라도 한번 호되게 패주고 싶었지만, 전 얻어맞기만 했어요. ……당굴님, 전 무서워요! 무서워요! 어떻게 좀 도와주세요! 네? 절 죽이지 마세요! 당굴님이라면 절 살릴 수 있어요. 좀 도와주세요!」

당굴은 이 고독한 젊은이에게 뭐라고 대답할 바를 몰라서 고개만 끄덕끄덕해 보였다. 그러나 당굴이 어떤 결정을 내리고 그랬던 건 아니었는데도, 섬돌이는 자기를 살려 준다는 대답으로 알고, 당굴의 발등을 핥다가 뛰어내려가 버렸다. 그러는 동안에 밤은 새어 버렸다. 당굴은 스스러진 맘, 시들어진 몸을 간신히 지탱해 흙집 속으로 들어가선 쓰러져 버렸다. 코에서 피가 쏟아진다. 그래도 당굴은 관심도 갖지 않고, 머리맡으로 팔을 뻗쳐, 쌀과 솔잎을 함께 빻아 놓은 가루를 한줌 꺼내 털어놓고, 다시 더듬거려 소금에 절여 말린 생선 한 마리를 들고 머리서부터 씹기 시작했다.

「그 젊은이는……」 썹다가 그는 잠이 들었는데, 피곤이 그를 금방 무념 속으로 침전시켜 준 덕이었다. 두터운 햇살이 구멍으로 들어와 당굴의 여윈 몸을 덮어 주었다. 안개는 걷힌 뒤였다.

그러나 얼마 자지 않아 당굴은 깨워지고 말았다. 미친 듯한 사내 칠팔 명이 섬돌이를 백송 등치에 묶어놓고, 재판을 청한 것이다.
「당굴님, 재판을 해 주십쇼, 재판을!」 피살자의 아우 바람쇠가 거칠게 소릴 쳤다. 「저 개자식을 우리 손으로 찢어 죽이게 해달라는 말입니다.」
당굴은 그렇게 될 줄 알았던 바라 서둘지 않고 나왔다.
「우리는 놈을 찾느라 밤 새도록 섬을 뒤졌는데,」 족장의 둘째 사위이고 피살자의 동서되는 사람이 끼어들어 설명을 시작한다. 「정말이지 끔찍스러워서……」
당굴은 듣는둥마는둥, 묶인 섬돌이 쪽으로 향했다.
섬돌이는 이들에게 잡히고부터는 곤욕을 당한 모양으로 눈으론 볼 수도 없을 처참한 모습을 하고 있었다. 그럼에도 불구하고, 가까운 곳에 서 있는 천치 같은 여자 하나에게 침과 욕설을 뱉아 던지고 있었다.
「여어이, 천치 여편네야, 서방놈의 고기국 맛이 어땠어? 헤액 퉤에!」
그래도 여자는 초점 없는 흐릿한 눈으로 섬돌이를 바라보고 입만 씰룩거리고 있다. 말이나 표정을 생각해 내려면 많은 시간이 걸릴 듯싶어 보였다. 섬돌이는 당굴의 연민에 어린 눈에 접하고선 고개를 떨구었다.
「머리는 머리대로,」 피살자의 동서는 계속 씨부린다.
「그만해 두시오!」 당굴은 설명하는 사람의 말을 중단시키고, 「이 젊은이가 받은 학대도, 닭 열 마리와, 생선 오백 마리와, 쌀보리 한 가마니 값은 된다. 그러나 누가 이 젊은이를 죽게 만든다면 죽게 만든 그는 누가 죽일 것인가?」 독백하며, 여자를 향해 섰다. 여자는 비로소 감정이 돋았는지, 흐린 눈에 가득 눈물을 담았다.
「글쎄 제 처가집(족장네) 마루엔 창자를……」
「다 알고 있으니까 그만해 두시오! 이 젊은이가 나와 함께 밤을 새우고 잤으니까.」 당굴은 당굴답지 않게 감정적인 억양으로 말했다.
「호오, 그랬댔군? 요 개자식!」 바람쇠가 섬돌이의 턱을 걸어찬다.
「헉!」 섬돌이와 여자가 동시에 비명을 질렀다.
「그러면 어서 재판을 해 주십쇼. 사람을 죽인 놈은 죽어야 된다는, 내려오는 법률대로.」 바람쇠가 이를 드러냈다. 「그렇다면 재판이 무슨 소용이

오? 당신네들 뜻대로 찢어 죽이든 태워 죽이든 할 일이지.」당굴은 양미간을 찌푸렸다. 당굴답지 않은 말이었다.

「헤헤, 그래야 우리가 살인자가 안 되기 때문입죠. 이 모든 법률은 〈말〉님에게서 나왔고, 〈말〉님은 공평하니깐요. 당굴님은 〈말〉님과 의논만 하시면 되고, 〈말〉님의 뜻을 전해 주시기만 하면 됩죠. 헤헤헤.」바람쇠의 말은 모두가 옳았다. 그렇게 해서 섬은 질서를 유지해 왔던 것이다.

「저어, 사돈,」바람쇠는 이번엔 족장의 사위에게 말을 건넸다. 「장인영감님 좀 모셔오시죠.」

「그, 그럽시다.」그는 뛰어내려간다. 「다, 당굴님, 제발, 제발……」섬돌이가 이빨 부딪치는 소리로 빈다. 「용서해 주십쇼! 전 잘못된 게 없어요.」

「뭐야, 이새끼야?」바람쇠가 다시 걸어찬다. 섬돌이의 입술에서 피가 짙게 흘러내린다.

「다아굴님!」천치 같은 여자가 분명치 않은 발음으로 부르며, 당굴 앞에 무릎을 꿇는다.

「대체 형수씬 뭘하러 왔소? 어떻게 하자는 거요? 어이, 자네, 형수씰 좀 데리고 가게나.」

「그대로 두시오. 그리고, 당신이나 내가 재판하는 것이 아니라, 〈말〉이 하는 것이니 손찌검을 하지 마시오! 당신들이 이 젊은이를 혹독하게 때렸다거나, 앞으로도 때린다면, 〈말〉은 이 젊은이에게서 그만큼의 벌은 빼게 될 것이오. 〈말〉은 이 젊은이를 살려 줄지도 몰라요.」당굴은 여자의 눈이 묘한 빛을 내는 것을 읽으며, 「그렇지 않으면 공평하지가 못하니까. 알겠소? 살인자라고 반드시 죽이는 것은 아니오!」했다.

「그, 그렇게도 되던가요?」바람쇠 일당은 낭패한 얼굴이었다. 「저어……헤헤헤.」바람쇠 일당은 당굴이 보는 앞에서만이라도 웃어 보이려고 얼굴을 일그러뜨렸다.

「젊은이도 쓸데없이 욕을 한다거나 발악을 하면 이제까지 받은 아픔이 헛것으로 돌아가고, 네가 했던 것만큼 벌을 받게 될 거다.」

「아, 저놈이 나를 물어뜯고, ……이거 보세요, 이렇게 멍이 들었읍니다. 그리고 당굴님도 보셨지만, 형수씨께 침을 뱉고 욕을 퍼부었읍니다.」

당굴은 돌아서 버렸다. 바람쇠는 섬돌이의 발광에 대해서 구구히 설명하며 따른다. 당굴은 도무지 침착할 수가 없었다. 줄기차게 뻗어내리던 햇살이 도중에서 굴절되어 버리고, 자기가 있는 곳은 무엇이 희박해져 버린 무덤 속 같은 기분이 들었다.

당굴이 처소로 막 들어서려 하는데, 등뒤에서 신음이 들려 왔다. 당굴이나 소송자들이나 동시에 뒤를 돌아다보았다. 침을 덮어쓰고, 욕을 당하던 여자가 섬돌이의 벗은 발등을 철썩철썩 갈기고 있었다. 섬돌인 분노에 떨면서도 욕도 침도 뱉지 않고, 이를 갈며 신음만 하고 있다. 그러나 신음은 아픔 탓이기보다는 분노와 자기 운명에 대한 공포 탓에 새어나오는 것 같았다. 당굴은 슬픈 듯한 엷은 웃음을 짓고 서둘러 들어가 버렸다.

바람쇠는 당황되어, 황황히 달려가더니 여자를 거칠게 나꾸어챘다.
「미쳤어! 이 여자가 지금.」

그러자 여자는 말리는 사람의 가슴을 할퀴며 삵괭이처럼 달려든다. 그러다가 졸도를 하고 쓰러져 버렸다.
「여, 자네 좀 업어다 집에 두고 오란 말야. 그리고……」뭘 쑤군거린다.
「예, 예, 그래야겠군요. 이러다간 우리 가문이 이거 망신만 당하겠어요.」근육 좋은 사내가 대답하며 여자를 들쳐업고 내려간다. 남은 사람 중에서 하나는 섬돌이를 지키고, 다른 사람들은 당굴의 처소 밖에 모였다. 집형은 족장이 하지만, 재판은 당굴을 통해 〈말〉이 하기 때문에 판결을 기다리자는 것이다.

당굴은 책상다리무릎에 고개를 묻고, 생각을 간추리려 했다. 그러나 생각은 막혀 흘러나오지 않고, 웬지 발악하고만 싶었다. 「무엇 때문에 내가 너희들과 공모해야 되느냐? 너희들은 내게 무슨 권한을 주었는가? 그러므로 섬돌이도 정당하지 않느냐?」당굴은 외로왔다. 당굴의 메카니즘―― 그것이 당굴을 슬프게 했다. 그 두꺼운 껍질을 벗어던지려 하며, 그 농부와 같은 진한 얼굴들이 무수히 떠오른다.

소송자들이 귀찮도록 판결을 요구했지만, 당굴은 발가락 하나 움직이려 하지 않았다.

큰 나무의 밑둥에서 기어오르기 시작한 개미 한 마리가 높은 꼭대기에서 되기어 내려올 그만큼의 시간이 지난 후에야, 당굴은 몸을 풀고 입을 열었다.

「모두 좌단(座壇)에 엎드려 〈말〉의 심판을 기다려 주시오.」――이 말은 어느 당굴이나 하는 말이고, 좌단이라고 하는 건 특별한 것이 아니고, 사당 북쪽편의 평평한 바위를 이른 것이다. 이 말을 끝내면 어떤 당굴이나 흙집 속으로 들어가 모습을 보이지 않는다. 그렇게 하는 일은 처음부터 있어 왔던 것이므로, 만약 어떤 당굴이 그렇게 하지 않고 어떤 판결을 내렸다고 하면 그 판결은 엉터리라고 불복(不服)할 게다. 사람들은 어떤 방법으로 그렇게 하는지도 모르면서, 당굴이 〈말〉과 만날 때는 그때라고, 소박하게 믿어 왔다. 그래야 자기네들이 전하고 싶은 얘기를 전해 줄 것이 아니겠느냐는 것이다.

소송자들은 좌단에 엎드려, 살인자에게 참혹한 형벌을 내려달라고 일심으로 빌었다. 그러는 동안에 족장을 모시러 갔던 사내가 올라왔고,

「장인영감은 오랜 신병이 도져서 누워계시고, 그래서 큰처남이라도 좀 보내라 했죠. 큰처남은 저쪽 동네 누구집 환갑 잔치에 갔더군요.」

여자를 업고 갔던 사내도 올라왔다. 「시키신 대로 사지를 묶어 이불 속에 눕혀놓고 왔읍니다. 재갈도 물렸죠.」

그런데 사당이 입을 열려면, 아무리 짧게 걸려도 해녀가 섬 번쯤 자맥질할 시간은 걸리며, 길게는 하루 해를 온전히 참아야 했다.

그리하여 권태로운 그 긴 시간을 지나서, 모래알과 바다가 수줍어 붉어질 무렵에, 드디어 사당이 말문을 열었다. 소송자들은 물론이려니와, 묶인 몸으로도 까딱까딱 졸고 있던 섬돌이도 정신을 바짝 차렸다.

사당의 말은 언제나 알아들을 수 없이 웅웅거리기만 했다. 당굴을 빼놓곤 (다른 사람들은) 그 음향의 밑바닥에 깔리는 색조(色調)에서 얼마쯤의 뜻을 짐작할 뿐이었다. 그런데 오늘은, 괴로움 많은 사내가 흐느끼기라도 하는 듯, 그렇게 구슬픈 가락을 띠고 있었다. 사람들은, 보이지 않는 권능에 대해 지니고 있는 원시적인 외경심으로, 자기들도 모르게 엎드려져 부들부들 떨었다. 〈말〉은 그렇게 해서 뭍과 물과 운명과 시절을 지배해 왔다.

아직도 섬돌이와 소송자들의 귓바퀴에 웅웅거리는 여운이 남아 있었을 때, 당굴은 처소 쪽으로부터 소리없이 나타나선 그들 뒤에 엎드렸다. 갑자기 오년은 더 늙어 보였다.

그리고도 많은 시간이 지루하게 흘렀다.

들일을 끝낸 농부와, 노를 굴뚝 옆에 세워놓은 어부와, 가축을 우리에 몰아넣은 목부와, 아이들까지 합쳐 한 삼사십 명이나 되는 사람들이 올라닥쳤다.

초롱을 처마에 걸어야 될 저녁 해녀의 젖꼭지에서 바다를 빨던 아이가 익사되고, 농부의 아낙들이 흰 몸을 바다에 잠글 때.

당굴은 긴 침묵에서 일어났다.

「젊은이여, 그대는, 그대 자신의 생명이나, 그대를 소송한 자의 팔촌 이

내 사람의 생명에 관계되지 않으며, 또한 그대의 가족을 위한 것이 아니고, 오직 그대 자신만을 위한 것이라면 무엇이든 꼭 한 가지 것만 원해라. 너의 소원은 어떤 것이라도 이루어질 것이다. 이것은 수백년이나 내려온 특별한 혜택이기 때문이다. 다만 내일 동틀 때까지뿐이다. 이 판결은 〈말〉의 입술에서 나온 엄숙한 것이다.」 이 말은 사형 선고의 완곡어법적 표현이었다.

섬돌인 처음엔 잘 납득이 안 된 듯, 어리떨떨해하는 눈치였지만, 소송자들이 〈공평한 판결〉에 감사하며, 〈언제, 어디서, 어떤 방법〉으로 처형할까를 물었을 때에야, 깨어지는 듯한 기묘한 비명을 지르며, 전신을 오들오들 떨고, 입에서 핏덩이를 뱉아댔다. 말은 반마디도 만들지 못했다.

「내일 동틀 때, 백송의 저 동쪽 가지에, 목을 매다시오.」 당굴은 정액이라곤 한방울도 지니지 않은 소금덩어리처럼 말했다. 그리고 바람쇠를 지적해선 이렇게 말해 줬다.

「당신은, 십일 이내에 닭 다섯 마리와, 생선 이백 오십 마리와, 쌀보리 반 가마니를 저 젊은이의 가족에게 주어야 하오! 저 젊은이에게 가족이 없을 때, 그것은 제일 가난한 사람들께 나누어 주어야 하오. 알겠소?」

「아니, 그것도 〈말〉님의 판결입니까? 흉악한 살인자를 벌 주자는 게 죄가 돼서 그렇습니까?」 바람쇠는 주먹을 휘두르며 맞서고 나섰다.

「그렇소, 〈말〉의 판결이오! 저 젊은이에게 손찌검을 한 데 대한 벌금이오. 살인자라도 재판이 있기 전에는 죄가 인정되지 않는다는 걸 알아두시오. 만약 이 벌금형에 복종하지 않는 경우엔 당신에게도 저 젊은이와 같은 형벌을 내리라는 것이었소. 지금부터 당신은 죄인이요, 알겠소? 이 모든 걸 어겼을 땐, 〈말〉이 직접 당신 집을 찾는다 하였소.」

바람쇠는 울화통이 터져 견딜 수가 없었지만, 어떻게 할 수도 없었다. 생각대로 해서는 섬돌이녀석을 까 죽이고 싶고, 당굴을 패놓고 싶었지만, 그러고 보면 자기 앞에 더 큰 벌이 떨어질 것 같아 그러지도 못했다. 〈말〉이 원망스러웠다.

당굴은 섬돌이를 향해 서서 한참이나 지켜보았다. 그리고, 「뭣이든 원해라」 하고 들릴락말락하게 말했다.

고독해진 죄수는 눈을 뒤집고 발광하며, 이 세상의 모든 것을 저주하기만 한다. 사람같이 보이지 않았다.

「어떻게 해 주기를 바라느냐?」 당굴은 다시 묻고, 눈을 내리떴다. 땅을 차고 버티느라고 너덜너덜해진 섬돌이의 뒤꿈치가 보인다.

「너에게 주어진 시간은 너무 짧다.」

섬돌이의 귀에는 아무 소리도 들리지 않는 듯했다. 피와 똥물을 넘겨선 그가 살았던 세계에다 뒤집어 씌우려고만 했다. 당굴의 벗은 가슴팍에도 그것은 튕겨져서 조금 흐르다 응고되어 버렸다.

「너에게도 아들이 있어야 할 게다. 아들이 있어야겠지.」당굴은 혼잣말처럼 하며 흙집 속으로 사라져 버렸다.

사람들은 고개를 흔들며 슬금슬금 내려가 버렸다. 바람쇠만이 섬돌이와 가까운 데 앉아 삼을 써서 새끼줄을 꼬며, 휘파람을 불기 시작했다.

달이 좋았다.

섬돌이는 발광을 해 보아도, 저주를 해 보아도 속이 트이지 않는 오열을 짓물고, 죽음을 생각하기 시작했다. 그리곤 어머니를 불렀다. 「어머니!」누구에게 안기고 싶은 것이다. 「어머니!」누구의 손을 잡고 싶은 것이다. 「어머니!」그에게라면 다 바칠 수 있고, 그와 함께라면 아무 것도 두려울 것이 없는 분, 「어머니!」——섬돌이는 자꾸만 어머니만 불렀다. 그렇지만 이 젊은이는, 어머니의 눈도, 어머니의 젖꼭지도, 어머니의 자장가도 아무 것도 알고 있는 것이라곤 없었다. 이 젊은이가 찾는 어머니는, 어쩌면, 젖기고 박탈당한 자기의 유년(幼年)에 대한 애타는 향수였는지도 몰랐다. 그것은, 당굴에게 있어서의 〈말〉, 그것과 같은 것이었는지도 몰랐다.

밤이 깊어, 당굴이 다시 젊은이 앞에 섰을 땐, 섬돌이는 고개를 숙이고 깊은 생각에 잠겨 있었다. 바람쇠는 다 꼰 줄을 베고 누워 달을 바라보고 있었는데, 그도 증오 같은 것은 잊은 듯한 얼굴이었다.

「이 젊은이와 잠깐만 얘기하고 싶은데……」

바람쇠는 두말 없이 좀 멀찌기 걸어가서 등을 돌리고 앉았다.

「시간이 자꾸만 흐른다.」당굴은 젊은이의 어깨를 다정스럽게 감쌌다. 「마음 맞는 색씨에게 애라도 갖게 해 주면 어떠니, 응?」

「……」

「너무 걱정 마라. 고통이란 순간도 못 돼. 누구나 죽는 거잖니? 그러면,」〈말〉이 사는 나라로 가는 거야 하고 말하려다 끌꺽 삼켜 버렸다.

섬돌이는 조용히 머리를 쳐든다. 분명히 변해져 보였다. 눈물과, 고독과, 자학 속에서, 두터운 집착을 벗어던지고, 빈몸으로 걸어나온 것 같았다.

「헌데 넌 어머니가 보고 싶겠군?」

섬돌이는 어린애처럼 눈물에 젖어 고개를 끄덕였다.

「보고 싶었죠. 하지만 어머닌 나를 나시자마자 보이지 않는 어떤 나라로 가버리셨대요. 어머닌 〈말〉의 따님이었다거든요.」

「호오, 그랬댔군.」 당굴은 목이 메었다. 「어머니는 그래도 늘 널 보고 계실 게다. 오늘도 네 곁엘 오셨을지 아니?」 당굴은 섬돌이를 묶어 놓은 굵은 줄을 풀기 시작했다.

「뭣이든 소원을 말해라.」

「……」

「넌 내가 밉겠지?」

「아, 아니예요.」 섬돌이는 또록또록 부인했다.

「난 네가 날 미워할 줄 알았댔지.」

「아까는 그랬지만, 지금은 어머니를 생각하고 있어요. 그런데 어머닌 여자예요, 남자예요? 아니면, 〈말〉의 따님이라니까 남자도 여자도 아니예요?」

당굴은, 대답할 수가 없어, 섬돌이를 힘 있게 한번 품어 주었다. 당굴은 아들을 품는 아버지 같은 느낌을 가졌고, 섬돌이는 어머니 품에 안긴 어린이 같은 느낌을 가졌다.

「내일 아침까지는 이 세상의 모든 시간이 오직 너의 것이다. 지금 내려 가서 너의 소원을 풀어라. 너를 소송한 사람이 너를 증명해 주며, 보호해 줄 게다.」

당굴은 섬돌이 곁에선 견딜 수가 없어서 휘청휘청 처소로 돌아왔다.

「만약, 어느 때 갑자기 〈말〉이 자살을 해 버렸다거나, 햇볕 탓에 말라죽 어 처음부터 없었다고 한다면, 살인자들을 죽이게 만든 당굴들은 누가 어 떻게 재판을 하여 정의를 입증할 것인가?」

결명(厥明)에, 족장 대리(족장의 長子)를 위시하여 많은 사람들이, 이 사 형을 집행하고 보기 위하여 언덕으로 올라왔다. 그들은 물론 안됐다는 식 의 얼굴을 미리부터 만들고는 있었어도, 악취미적인 호기심과 기대로 흥 분되어 있었다.

섬돌이는 백송 둥치로부터 한걸음도 떠나지 않은 듯 빛 없는 충혈된 눈 으로, 자기의 생명을 거두어줄 줄을 멍하게 쳐다보고 있었는데, 족장 대 리와 당굴과 사람들 앞에 끌려왔을 때, 자기의 최후의, 그리고 절대적인

96

권리 하나를 분명하게 말했다.

「난 당굴님과 같이 죽고 싶습니다.」

족장 대리는 물론 모두 아연실색했다. 그러나 당굴은 얼른 이해가 안 되는 눈치였다.

「이봐, 젊은 친구! 그런 엉터리없는 말로 벌을 피할 생각은 마라! 당굴의 생명은 이땅 전체의 것이란 걸 알아둬!」족장 대리는 날카롭게 소리쳤다.

「꼭 그렇게 해 주십쇼!」섬돌이는 낮지만 힘 있게 주장했다.

「다시 생각해 보는 것이 좋을 거야. 해질녘까지 연기해 줄 수 있을지도 모르니까.」

「……」

섬돌이는 몸짓으로 족장 대리의 제안을 무시해 버렸다. 족장 대리는 난처한 얼굴이었다. 그도 그럴 것이, 불원간에 자기가 족장직을 이어받게 될 것인데, 이 문제는 자기 권위의 허실(虛實)을 저울질할 것 같은 생각이 들었기 때문이다. 존경 못 받는 족장은, 당굴 그늘 탓에, 허깨비 이상은 아니었던 걸 그는 잘 알고 있었다. 족장 대리는 이마를 찌푸리고 생각에 잠겼다.

당굴은 슬픈 듯하게 입술을 짓물고, 섬돌이의 머리 너머로 시선을 보냈다. 거기, 백송의 휘어진 동쪽 가지에 그의 눈은 머물렀다. 당굴은, 다른 사람이 알 수 없을 정도로 온몸을 떨고 있었다.

「그렇다면,」족장 대리는 결론짓듯 침묵을 깨뜨렸다.

「자네는 자네 스스로 죽도록 만들어 버리겠다. 저 나무 등치에 묶어두고, 먹을 것이라곤 아무 것도 안 주는 거야. 배가 고프면 자기 살을 뜯겠지, 목이 마르면 이슬이나 받아 먹고. 그러다 보면 자네는 자네가 죽이는 거다. 그렇다면 뭣 때문에 소원을 하나 들어 주겠나? 안 그래?」

사람들 속에서 감탄의 소리가 번진다.

족장 대리는 땀에 뻔쩍이는 얼굴에 웃음을 띠었다.

섬돌이는 허탈되고, 갈증난 표정으로 두리번두리번거리더니, 당굴 앞에 무릎을 꿇고 올려다본다.

「당굴님, 제가 잘못 생각했나요? 전 두려웠어요, 두려웠어요! 하지만 당굴님 품에서 죽는다면 무섭지 않을 줄 알았죠. 전 어머니만 생각했거든요. 정말 그랬어요. 어머니와 같이서라면 불 속이라도 시원할 것 같았어요.」섬돌이는 흐느끼기 시작했다.

「무, 물론, 너는 당연하지! 당연해, 당연해, 다, 당연, 당연해!」
「족장님!」섬돌이는 흐느끼다 말고, 족장의 멱살을 움켜잡았다. 「그렇다면 나를 빨리 죽여 주시오! 소원은 그것뿐이요.」그리고 섬돌이는 자기의 줄을 향해 앞장서 걸어갔다.
「그래야지!」족장 대리는 씹어뱉듯 말하곤 당굴을 훑어 보았다. 「진작 그렇게 생각했더라면 씨라도 하나 뒀을 거 아닌가.」
섬돌이는 줄에 목을 넣고, 해 떠오르는 바다, 거기서도 더 멀리로 시선을 보냈다. 그쪽편 아랫녘에서 흩뜨려져 보이는 여자 하나가 허우적이며 오고 있었다. 애는 쓰고 있어 보여도, 지렁이만큼도 속력을 못 내고, 넘어지곤 했다.
그렇게 해서 교수형의 준비는 다 끝난 셈이었다. 이제, 가지를 휘기 위하여 가지 끝에 매달아 놓은 바위만 떨어뜨리면 되게 되었다. 바위를 묶어 놓아 가지를 억제시키고 있는 줄을 찍는 건 물론 바람쇠가 맡았다.
바람쇠는 나찰과 같이 낫을 들고 바위 옆에 섰다.
족장 대리는 덤덤한 표정으로 느리게 형을 지휘했다.
「하나……」사람들의 눈은 살기를 띠고 뻔쩍였다.
「두울……」사람들은 이를 악물고 신음했다.
「세에엣!」
휘익하는 소리만 났다. 그리하여 섬돌이는 뽑혀 올라가 버렸다.
가지가 흔들림을 멈추기도 전에, 사람들은 벌떼처럼 달려들어 백송 껍질을 벗기기 시작했다. 족장 대리는 핏대를 세우고 소릴 쳤지만 막무가내였다. 그들은 손톱에 피를 흘리면서도 좀 더 많이 벗기려 했다. 그것은, 죽은 이의 남은 생명이 나무의 수관을 타고 흐른다는, 원시적인 어느 샤머니즘에서 나온 풍습으로, 그것을 씹으면 생명이 연장된다는 것이다. 나무는 순식간에 알몸뚱이만 남게 되었다. 거기에 혀를 대는 사람도 있었다.
껍질을 씹으며, 사람들이 뿔뿔이 헤어져 내려가고 있었을 때에야, 허우적이며 달려오던 여자는 거기에 닿았다. 족장의 딸이고 뚝쇠의 아내인 천치 같은 그 여자였다. 여자는 온몸에 피칠을 하고, 머리를 풀어헤치고 달려왔는데, 묶인 밧줄을 끊으려고, 그리고 부지런히 달려오려고, 넘어지고 부딪쳐서 그렇게 된 것 같았다.
여자는 미쳐서, 흰 나무를 얼싸안고, 매달려 늘어진 섬돌이의 상처난 뒤꿈치를 핥았다. 그러다가 바람쇠가 내던진 낫을 발견하곤, 그것을 주워다가 섬돌이의 목을 파고든 줄을 짤랐다. 시체는 부대가 떨어지는 소릴 냈다. 여자는 구겨진 시체를 품에다 안았다. 알 수 없는 말로 시체를 얼르며 젖을 물렸다. 그러나 시체가 빨려 하지 않자, 외마디 비명을 지르며 시체 위에 쓰러져 버렸다. 자기의 혀를 깨물고, 정신을 잃어버린 것이다. 시체는 젖보다도 진한 피에 덮이고 있었다.

당굴은 사형 집행 장소엔 없었지만, 뒤껼에서 이 모든 광경을 다 보았다. 그의 손톱은 땅을 파느라고 다 떨어져 나가고 없었다.
한낮이 되어 가고 있었다. 어디선지 목동이 부는 풀피리 가락이 불려 오고 있었다. 피리리. 피리릭.
당굴은 벌벌 기어 처소로 들어가선, 농부가 준 세마포 옷으로 갈아입고 백송나무 아래로 왔다. 그리고 그는 피에 덮인 섬돌이의 시체를 안아들었다.「어머니들이 사는 나라에서 우리 같이 살자꾸나.」당굴의 눈물이 섬돌이의 목의 상처 속으로 스며든다.
당굴은 섬돌이를 안고 흙집 속으로 들어갔다. 그리고 멍석을 떠들고 엷은 바위 한쪽을 뜯어냈다. 가마솥 크기만한 구멍이 하나 나타난다.
다시 나왔을 땐, 포르르 하던 세마포 바지 저고리가 흙투성이였다. 이번엔, 아직도 체온이 남아 있는 여자를 보듬고 또한 들어갔다.
그때로부터 당굴의 모습을 보았다는 사람은 하나도 없었다. 없어진 배도 없었으며, 익사체도 없었다. 산에도 없었으며, 들에도 없었으며, 하늘에도 떠 있지 않았다. 그런대로 시절이나 잘 되고, 변괴나 없었더면 보이지 않는 사람은 차차로 잊어버리고, 새 당굴을 뽑았을지도 모른다. 그러나 우계에 접어들면서 지독한 장마가 계속되어 가축은 병이 들고, 생선은 썩어들고, 곡식은 가마니 속에서 싹을 키웠다. 장마가 그치는가 했더니, 이번엔 역병이 창궐하기 시작했다. 죽은 쥐가 도처에서 보이더니 사람이 죽기 시작한 것이다. 시체는 그을린 듯 새까맣게 변했다. 노인들도 병의 원인을 알지 못했다. 하다못해 산으로 들로 병의 원인을 찾으려 헤맸지만 아무것도 발견치 못하고, 주저앉아 버렸다. 하기야 바닷가 바위들 사이엔 어디서부터 흘러온 것인지 짐작도 가지 않는, 난파한 배편 몇 쪽이 있긴 있었다. 그리고 그 위엔 형태만 남기고 있는 죽은 쥐 두 마리가 있긴 있었다. 나무쪽을 타고 흘러와서 산 쥐도 있긴 있었을 게다. 그렇다고 그것이 병인이라는 생각은 할 수도 없었다. 어쨌든 죽는 사람은 나날이 더 늘었다. 사람들은 앉아 있을 수도 누워 있을 수도 없게 되었다. 통곡을 하고, 애원을 하고, 나중엔 시체들을 태워서 기구해 보아도 사당에선 말 같은 건 한마디도 흘러나오지 않았다. 다섯 달 동안에 섬 인구의 삼할이 죽어 넘어졌는데도 사당은 입을 닫고 은총을 거부했다. 사망자 수는 기하급수적으로 불어났다. 그로부터 두 달 후엔 나머지 사람의 오할을 죽여 버렸다. 시체를 처리할 수도 없게 되었다. 시체는 쓰러진 자리에 그대로 버려져 스스로 무덤을 만들 수밖에 없었다. 〈말〉이 미소를 감춘 이 고달픈 하늘과 땅엔 검은 냄새와 검은 발악과, 검은 주검이 뒤덮었을 뿐, 율법도 정의도 아무것도 없었다. 그들 모두 백송 껍질의 맛을 알았던 사람들이다.

그리하여 사람들은, 입이 없는 〈말〉을 향해 분노의 곡괭이질을 퍼부어 대기 시작했다. 벽은 사람들의 충성심으로 몇백 년이나 달구어져 곡괭이의 날이 튀어났다. 그래서 사람들의 분노는 더욱 맹렬해졌다. 말이 말이 되어 나오지 않는 입 없는 입——그것을 향해서, 그리고 한때는 그의 전신으로 섬을 통치하던 능력——그것을 향해서, 그리고 그의 전신을 죽이고 있는 마비——그것을 향해서, 그리고 그의 혼령을 묶고 있는 감옥——그것을 향해서, 그리고 문자 사라진 섬의 역사서——그것을 향해서, 사람들은 인고(忍苦)의 쓴 잔을 바닥까지 다 비우고, 미쳐서 달려든 것이다.

그런데 오각 입체 문 없는 방속을 들여다보곤, 사람들은 히히거리며 흐늘어져 까맣게 변해 버렸다.

방 속엔 이미 육탈(肉脫)되어진 흰 뼈들이 서로 감은 채 오롯이 모여 있었고, 그 흰 뼈들을 베고 누워 역시 살을 잃어 가는 사내 하나는 불꺼진 초롱을 눈에다 붙이고 있었는데, 그 옆엔 사내 같은 뼈무더기가 여자 같은 뼈무더기의 가슴에 입술을 대고 있었다.

거기에서 아마도 할애비 당굴과 손자 당굴들이 수음(手淫)을 즐기며 화장(化粧)을 지웠던 모양이었다.

뙤 약 볕 · 2
―下元甲 섣달 그믐

　화톳불은 열두 무더기나 타올랐다. 섬이 스스로 어떤 것을 위한 번제(燔祭)의 기름덩이가 되어, 열두 무더기의 화톳불을 심지삼아, 감추어 두었던 그의 내품(內稟)을 지글지글 태워올리는 듯했다. 망령과 병고로 죽어버린 노족장의 오남(五男) 점쇠를 제외한 다른 사람들은 거의가 다 팽개쳐지고 이지러진 반나체가 되어, 미친 듯이 화톳불을 돌았다. 술은 독에 넘치고, 고기는 무참히 짓밟혔다. 참으로 간드러지는 밤이었다. 주검이 그들과 함께 마시고 도취되어 있었기 때문에 더 자지러졌는지도 몰랐다. 하지만 이것이 마지막 밤이다. 주검과의 결별의 만찬이다. 내일 동틀녘엔 출발한다. 살 벌리고 기다리는 다산적인 여인네 품으로, 하지만 아무의 땀도 정액도 묻어 본 적이 없는 싱싱한 처녀――그 새로운 땅으로. 저어가줄 배는 늠름하게 가슴을 펴고 있으며, 오백 장도 넘는 오색 깃발은 바람에 펄럭이고, 용골은 준마와 같이 먼 바다를 향해 갈기를 세우고 있다.

　준비하는 데 다섯 달이나 걸린 것이다. 모선(母船)을 건조하고, 이전의 고깃배들 중에서 크고 쓸 만한 것 세 척을 수리하여 그것들을 모선의 좌우편과 후미에 이어 달음질이라도 할 수 있도록 만들었으며, 양식이니, 음료수니, 땔감이니, 소금이니, 저린 살코기니, 건생선 등도 배가 허용하는 한도까지는 실어, 백여 명의 석 달분은 되도록 한 것이다.

　물론 준비하는 동안에도 헤일 수 없는 사람들이 쓰러져 갔다. 신음을 하며 꿈틀거리는 사람은 생명이 남아 있건 없건, 살려 달라고 호소를 하든 말든, 새 족장의 제안에 의해 만들어진 〈빈들〉에다 갖다 버렸다. 그도 언제 쓰러질지도 모르면서 시체니 병자를 처리하는 지휘 감독은 바람쇠가 맡았었는데, 그는 두려워하지 않고 이 일을 무지막지하게 잘 해치웠다. 그는 병자들의 고름과 침에 뒤덮인 옷을 벗지 않고 있었어도 병 같은 건 앓지 않을 듯한, 마늘 냄새 풍기는 사내였었다. 며칠 전엔 새 족장의 누이가 버려지고, 그 전날엔 바람쇠 자신의 마지막 살붙이 하나와 총각 세 놈이 버려지고, 그 전날엔, 그전, 전날들엔……그리고 새 천지에 대한 얘기가 시작되었을 땐, 토착병(土着病)을 앓는 젊은층의 이기심의 제물이 되어 환갑 이상의 노인네 일곱이 시체와 찰흙과 고름을 짓이겨 만든 〈주검의 형상〉 밑에서 산 채로 끄을려 재나 몇 줌 남겼을 뿐인데, 그 제사는 게걸병 든 주검에게 바치는 〈산〉 조공이라는 명목으로였다. 그러나 그 제사는 주검을 달래기는커녕, 자기네의 토착병까지를 태워올렸던 의식에 불과했던 것을 그들은 금방 알게 되었다. 그들의 땅은 이미 그들과의 정사(情事)를 원치 않았다. 그러므로 떠나야 되었다.

떠날 준비가 다 끝나, 살아 남은 자를 계수(計數)하여 보니, 섬 인구의 구할 오부가 죽정이 대접을 받아 모닥불에 던져지고, 알곡식은 젖먹는 것까지 합하여 기껏 예순 네 톨에 불과했다. 그렇다고 곳간에 넣어지지도 않은 채, 뜨거운 키는 멈추질 않고 계속 까불며, 꺼지지 않는 모닥불에서 타는 죽정이 연기의 싸아한 냄새와 초열은 알곡식의 살을 태우고 벗겨, 나중엔 소금덩이만 남길 듯했다. 하지만, 망녕들어 자기 자녀의 썩는 살로 맥질을 하는 땅이여, 이젠 생산할 수 없는 너의 병든 가랑탱이나 할퀴다 죽어 가게나.

밤중쯤 해선, 꽹과리와 징과 장고와 피리가 발광적이며 자학적인 흥분으로 스스러진 몸뚱이들을 뱃전으로 인도했다. 배는 풍만한 어머니처럼 조용히 율동하며 품을 열고 있었다. 그땐, 화톳불은 일그러지고, 간간한 바람에 거풀을 쓰고 사라지던 불이 몇 번씩 눈을 껌벅였을 뿐으로, 향연은 끝나 버린 듯싶었다. 사당이 있던 언덕에서 점쇠의 튀어나올 듯한 눈이, 끝나 버린 향연의 그 낙엽더미에서 모닥을 주우려고 있었다. 그는 벌써 결정지어졌던 문제를 갖고 다시 방황하고 있었다. 정말 떠나야 될 것인지, 어쩐지——그것은 준비가 완성돼 갈수록 어느 한쪽으로 더 굳어졌어야 될 것이었는데도 오히려 풀려만 왔었다. 하지만 이젠 시간이 없다. 날이 밝기 전에 결정하지 않으면 안 된다. 아니, 이미 결정지어진 결심에 최후의 못을 박아야 한다. 조금 지나면 동이 터오를 게다.

말라 비틀어진 백송 가지에 걸린 새벽은 몹시 무거워 보였다.

닻을 끌어 올리기 전에 다시 계수가 있었다. 밤엔, 취했고 몸을 너무 흔들었는데도, 모두 깊은 잠은 못 이룬 듯, 큉하니 빛 없는 얼굴로 새벽같이 일어났다. 계수는 무리를 지워 행했는데, 무기력하게 움직이며, 그때에야 엔네들은 몸매를 수습했다. 나들이 옷들이 형편없이 더러워져 있었다. 누구에게도 표정은 떠올라와 있지를 않았다.

무리는, 먼저번 계수 때와 같은 방법으로 지었다. 좀 복잡하긴 했지만, 식량이니 식수 문제 때문에 그렇게 하지 않으면 안 되었다. 그래서 먼저 마혼 여섯에서 환갑 해까지의 남녀를 무리짓고(老年代) 세어 보니, 족장까지 남자가 여섯에 여자가 넷이었고, 서른 이상의 무리 중엔(壯年代) 바람쇠를 비롯해서 남자 열 넷에 여자 아홉이었고, 이십세부터의 남녀 중엔(靑年代) 남자가 열, 여자가 다섯이었고, 열살부터 열 아홉까지의 무리 중엔(少年代) 소년이 다섯에, 섬순이를 포함하여 소녀가 넷이었고, 다섯살 이상의 남녀 아이 중엔(幼年代) 남아 셋, 여아 둘이었다. 그리고 유아(乳兒) 중에선 사내애는 없고, 계집아이만 둘이었다. 그렇게 세어 합쳐 보니 이상스럽게도 예순 세 명밖에 안 되었다. 어미돼지식의 산법은 아니었나 하고 다시 세어 보아도 같은 숫자였다. 밤엔 넘어진 자도 없었다. 그 이유는 금방 드러났다. 청년대에서 한 사람이 모자랐다. 점쇠가 없었다.

「녀석은 늘 이 모양으로 말썽이란 말야.」족장이 귀찮은 듯 내뱉았지만, 속으론 근심이 되어, 입에 손을 모아 불러 보자고 했다. 그래 모두 입에 손을 모아 족장의 구호를 기다렸다.

점쇠는 동틀녘에야 잠이 들었던 모양이었다. 햇살을 받으며, 모로 누워 코를 골고 있었는데, 서두르는 사람들이 팽개쳐 버린 미덕을 모두 주워 자기 주머니에 담아두고 있기나 한다는 듯, 아름다와 보였다. 떠나려는 사람들이 부르는 소리는 구슬픈 노래처럼, 점쇠의 잠 속으로 번져들었다. 점쇠는 깜짝 놀라고, 벌떡 일어났다. 그리곤 눈을 비비며 두리번거렸다. 잠속으로 번져들었던 함성이 어디서부터 온 걸까 하는 투였다. 부르는 소리는 약간의 간격을 두고 다시 울려퍼져 왔다. 점쇠는 그제서야 함성의 의미를 알 수 있었다. 선잠 깬 흐릿한 시야 속으로 오색기가 펄럭이는 배가 나타나고, 어디라 방향도 없이 자기를 부르는 이웃들의 모습이 보여졌다. 점쇠는 너무도 기뻐서 윗옷을 벗어 휘저어 보이곤 뛰어 내렸다. 누가 알아 보고 일러 준 모양인지 더 이상 소리는 보내지 않고 쑤물대기 시작한다. 곧이어 농악의 흥겨운 가락이 울려났다.

한 반 마장이나 뛰어내려가다 말고, 점쇠는 멈춰서 버렸다. 「그래, 난, 이거⋯⋯」점쇠는 자기의 결정을 잊고, 서두른 것 때문에 쓰게 웃었다. 「역시, 나는⋯⋯」

점쇠는 다시 헐어진 사당으로 올라와 펄쩍 주저앉았다. 내려가지 않은 것은 족장인 형님의 입장을 생각해서였다. 이젠 빈 섬과 시체와 찢겨 걸리운 주검의 너털진 상복자락과, 그리고 그것들 위를 떠돌 유혼(遊魂)과 같은 뭣인가만 남을 게다. 그렇게 생각하고 보니 죽음도 그렇게 겁나는 건 아니었다. 바다의 횡포나 하늘의 노여움보다도 무서운 걸로 알았었는데, 이제 죽음은 낡은 상복을 벗어 버리고, 양지 끝에 쭈그려앉아 비듬이나 떨어뜨리는 할일 없는 노파였다.

떠날 만반의 준비가 다 끝났을 때도 점쇠가 내려오는 것이 보이지 않자 족장은 화를 내며 언덕을 뛰어 올랐다. 「언제나 말썽이란 말야, 녀석은!」 족장은 그러나 동생에게 화를 내고 있기보다는 살던 땅에 대한 애착 같기도 하고, 떠난다는 데에 대한 불안 같기도 한 자기 심정에 화를 내고 있었다. 떠난다는 게 막상 그렇게 내키지 않았다. 자기의 위치가 자기 백성의 생명을 책임지지 않아도 좋았을 그런 범부였다면 죽더라도 남아 있고 싶기까지 했다. 살 젊음은 다 산 셈이고(47세), 결국 언젠가는 죽게 될 터인데, 선영이 있는 데서 죽는다면 얼마나 좋을 것인가마는.

족장의 부드러운 손이 동생의 등을 어루만졌다. 「넌 언제나 이 모양으로 말썽이란 말야. 아직도 어린앤 줄 아니?」 족장의 어조는 단어의 뜻과는 달리 친근했다.

「형님, 제가 병이라고 전해 주세요, 병이라고오.」 울고 있었다.

「뭐, 병, 병이라구?」 족장은 동생의 몸이 뜨거운 듯이 자기 손을 채 갔다.

「네, 그렇게 말씀해 주세요. 전 남으려는 겁니다.」 형님에게까지 거짓말을 할 순 없는 듯했다.

「남, 남, 남겠다구? 네가 어떻게 좀 이상해진 게 아니냐?」 눈이 휘둥그래졌다.

「전 남으려고 결심했읍니다.」 점쇠는 남겨뒀던 마지막 못질이라도 하는 듯, 또렷이 반복했다. 「전 배를 만들 때부터 그렇게 결심했어요.」 점쇠는 비로소 신념이 확고히 된 평안을 느꼈다.

「너는 나보다 반이나 더 젊은데도?」 족장의 음성은 떨려나왔다. 「혼자가 된 뒤의 일을 생각해 보았나?」

「물론 생각해 보았죠. 그건 무서운 일입니다. 아마 미치고 말 거예요. 그리고 후회하겠죠. 허지만 그거보다도 더 무서운 것이 있을 것 같았어요.」

「……」 족장은 흐릿한 눈으로 아우를 내려다보다가, 그도 주저앉아 동생의 어깨에 팔을 감았다. 「저 바다 가운데 어딘가엔 사람들이 사는 땅이 있을 게다. 그렇기 때문에 우리나 할아버지들도 여기서 살았을 거 아니냐? 그렇지 않다면 우리만이 이 좁은 땅의 어느 틈에서 태어나서 살게 되었단 말이냐?」족장은 사람을 선동했던 때의, 그의 소박한 시원인론(始原人論)을 되풀었다. 「분명히 어디엔가는 큰땅이 있고, 많은 사람이 훌륭하게 살고 있을 게다. 생각해 봐라, 풍랑이 심했던 밤이 지나간 아침으로 깨어진 뱃조각들이 흘러와 있었던 것들을 말이다. 그들은 우리보다 나은 방법으로 배를 짓고 있었다. 그것이 뭘 뜻하는지 모르겠니?」족장은 동생에게가 아니라, 바로 자신에게 확신을 주고 싶었는지도 모른다. 「그러나 우린 우리만의 땅을 원한다.」

「……」점쇠는 젖은 눈을 갯 쪽으로만 향하고 있다.

「얘, 얘, 내려가자! 좋고 넓은 천지가 기다리고 있다. 새 천지가! 자, 어서.」

「형님, 전 결심해 버렸어요. 병이라고만 전해 주세요. 병이라구요.」

「커어 참!」족장은 깊이 탄식했다. 아무도 없는 이 죽음의 땅에, 아직 살 만큼도 살아 보지 못한 동생을 남겨놓고 가긴 정말 싫었다. 「아직도 목숨을 붙이고 있는 가족이란 너와 나밖에 또 누가 있니? 내 생각으론 너와 누이만은 건질 수 있을 줄 알았는데, 며칠을 참지 못해 그앤 빈들에 버려지고, 이젠 성한 너마저 남겠다니……」족장은 말끝을 흐렸다. 그때, 아래쪽에서 부르는 소리가 다시 들려 왔다. 이번엔 족장을 부르고 있었다. 뭔가 좀 심상치 않았다.

「무슨 일이 있나 보다. 어서 내려가기로 하자. 그래 서로 의지해 옛날처럼 살아 보자꾸나.」

「전 남겠어요!」점쇠는 잘라 말했다.

「대체 넌 무슨 생각으로 그러지?」

「저로서도 분명하겐 말씀드릴 순 없지만 말예요……, 새 천지에 대해 아무런 기대도 갖질 않고 있어요, 전. 〈말〔言語〕〉이 없는 땅에서 살아가야 할 사람들의 처지가, 말로는 잘 안 돼도, 환히 보이는 걸요. 〈말〉이 없이 도대체 어떻게 사느냐 말예요. 어떻게 살죠?」

「남자는 밭 갈고,」족장은 동생의 생각이 자기의 것과는 다른 쪽에서 비롯되고 있는 걸 느끼며, 분명찮게 말했다. 「씨 뿌리고, 땀 흘리며 살면 되고, 여자는 애낳는 고통으로 기르는 재미로 살면 된다. 〈말〉이 있었을 때도 그랬잖나.」

「그야, 그렇겠죠. 그렇지만 형님도 이 종족의 존속을 생각지 않는다면 저처럼 남으려 할 겁니다.」 점쇠는 자신도 모르게 족장의 아픈 데를 찔렀다. 「〈말〉을 잃은 생명이란 건 죽음을 키우는 것밖엔 안 된다는 생각이니깐요. 언제 죽을지도 모르는 생명을 이끌고 어디로 가려고는 안 할 거예요. 더우기 그것은 〈말〉을 찾으러 가는 항해가 아니고, 땅을 찾아 도피하는 항해니까요.」

「나도 그런 생각을 해 보지 않았던 건 아니다.」 족장은 깊이 생각하며 천천히 이었다. 동생과의 이별을 느끼면서. 「그렇지만, 난 곧 생각을 바꾸었다. 〈말〉이 없다는 걸 알았을 때, 난 새로운 가능성을 찾으려 했어. 밝은 쪽으로만 생각을 키웠단 말야. 〈말〉이 없으므로, 어디에 의탁할 데가 없으므로, 더 강해져야 한다고 말이다. 더 많은 사랑으로 사람을 대접해야 한다고 말이다. 산 동안만 살아 있는 너무도 외롭기만 한, 그저 사람이니까. 생각해 봐라, 아직도 〈말〉이니 당굴이니 하는 이들이 살아 있다고 믿고 있었더면, 새 천지는커녕 아무 것도 생각지 않고, 속절없이 속아 모두 그냥 죽어 버렸을 것이다. 그러고 보면 이런 시절에 〈말〉이 없었다는 것을 안 게 얼마나 다행한 일이냐? 난 그것을 〈말〉에게 감사할 지경이다. 그러니 힘을 내야 돼!」

「전 어쨌든 남아서 〈말〉을 찾아 보겠어요. 〈말〉을 잃고 떠나는 사람들보다는 〈말〉을 찾기 위해 남아 있는 제가 훨씬 행복할 것 같았어요. 〈말〉이 없는 천지는 병이 없는 새 천지라 해도 그것 역시 묵은 땅 이상은 아닐 거예요. 그러나 이 묵은 땅에서라도 〈말〉만 찾을 수 있다면 그거야 정말 새 천지가 되겠죠, 만약 〈말〉이 있다면 전 외롭지 않을 거예요. 하다못해 제 갈비뼈라도 하나쯤 뽑아서 제 친구를 만들어 주겠죠. 그럴 거예요.」

「그러나 네 생각은 순전히 생각〔觀念〕이 빚어낸 것이라는 걸 알겠느냐? 도대체 넌 〈말〉이 없는 천지가 어떻다는 거냐? 어떻게 될 것이라고 생각해? 〈말〉이 없는 걸 알았을 때, 우린 좀 쓸쓸하다는 느낌을 가졌었지만 병만 없었더라면 그 빈 마음은 금방 아물어 들고 말았을 것이다. 암튼, 금방 잊고 말았지. 〈말〉이 있었을 때에도, 〈말〉이 없었던 것처럼 살았던 사람도 있었다. 거의가 그랬다. 적어도 이것만은 생각이 만들어낸 얘긴 아니다. 사실이 그렇다. 사당을 헐어 버린 이후 나는 사는 동안만 살기엔 훨씬 좋은 세상이 될 것을 믿어 왔다. 비 같은 것이라도 이제는 〈말〉이 내려주는 혜택이라고 믿는 사람은 하나도 없다. 그러니 결국 어느 때엔가는 비까지라도 사람의 뜻대로 내리게 하려고 할 것이다. 씨뿌리듯 구름을 뿌리고, 수확하듯 구름을 거두어들일지도 모른단 말야. 우리가 찾는 새 천지란 그런 미래라는 말도 된다.」

「형님, 어서 오시라고들 소리치고 있읍니다. 누가 올라오고 있군요.」

「그래서 우리는 떠나려는 것이지. 우선은 생명을 잇고 자식을 낳고, 그리고 미래를 닦자는 거야.」

「그럼, 그 뒤엔 뭐가 있죠?」점쇠는 엷은 웃음기를 띠었다. 「가령 새처럼 날을 수도 있고, 비도 마음대로 내리게 하고…… 다 상상 못 할 정도로 편리한 세상이 되고 난 뒤엔 어떻게 되죠?」

「그 이상은 바랄 것도 생각할 것도 없다. 〈말〉이 있더라도 우리가 말에서 바라는 천지란 그런 거니까. 그때 가서 〈말〉을 찾는다 해도 늦진 않다.」족장은 꿈꾸듯 토로했다. 그건 그 자신을 향했던 말인 듯, 생기를 되찾고 싱그러워졌다.

올라온 사람은 족장의 심복 들돌이였는데 그는 두 사람이 매우 침통해 있는 걸 보곤, 좀 멀찌기서 우물쭈물하고 있다.

「사는 덴, 할 수만 있다면, 편리한 것이 훨씬 좋겠죠. 그러나 편리하게 살거나 불편한 대로 이기고 살거나, 산다는 데에 이르러선 꼭같은 거라는 생각입니다. 저의 문제는 거기에 있는 게 아닙니다. 사람은 톱이나 보습 같은 연장이거나, 소나 돼지 같은 짐승이 아니라는 점에 있읍니다. 어떤 문제에 있어서도 사람은 제가끔의 생각〔理念〕을 가지며, 자기가 옳다고 주장합니다. 그것은 그러나 그대로는 머물지 않고, 다른 사람도 자기에게 따라 주길 바라게 됩니다. 그땐 싸움이 시작될 것입니다. 외로움이 시작될 것입니다. 하지만 그것은 남의 밭이나 아내를 제것으로 만들려는 그런 싸움과도 다릅니다. 그건 싸움이라기보다는 착한 일입니다. 자기가 좋고 옳다고 믿는 걸 다른 사람도 따라달라고 하는 외침이야말로 피를 흘리더라도 아름다운 것입니다. 그러나 그땐, 형님의 새로운 〈말〉은 다시 한번 죽고 맙니다. 여러 생각을 한 생각으로 모을 순 없으니까요. 율법이란 그것의 밑에서 생겨난 자식이 아닙니까? 그땐 우리를 죽여 왔던 병보다도 더 지독한 병이 생길 겁니다. 〈말〉이 없기 때문입니다. 〈말〉――그것은 여러 생각 중에서도 으뜸인 것만이 뭉쳐서 된, 그것들 너머의 어떤 것입니다. 여러 생각이 서로 짓이겨져 찌꺼기는 떨어져 버리고 남은 맨 나중의 것이면서도, 모든 생각이 태어나오는 맨 처음의 것입니다. 그런데 멀리 생각할 것도 없이, 〈말〉이 사라진 것 같은 지금, 형님과 저 사이는 갈라져 있읍니다. 저는 제가 옳다고 생각하고 모두 떠나지 말기를 원하고 있고, 형님은 형님이 옳다고 모두 데리고 가려고 하고 있읍니다. 형님과 마찬가지로 저도 저대로의 미래가 있기 때문입니다. 그래서 저는 남으려는 것입니다. 〈말〉을 되찾으려는 겁니다. 그 뒤에 미래를 쌓더라도 늦진 않습니다.」
「그러나 넌, 이 병마 속에서 다 죽게 된다는 것을 잊고 있단 말야.」족장은 할 얘기가 많았으면서도 그만두고 단념했다. 좀 슬퍼졌다.
「그러나 형님은, 심정에 〈말〉을 조금도 갖지 않고 있다는 것을 잊고 있읍니다.」점쇠는 고개를 떨구었다.
「거 무슨 일이 있었던가?」족장은 들돌이에게 시선을 돌렸다.
「예, 글쎄, 빈들에 버린 송장 대여섯이 밤새껏 기어와 닻줄을 붙들고 가를 쓰고 있읍니다.」
「송장들이? 헛.」
「아직 덜 죽은 자들입죠.」
「그래서?」
「삿대로 떠밀어 던졌죠. 바람쇠의 삿대질에 맞아 셋은 즉사했읍니다. 헌데 그보다도 아낙네들이 울고 불고 배에서 내리려고 안달을 하는 판입죠. 떠나려면 해가 더 솟기 전에 떠나야 된다고 떠드는 판입죠. 모두 미치는 판입죠.」
「그야……그렇겠지. 앞에 내려가서 곧 간다고 전해 주게. 곧 갈 테니깐.」
들돌인 점쇠에게 뭐라고 한마디 하려는 듯하더니 눈을 내리깔고 뛰어내려 갔다.
족장은 다시 동생을 향해서 마지막으로 한 번 더 권해 보았다.
「가도록 하자.」
「형님, 절 용서하세요.」점쇠는 형을 건너다보았다. 서로 다 눈을 피하지 않았다. 피 같은 뭣이 오고 갔다.
「후회하지 않겠느냐?」
「……」
「그렇다면,」족장은 동생을 힘껏 껴안았다. 「잘 해 봐라, 잘 해 봐! 이젠 네가 주인이다.」그리고 끼고 있던 반지를 빼어 동생 손가락에 끼워 주었다. 「아버지가 족장직을 물려 주실 때 주신 것이다.」족장은 벌떡 일어섰다.
「형님!」점쇠는 마지막 부르게 될 대명사를 뜨겁게 부르며 일어섰다.
「섬순일 좀,」점쇠는 머뭇거리다 빠르게 채웠다. 「보살펴 주세요.」
「……. 네가 몇이던가?」
「스물 다섯이에요.」

「나도 안다, 나도 알고 있어. 그앤 몇이던가?」

「열 아홉이에요. 누이와 동갑이었죠……. 하지만 그애와 말 한마디 안 해 본 걸요.」

점쇠는 부끄러워진 듯, 묻지도 않은 얘기까지 덧붙였다.

「알았다, 잘 알았어, 알았어.」

족장은 동생을 한번 더 품고, 동생의 체취를 오래 간직하고 싶은 듯, 그렇게 한참 있더니, 걸어 내려가 버렸다. 어깨에 이 땅덩이보다도 더 무거운 무엇이 메어져 있어 보였다.

점쇠는 아리숭한 표정으로 형의 뒷모습을 보고 있다간 그대로 무너져 앉았다. 아직 아무 생각도 떠오르진 않았다. 족장 권위의 상징인 옥돌반지에 서툰 대로 공들여 새긴, 오각 입체의 돌사당을 읽으려 했다.

족장은 자기의 백성에게 약함을 보이지 않으려 이를 악물고, 배엘 올라, 닻을 찍기 위하여 도끼를 쳐들었다. 그러다 하마터면 도끼를 떨어뜨릴 뻔했다. 눈속에 와 박히는 얼굴이 있었다. 뻘에 뭉개어진 더러운 여자 하나가 배를 움켜쥐고 곧 죽어 가면서도 바래 주고 있었다. 그녀는 바위를 의지해서 간신히 몸을 지탱하고 있었는데, 그것이 최후의 작별인 듯했다. 바로 그(족장)의 누이였다. 빈들에 버렸던.

족장은 간경이 뒤집힌 듯한 눈으로 누이를 쏘아보고 있다간, 미친 개가 짖는 것처럼 소리치며 닻줄을 찍었다.

「점쇠까지도 끝내 병마에 쓰러지고 말았소. 자, 큰 돛을 올리고, 꽹과리를 울리시오! 저쪽에 정말 좋은 나라가 보이는 듯싶소.」

큰돛이 오르고, 농악이 울리고, 삿대를 쥔 남자들이 배를 슬슬 밀어내자, 배는 잠깐 거부하는 듯하더니 조금씩 미끄러져 갔다. 족장은 한 번 더 누이 쪽과 사당 쪽을 바라보았다. 그러나 모든 것이 다 긴 장마에 흐늘어져 버린 듯해 보였다.

남겨놓고 온 세간이니, 고추장이니, 죽어 없는 남편 탓에, 천수답 몇 평이니, 코 발린 오돌막 기둥 탓에, 머리를 짓찧고 가슴을 쥐어뜯는 통곡이 일었다. 발악하며 짓쳐대는 농악 소리도 그들의 통곡을 삼키진 못했다.

「우리 조상들이 처음 여기로 왔듯이, 우리는 지금 그 조상들과 같은 조상이 되어 우리와 우리 자식들을 기다리는 새 천지로 가는 것이요.」 족장은 아무도 들어 주지 않는 연설을 통곡삼아 해댔다. 「우리의 조상들에게도 약속되었던 땅은 없었다는 것을 알아야 합니다. 그분들의 배는 우리들 것보다 수백 년이나 뒤떨어져 있었던 것이었다는 그것도 알아야 됩니다. 그런데 바다는 예나 지금이나 같은데도, 그분들은 자손들에게 땅과 생명을 물려줄 수 있었던 겁니다. 우리는 오늘 신랑으로서 신부를 맞으러 가는 길이란 걸 알아야 됩니다. 나는 지금 느낌으로써 우리의 신부가 두 팔로 우리의 배를 이끌어주고 있는 걸 압니다. 어차피 우리는 열병이 없었더라도 우리의 손자들 대의 어느 때에든 한번은 떠났어야 될 것을 생각해 보시오. 일년 내는 죽는 사람은 다섯 명도 안 됐는데, 태어나는 아이는 삼십 명도 넘었던 것입니다.」 족장의 연설은 눈물 때문에 토막토막 짤라졌다. 그래도 그는 웃음을 띠고 있었다. 회고가 가슴을 아리게 했을 뿐, 희망이 상처를 입은 건 아니다. 「우리는……빛나는 미래를 세, 우, 는……목수들인 겁니다. ……한 사람, 한 사람이……모두 목수며……낡고, 병든 집은 ……헐고, 새 집을……지으려는 자들입니다. 그래서 우리는……병든 땅을 ……구(求)하는 자……들이 되는 겁니다.」 연설은 더 계속되질 못했다. 그는 웃음과 범벅된 눈물을 훔치려고 않고, 술통으로 다가가 누적된 잡념은 싹 씻어 버리려는 듯, 퍼마시기 시작했다. 바람쇠는 자기의 눈으로써만 족장을 평가하고 코웃음을 쳤지만, 그도 술통으로 달라붙었다. 나중엔 아녀자들까지도 한잔씩 원하게 되었다.

실컷 마시고, 토해내고도 남아서 실어뒀던 다섯 말들이 술통은 금방 바닥이 드러났다. 그건 바다에 던져졌는데, 그들이 버려 버린 천고(千古)의 풍습을 담고 그것은 언제까지나 부표(浮漂)할 것 같았다.

술의 덕으로 마음이 한껏 풀렸을 때 족장은 용골의 목을 껴안고 앉아 섬순이를 바라보며, 「녀석을 위해서 내가 어떻게 해 줄 수도 있었댔는데.」 하고 뒤늦게야 후회했다. 점쇠를 생각하고 있었다. 사실 어떻게 해 줄 수도 있었지만, 해 줘서는 안 되는 처지이긴 했다. 후회감은 바로 거기서 시작된 것이다. 한 번쯤은, 꼭 한 번쯤은 대중으로부터 자기의 살붙이에게 시선을 돌렸어도 좋았지 않느냐, 그런 일로 해서 통솔력이 약화된다 하더라도 동생에게만은 떳떳한 형이 될 수 있었지 않았느냐——고 자신을 책했다. 섬돌이 사건 이후, 족장은 당굴이니 〈말〉의 권위까지도 물려받은 듯, 그 개인을 남겨둘 수 없었던 건 사실이다.

족장은 한숨을 쉬고, 고개를 흔들어 생각을 털어 버리려 했다. 마침 까마득히 잊고 있었던 일 하나가 떠올라, 좀 위로가 되었다. 「그걸 잊고 얘길 못 했군. 씨앗이야 남겨둔 건 녀석도 알고 있지만. 그건 텅 비게 될 섬의 주인으로서, 혹시는 병자들 중에서 살게 될 사람이 있을지도 몰라서 그랬던 건데……헷헷, 자웅 일가네 홀아비 주인이라…….」

　그런데 섬순이란 아가씨는 숙성하고 싱그러워 보이는 오묵하니 예쁜 애
였다. 그녀도 눈이 붓도록 울고도 모자란 듯, 섬 쪽을 꿈꾸듯 바라보고
있다. 섬은 점점 작아지더니 영 보이지 않게 되었다.

　바람이 돛에 한아름씩 좋았다.

　출항한 날로부터 열아흐레 동안은 날씨도 바람도 물결도 다 좋았다. 고
기도 심심찮을 정도로 잡혀올라 구미를 돋구었다. 섬에서는 절벽일 것이
라고 상상되었던 바다끝은 끝이 없었다. 그들에겐 차차로 확신이 생겼다.
부족한 것은 아직 없었고, 물이 좀 그리운 것뿐이었는데, 목전의 죽음으
로부터 벗어났다는 해방감 때문에 아직 그렇게나 절실한 것은 못 되었다.
하룻밤 자고 나면 물이 보일지도 모르며, 밤새에라도 어디에 닿게 될지도
모른다는 기대로 그저 맘편히 기다리기만 하면 되었다. 거기의 하늘은 짙
은 이내〔嵐氣〕로 덮였을 것이며, 거기의 바다엔 살쩐 고기들이 그물의 위
협을 모르고 있을 것이며, 거기의 흙은 태고적부터 내려쌓인 열매와 낙엽
으로 젖과 꿀을 흘리고 있을 것이지만, 흙과 물에서 의미를 쥐어짜 왔던
아무의 손도 없었을 것이다. 떠나려 했을 그땐 대부분의 사람들이 다 죽
음이 겁나서 혼자로 되는 외로움이 무서워서, 죽더라도 사람들 속에서 움
직이다 죽고, 살더라도 사람들 속에서 살겠다는 그 한 생각만으로 배를
탔었던 거였지만, 지금와선 떠나온 걸 후회하는 사람은 하나도 없게 되었
다. 남정네가 고기를 잡아올리면 엔네들은 회를 만든다든가 건포를 만들
고, 좀 늙은 축은 햇볕에 가려운 부분을 끄을리며 약간의 향수를 담배통
에 눌러담으면 되었다. 여기에선 울타리도 없고, 계급도 없고, 부자도 가
난한 사람도 없었다. 무엇이든 공평하게 분배되었으며, 연령에 알맞게 일
했다. 사유(私有)도 원치 않았지만, 무엇이든 공유(共有)였다. 어느 때엔가
는 그렇게 되어졌으면 하고, 가난스러웠던 자들이 바랐던 그 이상적인 제
도가 어느덧 성공되어 있었다. 그 둘은 보균자였거나 뱃멀미 탓이었겠지만
쉰 아홉된 엔네 하나와 일곱살된 사내애 하나가 죽어 수장된 외엔 앓는 자
도 없었다. 그렇게나 많은 죽음을 보았으면서도 그 둘의 장래는 엄숙한
조의 속에서 치러졌다. 물론 수장(水葬)이었다. 그러는 새 그들은 행복에
가까운 것을 오랜 만에 느낄 수 있게 되었다. 낮엔 건강에 좋을 만큼 일하
고 밤엔 장고에 맞춰 춤추는 사이, 사내들의 살갗 밑엔 다시 굳은 근육과
진한 정액이 알뱄고 누르텡텡하게 부어 팽개쳐져 있던 엔네들의 피부 밑에

도 동정하고파 하는 생래(生來)의 다정과 진정으로 은밀하고 순수하게 갈망하는 음욕이 되사려져 오동통해 있었다. 눈만 남았던 소년들의 얼굴에도 하룻밤 자고 깨면 여드름이 세 개는 더 피었으며, 표정 없던 소녀들의 얼굴에도 수줍음이 시석거렸다. 병마와 죽음 가운데 서 있었던, 그러면서도 벗은 생명을 가릴 부적 한장 지니지 못했던, 그래서 다른 사람에게 자기의 여분일망정 줄 수 없었던, 그렇게 닳아져 반들반들한 조약돌에 불과했던, 그 개인들이 지금엔 자기들도 모르는 사이 자기를 송두리째 누구에게든 주어 버리고 싶어했다. 개아(個我)까지도 공유였다.

지난 밤의 별빛이 흔들렸던 열아흐레째 날 아침엔 그러나, 무지개가 서더니 오후부턴 바람기가 이상스러워졌다. 누구의 입에서 불길한 예언이 흐른 것은 아니었는데도, 섬사람 특유의 육감으로 바람과 구름의 의미를 그들은 알고 있었다. 습한 것도 같고 건조한 것도 같은 것이 묘한 쾌감을 불러일으키며, 머리칼이니 나뭇가지들을 서편으로 휘말아가면 그런 날로는 폭풍우가 세찼다.

어두워질녘엔 바람기가 좀 더 거칠어지고, 구름이 좀 더 두텁게 휘몰렸다. 석양이 완전히 사라져 버린 뒤에도 그쪽 바다가 피물을 찔끔거리고 있는 듯해 보였는데, 그것도 닫혀 버리자 배는 딱 붙어 버린 하늘과 물 사이의 어느 이빨새에 끼이어 납짝 부스러져 가고 있는 것 같았다. 개벽될 천지를 위한 밑거름이 되어 구덩이 속으로 처넣어져 버린 것 같았다. 숨이 막혔다.

「거, 초롱을 모두 켜달고, 돛을 모두 내립시다.」 족장이 침착하려 애쓰며 지휘했다. 「모두 각오는 되었기에 떠나온 거니까, 서두르지도 말고 우물거리지도 말고 용기를 내자고. 별일은 없겠지만. 그리고 장년 남자와 청년 남자는 조를 지어 배들을 지키기로 해야겠어.」

곧 돛이 내려지고, 우뚝우뚝 치솟은 돛대마다엔 반딧불 같은 동백기름 초롱이 매달려졌다. 천조각으로 등갓을 한 것들이었는데, 마구 흔들려졌다.

「그러면 어데 조를 짜 봅시다. 그러니까……장년 남자가 열 넷에 청년 남자가 열이니까, 여섯 명씩 한 조가 되면 딱 되겠군. 그럼 이쪽 배는 바람쇠의 지휘를 받기로 하고……」 하여 바람쇠 이하 다섯 사람——이라는 식으로 조가 나뉘었다.

「부인네와 아이들은 방으로 들어가 즐겁게 노십쇼. 뭐 별일은 없을 겁니다.」

족장은 아녀자들을 선실로 밀어넣으며 위로했다.「만사는 튼튼히 해서 나쁠 거 없으니 무슨 끈으로든 적당한 곳에서 몸을 좀 묶어 주십쇼. 해가 보일 때 한바탕 재미나게 웃을 일 아닙니까. 헛.」족장은 자기 재량껏 재미나게 말하려 애쓰며, 뒤늦게 들어가려는 섬순이의 팔을 붙들었다.

「뭐 두려울 것 없어. 씩씩해야지……. 몸조심하라고 하더군. 녀석을 두고 온 게 마음 든든한데 말야. 섬순이 걱정을 하더군. 점쇠가 말야.」

「네? 그이가요?」사랑했던 모양이었다.

「글쎄 남겠다는 거야. 병이 아니었지.」

족장은 일부러 황망히 자릴 떴다.

「그럼, 자기들의 자리로 가기로 합시다. 한사코 지키지 않음 안 된단 말요. 까딱하다간 식량과 물의 삼분지 이를 잃게 된단 말야.」

벌써 사내들은 각기 맡은 배로 옮겨가서, 모선과 연결을 지어 놓은 줄들이 어떤지 열심히 살피고 있었다. 그리고 죄일 것은 더 죄이느라고 끙끙대고 있었다. 황소가죽을 통째로 쓰고 있어서 별일은 없을 듯했다.

「무사히 지나가 줬으면 좋겠는데.」

「우릴 보우하소서!」

「양식이나 물을 이렇게 실을 일이 아니었었어.」

「할 수 없었잖나?」

「죽어도 살던 땅에서 죽을 텐데.」

말소리들은, 그리곤 쪼각쪼각 흐트러져 버렸다. 번개가 한번 스치더니 벼락이 큰 돛대 끝에서 부서지며, 유황불보다도 뜨거운 바람이 납물 같은 비를 몰아다 퍼부어대기 시작했다. 사태가 이렇게 되자, 바람쇠는 미리 포기하고, 모두 미친 듯이 서두르는 틈을 타서 비호같이 모선으로 건너와 바닥에 납짝 엎드렸다. 그리고 뭣인가를 꽉 붙잡고 이를 악물었다.

곧이어, 자기네 살던 땅보다도 더 큰 파도가 번개를 타고 압도해 왔다. 배는 벌써 중심을 잃고 미쳐 버린 파도의 비늘에서 비늘로 미끄러지며, 밀려지지 시작했다. 운행의 어느 치차(齒車)가 어긋나 제멋대로 돌며 제멋대로 튕겨나고 있었다. 아우성하지 마라, 떠나오기 전에 공동묘지를 찾아 〈사방 여섯자의 구덩일 파고, 우선 꿀물을 붓고, 다음에 단포도주, 그 다음에 물을 붓고 음식을 뿌려 망령들을 모은 뒤 예언을 들어뒀던〉 것이 좋았을 것이다.

생명들은 영영 트지 않을 것 같은 밤의, 밤의, 그 어느 이빨 사이에서 혈즙이 짜일 것을 기다리며 자기들의 뼈를 쥐고 앓고 있었다.

갈매기의 끼욱거림도, 이내 덮인 해안도, 바람도, 물결도 없이 태양만
열을 부었다. 얼마나 많은 날이 흘러갔는지도 모른다. 얼마나 멀리 흘러
왔는지도 모른다. 방향도 모르고, 자기네가 던져진 이 바다 가운데의 한
점이 어딘지도 모른다. 해도도 갖지 못한 생명이 아직도 목줄기에 매달려
있는지 없는지 그것도 몰랐다. 향방 없는 이 어민들은 그들이 전신의 통
증으로 의식을 회복했을 땐, 뻘건 태양이 하늘의 중간쯤에 와 녹아내리고
있었고, 공기는 침체되어 흐름이 없었다. 그리고도 살아 있었다는 걸 확
인하기까지는 꽤 많은 시간이 걸렸다.
　살아 있다는 믿음이 들었을 때 그들은 자기들도 모르는 사이 무릎을 꿇
었다. 감사를 드리려는 것이다.
「반편이들 같으니라구! 무릎은 지랄한다고 꿇어? 에엑 퉤! 에엑!」
　바람쇠만은 욕지거리를 씹어뱉으며, 부러져나간 용골을 걷어차고 있었
는데, 그 실은 용골이 아니라 위선적인 하늘을, 바다를, 그리고 그렇게도
포학하던 모든 것들을 향해 터뜨려지는 분노를 가까이 있는 한 구체적인
대상에게 퍼부었던 것인지도 모른다.
　탄식과 비탄은 오후에야 시작되었다. 모선에 묶였던 배들은 그 배들을
지키려 했던 젊은 생명들까지를 약탈해서 떨어져나가 버리고, 나뭇조각
몇 개씩만 남겨뒀을 뿐이었다. 모선도 물론 상처투성이였지만, 물이 새어
든다거나 하진 않은 것 같았다. 그건 그들의 땀과 침과 정성이 반죽된 덕
분이었다. 찢긴 오색 깃발들은 만장(輓章)과 같이 휘늘어져 있었다.
「어찌 되었든,」족장은 비탄을 털어 버리려는 듯 빠르게 말했다. 「대체
몇 사람이나 잃었는지 알아 보기나 합시다. 그리고 잃은 자들의 명복이나
빌어 줍시다.」

　살아남은 자는 스물 일곱 명밖에 안 되었다. 노년대에서 남녀 각 둘씩
이 실종이었고, 장년 중에선 딴 배에 탔던 열 사람 중 바람쇠 하나만 남고
하나도 보이지 않았으며, 부인네가 둘 보이지 않았다. 청년 중에서도 딴
배에 탔던 일곱이 보이지 않고, 다리 한쪽 짤린 시체 하나만 모선의 뱃전
에 걸려 있었다. 여자는 하나만 보이지 않았다. 소년대에선 남자가 셋, 여
자 하나가 종적이 묘연했고, 유년 중에선 남아 둘 실종에, 여아 둘이 시체
로 발견되었다. 둘이는 서로 꼭 껴안은 채 전신 타박상을 입고, 선미 쪽
에 던져져 있었다. 유아 중에선 한 아이는——그애의 어미는 정신을 차리
고도 오랫동안이나 아이의 목을 죄인 채 젖을 물리고 있었는데, 그 아이

114

만이 축복받은 죽음을 한 듯했다. 그리고 아이 하나는 뒤늦게야 족장에 의해 시체로 발견되었는데, 어떻게 해서 선창 속으로 흘러들어가 구겨져 있었든지를 설명할 사람은 아무도 없었다.

생존해 있는 사람은 그러니까 노년대에선 족장까지 남자 넷에 여자 하나, 장년대에선 바람쇠, 들돌이, 쇠돌이, 용바우, 판돌이 등 다섯에 여자 일곱, 청년대에선 남자 둘, 여자 넷, 그리고 소년대에선 총각 둘에 처녀 둘이었다. 남자가 열 셋, 여자가 열 넷이었다.

그 시련 후, 많은 날이 흘렀는데도 돛폭에 바람기 한점 없었다. 이곳의 대기는 황지(荒地)에 묻은 뙤약볕 한잎처럼 칩칩하고 묽고 무거웠다. 노를 젓기에 남녀 노소 할것 없이 힘을 합쳤지만, 풍랑을 예상해서 만들었던 그 거대한 무게를 얼마 움직일 순 없었다. 나날이 줄어드는 물과 식량 탓에 힘을 더 낼 수도 없었는데다 도대체 정처가 없었으므로 그들의 마음은 시들 대로 시들었다. 바람이나 불기를 기다리며 늘 보는 그런 지루한 풍경과도 같은 권태 위에 둥둥 떠 있었다.

「아, 이거 원 미쳐 죽을 듯싶으이.」

「젠장마즐것! 바람이나 한번 시원하게 불어쳤으면 바랄 게 없겠구먼.」

「왜 아니야, 그러고 보면 고름 속에 있었을 때야말로 진짜 살았었던 것 같기도 하거든, 진짜 살았었단 말야.」

「그래 기껏 말야, 우리가 바라고 온 땅이란 게 열 두 평도 못 되는 이까짓 쪽배란 말야? 이게 새 천지야? 이거야 늙은 화냥년이지 뭐야? 아무 것도 생산 못 하는 젠장마즐!」

「옛 살던 곳 생각이 절로 난다. 이봐 쇠돌이, 거 〈고나아 헤에〉 하는 거 한번만 더 해 보라구.」

「하마 동백꽃이 피었을라?」

「죽은 여편네 배꼽 생각이나 하다 잠이나 자라구. 그게 제일이야.」

그러나 잠도 쉽게는 안 왔다. 추억이니 뭐니 하는 것들도 자꾸 맛이 달랐다.

족장은 부러져나간 용골을 며칠째나 깎고 있다. 다섯모 꼴로 깎아서 사당 형상이라도 만들 모양이었다. 그러는 동안 그는 안정을 얻은 것 같았었는데, 다 깎았을 맨 얼굴을 찌푸리더니 다시 아무 형상도 아닌 것으로 깎아댔다. 그리곤 섭순이의 눈속을 들여다보았는데, 한참 후엔 다시 낫을 움켜잡았다. 눈이 타는 듯했다. 면도, 각도, 안팎도, 아무 것도 없으면서 모양은 있는, 아니면 그것들이 다 있으면서도 모양은 없는, 그런 것을 깎으려는 것이다. 그건 떠나오던 당시의 그 자신의 모습에 수정을 가하려는 것이었거나, 자기의 먼 미래의 현현화의 긍정과 후미를 가다듬으려는 것이었다. 진지한 자세였다.

헌데 차차로 팻기가 가셔지고 있었다. 고기잡이로 늙은, 제일 연상인 환갑짜리는 새 그물을 처음서부터 끝까지 풀어헤치기 며칠째에 다시 얽기 시작했고, 옌네들의 대부분은 머리끄덩이를 휘감아 트는가 하면 한올 한올 세었다.

바람쇠만은 그런대로 재미나게 지내는 듯 빙글거리며, 목이 쉬도록 음담을 늘어놓았었는데, 그도 주먹으로 뱃전을 치기 시작해서 피를 보고야 말았다. 피를 보더니 바람쇠는 미쳐 버린 듯 피를 쭐쭐 빨아댔다. 나중엔 자기 입술을 터뜨려 피가 가슴까지 기어내리도록 했다. 누가 보기에나 참 훌륭한 모습이었다.

「허이, 우리 지랄 한번 해 보자!」

그가 외쳤다. 동시에 살만 조금 가리고 있던 물잠뱅이를 북 찢어 던지고, 기묘하게 몸을 틀어꼬며 콧소릴 내기 시작했다. 생명과 정열이 작열되고 있었다. 누가 보기에나 참으로 아름다왔다.

그에 따라 천 찢기는 소리가 여기 저기서 귀에 즐겁게 시끄러웠다.

「구미호(九尾狐)는 죽었다!」누가 되는 대로 짖었다. 「우린 풀렸다!」

여자들은 좀 기다리며 외면하는 척 사내들의 사타구니를 홀끔거렸지만, 곧이어 농악이 울리고, 사내들의 뜨거운 손이 나꿔채 되는 대로 찢어 벗겼을 땐, 좀 반항하는 듯, 치부보다는 젖통일 감쌌지만 그녀들도 차차로 번열(煩熱)을 나타내기 시작했다.

족장과 섬순이는 서로를 뚫어져라 하고 바라보고 있었다.

「점쇠를 좋아했었나?」

섬순인 고개만 끄덕였다. 눈이 당돌했다.

「지금도 좋아하나?」족장의 눈엔 다시 핏발이 서 있었다. 섬순인 대답 대신 고개만 살레살레 저었다.

「이 자식아! 내 여편네 몸에서 손을 떼라!」누구의 거칠은 목소리가 쩌렁 울려 왔다.

「헤헤, 머저리 같은 소리 마라! 내 여편네 네 여편네가 어데 있어? 그런 건 벌써 없어졌다구. 여긴 다른 세상이라는 걸 알라구. 그런 소린 뒤떨어진 놈이나 하는 거야. 저 늙은이들을 봐라, 헷헷, 암사돈 숫사돈이 땀을 내고 있다. 손치워라, 네 여편네가 날 좋다는데야 별수 있나 잉?」
「이 개자식!」
　둘이는 엉켜 붙었다. 누가 박수를 쳤다.
「어이, 자네가 좀 양보해라. 우리 사이에 그럴 처지냐? 언제든 내 돼지
새끼 한 마리 주지.」 다른 쪽에서 아첨조의 음성이 누굴 달래고 있었다.
「그럼 날더러 헌것 맛을 보란 말야? 난 암소 한 마리 주지. 너의 이모한
테나 가라, 허덕 허덕 총각을 끌구 있잖어?」
「이 개자식!」
　둘이도 엉켜 붙었다. 둘이는 섬순이 또래로서 섬순일 빼놓곤 그 중 싱싱
해 보이는 숫처녀 하나를 사이에 놓고 흥정을 했던 것이다. 그때, 그 중의
한 사내의 이모와 즐김을 끝낸 바람쇠가 나타나더니 숫처녀를 나꾸어채
적당한 장소로 갔다. 너무 주렸던 탓에 바람쇠의 첫 행각은 두 번의 운동
으로 볼장 다 본 것이다.
　때는 해가 중천에 있는 허연 대낮, 멀건 한낮, 뻘건 시각.

　그러나 그것도 며칠 지나선 일상의 다반사나 별반 다를 바가 없었다. 신
물이 나 있을 정도였다.
「이 자식아, 하품은 저쪽에다 대고 하란 말야, 짜아식 보기 싫게!」
「씨이, 하품도 마음대로 못 하나요?」
「이 개새끼! 너 뭐라구? 뭐라구?」
「대체 뭔 수가 없을까? 이건 산 것도 죽은 것도 아니란 말야.」
「정말이야, 이젠 죽고 싶을 뿐이야.」
「아 그럼 죽지 그래.」
「헷헷, 뭐 그래야 할 까닭도 없으니.」
「정말 아무 수도 없을까? 우리가 이렇게 되려고 새 천지를 찾았나? 땅
이 있긴 어디에 있어? 이게 마지막 땅일밖에.」
「대체 누가 우릴 이렇게 만들었지?」
「갈라터진 땅에라도 발 한번만 디뎌 봤으면 그 당장 죽어도 한이 없겠네.」
　늘 되풀이되는 얘기다. 그래도 그때마다 절실한 얘기다. 혼을 깎아낸
얘기다.
「설마하니 이대로 죽으란 법은 없겠지.」
　어부였던 연상자가 무슨 수가 있을지도 모른다는 눈치를 보였는데, 그
도 긴 가뭄과 같은 권태에 푸슬어질 대로 푸슬어져 더 참아낼 수 없는 듯

한 얼굴이었다.

「그렇다면, 무슨 수라도 있소? 수는 그만두고라도 뭐 좀 바뀔 일이라도 있겠소? 좀 달라질 일이?」바람쇠다.

「있기야 있지만.」

번들거리는 시선들이 타는 듯 집중한다.

「수가 있다구요?」몇 사람의 이구동성이다. 바람이나 비 같은 그런 유의 냄새가 풍겨 온 것이다.

「내 조부님께서 말씀해 주신 얘긴데, 그러나 그게 좀, 차마……」

「망설일 것 없단 말요, 제길!」바람쇠가 숨가빠했다. 「되든, 안 되든, 우리를 송두리째 바칠 수 있는 일이면 된단 말야. 우리는 운명인지 뭔지도 모르는 이 따위 처지에서 힘을 뺏기고 가라앉아 버렸단 말야. 우리는 이 따위 처지에 대들고 싶단 말야! 그러나 어떻게 대들는지를 모르겠거든. 뭘 향해 주먹을 휘두를지를 모르겠단 말야. 싸움도 없고, 쉼〔休息〕도 없는 싸움터에 끌려온 기분이야, 알겠어! 그러니 그 무엇을 눈앞에 잡아만 달란 말야. 젠장 새 천지란 다른 게 아니다!」

「나도 사실은,」연상자는 음성을 낮춘다. 「바람이나 비가 오늘이나 내일이나 했던 거지. 헌데 말일세, 바람이 잘 부는 바다래도 영 끊길 때가 있다는구먼. 그럴 땐 그런 식으로 바치면 뜻하는 쪽으로 잘 불어준다는 거야.」

「허이참, 거 답답해서!」바람쇠가 가슴을 퉁퉁 쳤다. 「뭘 어떤 식으로 바친다는 거요? 원 젠장할!」

「말해 보시오! 어려워 말고.」

이 사람 저 사람이 성화같이 조른다.

「조, 조용히 해요! 그, 그렇다면 내 일러드리지. 하지만 나야 뭐 여러 분네 좋다고 조부님 얘기만 하는 거니까.」그는 다시 족장을 흘끔거렸다. 족장은 식량과 식수 문제로 깊은 탄식에 잠겨 있었다. 적당히 먹고 마신다면 하루치밖에 남지 않은 것이다. 그걸 발표해야 할지 어쩔지 발표를 한다 해도 뾰족한 수는 없을 터이고, 도리어 미치게 만들지도 모르며, 바람이 잘 분다 해도 어차피 마찬가지라면, 「마지막 방울까지라도 편히 먹고 마시게 한다. 몰라서들 저렇게 태평치고 있는 건 아니겠지. 생각하지 않으려고, 최후까지 자기들을 속히려고……」──족장은 고독을 느꼈다. 다시 용골을 향해 낯을 쳐들었지만, 적지를 못했다. 낯이 바닷속으로 떨어졌다.

「배에서 수두 하나를 묶어 병든 용왕님께 바치면 된다는 거였소. 용왕님은 지금 사람의 생간(肝)을 먹을 병이……」

「그래?」바람쇠의 눈이 핏기를 띠었다. 「그래서 된다면 어렵잖지. 안 그
래 엉?」바람쇠는 휘파람을 훼훼 불었다.
「우릴 이 모양으로 만든 건 누군데?」
「그는 재판받아야 한다!」
　그날 밤엔 초사흘 달이 떠 있었는데, 잔잔한 수면을 치는 첨벙 소리가
나고, 여울이 느릿느릿 번지더니 다시 잔잔해져 버렸다. 족장의 무게만큼
불어난 물이 어느 해변의 조약돌 몇 개는 더 덮었을 게다. 그도 아무 말도
눈물도 없었고, 그를 위해 누구도 명복을 빌지도 않았고 눈물 한방울 흘
려 주지도 않았는데, 다 못 깎은 용골의——저편 너머의 형상이 그의 영혼
을 인도했는지 어쨌는진 모른다. 섬순이의 매끄러운 목을 쓰다듬는 털 많
은 손은 낮에나 같았는데, 얼굴은 좀 더 젊고 이글이글한 바람쇠의 것이
목줄기에 매달려 있었다. 죽은 족장과 같은 처지나 될까 보아 족장직을 맡
을 사람이 없었는데, 바람쇠가 나섰다.
　그날 밤엔 거의가 다 뜬눈으로 바람을 기다렸지만, 전날들과 마찬가지
로 돛은 시들어진 여편네처럼 탄력 없이 늘어져만 있었다.
　지혜를 빌려 줬던 어부는 비굴하게 웅숭그리고, 자기에게 다가올 운명을
기다렸는데, 족장이 된 바람쇠는 그를 탓하지 않았다. 그것이 지혜꾼에겐
고마웠다.
　바람쇠는 출항한 어느때부터인지 족장만이 갖게 된 권리로 아침 식사
배급을 위하여 선창으로 내려갔다. 조사해 보고 바람쇠는 하마터면 비명
을 지를 뻔했다. 아무리 늘잡아 따져 보아도 한 사람의 반 달분 정도밖엔
남아 있질 않았다. 죽은 족장은 어쩔 셈으로 태평을 치고 저녁 식사까지
마저 먹고 죽었는가. 바람쇠는 후들후들 떨면서 무엇인가를 열심히 생각
했다. 썩 좋은 생각은 떠오르지 않았지만 방법은 하나뿐인 것 같았다.
　바람쇠는 표정을 고치고, 빈손으로 웃으며 올라왔다.
「물이나 식량은 아직 과히 걱정하지 않아도 되겠읍니다만, 바람이 언제
불지도 모르고, 언제 뭍이 보일지도 모르니, 물은 그저 목이나 추기는 것
으로 마시고, 식사는 이틀에 세 끼니 정도로 줄어지 않을 수 없겠읍니다.
이 점은 우리 모두를 위한 것이니 양해해 주시고, 식사는 점심 때나 들기
로 합시다.」
　그리고 바람쇠는 주려하는 듯한 많은 여러 표정에 침뱉는 듯한 동정을
보이며, 그 지혜꾼과 들돌이와, 쇠돌이와, 용바우와, 판돌이 등 배를 장
악하고 있는 장정 네 명을 불러 용골 쪽으로 갔다. 그리고 거기에 있던 사

람들껜 양보를 좀 얻어 자기네끼리만 귀를 모으고 앉았다. 차차로 얼굴들
이 일그러져 갔다.

　점점 식사라는 명목으로도 아무 것도 나오진 않았다. 식사 대신 옌네들
은 반은 미친 듯한 사내들의 황음(荒淫)을 참아 줘야 되었다. 남자들의 대
접이 전날들보다 거칠다는 것 때문에 그녀들은 색다른 흥분을 느꼈다.
　저녁에도 아무 것도 내오지 않았다. 식사 대신, 그 지혜꾼의 입술에서
방울지는 지혜나 들어야 되었다.
「배라는 건 원래 여자란 부정타고 해서 싣지 못하게 되었던 것인데, 우
리의 배가 이렇게 묶이게 된 건……사실로 말하면 바람님이 암내를 싫어
해서……」
「그렇다면 옌네들 탓이란 말이지?」
　바람쇠의 날카로운 음성이 지혜꾼을 힐책했다.
　여자들은 뒤늦게야 자기들의 운명을 깨닫고, 미쳐서 거부하는 비명을
질렀다.
「제, 제발 우리에게 그러지 마시오!」
「살려 주세요, 네? 나만 살려 주세요!」
「네놈들은 염통이 터지지 않을 줄 아느냐? 짐승만도 못한 것아!」
「언제 죽을지도 모르는 늙은이가」 지혜꾼은 고요했다. 「뭣하러 실없는
소릴 하겠소?」

　초나흘 달이 지는 함지 속으로 여인 열 세 명이 뛰어들었다. 달을 잡으
려고, 달을 잡으려고. 한 여자 섬순이만은 바람쇠의 가슴에 깔려 바닥을
닦고 있었고.
「고마워요, 정말예요! 종이 되겠어요.」

　밤에도 흐름은 없었다. 이튿날 해질녘까지도 바람은 기지개 한번 하지
않았다. 눈들은 부표처럼, 가라앉은 몸뚱이들 위에 떠 있었다. 너무 **적막**
했다.
「여보 늙은이!」 바람쇠는 화를 냈다. 「도대체 당신은 자꾸만 사람만 죽
이면 어쩌자는 거요? 도대체 바람기 한점 없잖아? 다 늙은 것이 제길 할
이젠 네 차례다. 네가 대신 좀 빌어다오! 이 사기꾼아!」 바람쇠는 그가
입술 한번 딸싹해 보지도 못하게 퍼부으며 달려들어 손만 홰홰 젓는 그 지

혜의 항아리를 바다에다 던져 버렸다. 그리고 남은 두 영감도 걷어차 넣어 버렸다. 「도대체 재수가 없게 된 건 이것들 탓이야! 젠장헐, 제사에 쓰긴 너무 피둥거렸고……」

그렇게 해서 열 명만 남았다. 장년 다섯에다, 스물 서넛짜리 청년 둘에, 애리애리한 소년 둘, 그리고 섬순이가 전부였다.

모두 목이 말랐고, 배가 고팠다. 그러나 바람쇠는 「뭘 두고 참는다는 건 없어서 참는 것보단 어렵지. 하지만 없어서 참는다는 건 죽을 때까지 참는 거고, 두고 참는다는 건 더 오래 살기 위해 참는다는 걸 알라구. 허니 오늘도 참을 수 있는 데까진 참아 보자구.」

「허지만 곧 죽을 것 같아요!」 거의 할멈이 된 여자맛에 흐늘어진 애리한 총각 하나가 눈물겹게 호소했다.

「정말 더 참질 못하겠어요. 어떻게 좀 해 주세요.」 다른 총각이 합세했다.

「그래요, 어떻게 좀 해 주세요.」 섬순이가 그들에게 동조하며, 그들 사이로 비집고 앉는다. 그녀도 좀 늙어 있었다.

「그래? 거 정말 안됐다.」 바람쇠는 그들 앞으로 다가가며 진정으로 동정한다는 언사를 썼다. 「그럼 물을 실컷 마시게 해 줄 테니 일어서서 날 따르라구.」

「아, 정말이세요?」 세 사람이 동시에 부르짖으며 황급히 일어서자, 바람쇠의 검센 손이 두 총각의 턱을 죄어 뱃전으로 욱밀었다. 바람개비 같은 두 총각은 뱃전에서 한 바퀴 돌아 두 발로 잔잔한 물을 디뎠다.

「실컷 마시라구.」 그리고 바람쇠는 휘파람을 불었다. 그 순간, 섬순이의 이빨이 바람쇠의 허벅지를 물고 늘어졌다.

「아야얏!」 바람쇠는 불의의 일에 기겁을 하고 몸을 뒤틀었다. 살이 뜯겼다.

「이 년이?」 바람쇠는 화가 치밀어 무서운 힘으로 섬순일 구겨들고, 역시 바다에다 처넣으려다 한 구석에다 메다꽂아 버리고 말았다. 「한번만 더 그랬다간 진짜 죽을 줄 알라구!」

섬순이는 엎드려서 몹시 울었다.

「이렇게 해서 우린 양식을 좀 더 벌었다.」 바람쇠는 과장적으로 떠들며, 동료들 쪽으로 돌아섰다. 그도 좀 허탈되어 보였다. 뭘 좀 먹고 마시고, 섬순이에게도 그래주고 싶었다. 그렇지만 아직 무엇을 내놓을 순 없다. 자기와 섬순이 말고도 여섯 개나 되는 탐욕스러운, 밑없는 입이 피를 쥐어짜고 있다. 이때 뭘 좀 내놓는다면 순식간에 없어질 것이다. 다음 순간엔

또 마찬가지로 된다. 그 여섯 개의 입을 모두 죽이지 않으면 안 된다. 바람
쇠는 얼른 도끼를 생각했다. 도끼로 순식간에 쳐눕혀 버리는 것이다. 도
끼는 판돌이 뒤쪽에 있었다. 그래서 바람쇠는 아쉬운 대로 삿대를 쥐어 보
았다. 아직 살의가 있어서는 아니다. 그런데 바람쇠가 삿대를 움켜잡는
걸 본 다른 사람들도 뭔가 무기가 될 만한 것을 움켜잡는 것이었다. 바람
쇠는 앗차 했다. 서투른 생각이었다. 바람쇠는 얼른 태도를 바꾸어 삿대
를 물에다 처넣었다.
「이놈의 상어새끼!」그리고 바람쇠는 웃어 보이려고 애썼다. 그렇다면
천천히 그럴 듯해 뵈는 방법으로 차근차근 처리할 수밖에 없다. 계획이
머릿속을 스쳤다. 바람쇠의 입술에 미소가 떠올랐다.
「이제 한잠씩 눈이나 붙여 볼까?」바람쇠는 흐느끼는 섬순이의 등을 어
루만지며 정 있는 어조로 말했다.
「헌데 모두 잠든 새 누군가가 선창으로 들어갈지도 모르니, 누가 하나 깨
어 있어 파수를 보는 게 어때?」그럴 듯한 제안 같았다. 「그리고 내일
아침엔 좀 실컷 먹기로 하자구.」그리고 바람쇠는 지도자답게 얼굴들을
살폈다. 스물셋 된 청년이 특히 눈에 띄었다.
「아, 그럼 자네가 먼저 좀 수고해 주겠나? 자네보다 모두 나이가 많군.
잠이 쏟아지거든 누구라도 깨우라고.」
「아, 그렇게 하겠어요, 하겠어요.」그는 어린 티를 벗지 못하고 덤볐다.
　그래서 그만 남겨놓고, 모두 제가끔 편안한 데로 가 누웠다. 바람쇠는
섬순일 안아들고 용골 쪽으로 갔다. 그리고 편히 누이고, 자기도 타는 입
에서 침을 짜내 섬순이 입에다 흘려넣어 주었다.
　섬순이는 넓은 가슴으로 자꾸 파고들었다.
　누구나 다 앓는 소릴 하고, 몸을 경련했지만 한참 지나선 조용해져 버
렸다. 고프고 마르더라도 내일과 모레를 생각해선 지금 참아두지 않으면
안 된다. 아직은 죽을 정도까지는 아니니까.
　초닷새 달빛이 익어지고 있었다. 흘러간 어떤 날 밤들과 같이 고적하고,
별빛이 탁한 무더운 밤이었다. 흐르는 것이라곤 다만 명도(冥途)의 옌네가
우는 것 같은 향수뿐이었다. 다만 그것만이 드리워진 하늘 아래, 검푸른
수면 위를 흘러, 선친들의 망주석이 있는 언덕 민, 오돌막 지붕에 핀 박
꽃 한송일 흔들리우고 있었다.
　다른 사람들의 뒤척이는 소리가 뜸해지자, 파수꾼이는 주의에 주의를 다
하여 비지땀을 흘리며, 마루청을 뜯기 시작했다. 석 장을 뜯으면 좁은 대

122

로 몸을 넣고 내려갈 수가 있었다. 첫 장은 기침덕으로 무사히 뜯었고, 둘째 장을 뜯을 때도 기침을 했다. 세째 장도 성공적으로 뜯었는데 일이 터지고 말았다. 바람쇠의 덫에 걸린 것이다.

「헷, 병신 같은 놈! 네 뜻대로 될 줄 알았나? 대신 바닷물이나 먹여 줘야겠어.」

모든 게 끝장이다. 그렇더라도 실컷 마시고 죽는다면 좋다──그래서 파수꾼은 서둘러 몸을 밀어넣고, 더듬거려 물통 옆으로 달라 붙어 고개를 처박았다. 그런데 물은 입술에 닿지 않고, 바가지만 이마에 닿았다. 갈증이 더 조급해졌다. 정신없이 한 바가지 그득 퍼서 갈라터지는 입에다 부어 넣었다. 전류와 같은 무엇이 전신으로 아프게 퍼져 갔다.

바람쇠는 반은 미쳐서 거꾸로 떨어져 내렸다. 너무 늦었다. 예상 못 했던 결과였다. 진작 세웠어야만 옳았다.

바람쇠는 물 쏟히는 소리를 내며 허겁거리는 청년의 목을 사정없이 죄어 나꾸었다. 청년이 마시고 있던 큰 바가지의 물이 처르륵 쏟힌다. 아까운 물이었다. 그것 탓에 죄 없는 사람들이 죽어간──〈말〉보다도 더 위대하며, 〈말〉보다도 더 근본적인 것이 아닌가. 바람쇠는 뒷생각도 없이 잡은 청년을 밀어뜨리고, 바닥에 엎드려 흐트러지는 그것을 핥기 시작했다.

바람쇠가 그러고 있는 동안에 청년은 다시 한 바가지 그득 퍼서 갈증을 마저 씻으려 했다. 탐욕이었다.

바람쇠는 그 순간 온전히 미치고 말았다. 「이 새끼!」 바람쇠는 청년의 다리를 나꾸어챘다. 청년은 바가지를 입술에서 떼지도 못한 채 앞으로 푹 고꾸라졌다. 청년의 비명이 배를 짜갤 듯했다.

바람쇠는 그가 꿈틀거리는 것을 더듬어 찾아, 눌러타고 밟기 시작했다.

「내 목숨을 훔치려고 해? 내 목숨을?」

위에선 표정도 없이 아래쪽에서 돼 가는 사정을 상상하고만 있었다. 그들의 주먹도 떨고 있었다.

「이렇게 될 바엔 말할 필요도 없긴 하지만서도.」 늘 입이 무겁던 판돌이가 입을 열었다.

섬순인 누웠던 자리에서 웅숭그리고 오들오들 떨고만 있다.

「우리가 이렇게 고생을 하지 않으면 안 된 까닭이 뭔가를 생각해 봤는데 말야, 그건 물론 병 탓이었지만서도 왜 병이 시작되었느냐 말야?」

바람쇠는 아직도 「내 목숨을 훔치려고 해?」 하는 소리만 계속하고 있었지만, 차차로 김이 빠져 가고 있었다.

「섬돌이를 매단 뒤, 당굴이, 보이지 않은 그때부터가 아니냐 말야. 그래서 난, 저 바람쇠가 당굴을 죽였잖느냐고 생각해 왔지. 벌금을 물지 않으려고.」

『호옷, 거 딴은 !」들돌이가 받는다.

「그러니 바람쇠 탓이란 말이지 ?」용바우가 흥분한다. 「녀석은 지독했지 !」

「반드시 그렇단 말은 아니지만서도 〈말〉의 아드님이 죽음을 당했으니깐 두루 〈말〉이 화를 낸 게 아니냐 그런.」

「……훔치려고 해 ?」바람쇠는 각혈처럼 씨부리더니 위를 향해 「어이, 이녀석 좀 끌어 올리라구.」하며, 늘어진 청년의 머리통을 구멍 위로 솟아올렸다. 달이 비추어 준 바에 의하면 청년의 오른쪽 눈에 바가지쪽 큰 게 하나 쿡 박혀 있고, 눈은 터져 버린 모양이었다. 눈에서 살무사가 한 마리 기어나왔다.

힘을 도와서 청년을 끌어 올려놓고 있는 동안에 바람쇠는 물을 실컷 들이키고, 한입 잔뜩 머금고 올라왔다. 물을 입술에 대었을 땐 목만 추기자고 했던 것이 물의 그 마력적인 달콤함 때문에 도저히 입술을 뗄 수가 없었던 것이다.

머금었던 물을 섬순이 입에다 흘려넣어 주었다.

그런 덕으로 바람쇠는 힘은 회복했지만, 물이 서너 되밖에 남지 않은 것 때문에 절망하고, 어깨를 늘어뜨렸다. 개운치가 못했다. 녀석은 죽일 가치가 없었다. 살려 뒀어도 그만큼은 마셨을 것이다. 정말 소득이 없는 짓이었다. 그런데 웬일로 머리끝이 쭈뼛쭈뼛해진다. 바람쇠는 섬순일 감았던 팔을 풀고, 본능적으로 방어 태세를 취하며 빠르게 돌아섰다. 아닌게 아니라 사나운 눈들이 자기를 노려보며 다가오고 있다.

「헤헷, 뭐 이상한 거라도 보였나 ?」

「잔소리 마라 ! 네 놈이 당굴을 죽였지 ?」판돌이가 선두자답게 추궁했다.

「당굴의 원귀가 역병을 퍼부었단 말야 !」들돌이가 가담했다.

「서, 설마 그, 그건 농담이겠지. 헤헤, 노, 농담이야 ! 그, 그렇다면 마 말야, 나 하나에게만 벌을 내렸을 것 아닌가 ?」

들돌인 할말을 몰라 판돌일 쳐다봤다.

섬순인 뭣이 어떻게 되어 가는 판인 줄을 몰라, 응숭그리고 떨고만 있었다.

「그러니 그러지들 말라구! 내가 자, 자네들을 위해서……」

「그만 위해 줘도 좋아! 대신 네가 죽어 줘야 되겠어!」쇠돌이가 한걸음 나섰다.

섬순이가 바람쇠 품으로 뛰어들었다.

「자, 자, 잠깐 차, 참으라구!」바람쇠는 섬순일 한옆으로 밀며 더듬거렸다.

「그렇다면 넌 왜 벌금을 물잖았나?」용바우의 추궁이었다.

「이, 이 사람들아, 다, 당굴이 보이지 않았으니 그랬을 밖엔.」바람쇠는 절망을 느꼈다. 그래도 끝까진 버텨 봐야 된다. 「좀 진정들 하고 내 얘길 들어 보게나. 선창엘 내려가 보구 아무렇게나 하라구들. 결국 자네들도 주, 죽고 말……」

「그렇다면,」판돌이가 바람쇠의 말을 중단시켰다. 「넌 보이지 않는 〈말〉은 더더욱 믿지 않겠군.」

들돌이도 한걸음 나섰다. 「그러니까 너를 바쳐 당굴의 한을 풀어 주면, 당굴의 혼백이 바람이 되어, 우리를 뭍으로 밀어다 줄 게다. 사흘 다 안 걸린단 말야. 우리는 이제 새 천지를 원하는 게 아니다. 메말랐더라도 우리 땀만 흘릴 수 있는 곳이면 된다.」

「그야 그렇고 말고!」바람쇠가 받았다.

「모든 건 네놈 탓이야!」성급한 들돌이가 말이 채 끝나기도 전에 와락 달려들어 바람쇠를 쓰러뜨렸다. 바람쇠는 넘어지면서 들돌이를 껴안았다. 바람쇠는 원래도 으뜸가는 장정이었지만, 물로 영혼까지를 적셔놓은 데다 방어 태세를 취하고 있었던 터라 당하지만은 않았다.

헌데 사람들은 서두 때완 달리 관전만 하고 있다. 섬순인 그들로부터 도망쳐 멀찌기서 눈을 감싸 가리고 있다.

그리고 달이 질 무렵엔 수면을 치는 그 귀익은 풍덩 소리가 났다. 바람쇠가 아니라 들돌이가 보이지 않았다. 바람쇠도 그땐 기진맥진하여 꿈틀거리며, 부를 이름은 그 이름뿐이었든지 섬순일 부르고 있었다. 섬순이가 머뭇머뭇 다가가 바람쇠의 머리를 자기 무릎에 올려 주었을 때, 그는 한물 간 듯한 정신으로도 섬순이의 복부를 더듬거리며 독백하는 것이었다. 「그래, 내가 여기 이 속에서 너를 빨며 자라고 있다. 이런 똑같은 두 개의 자궁 속에서 내가 시방 자라고 있어. 아니, 하나는 죽어 버렸다. 어젠가 그저껜가, 다신 되잡을 수 없이 된 어면 날 죽어 버렸어.」그리곤 기절해 버렸다. 무슨 얘긴질 더하긴 했다.

섬순이는 뜻을 알 수 없는 말을 되씹으며, 「내가 애를 뱄다면 누구의 앨까?」 하고 생각했다. 그 순간 죽은 족장의 얼굴이 바람쇠 얼굴 위로 깔리며, 전혀 같지 않은 다른 얼굴이 떠오르는 것이었다.

둘이를 지켜보고 있던 판돌이가 무엇인가 잡히는 것을 주워들어 바람쇠의 가슴을 겨눠 내리쳐 버렸다. 숨이 넘나들던 곳이 쪼개어지고, 염통이 터져 버렸다. 그런데 그건 닻을 찍었던 도끼였다. 피보라가 섬순이의 전신을 덮어 씌었다.

남은 자는 다섯뿐이었다.

「이제 우리 목이나 좀 추깁시다.」

바람쇠를 던져넣느라 힘을 쓴 판돌이가 짓짜냈다.

「해 볼 일은 다했으니.」

「아, 그야! 그야, 그러길 바랐으니.」

물에 대한 얘기가 갈증을 더 자극시켰다. 억눌러뒀던 무엇이 탁 풀리면서 사람들은 광중을 나타냈다. 물이 창수가 져 눈앞으로 쏟아져 왔다. 물소리가 우뢰 소리처럼 들린다. 발끝에서 차올라 입술까지 닿는다. 그런데도 여전히 목구멍엔 한발이 한창이었다. 그래서 그들은 구멍 속으로 다투어 몸을 비집어 넣느라 살이 까지는 줄도 몰랐다.

먼저 들어간 쇠돌이는 배꼽 있는 데까지 몸을 거꾸로 처넣고 물을 빨아들였고, 다음으로 들어간 청년은 쇠돌이의 뒤통수에다 입술을 비볐고, 용바우와 판돌이는 구멍에 끼여 몸을 비틀며 환장되어 있었다. 조금이라도 늦으면 입술도 적시지 못할 것이다. 되도록이면 누구보다도 많이 마셔두지 않으면 안 된다.

당굴의 원귀에 바람쇠의 염통을 바치고 사흘이 지났어도, 닷새가 지났어도, 바람은 기미도 없고, 빗방울을 몰고 오는 구름 한점 없었다. 손톱이나, 발톱이나, 머리칼까지 죄어드는 갈증을 도외시하고, 포악한 태양은 그들의 몸을 말리려고 자꾸만 더 뜨거워 갔다. 나중엔 땀도 흐르지 않았다. 내실(內室)에 있던 생명은 밖으로 기어나와 입술 언저리에서 갈라터지고, 짓짜여지고, 주리를 틀리며, 뱉아져 나오지 않는 기구(祈求)를 토하고 있었다. 남 북, 두 회귀선이 맞닿는 가운데 바람 없는 곳, 그러나 망망한 물 위에서. 바람은 한철만 없는.

끝내 이 공화국의 한 시민은 미쳐서 바다로 뛰어들었고, 한 시민은 보타져 죽었고, 한 시민은 마지막 수분을 눈물로 남긴 채 목매달아 버렸고. 그리고 마지막 시민인 그 젊은 여자는 바닷물을 퍼올려 마시기 시작했다. 에뤼식톤처럼. 이 세계를 송두리째 삼키기 시작했다. 그녀의 자궁 속에서 어떤 생명이 제국주의적인 맹아를 키우고 있었는지 어쨌는지는 알 수가 없다.

아직껏 오수(午睡)를 즐기는 바람은 돛폭에서 깨이지를 않고. 엷은 구름장 하나 그늘지워 주지 않고. 빗방울을 몰고 오는 먼 뇌우 소리도 없고. 갈매기의 끼욱거림도 없고. 흐름 없는 대기와 따가운 햇볕만 묵은 회분(灰粉)마냥 쌓여 가고.

뙤 약 볕·3
——子 正 女

1

　사랑받고 싶었고, 하고 싶었고, 할 수도 있었던, 그렇지만 풀려 나오고 싶었고, 발버둥도 해 보았었고, 역겹게 느끼기도 했던, 모든 것들——그 이웃이 자꾸만 작아져 한 점이 되더니, 바다 끝 그 절벽에서 낙하되어 사라져 버린 것을, 점쇠는 초롱한 눈으로 뚝뚝히 보았다. 어쩌면 그들이 돌아와 줄지도 모를 것이라는 점쇠의 바람은 그렇게 끝나 버렸다. 점쇠는 발을 동동 구르며 그들이 되돌아와 주길 피가 솟도록 빌었었다. 하지만 이젠, 자기의 현실로 눈을 돌리지 않으면 안 되게 되었다. 정 붙일 줄을 모르고 그 탄생에서부터 서성이기만 하는 바람이나 잡초를 시리게 하고, 노을이나 정적을 덮는, 상여집 같은 이 빈땅에 서 있는 혼자인 자신을 향해서——. 석양 젖은 해조(海潮)는, 돌아올 수 없는 순례꾼들의 혼백을 그래도 고국의 해변에다 뱉아 주고 있는 듯했다.

「어쨌든」점쇠는 통곡을 참으며 고개를 흔들었다. 「이젠」점쇠는 머리칼을 쥐어 뜯었다. 「어떻게 살 것인지, 그 문제만 남았다.」점쇠는 노파처럼 후들거리며 몸을 일으켰다. 그리곤 무너진 사당의 돌무더기 위를 몽유병자처럼 서성이기 시작했다. 사당은 봄 불에 타버린 자손 끊긴 무덤같이만 보였다.

「여기서 이전에 〈말(言語)〉이 살았었는데, 거처를 잃고 〈말〉은 지금 어디를 헤매고 있을까?」

　점쇠는 당굴의 흙집 쪽으로 발길을 옮겼다. 흙집도 사당과 마찬가지로 사람과 열병과의 모진 전쟁에서 정조를 유린당하고 있었다. 전쟁들은 묻히지는 못했지만, 그래도 자기를 바쳐 땅을 비옥하게 하고 있었다.

「이 하늘」점쇠는 하늘을 우러러 보았다. 하늘은 그런데 어디서 썩은 **동**

아줄이라도 한 가닥 내려올 만한 작은 구멍 하나 열고 있지 않았다. 「이 저주받은 땅」 형언할 수 없는 증오가 끓어올라 점쇠는 흙을 걷어찼다. 어느 때에고 흙과 자기 사이에 말이 통해질 것 같지 않았다. 「저 바다, 그리고 시체와 찢겨 널리운 주검, 그런 모두가 갑자기 내 것이 되었다.」 발광이 하고 싶은 걸 억누르려 점쇠는 피가 나도록 입술을 짓물었다. 이런 외로움을 상상 못 했던 건 아니다. 하지만 그건 체험은 아니었던 것이다. 도처에서 버림받으며, 도처에서 절연을 느끼기 시작했다. 점쇠는 외면하는 이 나한들 속에서 눈 돌릴 곳을 몰라 다시, 이웃들이 사라져 버린 바다 끝으로 시선을 보냈다. 역시 되흘러 오는 것은 아무것도 보이지 않고 시선만 거기서 꺾여 버렸다. 빛이 아까운 생각이 뭉클 들었다. (하루의) 이 마지막 빛이 사그러져 버리고 나면 떠난 이웃들의 골육을 깎아 먹는 조음(潮音)이나 들릴 게며, 주검 속에 묶여 버린, 그래서 다 못 산 생명들 이 갈대줄기를 타고 올라 반딧불 된 혼령들의 깜박임이나 보일 게며, 창 문들에 어렸던 정(情)들은 보이지 않을 게고, 어느 밤에나 우는 송아지 울 음도 들리지 않을 게다. 뻔적임도 없는 박모(薄暮) 두어 잎이 시든 백송 가지에서 포르르 떨더니 낙엽지고, 그리곤 어두워지고 있었다.

점쇠는, (당연한 결과로) 사람이 너무 몹시 그리워져, 젖은 눈으로 두 리번거리며 귀를 기울였다. 춥고 무섭고 가난스러웠다. 그렇다고, 형님이 니 섬순이니 하는 어떤 구체적인 이웃을 아쉬워하고 있는 건 아니었다. 사람이라는, 지금에 와선 추상적으로 변해 버린, 그들을 그리워했다. 자 기 닮은 얼굴과 몸뚱이를 갖고 있는 자라면 그가 원수였다고 할지라도, 또는 썩음을 흘리며 냄새를 풍기는 병자라고 할지라도 그에게 사랑과 존 경을 퍼부으며 발바닥이라도 핥아 주고 싶었다.
「하지만 이것은 네 스스로 택한 길이잖나, 네 스스로 내린 형벌이고, 구 원이고, 구속이고, 해방이 아니냐 말야. 이젠 〈말〉을 찾아야 될 거야, 〈말〉을! 〈말〉은 너의 뒤 어디선가 손을 돌려 네 눈을 가리고 웃으며 서 있을 것이고…… 넌 아직 살아는 있으니까 너무 비참하게만 생각할 일은 아니지. 아니구 말구! 힘을 내야겠어. 그래, 어쨌든 이 대지는 나의 것이 고, 이미 처녀를 찢겼다고는 해도, 그래도 어느 날엔가는 다시 비옥해질 나의 여인인 것이고……」
자신에게 타이르면서도 점쇠는 사람들 속에서 살아 왔었다는, 지울 수 없는 그 때[垢] 탓에 가려워했다. 문득 〈빈들〉이 떠올랐다. 「그렇군 참, 어쩌면 입내라도 흐릿하게 풍기고 있는 사람이 하나쯤 있을지도 모르겠는데. 시체밖엔 없다더라도 그들이 한때 여기를 운영하며 살았던 사람이었다는 것을, 글쎄 말야, 어쨌든 말야, 여기에서 오늘 아침까지 사람이 살고 괴로와했으며, 자식놈을 낳고 늙어 왔다는 그런 얘기라도 주울 수는 있을 거야. 난 그것까지도 믿을 수가 없이 됐거든. 그래도 어쨌든, 나는 이 땅을 사랑했기에 남은 게 아닌가.」

점쇠는, 거기에서 어떤 위로라도 얻을 기대가 없는, 혹암에 찬 마을을 향해 빛이 죽어드는 언덕을 무겁게 내려갔다. 눈은 퀭하니 떴지만 보는 것이 없고, 입술은 굳게 악물어져 폐쇄된 것만 같았다. 아직 그의 심정에 〈말〉의 음성이 괴이질 않고 있었다.

〈빈들〉이란, 공동묘지 아래쪽, 뻘이 무릎까지 올라오고, 갈대가 키대로 자라 서걱이는, 버려진 습지 가운데, 한 백평 가량 벌초를 한 시체 쓰레기더미를 이름한 것인데, 거기선 까마귀들도 울부짖음을 잊고 눈이 새빨개져 갔다.

점쇠가, 빽빽한 갈대를 헤치며 뻘 속을 허우적이고 있을 땐, 높은 구름 몇 조각에 조금 묻어 있었던 빛의 마지막 입맞춤 자국도 날르고, 안개보다도 우울한 짙은 어둠이 깔리고 있었다. 그땐, 점쇠는 의기 소침해져 더 이상 나아가질 못하고 진땀만 뻘뻘 흘렸는데, 고독으로 해서 열렸던 심정이 공포로 해서 움츠러든 것이다. 외로움 앞에선 그렇게나 어줍잖던 몸뚱이가 무서움 앞에선 너무 큰 과녁이 된 듯만 싶어 점쇠는, 어떻게든 자신을 응축시키려 한사코 옹숭그렸다. 스석이는 갈밭 새를 흐르는 미지근한 바람결마저도 온역이나 죽음이나 뱀이나 뭐 그런 흉칙한 것의 혓바닥같이만 느껴졌다. 그런 새파란 혓바닥 같은 것이 밖에서 안에서 쑤물쑤물 핥기 시작했다. 점쇠는 자신도 모르게 앓아댔다. 왜 이런 데서 허우적여야만 하는가도 잊었다. 초조하고 조급하기만 했다. 그렇더라도 마음으론 열심히 나아갔는데, 몸은 주춤주춤 뒤로 사리고만 있었다. 점쇠는 그것까지도 몰랐다. 이 반사(反射)가 점쇠를 더 기진하게 하고 더 진땀나게 했다.

그렇게 기를 쓰고 있는데, 무엇이 뒤꿈치를 물고 늘어졌다. 동시에 점쇠는 뒤통수를 뻘에다 박으며 모질게 나둥그러졌다.

정신이 점쇠를 떠났다. 번히 뜬 눈으로 별이 박혀들고 갈대가 흐느적이며 멱을 감았다. 공포에 맞선 자신에 대한 과소 평가가 그렇게 만든 모양이었다.

그러나 점쇠는 이내 깨어났다.

깨어나서도 점쇠는, 자기가 아직도 살아 있다곤 생각하지 않았지만, 어찌되었든 마음은 한결 차분해져 있었다.

「죽어도 이렇게 사는 걸 모르고 젠장, 죽기를 두려워했다니.」

점쇠는 비로소 빙그레 웃으며, 자기의 살이 갈뿌리에 거름이 될 것을 생각했다. 유난히 반짝이는 반딧불 하나가 갈대의 높은 끝에 매달려 바람결따라 흐느적이고 있었는데, 점쇠는 그것이 자기의 영(靈)일 것이라고 믿고 부러워하며 바라보았다. 「몸뚱이야 썩어져도 뭐 하는 수 없지.」점쇠는 자신을 무엇에다 기꺼이 긍정시켰다. 「암믄, 살은 살대로 다른 영의 거름이 될 거야. 헌데 혼백은 장차 어디를 갈 건가? 영감님, 이젠, 헤헤, 이놈의 혼을 따다 당신의 곳간에 넣어 주십쇼.」

헌데 왠지 아픔과 무게가 압도해 오고 끈적거리고 질척한 무엇이 불쾌감을 불러일으켰다. 아픔은 주로——그 점 때문에 이름도 점쇠가 된—— 점이 있는 허리께서 비롯되고 있었고, 불쾌감은 온 무게 속으로 파고 들었다. 게다가 참을 수 없는 악취가 물씬물씬 감아올랐다. 점쇠는 미칠 듯이 죽었다는 것까지도 잊고 쐬인 듯 튕겨 섰다. 그리곤 되는 대로 방향을 잡아 정신없이 헤쳐 나갔다. 확인해 보지 않아도 그것은, 죽은 자의 썩은 대가리와 손목이라는 걸 점쇠는 알고 있었다. 헌데 그 썩은 손이 점쇠를 무덤으로부터 일으켜 세운 것이다. 「젠장맞을.」

점쇠가, 찐득한 갈밭을 도망쳐, 휘늘어진 몸을 모래밭에 부렸을 땐, 구름도 없는 하늘이 이마까지 와 닿는데, 은하가 철럭철럭 흐르고, 유성(流星)은 그녀의 삼단 같은 머릴 풀어 바닷물에 감고 있었으며, 어디선가 제 꼬리 길이로 송아지가 울고 있었다. 점쇠는 그제서야 안도의 한숨을 내뿜고, 지그시 눈을 감았다. 지나간 어떤 날 밤과도 다르지 않은 밤이 펼쳐져 있었다. 모래는 어머니만큼이나 따뜻이 푸근하며, 밤새는 울고 있고, 모래를 굴리는 파도 소린 자장가였다. 주막에선 깜부기 얼굴의 사내들이 탁주잔에 피로를 씻으며 졸음겨운 음성으로 내일 날씨를 얘기하고 있을 것이고, 윗방에 잠든 할매는 아랫녘 염소처럼 기침을 하고 있을 것이다. 점쇠는 어느덧 졸음 속에 대가리를 처넣고 몸뚱이까지 마저 넣으려 하고 있었다. 그러나 잠은 얼마 계속되질 못했다. 송아지 울음이 졸음을 태우고, 그 속에 처박힌 점쇠의 머리를 구으려 했다.

점쇠는 갈고리에 꿰어져 낚여 가듯, 앞으로 빨려 갔다. 이 밤은 다른 밤과는 다르며, 다만 송아지만 남아 있었던 것이다. 그 생래의 성실함으로, 비판도 아첨도 모르는 그러면서도 바위의 입술과 미풍의 염통을 지닌 그것이. 주인네 대장간에 풀무가 되어 애쓰면서 그 자신은 언제나 그 상태에 머물러서도 투정 한번 부릴 줄 모르는 그것이. 그리곤 맛있는 살을 빚기 위해 삼백예순 허구한날 단잠 한숨 탐내지 않고, 명상하고 새김질하여 언제나 맑히기만 하던 그 순교자가.

송아지는, 배 떠난 갯가, 그 허허히 빈 모래벌에서, 자기를 버리고 간 정 없는 사람들을 그래도 못 잊어, 그 헛헛한 울음을 쏟고 있었다.

순식간에 점쇠는 거기까지 달려왔다. 그리고 송아지 형상으로 뭉친 진한 그림자를 보았으며, 그 어린 것의 발광된 발자국 소릴 들었다.

「워, 워어.」점쇠는 경련을 일으키며 무릎을 꿇었다. 「워어, 워, 워어!」

송아지에게 사람의 목소리가 들렸는 모양이었다. 그도 〈말〉의 음성이 아쉬웠던 모양으로, 제 쪽에서 먼저 어름어름 다가왔다. 그 순박한 짐승을 향해서 점쇠는, 「고맙네, 고마와!」하고 고백했다. 짐승이 아니라 〈말〉을 마주한 느낌이 들어, 점쇠도 송아지가 자기에게 다가오는 것과 같은 그런 외경과 수줍음을 갖고 다가갔다. 심장이 가쁘게 뛰어댔다.

진한 그림자가 가까와지자 놈은, 고개를 뽑아 귀를 쫑긋이며 극도의 경계심을 나타내고 멈춰섰다.

「워어, 워어, 워.」놈을 안심시키기 위하여 정답게 속삭여 주며 점쇠는 놈의 등으로 손을 보냈다.

등에 따뜻이 부드러운 무엇이 닿자 놈은, 떠받는 듯이 고개를 쩔레쩔레 혼들더니 귀엽게 저항하며 몇 걸음 주춤거렸다. 점쇠는 가슴을 죄이며 다시 다가가 정성을 다하여 놈의 목을 기분 좋도록 긁어 주었다. 그러면서 왼손을 놈의 배때기 밑으로 넣어 사뿐히 보듬어 올리려 했다. 그러자 놈이 갑자기 뒷다리에 용을 써 궁둥이를 솟구치더니 말괄량이 같이 빠져나가 버렸다. 그리곤 소구잡이처럼 호들갑을 떨기 시작했다. 점쇠는 실망되고 울먹해져 뻑적지근히 주저앉아 버렸다. 운명하시는 어머니의 손에서 뭔가를 놓쳤던 때의 슬픔이 떠올랐다. 기를 써서 붙들어 보았었지만 손 안엔 찬 것밖에 남아 있질 않았었다. 「밤새 자살이나 말아 줬으면. 허지만 말야 아침엔 만나게 되겠지. 되구말구!」점쇠는 자신을 달래며 합장하고 사당이 있던 언덕을 우러러 보았다. 그리고 생각하길 점쇠는, 자기가 이젠 절연 가운데 던져진 섬만은 아니라고 했다.

송아진 숫놈이었다.

밤이 납처럼 무거워 있고, 마음과 몸이 피로의 소금에 상치처럼 저려졌음에도 불구하고 점쇠는, 잠을 못 이루고 자기의 땅을 어슬렁이기만 했는데, 그건 아마도 〈말〉의 뜻이 차차로 괴이며 염색(染色)해 오는 탓으로인 듯도 했다. 점쇠는 결코 집 없는 배회자는 아니었다. 미소는 없었지만 얼굴이 찌푸려져 있진 않았다. 고독하지 않은 건 아니었지만, 그것이 영액(靈液)을 흘려 점쇠를 씻기고 있었다. 점쇠는 희어지고 있었는데, 그 영액이 내부의 촉수까지 닿고 있을 때엔 흠칫흠칫 아파했다. 이상스럽게도 그런데, 이 내적인 체험이 외현되어 점쇠의 눈 속으로 되돌아왔다. 무엇인가가 숲에서, 바위에서, 빈 인가에서, 그것들의 혼령이 켠 등(燈)을 하나씩 하나씩 불어 꺼 가고 있는 것이 보였다. 이해할 수 없으면서도 취해서 보고 있다가 점쇠는 오싹해져 어깨를 움츠렸는데, 파도 같은 무엇인가가 섬을 요란스레 깨우는 것이 들리고 보인 것이다. 섬은 콧소리를 내며 음탕한 몸짓으로 꿈틀거리고, 뭔지 모를 그것을 품었다.

「자정(子正)이로군, 자정이야!」점쇠는 자신도 모르게 중얼거렸다. 이 무서운 침묵과 이 무서운 포효가 아마 점쇠를 어떤 첨탑의 꼭대기 방에다 데려다 놓은 모양이었다. 점쇠는 최면술에라도 걸린 듯했다.

「자정은, 어제의 끝이고……내일의 시작이고……헌데 오늘이 끼이질 못했고…… 하 그것은(零時) 묘혈(墓穴)이며 산실(産室)이고…… 그건, 정말, 그래! 거기서 아마 거소를 잃은, 〈말〉은 살고 있는 모양이다.」점쇠는 비약되어 있었다. 점쇠는 휩쓸려 갔을 뿐 뒤돌아보진 못했으므로, 그 비약의 사닥다리가 어떻게 놓여진 것인지는 몰랐다. 아마 그것을 잊었거나 또는 그것이 열매를 맺을 씨앗이 되어 점쇠의 심정에 묻혀 버렸을 것이다. 비약에서 더 나아갈 수 없게 되었을 때 점쇠의 상념은 끝이 났다. 송아지가 점쇠를 돌이켜 주었는데, 전율이 시작되었다. 그리고 높은 데서 떨어진 아픔과 허탈이 점쇠의 전신으로 밀려들었다. 점쇠는 반은 실성되고 반은 성이 나서 송아지에게 모래를 쥐어 끼었었다. 쫓아 가면서까지 행패를 부렸는데, 송아지를 놓치고서야 어깨를 늘어뜨린 채 넋없이 서 버렸다. 송아지가 미운 만큼 아침이 두려웠다. 아마도 점쇠는, 송아지의 나르코시스였던 것이다. 높은 곳으로부터의 전락에서 송아지를 본 순간, 갑자기 송아지는 보이지 않게 되고, 자신이 거기에 보이고 있었던 것이다. 팔만사천 유순(由旬)도 넘는 팔면 육십사방의 끓는 바다와, 찢어 볼 수도 없는 수풀 같은 하늘과, 어디로 갈 곳이 없어 그 속에 싫은 대로 닻을 내리고 정박해 있는 일엽(一葉) 남짓한 섬 앞에, 〈어미〉 잃고 혼자인 자기가 마주 서 있다는 것을 재확인하지 않을 수 없었을 때, 스스로가 귀찮고 거추장스럽기도 했지만, 그러나 그 스스로가 아름다운 것이었으며, 그것이 이

전부의 섬이었다.

　점쇠는 새삼, 형님 쪽이 차라리 행복했을 것 같아 그 바다 끝으로 선망의 눈길을 보냈다. 그 절벽 아래서 형님이 부르고 있는 듯한 무슨 소리가 들렸다. 그래서 귀를 기울여 보다가 점쇠는 누굴 포옹이라도 하려는 듯 가슴을 열고 마구 쫓아갔다. 「형님, 형니—ㅁ」 목청껏 열띠게 불렀다. 어서 오라는 것이다. 점쇠의 눈엔, 형님이 진주조개 껍질에 얹혀서 해안으로 오려고 무진 애쓰고 있는 것이 보였으며, 한 작은 물거품의 투명한 **반구** 속에 갇혀 그 벽을 깨뜨리려고 주먹에 피를 흘리고 있는 형님의 혼백이 보였다.

　「형니—ㅁ」

　그러나 갑자기 형님의 부름도 없어지고 모습도 보이지 않게 되었다. 마녀의 치마자락 같은 무엇이 무지막지하게 휘감아 점쇠를 쓰러뜨린 것이다. 점쇠는 숨을 못 쉬고 허우적였다. 거품 속의 수인(囚人)은 형이 아니라 점쇠 자신이었다. 그래서 점쇠는 할 수 있는 방법을 다해, 붙들고 할퀴어 뜯는 마녀의 손가락을 홱홱 뿌리치고, 죽어라 언덕으로 뛰어 올랐다. 그리고 점쇠는 입술을 씰룩이며 울음을 참았다.

　그런데 아직도 누가 부르는 소린 계속되고 있었다. 점쇠는 겁보가 된 자신이 미워 손등을 모질게 한 이빨 물어뗐다. 손등은 모질게 아팠다. 선혈이 소리내며 모래를 적셨다. 그래도 부르는 소린 없어지지 않았다. 아마도 섬이, 버림받은 게 슬퍼 끝내 통곡을 시작한 것이다.

　점쇠는 벌써 부르는 그 소리 가까이로 끌려와 있었다. 점쇠로부터 스무 걸음도 더 멀지 않은 곳에서 섬은, 갓난애의 그것과 같은 울음을 토하고 있었다.

　그래, 갓난애가 울고 있었다.

　점쇠는 그런데 괴로와 짓틀어대기 시작했다. 이빨을 앓는 언청이가 참는 앓음 같은, 이빨 빠진 승냥이가 개미에게 뜯기며 울부짖는 것 같은, 그런 말로는 나타낼 수 없는, 내용이라는 모든 내용이 한꺼번에 토해져 나오는, 그래서 뜻을 알 수 없는 기묘한 노래 같은 걸 흘리며, 제 신명에 읽인 망나니같이 그렇게 두 손의 손가락들을 칼끝처럼 곤두세워 하늘을 찌르는가 하면, 나팔꽃 모양으로, 합장을 하여 수줍게 움츠리고, 두 다리를 찢어지도록 벌려 땅에 펴놓는가 하면, 상반신만을 누에처럼 휘둘러 오방(五方)을 자기 일점으로 모으고, 입술을 땅에 비비는가 하면, 어느새 일어나 질풍같이 맴돌다간 제자리로 돌아왔다. 그래, 갓난애가 울고 있었다.

땀에 뻔쩍이고 긴장된 근육이 제멋대로 푸들리다 이완되어 버렸을 때까지 점쇠는 그 짓을 계속했다. 그러다가 점쇠는 겸허히 무릎을 꿇었다. 그래, 갓난애가 울고 있었다. 그리곤 무서워 떨리는 손으로 주저주저하며 찢기고 뻘에 뭉개어져 냄새 풍기는 치마폭을 강보삼아, 씻김을 받지도 못해 피가 채 마르지도 않은 보석 한 알맹이를, 구현된 〈말〉을, 함성하고 있는 생명을, 뜨거워하며 만졌다. 그래, 갓난애가 울고 있었다. 갓난 사내애가 던져져 있었다. 섬이 자궁을 열고, 자기의 백성들로부터 받아 온 천래의 염원과 제사에서 모아 아껴 쌓아 뒀던 향(香)을 분만한 것이다. 그래, 갓난애가 울고 있었다. 점쇠는 그것이 이 한우리 속의 무엇보다도 귀하며, 이 한우리 속에 편재해 있던 모든 아름다움이 이 한 핏덩이에 총화되어 버린 것이라는 것을 알아 버렸다. 핏덩이를 만지는 점쇠의 손은 떨렸으며 심정은 신앙과도 같은 뜨거움 때문에 터질 듯했다. 그래, 갓난애가 울고 있었다.

「감사합니다. 내가 여기 있읍니다. 여기에 내가 있읍니다.」 점쇠는 큰 소리로 자기를 드러내며 조심스레 아이를 감싸 품에 품었다. 〈말〉의 깊은 뜻을 알 듯도 했으므로 조급해하지는 않았다. 아이를 주었으니 젖도 준비했을 것이 아닌가. 섬의 어디에선 지금 젖이 흐르고 있을 것인데, 그 젖은 여인이 홀리는 것보다 훨씬 더 기름질 것이 아닌가. 그렇게 믿고 점쇠는 귀를 기울여 젖이 방울지는 소릴 들으려 했다. 점쇠의 전신은 차차로 귀로 변해 갔다.

그러나 그런 저런 소리들이 합해져 회어진 소리 외에 아무리 해도 젖방울 소릴 들리지 않았다. 비슷한 소리도 없어 의심스러운 생각이 불쑥 솟았다. 「혹시는, 죽어 가며 낳았을지도 모를 일야. 병든 어떤 여자가——」 이 생각은 미치게 만드는 초조감을 불러왔다. 점쇠는 숨도 제대로 못 쉬고 가슴만 들먹들먹했다. 「그렇다면, 이건 정말 그렇다면」 점쇠는 헐떡이며 애어미를 어서 찾아야 된다는 일념으로 무섭게 날뛰기 시작했다. 그런데 조수가 모래를 씹는 저만쯤에 시체 같은 무슨 물체가 보여 「역시 죽었군, 죽었어!」 육감으로 그렇게 알고, 점쇠는 후둘거리며 다가갔다. 그리고 은하빛에 살펴보고 점쇠는 몸서리를 치면서도 언청이처럼 웃었다. 역시 죽어 있었는데, 수염이 석자는 자라 있었다. 그러고 보니 그 주변엔 그와 비슷한 시체가 여기저기 널려 있었다. 소년 하나, 소녀 하나, 장정이 셋, 절구통만큼이나 허리가 굵은 옌네 시체가 둘이었다. 살펴보고 나서 점쇠는 안도의 한숨을 몰아쉬었다. 그 속엔 아이의 어미라고 믿어질 여자는 없었던 것이다. 아이에게서 풍기고 있는 것과 같은 생명의 태(胎) 냄새가 없었다. 자기의 뼈를 깎아내고 살을 발라내어 새 생명을 빚어냈다는 교만과, 분만에 따르는 고통의 흔적이 엿보이지 않았다. 설사 그런 여인이 있었다더라도 외면하려 하긴 했을 것이다.

점쇠의 마음은 바작바작 타들고 있었다. 아이를 발견하기 전엔 그렇지 않았는데 지금엔 자기의 장래가 모두 아이에게 달려 있는 듯했다. 「아 이건, 천래의 향이 아닌가.」

아이는 쉬지 않고 제 힘껏 버둥대며 울었다. 하는 수 없이, 궁여지책으로 점쇠는 비린내 풍기는 아이의 입에 혀를 빼물리고 침을 흘려넣어 보았다. 그러자 울음을 그치고 움쭐움쭐했는데, 힘있게 빨진 못했지만, 아이도 외로움에 지쳐 있었던 모양이었다. 혀끝을 통해서 아이의 외로움이 점쇠의 심령에로 번져 왔다. 그리하여 그것은 쉰 인간의 속 깊은 데에 잠복해 있던 거머리 같은 이기심을 죽이고 언제나 타인들끼리라는——이제까지는 뛰어넘을 수 없던 그 간막이를 헐게 하였으며, 자아를 확대시키게 하였다. 이 교감(交感)은 아주 낯선 것이었기 때문에 점쇠는 전율했다.

서로 다른 영(靈)들이 어떻게 이렇게 통할 수 있을까?——낮 동안은 멍청스레 바다나 보며 보낸 데 대한 후회가 점쇠를 몹시 아프게 했다.

점쇠는 이젠 환장이 되어 실을 나르는 북처럼 이리저리로 뛰어댔다. 그래도 보이는 건 없었고, 〈말〉의 뜻을 알 듯하다가 막혀 버린 데 대한 안타까움과 실망만 자꾸 두터워졌다. 아이와 함께 물에라도 빠져 죽어 버리고 싶기까지 했다. 점쇠는, 혀를 문 채 잠든 아이의 얼굴에 눈물을 떨어뜨리며, 무엇에다 대고 욕설을 퍼붓는 눈을 치떴다. 시간도 더디게 흘러 쉽게 날이 밝아 줄 것 같지도 않았는데, 때에 계시와 같은 한 생각이 스쳤다. 점쇠는 자신도 모르게 혀를 빼내어 중얼거렸다. 「그렇군, 어쩌면 그래!」 그러나 이내 머리를 저었다. 산고를 치른 후의 「갈증으로 샘엘 갔다면, 그리고 아직도 살아 있다면,」 아무리 병든 여인이라 할지라도 「벌써 돌아왔어야 될 만큼의 시간이 흐른 것이고, 또 짐승의 모성애도 그렇지 않은 것을」 점쇠는 알고 있었다. 그렇다고 주저앉아 버릴 수도 없어 점쇠는 샘터를 향해 아무렇게나 걸음을 떼어놓았다. 점쇠의 염두에 떠오른 샘은 바다로부턴 제일 가까운 것으로 주로 자맥질에 지친 해녀들이 목을 추기곤 하던 그거였다.

점쇠는 의식적으로 느리게 걸었는데, 마지막 바람 하나를 되도록이면 오래 지니고 싶은 그 탓이었다. 이것은, 대단히 성급한 짜증이지만, 〈말〉

에 대한 어떤 도전이었다. 이 바람은 그 꼭지가 벌써 썩어 있어서 그 열매를 쥔다더라도 아이의 얼굴에 묻은 눈물처럼, 짜고 비리며 구역질 날 종류의 것이라고 점쇠는 믿어 버렸다. 아이는 오래잖아 죽어 버릴 것이고, 〈말〉에서 우롱당하고 피 빨려 창백해진 자기만이 또한 남아 있게 될 것이다.

얼마 오르지 않아 점쇠는, 할 수 있는 데까진 미뤄두려 했던 그 바람을 구겨 던지지 않으면 안 될 데에 이르고 말았다. 샘을 반 마장 정도쯤 앞둔 잔디 위에, 엔네 하나가 쓰러져 있긴 있었지만, 산 것같이는 보이지 않았다. 꿈틀거림도, 신음도, 산 자의 분위기도, 없었다. 아이의 강보를 만들어 주느라고 그랬겠지만, 걸친 것이라곤 숱 많은 긴 머리칼뿐이고, 피비린내와 뻘 냄새가 허여스럼한 몸뚱이 위를 감돌고 있었다. 멍청히 내려다보다가 점쇠는 묘한 충동으로 숨을 씨근덕거렸다. 엉덩이가 한아름 푸짐하고 뼈가 남성적으로 어글한 것이, 틀림없이 남자를 못살게 굴 여자며, 애도 넉넉하게 내놓을 듯했다. 아직도 계속되는 하혈도 그러려니와, 성난 젖통이며, 고통의 흔적이, 애의 어미인 것을 믿게 했다. 점쇠는 살을 꼬집고 머리를 흔들고 하여 충동을 억제해 버렸다.

올라오면서 스스로 믿었기를 점쇠는, 애의 죽은 어미를 보게 되면 그때엔 미치고 말 것이라고 했었는데, 헌데 미치기는커녕 (충동을 이기고) 도리어 냉소적으로 침착해져 버렸다. 점쇠는 그저 우두커니 서 있기만 하더니 마지못해서라는 투로 주저하며 여자의 가슴으로 손을 가져갔다. 먼저 싸늘하지만 성낸 젖꼭지가 손바닥에 닿고, 다음에 심장 부위가 닿았다. 점쇠는 그리곤 여자의 하복부에 눈을 박았다. 점쇠는 그때 이끼긴 바위였다.

그런 오랜 후에 그리고 점쇠의 눈은 횃불처럼 타올랐다. 목에서 짧으며 기막히게 높은 소리가 한번 토해져 나왔다. 그리곤 벙어리가 되었는데, 그렇게밖엔 말도 웃음도 움직임도 태어나게 하지 못했다. 백치가 되었다. 갑자기 생명을 잃고, 그냥 그 정적에 풍화되어 온 천년 전의 그림자 그것이었다.

감정은, 그런 상태로부터 꽤 오랜 시간이 지나서야 돌아올랐다. 점쇠는 그때까지도 품고 있었던 아이를 팽개치듯 내려놓곤 오줌을 질질 흘리며 샘으로 달렸다. 「내가, 내, 내가 여기 있읍니다!」 점쇠는 제 정신도 아닌데 마구 씨부리며 바른쪽 팔을 휘둘렀다. 여자는 아주 죽어 있진 않았다. 적어도, 고동만은 사흘에 한 번씩 나들일 하고 있었다. 아주 죽진 않왔다.

오줌 방울이 무릎 밑까지 흘러내리기도 전에 샘에까진 왔지만 그릇이 없어 좀 우물거렸다. 조급한 대로 옷에다 적시려 하다가 형편없이 더러워 있는 걸 알고, 화를 내며 찢어던져 버렸다. 몸이 한결 자유스러웠다. 그래도 몽유적인 기분은 가시질 않아 머리를 통째로 집어넣고 미친 듯이 휘저었다. 갈증이 자극을 해 우선 몇 모금 마시고, 그리고 손바닥에도 받고 잔뜩 머금기도 하여 되달렸다. 「도리 없잖나 이 울타리군(君), 응? 헤헤, 도리 없잖나.」점쇠는 율법을 두고 말해 주었다. 어이없게도 그런데 점쇠는 다시 샘으로 갔다 와야 했다. 물이 다 흘러 버린 것이다.

여자 입술에 입술을 붙이고 물을 흘려 넣고 있었을 땐, 마을집 어디서 닭이 울고 있었다. 닭 소리가 동백나무를 뒤흔드는 바람 소리에 섞여 진한 고달픔을 자아냈다.

그런데 물은, 여자의 목으로 넘어가질 못하고, 입에 괴었다간 볼로 타내렸다. 아마도 물만으론 안 될 것 같았다. 도대체 미동도 없는 식은 몸을 따뜻이 녹여 주는 것이 급선무일 것 같았다.

아이는 자는지 어쩌는지 조용하기만 하지만 점쇠의 관심이 거기까지 쏠릴 겨를이 없었다. 점쇠는 다시 달리기 시작했다. 생후 처음으로 대어 본 한입 물큰히 성숙된 여자의 입술이 화상을 입게 했던 자리를 소중히 혀끝으로 쓸면서. 여자를 감싸 줄 것을 구하러 마을로 가는 것이다. 그녀가 누구며, 어느 동네 뉘집 며느린가는 아직 문제도 되지 않았고, 흐릿한 밤빛의 뻘칠갑의 얼굴에선 알 수도 없었다. 알 필요도 없는 듯했다.
「죽이지 마옵시오. 나로 하여금 당신의 집을 다시 쌓게 하시고 영광 돌리게 하옵시오. 죽이지 마옵시오. 그 역, 천래의 암〔女〕향이겠읍죠.」

북더미에 쌓인 계란처럼, 넝마 같은 옷 무더기에 쌓인 여자의 몸이 서서히 훈훈해져 오고, 맥박도 제법 힘있게 되기까지는, 새벽도 희뿌연이나 되어서였다. 불안으로 떨긴 했지만, 점쇠에게는 여자를 품에 감싸고 지샌 밤이 평생 잊혀질 것 같지 않게 행복스러운 밤이기도 했다.

그리고도 실신으로부터 깨어난 첫 징조를 여자가 보이게 되었기까지는, 부상(扶桑)에 맺힌 열매가 한창 익을 무렵이 되어서였다. 아이는 한번도 깨이지 않았고, 송아지는 섬돌이네 굴뚝대 밑에선가 몇 번 울었다.

그때에야 비로소 여자를 알아 보고 점쇠는, 시린 듯이 비죽비죽 웃었다.
〈빈들〉에 버렸던, 열 아홉 살밖에 안 된, 시집가지 않았던, 수줍음도 많아쌓던, 바깥 출입도 거의 없었던, 응석만큼이나 베틀노래 잘하던, 서글 거리던, 건강한 계집애, 바로 그애――누이였다.

점쇠는 병적으로 체머리를 흔들면서, 어떤 사내가 입었을 물잠뱅이 하 나를 주워들어, 벗은 다리를 끼어넣고, 휘파람을 휙휙 불어냈다.

2

닷새 훗날 점심은 누이가 지었다. 약간의 부기가 있었지만, 건강을 엔 간히 회복했다. 그 동안에 점쇠는, 그냥 참을 만하게 당굴의 흙집을 수리 했고, 사당도 쌓기 시작했으며, 아이는 (그날 밤에) 죽어 버렸으므로 당굴 들의 사당을 태어나게 했던 〈고행의 돌더미〉 속에다 묻어 주었다. 「어느 때든 한 새로든, 꽃으로든 피어나거라잉?」 그리고 점쇠는 주먹으로 눈물 을 훔치고 돌아섰었다. 「아마도 고행 속에 너의 거처는 있다. 그래서 어 느날, 너는 무엇으로든 피어나겠지.」

물론, 옛살던 집에서 씨앗 주머니니, 옷가지니 이불이니, 솥이니, 연장 이니 뭐니 생활에 필요한 건 무엇이든 다 갖다 놓은 뒤였다. 그리고 송아 지를 찾으러 다니다가 형님의 자상한 성품에 깊은 경모를 느꼈다. 송아지 뿐만이 아니라 처음서부터 있어 왔던 가축이라곤 모두 한 쌍씩이 남아 있 었다. 암숫 염소, 당나귀의 암수컷, 암숫 고양이, 소는 숫송아지 딸린 어 미소, 개는 묶여 있었는데 병든 인육(人肉)을 파먹을까 보아 그래놓은 것 같았다. 그것들은 어슬렁어슬렁 다니거나 편안한 자리에 줄곧 눈을 감고 나 있어서 모두 불러 모으는 데 꽤 시간이 걸렸지만, 사람 곁에서만 살던 짐승들이라, 구속이 풀리고 사나흘이 지나선 넘치는 자유를 어떻게 쓸까 를 모르고 지겨워하다가, 사람을 만나게 되어 기꺼이 자유를 되돌렸다. 그 리고 나서야 그들은 자유로왔다.

점심을 끝내고 점쇠는, 마을들을 둘러보려고 나섰다. 몇 가지 기대를 갖 고서지만, 물론 막연한 것이긴 했다.

그러나 섬은 온통 텅텅 비어 있었다. 문이 열려진 집도 있었고, 사립문 이 닫긴 집의 지붕에선 고추가 말라 가고도 있었고, 느티나무 가지에서 까 치가 짖고도 있었지만, 사람은 보이지 않았다. 보습은 녹에 먹히고, 개다 리 상판에 흘린 된장은 그대로 말라붙었지만 파리가 끓고 있었다. 점쇠의 기대는 깨어졌다. 이 땅 전체로 보면 풍증이나 노쇠 탓에 못 떠난 늙은이 가 한둘쯤은 있어야 마땅하며, 병자들이라고 다 죽었을 리도 없을 것이

다. 헌데도 집이나 전답들이나 어선들은 심장을 도려 패이고 껍질만 남아
시들고 있었다.

　의심스러워하며 터덕터덕 걸어오다가 점쇠는, 흑사병과 같은 몸으로 슬
픈 듯이 서서, 사람들이 떠나 버린 그 쪽 바다를 바라보고 있는 참으로 거
대한 입상(立像) 하나를 보았다. 〈빈들〉에서도 서너 마장이나 떨어진 소나
무 숲 옆의 반석 위였다. 성난 〈말〉이 배반하고 도망친 자기의 백성들을
저주하고 있는 것 같아서 점쇠는 와들와들 떨었다. 그래도 자기만은 남아
있으며, 더우기 〈말〉을 찾기 위해서였다는 그 용기로, 그리고 오늘에야
〈말〉의 실체를 만나게 되었다는 그 전율적인 기쁨으로, 점쇠는 손을 가슴
에 얹어 경외심을 나타내 보이며 다가갔다. 그리고 안 것은, 그것은 성낸
〈말〉도 아니며, 살아 있는 거인도 아니라는 그것이었다. 배신을 받은 것
같아 점쇠의 기분은 언짢았다. 장정 열 사람 정도의 크기만한 뿔난 도깨비
의 서투른 모상(模像)이, 찰흙과 짚북더미 같은 것으로 이뤄져 멍청해 있
을 뿐이었다. 그런데, 한 손엔 낫을, 다른 손엔 술잔을 들었는데, 기름기
있는 끄을음이 그 나찰의 전신을 까맣게 해놓고 있었다. 그것은 아마도,
섬의 심층에 태초부터 있어 왔던, 저 집단적 악몽의 한 표상이었으리라.

　쓴웃음으로 살펴 내리다가 점쇠는, 끝내 핏줄이 곤두서도록 토해내며
도망치기 시작했다. 무슨 제사에 참석하여 감독하고 돌아왔다던 형님이,
왼밤 내내 토해냈던 일이 기억되었다. 살이 갈라터진 새까만 대갈통이니,
갈비니, 팔이니, 발목들이 한사코 나찰의 다리를 부둥켜안고 뭔가를 빌고
있는 것이 구역을 일으킨 것이다. 그것 모두 인간의 것이었다.

　「바로 거기서 제사가 있었던 거다. 사대(四大)까지도 저들을 외면했군.
〈말〉까지도 거기에 오줌을 갈겼어. 대체 저들은 어디로 돌아갈 것이냐,
원 젠장맞을!」점쇠는 참을 수 없는 제사를 해대던 영악해진 사람들에
대해, 그리고 그런 것을 즐겼을 〈말〉에 대해, 느닷없이 치밀어 오르는 분
노를 참기 어려운 듯, 숨을 씨근거렸다. 「〈말〉이 누군가를 택하기 위해 저
리도 많은 대가를 받아 갔다면 택함을 입은 자가 누구든, 사람들은 그를
갈기갈기 찢어 죽였어야 마땅했다.」

　점쇠는 거의 기다시피 올라와, 당굴들의 무릎에 닳아 미끄러워진 반석
에 몸져 누웠다. 누이의 걱정스러워하는 눈치가 귀찮았지만, 애써 웃어
보이곤 저녁식사도 거절해 버렸다. 누이도 오빠의 심정을 짐작하곤 더 이
상 괴롭히지 않으려 조심했다. 그렇지만 맘은 찢어질 듯이 아팠다. 그녀
는 고행의 돌더미를 고행으로써 건너다보았다.

「대체 〈말〉은 있기나 있는가 ?」

　점쇠는, 한동안 미뤄뒀던 문제를 다시 생각하며, 오분의 일이나 이뤄진 사당으로 눈길을 보냈다. 「어쩌면 난 너무 욕심이 많은지도 모르지.」점쇠는 자기가 지나치게 흥분되었다고 생각하며 한숨을 쉬었다. 「이 정도에서 얼마든지 축복받았다고 생각할 수도 있는데…… 하기야 과분한 은총이지. 헌데 아무렇게나 만족해 버릴 순 없단 말야. 나타난, 감사한 일들에서 더 안방으로 들어가, 난 〈말〉의 진짜 살[肉]을 만지고 싶단 말야. 어쩌하여 내 핏줄 속엔 〈밭 갈고 씨 뿌리며〉 그런대로 행복하게 살 수 있는 그런 피가 짜 넣어지질 못했을까? 어째서 난 언제나 변덕이 심한 아주 못된 놈인가. 병균이 날 파먹고 있어.」

　점쇠가 당굴의 고뇌를 대행하느라 안타까와하고 있을 때, 설겆이를 끝낸 누이가 오빠 곁으로 와 조용히 앉았다. 그리고 찌들어진 오빠에게 위로를 주고 싶은 눈으로 내려다보았다. 누이의 눈은 크고 깊고 서글서글했다. 게다가 그 속엔 야성기가 이글거리고 있어 오빠까지도 섬뜩 섬뜩하게 했다.

　점쇠는 누이의 시선을 접하곤, 「역시 과분한 은총임엔 틀림없어」하고 입속말로 하곤 웃어 보이려 씰룩였다.

　「애야, 한두 달 가량은 아랫녘으로 가선 안 되겠더라. 그리고…… 내일부턴 밭을 갈아야겠어.」점쇠는 뿌지직 일어나 앉았다. 「오늘은 너무 무릴 했구나.」

　「전 오빠가 무슨 생각을 하셨나 다 알아요. 생각 안 할 순 없나요?」

　「……」점쇠는 넋을 잃고 누이를 바라보기만 했다. 둘이의 얘긴 더 계속되질 못했다.

　어둠이 칙칙하게 휘감아들었다. 둔하게 물결지는 동백숲은 뻘에 젖은, 치마폭 같았다.

　「오빤, 저에게, 아무 것도 안 묻나요?」

　아주 이슥해졌을 때, 누이가 입을 열었다. 「누구의 애였느냐구 말예요.」누인 몹시 더듬었다.

　점쇠는 뜻밖의 말에 어리둥절해 누이를 빤히 건너다보았다. 표정은 어느 쪽이고 보이지 않았다. 「지금 그런 얘길 해서 뭘 하지? 아이가, 아이가 말이다, 아이가 살아 있지도 않은데.」점쇠는 어중간한 음성으로 말하며, 드리워진 누이의 머리칼을 쓸어올려 주었다.

　「그 사람이 그립겠지 ?」

「아, 아녜요.」누이의 음성은 흐느낌에 섞였다.「미워했어요. 이젠 **밉지**
도 않아요. 벌써 잊은걸요.」
「널 병자라고 〈빈들〉에 버렸던 걸 생각하면 가슴이 아프다. 용서해다우.
무섭지 않던?」
「무서웠어요. 허지만 죽을려 했댔거든요. 그래 병자들과 더 가깝게 지내
기도 했어요. 병도 옮지 않더군요. 누구도 원망할 수 없었어요. 아버님과
오라버니들께 욕될 것만 걱정스러웠어요.」
「사냥개처럼, 율법이나 지켜야 하는 족장가에 태어났다는 그 숙명에 당
한 거다.」
「배가 떠날 땐 정말 슬펐어요. 저는 멀리서 배떠나는 것을 바랬을 뿐인
데, 그때부터 복통이 시작되었기에,」
「네가 지금 몇이던가?」점쇠가 불쑥 누이의 나일 물었다. 화제를 바꿀
겸, 형님이 자기 나이를 묻던 걸 기억하고서인 듯했다.
「……」누인 의아스러워 오빠를 빤히 쳐다보며 울고 싶은 듯 입술을 움
지작이다「열……아홉이에요.」하고 서툰 음성으로 대답했다.
「그래, 나도 안다 알아. 섬순인 몇이던가?」무슨 그리움 같은 것이 치
올라 점쇠는 섬순이 나일 물었다.
「섬순이요?」누인 까닭도 없이 가늘게 떨었다. 그래서 대답하지 않고
고개를 푹 숙였다.
「이젠 들어가 자거라. 이슬은 몸에 해로와요, 산후잖니 넌.」
「오빠도 들어가세요. 저 혼잔 무서워 잠이 안 올 거예요.」누인 솔직하게
고백했다. 점쇠는 이렇게 말하는 이 암노루 같은 계집애를 꼭 껴안아 주
고 싶은 충동을 느꼈지만 참았다. 점쇠의 그리움은 바로 이런 것이 닿고
있는 것이었다. 성숙된 입술에 입술을 처음 댔던 때의 뜨거움이 부끄럽지
만 체취 높게 떠올랐다.「오빠가 밖에 있는데 무섭긴? 이불이랑 잘 덮고
좋은 꿈 꾸는 거야.」
「싫어요, 무서운데 좋은 꿈이 꿔지나요 뭐?」누이는 어느덧 응석기를
띠었다. 스스로도 기대 못 했던 응석이었는데, 섬순이에 대한 이야기가 이
상하게 작용했다.
「거어참, 후후후, 하는 수 없군. 아가씨님, 그럼 들어가세나.」점쇠는
너무도 사랑스러운 이 계집애를 번쩍 들어 안고 거적을 젖혔다. 누이는
부끄러워 어쩔 줄 몰랐으면서도 좋아하며 눈을 감았는데, 눈물을 병아리만
큼 빼꼼 솟아올려 놓았다.「정말 아주 무서운 밤이라면……」누이는 **막연**

히 그런 생각을 하곤 몰래 얼굴을 붉혔다.

「넌 도대체 언제나 이 모양으로 맹추란 말야. 아직도 어린앤 줄 아니?」
점쇠는 형님의 목소리를 꾸며 핀잔을 주고 아쉬운 듯 누이를 내려 뉘었
다. 그리고 베개까지 베어 주고, 자기는 거적문 쪽에 누워 홑청에다 발만
조금 넣었다.

그리곤 둘다 별말 없이 잠을 청했다. 그러나 둘에게 다 잠이 잘 안 왔
다. 누인, 젖이 불어난 고통이 가져다준 가슴 허전함으로 오빠보다 더 뒤
척였다. 게다가 마음속에선 해 버려야 될 얘기가 끓고 있었다.

「오빠, 주무셔요?」부스럭이다 참지 못해 누이가 말을 걸었다.

「……. 내일은 동백 열매를 따서 불킬 기름을 좀 준비해야겠다.」

「애는, 저어, 애는, 바, 바람쇠 애,」

「엥?」점쇠는 누이의 말이 채 끝나기도 전에 솟구쳐 앉았다. 「바, 바람
쇠 애라구? 바람쇠?」점쇠는 더듬거렸다. 「하, 하필이면.」점쇠는 맥을
풀었다. 「하, 하기야, 그, 그 사람은,」점쇠는 감정을 억제하려 무진 애
쓰며 「남자다운 남자였어.」하고 병적으로 체머릴 흔들었다. 누이는 쓰러
져 어깨만 들먹였다.

「그 사람은, 큰형과는, 둘도 없는, 친구였고……집엘 자주 드나들었지.
하기야 그땐 모두 마지막 날을 살았으니……」점쇠는 멍청스레 씨부렸다.
눈물 젖은 누이의 뺨이 발바닥에 느껴졌다. 「누, 누구에게나 끝날이었어.」
시집도 가지 않은 산고를 치르느라 사자(死者)들 속에 던져웠던 가여운 누
이를 너무 괴롭혀서는 안 되겠다고 맘 속으론 다짐하면서도 그게 안 되었
다. 그래서 점쇠는 조용히 일어나 밖으로 나와 불은 꺼지고 파도 소리만
높은 땅을 터덕터덕 걷기 시작했다.

이튿날은 암소에 멍에를 매워 밭을 가는 일을 했다. 오랜 가뭄으로 땅
은 굳을 대로 굳어 있어 소가 괴로와했다. 굳은 땅과 암소의 땀방울에서
점쇠는 〈말〉에 맞선 자기를 보게 되어, 그래서 좀 일찍 소를 쉬게 하고,
쌓던 사당을 계속 쌓아 올렸다. 물론 본래의 모습대로 쌓을 순 없었지만,
기초는 완전히 된 셈이고 석양녘으로만 쌓아도 한 스무 날만 더 쌓으면 모
습이 드러날 것 같았다. 사당을 쌓아 올린다는 일은 점쇠에겐 〈말〉을 향한
피나는 추적(追跡)이었다. 물론 당굴들의 백골과 섬돌이 모자의 뼈를 아꼈
다. 그건 〈말〉에게 바친 흠없는 제물들이었던 그 때문이었지만, 그러나 사
실로는 점쇤 그 뼈들을 혐오하고 있었다. 이 위장된 〈말〉들이 〈말〉의 실체

앞에 가로 서서 〈말〉을 몇 백년이나 숨겨 온 것이라는 그 때문에——.

　생활은 날이 갈수록 익숙해지고 때가 묻어가기 시작했다. 누이도 아무추억도 맺어져 있었지 않은, 핏덩이에 대한 짝사랑도 조금씩 잊어버리고, 흠없던 옛날 모습을 되찾아 명랑하고 활기로왔다. 갑자기 더 성숙해지고 세련되어 보여, 점쇠는 때때로 놀라 멍하니 누이를 바라보곤 했는데, 그 건 아마도, 남자를 충분히 경험해 보았고 애를 낳아도 보았으며, 게다가 근육도 뼈도 살빛도 눈도 수염도 좋은 남자와 매일을 같이 지내는 사이 그렇게 물이 오른 것 같았다. 그녀는 오빠가 넋 잃고 자길 보다가 황황히 돌아설 때는 자신도 모르게 한숨을 불어대곤 했지만, 그늘은 지지 않았 다. 살찐 암당나귀를 닮아만 갔는데, 오빠가 사당에만 전심전력을 기울 일 때면 몰래 사당을 향해 눈을 흘기곤 했다.
　닭도 알을 낳기 시작해서 벌써 세 개나 모아졌고, 당나귀 부부는, 어저 께 오빠가 밭갈이에 여념이 없었을 때 교미를 했으니 얼마 안 있어 새끼 를 낳을 게다. 송아지는 송아지대로 나날이 사내 근성을 드러내며 자랐고 고양인 좀 말썽꾸러기지만 낮잠을 잘 잤다. 고양이가 누워 있는 곳이라서 토방엔 햇볕이 찾아들었다. 염소는 아직 음양의 이치 속을 모를 듯했지만 개들은 사춘기에 들어선 모양으로 서로 너무 액기(腋氣)를 탐해싸서 보기 가 싫었다. 돼진 먹는 데만 홍침되어 나중엔 제놈의 배때기 속에 빠져 허 우적이다 죽을 것 같았다. 아직 오빠에겐 당나귀 부부 애길 못 하고 있지 만, 멀잖아 새 식구가 불어날 경사이므로 불일간에 하긴 해야 할 것이다. 그 애길 꺼내고 싶을 때마다 누이는 자신도 모르게 구름 조각을 살피곤 했다. 그리고, 〈고행의 돌더미〉 아래 묻힌 애의 기억을 더듬어내려, 하복 부에 손을 가져가 있을 수 없는 꿈틀거림을 기다렸다. 거기에도 사실로 〈고행의 돌더미〉는 있었다.
　헌데 비가 좀 축축이 내려야 씨앗을 뿌릴 터인데, 비가 오지 않아 걱정 이었다. 샘까지도 물이 줄어들고 있는 형편에 씨앗만 뿌려놓고 하늘이나 보고 있을 수도 없었다. 엷은 구름 한장 몸가리지 못한 하늘도 가난했 다. 땔감도 반달치는 쌓였고, 이것 저것 먹고 사는 데 필요한 것은 대략 며칠분씩은 준비를 해뒀고 해서, 비오기를 기다리며, 그런 동안에 사당을 쌓는 데 전념해 점쇠 생각으론, 모레쯤은 제사도 드릴 수 있으리라고 했 다. 그런데 점쇠에겐 사당이 차차 모습을 이뤄 가고 있는 것이 걱정이었 다. 〈말〉의 발현된 뜻의 그 뿌리를 캐어내질 못했으니, 사당이 다 이뤄진

144

다더라도 벌 없는 통이나 같은 것이 아니겠느냐는 것이다. 이 문제로 점
쇠는 몹시 초조해져 〈고행의 돌더미〉 위에서 무릎이 까지도록 앉아 있어
보기도 했었다.

헌데 그날 오후부터, 그렇게도 기다렸던 비가 한줄기 잘 내릴 모양으로
구름이 불려 오며, 바람은 강풍기가 있었다. 배카 떠난 날로부터 꼽아 보
면 열 아흐레가 흐른 날인 것이다.

저녁 식사를 끝내고 오누이가 가까이 앉아 기둥에 걸린 초롱이나 보고
있을 즈음엔 사위가 정말 좁혀들었는데, 빗방울이 후두둑이며, 동백숲을
쓸어가 버릴 듯이 바람이 일었다. 둘이는 공포 반 기쁨 반으로 자기들도
모른 새 얼싸안았다. 누이는 목이 메어했다.

「정말 감사할 일예요, 그렇죠?」

「……」점쇠는 말을 못 했다.

「그나 그뿐이게요?」누이는 전신이 뜨거워짐을 느끼며 속삭였다. 「새
식구가 하나 더 불 거예요.」누인 떨었다.

「새 식구라구, 새 식구?」

「당나귀가 말예요, 저어……당, 당나귀가.」

「당나귀? 그럼 그게 새낄 배고 있었던가? 저런!」

「아이참, 오빠두! 새, 새끼 낳으려구……」

누인 오빠의 목밑에다 얼굴을 처박고 어색하게 키득거렸다.

「새끼 낳으려구……」

「어어, 어응, 헛.」점쇠는 그제서야 누이가 말하고자 하는 뜻을 알아차
리곤, 부끄러워하는 것도 당연하다 싶어 팔로 누이의 얼굴을 감아 숨겨
주었다.

폭풍이 흙집을 날릴 듯 거세어져 가면서 우뢰가 팔방으로 부서져 갔다.
섬도 자길 묶은 닻줄을 끊고 되는 대로 기우는 모양이었다. 둘이는 서로
끌어안고 있는 걸 알았지만, 왠지 팔을 풀지 못했다.

「오빠!」누인 머리를 빼올려 당돌하게 점쇠를 올려다보았다. 누인 아
주 낯설어 보였다. 볼엔 눈물이 흐르고 있고 팽팽해진 입술은 반쯤만 열
려 꿈틀거리며 뜨겁게 쌔근거렸다. 갓을 썩운 초롱이 새어든 바람에 혼들
려 돌이의 얼굴을 무섭게 혼들며 홀뿌렸다.

「……」점쇠도 거칠게 숨을 헐떡이었으면서도 팔을 획 풀고 돌아앉아
버렸다. 그리고 괴롭게 생각했다.

「저 죽었던 애를 되살려야겠어.」

「자꾸 말예요, 오빠 자꾸, 무서운 생각이 자꾸 드는 걸요 오빠!」 누이
는 오빠의 등에다 흐트러진 머리칼에 쌓인 젖은 뜨거운 볼을 문지르며,
두 팔을 오빠의 겨드랑 밑으로 돌려 오빠 가슴의 털을 쥐어 뜯었다.
「내일은 어떻게 되죠? 오빠, 모레는요? 십년 후에는요, 네?」

　그리고,
　속박에서 벗어난, 완전하고 훌륭한 여자라는 자부심과 노곤함으로 혼곤
히 자다 말고 누이는, 어떤 전율 때문에, 옆자리를 더듬다가 남자가 만져
지지 않아서, 당황되히 부르며 빗발 속으로 뚫고 나갔다. 그리고 그녀는
아직 날이 채 밝기도 전의 후둘기는 빗발과 번개 속에서 자기의 남정네가
뭔가를 미친 듯이 해대며, 헛소리처럼 알 수 없는 말을 각혈하는 걸 보고
들었다. 그는 온전히 미쳐 버린 듯했는데, 그렇게도 애써서 땀과 신앙과
정성으로 쌓았던 사당을 헐어내고 있었다.
「오빠, 대체 무슨 짓예요 네? 그러지 마세요 마세요 정말 마세요!」
　점쇠에겐 그러나 아무 소리도 들리지 않은 듯, 와그르 와그르 돌만 밀
어냈다. 벌써 밑뿌리 가까이까지 흩어져 있는 걸로 보아선 꽤 오랫동안
그것을 했음에 틀림없었다.
　누이도 더 말하지 않았다. 그리고 벗은 몸을 부끄러워할 줄도 모르고
오뚝하니 서서 오빠를 지켜 보았다. 뭔가 온몸으로 여울져 휘감아 오는
자학적인 쾌감을 비의 학대 속에서 즐기며 오빠가 그 일을 끝냈을 때까지
그냥 그러고 있었다. 「오빠는 세 개의 남자는 아니야, 이젠.」 누이는 생각
했다. 점쇠의 행동이 누이에겐 고백으로 보였다. 〈말〉의 사람도, 율법의
사람도 아니라는. 다만 한 계집만의 남정네라는. 그래서 누이에겐 천둥도
무섭지 않았고, 번개도 정다왔고 비가 춥지도 않았고, 통쾌하기만 했다.
　점쇠는, 당굴들의 뼈무더기까지도 다 헤쳐 던지곤 질서 없는 돌더미 위
에 쓰러져 폭우처럼 흐덕거렸다.
　날은 완전히 밝아졌는데, 바람과 빗줄기만 더 거세어 갔다. 섬은 얼마
나 멀리까지 떠 흘러 왔는지 모른다.
　그렇게 둘이는 오랫동안 있었다. 누이는 실 한올 걸친 것 없이 통곡하는
사내의 푸들리는 근육에, 점쇠는 돌덩이 밑으로 흐르는 당굴들의 영혼 같
은 황톳물에, 정신을 잃었다. 그러나 점쇠가 충혈된 눈으로 앞을 바라보
았을 땐 거기에, 풍염한 대지(大地)가 기막히게 비옥한 음부를 열고 유혹하
고 있었으며, 버마재비의 암컷이 이를 갈며 〈말〉이나 같은 그런 무엇을 찢

146

어 죽이려 하고 있는 것이 보였다. 피가 솟도록 눈을 치뜨고 보아도 여전히 그랬다. 그것은 점쇠를 견딜 수 없게 했다. 점쇠는 찢기고 터지고 긁혀 걸레쪽이 된 몸을 간신히 일으켜 비척이며 그것을 향해 돌진했다.

누이는 눈 한번 깜빡이지 않고 오빠를 쏘아보았지만, 형언 못 할 공포로 부들부들 떨다 무릎을 꿇었다.

누이 곁에 다가온, 욕망으로 변해 버린, 이 독사는, 그리고, 무지막지하게 누이의 머리채를 나꾸어채, 착 한번 누이의 목에 휘감아 쓰러뜨리더니 누이의 온몸을 핥고 물어뜯기 시작했다.

「죽이지 마세요, 네? 죽기 싫어요!」 열사의 지렁이처럼 꿈틀이며 누이는 애원했는데, 그렇다고 공포나 고통에서 비롯된 것만은 아닌 듯했다.

그리하여 두 사람은, 쉼 없는 우뢰와, 대숲 같은 비와, 장막 같은 안개 속에서, 한몸으로 휘감긴 뱀이 되어 버렸다.

그런데 점쇠의 영육이 타들고 있는 것만큼 누이 목의 머리칼도 자꾸 더 파들고 있었다. 동시에 점쇠의 하복부에 누이의 수축과 흡입이 소금 같은 쾌감으로 느껴져 왔다. 그때에야 점쇠는 자기의 피와 혼이 산화(散華)되고 있음을 아스라히 보았다.

<h2 style="text-align:center">3</h2>

「버마재비의 암컷은, 그건 어쩌면 나였고 너는 아니었다. 어쩌면 그리고 몇백 년이나 굳어 온 율법이었다.」

아직도 줄기차게 비가 퍼붓는 음부(陰府) 같은 그리고 폐쇄 같은 그런 밤의 심연 바닥에 정지(靜止)처럼 점쇠는 앉아, 식은 여인의 심장에 입술을 붙이고 있었다. 그때로부터 지금껏 한번도 점쇠는 울지 않았다.

「난 너를 아마 지나치게 사랑했다.」

식은 여인을 보석인 양 어루만지며, 점쇠는 그의 정지로부터 서서히 깨어났다. 점쇠의 음성은 결코 침통하지 않았다. 명오(明晤)가 열리는 모양이었다.

「허지만 널 죽이길 잘했어!」 선언하듯 외치고 점쇠는 다시 음미하듯 읊조렸다. 두 알몸의 꼭 같은 표정을 핥으며, 번개가 지나갔다.

「네가 나를 분만했구나. 네가 없었더라도 어느 때엔 허긴 이렇게 되긴 했을 것이다. 소의 죽음이, 닭의 죽음이, 아니면 피었던 꽃의 죽음이, 이렇게 만들었을 것이다. 나를 봐라, 내 속에서 넌 너의 새 삶을 보게 될 게다.」점쇠는 누이의 얼굴에서 비를 빨아들였다.

「난, 목매단 자를 매달고 있는 나무껍질이 그 껍질을 씹는 사람의 생명을 연장시켜 준다는 것이거나, 병으로 곧 죽어가는 환자를 살리기 위해, 열두 매로 염(殮)한 닭을 환자 옆에 놓고 주문 몇 마디 써부린 뒤 닭의 목을 자른다는——생명이나 죽음의 그런 대행(代行)을 생각했다. 쑥잎 한잎이 시들어 떨어지면 얼뜻 그 쑥잎과는 아무 혈연도 없는 뱀알이 하나 깨일지도 모르며, 고양이 한 마리가 늙어 죽으면 섬돌이네 지붕의 박꽃 한 송이가 망울을 틀지도 모른다. 나는 지금 〈말〉에 대해 얘기하고 있는 것이 아니다.」

점쇠는 눈을 지그시 감고 이마로 해서 타 내리는 비를 즐겼다. 입술이 가늘게 씰룩여지고 있었다.

「〈말〉은 아마 있을 게다. 그래서 난 그를 죽이려 사당을 헐었다. 하필이면 누이를 오빠에게 줄 수 있느냐고 나는 대들었댔으니까. 때였어, 너무 두텁게 낀 때였어. 하기야 따지고 보면 넌 누이이기 전에 여자긴 했다.」

점쇠는 누이의 굳은 젖꼭지를 손바닥으로 뱅글 뱅글 굴렸다.

「난, 풀에서도, 송아지에게서도, 물결에서도, 한낮에도, 자주 〈말〉을 느낄 수 있었다. 송아지가 남아 있는 걸 알았을 때, 아기 울음 소리에 귀가 멀었을 때, 여자인 너를 발견했을 때, 난 〈말〉의 속깊은 뜻을 만졌었단 말이다. 〈말〉이 아니면 이뤄놓을 수 없는 일들이었다.」

번개가 다시 여인을 사르며 사라졌다. 여인의 목엔 아직도 머리칼이 감겨 있었다. 점쇠는 여인의 목을 파고든 무자비한 머리칼을 조심스레 풀어 간추리기 시작했다. 점쇠는 무엇에 도취되어 있지도 않았고, 혼미한 의식도 아니었다. 너무도 맑아 있었다. 섬세하며 명석했다.

「그러나 〈말〉은 아마 없을 게다. 돌이니 풀이니 송아지니 하는 것들에서 느꼈던 〈말〉은 그것들의 정조(情操)며 생명 그 자체였을지도 모른다. 돌에게서도 난 생명을 느꼈으니까. 따지고 보면 송아지나 아이나 여자가 남게 된 것도 그럴 만한 충분한 이유가 있었다. 거기에 〈말〉의 뜻이 있었던 게 아니라 인간의 예지와 실명(失明)이 있었던 것이다. 하기야 그것 모두 〈말〉의 지시였다고 해도 된다. 〈말〉을 죽인 자들이 이뤄놓은 우연이라고 해도 안 되는 건 아니다. 그렇다고 내가 뭘 의심하고 있는 것도 아니다.」

간추린 머리칼을 점쇠는, 팽배된 채 있는 누이의 두 젖무덤 사이에다 놓아 주었다.

「난 지금은 다만 새나 풀이나, 짐승이나 돌 같은 그런 것들을 생각하고 있을 뿐이다. 그것들은 〈말〉 따윈 생각지도 않는다. 그것들은 〈말〉이 있다고도 안 하며 없다고도 안 하며 있는지 없는지 의심하여 생각지도 않는다. 누이니 오빠니도 생각지도 않는다. 그러면서도 그것들은 훌륭한 삶을 살고 있다. 그것은 그것들이 바로 〈말〉 그것과 비슷하기 때문인지도 모른다. 그것들은 만약 〈말〉이란 것이 따로 있다면 〈말〉도 친구가 없이는 너무 쓸쓸한 터인고로 〈말〉 쪽에서 먼저 얘기를 걸어 줄 것이라는 초연한 태도이다. 사람만이 타락되어 불행하게 살아왔다. 사람은 어떤 근원으로부터 스스로를 버림받게 했기 때문이다. 그들의 영특함으로 그런 거야, 글세 그런 거야.」

번개가 백송의 맨 윗가지에서 부서지며 가지를 찢고 태웠다. 그때마다 여인은 달처럼 떠올랐다.

「난 새벽에, 두터운 껍질을 벗기우는 모진 아픔을 경험한 거야. 그래서 넌 죽었다. 수백 년이나 걸려, 이젠 집처럼 쌓여져 버린, 그렇지만 박락(剝落)되어져야 했던 모든 껍질을 대신해서 난 그 수천 년의 몰락으로부터 그 본래 자리로 한순간에 되돌아오는 현기증으로 무섭게 떨었다. 그러고 보니, 한때 너무도 혹암에 찼던 이 땅이 온전히 새롭게만 보인다. 묵고 거칠어지고 이지러진 껍질 속에 숨겨져 있었던 풍염한 젖통이가 드디어 열린 거야. 인간만이 볼 수 없었던, 그리하여 스스로를 제외시켰던, 태고적의 그 어떤 숨결 같은 것이, 젖 같은 것이, 샘솟는 것을 되찾은 것이다. 그것이 바로 자정(子正)의 의지(意志)였다. 땅의 맥관을 타고, 줄기차지만 고요히 흘러 온 작용력(作用力)——그것이 어쩌면 내가 찾은 〈새로운 말〉이다.」

점쇠는 여인의 찬 젖꼭지를 힘을 다해 빨았다. 젖은 솟지 않았지만 빗물이 젖처럼 넘어왔다.

「사당 같은 건, 이제 생각해 보니 쌓을 필요도 헐 필요도 없는 걸 그랬다. 난 벌써 그런 건 볼 수가 없이 되었다구. 아직도 거기에 서 있더라도 내 눈은 그것을 못 보았을 것이다. 그것은 잃은 모습으로 서 있기나 할 테니깐. 사라진 모습으로.」

점쇠는 다른 젖꼭지로 입술을 옮겼다.

「너의 젖샘 속엔 태고적의 그 어떤 숨결이 괴어 있다. 그리고 내 갈증을 흠뻑 적신다.」점쇠는 그 젖통이도 이빨 자국이 나도록 빨다간 조용히 고개를 쳐들곤 누이의 왼손을 잡아 들었다.

「태고적의 그 어떤 숨결, 잃어버렸던 땅, 그 〈새로운 말〉, 자정의 의지,

그 여인——그것은 이 한우리의 고향이다. 이 한우리의 귀소(歸巢)다. 이 한우리의 어머니다. 그런데 나는 오늘, 옛집에 돌아와 있다. 사람이 살았다가 쫓겨난 옛집에.」점쇠는 족장 권위의 상징인 옥돌반지를 빼어 들었다. 「난 내가 나 하나만 고립되어 있는 생명이라곤 생각지 않는다. 벌써 죽음의 노래 소린 들리지 않는다. 내가 이것을 너에게 바치는 것은 나의 사랑을 네게 보여 주고 싶어 그런다.」점쇠는 누이의 맞는 손가락에 반지를 끼워 주곤 입술을 비볐다. 때 없고 너그러운 미소가 점쇠 얼굴에 피었다. 「내가 돌아가 귀의(歸依)했음을 표현하자는 것이다.」

점쇠는 잠들어 버린 여인을 소중하게 두 팔에 안아들고 일어섰다. 보이는 건 캄캄한 밤뿐, 팔 안엔 육중한 차가움.

점쇠는 천천히 어둠을 헤치며 걸어내렸다. 그의 대지를 주유(周遊)하고 싶은 마음으로, 이슬길을 가듯, 노래 같은 명오를 흘리며——.

차차로 포효하는 파도 소리가 높아져 오고 검은 물결이 일럭 일럭 점쇠의 발목을 삼키고 또 기어올랐다. 그래도 점쇠는 멈추지 않았는데, 파도까지도 점쇠의 발에 닿아선 대지로 화했다. 어둠도, 그리고 하늘도, 이 한우리 속의 모든 것이, 그리고 그것은 유혹적인 새로운 세계로서, 그의 발 밑에 감람잎을 깔았다.

「비가 개이는 대로 묵은 땅은 온통 불살라 버려야겠어. 폭우로도 다 못 씻은 낡음들을. 그리곤 씨알을 던져야지, 씨알을, 암믄. 이 여인의 몸에, 그 자궁에」. 그 밤 하늘로 그리고, 한 마리의 흰 비둘기가, 날아 올라갔다. 그것은 〈고행의 돌더미〉 속에서 푸드득이며 살아나온 것이다. 옴.

南　　道·1

　　그란디, 워짤놈의 비만 요롱게 짜들아지게 퍼부서쌓는지 참말이제 알수가 없구만 그랴. 멀기도 먼 물질(길) 저쪽 동네도 비만 오까? 비만 요롱게 오고 어둡기만 어두우까? 하메 달이 언간히 커졌을 긴디. 커졌을 끄라고 달이——. 석달을 내내 비만 오고, 달은 떠도 메물(밀)밭은 안 비(뷔)고, 석달을 내내 비만 오고……. 할마씨, 나도 언제는 죽을라고, 그럴라고 벵인개비요, 벵인개비요. 나도 인제는 큰 독(돌)이나 하나 몸에 짬(쩜)매고, 그라고 메물꽃 흐물트러진 속에나 눕고만 젎소, 참말이요. 하기는, 내가 벌쎄부텀 죽어 뻐렸는개빈디도 워디로 갈중을 몰라 혼백이 내요 몸을 요여(腰輿)삼아 그냥저냥 사는지도 모루긴 모루겠소, 모루겠소.

　　그란개 나도 늘 짜안했더니요, 늘 참 짜안했었더랑개요. 산에서 큰 큰 애기가 갯갓으로 시집을 와갖고서나, 산으로도 돌아도 못 가고, 돌아도 못 가고 바다에 묻혔이니, 참말이제 워찌 맘이 편컸소? 인재 산에는 단풍도 들 건디. 바람끝이 여간 참더라고? 단풍들먼 멀구(머루)술 담구고, 국화 따설랑 띄우고서냐, 그라고 말이라, 가메(가마)타고 시집갈 날도 생각했었더라먼서 흐흐, 얼굴을 뿕히더니, 글쎄 쉰이나 된 것이 얼굴을 뿕히더니——.

　　그러던 할민디, 그러던 할민디 말여, 고런 시집살이 석달도 못 돼, 글쎄 석달도 못 돼 과택(寡宅)이 되았구마는, 과택이 된 거라. 그날밤도 뚝 오늘밤맹이 요랬었제, 할마씨네 영감을 뺏아간 날도 요랬었다고. 「참말 이제 너무하요. 너무하요. 산호를 딸라고 갔던그라우, 진주를 딸라고 갔든그라우? 참말이제 너무하요, 물귀신님도 너무하요. 모진 것이 목심이라 묵고 살아 보자고, 묵고 살겄다고, 살겄다고 나간 것을 그랄 수가 있소, 참말 이제 그랄 수가 있는그라우? 참말이제 너무하요!」——할마씨는 삼백예순날을 울었구만. 그람선 울었어. 그랬어도 물귀신은 기척도 없었고 할마씨 흘린 눈물에 바닷물만 불어설랑 세펑 모래가 더 젖기만 젖었더라고.

비가 들치고 파돗소리가 더 커진 것 본개, 바람이 새로 또 시작되았는 개비구만. 메물밭 한 뙈기를 석말이나 망쳐놓고, 그라고도 또 부는개벼. 하매 달이 중천일 것인디, 그럴 것인디…….

워짜먼 하기는 또 모를 일이제, 하기는 모를 일이여. 멀기도 참말이제 멀드래도, 물질 저 건네 동네서 핀 메물꽃 그리메(그림자, 그늘)가 물 우에 떠 있다가설랑, 그래설랑 말이라, 요 비바람에 밀리고 또 밀려갖고, 요 아랫녘, 할마씨 젊었을 쩍 앉아 삼백날 울던, 돌팍에나 와 폈을지도 하기는 모를 일이여. 물 지내간 새복(새벽)에 보먼, 희디흰 거품도 참말이제, 많이 안 얹어 있더라고? 물질 삼만리 쉬엄쉬엄, 하기사 멀기도 머요.

그란디 참말이제, 비도 너무 와싼다, 참 너무 와싼다. 그렇드래도 하매 니얼 새복에는 무신 기벨(기별)이라도 있으까, 있으끄냐고? 그란디 고 괴기(고기)는 워디서 왔으까? 그랑개, 등은 짙은 초록빛이었제? 그랴, 그랬재. 그라고 뱃까죽은 고혼 다홍색이었더라고. 헌디 고 갈매기는 또 왜 죽었으까, 왜 죽었겄냐고? 그란개 고것이 원지쩍 일인디, 내가 자꼬 왜 요롷게 맘이 짜안하까? 괴기의 다홍색 배때기에 발톱을 얹고 고 새는 죽었등만, 그 괴기도 죽었등만. 그란개 고것이 원지쩍 일이여? 고 뒷날 부텀 그란개 나는 갯갓을 안 니려가 봤구만. 워쨌든 고것이 달 못 보고 샌 궂인 새복에 봤던 일인개, 가만있자, 그란개 석달은 되았겠구만, 그랴 석 달은 됐겄어. 물론 새복이먼 맘은 늘 할마씨 앉아 울던 돌팍으로 가 있으 먼서도 나는 안 갔제, 가덜 안 했다고. 그라다 본개 고 괴기는 워찌 되았는지, 고 갈매기가 워찌 되았는지 인재 나는 모루제, 몰룬다고. 그람선도 워짠 일로 맘만 자꼬 짜안하다고.

산(山)사람의 딸로 커갖고 갯가사람의 아들한테로 시집왔던, 쉰된 할마씨가 죽은 밤은, 그란개 달이 참 밝았었구만, 밝기도 밝았더라고. 죽기 전날 밤맹이 밝았었어. 헌디 죽을라고 쎴던개벼. 글써말여, 우멍하게 내 손을 다 잡데야. 흐흐, 그랬더라고. 우멍하게 그랬더랑개. 그것이 처음 아니겄는개비. 그람선 그라데야. 「이 불쌍한 할미 소원 하나 들어 줄란그라우?」 눈물이 맺혔등만. 나는 그때 또 맘이 짜안시러운 기, 나도 참말이제 울고만 젚데. 「머신그라우?」——이 말배끼 대처니 내가 머시라겠어, 내가 머시라고 했어야 되겄겄냐고? 참말이제, 사람끼리는 베믄시럽게 지 닐 것은 아니라, 참말이제 아니등만. 그런중만 나는 알고 있제. 그란디 말여, 고것이 맘대로 되는 일이 아니여. 글써 데문데문 지내다가도 워떤 날 꼼짝시럽게 베믄시러져 뻐리더랑개.

「나 영감님 배 한번만 타 보고저퍼 그러요. 배 한번만 태워 줄란그라우? 뚝 한 빈만 타 볼란개, 한 번만 태워 주쎄요 잉?」

「덕산댁, 그기 무신 말요?」이 말배끼 대처니 내가 머시라겄어 엉? 내가 머시라고 했어야 됐겄냐고?

「글매, 그냥 그라고자파 그라요. 죽기 전에 뚝 한 번만 말이요.」

「주 죽다니, 대처니 그기 무신 말요 잉?」

「……안 죽는 사람도 있는그라우?」할마씨는 울고 있등만.

「글씨, 그 글씨, 그렇단다고 그 무신 씰데없는 말을 다 하냐 말이냥개? 행이나 꿈질에서라도 못 할 소리요.」

「워짠지 그런 생각이 들어서 그랬지라우. 아이 영감님, 한번 안 태워 줄라요?」——흐흐흐, 하고 작것이 보다 보다 보잔개 나중엔 흐흐, 고 늙은 여수(여우)가 여수질을 떠는 기 아니겄어?

「원지 말요?」

「원지는 원지 겄소? 지끔 말이제.」

「에엑? 아, 이 밤쭝에 말이요, 이 오밤쭝에? 소소 소문,」

흐흐, 말은 고롷게 했으면서도, 그란개 한번 월뜻 정신을 차리고시나 나를 본개 글씨, 내가 막 담박질을 하먼서 언데기를 니려가고 있는 기 아니겄어. 그라고시나 또한번 정신을 채리고 본개, 어느새 닻은 잡아땡겨놓고 삿대를 단단히 쥐고 있더라고. 그랬어야 되는 고 속을 난들 워떻기 알겄어? 글씨 할마씨가 두 다리를 다 올려놓기도 전에 삿대질을 하다가 하매트먼 할마씨를 빠트러 뻐릴 뻔했을 지경이었단개로, 말 다했제. 워짠지 좋기도 좋으먼서도, 그란디 워짠지 맘이 짜꼬 으실으실거려지는 기 영 못 배기겄등만, 그렇기는 했어도 머시라고 통 할말도 없고, 그러잔개 사람이 뚝 환장해 죽겄등만, 그래서 첸장마줄 노질만 해댔다고. 대처니 내가 워째얐겄어, 워쨌으면 좋았겄냐고? 참 물결도 벨나게 최요웅했었제. 고런 속을 오월 제비맹이 갈르고 나갔다고. 그랴, 그런디 말여, 내 생각으로는 한 뒤 번 노질을 한 것맹이었는디, 글씨 워디를 바도 물배끼는 비는(보이는) 것이 없등만. 그래 내, 할마씨한테 물었제.

「인재 구만 돌아가끄라우?」

「……」

할마씨는 뚝 새각시맹이 얌전시리 앉아만 있었는디, 도대체 입을 열라고를 안 하등만. 그랴, 뚝 새각시맹이었다고. 그보당도 더 고왔으면 고왔제 못하던 안 했다고. 머시라고 하꼬, 글매, 머시라꼬, 무신 상(향)내라고 해야까? 바람 속에 흩어져 있다가 말이라 뭣 땜시 끕작시럽게 모여갖고 시나 고대로 그냥 소롯이 솔아뻐린(굳은) 고런 무신 상(향)내라고 해야 까? 그나 저나, 작것 한번 심껏(힘껏) 보듬아 뻐리고 싶은 걸 계우계우 (겨우) 참았제. 심껏 보듬아 뻐리면 그냥 고대로 전맹이 흩으러져 뻐릴 것 같기도 했지만은 말여.

「……심이 씨이지라우?」 그런디 할마씨가 말을 하덩만. 나는 고 작것이 그냥 솔아 뻐린 중만 알았더니, 그라더라고.

「아, 아, 시 심은, 무신 심이 씨이겠소? 워 워떻기 왔는지 나도 잘 모 르겠는디요.」

「그라먼 쬐꿈만 더 가 좋라요? 참 달도 좋고, 물도 좋구만요.」

「헤헤, 그 그런개비요, 그라고 본개. 참 달도 좋고 물도 좋구만요.」

나는 뚝 숫총각만 같은 생각이 들었다고. 하기사 내가 원지녘에는 총각 이 아니었겠는가마는, 그 그란개, 첫날밤을 맞은 놈맹이었다고. 참말이제 내가 원지 제집맛 한번이라도 봤어야 말이제.

「헌디, 할마씨 몸에 이슬이 안 해로우까 모루겠구만요.」

나는 또 정신도 없이 노질만 했다고. 참말이제, 두고두고 생각이지만, 고롷게도 맘이 얄궂어 본 적은 한번도 없었다고, 왜 그랬는지는 나도 모를 뿐이여. 나는 깨어 있는 것도 안 같았고, 자고 있는 것도 안 같았는개. 나 팽생을 술만 묵음선 살아 봤지만도 고로코롬 취한 적도 벨랑 없었다고. 그란개 머시 씼던개벼.

「영감님, 인재 구만 쉬지라우. 요만침이나 와도, 〈워디 조만침이라도 한 번 가 봤이면……〉 싶었던 그고지는 또 〈조만침〉 있기만 하고 한개 인재 구만 쉬지라우.」 그란개, 생각해 본 개 말여, 할마씨가 고롷게 입을 열었 던개비라. 헌디 아무리 생각해 바도 짚은(깊은) 뜻은 알 수가 없었등만. 그래 내 알아딛길(들을 수)동말동 요롱코롬 말해 줬제. 근디 나중에 되생 각해 바도 내가 말은 한 마디 잘했던 것맹이여.

「그런개로 늙는단 게 서럽운 것 아니겠는개비요. 삭신이 영 말을 들어 줘 야지라우. 젊었을 적에야 워디 고까짓껏 한숨에 가 뻐리제 요렇겄는그라 우. 젊었을 적에는 나도 심께나 썼다고 삼동(三洞)이 떠들썩했었는디……, 그란개 고것이 소싯적 원짓 일이여? 할마씨네 영감하고 나하고 그란개 핕(팔)씨름이 붙었는디 닭 울 때도 끝이 나덜 안 해.」

「그래도 맘은 참 펜하요.」 그란디 할마씨가 내 말을 가로막고는 엉뚱한 말을 해뻐려서 나는 좀 허퉁시럽어졌었다고. 「그려요, 산에라도 돌아간 것맹이 맘이 펜하요.」듣다 본개, 할마씨 말에는 곡조가 붙은 것맹이었제. 그라잔개 내 맘은 또 짜안시러질배끼——. 그래 등을 돌리고시나 뱃전에다 오른발을 얹고, 그라고 담배 한대를 통에 담아 물었제. 참 달도 좋고 물도 좋덩만. 글씨 쳐다보면 조막(주먹)만한 것이 니려다보면 바다 하나 가뜩(가득)이라고. 고 이치속을 나 같은 무식꾼이 워떻기 알 것는가만도 워찌되았든, 내 쬐꾸만 배가 고 달 속에 그리매를 빠추고(빠뜨리고) 떠 있다는 기 하도 요상(이상)틍만. 그래서 작것 옹골지게 춤을 한뎅이 몰아 택 뱉아떤지고 돌아앉아 뻐렀구만. 안 그러면 대처니 내가 워쩔 것이여? 배부르고 등 따수면 되았제, 고런 것이 다 요상하면 첸장 워쩔 것이여? 벨 씨잘데(쓸데) 없는 것에 맘뺏길 일은 아니라고. 그라믄 머 밥이 나올 기여, 돈이 생길 거여? 그것이 다 머 말라삐틀어진 것이었어? 그래, 나 혼자 생각에, 배부르고 등 따순 것만 갖고는 못 사는 양반들이란 건 전생에 무신 큰 죄를 진 것이라고 했구만, 허어 그런디 말이라, 참말이제 말이라, 고롷게 춤을 한번 택 뱉고 났어도 말이라, 워짠지 말이라, 글매 말이라, 나도 전생에 무신 큰 죄를 졌던 것맹이 자꼬 춥더라고. 그랴, 고건 추운 바로 고런 것이등만. 그란개 제집이란 건 요물이라. 고런 밤을 내가 한두 번 지내 봤겄는가? 요래 비도 바다서 자라갖고 바다서 늙은 놈인디. 그란디 고로코롬 끕짝스럽게 전생 죄꺼정 알아낼 기 머겄어? 거 다 요물이 껴서 안 그렇겄는개비.

「영감님 무신 생각을 고롷기나 골똑히 하요? 이 탁배기 한잔 안 잡술라요? 참 달도 좋고 물도 좋구만요.」

「예? 다, 달……, 무, 물…… 아 그렇지라우 참. 허, 헌디, 타, 탁배기는 웬것이요?」

「아 올 때 안 갖고 왔는개비네요. 자, 요리 오시겨요.」

「그려요 잉? 난 또 몰랐구만이라우.」

「엣서라우, 뻘컥뻘컥 잡쉐겨요.」할마씨가 탁배기그럭(그릇)을 내밀등만. 나는 참말이제 어리떨떨해서만 있었는디, 술을 본개 갑째기 목이 마르고 좋아서, 나도 모루게 뽀짝(바짝) 가서 훔치드키(듯이) 잔을 받았당개.

「헤 헤헤, 아, 이, 이참, 생광시럽어 말도 못 하겄는디요.」그람선 두 모금에 다 마시 뻐렀제. 「머슬 요런 술을 다 갖고 왔는그라우. 자, 할 할마씨도 드시겨요, 드시겨요. 고참 꿀맛인디.」그렇지만, 참말이제 나는 술맛도 알 수가 없등만, 소금물을 묵었는지 꿀물을 묵었는지 알 수가 없등만, 참말로. 그랬으먼서도 주는 대로 다 받아묵었제. 할마씨도 거퍼 석잔이나

했을 기여 아매. 해여튼지간에 쪼끔 지낸개 얼얼해져 올라오는디 울고
싶기도 하고 죽고 싶기도 하고 한 것이 영 걷잡을 수가 없등만 그라고도
술은 많이도 남았는디 알고 본개 고것이 베믄시런 술이 아니었던개벼. 탁
배기는 아녔다고.

「원지녁인지는 나도 모르겄소. 한해 가실(가을)에 산에를 갔다가 멀구
뒤 되 따고, 국화 몇 잎 따다가설랑 담가서 실경(부엌 시렁) 밑에 파묻어
뒀다가 오널 해거름판에사 파내 본 거요.」

「헥, 고 고 고런 걸! 아 고런 걸 내가 요만침이나 마시 뻐렸구만이라
우. 고 아깝운 걸! 고걸 멘서기 나리한테라도 대접을 했드면, 그랬드면
참말이제, 나이롱치매 한감 값은 얌전시리 나올 것인디, 헤엑 요런.」

「……영감님 너무 그래쌓지 마시오. 주모 노릇 멫십 년에 내, 공술 한잔
안 디려 봤소만, 그래도 그래쌓는 기 아니요. 내가 머 너무 돈만 알아서
그란 것도 아니고, 맘이 없어서 그란 것도 아니오.」

「에엑 거 무신 말씀을? 당초 그런 말 매겨요.」그란디 내 말은 워짠지
이가 빠진 것맹이었어.

「고롷게 애탕가탕 번다고 이고 가겄소, 지고 가겄소, ……안 할 말을 내
하요만, 그래갖고 내, 절을 하나 지었소.」

「아니, 저, 절을 말인그라우?」

「그려요, 석고개 너머 새 절이 그것이요.」

「아하, 그란개로! 고 속이 그랬구만.」

「헌디, 타뻐렸소, 타뻐렸어라우!」

「타뻐리다니, 고런 쑤악(흉악)한 짓이 있어? 아니 고런 쑤악한 짓이, 대
처니, 고런, 고런,」

「태워뻐렸소, 태워뻐렸다고라우! 내가 태워뻐렸어요, 내가 어지 저녁에
태웠단개요, 내가 태웠다고라우!」——할마씨가 미친 것맹이 씨분댔다고.

「……」

「나도 모르겄소, 왜 그랬는지는 참말이제 나도 모른다고요.」

그람선 할마씨가 내 품에다 얼굴을 파묻덩만. 그람선 울었제. 내가 워
짜겄어, 대처니 내가 워째야 됐겄냐고? 그래서 그랬제. 「잘했는개비요.
잘했는개벼요.」그란디 아무리 생각해 바도 머슬 잘했다고 했는지는 영
알 수가 없었제. 워찌되았든 잘한 짓맹이긴 했을 뿐이제.

「잘했다고라우?」울다가 말고 할마씨가 워짠 일로 나를 빤히 운려다보
등만. 「……그려요, 잘했지라우, 잘했어요.」

「헤헤헤, 아 그렇고 말고라우? 아 고런 일 같았으면 내가 해 줄 것인디, 참 잘못했구만이라우. 츠츳.」 나는 실맹(신명)이 났제. 헌디 할마씨는 좋아하덜 안 할 것맹이었어. 살쩨기 내 품에서 빠져나가 뻐리데. 그란디 그 때는 울도 않고 웃덩만. 그랴, 웃었어. 뚝 멍충이맹이 웃었어. 요상하게 웃었다고. 그래서 나도 웃어 봤제. 웃어지던디.
「왜 태워뻐렸는지는 묻도 안 항만요.」 웃음선 할마씨가 말했제.
「아참, 그렇지라우. 헤헤, 그려요. 그란개 나도 고걸 물어 볼라고도 맘 묵었었는디 그만,」
「……」
「……」

최요옹했제. 그때는 달도 안 좋고 물도 안 좋았어. 워짠지 시나부로 맘 속이 비어 뻐리기 시작하더니 나중에는 달빛만 꾹꾹 눌러져 차 넣어져서 숨이 맥힐라고 했제. 그람선 달빛 냄새가 목구멍으로 넘어오는디 문지(먼지) 냄새가 나고, 가문(가뭄)내가 나고, 영 죽겄등만. 본개 할마씨가 달만 쳐다보고 있음선 노래를 했는지도 모르겄어.
「……그란개 내가, 그란개,」 할마씨가 한식경이나 있다 입을 열었는디 워짠 일로 반버버리가 된 모양인지 떠듬거리드라고. 「내가 살아온 것이, 고 것이 말이지라우, 뚝 탑 싸듯기 살아왔던 것맹이었지라우. 절 짓드키……. 그란디, 절 낙성식이 끝난 날 밤엔 내가 밤새도록 울었단 건 아무도 모를 것이요. 죽을라고도 했소. 워짠지 허퉁한 기, 내 목심하고 영 인연이 끊 어져 뻐린 것만 같았지라우.」
「에엑, 거, 무신, 그런,」
「호호호, 그려요, ……후유우, 헌디 영감님은 대체니 워떻게 혼자 살아 왔는그라우? 월매나, 월매나 쓸쓸했으끄라우, 쯔츠츠,」
「나 나라우? 헤, 헤, 내 내사 태 태어날 때부텀,」 고자로 태어났은 개 그럴배끼 더, 있었겄는 개비요?—— 할라다가 구만됐제. 그런디 구만두 기를 월매나 잘했던지 지끔은 모르겄어. 그런 대신에 요번에는 내 쪽에서 큰맘 한번 묵고 할마씨의 손을 꽉 잡았제. 그랬었다고! 손도 그런디 고 로코름 보드럽을 수가 있으까, 엥? 고럴 수가 있으끄냐고. 할마씨는 그 란디 워짠 일로 고개를 떨쿠고 포로로 포로로 떨고 있었다고. 그래서 굉 장히 추운 모양이라고 생각을 했었제. 그려, 고롱게나 떨었당개. 뚝 비맞 은 삥(병)아리맹이 떨었어. 참말이제 너무 너무 안씨러워 못 보겄등만. 대 처니 나이는 워디로 다 묵었간디 고롱게나 어리고 애리애리했으까? 작것 참말이제, 고런 걸 보고서야 가만이 있을 수가 없등만. 그래 콱 끌어멩겨 보둠아 뻐리고 말았제. 워디서 고런 숫기가 솟아났는지 나도 몰루제. 하 그란디 보게야, 그랬더니 요 작것이 되떼(도리어) 저쪽에서 무장무장 더 파고들어오는 것이 아니겄어? 글매말여, 고 비맞은 뼁아리 같은 것이 참 말로는 백여수였던개비라. 숨을 쌔근쌔근합시롱 무장무장, 뽀짝뽀짝 파고 드는디, 드는디 말여, 속이 근지럽고 송선이 나서, 글써 발꾸락이 꼼질거 려지고 추운 것보당도 더 추운 것맹이고, 더운 것보당도 더 더운 것맹이 었다고. 참기 에럽등만.
「우리 영감이 보겄소. 참말이요, 이거 참 워짜끄라우 예? 워짜끄,」
「헤엣다, 할마씨는 똑 벨소리를 다 혀!」
「그 그래도 그것이 아닝만요.」
「대처니 아니기는 머시 아니겄소? 그란개 영감 죽은 지가 원지녘인디 그 래싼다요. 똑 벨소리를 다 혀.」
「그래도 그것이 아닝만요!」
　할마씨는 그란디 울고 있등만. 글써 내 가심팍이 전부 뜨뜻미쩌끈하니 적드랑개. 아뭏든지간에 할마씨가 우는 걸 본개 나도 맘이 안돼지먼서, 젊어 죽은 친구 얼굴이 아른하게 비등만. 그란개 그것이 아녔던개벼, 할 마씨 말대로. 하기사 그것이 아닐 것이 머신지도 나는 지끔도 모루고만 있지만도 말여, 아뭏든지 그것은 아녔어. 달만 그냥 밝았제. 가만히 꼽아 본개 보름이등만. 물도 너무 너무 잔잔시럽었제. 워쩌다 간간이 괴기가 뛰올라설랑 달빛 쬐꿈을 파묵고시나 들어가는개빈디도, 달빛은 떨긴 자리 가 없었다고. 그냥 천(千)짐이나 되게 밝기만 밝았어.
「그래도 참말이제 그것이 아닝만요.」
「그렇기는 하겄소. 참말이제 그것이 아니겄소.」 듣다 본개 고건 또 그렇 겄등만.
「뭣 땜시 내가 갯갓에 주막을 채렸는지 고 심정을 알겄는그라우? 알겄 냐고라우? ……하기사 누가 알겄소?」
　말을 함선, 그람선 내 품에서 살쩨기 빠져나가더니 한숨을 한번 푹 쉬 고, 그라고는 조만침 떨어져 앉등만. 가심팍이 좀 허퉁하데만 벨수 있었 겄는가. 헌디 참 요상하게, 글써 금방 패시시 웃지 않겄어? 허으 그란디 말여, 고롱게도 이뻐 빌 수도 있겄어, 고롱게 이뻐 빌 수가 있겄냐고, 사 람이? 내가 품어 보고 난 그때는 벌쎄, 바람 속에 댕기든(다니던) 상(향) 내는 아니던디. 그란개 머시라까 셴녀라까 송아치라까? 아니 고것도 아니

라. 머시라까? 아 그랴, 메물꽃이등만, 흐으 그랴, 암내낸 메물꽃어등만.
밤꾀기를 낚으로 나갔다 가시나는, 꾀기도 못 낚으고 말여, 빈배에다 달
빛이나 한짐 실고 돌아오던 밤쭝으로 말여, 워짠지 맘이 으실거리고 편털
못해 뚤레뚤레 고개를 돌려보먼 말여, 흐흐흐, 흰옷 입은 젊은 과댁이, 그
랴 젊은 흰옷 입은 과댁이 달빛 가운데 앉았더라고. 우는개볐어. 그란디
알고 보먼 그냥 누구네 메물밭이었더라고. 그랴, 달빛 아래 패시시 웃는
할마씨가 그 메물밭이등만.
「떠난 서방 해바래기로 그랬지라우. 행이나 오널은 오시까, 니열은 오시
까, 오시까 하고 말이지라우.」――할마씨는 왼손 네째손꾸락에 끼인 반지
를 만지작거림선, 그란개, 곡조 있는 목소리로 이서(이어)가등만. 「고롭
게 조롭게 살다 본개 어언 펭생 다 가뻐렸소. 다 갔지라우. 그란디 꿈질
에서라도 한번도 보도 못 했구만요. 그랑개 그 소원도 타뻐린 절맹이 되
았소. 오시까 오시까 하던 서방님은 겔국은 안 왔소.」
「아하 그랑개, 그랬던개구만요. 나는 또 몰랐지라우. 글써, 할마씨가 늘
해거름판이먼 문앝에 나와설랑 워디를 보더라니요! 몰랐구만요, 몰랐다고
라우. 글매, 그러고 생각해 본개 비가 오나 눈이 오나 그랬었구만요. 글
매, 그랬어요. 아, 그라다 웃었지라우? 웃었다고요. 〈덕산댁은 열녀(烈女)
라〉 다른 친구네들이 고롭게 말하고 했어도 나는 몰랐구만요. 나만 몰랐
어라우. 덕산댁은 참말이제 옐녀구만요. 하 하지만,」
「나중에는 그냥 버릇으로 그랬는지도 모루지라우. 나보고 옐녀라고라우?
옐녀? 흐흐흐, 글매, 흐흐, 백번 옐년개보 옐년개라우.」
「하지만 말이요, 참 벤통머리없는 짓만 했구만이라우.」 워짠지 나는 좀
씽이(화가) 나더라고. 「벤통없는 짓이제 고것이 무슨 짓이겠소? 대처니
무신 기벨이 있을 것맹이든그라우?」 그래 소리를 꽥꽥 쳤댔구만.
「베, 벤통없는 짓이라고라우? 무신 기벨이 있었끄냐고라우?」 헌디 요
상쿠로, 요번에는 되떼 할마씨 쪽에서 씽을 팩 내더라고. 거참, 알 수가
없등만. 그란개 잘못하기는 내가 머슬 잘못했던개비라. 근디 고걸 모루겄
드라고. 해여튼 그렇드래도 말로는 요래줬재. 민망하더라고.
「이 이참, 미안하요, 이거 참말이제 고얀스리 미안시럽구만요. 그란개,」
「……허 허기사, 참말여요, 베, 벤통없는 짓이었지라우. 글써 무슨 기벨
이 왔겠어요? 벤통머리없는 짓이었지라우.」 그랴, 할마씨가 금새 하우
(사과)를 하등만. 내가 옳운말 했는디 저쪽에서 되떼 씽을 낼 일이겠어?
벤통머리없는 짓은 짓이제 그기 머시라? 말이사 내가 한마디 똑 뿌러진

말 했제. 그란개, 말이란 건 늘 뚝 뿌러지게만 해얀다고. 그란개 내가 괴양시리 민망시러했던 거여.
「호호호, 그란디 고때마둥 뚝 영감님이 왔다고라우. 그려요.」
「머슬? 헤에헤, 머슬, 녜가 뚝 그랬을라고라우?」 나는 왠지 고얀스리 또 미안시러쌓서 우물우물했제. 나도 모를 일이 내가 왜 그리 해딱해딱되아졌었으까.
「아매도 영감님이 잡은 괴기 중에서는 지얼(제일) 크고 죤(좋은) 놈이었을 것인디, 뚝 고걸 한 마리썩 갖고 왔다고라우. 그라고는 꼭 술 석사발 잡수셌지라우? 그려요, 그랬다고라우.」
「헤에, 그랬던그라우? 헤헤헤, 그란개 내가 그랬던개비용 잉. 나사 머, 할마씨네 주막 말고는 워디 갈 데가 있었어야 말이지라우.」
「그란디 워짠 일인지 말이지라우,」 할마씨가 말을 하다 말고는 갑쩨기 킥킥 웃등만, 그라더니 말이라, 모구(모기) 소리보당도 더 작은 목소리로 요로코롬 말하등만. 「좋왔지라우, 영감님이 오시면 좋왔다고라우. 오라버 니거니 맘 묵음선도 말이요. 에, 에에, 잉, 나도 몰라라우, 몰라라우!」
「……」 작것, 난 통 할말이 없등만. 지금만 같드래도 서슴찮고 이랬을 것인디. 「고것이사 내 할말 사둔이 해 뻐린 것이요. 참말이제 나는 더 항만요. 더 한다고라우! 사둔만 말하지 말란개!」 그랬을 것인디 그 때는 내가 솔찮이(상당히, 적잖이) 어죽었던개벼. 그라, 백택없이(까닭 없이) 어죽었었다고.
「다른 양반들이 다 가뻐리고도 영감님은 가실 쭝을 몰랐어요. 무신 말씀도 없었지라우. 기양(그냥) 남포불만 쳐다보고 있었어요. 내가 치매끈 하나를 풀어놨, 엥이 몰라라우, 나도 몰라라우.」 요때 할마씨가 또 내 품으로 파고들었제. 귀에만 좋왔제 참말로는 무신 소리를 해쌓는지 알 수도 없등만. 「호호호, 헌디 내가 왜 이라끄라우? 죽을라고 한개비요, 왜 이러끄라우, 예? 왜 이려요, 예? 왜 이래라우?」
「……」 나는, 한마디만 했으면 했는디도 할말이 없등만. 할마씨만 자꼬 자꼬 말했제.
「호호호, 한번은 말이지라우, 그려요, 영감님 사는 집을 갔었던개비요. 영감님은 닷새가 넘어도 안 오시고, 들잔개 아파누웠다고 하길레, 과택 체면 볼 것도 없이 갔었소. 가서 본개 영감님은 지쳐서 자고 있읍디다. 눈물이 나덩만요. 그래 속으로 빌었구만요. 〈보살님, 부체님, 예순님, 웃(堯)나라 순(舜)임금님, 순나라 웃임금님, 서낭님, 객구(客鬼)님, 시영산에 약물뜨로간 비리데기님, 워쨀라요, 참말이제 이 목섬을 워쨀라요?〉요롷게 빌었구만요. 에려서부터 들어 알고 있던 여러 하눌님한테 빌었다고요. 동냥도 여러 집 하다보먼 바랑이 찬다고 안 하요?」
「……」나는, 한마디만 했으먼 했으먼 했는디도, 할말이 없등만. 평생에 뚝 한변 아파 밨은개. 왜 기억이사 못 했으까만도, 할말이 없었다고. 속으로만 요랬제.〈그란개 내가 살아난 게 할마씨 덕맹이요.〉
「이 인재 돌아가끄라우?」그람선도 몸은 빼가덜 안 했다고.
「도 도 돌아가끄냐고요? 그 그러지라우.」나는, 나도 모루게 휙 떨처고 일어났구만. 그라고시나 노를 놋좆에다 끼워넣었제. 그때사 어죽었던 기 좀 풀리더라고. 그래 심을 냈제.
그란디도 돌아오는 질은 심이 하나도 없어서 말이라 생땀만 흐르덩만. 늙은 솔나무가 진만 흘리내는 속을 알 법하드라고. 할마씨는 꿈질 속에서 맹이 자꼬자꼬 얘기했는디, 나는 고개나 끄덱여 줄 수베끼 없었제.
「영감님, 나는 아매 곧 죽을 것맹인디 내가 없드래도 주막에는 늘 와 줄란그라우? 그란디 누가, 나 죽고 나먼 내 다리다가 큰 독 하나 매달아요 물 밑에다 넣어 주꼬? 살아서 질게(길게) 못 살아 본 인연을 죽어서나 질게 살아 볼란개, 글씨, 고것이 에럽소. 누가 나를 요 물 밑 물질에다 니려주끄라우?」
그란디, 갯갓에 오니 새복이등만. 할마씨네 주막에는 그때까장도 불이 써져 있었지만 다른 디는 그냥 죄용했제.
갯갓에 닿았는디도 할마씨는 댐배 한 대참이나 뱃바닥에 앉아만 있더니 워쨀 수 없는 것맹이 니려오덩만. 오참. 묵다남은 술은 할마씨 손수 뱃바닥을 뜯고 넣어주덩만. 그라고 니려와설랑, 이번에는 품속에서 머슬 한 뭉치 싼 걸 끄집어내갖고 내 쩌기 괴비(주머니)다 살쩨기 넣어줌선, 「모레 아츰쯤 열어봬겨요. 또 혹시 아요, 요 속에서 골연(궐련) 한 개비라도 나올지,」──그라더니 할마씨는 후적후적 뛰달아나 뻐렸어. 나는 닭쫓던 개맹이 서서 보다가 노를 빼 어깨에 메고 내 움팽이집으로 왔제. 괴비 속에 든 것이 머신지는 모루되, 머 깜밥(누룽지)뭉치거나, 아니면 참말로 골연 멫 개일 것도 같아 만져 보도 안 했제. 간혹 고런 걸 잘 줬은개 말여. 골연이사 멘서기 나리라도 다녀가신 날배끼 더 있었겄는가마는. 해여튼지간에 감감 잊어뻐리고 있다가 다음날 저녁에사 생각해냈은개.
굴뚝 옆, 늘 노를 세워놓는 자리다 노를 세워놓음선 나는, 대개 멫 점이나 되었을까를 시엄(셈)해 보고는 했는디, ──그란개 달이 있을 때는 달

보고 그리메를 보먼 대강은 짐작이 되았고 달이 없을 때는 벨울 보먼 또 그랬고, 구름이 꼈을 때는 바람 냄새로 짐작을 했었제. ——그란개 그날은 보름이었고 노 그리메가 동쪽 감나무 밑 등구지꺼정 닿았은개 축시는 넘고 인시가 돼 가는 중이었던개벼.

아뭏든지간에, 고 새복에 잠이 들어 나는 저녁때도 해거름판에사 깼더라고. 고로코롬 잘 자 본 적도 펭생에 벨랑 없었다고. 깨고 난개 기분이 썩 좋든구만. 나 같은 사람이 행복이니 머니 하고 그런 소릴 입에 담는 것은 아니겠지만도——나 같은 사람이사 짐승맹이 그냥저냥 살다 죽으먼 그뿐 아니겠어?——그래도 그 해거름엔 그것이 아니더랑개. 섬 그리메가 차차 차차 질어(길어)지먼서 바다로 니려오고 있었는디, 늘 고롷게 생각되었지만 그날따라 더더욱 고것이, 섬이 벗는 치매폭 같았더라고. 그라고 나먼 섬은 홀랑 벗은 예펜네같이 부끄럽어쌓서 자꼬 몸을 숨킨다고. 고런 섬 그리메 속으로 배를 저어들어가먼 똑 무신 짚은 잠귀신 같은 것이 내 속으로, 고런 그리메맹이 덮어 오는 것 같은디, 그라먼 나는 물하고 나하고, 섬하고 나하고, 한몸뚱아리가 돼 뻐린 것맹이 요것조것 다 잊어뻐리제.

그란개 그 섬 그리메가, 내 옴펭이(집) 삽짝(사립문) 앞꺼정 왔을 때야 그날은, 노를 메고 바다로 나갔구만. 왼죙일 자니라고 일을 못 했는개 밤일이라도 해야잖겠어? 한날 한시라도 백택없이 어정거리고 나먼 내 속 워디 사는 서낭님전에 멘구시럽고, 괴얀시런 걱정만 생긴개.

하늘하고 물하고 딱 붙어 뻐린 데를, 나는 내 정신도 아닌 채 저어 갔구만. 놋좆 있는 데서 삐끄덕 소리가 났을 뿐, 그라고는 소리도 없었제. 뱃전에 물 부닥치는 소리야 고것이 소린가? 하기사 엔네 옷벗는 소리도 소리고, 섬 그리메 아래 구름 지내가는 그리메도 소리람사, 고것도 고런 소리라고 해야겠지만도, 고건 워느 녘에 소리가 소리가 아닌 소리가 된 것이라고. 그리메 같은 소리라. 배하고 바다하고 한몸으로 이서져(이어져) 뻐리는, 고 혼사(婚事)는, 참말이제 한두 번 배를 타 바갖고는 모른다고. 그래서 가만히 생각해 보면, 요세상은 암놈하고 숫놈하고 있어서, 고 혼사 속에서 절후도 배끼(바뀌)고, 풍랑도 일어나는 것맹이라고. 고자란 건 있덜 안 한 것맹이라고. 그란디 요런 혼사의 조화 속을 며나 또로 떨어져 뻐리먼 고때 내가 고자인 것을 새삼시럽게 알아 뻐리고 마라.

워쩌다 본개 몸이 땀에 홈썬 젖어 뻐렸등만. 그래 놋좆에 춤도 좀 발를 겸 쉬고 둘러보잔개, 벌쎄 뭍이란 건 비도 않고, 푀식은 없어도 워짼지, 거그가 엊저녁, 할마씨하고 와 있었던데 맹이라 털썩 주저앉았제. 그라고

162

좀 있은개 머신지 달착지근함시롱도 콕콕 쏘는 무신 뭉어리가 갈비뼈 밑
에서 틀어오루기 시작하는디 발꾸락이 또 지랄함선 꼼지락거릴라고 하더
라고. 그람시롱 엊저녁 일이 하나썩 하나썩 생각나등만. 그물을 띤진다든
가 낚수줄을 늘릴 아무 정황도 없었제. 한가하고 펜안시럽고만 싶드라고.
그래 뻔드시 뱃바닥에 누워 뻐렸제. 손은, 나도 모르는 워느 녘에 골마리
(허리춤) 속으로 들어가 뻐려 없어졌등만. 펭생을 말하자먼 파닥거림선 용
쓰는 괴기만 만짐시롱, 괴기의 고 싫어하는 몸부림을 질거워했던 손이라.
헌디 작것, 워째서 내 괴기는 고로코롬이나 기분좋게 팔뚝을 타고 오던고.
미끄럽고 심센 몸부림을 할찌 모루는지를 모르겠었드라고. 워쨌든 고때는
노을이 시나부로 사그라듬선 벨이 하나썩 둘썩 비기(보이기) 시작하등만.
내게서도 워디로 흩어져 있었던 것맹인 고런 것들이 하나썩 하나썩 집찾아
오더라고. 그래갖고는, 서낭님이나 아니먼 다른 작것(잡것)이 소작(小作)
하던 디를 시나부로 찾아설랑 문을 닫아 뻐리드라고. 고때에 이르른개 맘
은 하늘끝꺼정 닿아 뻐리드라고. 그란디 고것은 맘뿐이었어. 참말이제 너
무너무도 불쌍하게 아무도 일어나덜 안 하더라고. 월매나 애타게 내가 내
손을 가뜩 채우는, 용쓰는 몸부림을 기다렸겠느냐고. 헌디 참말이제 맘뿐
이었다고. 그래서 나는, 고때 내가 월매나 무섭게 또로 떨어져 뻐려서 아
무것하고도 닿덜 못 하고 있는 것을 똑뙤히 바뻐린 거여. 무섭고 어지럽음
선 썽이 나등만. 참말이제 무섭게 썽이 남선 어지럽등만. 그래서 나는, 고
롷게나 등신 같은 놈의 내 하초(下焦)를 사정 안 두고 쥐어뜯음선, 비틀고,
패댔구만. 나중에는 피가 삐끔삐끔 나데. 참말이라. 굉쟁히 애리고, 뜨겁
었지만 그래도 그때사 기분은 좀 풀리고, 그람선 눈물이 한바가치는 쏟아
지등만. 그래 뱃전을 쳐댐선 능구렝이맹이 울었구만. 왕왕 울어댔어. 서
낭님던에, 용왕님던에, 옛나라 순님금던에, 하눌님던에, 객구님던에 펜지
쓰는 심사로 울었다고. 그라고 난개 맘은 싹 비어 뻐리고, 고런 대신에 허
깃증이 들덩만. 그람선 상긋한 골연 한대하고 꼬신(구수한) 깜밥 한뎅이
생각이 간절해졌다고. 헌디 괴비 속에는 고것이 있을 것이었어. 고 여수
같은 것이 요를 때를 미리 짐작하고시나 엊저녁에 너준 것이 있은개 말여.
그란디 요것은 또 한번 무섭은 한을 몰꾸왔다고. 암만해도 나는 할마씨를
쥑일찌도 모루겠등만. 그란개 할마씨가 젙(곁)에 있었을 때는 내 맘이 할
마씨한테 반은 쪼개져 가뻐려설랑 반은 정신이 없는데다가 남은 반은 할
마씨 비우(비위) 맞추고 안씨럽어해 쌓니라고, 월뜻월뜻 번개치는 것맹
이 오는 한을 오래 갖덜 못했는디, 정작 할마씨를 젙에 두고 있덜 안 한

개 순전히 지랄이더라고. 그란디 나는 워째서 수컷은 수컷인디 맘만 생
용을 씨고 몸은 시랑토 안 하는지를 모르겄어. 워째서 맘뿐이고 몸은 시
랑토 안 하냥개? 펭생 고롷게나 서럽어쌓던 걸 계우계우 잊어뻐릴라 하
는 나이에 새삼시럽게 또 고것하고 이망(이마)을 딱 대야 되게 되었단 건,
참말이제 목심갖고는 못 당할 썰렁한 일이등만. 수컷은 분멩히 수컷인디
암컷도 못 되는 몸을 난들 워짜겄어? 난들 워짜겄냐고? 참말이제 워짜겄
냐고? 그란디도 죽고 싶던 안 했어. 죽으먼 고자라도 못 될 것맹이라, 물
쌀 센 날로는 참말이제 물갓엔 얼씬도 안 하고 살아왔었구만. 헌디 나이
가 든개 고것도 생각이 바꽈지기는 하든구만은. 죽을 때 한번 원 목심을
갖고 한을 풀어 뻐리는 것일찌도 모룬다고 말여. 고것까지야 썰렁하게 말
라 뻐틀어지던 안 했겄지맹.

　달은 고때사 떠올르등만. 그래 밨자 뵐 졸(좋을) 일 없었제. 고것이 머시
겄어? 나만 또로 떨어져 있었는디. 사실로는 고것이 아니라 내가 너무
할마씨를 뽀채고 있었던지도 모루겄어. 나는 노질을 하고 있었는개 말여.
할마씨한테 대한 생각으로만 까뜩 차갖고시 나는 배가 고롷게나 무겁었다
고. 고 여수 같은 것이 엊저녁부텀 나를 고롷게 맨든 거여. 서로 하루라도
안 보먼 섭섭한 생각을 갖고 있던 참에, 그랑개, 서로 보고 싶어해쌓든 고
것이 갑째기 박수를 쳐 뻐린 거라고. 고 작것을 내가 안 쩍여 놓고는 못
살 지경으로 되었더랑개.

　헌디, 할마씨가 내 괴비다 넣어주던 고 속에는 한개비의 골연도 반뭉텡
이의 깜밥도 들어 있덜 안 했제. 고건 머시라까, 말하자먼 십 년 염불이라
까, 탑이라까?……그래도 한대의 골연보다 뵐로 신통할 것이 없고, 그냥
씽만 물썬물썬 났는디 워찌되았든 손꾸락에 열두 번은 춤을 발라야 세어
질 만한 고만침의 지전(紙錢)이등만. 그라고 무신 쩡이(종이) 몇 장이 있
었는디 나중에 알고 본개 집문서니, 전답문서라등만. 「그란개 참말로 할
마씨가 죽을라고 환장을 했는개비요 잉.」──나는 한번 구시렁거려 주고
는 씽이 부굴부굴 끓어서 되는 대로 괴비 속에다 꾸겨넣구만. 이미(의미)
속이 워떤 것인지는 몰라도 참말로 씽이 좀 나드랑개. 글쎄 안 그럴 수
없는 것이 나는 참말이제, 고런 좋은 술을 나 같은 사람이 묵어 뻐린 것이
아까워쌓서. 「고 아까운 걸! 고걸 멘서기 나리한테라도 대접을 했드먼
참말이제, 나이롱치매 한감 값은 얌전시리 나올 것인디 그랬소,」하고, 요
만큼이라도 뵐스런 생각 없이 말했었는디 고걸 그란디 고깝게 생각했든지,
「영감님, 너무 그래쌓지 마시요. 주모노릇 몇십 년에 내 공술 한잔 안 디

164

려 봤소만, 그래도 그래쌓는 기 아니요. 내가 머 너무 돈만 알아서 그란 것도 아니고 맘이 없어서 그란 것도 아니요.」하고, 삐죽거리더니 그라더니 고걸 너준거여. 그란개 내가 무신 공술이나 돈을 탐내고 저그 집 술을 묵으러 댕겼든 줄로 알았던 개비제?

……헌디도 말여, 워짠지 할마씨가 더 보고 젚고, 그람선 백택없이 맘이 급하더라고. 아무 그럴 까닭도 없는디 그러드라고. 그래서 내 생각에, 「그랑개 내가 들기는 바람이 단단히 든 모양이구만. 늙은 것이 참말 이제 속 더럽게 못 채리는디. 해여튼지간에 요놈의 여수 만나기만 해 바라, 자기 말대로 참말이제, 큰 독 하나 짬매서 물 속에다 집어너 뻐리고 말기다. 요런 고얀눔의 제집이 다 있어?」했제.

그란디 그날따라 워짠 일로 고렇게나 그 주막길이 버접기만 하겄어. 그랴. 그렇지만 인재 담담히 생각해 보기로 해야겄제.

할마씨는 죽어 뻐렸등만. 메물밭 같던 할마씨가, 그러던 할마씨가, 삼수(三水)도, 삼수도 건느고 건너 갑산(甲山) 휘어휘어 넘어가 뻐렸드라고, 가 뻐렸어. 대체 원지나 오시랴오? 절로 죽은 고목이 꽃이나 피거든 오실라 하요, 조고만한 조약돌이 커드란해져 광석되어 중맛거던 오실라요, 대체 워지녘에나 오실라 갔소?

울도 못 하겄등만. 웃도 못 하겄등만. 말도 못 하겄등만. 앉도 못 하겄등만. 돌아나오도 못 하겄등만. 아무 생각도 못 하겄등만. 늙어빠진 여중〔女僧〕만 머시라 머시라 구시렁거리는디, 내 눈에는 고 여중이 최 판관네 제집종만 같이 보였제. 고렇게 보이는 것이 확실해졌을 때 나는 썽이 머리끝꺼정 뻗어 올라 참덜 못하겄등만. 그래 큰 한 소리 내 질름선 주먹을 휘둘러댔제.

「여라이순 제집년아! 머 할짓이 없어, 사탕 줘 아들 꾀듯기 죽은 사람 혼백을 앍아가는 짓을 한단 말이냐? 여 쑤악한 제집년, 오널은 죽어 보던지, 멍이 들어 보든지, 다리가 뿌러져 보든지, 무신 각단이 나 바라. 최 판관이란 놈은 죄가 없다더냐 엥? 그래 요 쑤악한 년, 들어 바라, 죄 저 부재된 놈들은 죽어서도 돈 많이 가져간개 죄를 짝게 멕여 주고, 착하니라고 하다 본개 가난시리 살던 목심은 가져갈 돈이 없어 빈몸으로 간개 죄를 많이 멕여 준다고 하니 말여 머 할짓이 없어 고런 더러운 작자네 종질을 한단 말이냐? 요 끕살맞을 년!」

참말로 나는 미친 것맹이었다고. 그란디 그라다 본개 아무것도 안 비어. 그래 내가 환장을 했는개비라고 생각을 하고시나 눈을 질끈 감고 한참 있어 봤구만. 그라고 난 뒤 눈을 떠 본개 여중이란 것은 없어져 삐렸고, 참말 이제 곱기도 고운 새 시악씨 하나가 동강이 촛불 밑에 누워 있더라고. 할마씨였었어. 흐흐, 고 고운 시악씨가 바로 할마씨였드라고. 시집오던 날 입었던 옷이었을 것인디, 초록 저구리에 다홍치매 곱게도 입고, 얼굴에는 연지꼰지도 바르고 있덩만. 아 그라고, 쪽또리도 쓰고 있었제! 그랴, 고 렇게 하고 있었어. 난 니려다보고 있었었제맹. 빠져죽을 듯기 니려다보고 있었것재맹. 안 죽은 것 같았은개, 글써 나중엔 웃을라고 애를 쓴 것 같기도 했더랑개. 그란디 차차로 고 얼굴에 머신지 푸르기도 한 것맹이고 희기도 한 것맹인 것이 설푸시 깔리등만. 그려, 그랬어. 그란개 다시 메물밭이등만. 흐물트러진 메물밭이드라고. 나중에는 워디서나 다 피었네. 가심에다 죄용히 얹은 손목에서도 피고, 초록 저구리 눈빛 동정에서도 피고, 다홍치매 주름에서도 피고, 옥색 꽃고무신에서도 피었제. 피었다고. 나는 그때 그 속으로 뛰어들고만 싶더라고. 그래서 뛰어들었제. 그랬더니 머시 눈바시게 흔들렸는디 알고 본개 쪽또리에 백힌 구실들이 촛불을 시샜더구만. 나는 해여튼 목이 말른 것맹이 고것들을 한정도 없이 다 묵었구만. 그란디 꽃은 차덩만. 씨리맹이 차덩만. 산불 같은 내 입쏠(입술)로도 한잎 꽃을 못 태우게 차웠다고. 그러다 나도 시나부로 사그라짐선 홀어지덩만. 메물꽃밭 윗두랑(두렁)에 백골을 얹고, 그라고 사그라진 거여. 좋등만. 워짠지 펜함선 좋등만. 그때는 그란개 새 초로 바꽈야 될 때던 모냥으로, 화축 시그르 꺼짐선 동방 깊은 골에 달 그리메 어리데.

달그리메 어리데.
해동 대한 남도땅에 달 그리메 어리데.

눈물은 그때사, 지랄맞게 흘르더라고. 참말이제 워짠 일로 고때사 눈물이 흐르더랑개. 그랴, 죽었더라고! 고롷게도 곰살곱던 할마씨가, 곰살곱기 짝없던 고 할마씨가, 영 간 것이여, 뜨겁은 것만 싸 갖고 간 것이여. 차겁은 것베끼 참말 아무것도 안 냉겼데. 그때 생각이 나등만.
「그란디 누가 나 죽고 나먼 내 다리다가 큰 독 하나 매달아 요 물 밑에다 넣어 주꼬? 살아서 질게 못 살아 본 인연을 죽어서 질게 살아 볼란개, 글써, 고것이 에럽소. 누가 나를 요 물질에다 니려 주끄라우?」
그랴, 고 소리가 잠질에서맹이 들려 오드라고. 그래 내 대답해 줬제.
「헤헤이쏴, 고런 걱정이사 마싸요, 고것이사 워찌 못해 주겠는그라우?

요롱게 성성한 내가 고것이사 못 해 주겠소.」

그람선도 워짠지 갑째기 외로운 것맹이등만. 고때꺼정 내 각씨거니 했던 고 할마씨가 참말이제 갑째기 물질 저 건네 동네, 인연 없는 남의 할멈이 돼 뻐리드라고. 고것이사 워쩠튼지간에, 워쩠튼지간에 할마씨는 내껏이여, 그라, 해여튼지간에 내껏이라고. 혼백은 워쩌됐든, 워쩌됐든 나는 몰라. 몰라도 고 메물밭 한 뙈기사 내껏이제 대처니 누것이겄는가, 누것이겄어? 누것이겄냐고? 그랑개 나도 내 밭두랑에 백골을 얹고 소롯해져 뻐린 것이 아니겄는개비. 고때 밤괭이가 부석(부엌)으로 해서 굴뚝으로 빠져나가 뻐렸던가? 지붕 우서 괭이 우는디 소롯했던 내가 따쒀(따뜻해)짐선 뿌지직 일어나드라고.

「고것이사 걱정 마씨요. 요롱게 성한 내가 고것이사 못해 주겄는그라우. 내가 도쳭이라드래도 워찌 고것이사 못해 주것냐고요. 그라믄 이제 가 보끄라우?」

소스라쳐 문을 연개 북망 같은 달빛이등만. 북망 같은 바닷소리등만. 밤괭이 한 마리가 고 달빛 속을 가로질러 나무 그리메 속으로 없어져 뻐리드니, 낭떠러지 밑에서 야옹야옹 울었제. 맘이 얄궂어진 괭이가 언데기에 머리를 부딪침선 고렇게 않은 거여. 바닷속, 속으로만 댕김선 삥져 죽은 신체의 눈속이나 디려다보고설랑 혼백을 파묵든 고 배고픈 괭이가 않은 거여. 이슬도 제벅(제법) 니렸덩만, 삼졩(三更)인디.

할마씨는 속으로 너무도 곯았던개볐제. 통 무게가 없드라고. 보둠앉었구만. 그라고 니려갔어, 언데기를, 밤괭이 우는 고제를 니려갔다고. 워짠지 좋등만. 워짠 일로 좋기도 좋등만.

꺼적대기라도 한잎 깔았으면 싶었는디도 고것 가질로 간다고 할마씨 혼자만 떠놓고 가기도 영 싫어서 그냥 뱃바닥에다 뉘웠구만. 그라고 서서 니려다본개 메물꽃이 흐물시럽게도 또 피더라고. 그라, 피었었는디 고때는 워짠지, 찬 새복(새벽) 이슬이라도 맞은 것맹이 차게 흔들거리데. 그라고 본개 참 그랬어. 괴롭은 것이 머신 중도 몰랐던 낸디 가만히 있어 본개 괴롭운 것이라는 기 고런 것이등만. 그래 맘 한번 크게 묵고는 외면해 뻐리고, 뱃전에서 니려가갖고설랑 큰 독 하나 들어다 실었구만. 그라고 배를 밀어냈구만. 고때는 그랑개 내가 미리 할마씨의 죽음을 알고시나 묏자리 한번 둘러보고 왔던 것맹이만 초저녁 일이 생각키등만. 달은 벌쎄 중천이었제. 그란디 고때 뜻도 모루겄고 곡조도 모를 노래가 나오등만. 아무리 생각해낼라고 해도 고 노래는 영 잊어뻐리고 말았지만, 실픈 건 아닌 것이었단 건 알었어.
  그라고 월매나 또 저서 갔든지 물배끼는 또 아무것도 비덜 안 하등만. 그래서 고만치서 내가 말해 줬제.
「인재 구만 돌아가끄라우? 요만침이나 와도 조만침은 또 조만침에 있는 개 말이요.」
「……」할마씨는 또 전날 밤맹이 입을 열덜 안 했어. 그냥 다소곳이 누워만 있었는디, 그랑개 쪽도리 쓴 머리 쪽을 배의 머리 쪽으로 하고, 옥색 고무신 고운 발을 노젓는 내 쪽으로 하고 있었제. 배가 흔들릴 때마다 쪽도리에 백힌 구실이 뻔쩍뻔쩍했다고. 헌디 콧날 그리메 땀세 입은 웃을라고 했는지 워쨌는지는 모루겠등만.
「헌디, 할마씨 몸에 이슬이 안 해로우까 모루겠구만요.」
  그람선도 나는 자꼬자꼬 저서 가다가 멈췄제. 거그만침이 뚝 엊저녁 고 자리맹이었다고. 한잔 술생각이 안 날 리 있었어? 그래 죄용하게 뱃바닥을 열고 술병을 꺼내들었제. 그란개 고 여수 같은 할마씨가 지 제주 삼을라고 맨들었던 모양이었제? 그라고 본개 잔도 이뿌기도 이뿐 잔이등만. 고것꺼정도 엊저녁엔 몰랐더라고.
「머슬 요런 술을 다 갖고 왔는그라우. 자, 할 할마씨도 드시겨요.」
  그람선 고 잔은 꼬시례(고수례)를 했구만. 그라고 다음 잔부텀은 할마씨 머리를 내 무릎 위에다 괴놓고 혼차 따뤄 혼차 묵었제. 「할마씨, 참말 이제 좋은 고제 가씨요, 가서 낭군을 만나시겨요, 만나시겨요.」 난 눈물도 묵고 술도 묵고 한숨도 묵음선 고 술을 다 비워 뻐렸구만. 고때는 달이 설폿이 기울드라고. 워짜겠어, 워짜겠냐고, 넘우(남의) 각씨 시집질을 가매꾼이 중도에서 늦추먼 워짜겠냐고? 그래 몹씨 덜되긴 했지만, 노에 묶인 산내키(새끼줄)를 끌러 할마씨 등에다 독을 묶어 맺구만. 사정볼 것도 없이 단단히 묶어 뻐렸어. 맘으로 참 많이도 움선(울면서) 용서도 빔선(빌면서) 노래도 함선 욕도 뱉음선 입도 맞춤선——그랬어, 그랬었다고. 그 일을 끝내고 난개 한시라도 바삐 보내줘야겄다는 생각만 듬선(들면서) 머든 꼭 하나 내껏을 주고 싶기도 하더라고. 헌디 말여, 내가 고롷게도 가난시럽게 살아왔으니까 모루겄어. 참말 이제 쉬염 한 터럭 줄 것이 없드라고. 잽히는 것이라고는 할마씨 손수건에 싸였던 지전뿐이등만. 그라, 역시 고걸 돌려주는 것이 좋겠등만. 또 안 그라먼 내가 넘우 돈을 워짤 것이여? 참말이제 모구(모기)다리서 피를 내묵제, 내가 고 할마씨 돈을 탐내게 되겠어? 돈이 있어 보먼 또 내가 멋할 거여? 그냥저냥 배 불루고 등

따수먼 되았제, 재물이란 것 욕심낼 일은 아닌 것맹이드라고. 할마씨 말 대로 지고 가겄어, 이고 가겄어? 해여튼지간에, 내 것을 줄 것은 더 없었 드래도, 고것을 돌려줄라고 한 것은 잘한 생각이었고. 낭군 찾아, 참말 이 제 멀고도 먼 물질 떠나는 마당에, 신인들 그 몇 켤레가 들 거며, 날인들 그 몇 날이 저물겄드냐고? 그래도 노잣돈이사 갖고 가야겄제. 사재(使者) 님 목말라 튀정이라도 부릴라치면 쎈(쓴) 막걸리 한사발이라도 사멕여야 될 것이고, 신고 왔던 신 닳아 발 아프다고 튀정내면 미투리 한 축(열 켤 레)이라도 사서 짊어져 줘야 될 것이고, 그라고도 쪼꿈(조금) 남으면, 만 낼 낭군 위해 조굿대가리(조기) 하나라도 사들고 가야 될 것 아니겄다고? 그랴, 그렇겄드라고 고건. 그래서 할마씨 젖가심에다 돈만 밀어넣어줬구 만. 손수건이사 기렴(紀念)으로 내가 갖고 싶었고, 돈 아닌 종우쪽이사 댐 배도 못 묵는 할마씨 가져가 바야 소양(소용)도 없일 것 같아 내가 가져뒀 었제. 헌디 돈을 밀어 넣다 젖텡이가 손에 닿았는디 워짜면 고롱게나 참 선(차면서)도 좋겄어? 연하니 몰랑거리는 것이, 뚝 무신 언 홍수감〔紅柿〕 이라도 만진 것맹이 기분이 좋드라고. 그래 또 넋놓고 조몰딱거렸구만. 그라다 나는 새삼스럽게 죽음을 만쳐 뼜다고. 그건 원제꺼정이고 자는 짚은 잠하고도 달른 것이었어. 차겁은 고것만도 아니라. 사실 말이제, 차 겁거나 뜨겁거나 한 것은 목심하고는 관계도 없는 것 아니겄다고? 더우 에 데워진 바우(바위)가 살아 있는 것이 아닌 것맹이, 여름날 더우에도 차 기만 찬 구렝이가 안 죽어 있는 것도 사실이라고. 그란디 죽음을 만진 그 처음에 위선 차겁은 것이 손바닥을 타고 쩡하니 오는디 말여, 그란개 고것 이 뚝 구렝이 같은 기분이등만. 아니, 고건 언 땅이었어. 그랴, 비암(뱀) 이더랑개. 그랴, 몸써리나게 얼어 뼈린 땅이더라고. 고건 그랬어. 손바닥 을 통해 쩡하니 오는 고것은 얼어붙은 땅을 만쳤을 때의 고것과 너무도 뚝같았는디 그란디도 고것이 원제꺼정이고 자는 짚은 잠하고도 달른 것맹 인 건 고 언 땅의, 고 죽음의 속깊은 저 안 워디서는 머신지 뚝 비암만 같 은 고런 것이 한번도 안 쉬고 꿈틀꿈틀하고 있는 것맹이었고, 그런가 했 드니, 고 꿈틀꿈틀하는 비암만 같은 것의 또 저 짚은 워떤 속에서는 머신 지 무섭게 얼어만 붙은 고런 땅만 같은 것이 한번도 안 깨이고 죽고 있더 라는 그것이제. 그랴, 내가 만친 건 고것이라. 헝클어진(혼돈된) 고것이 라. 헝클어지고 헝클어져 나중에는 똥골똥골헝게 뭉쳐져설랑 밑도끝도 모 를 고것이라. 그랑개 고건 겔국, 비암도 언 땅도 아닌 뚱글디뚱근 죽음이 었제. 그랴. 그렇지만 고 헝클어진 것이 풀리는 건 보덜 못했은개, 겔국

워떻게 되는중은 모루겄지만, 고 젖텡이를 만진 후부텀은 목심〔生命〕이라
는 것이 머신지를 갑째기 몰루게 돼 삐렸다고. 워쩌다 고런 생각이 들먼,
나두 몰루게 나는 내 목젖을 만져 보는디, 그란디 고때마다 고 헝클어져
뚱글러진 고 섬뜩지근함선도 좋은 젖텡이를 만친다고.
 아뭏든지간에 나는 할마씨를 얼렁(얼른) 보내줘야 됐제. 고 죽음을 만
친 고 순간부텀 그래야 된다는 생각이 치솟았다고. 그래 눈 딱 깜았제. 그
라고 할마씨를 궁글려서 니려 줬어. 독을 쨈매났기 땀세 도저히 들 수는
없었은개.
「하도하도 멀기도 멀드래도 잘 가써요 잉? 할마씨, 잘 가써요. 참말이
제 잘 가써요. 그라고 질게질게 살아 보써요.」
 그라고 암만해도 안 바래줄 수 없어 눈을 떠 봤구만. 헌디 말여, 참말
이제 좋기도 좋왔던개비데. 글씨, 삥그르 한 바쿠 잠우질(자맥질)을 하더
니 치마자래기를 한 덕석(명석) 넓이만큼이나 펴설랑 나부(나비)맹이 날
아들어가드랑개. 고것은 그랑개, 똑 산 그리메에 덮이는 메물밭맹이등만.
그랴, 그렇드라고. 고것이사 내가 워떻게 잊었어? 내가 워떻게 잊어 삐
리겄냐고. 나중에는, 나중에는 말여, 물뺑돌앰이만 남등만. 물뺑돌앰이만
남아설랑 달빛을 여러 수천 자래기로 맨들아 주더니 고것도 곌국 사라져
삐렀는디 내게는 고것이 그랑개, 헝클어져 쬐그맣게 뭉쳤던 매듭들이 풀
리는 것맹이만 비등만.
 잘 잤을 기여, 그랴 잘 잤을 거라고.
 고날도 그랑개, 고날 해거름판꺼정 잤제. 푹 잤었다고. 고복(皐復―招魂)
이사 물론 안 해 줬겄는가. 배에서 내린 질로 바로 할미네 주막으로부텀
가선 할미 펭소에 입던 저구리 하나 고리짝에서 끄내들고 마당에 나와 왼
손에 들고, 왼발 세 번 굴르고, 외로 흔듬선 요렇게 말해 주곤 지붕 위다
던져 올려주었제.
「해동하고도 대한의 남도땅, 이름도 모루고 성도 모를, 산에서 태어나
갯갓으로 시집온 할마씨, 탑 쌓듯이 살다 죽어, 물질 삼만리 하도 먼질 떠
났는디, 서낭님, 객구님, 욧나라 순임금님, 순나라 욧임금님, 석가님, 미
룩님, 목사님네 신주님, 저 달 속으 태백님, 용왕님, 밤괭이님, 옷 찾아
가써요, 옷 찾아가써요, 복―복―복―.」
 그란개 고복을 끝내고 니려올 땐, 새복의 섬 그리메가 내 집 삽짝까장
닿았었는디, 내가 자고 깼을 땐 저녁의 섬 그리메가 내 집 삽짝까장 닿아
있었제. 나는 좌상네 집을 찾아가고 있었제.

그라고 워떻게 되었던 일을 모다 말짱 말해 주었구만. 그라고 할마씨가 내게 줬던 종이쪽도 비어 줬더니, 고것이 말짱 집문서니 전답문서라는 것이 아니겄어?

헌디 말이라, 할마씨 죽던 밤에 겡〔經〕 읽던 고 여중이 마을에 오기 전까장은 참 요상한 소문이 돔선, 읍네서 행사가 글씨 나를 오라가라 했는디, 곌국 워디 동냥질에 있던 여중을 찾아낼 수 있었기 땀세, 고 일은 시들피들하다 끝나 버렸다고. 무신 일로 그랬는지는 나도 모룰 뿐이여. 헌디 할마씨는 글씨 목을 매달고 죽었더라는 것이 아니겄어?

해여튼지간에, 전답문서는 모도 고 여중을 줘 뻐렸구만. 그라고 들자니 탄 절자리다 새로 암자 한칸을 디렸다 했는디, 나는 가 보도 안 했구만. 나는 그냥 오널까장, 할마씨 앉아 내다보던 창턱에 앉아나 있었을 뿐이었은개. 처음에는 나도 마다고(싫다고) 했지만, 모도 권해쌓고, 생각해 본개 나도 낫살이나 한둘 더 묵고 보면 노 저슬 심도 없을 것 같고 해서, 주막은 내가 맡아, 그랑개 술장사를 시작한 거제. 그란디, 나도 말이라, 그 뒤로부텀 해바래기가 돼 뻐린 거여. 할마씨맹이 산 기다.

그란디 말이라, 흐으으, 그란디 말여, 워떻기 워떻기 살다 문득 본개 달이 또 밝덩만. 또 휘늘어지게 밝더라고. 흐으으, 그란디 보라고, 고 달빛 속, 할마씨 물질 떠난 저 먼 디녘 워디, 물 가운디서 메물꽃 피더라고, 메물꽃 피었더라고. 봄불맹이 피더라고. 저슬(겨울) 눈맹이도 피고, 가실(가을) 구름맹이도 피고, 한여름 산 그리메맹이도 피었어. 그라더니 새복이 된개 물빛깔이 검푸러지기 시작한개 말여, 고것은, 무신 그리메에 덮이기 시작하데. 그람선 차차로 고것은 없어져 뻐렸어. 그래 나는 그 질(길)로 갯갓으로 니려가 봤구만. 행이나 꽃잎이라도 한잎 흘러와 있으까, 그랬으이까 싶어 그랬제. 헌디 없등만. 그랬어도 새복이먼 늘 나는 갯갓을 떠돌다 할마씨 앉아 울던 돌팍에 앉아 멍충하게 있어 보는 버릇을 뱄왔구만. 아뭏든지간에 고것은 달만 밝으먼 늘 피었다고. 그래서는 고것이 다 늙어 머리쉰 요것을 따스곤히 감싸주곤 하는구만. 고건 벌쎄 할마씨는 아닌지도 허긴 모룰 일이제. 하기는 뉘기든지, 하기는 말이제, 메물밭 한 뙈기썩이사 부침선 살기사 살겄제. 뉘기든지 말이여, 메물밭 한 뙈기썩이사 부침선 안 살겄는가.

그람디, 워짠놈의 비만 요롱게 짜들아지게 퍼부서 쌓는지 참말이제 알 수가 없구만 그랴. 멀기도 하도 먼 물질 저쪽 동네도 비만 오까? 비만 요롱게 오고 어둡기만 어두우까? 하매 달이 언간히 커졌을 긴디. 커졌을 끄라고 달이——. 석달을 내내 비만 오고 달은 떠도 메물밭은 안 비고, 석달을 내내 비만 오고……. 할마씨 나도 인재 죽을라고, 그럴라고 벵인개비요, 벵인개비요. 나도 인재는 큰 독이나 하나 몸에 짬매고, 그라고 메물꽃 흩뜨러진 속에나 눕고만 젚소, 참말이요. 하기는, 내가 벌쎄부텀 죽어 뻐렸는개빈디도 워디로 갈중을 몰라 혼백이, 내 요 몸을 요여삼아 그냥 저냥 사는지도 모루긴 모루겄소, 모루겄소.

비가 들치고 파도 소리가 더 커진 것 본개 바람이 새로 또 서작되았는개비구만. 메물밭 한 뙈기를 석달이나 망쳐놓고, 그라고도 또 부는개벼. 하매 달이 중천일 것인디, 그럴 것인디……. 워짜먼 하기는 또 모를 일이제, 하기는 모를 일이여. 멀기도 참말이제 멀드래도, 물질 저 건네 동네서 핀 메물꽃 그리메가 물 우에 떠있다가설랑, 그래설랑 말이라, 요 비바람에 밀리고 또 밀려갖고, 요 아랫녘 할마씨 젊었을 적 앉아 삼백 날 울던, 돌팍에나 와 폈을지도 하기는 모를 일이여. 물 지내간 새복에 보먼, 희디흰 거품도 참말이제, 많이 안 엤어 있더라고? 물질 삼만리 쉬엄쉬엄, 하기사 멀기도 머요.

그란디 참말이제, 비도 너무 와싼다, 참 너무 와싼다. 그렇드래도 하매 니얼 새복에는 무신 기빌이라도 있으까, 있으끄냐고? 그란디 고 괴기는 워디서 왔으까? 그란개, 등은 짙은 초록빛이었제? 그랴, 그랬제. 그라고 뱃가죽은 고흔 다홍색이었더라고. 헌디 고 갈매기는 또 왜 죽었으까, 왜 죽었겄냐고? 그란개 고것이 원지쩍 일인디, 내가 자꼬 왜 요롷게 맘이 짜안하까? 괴기의 다홍색 배때기에 발톱을 엱고 고 새는 죽었등만. 고 괴기도 죽었등만. 그란개 고것이 원지쩍 일이여? 고 뒷날부텀 그란개 나는 갯갓을 안 니려가 봤구만. 워쨌든 고것이 달 못 보고 샌 궂인 새복에 봤던 일인개, 가만있자, 그란개 석달은 되았겄구만. 그랴, 석달은 됐었어. 물론, 새복이먼 맘은 늘 할마씨 앉아 울던 돌팍으로 가 있으먼서도 나는 안 갰제, 가덜 안 했다고. 그라다 본개 고 괴기가 워쩌 되았는지, 고 갈매기가 워쩌 되았는지 인제는 모루제, 몰룬다고. 그람선도 워짠 일로 맘만 자꼬 짜안하다고. 맘만 자꼬 워짠 일로 짜안하기만 짜안하다고. 함시롱도 하기사 나도 죽으먼, 무신 푸렁새라도 한 마리 돼설랑, 메물밭 귀퉁이, 저무는 저녁이라도 즐기겄거니 하는 생각도 한당개. 그랴, 그런다고.

南　　道·2
——늙은 것은 죽었네라우

　그려요. 그란디 워째서 할매는, 내가 요로케나 기다리는디도 불을 안 써(켜) 주요, 워째서 안 써 주냥개? 할매는 참말로 돌가지꽃(도라지)이람서나? 그래서 늙으먼 뻬들어져 죽어뻐리고, 죽는 것 때미 살아난담서? 그래갖고 내 눈에다 불써 준다고 안 그랬었냐고. 할매라우, 그랑개 고단새(그 사이) 벌쎄 또 잊어뻐린 것인그라우? 그란디 할매라우 할매, 그란디 참말이제 나는, 암만암만 울어 바도 귀또리 소리는 안 나고, 질게질게 울어 바도 귀또리 소리는 나덜 안 하고, 그랑개 할매도 오매맹이 날 베리고, 저 넘어 저 넘우로 서방 찾아 갔는개비, 서방 찾아 갔는개벼. 소굼(소금) 떨어진개 오매는, 서방찾아 재넘우 갔담시나, 날 붙잡고 할매는, 움시나(울면서)움시나 살았었는디, 씨발, 그란디 나는 인재 눌 붙잡고 우끄라우, 눌 붙잡고 울어라우? 봄도 벨랑 멀잖애 재꼭대기 왔다더니, 헌디 바람또 불고 진태(눈 비 섞인 것)또 휘몰아부치는 것 본개로, 저실(겨울)은 안 죽도 한도 끝도 없는개비고, 봄은 참말이제 영영 안 올라는개비네, 영영 안 올랑개비라우. 인재는 재 넘우는 더 못 가겄오. 인재는 참말이제 못가지 싶소.

　「나도 씨발, 재 넘우나 한번 가 밨이먼, 할매 나도 한 번 가밨이먼.」 월매나 많이도 내가 고로케 말함서나 살았었든그라우. 참말이제 나는, 재 넘우 뚝 한번만 가 밨이먼 그랬이먼 싶어서, 뚝 실썽거릴라고 했었오. 그란디 요상쿠로(이상하게) 고때마동 할매는 괴얀시리 눈물을 짬선 월매나 월매나 내 맘을 짜안시리 했다고라우.

　「하, 할매요, 할매는 워째 그리 울기만 움선 산다요 글쎄? 고만좀 울지라우, 딛기 싫어 뚝 죽겄오. 뚝 벵든 괭이가 우는 것맹이요. 할매 속 대처나 워디서 고로케나 많은 눈물이 흘러난다요? 참말이제 딛기 싫소. 새가 울어도 딛기가 싫어 죽겄는디.」

「니가 그랑개, 고런 소리를 안 허먼.」

할매는 울다 말고시나 말했지라우이. 그랬다고라우.

「그라먼 내가 왜 울겄어. 할매하고 팽생을 한 몸맹이 산다먼 글씨 내가 왜 울겄냐고? 너도 날 베리뻐릴라고, 그랄라고, 그랑개 고 꿍꿍이속 아니여?」

「허이참 내, 그랑개 참, 글매(글쎄) 나도 참, 딱항만요, 딱하다고라우. 그랑개 내가 워쨌간디? 내가 할매한티 워쨌냥개? 말도 하지 마끄라우? 말도 마끄냐고라우?」

그라먼 할매는 또, 머시 모도 서럽어싸서, 그래싸서 또 울었지라우이. 나는 참말이제 워짤 중을 모루겄등만요.

「그라먼 쎄(혀)를 뚝 짱글라뻐리먼 되끄라우? 탁 썰어내뻐리고 고자배기(죽은 나무밑둥)맹이 있다가시나, 원제 홱 도망가뻐릴라. 족거치, 머시든 모도 말짱(전부) 움시나 살구로 됐는개벼? 여시(여우)도 울고, 새도 울고, 노루도 울고, 나중에는 꽃꺼정 울 거여 아매. 그라고 본개 참 꽃도 울등만, 꽃도 울드라고. 대처니 월매나 월매나 서럼이 짙으먼 소리도 못 내고 붉어만 지겄어? 그랑개 나도, 괴얀시리 울고잡네, 백택없이(까닭없이) 울고자파.」

그랑개 할매는, 내가 쩨꿈씩 더 커질시록 더 울어쌈선 밥도 잘 안 묵을라고 하고, 잠도 잘 안 잘라고 함시롱, 늙어갖고시나 잘 걷도 못 함선도 늘 나를 따라댕기고, 그라다가는 독뿌렝키(돌부리)에 자빠져 피를 내고 안 했었던개비요. 그랴요. 그랄시록 그란디 나는, 자꼬자꼬 할매가 귀찮시런 생각이 드는디, 똑 죽겄등만요.

나를 가만히 내뻐리두먼 대처니 내가 워짤 것인디, 쫄래 쫄래 똑 따라 댕김선, 내 눈치나 실실 보고, 잘 때는 또, 지게 메빵(멜방)맹이 따논(놓은) 내 머리채를 휘감고 자고 했는지 나는 암만해도 할매 속을 모루겄었다고라우. 할매가 고라먼 고랄시록 나는 참말이제, 워떻기 하먼 할매를 띠내까, 고 영구(연구)만 더 했더랑개요. 후훗, 고라고시나 워떤 날 밤에는 할매가 검어쥐고 잠든 내 머릿다래를 낫으로 싹뚝 끊거뻐리고 났더니 속이 시언시럽선 잠이 저절로 솔솔 오덩만요. 할매는 고것도 몰루고 암짝에도 못 씰 내 머리꽁댕이만 붙잡고 머슬 머시라 머시라 써분댐선 참 잘 자덩구만이라우.

워떤 날보당도 잘 자더라고라우. 나는 노루맹이 캑캑 웃었지라우. 내가 암만 몸을 뒤적이드래도 할매 펄을 잡아 뎅겨뽑을 일도 없은개 그랬던개

비었지라우. 고 밤은 쬐꿈 재미가 났기 땀세 한숨만 잘 자고시나, 개동시
(새벽)가 되도 안 해 나무를 하로 나갔었고만요. 그라고 느실느실 정섬(점
심) 때나 돼갖고 돌아왔더니, 참말이제, 대처니 워떻기 고로케나 승악한
짓을 할매가 할 수 있었다요, 글씨? 할매는 글씨, 키보당 높은 나뭇가쟁
키다 사내키(새끼줄)를 걸어놓고시나, 고 한 끝엥이는 모가지를 쫌매놓고
다른 끝어리는 두 손으로 쥐고 있었잖냐고라우? 그라고는 나를 보더니,
잡고 있는 사내키를 글씨 사정도 안 두고 잡아땡겼지라우. 그랑개 할매 모
가지가 질어남선, 고 속에서 캑캑 소리가 된 똥맹이 빠져 나왔는디 나는
속아지도 나고(화도 나고) 겁도 나고, 눈물도 나서, 낫을 들어 사내키를
탁 끊어뻐리고, 그랑개 고때 내가 아매, 할매 가심에 엎드려 울었었을 것
이요.
「할매요. 대처니 요짓이 뭐단거요이? 머시단거요? 워짤라고 요론 썰데
없는 짓을 한다요 글씨? 참말이제 벤통머리도 고로케도 없는그라우? 요
것이 무신 짓이요?」
    그라고 고날은, 할매하고 나하고 참 다정시럽게 해를 넘겼었지라우이.
그란디 고날 이후부텀 할매는 나를 쬐꿈도 못 믿업어하는 것맹이었다고
요. 똥누로만 좀 갈래도 워디 가냐고 물음선 글씨 통세(변소)까장도 따라
와갖고는 통세문악에 쭈글치고 앉아 지다리고 안 했던개비요. 고라기를 시
작함서부텀은, 인재는 할매가 목을 낫으로 끊드래도 안 말길라고 결심을
했었구만이라우. 그림자는 그림잔디, 뚝 무신 바우맹이 무겁은 그림자맹
이고, 글씨 밤에도 안 없어지는 고런 무신 그림자라, 참말이제 숨이 컥컥
맥힐라고듬선, 생땀이 솟을라고 했다고요.
「대처니 내가 워짜간디 할매는 이래싼디야 참말로. 내가 워쪘는그라우
할매한테? 워쪘냐고라우? 글씨 내가 워쪘난개? 고로케 우는 뱅(병)든
것맹이 그라지 말고, 좀 말해 배겨요. 글씨 말좀 해돌랑개? 할매가 그라먼
그랄시록 나는 할매하고는 더 살고접들 안 하요. 내 펼(팔) 내가 갖고 내
맘대로 하고 내 다리 내 맘때로 하는디 할매가 왜 그래싼대요 대처니?」
    씨발, 그란디 내가 싫어할시록 할매는, 무장 더꺼마리맹이 땡기 붙었다
고라우. 참말이제 뚝 꺼마리맹이 남 뜯어묵었당개요. 월매 못 가서 나는
자꼬 게옥질이 나는디, 곈딜 수가 없등구만이라우. 머시든 좀 왹하니 게
왝넀으먼 좋을 것맹인디도, 헌디 고놈의 게욱질은 뱃속에 있덜 안 했던개
벴어요. 그렇기로소니 또 워디도 망가뻐릴 데도 없었고 말이라우, 요래조
래 속만 더 끓덩만요. 글씨 할매가 하는 이약(이야기)대로 하자먼 재 너무

가먼 백년 묵은 여시가 꽃 겉은 지집이 돼서나 주막을 채리놓고 웃음시롱 술먹였다가, 손님이 술에 못 이겨 떨어지먼 붕알을 띠내간다고도 하고, 또 밤질 걷다가 걷다가 조쪽 앞을 보먼 거그 불이 뻔아니 써진 데가 있어 쫓아가 쥔을 찾으먼, 달 겉은 지집이 버선발로 뛰나와 모시들어가는디, 새복에 깨보먼 고 집은 뫼똥 속이고, 달 겉던 지집은 철년 묵은 독새(독사)로 변해갖고 고 질손(길손)을 휘감고 있다고 하고, 그라니 내가 워디로 도망갈 수가 있었겄는그라우. 그렇다고 또 할매랑도 영 못살 것맹이라서, 고래조래 속이 탐선 꺼치 말라 가덩만요. 그래도 죽던 못 하겄은게, 꾀가 생기덩만요. 그래서 말라논 싸리낡껍데기로 뚝 사홀 품이나 딜여 사내키를 한 이백 발 안 꽜던개비네요. 할매는 자꼬 멋할라고 그러남선, **나를 영 못 믿** 업어했다고라요. 할매, 참말이제 안 그랬던그라우.

「할매, 그랑개 고것이 아니고라우. 내가 참말이제 좋운 궁리를 냈는디 말이지라우. 기신도 없는 할매가 날 따라 댕길라먼 심도 씨이고 몸도 된 개, 그랑개 할매는 집이서 졸아도 좋구로.」

「아녀, 나는 괜기찮은개, 괜기찮은개 니 걱정이나 혀어.」

「글씨 그것이 아니고라우, 글씨 요골 좀 보라고라우 요골 보랑개요.」

「고것이사 사내키 아녀? 또 딴 것이란가?」

「허으이참내 글씨 사내키는 사내킨디 말이지라우.」

「워쨌단 것이여? 나는 괜기찮당개.」

「아 그랑개 내 이약을 좀 들어 보란 말이요, 이약을 들어 보도 안 하고 백지 썽부텀 내쌌네. 글씨 요골 보라고라우! 할매는 그랑개, 요 한 끄텡이를 집에 앉아 딱 잡고 있으먼 나는 요끄텡이를 펄뚝이나 모가지에 쫌매고 일을 가겄단 그 말이요. 월매나 일이 밀렸는지도 할매는 모루요? 몰루냐고라우? 첸장마즐.」

「아 그랑개로, 그랴으이? 그 제복(제법) 잘 궁리를 낸 것맹이다. 흐흐흐, 그란디, 고것이 찔기기는 찔기겄냐?」

「그랴요. 내 심으로는 석삼년 잡아 뎅기도 안 끊어지겄오.」

고때 할매가 웃었는디, 할매가 웃은개로 나도 웃고잡덩만요. 그라고시나 시엄(시험) 삼아, 통세부텀 갔잖았는개비요. 할매 원대로 모가지다 매고 말이지라우. 헌디 안 매렵은 똥을 눌라고 심을 쓰다 쓰다 본개 더몄던지 워찌나 성가시럽게 사내키를 잡아뎅기싸서, 고런 꾀까장 밉운 생각이 들었지라우마는, 나도 사내키를 끈덜 끈덜 흔들어 주고 했지라우.

그란디, 통세까장은 벨일 없이 좋왔는디 말이지라우, 쪼꿈 먼디까장 댕기고 불랑개, 고것이 글써 고것이 아니덩만이요. 솔부작(잔솔)에 갱기고 (감기고), 북데기가 매달리고, 끈트럭(낫으로 쩍어낸 나무의 송곳 같은 끝)에 걸개치고, 그래서 참말로 펜털 못하덩만요. 그래 한번은 고것을 풀어 내고시나, 바람 잘 타는 나뭇가쟁이다 쫌매 놓고 났더니 고로케나 펜할 수가 없었지라우. 할매는 고 속을 몰랐지라우이? 고날 모루고, 고 이튿날도 모루고, 고 산날도 몰랐다고라우. 월매나 나는 속으로 낄낄 웃었는지 지끔은 모루겄우. 그란디 겔국은 여시맹이 할매가 고 꾀를 알아냈었지라우. 그래갖고 또 따라댕기기 시작했는디, 요번에는 워디 영덕 밑에서 잠 한숨 자보도 안 할라고 안 그랬던개비요. 참말로 할매는 무겁게 무겁게 나한테 붙어댕겼어요. 내가 암만 눈을 홀기도 할매는 똑 무신 벵신맹이 눈을 니리깜음선 피하고, 쌩이 나서 내가 막 담박질을 치면, 할매는 엎으러짐선 일어남선 날 부름선 따라왔었지라우. 그라다 한번은 엉덕에서 되게 떨어져 다리를 삐었었구만요. 할매는 고때 팩 보독씨러져 있었는디, 내가 쫓아가봤을 때는, 눈을 까뒤집어 놓고 있었기 땀세 여시제 사람이 아니덩구만이라우. 속으로 나는 월매나 월매나 꼬셔했는지 몰랐었오. 허기사 짜안시런 맘이야 워쩨 쪼꿈은 없었으끄라우.

할매는 앓기도 참말로 많이도 앓아쌈선, 시나부로 낫기는 나샀는디 그라다 하늘 한번 올리다본개, 고라는 새 워느녘에 저실이 와 있었고 바람끝도 차 있덩만요. 할매는 헌디 걷덜 못하게 됐었구만이라우. 그래 가만히 생각해 본개, 참말이제 세상은 아무 재밋속도 없고, 아무 까닭이도 없음선, 부달리기만 생뚱나게 부달리다 본개, 저실이등만이요. 격다가(게다가) 할매 다리까장 못 씨게 맹글어논 미안시럼까장 보태갖고시나 나는 웃도 못 하겄고, 울도 못 하겄고, 그렇다고, 죽도 못 하겄어서, 벨수 없이 할매나 맞보고(마주 보고) 고 저실을 캉캄하게 사는 수배끼 없었지라우. 없었다고라우. 그랴요, 인재는 할매를, 무섭지마는 못 떨치내는 고런 그림자라고 생각할베끼는 없었지라우. 그래서 내 그림자를 보뎃기 할매를 봄시나 속으로는 몸써리를 쳤오. 한숨을 쉼선 몸써리를 쳤더라고요. 미럭(미륵)인가, 산신령인가, 삼시랑인가, 머신가, 할매만 알고 나는 모루는 워떤 씨부랄놈우 귀신한테 눈을 홀김선, 그랴요. 할매를 내 그림자라고 생각할라고 했더랑개요, 그래도 원제고 한번은, 벨랑(별로) 안 먼 원제고 한번은 할매는 죽어뻐릴틴개, 고때사 큰숨 한번 못 쉬겄는그라우.

다리를 못 씨게 됨선부팀, 할매는 똑 까마구맹이 변해 갔구만이라우. 내가 무신 송장 뼉다구나 된뎃기, 눈이 붉어져 감시로 나를 쫓아댔다고라우.

자다가도 사람을 좀 곱게 깨우던 못하고, 쬐꿈 성한 발로 내 대가리를 탁 탁 침시나「야 이놈아, 너는 그래 잠이 오냐? 요 할미를 요래 놓고 잠이 오냔 말여?」함선, 업으래갖고는 업혀서나, 내 등판대기에다 코를 발름 시로 자고, 똥을 눌 때도 내가 보듬고 있어야 누었지라우. 그래도 나는 암뭇 소리 안 함선 참았었오.

고 저실은 고로케 갔었구만이라우. 그래도 배는 벨랑 안 고프게 지냈은 개, 고것만 좋게 생각할라고 했고만이요. 부엥이도 늑대도 참 울어쌌지라 우. 울어쌌더니 워느새 노루하고 쑥꾹새(뻐꾹이)가 울었는디, 할매요, 쑥 꾹새만 울먼 나는 오매가 보고저펐었오. 오매가 보고저펐었다고라우. 오 매는 재 넘어로 서방찾아 갔담선, 워째서 기다리도 기다리도 오덜 안 하고 쑥꾹새만 재 넘우서 쑥꾹새만 오끄라우? 안죽도 오매는 서방을 덜 찾았 으끄라우? 그란개벼요, 안 그라먼 날보로 벌쌔 왔을 것인디. 벌쌔 왔을 것인디.

봄벨이 쬐꿈 더 두껍어진개 할매는, 산귀경, 또랑귀경, 들귀경이 하고잡 다고 그랬었구만이요. 그람선 쬐꿈 웃고시나, 말소리도 쬐꿈 보두랍게 했 구만이요. 그래도 나는 하나도 좋운 것을 모루겄드라고요. 할매는 내 등에 업히갖고는, 워짠지 좀 간살시럽게 들리는 소리로 머시라 머시라 씨분대 쌈선 좋아했지라우만. 내한테는 참말이제 고 봄은 안죽 안 왔더랑개요. 「야아, 그라고 본개, 벌쌔 너도, 흐흐, 장개갈 나이가 넘었는갑다. 목도 굵고, 어깨도 짝 발아지고, 등짝도 서마지기 밭 한 떼기는 실하게 된 것 본개, 참말이제, 끌끌하다 끌끌하다 하던 뱃놈만치는 된단개. 흐흐흐…… 열사날 뱃질을 끄떡도 안 하고 저어오고도, 고 가심에 심(힘)이 고로케도 펄펄해서, 똑 무신 괴기가 뻐드럭 뻐드럭한 것맹이. 요 할미 왼몸뎅이 속 으로 용을 쓰며 고로케 뻐드러져 들어왔었다고.」

할매는 내가 모를 소리를 해댔었구만이라우. 나는 말 소리가 들린개 들 었을 뿐이제, 머 물어 보고잡도 안 했다고요. 서너 해 전까장만 해도 할매 는 뒤안에 시암에 가서, 그륵에 물 떠 놓고, 머시라 머시라 고런 소리를 잘 씨분댔응개요. 그라다가는 허리를 굽히고, 또 굽히고 안 했던개비네요. 「야야 심이 안 씨이냐?」
「무신 심이 씨이겄오?」
「할매를 업고 요만쯤이나 왔은개 하는 소리여.」
「글쎄 무슨 심이 씨이겄냔개요? 고자배기 뒤 토막 얹어 놓은 것맹이요.」
「그래도 쉬엄 쉬엄 가자. 조쪽에 돌가지 한 뿌렝이가 꽃을 피웠제으이?

조건 쬐꿈 철이 빨른 것맹이다. 참말로 니 등은 호숩고도 뜨시다. 야야,
쬐꿈 섬선, 조 돌가지 한 뿌렝이 캐자잉?」
「내가 그랑개 워짠그라우? 체엔장, 쉴라면 쉬쑈.」
　내가 할매를 땅에 부리놓은개, 할매는 고것을 캘라고 손톱으로 땅을 회
비작 회비작했지라우.
　헌디 고 돌가지는 굉쟁히 늙은 것맹이었구만이요. 할매는 고것을 캐들
고시나, 거진(거이) 울뎃기 웃음선
「야야, 미렉(미륵)이가 다른 것이 아니고, 요런 것이여 그랴, 요런 것이
여.」했다고라우. 「산신령이 머 벨다른 것이었냐? 삼시랑이라고 머시 벨
다른 것이었어?」
「참말이제 할매는, 할 소리도 때럽게 없는개비요. 나는 미렉이도 산신령
도 삼시랑도 모루겄오마는, 고것이사 돌가지제 머 다른 것이었오? 고런
소리를 두고시나 객광시런 소리라고 하는 것이요.」 나는 할매한테 눈을
홀기고는 고 돌가지를 캐냈던 자리다 오좀을 안 갈겼던 그라우. 그란디 할
매는 좀 요상시런 눈으로 나를 봤다고라우. 그람선 쎄쨀배기 소리로 요랬
구만이요.「고, 고놈, 보, 보장개 참, 참말이제, 고 실하던 뱃놈맹이다,
뱃놈맹이여.」 그라더니 고개를 돌렸다가는 다 썩어내리앉는 것맹이 한숨
을 한 번 쉬더니 있었다고라우.
「요 돌가지 대궁탱이는 새로 돋은 것 아닌개비?」
「고걸 누가 모루겄오?」
「그라면 작년에 있던 대궁탱이는 워디를 갔단가?」
「고걸 누가 모루겄오? 말라삐틀어져 안 죽었는그라우?」
「그라면 뿌렝이도 안 죽었었겠다고?」
「고걸 누가 모루겄오?」
「그란디 또 요로케 살아안났단가.」
「고걸 누가 모루겄오?」
「그란개 늙은 것은 죽는 거여.」
「고걸 누가 모루겄오?」
「그란개 늙은 것은 죽는다고.」
「참말이제 할매는, 지끔 무신 소리를 한단 거여?」
「나는 대궁탱이고 너는 뿌렝이란 말이여.」
「참말이제 할매는, 지끔 무신 소리를 한단 거여?」
「죽었던 뿌렝이가 요로케 안 살아났다고?」

　그라고 할매는, 고 돌가지를 대궁탱이까장 다 우물거려 묵어뻐렀구만이라우. 그라고는 이빠리도 없는 이틀을 내놓고 하품맹이 웃었다고요. 「늙은 것이 죽기 떼미……」

　일 철이 되얏을 때는, 할매가 귀찮고 싫고 머시고보당도, 일을 도통 하덜 못 하겄어서, 「할매라우, 참말이제 이래쌌지만 말고라우. 저실에 배고풀 것 좀 생각해 배기라우. 할매가 요로케 내게 업혔으믄 내가 무신 일을 할 수 있겄오? 참말이제 저실에 배고풀 건 못 기다리겄오, 불도 질러야지라우, 감자씨도 심어야지라우, 두엄도 장만해야자라우.」하고 내가 월매나 빌었던 그라우. 내가 에렸기 땀세 할매 혼차 일했던 떼마동, 그 저실들 내내 월매나 월매나 배고푸고 추웠던지, 지끔은 생각도 하기 싫은개 그랬던 것 아닌그라우. 그란디도 할매는, 「나는 인재는, 나 혼차 떨어져 있다 죽으나 너랑 굶어 죽으나 똑같은개 이왕이믄 니가 보는 디서 죽을라고 그란다.」했지라우. 그래 할매를 받친 펄을 휙 풀어뻐리믄, 할매는 내 등에 무신 죽은 토깽이맹이 매달려 있음선, 내 모가지를 감은 펄을 풀어 주덜 안 했다고라우. 나는 숨이 맥혔은개 벨수 없이 다시 할매 궁뎅이에 펄을 둘렀는디, 하다 하다 못해서 할매요, 내가 안 울었던그라우? 참말이제 울 수배끼, 내가 워떻게 하겄등그라우? 심대로만 한담사 할매를 휙 떼기처뻐리도 되고, 지둥에다 묶어놔도 되지만 할매 안죽 고로케까장은 내가 싸납아지덜 못하겄더라고요. 할매가 구렝이나 까마구맹이 싫기사 싫었음선도, 치매 앞자래기다 코딱아 줌선, 할매는 못 묵어도 나만 먹여 주던 고 할매를 고랄 수는 없었다고라우.

　움시나 나는, 묵도 안 하고 일도 안 나가고, 기양(그냥) 방구석에 배지를 깔고 누워 머시든 되는 대로 내뻐려 두고 그라고 굶어 죽을라고도 안 했던 개비요. 그라고 고로케 몇 날을 지냈더니, 할매도 보다가 속이 짜안시럽었던 개비지라우? 한숨이나 썩어 가라앉으라고 섬시롱 달이나 보고 있더니 하룻밤은, 웃음시나, 내게로 돌아앉으면서, 「워디, 요놈이 그랑개 시악씨 생객이 났내벼, 글매 그랬내벼, 워디, 대처니 붕알이 월매나 영글었는지 워디, 흐흐흐, 할미 약손으로 한번, 흐흐흐흐, 만치 보끄나? 허헛따 놈 참, 허헛따 참말로, 옹골차다, 워디 워 워디, 흐으 요놈, 고놈 참,」

　그란디 차차로 나는, 자꼬 웃고자픈 것맹임선, 워디다 심을 한번 휙 썼이믄, 그랬으면 싶음선 가심이 다 근지럽고 송신을 하겄는디 안 되겄등만이라우.

「할매 손은 워쩌 그리 차침차침 뜨겁어진다요 글써?」

「고것이 약손이란 것이여 그랑개. 아무나 다 갖고 있는 것이 아니라고. 그랑개 니 손일랑 곌단코 대지 말란 말여. 깟딱꾸다간 (까딱 잘못하다간) 니몸뗑이가 고자배기맹이 썩어뻐릴 것이여. 그랑개 쇠피 볼 때 말고는 암만 근지럽어도 참아야 된다고.」

고날부텀은 헌디 할매가, 참 요상시럽게도, 나를 혼자 내뻐리두고, 펜안시리 잠도 자고, 묵고, 웃기도 함선, 나한테 참 잘해 줬다고라우. 그라장개 나도 할매가 좋아짐시로, 되떼(도리어) 할매가 날 베리고 워디로 가뻐리먼 워짜까 고 걱정까장도 실그마니 들라고 했더랑개요. 겪다가 나는, 할매 약손 맛을 차침 차침 던짚으게 알아가고 있었기땀세, 일도 멀리까장은 하로 가덜 못하겠더라고요.

「야야, 워째서 또 왔냐? 글씨 워째서 자꼬 고로케 들랑날랑 허난개?」 할매는, 웃음시로 늘 고로케 우멍을 떨었지라우. 다 암선도(알면서도) 말이지라우.

「못쓴다, 못쓴다고, 약도 너무 좋다가 보면 몸을 해꾸지 허는 거여.」

한 여름은 그랑개 고로케 안 갔던그라우. 워떤 해보당도 일도 많이 쳐났더니, 거더디릴 것도 제복 솔찮하등만이요. 쑤시(수수)랑, 늦깡냉이, ── 올깡냉이하고 밀갖고는 여름 살기 마침맞았지라우. ──고구마랑 호박이랑 들꽤(깨)랑 창꽤까장, 방 한구석이 끗뜩 안 했던개비네요.

코쿨이다(고콜이에다) 그라고시나 갱솔(관솔)때기를 태우기를 시작 안히 왔었오. 그라고 나서 할매하고 나는 서로 할매 말하뎃기, 외리(오리) 알쳐다 보뎃기 봄선 지냈구만이라우이. 그란디 찬바램이 불 때부텀서, 자꼬 심을 써 보고자픈 고 벵이 확 도겨뻐렸더라고요. 참말이제, 낮이고 밤이고 할일이 없었은개, 뜨신 구둘막에 배지나 깔고는 고 속벵이나 앓았다고라우. 차라루 약손 맛을 몰랐더라면 좋았을 것맹이었이요. 할매 약손 갖고는 머신지 자꼬 모지렜다고라우. 겉벵이 속벵으로 바꽈들이와뻐린 것이요. 워짠 일인지 나는 자꼬 자꼬 외롭더라고요. 가심에 헛청(헛간)이 생김선 거그다 멀 떤지 너도 차덜 안 히어요. 할매는 고 눈치를 챘던개벴어요. 할매는 한번도 약손을 안 애꼈은개요. 헌디 그라면 그랄시록 헛청은 더 커지고, 헛청이 커지먼 커질수록 나는 할매한테 더 뽀챘지라우이. 언 발에 오줌 누는 것맹이었어라우. 그 저실 한날도 안 빼놓고, 하루에 열두번썩이나 할매는 오줌을 깔기 줬는디, 그라고 봄에 나를 본개, 나는 더 독하게 얼어붙었덩만이요. 헛청에 어름만 하나 깟뜩이었다고라우. 고때는 몸에 찬바람이 돔선, 사방군데가 다 노랗기만 하고, 창꽃(진달래)이 암만 뜨겁게 타올라도, 따순 줄을 모루겄었어요. 고런 나를 내리다봄선 할매는 웃었구만이라우 웃었다고라우. 고건 할매가 웃는 것맹이는 아니었고라우. 바느질을 함선 실끄탱이다 춤을 묻히는디 본개, 쎄바닥이 둘이나 낼롱거리더라는, 고런 무신 독색기침이 웃는 고런 웃음이었다고라우. 그랴요, 한 여름 한가실 동안, 나는 그랑개, 질고도 진 밤 속에 있었던개벼어요. 아침에 깨 본개, 흙여서 지냈던 고 한 여름, 고 한 가실, 고 한 저실은 뫼똥이었고, 할매는 쎄바닥이 둘이나 된 고 지집 말고는 다른 아무 것도 아녔다고요.

나는 죽을 멧기 앓게 됐었구만이라우. 왼 몸뎅이가 한데 내논 것맹이 시린디도, 구둘짱맹이 펄펄 끓는 이기 속은 암만 해도 모룰 고 벵 떼미, 나는 일어나덜 못했잖은개비네요. 허리가 시지큰함시롱 열두통으로 끊켜져니리 않고, 어지럽음선, 입솔이 탔지라우.

고런 나를 보다 못 하겄던지 할매는, 내 머리맡에다 찬물을 떠다 놓고시나, 관시엄보살이니, 나무애비타불이니 함시롱 손을 비벼쌌더니, 고래 바도 안 되겄넌지, 다리를 찔찔 끌고댕김선 할매는 무신 약이란 걸 맹글아 구둘막에 파묻어놨었지라우이. 밀지울 뭉치서 떠워놓은 것하고 지추니 창출이니 더덕 말라논 뿌렝이 고은 물하고, 쑤시밥하고 섞은 것이었지라우. 아매? 그랬어라우, 그란디 고것이 사흘도 못 돼서 단내를 풍기는디, 고것 한번 얼렁 묵어 봤이먼 싶덩만이요.

고것이 그란디 머시였겄는그라우, 고것이 머시였겄냐고요. 고것이 속으로 들어간개 글씨, 창시(창자)가 뒤 바쿠 꽈틀먼서, 낯을 뜨겁디 뜨겁게 함시롱, 가심을 거쿱(거품)맹이 부클어 놓는디, 글매라우, 고것이 대처니 머시였겄는그라우. 나는 그래 할매를 등판떼기다 업고시나 등깨 등개 뛰어댔구만이요. 그람선 요리 조리, 산날맹이로 들판으로, 또랑가로 꽃지늘 아래로 돌아댕겼구만이라우. 앙 그랬던개비요?

「야야, 워찌 요리도 니 등판은 호습냐, 워찌 요로케도 호솨?」 할매는 좋아싸서 꿈을 침선, 내 어깨쭉지를 떠렸지라우. 그라고 고놈의 물이란 것을 나도 묵을 만한 나이가 됐다고 했었다고라우.

워쩌 되얐든, 나는 고놈의 썩은새 국물만 자꼬 묵고잡아 일도 못 하겄고 또 고놈의 것을 묵고 났다먼 일 겉은 것이사 워쩌 되었던동 내 알배 아니다, 할매만 업고 놀로나 댕겼지라우. 그람선 고 물이 떨어질 만하먼 할매는, 다른 단지다 또 당겄다고라우.

고로케 돌아댕기다시나 워떤 날은, 여시 두 마리가 똥꾸를 붙이고 있는 걸 안 봤던개비네요. 그래서 내가 웃음선 고것들 가운데 토막을 한번 탁 찰랑개 할매가 「야아, 그라지 마라, 고것이 지끔 베문한 것이 아니라.」함 선 말겄다고라우.
「무신 짓인디 고로케나 베문시럽다요 대처니라우?」
「흐흐흐, 고것이 그랑개 상내난 거여.」
「고건 또 무신 말이요?」
「조래갖고, 흐흐훗, 그라, 조것이 그랑개 한몸이 돼 뻐리는 짓이란 것이 다고, 흐으훗.」
「고것참 요상시럽구만, 워쩠든 벨 족거튼 짓을 다 허네. 탁 차 떤지뻐릴 라 기양.」
「조놈이 그랑개 시악씨고, 조놈이 뱃놈이다, 그라, 뱃놈으로 생겼어, 앙 그러더냐? 야야, 그나따나 가자, 가.」
　할매는 내 머리끄뎅이를 사정도 안 두고 잡아뗑겄지라우. 글써 급짝시리 맘이 변해진 것이요.
「할매라우, 나도 뱃놈이란 거 한번 해 봤이먼.」고 날 밤에 나는, 암만해 도 잠을 못 자겄길래, 뒤척거리다 앙 그랬던개비요. 고때는 참말이제, 창 시를 씨리게 하는 고 물도 안 좋고, 할매도 물론이나 안 좋고, 고 시악씨라 는 것 생각배끼는 나딜 안 했더라고. 「나도 말이라우, 고 상내란 거 한번 나봤이먼. 나도 그랑개 멋(무엇)하고 한몸될 벵이 참말이제 짚이 짚이 들 었는 겻맹이요, 앙 그라고사 꾀얀시리 잠이 오딜 안 할 수가 있겄오? 그 랑개, 산 넘우는 고것이 있담선? 있다고 안 했냐고라우?」
　할매는 고때 아뭇 소리도 없었구만이라우. 고런 대신에 갑째기 앓기를 시작했는디, 새복에는 곧 죽을랑 것맹이 눈을 까뒤집고 그랬다고라우. 그 래 내 안 빌었던개비요.
「할매, 내가 말 잘못했은개, 이라지 마쑈잉, 이라지 마쑈, 내가 요로케 안 비요?」
「그라먼 이눔아, 맹시를 해라, 맹시를 해여. 해를 두고, 달을 두고, 나 무를 두고, 산을 두고 요 새복을 두고도 맹시를 해여.」
「워떻기 하는 것이요? 내 할랑만, 할 틴개 갈쳐만 돌라고. 갈쳐만 돌랑 개.」
「그라먼 요로케 허거라. 요로케. 〈나는 참말이제 할매 혼차 띄놓고 워디 로 앙 갈라요.〉따라서 히어.」
「나는 참말이제 할매 혼자 띄놓고 워디로 앙 갈라요.」

「그래도 워디로 가고잡은 생객이 들먼,」
「그래도 워디로 가고잡은 생객이 들먼,」
「햇님이라우, 달님이라우, 산님, 나뭇님, 새복님, 엉덕에 고자배기님, 미룩님, 삼시랑님, 내 눈을 쏙 뽑아 갑수사. 맹시허나이다.」
「고건 너무 에럽어서 참말이제 못 하겠는디.」
「그래도 따라 히어.」
「글매 못 따라 하겠다고라우. 씨발, 난 눈이 없으먼 워쩌 살 거여 글써? 못 하겠다고, 고건 못 하겠당개.」

그렇지만 고날 동도 티기 전에, 나는 벨수 없이 고 맹시를 하고 말았었지라우. 그라고 난개 할매 벵은 씻은 덧기 나사뻐렸었는디, 괴얀시리 나는 눈이 비덜 안 한 것맹이데요. 「씨발, 햇님이고 달님이고 고자배기님이고 나는 모루겠다. 내 눈 내가 보는디 저그들이 대천지 워짤 것여? 내 것이제 저그들 것이간디?」 고로케도 생각해 봤지만, 그란디도 고 맹시란 건 늘 내 속에 구름맹이 쪄 있었다고. 「워디, 내 한번, 내 눈이 뽑아지는가 안 지는가, 참말이제 시엄을 해 바야겠어.」 고런 생각도 했었구만이라우. 참말이제 고 맹시를 하고부텀선 나는 내가 똑 둘이나 된 것맹임선, 자꼬 헷갈리더랑개요. 고때는 머, 할매를 혼자 띠놓니 안 띠놓니, 시악씨니 멋이니, 고런 건 뒷전이고라우, 해하고 달하고 미렉이하고 한펜이 돼 뻐린 나하고, 고것들하고 웬수가 돼 뻐린 나하고 둘이서, 그랑개 생조시나게 쌈만 했다고라우. 눈 두 개를 놓고시나 그랑 것이지라우. 「인재는 니 눈이 니 눈이 아녀.」 「족거튼 소리는 하지도 마.」 「글써 그렇다고.」 「그라먼 한번 워디든지 가 보까?」 「그라먼 눈이나 뽑히제 벨수 있겠다고?」 「까진것, 뽑힐라먼 뽑히라제, 그래도 빌 거여.」 「눈을 깜아도 비냐?」 「고것이사 깜았은개 안 비제.」 「그라먼 한번 꾹 눌러 바.」 「그랑개 불이 써진다.」

겔국은 안 되겄등만이요. 안 되겄더라고라우. 워디만침이라도 한번 갔다 와야지라우. 고로케나 꾸룸하니 해갖고는 못 살겄드라고요. 할매는 고 눈치까장은 못 챈 것맹였고, 내가 멋 땜시 밥도 잘 안 묵고 말도 잘 안 하냐고만 그랬지라우. 그란디 참말로는, 나는 워디 만침이라도 갔다가 와 볼라고, 고 겔심을 하고 있었다고라우. 그람선 달이 크게 돌아올 때만 기다리고 있었는디 밤질을 걸을라먼 쬐꿈 환해야 안 되겠는그라우. 그라고 날씨도 쬐꿈 더 따솨져야 되겄고도 해서요. 내 속은 고라는 메칠 참 많이도 뛰쐈다고라우. 고런 경험이란 건 생전 첨이었는디, 벨랑 좋도 나뿌도 않음선도, 자꼬 무신 눈치만 보게 하드라고요.

후후훗, 할매는 내가 통세나 간 줄 알았었지라우? 고때 나는 꼬숩고도
덜덜 떨리는 맘으로 엉덕을 넘어 가고 있었오. 지랄한다고 노루가 울어싼
개 달이 커져 뻐린 고날 밤 아녔냐고라우. 나오기는 내가 참말이제 살맹
이 나왔는디도, 할매는 지침을 내 뒷꼭대기다 해쌌텅만이요. 할매사 지침
만 할라고 죽도 안 하고 살아 있었은개 머 자꼬 자꼬 지침이나 해야 했겠
지라우맹.

　산불맹이, 요꽃 조꽃 피기도 많이도 펴, 오로록 오로록 타올르데요. 쥐
새깽이 귀만하던 나무 잎파리도 워느녘에 큰 노루 귀만침이나 커 있었는
디, 그란디도 워짠지 쬐꿈도 존 줄은 모루겄등만이라우. 낮이먼 고로케도
이망이 시언함시롱 좋던 고 나무들 밑이, 워째서 고 밤에는 으썩 으썩 함
시롱, 고구매 잘못 묵고 얹친 것맹으로 답답했으끄라우. 나무지늘에서 머
시 월컥 뛰나와 내 대가리를 탁 쎄릴란 것맹이라 홧딱 돌아다보면 아무
껏도 없고, 그래 또 심을 내서 담박질을 쳐 보면, 머시 뒷꼭지를 획 잡아
땡길라고, 내가 담박질치는 고만큼 빨르게 담박질쳐 오고 해서나, 나를
영 갱실틸 못하게 했다고라우. 대천지 머시 대갈맹이 속에서 까시쟁키(가
시뭉테기)를 휘둘르간디 소룸이 와시렉이 일남선 머리카레기가 꺼꿀로 스
끄라우? 무신 새가 횟대기(피리)를 붐시나 붐시나, 나뭇지늘에서 포도덕
이는 것도 못 참것고, 다릿장갱이(정강이)에 씻갬시나 워시락 워시락 해
쌌는 샛대기(새) 소리도 못 참것고, 나뭇가쟁이는 흔들리도 안 한디 그리매
만 끈들거리는 것도 눈 뜨고는 못 보겄드라고요. 그람선 눈깔이 자꼬 개럽
고, 침침해짐선 안 빌라고 안 하냐고라우. 그라고 본개 나는 걸음을 더 웡
기덜 못 하겄등만이요. 그래 쬐꿈 숨을 돌리 볼라고, 암데나 퍽썩 주저앉았
구만이라우. 그라고 대처니 머시 나를 자꼬 무섭게 하는지 고것을 따지
볼라고 안 했겄는개비요. 그래 봤는디 말이지라우. 네엔장마즐, 아무껏도
무섭을 것은 없었다고라우. 여시나 색꽹이(삵쾡이)요? 고까짓 것이사 몽
뎅이로 한 번썩만 쎄리패도 캥캥거림선 도망갈 것들 아닌그라우. 귀신이라
우? 글씨라우, 참말로는 나는 죽는 것이 머신 중은 잘 모른개 고것도 머 벨
랑 무섭을 것 없었지라우. 그란디 밝은 디 가먼 어둔 디가 무섭고, 어둔 디
가먼 밝은 디 나갈 것이 무섭었다고라우. 머신지 모룰 것이 어둔 디서는 날
콱 덮어씌울 것맹이고, 밝은 디 가먼 나를 니리다볼 것맹이었다고라우.
겔국은, 그랬어요, 눈 때미였다고라우. 그랴요, 눈 땀새 그랬다고라우. 고
런 무섭증은 눈으로 온 것잉만이요. 그래갖고는 뽑아갈란 것이었소, 그랴
요. 헐수 할 수 없었은개 나는, 돌아섰네라우. 할매가 암만 귀찮시럽더래

도 나는, 할매하고만 살게, 고로케 돼 있었던 개비었오. 고로케 됐던 개비
었다고라우.

　비라도 흠썬 맞은 것맹이 어깨를 축 니리고 돌아온개 첫새복이었는디, 할매는 방안에는 안 있고, 똘광에도 없고, 통세도 안 있었다고라우. 걷도 못 함선 대처나 워디를 갔던동, 갑째기 걱정시런 생객이 드늗디, 고라고 본개 나도 할매 떨어져서는 못 살 것맹이등만이요. 혹씨 목매달아 죽던 안 히얐으까자파 찾아바도 없었고라우. 참말이제 걱정시런 생각만 자꼬 뽀짝 뽀짝 더 드는디, 미칠 것맹이라, 요리 조리 뛰댐김선 쩌웃거리다 본개 할 매는, 시암갓에 있덩구만이요. 고로케도 할매가 반갑을 수가 있었으끄라 우? 할매는 그륵에 시암물좀 떠놓고시나 머시라고 써분대쌈선 손을 비비 고, 안 있었던개비요이? 쫓아가 본개, 할매 낯에도 시암물이 묻어서 흘르 는디, 주름쌀마닥 고것이 괴어서, 괴인 디마닥 포로소름한 달빛이 어리갖 고 있은개, 내 눈에는 할매가 무신 고운 도채비(도깨비) 겉디야.
「할매, 그랑개 내가 잘못했는개비요. 인제 참말이제 워디고 가덜 안 할랑 만. 솔찮이 걱정했일 거이요 잉?」할매는 날 나무래도 안 하고, 울랑 것 맹이 웃음시나, 고개만 끄덱끄덱했었잖으요이. 참 그람선, 내 낯을 실실 만지 봤다고라우. 이깽이 덮운, 무신 독 겉은 손바닥이라, 소룸이 끼칠라 고 했으먼서도, 나뿌덩 않덩만이요.

　그란 뒤로, 월매나 시월이 갔던동, 나뭇잎사구가 착씰하게 우거지고시 나 모구도 날라댕기기 시작하고라우. 쪼꿈만 꿈젝여도 땜이 철철 흐르는 고때가 안 되었던 개비네요. 고때 나는, 또 속에서 지랄이 났더라고라우. 맹시했던 것 겉은 건 진작에 잊어뻐렀고라우, 안 잊어뻐럿단대도 고런 건 하나도 안 겁나고라우, 구룸이 산날망으로 넘우가고 넘우온개 말이지라 우, 거그 넘우 한번 똑 가 보덜 안 하고는 안 되게 생겼더라고라우. 그라고 해필이먼 밤중에 도망갈 일이 머시겄오. 암만 히어도 할매는 따라 오도 못 할 것인디, 할매 눈 쐬길 필오는 머시겄오. 그래서 일을 하다가 말고시나 내가 안 이랬던개비네요. 「할매라우, 잘 있으쏘. 나는 오매 좀 보고자파 서 갈랑만요.」후후, 그라고시나 호맹이(호미) 겉은 건 휙 떤지뻐리고, 되나캐나 담박질을 치기를 안 했던개비요. 할매는 고때, 밭구텡이 구텡이 를, 요리 조리, 펄로 짚어 몸뎅이를 끌고댕김선, 지심도 매고, 쑥잎사구 도 뜯고, 돌가지도 캐고 했었지라우, 참말이제 고때도 또 한번 속이 꼬 십데요. 「오매도 보고, 여시하고 살기도 할라고 내가 시방 안 이라요.」난 담박질을 침시나 말했지라우. 「요로케나 날쌉게 뛰가는 까닭이는 그렇다

고라우. 요놈의 붕알 뒤두먼 멋하겄오? 뚝 까서 여시나 줘뻐리제. 할매
말로는 오매도 워디서 여시질할 것이람선? 그란개 나도 새깽이는 여시
새깽인디 나는 나 아니냐 말이요. 그라고 본다치먼 여시란 건 나 겉은 건
나 겉은 것인디, 할매 겉은 붕알이 없는 종내긴개비요. 해야튼지간에 한
번 만내 볼라고, 내가 지끔 이라요. 잘 있으쑈잉, 잘 있으라고라우.」
   고때는 한번 살아 있는 것맹이등만요. 그라고 할매가 비덜 안 한 디서부
텀은 찬찬히 걸었지라우. 아매 정섬때쯤 되었었을 기요.
   감시나, 노루맹이 감시나, 목말르먼 또랑물 묵고, 깨금(가랑잎 나무 열
매)이랑 앵도랑, 따묵음시나 간개로 배는 안 고팠고라우, 헌디 워짠 일이
있었으끄라우? 해 뜨는 디도 지는 디도 알덜 못하겄고, 해는 안죽 안 떨어
졌는개빈디도, 거그는 새복이 돼 있더라고라우. 암만 하늘을 올리다바도
하늘은 비덜 안하고, 기양 잎사구들만 새깜 소롬하니 덮였는디, 월매나
햇빛이 들덜 못했던동, 지늘(그늘) 썩는 남새만 코를 찔러라우. 참낭구
숲속이었던개벴어요. 참말이제 고로케나 걸창한 숲은 보다보다 첨이었당
개요. 글씨 하늘이 안 비고, 햇빛도 안 들고, 그라장개 천상 새복 겉기만
했다먼 말 다 해뻐린 것 아니요. 월매나 잎사구가 쌔였던동, 딛는 디마동
허방 겉고, 폭신폭신한 것이 참 좋덩구만요. 벨랑 걱정시런 생각은 안 들
었기 땜세, 좀 쉴라고, 고 푹석한 디 눕은개, 글씨 잠이 제절로 올라고 그
라더라고라우. 고 쌔인 잎사구 내암은 또 워떻고라우! 「인재 쪼꿈만 있
으먼, 그랴, 히히, 조쪽에서 여시가 올겨, 그랴 올겨,」 나는 고로케 생각
함선 그라고 웃음선 눈을 시리리 감았구만요.
   눈을 뜰 때도, 웃음시나 떴구만요. 나는 쪼꿈, 잠이 들었던개벴어요.
그란디 할매요, 나는 울 수배끼는 없덩만요, 나는 울 수배끼 없덩만요.
그래도 할매한티 원망은 안 히았오. 울기만, 나는 기양, 울기만 울었다고
라우. 그란다고 무신 소양(소용)이 있었겄오마는, 워짜겄오, 꺼생이(지렁
이) 겉은 짐성도 울면서 산개 안 죽고 안 사요잉? 나는 눈이 비덜 안 한
것이요.
   잠 한숨 자고 난 게, 눈이 쏙 빠진 것이요. 나무도 안 비고, 쌔인 잎사
구도 안 비고, 새복 겉던 것도 안 비었다고라우. 월매나 월매나 나는, 쏘다
댕겼던그라우. 어둔 것들 모도 급짝시럽게 와갖고, 눈이 있던 디에 쑤시들
어와뻐린 것이요. 햇님, 달님, 산님, 산날망에 고자배기님, 미룩님, 월매
나 내가 잘못히았다고 빌었던그라우. 그래 봤어도 아무 소용도 없었제라우.
가심이 새캄한 것한티 탁 먹혀뻐리져서, 내 것은 내 것인디도 내 것은 아

니고, 손은, 펄뚝은, 물팍(무릎)은, 허복지는, 모도 월매나 먼 디로 먼 디로 가삐렸는지, 암만 쓸래도(쓰려 해도) 말을 안 듣고, 요리 보독쓰려지고 조리 보독쓰려지는디, 참말이제 삐도 못 추리겄등만이라우. 하기사 나도 눈이 비었던 때가 있기는 있었지라우마는, 눈이 빈다는 것 빼머는, 요 시상에 머시 더 좋을 것이 있을 것 안맹이등만이요. 염치는 없었지라우만, 하다못해 나는 할매를 불렀구만이라우. 「할매, 할매애,」그람선 막 벌벌 김선, 이망을 깸선, 물팍을 부닥침선, 막, 막 담박질을 췄지라우. 나는 안 미칠 수가 없었당개요. 「할매, 인재는, 할매, 앙 그랄 틴개, 할매, 내 눈을 돌리줘, 할매, 내 눈을 돌리줘,」빔선, 나는 또 맹시를 했구만이라 우. 인재는 쩍이돌라고라우. 또 내가 도망치먼 쩍이돌라고라우.

　고런 맹시를 하고시나, 인재 벨수 없은개 할매가 워짠가 보자고, 그래 서 쩍꿈 정신을 차릿더니, 후후 고참, 신통시럽었지라우, 후후, 훗, 글씨, 안개 속에서맹이 머시 쩍꿈씩 쩍꿈씩 비기 시작허는디, 참 시상이란 건 곱고도 고운 것이등만이라우, 고와라우. 물론이나 안죽 머시던지 똑똑시 럽게는 비덜 안했지라우마는 낮추막한 디는 껌은 숲이 고심도치맹이 낮추 막허게 엎디려 걸어가고라우. 산봉우리 봉우리들은 무신 큰 또랑물맹이 워디로 자꼬자꼬 출렁출렁함시나 흘러가고 있더고라우. 고런 워디서 횃대 기 부는 새가 횃대기를 불고, 산벌거지도 우는디, 참말이제 시상은 고운 것이더라고라우. 대처니 나는 월매나 높우게 올라가 있었으끄라우. 고런 걸 봄선 들음선, 나는 산날망에 사는 늙다리 귀신맹이, 좋와싸서 웃었은 개요. 그라다 또 잠이들었었구만이라우. 할매 있는 디를 가얄 건디, 고 생 각을 함시나 말이지라우. 조쪽의 조 산날망에, 큰 쥐새깽이 겉은 바우가, 하늘로 올라갈라고 갈라고 애써는, 조 바우 히끈(훨씬) 밑에는, 할매 사 는 움막이 있다고 생각함시나, 말이지라우.

　그라고시나 무겁게 무겁게 다리를 끔선 집에 돌아와 본개 할매는 없고라 우. 벌하고 퍼리만 윙윙거림선 날라댕기고, 방문은 안죽까장도 열릿더라 고라우.

　나는 멈첨 시암에 가 물을 흡복(싫컷) 마시고, 문지방에 걸치 앉았구만 이라우. 그라고 멍충하니 마당을 보고 있잖개, 풀내암하고 솔나무지늘이 한 마당 차고 들먼서, 나를 또 울게 맹글았다고라우. 가실이는, 떨어진 나뭇잎하고 바람이 까뜩 차지라우. 저실에는, 눈하고 구름그리매만 거그 흡복(넘치게) 찬다고요. 그것뿐이지라우, 또 머시 있으끄라우? 삐들캥이 하고, 노루하고, 모가지랑 정갱이가 긴, 흰, 솔나무 새하고, ──새하고

구름하고 나무잎사구들은 워디를 갔다 오는디, 나는 인제 워디 갈 디까장
도 없어졌은개, 그냥 요 문턱에 앉아 할매맹이 늙어야 하끄라우? 해거름
판에 맵새들은 워디를 가끄라우? 그래도 눈이 빈개로 요런 것 볼 수는 다
있겄오.

할매는 날 보더니, 참말로 한도 원도 짚으게 짚으게 울었었지라우이.
밭구텡이에 씨러져 할매는, 하늘만 보고 있더니, 내 그리매가 비친개 참
좋아한 것맹이었어요.

「할매, 안죽도 여그서 이라고 있는그라우?」

내가 그랑개사 할매는, 내 가심에 낯을 묻고 울었오. 그래 내 보둠고
집에 와, 물 한 그륵 믹이논개, 고때는 워디서 심이 났는지, 비짜리로 내
장단지를 쎄리먼서「배곯아 가메 키워논개, 요놈, 고로케나 애탕가탕 키워
논개, 너도 요놈, 니 이미맹이, 날 베렸제? 날 베렸어? 왜 왔냐? 뭣 땜
시 왔어?」그랬지라우. 「할미 겉은 건 밭구텡이서 죽어뻐리도 고만 아니
더니앵?」

「할매 아녀, 아니고라우, 글씨 내가 잘못했당개도 백찌 이래싼네, 글씨
아니라고라우.」

「아닌 것이 다 머시대여, 온 씨식짢은 놈, 머시 아녀? 그라먼 인재, 몸
뗑이를 인재는, 이 씨식짢은 놈아, 몸뗑이를 한 개로 이쉬(잇어) 갖고 살
자, 살아.」

「그랴 할매, 그라자고. 그라고 인재 비짜리는 치우랑개. 대처니 워떻기
몸뗑이를 이순단 거여, 네엔장.」

내가 고로케 말한개사 할매는, 썽을 쪼꿈 참고시나, 비짜리는 떤지뻐렸
지라우. 그라고는, 접때 원지녘에 내가 꽈는 사내키를 몇 발 끊어들더니,
「그라먼 인재는 후애(후회)치 말아, 인재는 딱 이쉬뻐릴 것이여, 돌가지
맹이 이슬란단고.」했잖이요이.

「글씨 넨장마즐, 고 사내키 몇 발로 대천지 워떻기 이순단 거여? 나는
후애고 머시고 지끔은 모루겄오.」

나는 모도 기양 귀찮애서 워떻기든 훗딱 돼 뻐리고, 날 좀 펜안시리 둬
줬이먼 싶어, 그래 고로케 말해 뻐렸었다고라우. 혼자 있을 때는 할매가
안씨런 생각도 들고 했지만이라우. 할매를 가차이하고 쪼꿈 또 있은개,
참말이제 할매는 걸치장만시럽십디다요.

「그라먼 야야, 고개를 쪽 빼내여, 고개를.」

「아니 할매, 내 고개를 말인그라우?」나는 얼렁 알아챌 수가 없었다고

요. 「그라먼 내 대가리를 워짤 것인디? 해해, 그랑개 할매는, 내 대가리를 빼내고시나 겪다가(거기다) 할매 몸땡이를 쑤시넌단 것인개비잉?」
「글씨 하라는 대로 히어. 요로케.」할매는 사정도 안 두고, 내 머리끄뎅이를 잡아갖고, 앞으로 숙이니렸다고라우. 그란개 내 물팍이 끓어짐선, 펼로 방바닥을 짚으게 된개, 뚝 노루나 무신 여시맹이 네발로 시게 되덩만이요. 그라고 난개 할매가 횟딱, 내 모가지 위에 걸치 앉음시롱「요로케 목말을 탄단 것이여. 자 그랑개 인재는 일나 앉을 일이여.」
「참말이제 할매도, 요래갖고 워떻기 일나 앉는다요 글씨?」
「글씨, 앉일 수 있은개 앉아 보라고.」
할매는 팩 속을 냈구만이라우. 그래 내 앉아 본개, 할매는 내 머리끄뎅이를 웅키잡고시나 안 떨어질라고 했지라우. 하하, 고란디 앉아서 본개, 아닌갸아니라, 이쉬지기는 딱 이쉬졌는디, 내가 새 본개, 내 다리 둘은 둘인 채로 있고 말이지라우, 내 가심팍에도 또 다리 둘이 늘어져 있었고 말이지라우, 내 펼은 내 펼대로 있고, 또 펼 두 개가 내 대가리 우에 얹히고 말이지라우. 헤헤, 넨장마즐 머세다 써도 못할.
「인재 그라먼, 야야.」
「머슬 워짜라는 것이요?」나는 소가지를 냈지라우.
「고 사내키로 할매 다리를 칭칭 감아 쫌매여.」
「아니요 사내키로 말이요? 요 사내키로? 참 벨 씨식짢은 짓도 다 할랑개비, 원 족거치, 대처니 무신 다리를 워떻기 쫌매라는 기여?」나는 썽이 나서, 내 가심팍으로 늘어져, 삭다리(삭정이)맹이 뻣뻣한 할매 다리 둘을 합치갖고는, 복송씨 있는 디서부텀, 내 심껏은 꽉꽉 감아 올렸구만이요. 뿌러져뻐릴라먼 뿌러져뻐리라고 그란 것이지라우 머.
그란디도 할매는 아프다고 소리도 안 했는디, 요상쿠로 되떼 내 숨이 맥힐라고 하더랑개요. 암매, 삭다리쪼각 겉은 할매 허복지가 목을 눌렀던개 볐어요. 그래 벨수 없었은개 풀어뻐리고, 웃음시나 내 머릿속을 긁어 주는 할매가 시킨 대로, 채근 채근, 그라고 터시렉이도 없구로 쬐꿈도 걸치장스럽덜 안 하게, 댕이맺지라우잉. 발나절 품은 족히 들었을 기요. 할매 다리를 댕이는 디는, 지게매빵맹이 세 겹으로 따갖고 돌리고, 그라고 할매 다리하고 다리 새는, 그랑개 거그 내 가심이 안 있었던그라우, 뱃놈 그물맹이 찔라고 합선, 그물이 머신지는 몰라도 그물맹이 찔게 하게 안 했는개비요. 끝나고 난개, 할매는 껄껄대고 웃음시나, 내가 뚝 그물에 걸인 큰 괴기 겉다고 했는디, 나사 모를 소리제라우. 워쨋든 이수기는 이쉤던 것맹이었오.

고날부텀은 그라고, 고로케 이쉬갖고 살았는디, **참말이제**, 고 짚은(깊은) 속 서럼이사 말해 멋하겠는그라우마는, 그라고 고 불편한 것도 말해 멋하겠는 그라우마는, 기양 한마디로, 죽던 못하겠은개 살았다고 해뻐리먼, 속 시언하요. 할맨들 하기사 나보당 나슬 것은 또 머시 있었겠오. 홋창(홑이불) 한 겹만 덮고 잠선도 다리가 쑤시니, 허리가 끊거지니, 머시 워떠니 함시롱, 진 밤에도 반숨배끼 못 자고 하던 고 할매가, 사내키로 댕이매논 고 다리에 또 내 대가리로 눌러댔이니, 내가 할매는 아니란대도 나도 알 만은 합디다요. 설사 똥이 매럽단들 고건 또 참을만 하겄오? 내 붕알에 끈을 쫌매는 디만 히어도 다섯 번 숨은 디리쉬어야 되고 내 대가리를 사태기서 빼내는디도 열 번 숨은 내쉬야 되는디 허고 본개 고단(그 동안)을 못 참고시나 내 등판때기다 깔긴 때도 있기는 있었구만 이라우. 참말이제 그라구 본다치먼, 할매도 억척시럽긴 억척시럽었던개비었오. 글쎄 내가, 설매기로 헌들, 할매 똥누는 새를 타 워디로 도망이라도 가까싶덩그라우? 할매는 내 모가지서 똥오줌 눌 때베끼는 안 니려 왔음선도 똑 고때마동 내 붕알을 내 손으로 홀치메놓게 히어 놓고서나, 고 끈 끄트맹이를 할매 손에 쥐야 되었지라우. 그라고 내가 물팍만 좀 긁을래도, 할매 심껏 잡아맹기갖고는, 내가 쎄를 내놓고 땅바닥에 처백히게 했다고라우. 그람선 할매는 내 손에 낫이니 머시니 고런, 날이 드는 쇠를 갖고 있는 걸 젤 싫어함시롱, 내 뒷꼭대기다 바널(바늘)을 전주고(겨누고) 있었다고라우. 참말이제 나는, 꼼짝도 못 하겄동만이요. 깟딱꾸먼 바널로 찔르거나 안 그라먼 다리를 휘감고 틀어갖고 내 숨을 끊어놓라고 그랬은개, 고때마동 나는, 흙 속에 묻혀서나 숨도 못 쉴 돌가지 뿌렝이 생각만 함시롱, 기양 꾹눌러 참아뻐맀오. 그라고 어깨쭉대기 끄트머리다 지게메빵은 걸고, 그람선도 배는 안 고풀라고 일은 안 히았던개비요.

고깃도 한 스무 날 참은개, 고때는 기양저양 지내기는 지내겄겄는디, 속으로사, 참말이제 똑 반나잘만침이라도 한번만 활활 뛰댕기 봤이먼 싶은, 고 생객이 왜 없었겄는개비요. 그란디 고 생객이란 것이, 짚은 속벵이 될 중은 안죽 고때까장은 몰랐구만이라우. 차침차침 할매가 불편하고 귀찮고 걸개치고, 싫고, 워짜고보당도, 한번만 노루맹이 뛰댕기 봤이먼 싶은, 고 생객이 짚어진디, 고때는 바널도 안 무섭은 것맹이고, 숨이 끊어질랑 것도 무섭을 것 없을 것맹이었지라우. 그래서나 요꾀 조꾀 다 안 짜냈던개비요. 높은 엉덕에서 뛰니리기도 하고 말이지라우. 아하 그랑개 고때 할매는 하나배긴 고 바널을 잊어뻐렸구만이요. 까시쟁키 속으로 떠골

떡골 궁글어 가기도 하고 말이지라우, 솔나무 싸납운 둥치다가 할매 대가
리를 쎄리북치기도 안 했던개비요. 그란디 고때 할매는 죽어뻐렸고만이라
우. 내 등판때기서 꺼꿀로 늘어져갖고는 숨을 쉬덜 안 하고 뒷꼭지서 피
를 흘릿다고라우. 고때 나는, 한번 킬킬거림선 웃었오. 그라고는 할매 사
태기 새서 대가리를 빼내갖고, 웃음시나 월매를 뛰댕겼던동, 삭신이 다 제
리고, 질묵(떨어진 버선짝)맹이 너들럭거맀다고라우. 원지녘인지 한번,
참낭구 숲속에서 길을 잃어뻐렸던 이튿날도 그랬었지라우.
　그란디 머, 똑 고것이 고런 것만도 아닌 것맹이었어라우. 뛰댕기다 쬐
꿈 실폭(충분하다는 뜻)해졌길래, 할매 절(곁)에 왔일 때는, 고것이 참말
이제 고런 것만도 아녔다고라우. 할매는 고때까장도 죽어갖고 깨나덜 안하
고 있었는디, 둘이 살다가시나 하나가 죽어뻐렸다는 고것은 암만 암만 생
각히어 바도, 있일 수가 없는 일맹였다고라우. 고때는 그랑개, 내가 홀개
버졌다는 고런 것도 아무 소양도 없어짐선 고런 대신에 죽은 할매는 아닌
무신 다른 할매가, 내 모가지를, 대가리를, 가심팍을, 가심 속을, 숨골을
눌룸선, 뎀비드는디, 죽은 내 할매는 쪼꾸만 자갈만 하다면, 고것은 저 앞
산보당도 더 큰 것맹이었다고요. 참말이제 고것은, 숨 세 번 쉴 동도 못 겐
디게 하는 고런 것이었다구라우. 나는 고것이 머신지는 하기는 여적도(여
태도) 모루고 있을 뿐이지라우만. 그랬기 땜시 나는, 벨수 없이, 삐적
삐적 울면서, 참말이제 할 수 없었은개 다시곰 죽은 할매 허복지 새다 대
가리를 쑤시넣구만이라우. 산보당도 크기는 더 큼선, 워짜먼 너무 크기
땜시 안 비는, 고 할매를 업느니보당은, 눈에 비기도 비고, 쬐꾸만한 할
매를 업는 펜이 나슬 것맹이라서 그래서 그란 것이지라우. 그람선, 「할매,
좀 살아나쑈, 살아나 돌랑개, 살아나 돌라고, 할매가 죽은개 내가 못 써겠
오, 나는 워찌 살랑 거여, 씨발 나는, 워찌 살아?」
　나는 고로케 참말로 빌었었구만요. 그란디 할매는, 참말로 죽던 안했던
개빈지, 시나부로 목젓을 깔딱임선, 시나부로 깨났지라우. 그랑개 내 몸
맹이서는, 소롬이 오시렉이 돋아남선, 뜨겁은 무신 짐(김) 겉은 것이 지
내가는디도, 뻬 속으로는 찬 바램이 돌데라우. 고런 뒤부텀은 나는, 할매
를, 삼시랑이 나 날 때 쫌매준, 무신 세번째 펄뚝이거나, 아니먼 무신 두
껍디두껍은 무신 흙 겉은 고런 것이라고만 생각할라고, 생각할라고, 했지
라우. 나는 말도 하기 싫었고라우. 웃기도 싫었고라우. 할매가 모가지를
타눌리고 있다는 것까장도 생각하기도 싫었다고라우. 할매는 나한티 구박
이 무장무장 더 심했었오. 늙어빠진 지집의 데럽은 몸내암 때미, 모가지

가 썩음선 고롬이 찍꺽찍꺽 났어도, 내뻐리뒀오. 그라장개 할매는, 나보
당 더 썩고 있었구만이라우. 사내키로 댕이논 자리서랑은, 썩은새 국물
이 훌렀고라우. 사태기서도 그랬는디, 개랍아서(가려워서) 할매는 미칠라
고 그랬당개요. 「인재, 인재 말이라, 참말로 딱 이쉬질라고, 요로케 헐
어지는갑다. 그랑개벼.」 할매는 고람시롱, 또 말하지마는, 나를 거진 쩍
이놀라고 구박을 해댔다고라우. 고로케 썩으면 썩을시락 할매는, 한번
시언시럽게 풀어뻐릴 생각은 하도 안 하고, 되떼(도리어) 더 쫌매고 들었
은개요.
「한번 휙 풀고, 거그다 바람 좀 쐐너쑈.」 내가 고로케 말 한번 했다가,
월매나 혼이 났덩그라우.
「머시라? 머셔?」 할매는 내 머리끄뎅이를 세 움쿰은 뽑아쳤었오잉. 그
라고 월매나 나를 할캥여놨던동. 숭(흉)도 몇 군디 생길 지갱이었은개요.
「요것이, 그랑개 숭악한 꾀만 늘었어. 백일 지도(기도) 허사시킬라고 요
것이. ──인재는 한몸으로 쏵 썩어니릴란 것이다 요것이.」
「알았오. 알았은개 그라먼 그만두쑈.」
　그라고 나는, 다시곰 삼시랑 생각을 했었구만이라우. 할매는 내 세째번
펄뚝 겹은 것인개, 끊어낼라먼 죽을 뎃기 아풀 것이라고 말이지라우. 허기
는 고렇기 생각해 봤단들 속이 펜할 일은 쬐꿈도 없었지만 말이요. 대처니
살다가 갑째기, 혹 겹은 기 생기갖고, 고것이 삼시랑한티 까장 이쉬질 수가
있으끄라우? 워찌되얏든, 고것이 고로케 되야뻐린 것인개, 고런 걸 생각
할 필요는 쪼꿈도 없기도 했지라우. 나는 그래 다른 궁니를 짜니라고 쨌
구만이라우. 뿌러져 둘이던 고것이, 아무 까닭이도 없는디도 벨수 없이
이쉬져야만 된다먼, 차라루 고로케나 불펜시럽게 있을 것이 아니라고요.
그랄라먼 할매하고 내가 참말이제 한몸이 딱 돼 뻐릴 수배끼는 없는 것맹
이었는디, 대처니, 고것이 무신 수로 그렇게 되겠는그라우. 한 낭구에 열
린 솔빵울도 암만 붙이 바도 이서지기는 히어도 둘이 하나로 되던 안한디
말이지라우. 워떻기 두 낭구 겹은 할매랑 내가 한몸이 될 수 있었으끄라
우. 그라장개, 비는 안 오고 구룸만 두껍게, 두껍게 맘 속에 쩌, 노상 꾸
룸하기만 허등만이요.
　비도 안 옴선 꾸룸하기만 꾸룸한 날을 지내다 본개, 하기사 고것이 붉은
잎사구가 되더니, 진태로 내릿구만이라우. 그람선 늑대가 운개, 바램이 싸
납게 싸납게 붐시로, 할매랑 나를 씨불(불씨)맹이 방구석에다 묻어넣지라
우. 그래도 안 죽을라고, 두 때 배깥에를 나가 불을 피우고 감자라도 꿀

라치먼, 할매는 거진 죽어갈 벳기 지침을 해댔는디, 그라고 봤더니 저실도 지침을 합디다요. 헌디 암만 애끼애끼 묵어 바도, 배고플 날이 더러 있을 것맹이데요. 참말이제, 생각은 생각대로 했음선도, 헐 수 있는 디까장은 보지란히(부지런히) 나분댔는디도, 거더디린 것은 통 월매 되딜 못히얐어요. 할매랑 내가 이쉬졌던 것이라먼, 일도 두 몫은 히어야 되았는디도 세 깐에 한 깐도 못 했잖냐고라우.

「할매, 할매는 배 안 고푸요? 저실이란 건 참말이제 심심허요. 글씨, 죽었는 것만 맹이요.」

「쬐꿈 참으먼 또 봄 될겨.」

「그렇기사 하겠지라우맹. 고걸 누가 모루겄오. 헌디 올 저실은 눈도 더 많은 것맹이요. 바람도 더 싸납게 불어싼 것맹이요. 배도 더 고푼 것맹이요. 근섬(근심)도 더 많은 것맹이요. 더 어설픈 것맹이요. 부엥이도 더 울어싸요. 눈보래도 들치싸요. 등 따순 중드 모루겄오. 저실은 워디서 온다요, 대처니? 나는 살고잡도 안 하요. 을어봤이먼 싫음선도 안 울어지요. 산단 것이 머신그라우? 죽는단 건 또 머시요? 고런 것이 무신 속뜻이 있는그라우? 할매도 저실맹이요. 인재는 할매가 싫은 중도 모루겄오. 할매도 오매가 있었든그라우? 할매도 할매가 있었든그라우? 눈이 월매 안 있으먼 처매까장 닿겄네. 요론날 댕깄다가는 똑 죽기 마침맞겄는디. 그란디 워째서 할매는 할매를 목말 태우덜 안하고 사요? 봄 되먼 무신 일이 있으끄라우. 재 넘우도 할매나 나 겉은 사람이 있으끄라우. 나 재 넘우 한번 가 보고 죽었으먼 싶기도 하요. 할매, 봄 되먼 나 길좀 갈치 주쑈. 요 저실에는 발 한번 못 움직이겄은개, 워짜겄오, 기양저양 살아야겄제라우. 안 그러요.」

헌디 고날 밤에 할매는 멋 때민지 다리를 감은 사내키를 풀라고 했구만이라우. 그래도 나는 벨랑 존 중도 모루겄디요. 풀어내고 난개 되떼 더 불핀시런 것맹이고, 몸이 자꼬 뒤뚱거릴람선 헐게겁어요.

「할민들 워째서 오매 할매가 없었겄어?」

할매는 나보고 다리를 주물루람선 한숨쉬벳기 그랬지라우. 가실 지내고, 저실도 짚어진 새, 썩어들던 디도 따까리가 않았다가시나 거진 나사 있데요잉.

「글매, 오매 할매 없는 사람이 누가 있겄어.」

그라고 이약했지라우. 질게질게 이약(이야기)했이요.

「……할미는, 갯갓에 살았드란 말이여.」 그래 내가 갯갓이 머시냐고 물어봤어도 할매는, 기양 할매 이약만 함선, 아무것도 갈치 주덜 안히았지라우. 「그란디 할미는, 워내기 가난시럽었기 땀세, 부젯 영감 첩으로 팔리들 갔던 것이여.」

「첩이란 것이 머시요?」

「고 영감은 땅만 해도 열 섬지기는 넘는디다, 배를 열 척썩이나 갖고 있었는디도, 인심이 워떻기나 숭악했던지, 돈올 좀 체(빌려 주다) 줄래도 그 집 마내(마누라)랑 하룻밤썩 자고 나야 되고 했당개.」

「배란 것은 머시요? 돈이란 건 또 머시요?」

「그란디 말여, 하룻밤은 말여, 물 우에서 사는 뙤적놈(도둑)들이 떼를 저 갖고 왔드란 말여, 알겄냐?」

「잘 모루겄오. 그래도 인재 안 물올라요.」

「암튼(아뭏든) 그래갖고시나, 고 양감네 배며, 곡간이며 집이며, 머 죄다 다 태워뻐리고 뿌서뻐렸단 말이라. 나종에사 알고 봤더니, 고 도독(도둑) 놈들이란 것이 모도 말쨩 고 영감한티 앙심을 품었든 고 근방 뱃놈들였다 고. 하기사 모도 낯을 수건으로 개렸은개 첨에사 몰랐제. 헌디 말여, 고 라고만 말아뻐렸으면 또 좋았을 것인디, 고 영감 보는 앞이서, 고 영감네 첩들을 그랴, 내가 다섯쩨로 망내첩이었니……」 할매는 고 대목에서 한참 껄껄거림선 웃었구만이라우.

「첩들을 모도 강간한 것이여. 고 영감은 고때 똥물을 억지로 마심서나, 물꽉을 끓고 빔선, 목심만 살리 돌라고 그랬었당개. 고 통에사 나도 벨수 있었겄냐? 칼을 모가지다 전주고 돌라는디, 흐흐훗, 워쩌겄어. 그래서 열 다섯 놈이 지랄을 떨고시나 가뻐렸다고. 내가 그랑개 젤 고왔던 맹이었는지 저그들까장도 생 쌈질을 할라고 했더랑개. 고 영감태기가 고때 너무 늙어뻐렸었는디, 고 뱃놈들이란 건 참말이제 끌끌했었네. 너만침이나 끌끌했었더라고. 할매는 한숨을 한번 안 쉬었덩그라우. 「고라고부텀 나는 살올 팔았네. 땅이사 도채비까장도 못 빼간게, 도독들이 쪼꿈 그랬드래도 영 감이사 고때도 부재는 부재였는디, 나는 다시는 영감하고는 못 살겄등만. 고까짓 늙은탱이 재산이 다 머시며, 내 정갈하던 것이 다 머시겄느냐. 끌 끌한 뱃놈이란 건, 고 펄뚝 속에 백섬지기 땅보다도 더 큰 바대(바다)를 갖고 있었는디. 그란개 나도 참, 음에 밝았던 지집이었던개비라. 글써 영 감탱이는, 똥물을 묵음선 내가 당한 것을 봤임선도, 나를 본체(처)로 삼 아 줄 틴게 자꼬 와서 같이 살잔 것이었는디도, 나는 뺨따구나 띠려서 보 내뻐렸었다고. 야야, 그란디 참말이제, 늦게 배운 도둑질이 밤새는 중 모루겠드라야.」할매는 또 낄낄거리고 웃었었오.「헌디 말여, 글써 태기가 있더라야. 그래 가만 시엄해 본개, 고 뱃놈들 중에 고 씨애비가 있었겄어. 고 영감하고사 오년을 살았는디도 고런 일은 없었은개 말이여. 헌디 낸들 고 씨애비가 누군 중 알겄냐. 워쪘던동, 나놓고 본개 지집애였다. 고것이 니 이민디, 니 이미 젖을 먹임선도 나는 뱃놈덜하고 자고, 몇 푼썩 돈을 받고 했었당개. 헌디 요놈의 지집애, 세살도 못 되야 벌쎄 사내라먼 사죽을 못씨고 매달림선 지랄이더니, 글써 열두살에는 월후를 시작했더랑개. 그라자부텀 나는, 썩은 괴기 대접배끼는 못 받게 되었더라고. 나한티 왔던 잡놈들이, 나를 베리고 딸년 따라 웃방으로 가고 했일 때, 내 가심은 월매나 월매나 한에 서렷던지, 비개가 눈물 때미 썩을라고 했었다고. 죽을라고도 몇 번이나 하다가, 바랑 하나 주서 메고, 중 질을 떠나뻐릿다.」할매는 그라고 손을 버들버들 떨다가 이서갖구만이라우.「고로케 조로케 돌아댕기다 눈물은 잊어뻐렸는디, 고 아래 아래 워디 갯갓을 간개, 거그는 산도 좋고 인섬(인심)도 좋고, 물도 좋아. 한 팽생 살고자픈 곳이더라. 헌디 거그서 나는 낭떠레지 우에다 주막을 채리놓고 사는 한 할망태기를 알았었다고. 글써 고놈우 할망구는, 젊어 과택이 돼갖고시나, 괴기 잡을라고 물질 떠났다 안 돌아온 낭군 기다리니라고, 그래서 고 언덕빼기다 주막을 채리놨었더라고. 그람선 바대 끝이나 내다봄선 살았는디, 고 할마씨하고 나를 비기 보다가 나는 혼차 많이도 울었제. 그라다 저라다 우리는 친구네가 돼뻐린 것이여. 나는 내 이약은 하덜 안하고 에레서 복을 못 타 요로케 돌아댕긴다고만 했지만 말여. 그래도 내 서럼이 당신 서럼이 되고, 당신 서럼이 내 서럼이 되야갖고시나, 둘이 붙잡고도 많이 울었더랑개. 그라, 그랬어. 좋은 할마씨였다고.」할매는 한숨을 쉬었오잉.

「그란디 고 할망구가, 팽생 모운 잿물로서나, 거기 워디 고개 너무다 암재(암자)를 한칸 지어 줬었다고. 그래서 미륵님, 칠승님 모심선, 거기서 안 살았겄는가. 공디리로도 제복 왔었는디, 빌 것이라고는 용왕님헌티 물질 좀 펜하게 해돌랄 것하고, 물에서 죽은 혼백이 펜히 돌아오란 것이었제. 후유우, 헌디 야야, 고로케 월매나 살았으끄나, 살다가 워떤 날 밤에는 본개, 엔기 내암이 남시롱 암만히어도 수상킬레, 문을 뛰차고 나와밨더니 암재가 타고 있더라고. 고때 나는 왜 고 속에서 안 타죽어뻐렸는지, 원지 생각히어 바도 후애만시럽다. 발등만 찧고잡다고.」할매는 그라고 바람 소리를 듣는 것맹이드니, 목침을 비고 눕시롱 이섯구만이라우. 나는 갱솔을 태움서나 방안을 밝구로 안 했는개비요. 그람시나 생각해 본개로 할매나 나는 뙤똥 속에 사는 무신 굼뱅이 겉기만 하등만이라우. 그랑개 바람도 불어쌌는디, 고때마동 부엥이 소리도 멀다 가깝다 했고라우. 고 부엥이맹이, 고로케나 까라앉인 소리였다고라우, 할매 이약 소리는……. 「고로케서나 절 한 채를 태워묵고 난개, 고때는 중질도 더 못 하겠더라고. 무신 민목(면목)으로 죽어 부체님을 볼 것이여 그래? 그래서 중질도 고만둬삐리고, 니 이미란 것이 있는 디로 찾아갔었던 것이여. 니 이미란 것은 고때, 널 나서 두 해째나 키워 놓고 있등만. 그란디 일찌거니 핀 꽃이 일찍 진다고, 니 이미도 고때는 헹펀없등만. 겍다가 술꺼정 처묵고, 담배도 피고 한게, 살젬이 모도 푸루딩딩하니 늘어쳐갖고시나, 똑 무신 독이 든 헌 은그륵 겉었어. 알고 본개 또 못씰 벵까장도 들어갖고는, 사람이 월매 못가 씨덜 못하겠었어. 그래서 내가 말했지러. 『야야, 인재 캐칼이(깨끗이) 좀 살아 보구로. 우리 워디 짚은 산으로나 들어가는 것이 워떻겄냐. 그라고 여그 야(이애) 키움선 팥밭(화전) 해묵고 살자, 산 입에 거무줄 치겄냐?』했더니, 니 이미도 서럽고쌌던 중이라, 고개를 끄덱있다고. 그래설랑 니 이미 가진 패물이며, 집까댁이(누추한 집)며 팔아, 씨앗 사고, 연장도 몇 가락 사고, 소굼도 몇 말 사갖고시나, 그래도 짐장(김장)은 담아묵겄다고 산 옹구 속에다 그륵 그렉이 채웠었다고. 그래저래 하고 난개, 암만 동냥아치 이사라도, 글씨 아낙네 짐으로 열두 짐이나 되더라고. 니 이미사 물론이나 너 딲세 질 수는 없었은개, 널 업고시나 짐은 이어 날랐는디, 재 한 개 넘을 때 꺼정이사 쌌꾼을 사기사 샀지만도, 조만침 가다 쉴 때쯤 되먼 고 짐은 니리놓고 남은 짐 윙기로 감선 쉬고, 고로케 해서 같은 질을 하나 앞에 왔다 갔다 여섯 번썩 함시롱, 석 달이나 걸리 여그까정 온 거여. 니 이미는 자꼬, 야지 가까운 디 아무디나 주저앉자고 한 것을 내 위겨 여그까장 온 것이라고. 고상질에 나슬라고 곗심은 했었은개, 고때 고상이사 말해 멋하겄냐. 그라고 지금까장 안 살아왔냐.」할매는 자꼬 한숨만 쉿구만이라우. 그라고도 한챔이나 더 있다가시나, 오매 떠난 이약을 했지라우. 「그란디 소굼이 떨어지는 것이 질 걱정시렀었다고. 그래도 워떻기 되겄지맹 하고, 나는 기양 밭일이나 죽자 하고 했는디, 벨랑 펜안토 못한 잠 한숨 깨본 워떤 날 새복에는 그란디, 곌국 곌국은 니 이미는 가삐리고 없었다고. 너만 칭칭 움선 배깥을 내다보고 있었다고. 글매, 그랑개 한 열서너 달 나하고 좋게 살았는디, 그라장개 고 동안에 벵도 나사삐리고 살빛도 좋아짐선 심도 좀 난개, 또 서방 생각이 난 것이여. 나 탁(닮다)애서 사나를 참 뽀챘던 쳄이라 벨수 없었겄지맹. 암만 애끼 묵었어도 소굼은 고때 한 되 정도배끼는 남아 있덜 안히얐다. 그래 죽게 생깄으먼 묵을라고, 고 약으로 쓸라고 고날부텀은 소굼올 안 묵기로 했었다고. 그랬더니 참말이제 속이 미식거림 시롱 사람이 살덜 못하겄더라고. 글씨 심이 쑥 빠져뼈림선 땀만 쪼꿈 흘리도 엿맹이 녹아지더라고. 그래도 참았다고. 안죽은 죽던 안할란 것맹인개 참았단 말여. 그라다 워짜다 본개, 졸업이 되기는 되드라, 되드라고. 그라고 지끔은 암시랑토 안한디, 하매 풀잎에든 노루 괴기에든, 머세든, 소굼기는 쪼꿈썩 있는 것이다. 그랴, 워찌 되얐든 너랑 나랑 요로케 소굼 없이도 안 살고 있냐? 토깽이는, 노루는, 머새는, 소굼을 묵어서 사냐, 안 그랴? 그람선도 나는, 원지든 한번도 짜게 묵어 봤이먼 싶은 고 미렌은 끊덜 못하고 있기야 하다고. 그래, 저 실겅(시렁)의 약단지 속에는 고것이 한 뒤 홉쯤 안죽도 남았은개, 죽기 전에는 한번은 짭짤허게 묵어 볼란다. 그 란디 안죽도 눈이 오내벼. 그나저나, 니 이미는 워디서 워떻게 사는지 모루겄다. 잘, 잘 살고 있으면 싶제.」

「오매는 꽃신 사로 갔다고 안 히었던개비. 내가 오매 찾아 울먼 안 그랬던 그라우?」

할매는 대답을 안 히았지라우. 그라고 딴 소리만 했다고라우. 「한번은 오기는 올겨. 그랴, 널 볼라고 올겨. 포란(푸른) 치매 누룬 저구리 입은 이쁜 꽃각씨 하나 디리고. 그랴 올겨. 꽃각시 다리고, 참말로 봄에는 올 겨 봄에는 올기라고.」 그라고 할매는 갱솔불을 끄라더니, 더 이약을 안 히았지라우. 눈보래 부닥치는 소리하고, 솔나무 부달리는 소리하고, 부엉 이 우는 소리하고 고런 것이 밤새도록 우리 오막싸리를 파묻었구만이라 우. 저실 내내 파묻었이요.

그라고 할매는, 배가 고푸먼 고 이약을 또 하고, 또 하고 히았오. 워떤 때는, 뱃놈 이약만 하기도 하고, 워떤 때는, 할매 친구 할마씨 이약만 했 지만이라우. 고로케 자꼬자꼬 듣다 본개, 무신 이약인 중을 봄 돼갈란 때 는 좀 알겄등만이라우.

암만 지약시럽게(인색하게) 묵었어도, 양석(양식)은 모자래, 새풀 돋을 때까장 살질이 막막히얐는디도, 봄벹 겉은 기 쪼꿈 감돈다 싶은 개 할매 는, 워여서(우겨서) 갱코(기어코) 고 곡석(곡식) 썩는 물을 맨궁담시로, 날 보고시나 좀 보듬고 요리조리 댕기라고 히얐지라우이. 글씨 고때는, 한 나지 때로는 고두룸도 녹음선, 쌔인 눈도 쪼꿈썩 키가 짝아졌었지라우.

「할매라우, 요 눈 녹우먼, 나 한번 고 갯갓이란 디좀 댕기왔이먼싶으요. 그라고 오매 만내갖고, 포란 치매 노란 저구리 꽃각씨랑 셋이 같이서, 할

매 만내로 올라요. 워때요? 암만 이쉬 바도 할매는 안 이쉬진개로 인재
는 할매를 고만 이슬라요. 워때요?」

「그랴?」 할매는 고 말배끼는 안 히았었지라우. 고것이 대답인 중 알고
나는 속으로 춤을 추었었지라우.

배가 고플 때는, 잠이나 잠선 시월(세월)을 보내는 것배끼 좋은 것이 없
은개, 할매랑 나는, 그저 방만 뜨십게 해놓고시나, 새 풀 나기만 기다림선,
낮이도 자고 밤에도 자고, 깨고 자고, 깨고 자고, 했지라우이. 쌩솔잎도
더러 따다 쌩채 씹어 묵기도 하고 함선, 그저 숨만 안 끊어지게 안 살았던
개비요. 고라는 새에 양지쪽 엉덕으로는 워짜다 맵방석만침씩 눈이 녹아
땅이 나오고도 했구만이라우. 워쨌든 나는 암만 배가 고프더래도, 할매가
질 가리쳐 주는 디로만 따라서 갯갓에 한번 갈 생각만 하면 배고픈 것도
모루겄었고 새풀잎 더디 나는 것이 까깝한 것이 아니라, 빨리 재 넘우 못
가는 것이 까깝했을 지겡이었다고요, 그란디도 철로 치자먼 하기사 여직
도 저실이 다 갔다고는 못 헐 고런 때 아녔겄는개비요.

곡석 썩후는 단지서, 단내 났던 지는 참 오래 전이었었지라우. 헌디도 할
매는 고 봉한 디를 뜯을라고 시랑토 안 하고시나, 백택없이 한숨이나 쉬어
쌌더니, 구름도 안 끼고 날씨가 댓새나 좋고 난 워떤날 밤에는 그란디, 고
것을 걸르도 않고 찌갱이채, 두 뚝빼기나 앵기 줬었잖앴는개비요. 노상 배
가 고팠던 챔에, 고것이사 홍자(횡재)지 다른 머시겄는그라우.

「주막에서 판다는 것이 요것이여. 술이라는 것이라.」

할매는 고때사 고 이름을 갈치 줬구만이요. 그람선 「요것 묵고시나 한참
자고 깨 나면 꽃각씨가 와 있을란지도 누가 알겄냐?」 했다고요.

노상 고푸던 속에, 물 한빵울도 안 섞은 고 술이란 건 너무도 독했던 모
냥이었구만이라우. 나는 한 그륵도 다 못 묵어, 시상이 누래짐선 잡아돌아,
고대로 기양 오시럭이 씨러져뻐렸은개요. 그라고는 월매를 꿈질에서 해맸
던동, 쪼꿈썩 깨인 때는 목이 탔은개요.

그란디 고 저실이 영 안 갔었으면 좋았을 것인디 그랬등만이요. 저실은
가드래도 고로케나 쌔였던 눈이 영 안 녹았드먼 좋을 걸 그랬등만이요.

물 한 그륵 묵고 난 뒤, 나는 기양 웃었지라우? 할매도 웃었구만이라우.
그래 내가 한 번 더 웃었지라우? 그랑개 할매도 한 번 더 웃었구만이요.
그라고는 구만 웃었는디, 지낸 고 한 저실이란 건 죽을 멧기 않다가시나 꾼,
무신 좋은 꿈 걸은 것이었등만이요. 나는, 저실되기 전하고 쪼꿈도 틀린
것이 없이 돼 있었은개요. 할매는 고때도 내 모가지에 걸치 타고 있었고

라우. 사내키는 더 튼튼스럽게 매여 있었은개요. 원제 한번 할매를 떠내고 살아 본 때가 있었던가, 고것만 자꼬 이심(의심)스럽어요. 아매 고것은, 짧은 낮잠 한숨 잔 새 꾼 꿈이었을 것이요.

헌디도 틀리진 것은 있었구만이라우. 그라요, 할매가 변해 있었다고라우. 할매는, 그랑개 할매가, 포란 치매 누런 저구리는 대신 입어뻐린 것이요잉.

「할매가, 그랑개로, 할, 할매가, 그, 그랑개 말여, 꽃각씨란 것이요? 그랑개 할매가 말이지라우?」

「흐으흐 그랴, 그려. 왜 할매가 꽃각씨먼 싫으냐?」

나는 웃어뻐렸오. 그라고 몇 번 입속으서 궁굴여 봤구만이라우.「꽃각씨, 할매가 꽃각씨, 흐흐, 그랑개로 꽃각씨란 건 할매였던 것이여, 할매가 그랑개 내 시악씨였던 것이여, 첸장 그랑개 고걸 나만 몰랐구만잉?」

나는 또 웃었구만이라우. 그람선 내 모가지에 휘갱긴 포란 치매 자래기를 한끄텡이 잡아 내암을 좀 맡아 봤구만이라우: 곰팽이 내암하고 시월(세월)이 썩은 내암이 남선, 그란디 조 워디 짚은 디서 아시무레한 무신 살 내암 겉은 것이 흘러나왔구만이라우. 고때 나는, 아랫도리가 무검어졌기 땜시, 나 잠든 새 할매가 쫌매는 할매 다리의 사내키에 이빠디를 박아넣구만이라우. 고걸 끊어 뻐릴라고 안 그란 것인그라우. 고 살내암이란 건 참말로 났는지 워쩠는지 잘 모루기는 해도 말이라우. 고건 좋은 것이등만요. 고런 색깔이란 건 워쩠든 늙은 내암은 안 냈더라고라우. 그라고 할매는 내 시악씨였었오.

할매는 그란디, 멍충하구로, 고 속도 모루고시나, 내 머리끄뎅이를 미친 멧기 뽑아챔선, 내 입을 찢을라고 함선, 이빠디도 없는 이틀로 내 귀를 물어 뜯을라고 함선, 고 진 손톱으로 내 모가지를 후비팜선, 낄낄거리고 웃는 것맹이 짖어댐선, 그람선 나종에는 뒤로 횟딱 까저 누워버렸는디, 그라장개 나도 뻬기가 처짐선 숨을 못 쉬겄고, 땀이 숫음선 정신을 못 차리겄는디 고때는 사내키를 끊녀 워쩌니 하는 것은 아무 문지(문제)도 안 되고 말이지라우. 워떻기 하면 본디(본래)대로 해갖고 숨을 좀 쉬 보까고 생각배끼는 안 났다고라우. 그라장개 나도 와왁 심을 썼일 것인디, 심을 써면 썰수록 할매는, 더 미치고 들었당개요. 똑 무신 미친 여시하고 싸운 것맹이었다고라우. 그라장개 나도 썽이 나덩만이요. 속이 왈왈 탐시롱, 참말이제, 고 미친 여시를 안 쥑여 놓고는 안 되구로, 미운 생객이 치솟더라고요. 그래설랑 할매 발모가지를 홱 꺾어 놀라고, 내 홀목에 심을 모으잔개 아파서 할매가 짐승맹이 꽘을 쳤는디 할매라우. 그란디 대처니 무신 일이 일어났었으끄라우. 내 오른쪽 눈 속으로 대처니 머시 지내갔으끄라우? 번개가 쳤든그라우? 산불이 났덩그라우? 눈깔이 하나 타뻐리고, 타뻐리고 눈깔이 하나 타뻐리고, 할매라우. 내 눈 눈깔이 하나 타뻐렸다고라우.

　나는 아매 허리 끊어진 꺼생이만큼은 꿈틀댔겠지라우. 그랴요. 그랑개 나는 꺼생이보당 몇 배가 더 크끄라우? 꺼생이보당 큰 고만큼 아매 몸부림을 했을 것이요. 나는 이 말배끼는 할 말이 없오. 그랄 수배끼 없잖으요, 참말이제 없잖으요?

「참말이제 나는 참말이제 못 참겄다.」내가 피고름을 눈물로 흘림선, 남은 눈 한 개로 할매 눈만 바람봄선, 닷샌가 이렌가를 죽을 뎃기 앓고 있잖개, 할매는 내 눈의 고름을 딲아 주다 말고 안 그랬었는그라우. 「못 참겄어, 못 참겠다고.」그란디 할매 눈이 급작시럽개 새파래짐선, 입솔 끝으로 춤을 한가닥이 지리리 흘리더니, 멋 땜신지, 할매 오른손 손구락 하나를 송곳맹이 새웠다고라우. 그랬이요. 그랬다고라우. 그라고시나는, 술둑(숫돌)에다 칼 갈아갖고 날 디리다보는 것맹이, 고 손구락 끝으머리 빼쭉한 손톱을 봤다고라우. 나는 생각나먼 낫으로 한번썩 깎아냈지만, 할매가 손톱 깎는 건 보덜 못했은개——할매 손톱이란 건 손톱이라기보당은, 솔개나 샴쾡이 겉은 것들 발톱이라고 해얄 것이었다고라우. 할매는 칡뿌렝이도 손톱으로 캤은개. 그란디 할매, 끔짝시럽게 고것이 무신 짓이었으끄라우? 손톱이 할매한티 워쨌간디, 손톱을 디리다봄시로, 버들버들 떰선 귀신맹이 웃었난 말이오. 나는 하도 재미가 나싸서, 한 눈텡이 아픈 것도 잊어뻐리고 보았었오. 「그랴, 그라고 인재 기신을 쬐꿈 체렸다 싶으면 웬수를 갚을라고 들긴개.」할매는 고로케 또 말했오잉. 그럼선 참 몸써리나게 웃고시나, 나를 해꼼하니 흘기봤오. 「야야, 할매가 지끔 무신 색깔 옷을 입고 있냐?」할매는 참 벨 어줍잖은 걸 안 물었든그라우. 「요것이 누른색이고, 요것은 포란색이여. 복송나무꽃은 붉은색이고, 하늘은 푸른색이고, 구름은 잿색이고 말여. 돌가치꽃은 까지색이제잉?」
「고걸 누가 모르겄오? 할매가 갑째기 미쳤는개벼.」
「흐흐흐, 야야, 그라먼, 요 손꾸락 끝엥이는 무신 색깔이여, 잘 보라고.」할매는 말함선, 송곳맹이 뻗친 손꾸락을 꺽꿀로 세워갖고시나, 찬찬히 내 왼눈 앞으로 찔를 뎃기 갖구 왔었구만이라우. 웃음시나. 「잘 바, 보랑개, 솔개 발톱 겉냐? 겉냐?」

그란디 고 손꾸락은 끝엥이다 불을 써갖고 있었던 모양이었오. 글써 고 손꾸락이 내 눈텡이에 닿다 싶었을 뿐인디, 눈에 호도천불이 남시롱, 그랑개, 흐흐, 흐흐훗, 그랑개, 고 눈까장 타뻐린 것이요.
「니 요 눈깔을 나는 못 보겄어, 못 보겄다고!」고 말이, 내가 고때, 끝으로 들은 말이구만이라우.

헌디, 한번 타뻐린 눈은, 다시는 돋아나덜 안히았구만이라우. 워쩨서 불탄 자리서는 싹이 또 돋아나고 했는디, 눈은 돋아나덜 안한다요? 소리들만 귀바쿠로 처들어오는디, 나는, 고로케나 많은 소리들이 있어 왔던 중은 고때까장 몰랐었구만이라우. 나는 그래, 고로케도 많은 소리들을 들을 수 있다는 고것만 생각할라고 함시롱, 웃어 볼라고 했었잖은개비요. 눈이 안 비던 갱험은 했었은개, 고것은 안 생각할라고 함시롱, 「할매, 나는 귀가 밝아졌네, 글써, 귀만 밝아졌다고라우.」하고, 혼자 속으로 말했다고라우. 「그란디, 나는 참말이제, 도망갈라고도 안 히았는디, 멋 땜시 눈이 비덜 안 하끄라우?」고때 나는 원지녘인지 히았던 고 맹시도 생각했었구만이라우. 「나는 딴 생각이란 건 안 히았었고, 고 여시들 생각만 히았었는디.」나는, 할매를 풀어뻐릴라고 했었을 때 히었던, 고 생각도 다시 했구만이라우. 그람선 웃을라고 애를 썼다고라우.

눈텡이 아푼 것이사 말하먼 실답잖소. 눈 안 빈 서럼이사 말로 할 것도 아니요. 참말이제 고런 걸 말로 풀어서 할 수만 있담사, 할매가 찬물 떠 놓고 손 비빌 일도 없었을 기요.
「야야, 울기라도 좀 울어 바라. 참말이제 울기라도 좀 울어 보랑개?」할매는, 소굼물이란 걸 내 눈텡이다 발라넘선 그랬지라우? 사흘 만에 내가 정신을 채렸다고도 히았었오. 그란디 고 소굼물이란 건, 아매도 독한 종내기들이나 묵는 것맹이등만이라우. 고로케도 애리고, 써리고, 영그락 불 겉은 걸 안 묵고는 못 산다니, 고걸 묵는 종내기들 동네서는 대처니 무신 일이 벌어지고 있으끄라우? 고것은 아매 피맛 겉은 것일 기요. 할매는 그라고, 고 맛을 못 잊어 늘 입맛을 다셨지라우.
「야야, 인재 할매 눈으로 살먼 되여, 그랑개 행이라도(혹시라도) 서러 마라. 할매가 살았일 땐, 할매 눈으로 살먼 되고, 할매가 죽고 나머는, 돌가지꽃맹이, 니 눈에 꽃으로 돋아나, 니 눈을 밝힐긴개, 그라, 너는 뿌렝이고 나는 꽃인개, 그라, 대궁은 시들캐져 죽으먼 뿌렝이 속으로 들갈 거여.」할매는 고런 말도 히았었지라우.
「그랑개 인재, 한몸맹이 안 되았냐? 니가 나를 목말태이 주먼, 너는 걸고

나는 보고, 생각은 내가 하먼 너는 움잭이고, 흐흐홋, 그랴, 고런 것이
한몸이제 머시겠냐? 야야, 저녁에는 벨이 참 많다. 워쨌든 할매는 인재
참 좋다. 내 죽을 때까장은, 너 하나는 내 품에 뒀다 죽을 것인개, 인재
안 외롭겠네, 인재는 원지 죽어도 한은 없겠다고, 그랴, 내 한 목심 끊어
질 때까장은 바줄 놈이 안 있는개비. 고것이 복이란 것이제 머시겠어?」
할매는 고런 말도 히았다고라우.
「아니여, 아니 그려, 그려, 할매가 죽으먼 귀또리 겉은 것이 되까? 그래
갖고시나, 니 귀는 뚫혔은개, 뚫혔은개 말여, 할매가 얘기해 줌시로 사까?
그람선 사끄냐고? 아니여, 그랴, 돌가지꽃맹이 꽃이 되는 기 좋겠지, 그
래갖고, 니 눈에 불을 써 줘야겠지맹. 야 오늘은 햇볕이 쬐꿈 뜨신 것맹이
네.」 할매는 그라기도 안 히았오?
　그라는 새, 내 눈은 낫아간다고도 히았오.
　그란 뒤부텀 그란디 할매는, 내 모가지에 다리를 얹일라고도 안 하고, 내
몸에 손도 잘 안 댈라고 했었지라우. 그라고는 자꼬 잠만 자대는 것맹이,
코만 곯아쌌는디요, 그람선부텅 나는, 무섭운 걸 알기 시작했더라고라우.
고때까장 쬐꿈의 틈바구도 없이 내게 붙어 있었던 할매가 참말이제 눈으
로는 못 볼 디 워디 멀리 가서 있음선, 나를 베려뻐린 것맹이었다고라우.
할매뿐이었겄오마는 그래도 할매하고 떨어져뻐린단 것이 젤 무섭었다고라
우. 고로케도 귀찮시럽던 할매가, 눈이 안 빈다는 뚝 고것 한 까닭이 땜시,
고로케도 아섭고, 고로케도 소중하끄라우? 그래서라우 할매요, 나는 잘
때도 할매 손을 잡아야 자꼬라우. 기양저양 더듬어나가 오줌을 눌 수 있
었어도, 할매 치매끈을 안 잡고는 가딜 못했지라우. 안 그라먼 할매가, 나
모루는 새 워디로 휙 가뻐리까 그랄까저퍼, 노상 졸굽중이 남시로, 못살 것
드라고우. 워쩌다 할매가 내 손을 뿌리쳐뻐리먼, 고때마둥, 시상이 구뎅
이를 짚으게 파갖고시나, 나를 휙 밀어넣어뻐린 것맹이었다고요. 나는 암
만 손을 뻗치고 휘둘렀어도, 암 것도 잡딜 못하겠고, 어지럽음선, 내 손
만 가실나무잎맹이 오쇠쇠 떨어져뻐렸다고라우. 「할매라우, 할매, 할매
──, 날 좀 잡아줘겨요, 날 좀 잡아줘겨요, 할매요, 할매──」 고로케
나는 꼬함도 쳤지라우마는, 내 목소리도 안 돌아오고, 그란디 고때마둥
바람 소리도 없었다고라우. 하다못해 고심도치맹이 쭈구리구 앉아, 따가
리나 덮인 눈을 후비파며 울먼, 고것도 서럽게 서럽게 울먼, 할매는 고때
사, 내 등뒤 뽀짝 가깝운 디서 낄낄 웃고시나, 새깽이 손구락 하나를 내
손에 잡히 줬구만이라우. 아 고것은 그라요. 부체님이나, 삼시랑이나, 무

신 고런 것이 나한티다 니리준 동애줄 아니겠는개비네요. 그래서 나는 행이나 놓치까 고것이 겁이 나고 했은개, 할매를 꽉 보둠았지라우. 그라고 안 빌었던개비요. 「할매, 왜 인재 목말 안 타잉? 왜 안 타냥개? 내가 사내키 튼튼시럽게 꼴 턴개, 할매, 내 모가지에 타고, 할매, 할매 다리를 먼첨맹이 쫌매랑개. 먼첨맹이 잉?」 그래도 할매는 아무 말도 없더니 썽을 내기까장 했다고라우.

「야야, 니 뻬는 워쩌 뚝뚝헌지, 사태기가 배기고 물팍이 끊어질라고 히어서, 그래 못 견디겠어.」

「할매, 그래도 접때까장은 안 탔던그라우?」

「어웅? 흐흐, 야야, 그라먼 뻬깥 귀경이나 가 보끄나?」

그라고 할매는 내 모가지에 사태기를 걸치고 앉았구만이라우. 고때는 참 좋덩만이요. 그라고 난개, 할매하고 내가 딱 이쉬진 것맹임선, 질이 환하니 빈 것맹이더라고라우. 할매는, 내 귀때기를 요리조리 틀어서나, 나무도 피하게 하고, 바우도 피하게 했지라우. 그람선, 해는 누렇고, 하늘은 푸른디, 여시가 엉덕을 넘어간다고 하기도 히았지라우.

그랑개 고날, 집으로 돌아왔는디도, 내가 할매를 영 안 니리놀라고 그랬더니, 「그라먼, 니 몸하고 내 몸을, 진 사내키로 쫌매 놓고 살자」고, 할매가 안 그랬던개비요. 「그라먼 내가 똥을 누로 가드래도, 니가 잡아뗑기 보면 안되겄냐?」

나는 참말로는, 할매를 니리놓고잡든 안히았지만, 벨수 없었은개. 할매가 낸 이견(의견)대로, 하기로 했지라우. 참말이제 맘은 영 펜털 못했다고라우. 고까짓 사내키 탁 끊어뻐리고 갔이먼 갔제 벨수 있었간디? 할매도 붕알이 있었으먼 사내키를 붕알에다 쫌맸을 것인디, 할매는 시악 씨였기 땜시로 고런 것은 없다고 했지라우.

내 고랄 중 알았었지라우! 글씨 오줌 누로 나간다고 나갔는디, 암만 암만 기달리도 안 들어오길레, 사내키를 월매나 저서(혼들어) 봤던그라우. 그래도 고때마등 되저서 보내기는 했다고요. 히았어도 못 믿업어, 사내키를 살망살망 따라가 본개, 원 족거치, 글씨, 낭창낭창한 나뭇가쟁이만 맨쳐지고, 할매는 없잖겄어라우? 「인재, 그라고 본개, 할매는 영 갔내비요.」 나는 고로케 생각하고, 할매가 했던 것맹이, 나무다 사내키를 걸고 목을 맸었구만이라우. 죽을란 것이제 고것이 무신 짓이겄오. 고때사 할매가 새깽이 손구락 끄텡이를 내게 잡히 줬구만이라우. 「요사람, 흐흐, 요것이 대처니 무신 짓이단가? 헌디 저녁에는 비님이라도 올 것맹이다. 워디, 군

불이나 한 부석(아궁이 부엌) 잘 너놓고 들어가끄나. 구룸이 꽉 쪘어.」

고날 저녁이구만이라우. 배같에는, 첨에는 비가 오더니 진태가 돼서 내린담서나, 할매는 한숨을 쉬재껬는디, 고것이사 워쨌던동, 나는 무신 수를 내야지 고래 갖고는 못살 것맹이라, 할매한티 이랬지라우.

「할매, 지끔도 누룬 저구리 포란 치매 입고 있는그라우?」

「그라먼 그라고 있제 워짜고 있었어? 죽을 날도 안 먼 것맹인개, 인재 요라고 있다 시집을 갈란다.」

「지끔도 그랑개 꽃각씨 겉겄네?」

「으흐흐, 그라, 그려.」

「그랑개 꽃각씨란 것이 시악씨지 머시겄어?」

「고것이사 배문이 그러겄어?」

「그라먼 할매라우, 나 할매하고 한몸이 딱 돼뻐릴라고 그란디, 할매, 워째요?」

「고건 또 무신 소리냐?」

「글씨라우, 그랄라고 그란다고라우.」

히히히. 그라고 나는 뎀볐었지라우. 안 그려요?

「아, 요놈이, 요, 요놈이?」

할매는 웃기만 죽을 멧기 웃었지라우이. 그람선도 내 등판때기를 따독 따독 뚜들기 쬤었지라우이.

「여시는, 요로케, 한몸이, 된다고, 할, 할매가, 안 그랬내비요, 안 그랬이요?」

「글씨, 그렇긴 히야. 아 그랑개 내가 그랬었내비.」

「그라길레 내가, 말이지라우, 사내키를, 할매 다리를, 끊을라고, 그랑개 말이지라우, 안 했던개벼요, 이빠디를, 그란디, 할매는, 족거치 고 속도 모루고……」

「허으웅, 그랑개, 그랬었던 것이여?」

「글씨, 그려요, 그란디, 그란디, 참말로 요거, 내가 차꼬(자꾸) 워디로, 차꼬(자꾸) 워디로,」

할매는 웃음시나, 내 등판때기를 뚜들기 쬤이요. 「원 자슥겉으니, 그라먼 말을 히았어야지, 히었어야지.」

쪠꿈 있은개, 하기는 참말이제 요상텅만이요, 내 몸뎅이가 한번 뻣뻣해졌다가시나 홱 녹아져갖고는, 지름(기름) 몇 방울겉이 돼뻐렸다고라우. 그래갖고시나, 할매 핏줄기 워디로 숨어든 것맹이었다고요. 그래 내가 쫌을 안 쳤던그라우, 「할매, 인재는, 할매라우, 인재 나도 할매요, 나도 할매라고라우! 인재는 워디던지, 할매가 가는 디는, 인재는 워디던지, 나도 제절로 가지겄네!」

넨장마즐, 그란디 말이요, 할매라우. 쩨꿈 있은개, 또 나는 나고 할매는 할매가 돼뻐렸다고라우. 고 속뜻을 내가 워떻기 알아야 됐으끄라우? 그래 나는 투덜댐선, 또 안 뎀볐든그라우? 할매는 또 등을 뚜들기 줬이요. 그라다 본개 잠이 오고, 자고 나먼 또 나는 나고, 할매는 할매였지라우. 그란디 고런 날이 자꼬 자꼬 되풀이되다 본개, 할매가 날 싫어하길 시작했다고라우. 그라먼 그랄시록, 나는 맘만 자꼬 더 타고 맹겨, 할매가 나를 더 싫어하기 전에 내가 할매가 돼뻐릴라고, 나는 들린 것맹이 뽀챘제요잉. 나는 내 정신이 아니덩만이요.

「이야야, 요라다 할매가 죽어뻐리먼 워짤라고 요리도 뽀채쌌냐?」

할매는, 그래도 웃기는 웃는 소리를 냄시로, 첨엔 날 밀어냈지라우.

「그랑개, 할매 죽으먼 나도 죽어뻐릴라고 안 이란개비요. 그란디, 워째서 여시는 한몸이 된담선, 암만 히어도 나는 할매가 안 되요? 워짠 일이끄라우?」

「이야야, 글씨 요래쌌다 할매가 죽어뻐리먼 워짤라고 요로키도 뽀채쌌냐고? 요놈이 짐성(짐승)이여, 짐성.」

겔국 할매는, 내 가심패기를 발질로 걷어참선 썽을 냈었구만이라우.

「할매라우, 날 밀치지 마쑈, 참말이재 마쑈. 그라먼 나는 짐성 아니고 머시겄는그라우?」

그라고시나 할매 이망을 만치본개로, 하기는 영그락 불맹이 뜨겁운디, 아닌갸아니라, 곧 죽을 것 겉기도 하덩만요. 숨소리는 또 워쨌고라우? 가래를 끓임선, 숨을 잘 쉬덜 못히아 헐헐하는디, 그랑개 내가 너무 했던개 볐어요. 고걸 나는 고매사 알았었네라우. 걱정시런 생객이 뽀짝뽀짝 듬시나, 소캐(솜)방마치로 가심을 설운 번 쩷고 죽고 싶은디, 궁뎅이에 불이 붙어 또랑이로 뛰갈 때인동 고로초롬은 속이 타끄라우? 눈이 비덜 안 한단 것이 고때는 소굼물이라도 몇 그륵 마신 것맹이, 속이 애리고, 씨리고, 창시가 뒤틀리는디, 안 되겄등만이라우. 그래 눈텡이다 손을 넣고 휘저서 바야, 거그 무슨 따까리하고, 살하고, 찐절찐절한 물만 괴이고, 진작에 없어진 눈깔은 안 돌아왔더라고요. 할매, 내가 고때 월매나 울었든그라우. 인재는 쪅이도 안 도망갈 틴개, 내 눈을 되돌리돌라고 내가, 월매나 월매나 빌었든그라우. 고매는 할매도 울었구만이라우. 움시나 요라기도 했었다고라우.「고로케 니가 울어싼 개, 할매 맘이 요상시리 짠함시롱 좋다야.
글씨, 니가 요로케 할매절에 붙어 있음시롱, 할매 걱정을 히어 주니 참말
이제 안 좋냐?」
「그래도 할매 땜시 이란 건 아니요.」나는 할매가 잘못 생각하고 있는 걸
고치줬지라우.「나 땜시 그라요, 할매 죽으먼 내가 못살 것맹이라 그란다
고라우.」
「글씨 그랑개 말여, 원지녘인지 도망갔일 놈을, 고로케 히어서라도 붙잡
아논개, 그랑개 요로케.」
「할매, 죽지 마쑈. 할매, 워짜먼 할매가 안 죽으끄라우? 내가 워째야끄
라우?」
「그란디 야야, 내가 죽고 나먼 말이여, 아무디로라도 더듬어서 더듬어서,
열흘질만 가거라잉? 그랴, 그라면 설마기로소니 사람 사는 동네가 안 나
스겄냐. 그라면 말이라, 사람 사는 디서 설만들 산 사람 쥑이겄냐. 그랴,
그라면 요집조집 댕김선 얻어묵고 살라고. 그랴, 고로케 살다가 질갓에서
라도 죽으먼 글씨 설마헌들, 사람사는 고쟁이서 흙 한주먹 안 덮어 주겄
냐? 그랑개, 니 걱정일랑 고로케 해쌌지 말란 말여. 능창 코만 빠추고 있
으먼 워짤 것이여 대처니. 워쨌든 니가 절에 있은개 나는 참 좋네, 좋아.」
　할매 말로, 그랑개, 낮이 됐다고 하고 밤이 왔다고 한 것이, 고때부텀
다섯 개가 지내갔일 땐가, 할매는 쩍꿈 심을 채렸지라우이. 손도 꿈선, 영
그락불이 감잔 줄로 알고 불어감선 꾼 감자도 두 개나 묵고, 그라고 물도 한
바가치나 묵고시나, 한숨 한 번 크게 쉬었지라우. 난 고때 참말로 좋등만,
얼렁 저실이 지내가뻬맀으먼, 고것을 월매나 바랬던등, 워짜다 등이 쪼금
이라도 따슬라치먼, 벌쎄 여름인갑다 하고 생각도 했더랑개요. 그란디도
진태가 때때로 니린다고 했지라우.
「워쩐지 요 저실은 질기도 더 진 것맹이다.」문을 열래서 열어노먼 할매
는, 지침을 죽을 뎃기 해쌈선도, 우는 뎃기 말했었구만이라우. 글매 난들,
월매나 솔나무는 보고접고, 구름은 또 월매나 보고접고, 뛰댕김선 놀고접
기는 월매나 했었겄오마는, 할매는 고 속도 모루고 자꼬 얘기했다고라우.
「저그 창꽃이 폈네. 복숭꽃은 똑 서럼 겉여. 산이 쪼꿈씩 살아나는 것맹
이다. 하늘에는 바람도 많은갑다. 노루 겉은 구름이 막 흐터져댕긴개, 햇
빛이 재를 넘우가네. 그랴, 노루맹이 구룸이 엉덕에 멈춧 썼은개 또 바람
이 불어, 바람이 차게 불어.」
「할매, 자꼬 고로케 말하지 마쑈. 나는 똑 딛기 싫소.」

「야야, 또 문을 좀 열래? 아매 달이 떠온 것맹이다. 그랴, 달이 떠올르네. 조쪽 이내낀 재 넘우서 달이 희게 떠올라. 하늘에는 바람도 많은갑다, 노루 겉은 구룸그리매가 열두 번 재엉덕을 뛰가네.」
「할매, 글써 딘기 싫소.」
「벨도 많고, 참 벨도 많고, 수심맹이 벨도 많고.」
「글써 딘기 싫소. 나는 안 보고접겄오?」
「그랑개 할매 눈으로 보는 기여.」
「할매는 비어도 나는 안 비요.」
「그랑게 할매 눈으로 보는 기여.」
「그란디 할매.」
「……」
「여시들은 한몸이 됐으끄라우?
「……」
「그라고 곤 봄이 안 되겄는그라우?」
「…….」
　할매는 대답을 안했었지라우.
「할매, 나도 할매맹이 머시든지 보고접소.」
　나는 그람선, 할매한테로 손을 갖고 안 갔는개비요. 고날은 그란디 할매가, 나를 떠내딜 안했구만이라우. 그라고 한숨만 쉬댐선, 내 등을 또닥있다고라우.
「나도 머시든 모도 말짱 환하게 보고접소. 참말이요. 그라고 곤 봄된담선요.」
「그랴, 곤 될겨.」 할매는 내 등을 또닥있다고라우.
「그런디 죽는단 건, 그랑개 숨이 끊어져뻐린 고것이라고 했었지라우?」
「그랴, 숨이 끊어지먼 죽는 것이제.」
「그란디 숨이란 건 목젓에 있는 것 아닌개비요잉?」
「글매, 고로케도 말헐 수는 있겄제맹. 그란디 내 목젓은 왜 고로케 만치 보냐?」
「할매 숨이 월매나 남았는가 볼라고 그라요.」
「야야 숨이 맥힌다, 고로케 우악시럽게 말고, 살맹이 좀 만치 바라. 그래 월매나 남았나?」
「글써 고건 모르겄지만, 깔딱 깔딱하요. 그란디 창꽃이 벌써 폈은개, 인재 돌가지꽃도 곤 안 피겄오?」

「그야 곧 피겄지맹. 하매 워디 폈을지도 몰루제.」

「글매, 그것도 그려요. 할매는 그란디 참말로 잎사구요? 대궁탱이요? 꽃이 될 기요? 내가 뿌렝이람서나?」

「글씨 그랴. 야야, 헌디 할매가 숨이 맥힌다. 워째 오늘은 벨랑 말도 많음선, 이리 더디디야?」

「그라장개 고것이 아닝만요. 나도 보고자파서 그라요. 내 눈으로 볼라고 그라요. 할매랑 한몸이 돼뻐릴라고 그라요. 그랑개 할매가, 지금 죽어야 쓰겄오. 꽃들 활짝 다 피뻐리기 전에, 그랑개 지끔이구만이라우. 할매, 그랑개 지끔이요, 할, 할, 할매, 히히, 구렝이맹이 뻐드럭임선, 아 그람선, 히히 쪼구라드네, 혼백만 남기네, 내 핏줄에 문이 열리네, 할매, 히, 들어오시겨요, 글씨 들어오시겨요. 그랑개, 할매는 죽었는개비네. 죽었어라우. 늙은 할매는 죽었는개벼요. 늙은이는 죽었다고라우. 그려요. 늙은 것은 죽었네라우.」

   ✻ 프레이저의 『金枝』(MACMILLAN AND CO., LIMITED, 1929) 「오시리스 祭祀」에 아래 같은 기사가 있다.
  "The old man is dead. May Allah bring us back the wheat of the dead."

늙은 개

오랭이가 팍 썹어 갈, 처묵고 할 짓이 없어 씰디 없이 쎄바닥이나 서발
질어나뻐린, 조론 순 생옘병에 땀도 못내 것을 조놈들은, 어째서 이 훤한
대낮에, 문은 닫아 안으로 걸고, 그리고도, 훤해서 좋은 전깃불이 있는데
도 그것은 내버려두고, 촛불을 켜놓고 뭣을 하느냐고, 물론 흔하게는 아니
고, 뒤 철 건너 한 번만큼씩 묻곤 했는데 그럴 때마다 이 늙은이는, 속으
로만 골을 골백 번도 더 내고, 울적해 울먹였다. 그리고 봄에 낸 골을 가을
까지도 숯굽듯 구었다. 그러다 혹간 누가, 검은 똥개 나으리, 하고 은근히
한번 불러 주는 경우라도 있으면, 그때, 일년 중에 한 번 그도 은근히 웃
고, 그러면서 일에 열심이었다. 백셍이면 그랑개, 천하라고시나 요 말이
고, 태어난 거시기란 요 말이고, 무신 이름이 씰디 있느냔 요 말이고, 쎄
바닥을 당강내 톡 썰어 뿌릴, 그랑개 넨장마즐, 그랑개, 껌은 똥개먼 똥갰
쩨 거그 무신 속 짚은 뜻이 있겄냔 요 말이고, 그랑개 천아하에 늙을 일
은 아니등만, 젊어서는 그랑개 벨랑도 젊어서는 흐흐 고롷게도 곱쌍시럽
던 것이, 늙으면, 그랑개 벨랑도 늙으면, 고것이 뭐 벨다른 것이 아니란
요 말이고, 거시기, 거시기, 그랑개 고것은 데럽은, 무신 데럽은 껍데긴
디, 아 그랑개로 거시기가, 조 추접은 똥개가 쳐들어와 뻐린 고 껍데기란
요 말인 거시다. 어떻게 어떻게, 사실로 이 늙은이는, 살다가시나는, 이름
이 있었던동 또는 없었던동, 심지어 나이까지도 잊어버리고 말았지만, 워
낙이는, 숯도 구워 팔고, 산 한 귀퉁이 파설랑 감자도 심어 살았던 그런
지독한 촌놈이었던 탓으로, 행여 누가 뭘 좀 물을라치면, 자꾸 뒷전으로만
돌고 싶어싸서, 사실로는 그러고 싶어싸서, 모도 말짱 자기를 다 알아 주
는 디서 원제까장이고 살고만 싶었었으나, 그러했음에도 별 뾰죽한 수가
없었기 탓에, 모도 말짱 그를 다 알아 주는 디서 그는 두 번을 떠났고 그
리고 세번째로 온 곳에서는, 그는 병원 청소일을 얻었는데, 여기서는 그
는, 모도 말짱 자기를 다 알아 주기 탓이 아니라 그냥 그러고 싶은개, 더

는 안 떠나고 눌러 살다가, 자기도 저 시체실 속으로 들어갔으면 싶다고
했다. 시체실을 신방모양 말끔히 해놓는다는 게 그가 맡은 제일 큰 일이었
던 것이다. 어찌되었든 그는, 엠병에 땀도 못 낼 저 진 쎄바닥으로 낼롱거
려 묻는 말에, 대답 하나는 시언허니 마련을 해놓아야 자기 면목이 슬 것
도맹이라, 근래 궁리도 참말이제 많이 했댔다. 글씨 훤한 대낮일시락 문단
속은 더 잘해야 안 쓰겄냐고, 안 그랬다가는 혼백이 걸어나가 뻐릴 턴디,
대처니 워짤 것이여, 허지만 넨장마즐, 나으리는 혼백이 뀐 방귀 냄새도
맡을 수 있으니 거 정말 희한한 코빼기가 아니겠는가, 늙은이는 그래 코를
킹킹댔다. 그래 보았지만 사실, 그런 냄새 같은 건 없는 듯했다. 그것은
참 면목 없게 하는 것이었다. 그랬지만 그는 문을 열지도 않았고, 전기불
을 키지도 않았다. 그리고 스텐레스 상(床) 위의 흐릿한 핏자국에 시선을
보냈다. 그 상은, 그 방의 거의 한가운데에 자리잡고 있었는데, 국비환자
였었거나, 사비라도 병인 미상으로 죽었거나, 아니면 죽고 난 뒤까지도 혼
백을 어디다 헌납하지 않은 물신(物神)의 늙은 양들의 주검의 내부를 그 위
에서 열람해 보고, 아직도 꽤 쓸 만한 눈이나 간은 정부에, 아직도 파락파
락 기를 쓰고 심장엔가 불알엔가 매달린 불은 쓰레기통에, 그리고 병인이
창가(娼街)를 낸 저 삼가(三街)는 포르마린 병 속에, 헌납되고 버려지고 쑤
셔넣어지는 데 쓰는 것이다. 이전에 그 상은, 아마도 석달 전까지는, 늙은
이에게는, 한 전쟁으로 느껴졌던 것이다. 그것은, 비록 촛불만 켜놓은, 그
래서 그 속의 밀큰한 어두움이 산그늘 같은 그런 것으로 변해져 있음에도
불구하고, 그 잠푹한 그늘 속에서 흰 뻔쩍이는 이빨을 드러내 으르렁거리
며, 저 마을에 퇴적된 저 비옥한 정밀, 세월의 저 깊은 백년 잠, 지하의
저 따뜻하고 질척한 곳으로부터 수근을 이어 여물어진 저 곰팽이의 밀육,
주검이 소롯이 심기고 생명이 조용히 발아되는 저 관용에 균열을 일으키고,
그리고는 병든 월후를 시키는 그런 것이었다. 그것은 냉 같은 것이었고,
한밤중에 켜든 겨울 한낮 같은 백촉짜리 켜진 전등 같은 것이고, 해가 질
라고 함선 세상이 호숩게 출렁거리는 석양판에, 마을로 들어 온 병대 같은
것이었다. 그러나 그 위에, 한 여인의 주검이 올려진 것을 늙은이가 보았
을 때, 그리하여 그가 그 주검을 덮은 홋청을 열고 그 주검 속으로 내려가
보았을 때, 그 차겁고 단단하며 도전적이던 저 흰 괴물은, 오히려 물렁물
렁하며 비릿기하고, 컴컴하기까지도 하고, 그 속의 어디서 박쥐들이 빗방
울들처럼 후두둑 후두둑 떨어져내릴 것같이도 여겨졌었다. 그 이후부터 그
상 위에는, 장의차 다녀간 지 석달도 넘었지만, 언제나 그 주검이 얹혀져

있었고, 그것은 음모가 말끔히 깎여져 그에게 성욕을 일으켰었는데, 그것은 신앙 같은 것이었고, 그것은 그에게, 무덤을 사흘 후에 가서 열어 보게 하는 것이었다. 그 무덤은 한 포기 할미꽃 같은 것이었고, 또 한 마리의 암캐 같은 것이었다. 그는 한 마리의 암캐에 대해서 잘 알고 있었다. 그는 그의 감성으로써 그 개의 고갈과 풍요를 잘 알 수 있었다. 그녀는 언제나, 뭔가를 자기 속에 빼꼭이 채우고 싶은 그 주림을 원만스레 나타내 보이곤 했었다. 좍 사태기 사이에 자기 얼굴을 처넣고, 조용히, 그러면서도 그 내부는 미친 듯이 뛰고 있는, 그런 둥그스런 고리를 만들고는, 전신을 부드럽게만 억세게 쑤물거리는데, 그것은 개는 아니었다. 그것은 원시적인 그런 욕망의 한 개방된 형태며, 그리고 또한, 어떤 충일의, 무덤과 같은 한 밀봉된 형태였다. 그 부드러운 털 아래 쑤물대는 저 기갈든 **기다림**, 저 젖은 듯한 따뜻함, 그것은 무척도 더러운 것이었고, 좋은 것이었다. 거기에 남겨져 온 그 주검은 그것이었다. 늙은이는 그래서 침을 흘려내다가, 그 주검 위에 흘려진 핏자국을 씻어내기 시작했다. 그런 뒤 그는, 마누라를 거적대기에 감아쌌었다. 마누라는 해산하다가 죽어 버린 것이다. 마을까지 산파를 부르러 가기에는, 마누라의 진통이 너무 급박했는데다, 마누라가 움켜쥔 손을 풀어 주려고를 안 해, 타는 고쿨이 빛 아래서 그는 다만, 마누라의 진통과, 흘려내는 피와, 죽음과, 권태와, 그리고 태어난 애의 울음 소리를 들을 수밖에 없었다. 그는 어떻게도 뭘 마누라를 위해 해 줄 수가 없었다. 경련하며 움켜 쥐는 마누라의 손을 덩달아 움켜줘 준다는 외에 그는, 날씨 걱정이나, 마누라의 큰 손에 돋아난 혈관 세기 같은 것밖에 할 수 있는 일을 찾지 못했다. 한바탕의 진통이 가시고 나면, 마누라는 창백하게 웃었었다. 그런 때에 그는, 고쿨이에 관솔을 얹었다. 지루했다. 고통은 분담되질 못했다. 마누라는 점점 타인으로 변해가기만 했다. 마누라의 진통은 잦아지고 길었다. 그는 염라 모양, 눈을 둥그렇게 해서, 그 끓는 가마솥을 내려다볼 뿐이었다. 그리고 그가 할 수 있었던 일이란, 푸수수한 짚북더미를 모아다가 피반죽 속에 누운 싸늘한 죽음에서, 피를 대개 닦아내고, 거적에 싸고, 그리고 날도 밝기 전에 바지게에 얹어 뒷뜰로 돌아가, 감자밭 한귀퉁이를 파고, 그리고 그 알맹이를 밀어 넣는다는 그 일이었다. 그런 뒤 돌아와, 자기 앞가슴을 풀어헤친 뒤, 방구석에 던져졌던 핏덩이를 그 맨살 가슴에 싸안고, 저고리를 다시 여민 뒤, 눈물을 좀 빼추고, 뭐라고 노래를 불러 줬을 뿐이다. 그것은 사내애는 아니었다. 아무것도 그는 생각하지 않았었다. 핏덩이가 맨살 가슴에서

무척 꿈지락거리며 울어댔다. 그런 것은 그에게 이상스럽게도 슬픈 구역
질을 일으켰다. 그것은 아마도 그애에 대한 그의 짝사랑이었다. 그래서
그는 더욱 더 억세게 가슴을 여몄다. 그러나 오래잖아, 그의 가슴에선가,
가슴인가가 차차로 싸늘해지고 있음을 그는 느꼈다. 아마도 해가 지고 있
었다. 밖에서는, 가을 빨간 노을이 토벽 구멍을 통해 한 줄기 비춰들더니,
이내 컴컴해졌다. 저녁엔 그렇지만 고쿨이에 관솔도 얹지 않았다. 눕지도
않았다. 가슴을 풀지도 않았다. 노래도 안 불렀다. 아침에 그는, 햇빛 아
래서, 가슴을 풀고, 그 싸늘한 것의 전신을 들여다본 뒤, 병신스레 한번
웃고, 뒷뜰로 다시 돌아갔다. 그것은, 계집으로 태어났다 죽어 버린, 계
집이 빠춘, 바로 그 계집이었던 것이다. 그는 어쨌든 흙을 팠다. 그리고,
그애가 한번도 못 빨아 본, 어미의 검은 젖꼭지에다 그애의 입술을 붙여
주고, 다시 흙을 밀어넣었다. 어제 새벽에 묻은 씨는, 아직은 싹티울 기
미를 보이지 않고 있었다. 그는 가늘게 한번 떨었다. 가슴에는 여태도,
그 뜨거운 핏덩이의 죽음이 싸늘한 채 남아 있다. 그는 그것이 싫었다. 샘
에 가, 그는 그것을 씻어냈다. 그렇지만 다만 핏자국만을 씻어냈을 뿐이
다. 어쨌든 남은 일은, 바닥을 말끔히 씻어내는 일이다. 그러기 위해서
는, 긴 자루가 달린 걸레가 있었지만, 그는 그것을 잘 쓰질 않았다. 그
대신 쭈굴치고 앉아서, 그 바닥의 세포 한점이라도 놓치지 않고, 손에 쥔
걸레로 씻어내고, 모래 한톨이라도 들어내고, 어쩌다 머리칼 같은 것이라
도 한올 떨어져 있으면 집어올렸다. 그로서는, 그렇게 하는 것이 깨끗하
게 하는 것이라고는 거의 생각지도 않은 듯했다. 그는 자기 밭에서 일했
을 때 그렇게 했던 것뿐이다. 자갈이나 나무뿌리, 또는 잡초를 그렇게 집
어내고, 솎구고 모았던 것이다. 그리고 바닥은 언제나 거의 질척거릴 정
도로 습했지만, 그는 달리, 그것을 건조시킬 생각은 내지도 안 했다. 그
는, 신작로 위의 뽀얀 먼지라든가, 또는 콜탈이나 시멘트에 의해 포장이
돼 버린 그 건조한 거리들에서 느끼게 되었던 어떤 고독을, 시체실의 축축
한 바닥에서는 잊을 수가 있었다. 신작로에서는, 또는 포장된 도로에서는,
그는, 어떤 차단, 어떤 단절을 무의식적으로 느끼고, 고향의 논바닥이나,
칙간 내음새, 땅강아지가 삘삘 기어나왔다 들어가는 썩는 웅덩이 가, 깨
진 동이전에 낀 오줌의 이끼 같은 것, 또는 비맞은 개똥이나, 두엄자리에
서 피어오르는 김 같은 것을 그리워했다. 물론 시체실 바닥이라고 시멘트
로 땅과 하늘 사이를 딱 울타리해 놓지 않은 건 아니다. 그러나 그 울타
리는 쳐질 곳에 쳐진 것이라고, 그는 믿었다. 가령, 두엄이라도 치기 위

해서 내놓은 돼지가 있다면, 그 두엄치기를 끝낸 뒤, 그 돼지를 다시 울에 가두기 위해, 그 울을 만든 나무기둥들을 다 뽑아내 버린다면 도저히 그 돼지를 가둘 수 없다는 것을, 그는 알고 있었던 것이다. 울은 울대로 남겨놓고, 그 울의 한옆을 헐어, 돼지가 들어갈 만한 구멍을 냈다가, 돼지가 들고 난 뒤, 그 구멍을 막는다는 지혜를, 그는 갖고 있었다. 그러한 지혜가 그런데, 시체실 속에서의 그의 생명을 활기롭게 해 온 것이다. 그의 그 지혜가, 이차의 전이를 거치면, 완전한 개방은 완전한 폐쇄와 같은 것이며, 몇 귀퉁이가 폐쇄된 개방, 또는 한 귀퉁이가 개방된 폐쇄는, 자유나 구원으로 통한다는 것으로 되는 것이다. 그 시체실의 사면의 벽, 또는 천정이나 바닥은 시멘트에 의해 완전히 외계와 차단되어 있었지만, 거기엔 한 통로가 있었고, 그것은 경영주에 의하면 모르그라는 이름이 붙어 있었다. 그런데 그것은, 나무로 짷여져, 둔하게 노르스름한 빛을 내는, 삼층 관곽이었고, 그것은 서랍으로 되어 있어 뺐다 들이밀 수 있게 되어 있었고, 크기는 가운데 것이 제일 크고, 맨 윗층이 제일 작았다. 윗층은 어린 시체들을 위해서, 가운데는 살만 뒈지게 쪘다 살도 못 빼내고 죽은 녀석들을 위해서, 그리고 맨 아랫층은 평생을 갈근거리고 살았던 불쌍한 백성들의 것임을, 그는 알고 있었다. 그것은 어쨌든 문이었다. 그 속으로 들어간 주검들은 다시는 돌아오지도 안 했지만, 그 속에 언제까지고 남아 있지도 않았다. 그때 그러한 바닥이나 벽, 또는 천정 같은 것은, 거리를 덮어 버린 차단과는 확실히 다른 것으로 변해 버린다. 그렇게 변해 버린 바닥엔 그런데, 몇 방울의 피에 얼룩져 있었다. 그 피는 아마도, 의사 보조원이 꼈던 그 고무장갑에서 흘렀을 것이고, 고무장갑은, 젊어서 죽은 국비 환자의 어느 부분을, 또는 병인 미상의 어느 조각을, 또 아니면 어떤 끈적거리는 영혼을, 쥐고 있었을 것이었다. 그러나 어쨌든 그것은, 음모까지 말끔하게 깎이고, 씻긴, 저 물럭물럭한 흰 뿌리가 피워낸 것임은 틀림없다. 그것은 할미꽃 같은 것이고, 이 늙은이가 겨울 내도록 기다린 것은 그것이었는지도 몰랐다. 고쿨이 불 음탕하게 일럭이는 아랫목에서 때로, 그는 계집 생각에 몸도 뒤틀었지만, 그러나 바지춤엔 한번도 손을 밀어넣지도 않았었다. 그의 생각에, 하매 봄 벨랑 안 멀다고 했을 때 그는 바지춤에 손을 찌르고 뒷뜰로 돌아가서는, 계집을 묻은 무덤의 흙을 손가락으로 좀 헤집은 뒤, 그 속에다 사정을 해넣었다. 그리고 그의 생각에, 하매 꽃 펼쎄 폈겠다 했을 때, 그가 다시 뒷터 씨밭에 가 보았을 땐, 거기 할미꽃 한송이가 고개숙이고 있었다. 그는 히히 웃었다. 그러나 그

214

것은 그에게 아무 의미도 없었다. 그는 그것을 짓밟아 버릴까 하다가는, 목아지를 목 잘라선, 숙여서 감췄던 그 내부를 들여다보기 시작했다. 그러자 생지랄맞게 몸이 꼬이고 어지러워져, 그것을 씹어 삼켜 버렸다. 그는 성욕을 느낀 것이다. 그래서 그는, 아직도 젊다고 생각하고, 자기한테 각씨가 참말이제 스무 해는 더 있었어야 됐다고 했다. 속이 미식거렸다. 그는 토해냈다. 돌아섰다. 한 마리의 검은 개가 그를 올려다보고 서 있다· 그는 발길질을 해댔다. 그러나 개는 저만쯤 갔다 다시 돌아왔다. 그랑개 개는 참말로 개인개비라서, 그는 그의 애잔스런 눈빛을 들여다보기 시작했다. 그러면서 그는, 그 개를 자기의 운명으로 수락해 버리고 말았다. 그 개를 이전에 어디서고 보았다는 기억은 없었다. 소년의 피로가 그 개의 턱의 주름살에 떠돌고 있었는데도, 그리고 모든 동네의 개들이 그를 좋아했었는데도, 그 개와 이전에 맺었던 인연 같은 것은 생각나지 않았다. 어쨌든, 이 낯설은 검은 개가 변덕을 부리고 떠나가 버렸다고 했다 더라도, 그가 이미 수락해 버린 운명이 그의 속에서 빠져나가 버릴 일은 없었을 것이었다. 그는 토해냈고, 그것은 개였던 것이다. 그런데 개는, 그가 외롭게 사는 산의 한 누덕진 귀퉁이를 떠나지 않았다. 굶고, 얻어 맞고, 그러다 쫓겨난 개에게 있어, 그 산기슭의 헝겊을 댄 듯한 한 고장 은, 화롯가다운 것이었을지도 허긴 모르긴 하다. 때로 공허히 한번씩 짖 다 자기 권태에 시들어 버리면, 가령 여름에는, 집그늘이 진 음팡한 곳에 서 노년을 조용히 사렸고, 겨울에는, 그 방안의 따뜻한 아랫목 구석에서 또 그렇게 지냈다. 원래 사나웠던지 어쨌던지는 그 개 자신도 모른 듯했 지만, 그 개는 부드럽고 어질게 자기 성품을 가꿨다. 그러면서, 떠들어와 정착해 버린 이 비구니는, 도대체 자기의 암자 밖으로는 나가려고를 하지 않았다. 그렇게 탈속해 가며 그녀는, 자기에게 번뇌를 주거나 침해하려 드는 것으로부터 자꾸 피해, 자기의 깊은 속으로 자꾸 가라앉아 들었다. 그러나 이 개주인에게 있어서의 이 개는, 번뇌 그 자체였다. 그는 때로, 이 개에게서 이상한 해후를 하곤 했던 것이다. 그는, 고쿨이에 관솔을 얹 고는 그 관솔에 불이 옮겨 붙는 것을 지켜보길 좋아했으며, 그 관솔 타는 냄새 맡기를 즐겨했으며, 그리곤 불이 아무리 밝게 타도, 오히려 방의 네 구석엔 더 짙은, 그것은 이내 같은, 그런 잠묵한 그늘이 호복이 고이는 것을 보면서는 거의 넋을 잃곤 했는데, 그 호복한 그늘 아래서 그는, 옷 벗은 마누라의 비옥한 주림을 보곤 했다. 꽉 채워진 허를 짓고 가라앉아 버린 그 검은 개가, 그 흰 계집이었다. 그러나 그는 그 개를 사랑하지는 안했다. 물론 개도 그를 사랑하지 않았다. 그러면서도 하루에 한 번 정도 씩은, 둘이는 멀거니 둘이를 바라보며 지나긴 했다. 아마도 그런 시간이, 그 둘을 이어 주는, 어떤 것일 터인데, 그들은 그때, 의식 이전의 어떤 의식으로써, 서로가 서로의 눈을 통해, 환치되고 있음을 의식했다. 개의 흐린, 저 권태로운 눈을 통해 들어가 그가 차지해 버리는 그 개의 내부란, 무척도 부드럽고 훈훈하며 편안스러운 것이었다. 그러나 그는 개를 사랑하지는 안했다. 기침을 해도 개처럼 킹킹대며 하게 되고, 잠을 자도 개처럼 오구리고 자야 편안스럽다는 것을, 어느날 그가 갑자기 깨달아 버렸을 때, 저 숭악한 쌍놈의 똥개가 자기 속으로 쳐들어와 버렸다고, 그는 화를 내고는, 그 개의 목을 새끼줄에 걸어, 산복숭아나뭇가지 사이로 높이 끌어 올려 매달아 버렸다. 그러고 난 뒤, 밭귀퉁이에다 묻어 버리려다가 구어먹어치워 버리고 말았다. 그리고는 살던 곳이 싫어, 그 쌍놈의 똥개 고기가 다 삭아 버리기도 전에, 살던 집을 불질러 태워 버리고, 지게 위에 고향 짊고 산그늘 짊고, 하늘 짊고, 읍내로 갔다. 거기서 그는, 지게 품팔이를 했는데 모도 말짱 알기로 그는 버버리일 것이라고 했다. 이 개는 추억에 병들기 시작한 것이다. 뻔쩍이는 양철 지붕들, 오줌을 갈겨도 그 오줌이 스며들지를 못하는 딱딱한 길들, 잠푹한 그늘을 말살하려고 드는 환한 전깃불들, 그리고 도대체, 계집들이 내질러 놓은 듯하게는 안 보이는 이상스런 군청 서기들, 면청 서기들, 국민학교 선생들, 남편은 한 개밖에 없는데 얼굴은 서른 개씩도 더 가진 이상스런 옌네들, 그런 이상스런 종내기들이 사는 턱없이 큰 건물들, ——그런 인연 없는 부피들, 그런 인연 없는 뻔쩍임들, 그런 인연 없는 질서들 속에서 그는, 휴식은 찾을 수가 없었다. 그런 것들이 부산스레 움직이고, 줄지어서고, 호루루기 소리가 귀를 째고, 사람을 가득 삼켜넣은 괴물이 으르렁거리며 뛰달리는 곳에서는 그는, 어쩌는 수 없이, 자기의 속엔가 이마엔가 붙은 꼬리를 사태기 사이에다 사려넣고, 길 중에서도 제일 더러워 빛나는 발들은 딛지도 않는 곳만으로 다닐 수밖에 없었다. 그래도 개들만은 그를 좋아했다. 그가 지나갈라치면, 목에 댕기도 매고, 머리에 기름도 발라 냄새도 썩 좋은 그런 귀족이 다가와, 의젓이 냄새도 맡고, 악수도 청하며, 한마디 충고도 적선하길 못 잊었다. 서른 개도 넘을 얼굴을, 다만 한 목아지에 매달고 다니는 옌네들이, 서른 몇 개째의 얼굴인가를 개 목아지다 달아 준 그 개들을 빼놓곤, 아무리 읍내 개라도 개들은, 구석진 데를 좋아했으며, 현수막이든가, 다방에서 흐르는 유행가라든가, 전깃불이 펄럭이는 아래에서는, 영혼이 뿌리째 뒤흔들려 낑낑거렸다. 개들의 그런 수난이 그에겐 위로가 되었다. 잠은, 그는, 언제나 면청 창고 뒤에서 쭈그리고 잤다. 거긴 다른 개들 모양, 그가 오 줌을 갈겨도 좋은 곳이었으며, 꼬리를 좀 쳐들어도 뭔가가 발길질을 퍼부 을 리도 없는 곳이었다. 왕겨가 산만큼은 쌓여 썩고 있었는데, 그 속을 조금만 파고들어가면, 훈훈한 김이 올라오고, 그 김은 그를 이내 잠 구덩 이다 밀어넣었다. 물론 그에게도 잠이 안 오는 저녁은 있고, 또 비에 젖 는 저녁도, 눈에 덮이는 저녁도 있다. 그럴 때면 그는, 비바람에 찢겨 거 리에 뒹굴던 무슨 선전 벽보들을 소중히 모아두었다가, 창고 저쪽 불이 모서리를 돌아 으스름이 고개를 젖긴 그 불에 들여다보고, 그 알 수 없는 기호들 위로 번지고 간 빗줄기라든가, 바람의 모서리, 또는, 여자의 얼굴 인 듯한데 누군가가 그려넣은 수염 같은 것들을 읽었다. 그런데 세상이 어 떻게 돼 가는지 나날이 배만 더 고파져 갔다. 아마도 도시락을 먹어야 될 시간이곤 한 것이다. 매일, 바닥에 떨어져 응고된 핏자국을 닦을 그때쯤이 면, 늙은이는 허기를 느끼곤 했다. 허리가 아팠다. 점심을 끝내면, 그때부 턴 병동들의 쓰레기를 모아다 태우는 일을 해야 하고, 그래도 시간이 남으 면, 병원 뜰에 흩어진 꽁초라든가 휴지, 또는 낙엽들을 긁어 모으는 일이 있다. 모르그가 여치 소리를 내고 울기 시작하고 있었다. 정확히 말하면 그 것은 모르그의 왼쪽 옆에 해놓은, 냉장 장치의 해골더미 같은 쇳더미와 철 사를 통과하며, 전기가 우는 소리였지만, 늙은이로선 그것까지 이해할 순 없었다. 늙은이의 믿음에 그것은 그 삼층 관곽이 우는 것이고, 그래서 그 관곽은 다만 관곽뿐만인 것이 아니라, 살아 있는 어떤 것이었다. 그는 고향에서 한번, 그의 생각에, 하매 봄 벨랑 안 멀다고 했을 때, 그것의 한 귀퉁이에다 사정을 해넣은 적이 있었다. 그것은 그런 것이었다. 이제는 썩는 왕겨 더미 속으로부터 훤한 거리로 나갈 때인 것이다. 나가기 전에 늙은이는, 언제나 하듯이, 그 방 서쪽 벽에 달랑하게 붙은, 흑판의 글씨 위로 시선을 보냈다. 이전에 그가 왕겨 더미 속에서, 벽보들 위로 기어간 흔적들을 읽었듯이, 거기서 그는 사자들의 운명을 읽기를 희망했다. 그 위에 원래 씌어지고 쳐진 글자나 선은, 십오 년 전이나 물론 같은 것이었 지만, 빈칸에 씌어진 글자들은, 그의 생각에 사흘 전의 것과는 분명히 달 랐다. 십오 년 전이나 현재나 그대로 있어 바뀌지 않은 글자들은, 다만 인 체의 어떤 기관들의 명칭, 가령 심장이라든가, 좌폐·우폐, 또는 간장, 비장, 또는, 좌신장·우신장, 뇌 같은 것들이었지만, 그에게는 그것들은, 어떤 선업 (善業)의 이름들이고, 천정으로부터 매달려 내려온 저울 위에서,

사자들의 선업이 저울질되면 거기에 씌어지는 것이라고 믿었다. 그런 뒤 그 영혼들은, 그 뱃〔腹〕 속에 처넣어져, 생 쎄려쥑일 비암으로도 태어나고, 모심받을 임금님으로도 태어나는 것이다. 또는 다만 꽃만인 것으로 태어나, 개가 되었다가, 늙은탱이로도 되는 것이다. 그 칠판엔 그런 얘기가 씌어진 것이고, 그 저울은 세천시어곡(西天西城國) 먼 데서 와서, 그 천정을 열고 내려진 것이다. 그 방의 삼라만상 중에서, 다만 그가 손못댈 것은 바로 그 달랑한 혹판 하나이었기에, 그는 그 혹판에 대해 외경심을 가질 수밖에 없었다. 그래서 일을 끝내면 그는, 비굴스럽게, 그 물건을 건너다보았는데, 그런 건 아마도, 〈아멘〉이라든가, 〈비나니다비나니다〉라든가 하는, 그런 종류의 간절함과 통하는, 그렇지만 언어로 정리되지 못한, 그의 기도인 것이다. 그리고는 밖의 쐬는 듯한 어지러운 빛과, 숨어들 곳 없는 무서운 열림 속으로, 뛰어들어가야 된다. 그럴 마다 그는, 오초 동안에 다섯 시간씩을 늙곤 했다. 아무리 한여름 대낮에라도, 몸은 식어 경직에 당하며, 해수에 기침을 콩콩거려야 되었고, 혀를 빼내 숨통을 넓혀야 되었다. 고용자측에서는 그에게, 입원을, 한 사나흘 해서 몸이 좀 웬만해지면 고향에 내려가 좀 쉬는 것이 어떻겠느냐고, 만나기만 하면 변소깐에서라도 묻곤 했다. 고용자측에서 볼 때, 이 늙은이는, 시체가 거기에 들었지 않는 날에도, 또는 들었다고 하더라도, 공명정대한 위암에, 또는 정정당당한 매독에 죽어, 도대체 열람해 볼 필요가 없는 사비 환자의 주검은 두 시간 동안만 머물려 놓았던 날에도, 그는 그 속으로 들어가, 세 시간도 좋고 네 시간도 좋다싶으게 시간을 까먹고는, 창피스런 얼굴로 나와선, 다른 한다는 일도, 어줍고 비척거리느라 제대로 하질 못해, 성이 가시고 있었던 것이다. 고용주의 늘 생각은, 저 늙은 놈의 내일 퇴근을 마지막으로 시켜야겠는데 말씸이야, 그래도 한다는 소리는 아직도 뻐둥뻐둥하다는 건데 말씸이야, 후훗, 허긴 말씸이야, 어떤 얼푼이가 십오 년 전에나 별다를 바 없는 품삯을 여태도 받고 한 말씸 군소리 안 했을 치는 없지만 말씸이야, 글쎄 따져보니깐두루 그게 그렇게 돼 있는 것에 나도 놀랬지만 말씸이야, 그건 그렇구 말씸이지, 저 늙은 놈은 이젠 이빨이 다 삭은 개란 말씸인데, 가만있어 보자, 꼽추가 다 돼 버린 저 작은 늙은 놈의 어깨에 대체 나이는 몇 개가 얹혔겠누, 허어 그러구 보니깐두루 말씸이야, 십오 년 전에도 쉬흔이랬댔는데, 그저께도 쉬흔이란 게 기억나는군, 그러구 보니 말씸이야, 더럽게 속아 왔다는 생각인데 말씸이야, 그러구 보니 글쎄 말씸이야, 그러다 보니, 겨울 중에서도 다시 가운데 토막이 쓰륵쓰륵 더디게 기

218

어가고 있는 중이었다. 그러면서 늙은이의 일은 벅차져 버렸다. 눈은 나날이 더 쌓이고, 눈은 나날이 더 흐릿해져 간 것이다. 그 눈으로 보고, 그 눈을 그는 치우지 않으면 안 되었다. 그러나 그는 벌써, 사물을 눈으로는 보는 것 같지 않았고, 냄새나 무슨 촉수로 맡고 더듬는 듯했다. 새로, 어릿드군한 젊은이 하나가 며칠 전부터 나타나서, 그의 눈치를 슬금슬금 보아 가며, 그의 일을 해치우기 시작했을 때부터, 늙은이는, 자기 속의 성난, 그렇지만 이빨이 몽땅 삭은 개의 으르렁거림을 먼 뇌우처럼 들었다. 그는 그 젊은이보다 훨씬 더 많은 일을 고하려 죽을 듯이 눈더미에 덤볐다. 그러다 결국 쓰러져 버리고, 젊은이가 얘기해서, 고용주가 와그를 보았을 땐, 그는 모로 누워 대가리와 두 손을 자기 사타구니 사이에용케도 찔러넣고는 거의 죽어 가고 있었다. 고용주의 생각에, 그리고 기억에, 그는 원래 꼽추는 아니었다고도 했고, 그런데 언제나 대가리 쳐들기를 싫어했으며, 어디든지에다 그것을 쑤셔 넣어, 도대체 대가리를 없애려고 해 왔다고도 했다. 그런 생각과 기억은, 그에게 이상스러운 수치감을 주었다. 그는, 그 늙은이를 본다는 짓이, 묘하게도 부끄러운 짓이라는것을 깨달아 버렸다. 그런 창피감을 그는 그날 처음으로 깨달았지만, 그러고 보면, 그가 그 늙은이를 보았을 때마다, 그 부끄러움을 느껴 왔었다는 것을 기억나게 했다. 그는 가래침을 모아 뱉고는 얼른 돌아서 버렸는데, 그의심정은 무척도 낄끄러웠다. 무슨, 도대체 그것은, 천사의 음부도 아니고악마의 신근도 아닌, 제삼의 치부가 가림을 못 받고, 공중의 눈앞에 열려져 있어 왔던 듯하게 여겨진 것이다. 늙은이는 어쨌든, 병원 내부로 실려들어갔고, 잠시 후엔 깨어났지만, 모든 걸 확실하게 자기 본래의 식으로 알아내기까지는, 삼일을 걸렸다. 그 삼일 후에 그는, 자기의 엉뚱한 새 환경때문에 다시 한번 더 기절할 뻔했다. 하늘이 온통 구름 탓에 출렁이며, 빛까지도 출렁이며, 모든 것이 출렁이며, 으르렁거리며, 그를 향해 쏟겨들며, 모든 것이 쏘아들며, 그의 생명을 찢으려 들었다. 도대체, 그 너무도희고, 주름진 데 한귀퉁이 없어, 그 전에도 생각에, 만약 자기의 더러운손이나 터럭 한올이라도 그것에 대어진다면, 당장에 베어져 피를 뚝뚝 흘리게 되리라고 했던, 그 칼날 같은 홑청 속에 자기가 쌓여져 있으며, 먼지한톨 남기지 않아, 숨쉬기에 너무도 거북한 저 청결한 메마름 속에 자기가 끼어져 있다는 것에, 그는 참을 수가 없었다. 그는 발작기를 느꼈다. 그는 속에서 이빠지게 으르렁거리며, 뭔지, 자기로서는 모를 방향에서 다가온 침해에 대해, 털을 곤두세웠다. 그러면서, 뭉기적 뭉기적 뒷걸음치다 홱 돌아서 뛰었는데, 폭소를 터뜨리는 소리가 그의 귀에 멀리 들렸다.
그리고는 아마도 웃음 소리들은, 어디로 사라져 버렸는데, 이 광증난 개의
두 팔목은, 세 겹으로 된 붕대에 의해, 침대 모서리에 묶여져 버렸었다. 놀
려대는 투로 하는 다른 환자들의 말에 의하면, 그는 의자를 뛰어넘으려다,
콧방아를 찧고 쓰러진 것이라고 했다. 그래서 간호원이 달려왔을 땐, 그
간호원은 그의 대가리를 어디서 찾을지 몰라 쩔쩔매다간, 그의 불알 밑에
서, 저 더럽게 쭈그러진 작은 대가리를 집어들곤, 얼굴을 붉히더라고 했
다. 그러나 사실로 그들은, 자기네들의 얘기만을 하고 있었을 뿐이다. 그
들의 병세가 이상스럽게도 일제히 악화되었다고, 간호원들이 무척 들락거
리고 있었다. 어쨌든, 얼굴을 붉혔던 그 간호원은, 그의 팔뚝에다, 물만
아흔다섯 깐을 차지하고, 다섯 깐만 포도당인 멀건 물을, 흘려넣어주기 시
작한 뒤, 횡하니 나가, 휘파람 부는 사내를 싫어하며 따라가, 한시간 가량
지내고, 흐느끼며 자기집으로 들어갔다. 그때는, 그 늙은이의 가슴에 청진
기를 대 보았던 의사가, 더러운 막걸리집의 골방에서, 한바탕 묻어 버린 썩
은 피를 닦이고 있었는데, 그는 그 썩은 피를 보고서야, 왜 자기가 그렇
게도 턱없이 많은 돈을 지불해 가면서까지, 한 달 중에서 이레 정도 지랄
하는, 계집을 샀는지를 알 수 있었다. 그리고 울었다. 늙은이도 울었다.
울다가 이튿날은, 휘파람에 쫓아갔던 간호원을 통해, 고향에 내려가 쉬고
싶다는 얘기를 고용주에게 전했다. 고용주로서는 그렇지 않아도, 그의 치
료에 따르는 비용이 그의 월급가지고는 도저히 따져질 수도 없던 터에, 또
참을 수 없는, 그것은 무척도 찐득한, 모멸감 때문에, 또, 언제부터도 그
를 해고시키려고 했던 차에, 무척도 반가워하며, 그의 증세야 어찌되었든,
오히려 얌전스런 봉투까지 하나 들려보내, 당장에 퇴원해도 좋다고 전했
다. 그리고 시체실 열쇠는 새로 온 젊은이에게 건네주라고도 전했지만, 그
는 봉투만 받아넣고, 열쇠에 관한 한 아무 말도, 아무 짓도 하지 않았다.
그는 다만 서둘러 그 병실로부터 빠져나와 버렸다. 아무도 그의 퇴원을 전
송하지 않았다. 그런 것은 그를 무척 안심시키는 것이었다. 그는, 그저
대가리를 가슴에 처넣고, 계단의 한옆으로 한옆으로 비실비실 걸어, 정문
으로 말고, 뒷문으로 이어진 문을 나와선, 젊은이가 눈을 치우는 걸 멍하
니 건너다보았다. 그리고는 시체실을 미친 듯이 바라보다간, 한 가난한
임부가 가난한 남편의 팔에 매달려 걸어오면서 입술을 악문 것을 보고선
이상한 안도감을 느꼈다. 늙은이의 생각에, 그녀는 한마리의 숫캐를 삼키
고, 그 숫캐의 미친 지랄에 당한 듯해서였다. 그는 음미하며, 달콤하고, 속

박 없는 기분으로 그녀를 보았다. 다가오면서 그 임부도 그 늙은이를 보았는데, 그때 늙은이는 그녀에게 사랑을 느꼈다. 그리고 오랜 만에 막걸리라도 한잔 해야겠다는 생각을 했다. 늙은이가 느끼기로는, 그 찌들은 고통중에서도 자기를 보는 그 엔네의 눈은, 큰 자애와 큰 슬픔을 담고 있었다. 그것뿐으로, 그 무표정한 남정네와, 고통받는 그 엔네는 그의 옆을 지나 현관 안으로 들어가 버렸다. 그리고 늙은이는 골목으로 들어서 조심스레 걸었다. 시체실에는 들르지도 않았는데, 그는 그 속에서 갓나온 듯한 신선함을 폐부에 넣고 있었다. 그리고 그는 오랜 만에 한번 쿨쿨 웃었는데, 그럴 것이, 이전 같았으면, 무슨 전빵, 꾼빵, 구멍뚫린 빵, 막힌 빵, 팔고 물떡 또는 사흘을 녹혀도 남을 누깔사탕 같은 것을 애타게 생각했을 터인데, 어쨌든 오늘은, 터헉하니 우선 막걸리를 생각해놓고 보니, 오랜 만에 좀 타락한 듯한 기분도 들고, 쩌꿈이라도 남자가 된 듯한 기분도 들어, 그게 그게 아니었다. 그래서 가다가 늙은이는, 도대체 뭐라는 소리를 흰 글씨로 써놓았는지는 모르되, 빨간 보자기에 글짜 큰 것 석자가 늘어진 곳 안에서라면 술을 팔더라는 것을 알고 큰맘 먹고, 그 안을 한번 기웃이 들여다보았다. 했더니죽슨, 손님이란 건 한톨도 안 보이고, 늙다리 주모란 것이, 허리 옆대기를 열고 그 옷자락에 돋보기를 대고 있는데, 그것이 무척 정겨워, 그가 간신히 헛기침을 한번 해놓고는, 빼올렸던 머리를 얼른 쑤셔박았다. 그랬더니 안에서, 소금이나 맞기 전에 썩 꺼지라는 소리가 들려나와 저으기 슬펐지만, 그랑개 고것이 참말이제 아니고, 돈 주고 술 한잔 묵을랑개 워째 그러냥개, 안에서 반기는 소리가 나더니, 고무신짝이 끌리고, 문이 열리고, 쭈구렁진 얼굴이 튀어나오고 끌어들이고, 오년 전에 주막을 채렸다고 하고, 오년을 하루 두 번씩 아이영감을 보았다고 하고, 자기도 마신다고 하고, 두되째를 마셔도 괜찮냐고 하고, 월급날이냐고 하고, 병원에서 일하냐고 하고, 말씀을 참 안 하신다고 하고, 서 되째를 마신다고 하고, 세상이 험하다고 하고, 아고향에를 가냐고도 하고, 오랜 만에 취한다고도 하고, 자고가도 괜찮다고도 하고, 돈은 이렇게는 안 받는다고도 하고, 늙으니 삭신이 시려 죽겠다고도 하고, 아이영감은 마누라가 있냐고도 하고, 술꾼이 통 없다고도 하고, 시골 손주딸이라도 분발라 내놔야겠다고도 하고, 시집이나 한번 더 가 봤으면 좋겠다고도 하고, 농담이었다고도 하고, 눈이 온다고도 하고, 아세상은 험하다고도 또 하고, 죽을려면 서캐가 끓는다고도 하고, 자기는 서캐 때문에 송신해 죽겠다고도 하고, 아기분이 좋다고도 하고, 너 되째라고도 하고, 그런데 서 되쯤은 자기가 마셨을 것이라고도 하고, 가난한 술꾼에겐 불고긴 안 판다고도 하고, 다섯 되째라고도 하고, 돈은 너무 많이 줄 필요 없다고도 하고, 아섭섭하다고도 하고, 늙으면 고자가 된다고도 하고, 아잘잘가시라고도 하고, 잘 쉬시라고도 하고, 쭈구렁진 얼굴이 들어가더니 문이 닫기고, 고무신짝이 끌리더니, 안에서 한숨소리가 꺼졌다. 인재 설 땐겨, 그는 무척 조심했지만, 비틀거렸다. 골목이 끝난 데는 어마어마하게도 큰 길이었다. 그는 이상스런 멀미를 느끼기 시작했는데, 그의 생각에, 무엇인가, 마천루보다도 더 크고 더 무서운 뭣들인가가, 네 놈이, 반드르르하게 포장된 이 도시의 네 귀퉁이에 서서, 그 포장의 네 귀퉁이를 붙들고, 도시를 들어올리고 있다고 한 것이다. 그래서 조금씩 더 올려질수록 멀미도 조금씩 더 심해지며, 이전에 땅과 딱 붙었던 자리에 허공이 생기게 되자, 하늘인지 바다인지가 그 공허 속으로 채우고 밀려드느라고 미친 듯이 펄럭이길 시작한다. 그 포장 위의 질서였던 것은 그리하여 무너지고, 으깨지고, 모든 것이 그 뿌리째 흔들리고, 뽑히고, 부숴지고, 그 포장의 어디선가 북 찢기는 소리가 나며 가여운 운명들이 무더기로 그 구멍으로 쏟겨들어가 버리고, 비명만 길게길게 솟아 오른다. 그리고는 다시 찢기고, 무섭게 펄럭이고, 무섭게 출렁이고, 무섭게 타오르고, 무섭게 누덕이가 되고, 비명이 길게 솟아오르고, 튀겨진 공처럼 운명들이 하늘 위로 던져지고, 그것은 다시 보독써려져 묵사발이 되고, 포장은 넝마가 되고, 이전에 그 위에 질서였던 것은 부숴진 장난감이 되고, 포장의 귀퉁이를 잡고 있는 놈들은 찢긴 한 자락씩만 무의미하게 들고 허탈되히 껄껄거리고, 늙은이는 비그르 무너져 눈 속에 머리를 처박았다. 그리고 왝왝 토했는데, 시큼털털하게 썩은 막걸리만 한 되가량 똥물하고 섞여 나왔다. 그러나 그는 안심했다. 그로서는 다만, 도회지, 또는 쓸디없이 커뻐린 집들, 또는 고롱게까장이나 밝아야 될 까닭이 없는 전깃불, 또는 미친것맹이 지랄을 부리고 댕기는 차들이라고밖에는 달리 더는 표현할 수 없었던 저 이상스러운 변화들, 그는 거기서 휘발유 냄새나 뭐 그런 저런 냄새들밖에 땀내는 맡을 수 없었는데, 그러한 것들이 뭐 고롱게까장이나 엇쩌르르하게 대단하다거나 무서울 것은 없으며, 포대기 펴놓고 애들이 그 위에 집지어놓고 만세 한번 불른거나 별다를 것 없다고 했다. 그러고 나면 애들은, 그 위에 지는 집이 어떻게 되나 보자 하고, 포대기의 귀퉁이들을 잡아올려 흔들어 버리던 것이다. 그리고 애들은 웃고, 밭에 간 엄마가 돌아오려면 아직도 멀어, 몇 번이고 더 그 장난을 할 수가 있다. 적어도 늙은이가, 눈속에 고개를 처박고 있는 동안은, 처음으로 한번, 도회지, 포장된 도로, 전깃불, 차, 휘발유 냄새들로부터 승리할 수 있는 것이다. 그리고 산 채 방부제에 뒤집어 씌워, 방부제 아래서 거의 죽어 가던, 저 불쌍한 계집의 유방을 혀로 쓸어 볼 수 있고, 그리고 그의 생각에, 하매 봄 벨랑 안 멀다고 할 때, 거기에 사정을 해넣을 수도 있는 것이다. 전에 그는, 불이 환하게 켜진 큰 건물들 앞을 지내면서는, 이렇게도 큰 괴물 앞에서 자기는 얼마나 못난 개인가, 또는 마려운 오줌을 포장된 거리에서는 누지도 못하고, 대체 자기는 얼마나 어이없게도 고립된 짐승인가, 또는, 자기는 하나뿐인데 그림자는 적어도 열두 개 이상이나 바닥에 깔거나, 또는 자기는 분명히 서 있는데 그림자는 도대체 찾아지지 않는 휘황한 전등 밑에서는, 자기는 대체 어떻게 변해진 목숨인가를, 의심하고, 무섭게도 빠른 속력으로 귀신처럼 자기 곁을 지나가는 시간에 대해 의구심을 갖곤 했었다. 자기는 나이를 먹지 못한다고도 생각했고, 어쩌면 늙기만 오그라지게 늙고 죽지도 못할 것이라고도 생각했고, 어쩌면 자기도 원래는 무척 커서, 이세상에 살기에 알맞는 규격이었을 텐데도 괘섬하게 쭈그러든 것이라고도 했고, 그래 이세상은 자기에게 너무 크다고도 했고, 어쩐지 세상은 너무 반들반들해, 자기는 무슨 큰 항아리 속에 처넣어진 듯하다고도 했다. 그러나 그가 눈속에 고개를 처박고 있는 한은, 그의 부피는 불어날 수 있었다. 그러나 그의 부피는 갑작스레, 늘였던 고무줄이 풀려날 때처럼, 소리내며 오그라져 버릴 것이다. 전깃불과 도시와 휘발유 냄새가 그에게 방부제를 입히고 있었다. 그는 어디든지 돌아가서 폭 파묻히기를 원했다. 그의 머리맡엔 지전 뒤 장이 떨어져 젖고 있었지만 그는 그것을 줍지는 않았다. 호주머니에서, 걸을 때마다 울리는 열쇠 소리를 들으며, 그는 다시, 걸어 나왔던 골목을 되거슬러 걸어갔다. 그러면서, 시체실이 열리는 달콤한 문소리를 듣고, 그는 그 속으로 뜨겁게 들어갔다. 그러자 그 안에 웅덩이처럼 고여 있던 모든 부드럽고 아늑한 흰자위가 그를 씨눈으로 받아들이며, 그 깊은 밀폐 속에 그를 정착시켰다. 거기서는 그는, 조금도 흔들리지 않았다. 그것은 이 건조한 도시가 마지막으로 남긴, 저 축축한 땅의 가장 내밀스런 한 고장이었으며, 무섭게도 비대해진 시간이 빠르게 지나가다 경작하기를 놓친 황무한 한공지였으며, 피임약이나 매독 또는 조루증쟁이가 귀두에 발른 연고나, 일곱번째 쓰는 콘돔에 발린, 분가루의 흔적이 묻지도 않았으며, 만든 사마귀에 아프게 긁히다가 불감증에 걸리지도 않은, 저 통실한 촌년이었다. 밖에서 소리였던 모든 뾰죽한 소리들은, 그 안에 이르르면, 그 구조까지도 파괴되어, 소리가 소리가 아닌, 어떤 밀죽죽한 액체의 형태로, 그리고 밖에서 빛이었던 모든 강렬란 빛들은, 그 세포까지가 부서져, 빛이 빛이 아닌, 가령 할미꽃이라도 돌아서서 웃는 듯한, 그런 소리로 변하여, 그 안을 양수(羊水)로 넘치게 한다. 그는 수없이 많은 시체들을 그 안에서 보아 왔었는데, 시체들은 그 안에서 주름살들을 펴고, 어린 뿌리들처럼 아름답게 변해지곤 했었다. 인재는 설맨 거이다. 그는 우둑허니 좀 서 있다가, 옷이라는 모든 옷을 벗어 버렸다. 밖은 냉혹한 겨울이었지만, 그는 안에서 조금도 추위를 못 느꼈다. 오히려 모든 속박이, 그 사소한, 더러운 옷을 벗어 버렸다는 이유로, 한번에 획 사라짐을 느꼈다. 그러자 갑자기, 자기의 전신이 한번 보고 싶다는 욕망이 그에게 일었다. 아마도 아름답게 털벗은 한 암캐가 서 있을 것이라고 그는 기대했다. 그래 더듬어서 그는, 자기의 비품을 넣어두곤 했던 캐비넷을 열고, 초와 성냥을 찾아냈다. 그리고 나서야 그는, 자기의 앞부분을 허리로부터 엉덩이판을 살펴볼 수 있었다. 그리고 그는 한숨 섞어 웃었는데, 추하게 늙은 암캐가 한 시든 남근을 어중간하게 매달고, 그 달콤한 정적 가운데 서 있었다. 그는, 불더미 속에서 털이 오구라들다 완전히 털을 벗어 버리던, 그 추한 암캐의 전신을 소상히 기억할 수 있었다. 불을 쐬자 그 계집은 통통해지다 못해 살이 텄었지만, 그러기 전엔 무척도 쭈굴거렸었다. 아뭏든 죽는다는 것은, 팽팽해지는 짓이다, 여든에 죽은 할망구도 그 방에 들어오면 어렸던 자기 마누라처럼 팽팽해져 버렸었다. 아마도 그래야지, 늙은이의 것이나 젊은이의 것이나, 영혼의 무게를 공평히 셈할 수 있었을 것이었다. 그래 그는, 저울을 보고, 또 혹판을 보았다. 혹판 위에는, 자기가 며칠 전에 보았던 그 글씨 그대로가 아직도 거기에 남아 있었다. 그는 그래 조금 실망을 느꼈는데, 그것은 분명히 다른 주검의 값이며, 자기의 것은 아니었기 때문이다. 그래 처음으로 한번 늙은이는, 그 금지된 곳에 자기의 손을 대 보았다. 조금 차거운 외에 아무렇지도 않았다. 그는 그리고 그 다른 주검의 혼 값을 싹싹 지워 버린 뒤, 피에 쩌들은 백묵을 쥐었다. 허지만 아무리 했어도, 그 전에 거기에 씌어졌던 것 같은 것은 그려낼 재간이 없었다. 결국은 한 마리의 개를, 그 네모진 검은 바닥 안에 그려넣어 버리고 말았다. 그것은 그냥 흔한 도나스빵 같은 것이었는데, 대가리도, 꼬리도, 귀때기도, 네 개의 발목아지도, 아무것도 찾을 수 없었다. 어쨌든 그는 무척도 만족을 느꼈다. 이제는 목욕을 한번 시원하게 해야겠다고 그는 생각했다. 수도꼭지를 틀었다. 더운 물이 왈칵 쏟겨 나오면서 차차로 김을 피워 올렸다. 그는 환장하며 그 김을 호흡하고 쐬이다가, 무모하고 저돌적으로 그 물에 대가리를 처박았다. 그러다 하마터면 소릴 지르고 나가 떨어졌을 뻔했지만, 참았다. 찬물 꼭지도 틀지 않았다. 그것은 기관실에서 데워져 와서 그 속의 주검들을 열람해 본 손들을, 핏자국을 닦은 걸레들을, 빨게 하는 것이었지만, 그러나 그의 생각에는 그렇게도 신선한 따뜻함은, 땅의 저 깊은 속, 그녀의 젖꼭지를 통해서가 아니면 뿜겨져 나올 수가 없다고 했다. 그래서 그는 그의 혼신으로 탐하며, 맨손으로 발끝까지 씻은 뒤, 배려하여 물은 끄고, 훈훈한 몸으로 스텐레스 상 위로 올라가, 거기에 남겨져 왔던 그 요니 모양으로, 자기 몸을 또 그렇게 꾸몄다. 촛불은 그 모서리에서 타며 흔들리지도 않았다. 그는 아무것도 생각하지는 않았다. 아직도 남은 취기와, 목욕 후의 훈훈함에 그는 거의 황홀을 느끼고 있었다. 그는 이제 구멍으로 나가려는 것이다. 그러나 그는 그 구멍 다음에 나타날 도시의 풍경에 대해서도 생각하지 않았다. 그는 그냥, 그 구멍으로 나가려는 것이다. 그리고 이제는 시간인 것이다. 그는 상 위에서 조용히 내려와, 삼층 관곽 앞으로 갔다. 그리고 조금 서 있다가, 그 가운데 서랍을 뽑았다. 그러자 촛불빛이 그 안으로 스며들고, 그것은, 그 안의 네 구석에, 더 짙은 그것은 이내 같은, 그런 잠푹한 그늘로 호복이 고이게 했다. 고향에서 살았을 때는 그는, 이상한 징조를 지닌 듯한 먹장구름이라든가, 바람결, 또는, 나무들이 밤에 하는 이상스런 웅얼거림들을 두려워하곤 했었는데, 이 시에서는, 바깥거리의 이상스런 웅얼거림들, 가령 시간이 모든 은근한 것의 배때기를 갈아엎으며 달려간다든가, 모두 잠들었는데도 어디선가 계속되며, 폭풍처럼, 평온한 잠을 빼앗아 가는 밤의 앓음, 또는 옆집 어디서 밤중에 들리는 전화 소리 같은 것, 그런저런 것, 그런 수없는 의미 없는 변화들이, 먹장구름이나 나무들의 이상스런 웅얼거림 같은 것이 되어, 그의 일상에 콱 껴들어와 있었음을 비로소 알아내고, 그랑개 인재는 참말로 쉴 땐 거여라고, 그래서 그는, 그 호복한 그늘 속으로 나갔다. 시체가 생기지 않는 한, 적어도 일주일내로는 누구도 그 방을 열고 들어와 그 관곽을 열어 볼 사람은 없을 것이었다. 마지막으로 그는, 저 스텐레스 고쿨이에서 타는 불을 한번 더 본 뒤, 머리를 곽의 안쪽으로 하고 길게 뻗어 누웠다. 그리고 두 팔을 뻗쳐 윗쪽 곽의 밑에다 손바닥을 대고, 요령을 부려, 자기가 든 곽을 안으로 안으로 밀어대기 시작했다. 핏줄이 손등에, 팔뚝에, 배때기에, 다리에, 심지어 정강이까지에도 퍼렇게 돋아올라 뛰고 있었다. 생명 하나를 밀어낸다는 고통은 그렇게도 모진 것인게다. 어쨌든 그런 고통을 통해서,

빛이 조금씩 조금씩 그 속으로부터 밀려나오다 완전히 빠져 버렸을 땐, 이 상스럽게도 싸아하니 뜨거운 어둠이 한순간에 차들어 버리고, 그것은 감당하기에 너무도 밝은 열예여서, 몸을 뒤틀어 오그리게 했다. 그래서 그는 대가리를 사태기 새에 박고는, 혀를 빼문 뒤, 짧지만 빈도 잦게, 짖듯이 그런 열예를 호흡해들이기 시작했다. 그는 낮에 한번, 사랑을 해 본 적이 있었다. 그리고 그의 믿음이지만, 사랑을 받기도 했었다. 이, 간음도 모르고, 그냥 무표정으로 그의 곁을 지나갔던 그 가난한 사내는 결국은 아들을 얻었다는 소식만 듣고 돌아가 버렸을 뿐으로, 마누라의 간음을 족쳐대지는 안했다. 물론 눈은 내리고 여태도 있었고, 그것은 닫긴 어둠을 덮는 흰 홋이불이었다. 그리고 낮에, 한번 사랑 받아 보고 해 본, 그 옌네도 닫긴 어둠으로 흰 홋이불에 덮여 있었는데, 깊은 수면 속으로 빠져 들었기 전에 한번, 자기로부터 빠져나갔던 그 빛이 짧지만 빈도 잦게, 개처럼 짖었다는 것을 기억하고, 희미하게 웃었다.

고향은 개였다.

7 일과 꿰미

제 1 일

「당신은 깃 한번 쉬어 볼 수가 없네요, 여보. 일찍 돌아오세요 네?」

알퀴오네는 남편의 품에 부리를 비비며 더 할 수 없이 다정스럽게 졸랐다.

「그럼, 그럼. 내 걱정은 하지 말아요. 그보다도 여보, 당신이 걱정이야. 나야 뭐 훨훨 다니다 오면 그뿐이지만, 당신은 지금부터 진짜 고통이 시작되는 거라구.」

케익스는 아내 목의 깃을 간추려 주며,

「당신의 고행을 내가 대신해 줄 수 없는 게 가슴아프구려. 그러나 당신 곁엔 늘 내가 있다는 걸 알아 둬요. 그리고 무서워해싸도 좋지 않지.」

하고 타일렀다.

「그럼요, 제 걱정은 하지 마세요. 허지만 늦게 돌아오시는 건 싫여요.」

알퀴오네는 눈을 곱게 흘기며, 남편의 부리에 얼른 입맞춤을 하곤, 남편의 벼슬에 묻은 물방울을 털어 주었다. 이젠 다녀 오라는 뜻이다. 해가 떠오를 때쯤이면 돌아와 줄 남편에게 너무 호들갑을 떨어 뵈는 것도 좋지 않다는 생각이 든 때문이다. 허지만 잠시라도 떨어져 있어야 된다는 건, 늘 그녀에겐 슬펐다. 만약 한나절이라도 떨어져 지내야 할 일이 생긴다면, 거기가 샘 하나 없는 모래밭이래도 따라가지 않고는 못 살 것이라고 했다.

「꼭 이 자리에서 기다리고 있어요 응? 우리 알퀴오넨 참 착두 하지.」

케익스는 아내의 젖은 눈을 마음 쓰리게 생각하며, 물을 찼다. 늘 그렇지만, 이 귀여운 여인과 잠시라도 헤어져야 된다는 건 언짢았다. 허지만 아침식사를 준비해 와야 된다. 벌써 아내의 눈빛엔 시장기가 역력히 떠돌고 있었다.

물을 차고 하늘로 치솟아, 그리고도 차마 멀리 날아갈 수 없다는 듯 한

바퀴 돌고 천천히 날아가, 이내 화살처럼 사라져 버린 남편을, 알퀴오네는 애타게 보다가 고개를 숙이고 눈을 감았다. 그리고 거의 오들오들 떨면서 풍정(風精)에게 빌었다. 풍정은 긴 수염으로 그녀의 얼굴을 간지럽히며 그녀의 애기를 들었다.

「바람님, 그이의 날개에 바람을 너무 무겁게 실지 말아 주세요. 정말 부탁이에요. 이 강포한 계집으로 해서 그이게 벌 주시는 건 싫여요. 그러심 다시는 바람님을 찾지도 않을래요. 그인 정말 너무 가여워요. 하루 한때도 날개 한번 편히 못 쉬시고……」

그러나 곧 이어 진통이 따르며 숨이 막힐 지경이 되어 알퀴오네는, 남편의 이름만을 틔지 않는 목청으로 한사코 불렀다.

삼백 예순 날 성만 내던 바다가, 동지를 전후한 추운 철에, 잠잠히 잠들어 주는 일곱 날이 있는데, 사철 풍랑에 시달려 편히 깃 한번 움추려 보지 못한 알퀴오네 부부는, 이 칠일을 이용해 한파의 한 자락 속에다 둥지를 짓고, 쌓인 정을 나누며 알을 깐다. 이 일곱 날은, 출생부터가 고단한 이 부부를 위해 신들이 베푼 선심인데, 바다를 강보 삼아 태어났다는 그 인연으로, 바다밖엔 사랑할 줄 모르다가, 바다에서 죽어 가야 되는 그 숙명도, 하기야 고단(孤單)했다. 알퀴오네 부부의 대지는 바다였다. 그리고 이 칠일은 그들의 조국이었다. 깃발도 꽂혀 있지 않고, 철책도 없지만, 짧은 황도(黃道)의 한 모퉁이에 이 유랑민의 공화국은 그래도 있었다. 거기에 그들의 서낭당이 있고, 또한 삼시랑〔三神靈〕이 있다.

알퀴오네는 현기증이 일어나는 진통을 참으려 해도 참을 수가 없어 끝내 울음을 터뜨리고 몸을 뒤틀며, 남편을 저주하고, 여자인 것을 저주하고, 뱃속의 것을 저주하기 시작했다. 자기에게 이렇게나 무서운 고통을 지어 준 모든 것이 다 미웠다.

눈은 충혈되어 튀어날 듯하며, 전신에 경직이 오는가 하면 경련이 밀어 닥쳤다. 아직 생산해 본 적이 없는, 게다가 자기의 영혼의 크기만하게밖엔 더 크지 못한 여인이, 선조가 물려준 부채와 후손으로부터 독촉받는 그 큰 십자가를 짊어지고 있다는 것을 한파(寒波)까지도 차마 못 볼 일인 듯 외면했다.

그러나 고통이 극에 달했을 때 알퀴오네는, 아직도 맛보지 못했던 그렇게나 큰 열예(悅豫) 속에 있음을 알았다. 그것은 박하뇌와도 같이 그녀의 고통 속에서 자라나 꿀처럼 고통을 휩싸 버린 것이다. 남편을 위시한 이 우주를 향해 교만하고 싶어졌을 때, 그녀의 고통은 끝나 버렸다. 그녀의 입술에서 저주를 흘리게 했던 그것들이, 이젠 그녀의 입술에서 찬양을 받아내려 혀를 댔다. 바다를, 교만을, 사랑을, 미움을, 죽음을, 끊임없이 생명해 갈 그것을 품은, 알, 그것이 태어났다. 알이, 혼돈이, 또한 선조가 될 것이. 그래서 알퀴오네는 혼미해진 정신으로도 정성을 다해 알을 꼭 품고, 남편이 돌아오길 목을 늘여 기다렸다, 발이 시려지기 시작했다. 물결은 물론 잔잔했지만, 산통을 겪은 몸이라 그 잔잔한 기복에도 현기증이 났다.

한 알의 잘 붉은 열매를 토해내기 위해 동이 그렇게도 많은 꽃잎들을 흐트리는 즈음에도 케익스는 돌아오지 않았다. 피처럼 붉은 그 이파리들은 알퀴오네의 둥지에 와 주둥이를 비비다간 흰 거품이 되어 스러져 갔다. 알퀴오네는 슬퍼지고 있었다. 자기를 휩싸고 있는 것에 눈을 돌렸을 때 그녀는, 자기가 그것들과 너무 멀리 떨어져 있으며, 하늘도 바다도 먼 뭍과 같다는 생각을 갑자기 하고, 무서운 고독을 느꼈다. 알퀴오네의 눈에선 금방 눈물이 흘렀다.

「난 참말이지, 너무 호들갑을 떠는지도 몰라. 어미가 된 것도 잊어버리구. 그이만 오시면 금방 해해거릴 일을 갖고…… 바람님, 어서 그이를 불러 주세요. 그렇잖음 말도 안 할래요. 어디든지 갈 수 있으면서 게으름이나 피는 이하곤 말하기도 싫여요. 어서 좀 그이의 귀에 들려 주세요. 〈당신의 귀여운 아내가 기다리는 꼴은 차마 못 보겠오〉라고 말예요.」

알퀴오네는 어디 먼 곳에서라도 남편이 자기를 불러 주는가 싶어 머리를 이리저리 쭝긋거렸다. 그래 보아도 하늘을 가로질러 오는 먼지 한톨 보이지 않았다.

「여보. 어쩜 당신은 그렇게 태평이실 수 있어요. 당신의 아낙이 벌써 지루해지셨나요? 허전해서 그래요. 어서 오셔요. 먹을 건 아무 것도 가져오시지 않으면 어때요. 그저 위로받고만 싶은 걸요. 당신의 이 작은 아낙이 불쌍하지도 않으세요?」

알퀴오네는 아프게 독백하며, 고개를 떨구었다. 그리고 둥지 밑에서 살근대는 물자락의 작은 속삭임에 귀기울였다. 잠들었다곤 해도 죽은 것은 아니므로 차가운 바다는 깊이도 모를 아래로부터 맥을 뛰게 하고 있었다. 바다에서 부화(孵化)되어 바다 밖으로는 한번도 가 보지 않은 그녀로서도 바다의 맥박이 비롯되는 곳을 알 수가 없었다. 그렇더라도 어떻든 알퀴오네는, 남편의 맥박 속엔 바다의 그것이 있으며, 자기의 그것이 있는 것을 알고 있었다. 그래서 바다는 사납지 않고, 남편은 **나약하지** 않았다.

알퀴오네는, 둥지 밑으로 굴러가는 물주름 소리에 한참이나 귀를 기울이고 나더니, 약간 평정을 얻은 듯, 눈물을 거두고 알을 살펴보았다.
「난 어쩜 이렇게 수선스러울까? 생각해 보니 뭐 모든 게 그렇게 멀리 있지만은 않아. 풍랑도 없으니 그이 신변에 별스러운 일이 생길 리두 없지 뭐. 돌아오시면 좀 푹 쉬시라 해야겠어. 난 어쩜 내 생각만 한담? 여보, 당신 없는 동안에 울고 불고 했다고 탓하실 거예요? 그러신담 또 막 울어 버릴 테야. 당신이 늦게 오시니깐 그렇죠 뭐.」
알퀴오네는 신이 나서 씨부렁거리다 혼자밖엔 없는 걸 알곤 부끄러워져 목을 움츠렸다. 그리고 한숨을 한번 몰아쉬곤, 다른 걱정을 끄집어냈다.
「그이나 나나 물론 이런 속에서 나왔지만, 그이가 보곤, 〈이쁜 아기새가 아니고 뭐 이 따위 알을 낳아 놓았우?〉 하시면 어쩌나? 정말 그렇게만 말했다간 가만 안 둘 테야. 내가 가만 둘 줄 알아? 〈여보, 그런 말씀이 어딨우? 당신은 알 속에서 안 나오구 애기새로 금방 태어나신 줄 아시우? 제가 당신보다 하루 먼저 나왔었으니 말하자면 당신 누나인 셈인데, 당신도 이런 속에서 나오십디다. 삐틀삐틀, 어휴, 세상 첫구경에 당신 눈 휘둥그래지던 거라니? 호호호.〉」
알퀴오네는 자신도 모르게 소릴 내고 깔깔댔다. 기분이 더할 수 없이 좋아진 것이다.
알퀴오네는 다시 새로운 걱정을 꾸며냈다.
「난 자꾸 그이가 늦게 오신다구만 했는데, 그이가 돌아오시면 부끄러워 정말 어쩌나? 오시자마자 대짜고짜, 〈여보 애기 좀 봅시다〉 하실 게 뻔한데……, 정말 어쩌지? 차라리 밤에나 오시는 게 좋겠구먼. 그럼, 〈여보, 애기 아빠, 당신의 아기가 될 놈이에요〉 하고 안겨드릴 텐데.」
알퀴오네는 얼굴이 홍당무가 되어, 보는 아무 것도 없는데도 가슴에다 얼굴을 처박고 들질 못했다. 그러면서도 입으론, 〈여보, 애기 아빠〉 소릴 자그마하게 계속 씨부렸다.
청명한 날로, 아주 멀리 보이는, 이내 긴 회색 단애보다도 더 고운 알은, 한쪽은 아주 굵고, 한쪽은 뾰죽한 걸로 보아서, 알퀴오네의 육감도 그랬지만, 틀림없이 썩썩한 사내애가 나올 것이었다.
햇살이 차차로 두터워지고 있었다. 어느듯 서너 뼘이나 넘게 솟아올라 있었다. 그것도 겨울이면 긴 행로를 싫어해서, 이내 서남간으로 질 것이었다.
그로부터도 해가 두 뼘이나 더 올라왔을 때에야 케익스는 돌아왔다. 알퀴오네는 남편의 모습이 아주 조그맣게 보였을 때부터 머리를 가슴에 묻고 숨을 할딱이며 안절부절이었다. 어머니가 되었다는 교만이 부끄러움으로 뒤바뀌어 버린 것이다.

케익스는, 전과 다른 아내의 태도에 의아해하며, 남자다운 우아함으로 폭 넓게 한번 둥지 위를 선회한 뒤, 의젓이 날개를 움츠리고 아내 곁에 앉았다.

「많이 기다렸지? 여보,」

케익스는 물어 온 먹이를 한 옆에 조심해서 놓곤 은근하게 속삭였다.

「너무 기다리게 해서, 그래서 화가 난 거요? 이젠 왔으니 고개를 좀 쳐들어 봐요, 옳지 옳지, 우리 맹꽁인 참 착두 하지.」

케익스는 아내의 등으로 해서 목줄기로 손을 넘겨 알퀴오네의 볼을 슬쩍 꼬집으며 고개를 돌리려 했다.

「보기두 싫여요, 손 치우세요,」

알퀴오네는 자신도 모르게 꽥 소릴 쳤다. 그리곤 부들부들 떨기 시작하더니, 걷잡을 수 없는 심정이 되어 왈칵 울음을 터뜨리고 남편의 품 속으로 뛰어들었다.

「허이 이거 참, 이런 맹추도 다 있나?」

케익스는, 새끼 송사리 같은 이 아내가 너무도 가여워 머리통을 꼭 싸안고 뜨거운 볼을 문질렀다.

「당신도 알다시피 작은 고긴 뭍이 가까운 쪽에가 많단 말야. 그래서,」

「알구 있어요.」

알퀴오네는, 거의 들리지도 않겠지만, 남편의 변명을 막았다.

「당신 울고 있구려?」

케익스는, 아내가 기다림과 허기에 지쳤던 것이라고 알고 마음 쓰려했다. 아직도 아가는 태어나지 않았음이 틀림없다고 생각하며 무슨 말로 아내를 위로해야 될지를 몰라 쩔쩔맸다. 아가가 태어나지 않았을 것이라고 생각한 건, 만약 아가가 태어났다면 자기가 오자마자 아가부터 보여 주었을 것이라고 안 때문이다.

「당신은 바보야!」

알퀴오네는 안타까와져, 작은 주먹을 꼭 쥐어 남편의 가슴을 둥둥쳤다.

「바보야, 바보,」

그리곤 남편의 목에 매달리며 엉덩이를 슬쩍 틀었다. 탐스러운 엉덩이가 비켜난 곳에, 알퀴오네가 그처럼 교만해했고, 그처럼 수치스러워했던 그것이 버려진 보석처럼 댕그러니 놓여 있었다. 케익스의 시선이 그것에 머물렀을 때, 알퀴오네는 한사코 남편의 가슴으로 파고 들면서,
「몰라요, 몰라요,」
소리만 얼빠진 듯 중얼거렸고, 케익스는 입을 벌리고 망연자실되어 버렸다.
「모, 몰라요. 나, 난 난 몰라요.」
「흐으, 흐으, 흐흐후후훗,」
  케익스는 멍청해 있다가 짖는 것처럼 웃기 시작했다.
「후후후, 후으, 흐으,」
  알퀴오네는 남편의 웃음의 뜻을 몰라 힘없이 팔을 풀고, 소심해져 한옆으로 비실비실 물러가 움츠러들었다. 그리고 가슴을 조이며 남편의 말을 기다렸다. 죄를 지은 것 같은 기분이 들었던 것이다.
  케익스는 울대가 튀어 나오도록 웃다간 갑자기 생각이 난 듯, 알을 버쩍 들어 가슴에다 안곤 미친 듯이 수염을 비벼댔다.
「이, 이렇게 이쁜 놈인 줄은 정말이지 몰랐어. 정, 정말이지 몰랐댔어. 헌데 사내앨까? 계집애라도 물론 나쁠 건 없지. 없구 말구. 없구 말구!」
  말까지 더듬으며 몹시 탐하다가 케익스는, 무슨 생각에선지 알을 던지듯 다시 놓곤 주위를 휘둘러보았다. 얼굴이 붉그락푸르락했는데, 첫아기의 젊은 애비라는 것 때문에 스스로도 부끄러웠던 모양이었다.
「호호, 호호호……」
  케익스의 당황해함이 알퀴오네에게 웃음을 터뜨리게 하기에 충분했다.
「요 맹추야, 왜 웃어? 젠장!」
  케익스는 아내의 웃음 소릴 듣곤 투정하듯 심술을 부렸다. 그리고 비실비실하며 알퀴오네의 눈을 피하다간 끝내는 자기도 웃음을 터뜨리고 말았다.
「당신은 왜 웃으세요?」
  알퀴오네는 비로소 온전히 행복해지고 교만해져, 좀 음탕스러이 궁둥이를 흔들며 남편의 몸에로 비벼 왔다.
「어머니가 돌아가시기 전에 귀뜸해 주신 건데 말예요,」
  알퀴오네는 속삭였다.
「알의 한 끝이 유난히 뾰죽한 알은 사내애가 된다고 하셨어요.」
「아니, 당신게 그렇게 알려 주십디까?」
  케익스는 눈을 휘둥그렇게 뜨고 다시 알을 내려다보았다. 입술은 웃음

때문에 경련이 일고 있었다.
「그래요, 여보,」
「참 젠장, 나만 그런 걸 몰랐댔군,」
「동생도 그런 걸 알면 못써요. 누나만 아는 거지,」
　말해 놓고 알퀴오네는 키득거리며 좀 더 거세게 몸을 뒤틀었다.
「허? 요런 고약한 수가 다 있어?」
　케익스는 아내의 궁둥일 피가 나도록 찰싹 갈겼다. 그러자 알퀴오네의
거머리 같은 입술이 남편의 전신을 빨고 든다.
「여, 여보, 애기 아빠!」
　알퀴오네는 제 목소리를 감당하지 못하고, 열로 해서 쉬어진 목소리로
흐느끼듯 남편을 불렀다.
「뭐, 뭐라구 그랬지, 방금?」
　케익스는 반은 제 정신을 잃고 되물었다.
「뭐라구 했느냐 말야?」
　케익스의 손은 아내의 하늘색 허리를 탐하며 어루만지고 있었다. 알퀴
오네의 우아한 허리가 뱀처럼 꿈틀거리며 남편의 손을 자꾸 아래쪽으로
흘러뜨렸다.
　구름 한 조각이 천천히 북쪽에서 남쪽으로 흐르고 있었다.
「애, 애기 아빠라구 그랬어요.」
　구름 조각이 아주 느리게 해를 지나고 았었다.

「정말 수고했구려. 다음 아긴 꼭 내가 있을 때만 낳도록 하구려.」
　케익스는, 아침 식사거리로 물고 온 새우의 껍질을 뜯고 알맹일 아내의
입에 넣어 주며 진심으로 당부했다. 그땐 구름이 해를 다 지나가 버린 뒤
였다.
「그게 맘대로 되나요 뭐?」
「안 될 건 뭐야?」
「된다더라도 당신이 계심 싫여요.」
　알퀴오네는 어릿광을 부리며 남편 머리의 청색 반점을 간질거렸다.
「아니, 내가 곁에 있음 싫단 말이지? 건 또 모를 소릴 하누먼.」
「당신이 곁에 있어 절 보시면 틀림없이 미워하실 거거든요. 찡그러진 얼
굴을 보여드리긴 싫여요. 죽어도 그러긴 싫여요. 싫구 말구죠.」
　알퀴오넨 품에 안은 알을 홀끗 보곤 으쓱해했다.

「원, 난 또 무슨 소리라구. 그런 거라면 염려도 말아요. 당신은 찡그린 얼굴도 틀림없이 이쁠 거야, 이쁘구 말구. 자, 어서 좀 많이 먹구려. 알은 내가 좀 품어 볼까?」

케익스는 새우의 알맹일 모두 토막 지어 놓고, 알을 품으러 가슴을 벌렸다.

「이이가 정말 주책이셔! 가만 계셔요. 당신도 많이 드시구, 그리곤 좀 쉬시기나 하세요. 이젠 멀리론 가시지 마세요 네?」

알퀴오네는 큰 새우의 반을 순식간에 삼켜 버리곤, 피곤해진 듯, 윤택 있는 암록색 하늘빛의 남편의 등에 노란 아랫 주둥이를 문질렀다. 그녀의 눈엔 불안 없는 잠이 어리고 있었다.

알퀴오네는 금방, 쌔근거리고, 봄날과 같이 잠들어 버렸다. 그제서야 케익스는 새우의 껍질과 다리 같은 것을 씹기 시작했다. 케익스도 배가 고파 있었다. 새우는 물론 고급이지만 하다못해 눈만 크고 살점이라곤 붙어 있지도 않은 송사리 한 마리 잡으려 해도 땀이 솟았다. 이 철엔 송사리도 없었다. 송사리가 이 계절이 되면 언젠가 한번 본 수사(水死)한 굉장히 큰 선원의 손바닥 넓이만큼 되는 것이 그 중 작은 것이고, 좀 큰 고기의 새끼들이라면 그 사내의 팔뚝 전부만 해서 오히려 먹히우기 십상일 정도로 커 있곤 했다. 무엇이든, 조그만 자기네의 먹이가 될 만한 것은 단애가 있는 얕은 바다에나 있고, 그것도 최소한 한 시간 정도는 물 위를 선회하며 기다려야 보였다. 운수가 나쁘면 두 시간 동안이나 그보다 많은 동안에도 안 보이는 수가 있고, 십분마다 보인다 하더라도 반드시 적어 올린달 수도 없었다. 세상은 지혜로 해서 각박해지고 있었다. 새끼고기들까지도 연전(年前)의 할애비들보다 더욱 더 지혜로와졌고, 할애비들이 지혜라고 했던 것들은 수사자의 손목시계처럼 되어 버렸다. 케익스도 저인망이나 트랙터를 만들어내야겠지만, 일곱 날밖에 안 되는 가난한 국토(國土) 탓에 그저 날개와 부리만으로 우직하게 대들 수밖에 없었다.

눈이 붙은 머리통이니, 껍질이니, 꼬리니, 다리 들을 삼켜서 시장기를 좀 면해 놓자, 케익스에게도 졸음이 와, 그도 역시 눈꺼풀을 덮었다.

잠들기 시작한 바다는, 이 고단한 부부의 배 밑에서 한없이 일렁이며 차차로 긴장을 풀어 갔다. 바다가 몸을 부린 건 새벽부터였는데, 이레 동안의 내면(內面)에로의 여행이 막 그 동굴을 벗어나고 있는 듯했다. 바다는 아마도 그의 동면을 즐기고 나면, 이렇게도 가난한 부부가 준 것일망정, 한 고운 꿈으로서 일년 내내 기억하며, 자기에게도 동심은 있다고 생

가 할지도 모른다. 자기의 수염 속에서 부화되어, 자기의 가슴 언저리를
떠돌다가, 화려하게 장식한 여객선들이 지나가면 부러움에 눈물이 솟은
눈으로 숨어서 바래주던 이 착한 아들 딸이 자기를 고향이라고 지금 돌아
와 주었으니, 그들을 위해서 오지 않는 잠이더라도, 그리고 채 못 가라앉
힌 분노가 남아 있더라도 묻어 두지 않으면 안 되겠다. 그래서 바다는 제
자장가를 제가 만들어 부르며 스스로 잠에 취하고 있는 듯했다.

한낮은 금방 왔다. 얼음 같은 바다는 한가로이 볕에 비늘을 쬐이며, 갈
매기의 노래를 굴렸다. 물에서 영혼을 빠뜨린 자들의 부피 없는 형체라도
거니는 것이 보일 듯한 그런 맑은 해심에서 외투를 입은 사내고기들이 다
방문을 밀고 거리로 나오고 있었다.

알퀴오네는 꿈 한번 안 꾸고 잘 잤다. 아주 늘어지게 자고 나니 한 군데
에도 피로나 통증이 남아 있지 않았다. 정신에 활력이 감돌고 코에선 노
래가 흘렀다. 그러나 둥지를 빙 둘러 보았을 때 그녀는 다시 불행해지기
시작했다. 곁에 있어야 할 남편이 없었다. 짐작이 가지 않은 건 아니다.
희어진 태양이 머리 위까지 올라와 있으니 남편은 먹이를 구하러 갔을 것
이다. 그런 걸 몰라서는 아니지만, 알퀴오네는 허전했다. 알퀴오네는 자
기가 감옥 속에나 있는 것 같다고 생각을 했다. 감옥이란 말은 등대지기
꼽추 영감으로부터 들어서 안 것이지만 〈때로는 이 등대가 감옥이라는 생
각도 들고, 때로는 감옥에서 죄인을 인도해 내는 길잡이라는 생각도 들
고……〉 그 영감은 그런 식으로 얘길 잘 꺼냈다간 입을 다물어 버리길 잘
했다. 그 영감의 고독을 그런데 알퀴오네는 오늘 새삼스럽게 생각해 냈다.
그 영감은 보기 싫게 솟은 등을 부끄럼 없이 드러내 놓고 왼종일을 햇볕
에 쬐이다간, 정오에 한번 해질 녘에 한번 모습을 보이지 않는다. 영감의
눈은 햇빛에 바래고, 피부는 해풍에 소나무 껍질처럼 되어 있었다. 그래
도 한번도 울지 않았고, 웃는 것도 못 보았다. 깡깡이를 키며 내용이 좀
우스꽝스러운 노래를 맞춰 부를 때도 있지만, 그것만을 갖고 영감이 고독
하다고 말할 수 있는지 없는지는 모른다. 그런데도 영감은 고독하며, 그
영감과 자기가 너무도 흡사하다는 생각이 알퀴오네에게 든 것이다. 그 영
감은——잘은 모르지만——삼십 년이나 사십 년 동안을 그 등대를 알로
품고 부화될 가망 없는 장래를 기다리며 살아 왔을 것이었다. 파도가 그의
보금자리며, 하늘은 그의 벽이었을 것인데, 그도 등대처럼 무표정이 되어
가 버리고 있었다. 등대처럼, 그 영감도 자꾸 때에 덮였지만 씻는 건 한
번도 못 보았다. 세월이, 그리고 그것이 멈춰 버릴 날이 씻어 주긴 씻어

줄 것이다.

알퀴오네는, 아침에와 같은 착잡한 고통이 따르지 않는 고독을 처음 알게 되었으므로 생각을 하기 시작했다. 남편이 돌아왔을 때도 알퀴오네는 그렇게 반기지를 못했다. 성년이 되는 마루턱에 와 있게 되었거나, 그보다 늙게 되었거나, 아니면 병에 씹혀 먹히우고 있었던 걸 게다.

케익스는 몹시 격정스러워 꼬치꼬치 캐어 물었다.

「산후 중세가 그렇게 좋지 못한 모양이구려, 그렇지?」

알퀴오네는 그냥 고개만 저어 보였다.

「그렇다면, 나 없는 사이에 무슨 일이 있었구려? 굉장히 놀란 모양이지? 아니면 갈매기라도 한마리 와서 추근댔거나, 응?」

알퀴오네는 미소로써 부인했다.

「호우 그렇다면 이제 알겠는데, 당신이 잠든 사이 아무 말도 없이 휑하니 싸돌아다니다 왔대서 그러는군? 참 젠장, 뭐 바람이라도 핀 줄 알았오?」

알퀴오네는 조용히 고개만 저었다. 검은 윗부리에 눈물 같은 것이 마른 흔적이 있다. 알퀴오네의 눈은 슬픔 같기도 하고, 남기(嵐氣) 같기도 한 것에 가득 덮여 있었다. 등대지기 영감의 눈이 그랬었다고 케익스도 등대지기를 생각에 떠올렸다.

케익스는 몇 마디 더 캐묻다가 조금 더 기다려 주는 것이 좋겠다고 생각하며 입술을 다물었다. 뭣인가가 아내를 휘저어놓고 있는 건 틀림이 없는데, 그것이 뭣인지 몰라 안타깝긴 했다. 허지만 푹 익도록 기다려 주는 것이 좋을 게다. 하기야 자기도 아내를 떠나 먹이를 구하러 간 이 정오엔 많은 걸 생각하긴 했다. 그래도 아내에겐 내색도 하고 싶지 않았을 뿐이다. 케익스는 잔잔한 수면에 어리는 너무도 빈약한 자기의 그림자를 보게 되었을 때, 외로움을 인식해 버린 것이다. 그림자를 지워 버리기 위해 쏜살같이 날아 보기도 하고, 눈도 감아 보았으나 그림자는 없어지지 않았는데, 자기의 실체가 자기로부터 떨어져나가 제삼의 자기가 되어 자기 속으로 들어와 죽지를 않았다. 어느날 갑자기 자기를 인식한다는 건 어쨌든 비극이라고 케익스는 생각했던 것이다.

알퀴오네는 점심도 들려 하지 않고, 남편이 아닌 수평선의 끝없는 끝을 바라보고만 있더니 그때로부터 햇살이 좀 더 비슬어졌을 때에야 입을 열었다.

「당신, 등대지기 할아범 기억나우?」

236

「등대지기 할아범?…… 그래, 기억나지, 나구 말구. 얼마나 좋은 할아
범이라구.」
「그래요, 정말 좋은 할아범이에요.」
「헌데 왜? 할아범 생각을 했댔우?」
「글쎄, 생각이 났어요. 헌데 여보, 그 할아범 고향이 어디나 될까요?」
「그야…… 글쎄, 알 수야 있오? 허지만 계속 거기서만 살아 오신 것 같
으니 등대가 바로 고향이겠지.」
　케익스는 되도록, 유쾌하다는 음성을 만들려 하며 얼른 생각나는 대로
대답했다. 아내의 얘길 듣고 보니 케익스에게도 그것이 궁금해졌다.
「어쩌면! 당신도 그렇게 생각하셨군요. 바로 그럴 거예요.」
　알퀴오네는 거의 병적이라고 할 만큼 흥분되어 긍정했다.
「참 안됐어요!」
「안됐지. 허지만 반드시 그렇다고만 말할 순 없지. 그인 그이대로 그이
답게 사는 걸 게야. 그이대로 충실하게 산다고 해도 될 거야. 그렇게 살
도록 태어난 사람이지. 다른 생활은 아마 어울리지 않을지도 모르잖아.」
「그럴지도 모르겠군요.」
　알퀴오네는 혼잣말처럼 말하곤 몽롱한 눈을 내리떴다. 알이 어미의 눈
을 기다리고 있었다. 그리고 아직 발현 안 된 인식의 근원을 송두리째 보
여 주었다. 알퀴오네의 눈은, 실제론, 자기 안의 밖은 보질 못하고 있었으
므로, 알은 품 속에가 아니라 보다 더 깊은 곳에 있었다.
「할아범이 등대를 품고 있을까요, 등대가 할아범을 품고 있을까요?」
　알퀴오네는 다시 혼잣말처럼 했다.
「당신이라면 아실 수도 있을 거예요, 당신이라면. 허지만 관두세요. 그
인 그저 고향에서 여생을 보낼 뿐일 테니까요. 전 아마 굉장히 어리석어
졌나봐요.」
　알퀴오네는 자조하듯 어깨를 한번 움찔했다.
「그래요, 굉장히 어리석어졌어요. 그래도 여보, 전 그게 몹시 알고 싶어
요. 할아범이 등대를 품고 있을까요, 등대가 할아범을 품고 있을까요?」
「……」
　케익스는 대답을 하지 못하고, 아내의 고개를 쳐들어 눈을 들여다보았
다. 아내의 눈 속엔 어떤 호소가 있다고 케익스는 생각했다. 그래서,
「여보, 그럴 게 아니라, 오후에 내 할아범 있는 델 잠깐 다녀오리다. 그
럼 할아범 얘길 해 줄 게 많을 게라. 어쩜 지붕 위에다 뭐 맛있는 거라도

놓아 뒀을지 아오?」
하고 제의했다.
「……」
　알퀴오네의 눈이 잠깐 생기를 띤 듯 싶더니, 금방 다시 표정을 싸안아 버리는 몽롱한 눈이 되어 고개만 살래살래 저었다. 케익스는 그러나, 아내의 눈을 스쳐간 생기를 너무도 분명히 보아 버렸다. 그래서, 일년 열두 달 삼백 예순날을 다 바쳐 기다렸던——치열한 전장으로부터 귀환된 첫밤의 단란을 다음날로 미루고 여행을 떠날 준비로 몸을 단정히 가다듬기 시작했다. 모르긴 하지만 오늘중으론 돌아올 수 없음이 확실했으므로 케익스의 마음은 몹시 착잡했다. 다시는 새지 않을 것 같은 짙은 밤과, 영원히 흘러가 버려서 다시는 되돌아올 것 같지 않은 바다가 혼돈하며 껍질로부터 깨어난 생명에겐 새로운 껍질을, 껍질로부터 쉬지 않고 빠져나가는 시간에겐 그의 최초의 껍질로 되돌려 주는 멈춤을,——거기서 그는 커다란 동그라미를 그리며, 제 꼬리를 제 이빨로 물고, 빠져나왔던 껍질 속을 다시 거부하며 빠져나가는지 어쩌는지는 모른다.——그리고 아무 데나 던져져 있어 그의 껍질 속에 든 번데기와 같은 죽음에겐 더욱 더 두터운 새로운 껍질을, 그리하여 불모한 무(無)가 돼 버리는 밤을, 막연하게지만, 케익스는 너무도 잘 상상하고 있었다. 그래도 밤은 어쨌든 샌다더라도 그 무서운 정지를 혼자서 송두리째 살고 나올 아내를 생각하면 차마 떠날 순 없을 것 같았지만, 그럼에도 서둘러 떠나려 함은, 어쩌면 아내는 자기가 없는 밤에 아니라 이 한낮에 벌써 〈그 밤〉을 통과하고 있는지도 모른다는 막연한 믿음이 든 때문이다.
「해지기 전까진 아마 돌아오겠지.」
　말은 그렇게 했다.
「나 없는 사이에, 무엇이 당신을 괴롭히는지, 그것을 잘 생각해 봐요.」
　케익스는 아내의 입술에 가볍게 입맞춤을 하곤 물을 찰 준비를 했다.
「여보,」
　알퀴오네의 떨리는 음성이 케익스의 덜미를 잡았다. 케익스는 아내가 진심으로 만류해 주기를 원하는 심정을 가지면서 아내를 돌아다보았다. 그러나 알퀴오네의 눈은 약간의 공포와 고뇌를 띠었을 뿐 다른 뜻은 갖고 있지를 않았다. 케익스는 순간 아내와의 거리감을 느끼곤 좀 슬펐다.
「너무 걱정 말아요. 이 힘찬 날개를 보구려. 세찬 폭풍우에 단련된 날개가 아니요? 번개가 치고 바다가 뒤집혔을 때도 용감했던 우리가 아니오?

이런 평온한 날에야 무서울 게 뭐겠오? 알퀴오넨 참 씩씩하기두 하지.
알이나 잘 보살피며 노래라도 들려 주구려. 당신이 기분 좋을 때면 부르
던 노래 있잖소? 이런 거 말이오,」
　케익스는 굵다란 음성으로 노래를 한 곡조 명랑하게 뽑았다. 그래도 마
음은 거의 울고 있었다.

　　　예배를 보던 금송아지놈아,
　　　절망할 수밖에 없거든
　　　뜨거운 머릴 창문 밖으로
　　　밀고 나와 봐라, 밀고 나와 봐라
　　　젠장, 나와 봐라.

「당신은,」
　알퀴오네가 잔잔히 미소를 지으며 입을 열었다.
「제가 기분이 좋을 때면 그 노래를 부르는 줄 아셨군요?」
「그럼 그 반대였단 말요?」
「그렇지도 않아요. 저도 잘은 모르겠어요. 정말이에요.」
「그래? 그렇다면 가면서 좀 생각해 봐야겠군. 헌데 대체 그런 노래는
어디서 배웠오?」
　준비 운동으로 케익스는, 날개를 한껏 펴서 힘을 모아 보았다.
「어느 봄날 밤엔가 봐요. 참 달이 밝았었어요. 우린 등대 아래서 깃을
쳤었지요, 그 할아범네 등대 말야요.」
「기억이 나는 듯도 하군.」
「그래요. 헌데 당신은 그때 일찍 잠이 드셨어요. 전 잠을 잘 못 이루고
밤이 깊었을 땐데 어디서 깡깡이에 맞추는 노래가 들려 왔어요. 바로 그
노래예요. 그래서 배우게 된 거죠 뭐.」
「그럼 그 할아범이 노랠 했단 말요?」
「그래요. 옥상의 맨바닥에 앉아서……」
「그런 줄은 몰랐군. 그럼 내 다녀오리다. 좀 늦더라도 걱정을랑 말아요.」
　케익스는 건장한 빨간 다리에 힘을 욱써서 몸을 날렸다. 알퀴오네는 자
기를 주체치 못한 그런 상태에 끼어서 어찌지도 못하고, 눈물을 참으려는
일념만으로 이를 악물었다.
　케익스는 아내의 머리 위를 한 바퀴 나지막하게 돈 뒤, 높이 솟아올라

가슴을 활짝 폈다. 서쪽 방향이며, 암초가 있으며, 그 만곡에 소나무 몇 그루가 해풍에 시달리고 있다는 생각만 하고서였다. 좀 두렵기도 했다. 그러나 하늘이 맑고 안개가 없는 한 방향을 잃어버릴 걱정은 없다고 스스로를 격려했다.

알퀴오네는 참을 수 있는 데까지 참다가, 남편의 모습이 보이지 않게 되었을 때 통곡을 터뜨려 버렸다. 그리고 가슴을 쥐어뜯으며 남편을 보내버린 자기를 욕하고 학대했다.

「근데 내가 왜 이렇게 되었을까? 아주 이상스러워졌어.」

격렬한 통곡이 폭풍우처럼 스치고 간 뒤, 알퀴오네는 좀 멍해져 중얼거렸다.

「편히 깃 한번 쳐보지 못한 때론 정말 이렇지 않았었는데,」

알퀴오네는 자기 성찰을 시작했다. 우울하고 비참한 오후였다.

「오늘을 얼마나 기다렸었다구? 헌데 정작 오늘엔 걷잡을 수가 없다니까. 내가 왜 이렇게 되었을까? 바다가 갑자기 압도해 왔긴 했어. 그이가 그렇게나 걱정스러이 물어 주셨지만 난 대답할 수가 없었지. 느닷없이 바다가 일어나선 사유시방(四維十方)에다 철책을 둘렀다고 하면 웃고나 말아 버리셨을 거니까. 우리도 내륙(內陸)으로나 가서 살자고 말하고 싶었었지. 허지만 이 현장으로부터 도망이 가능하다 치더라도 다시 새로운 현장이 나타날 것이 틀림없다는 생각이 들어 그만뒀던 것이지. 어쩌면 새로운 장소는 이 장소보다 나을지도 모르긴 하지. 허지만 어느날 다시 일곱 날이 주어진다면 그 장소도 느닷없이 철책을 드러낼 게 뻔해.」

알퀴오네는 맥 없이 독백하며 다시 등대지기 영감을 생각했다. 그리고 남편이 빨리 돌아와 주기를 빌었다. 그래서 이 유적으로부터 해방시켜 주기를 바랐다.

해가 뉘엿뉘엿해졌을 때도 케익스는 그러나 돌아오지 않았다. 누룩처럼, 해가 바다에 처넣어졌을 때도 돌아오지 않았다. 그리하여 바다가 포도주처럼 익었을 땐 알퀴오네는 그 술에 취해 혼자인 것을 울었다. 모든 게 다 일체로 동화되며 화평스러이 휴식을 취하려 하는데도 다만 자기 하나만이 그것들의 밖으로도 안으로도 뛰어들 자리를 얻지 못하고 어느 현기증나는 언저리에 있다는 것 때문에 알퀴오네는, 대웅전의 촛동강처럼 울었다. 그리고 무서워 떨었다. 아무리 들여다보아야 바다는 벌써 문을 닫아 버렸고, 해면을 보라쳐 오는 핏빛 노을은 망령들의 손바닥 같기만 했다. 그것뿐으로, 하늘도 삐끄덕삐끄덕 문을 닫고 있었다. 하늘이라도 열려 있으면 조금은 덜 무서울 것이었다. 알퀴오네는 미칠 듯이 되어 남편을 불러댔다. 그러나 소리도 무엇엔가 먹히워져 버리고, 되울림도 없었다. 풍정을 향해서 남편의 소식을 듣길 애타게 빌기도 하고, 빛의 정령을 붙들고 잠시만 더 머물러 달라고 애원도 해 보았다. 그러나 풍정들은 저녁 원유회 준비로 맘써 줄 여유가 없고, 빛의 정령들은 너무 미끄러워 순식간에 빠져 나갔다. 이 가여운 여인은, 자기의 노력이 이뤄질 수 없음을 알면서도 미친 듯이 빌고 움켜잡으려 했지만, 얼어붙은 듯한 해면엔 어느덧 어둠이 깔리고, 하늘은 빗장을 걸고 돌아서 버렸다. 혹사병이 휘몰고 간 항구의, 외등(外燈) 같은 별 몇 개만 차가왔다. 케익스가 돌아오기엔 이미 늦어 버린 시각이었다.

　옹송그리고는 참을 수가 없어 알퀴오네는 날개를 푸덕이고 휙 솟구쳐 올라보았다. 둥지는 금방 보이지 않았지만, 공포가 밑 쪽에서 독수리처럼 자꾸 추적해 오는 것 같아서 알퀴오네는, 얼마인지를 정신도 없이 더 도망쳐 치올라갔다. 땀이 솟고 숨길이 가빴다. 그런데 이번엔 공포가 위쪽에서 그물을 펴들고 덮치려 달려들었다. 숨 한번 제대로 삼키지도 못하고 알퀴오네는, 본능적으로 몸을 돌이켜 다시 쏜살같이 강하하다가, 밑에는 어느덧 무덤이 입을 열고 있어 보여서, 다시 방향을 돌려 이번엔 되는 대로 옆으로 돌진했다. 그러나 그것도 얼마 날지 않아 공포가 거기서 창끝을 뻔쩍였다. 하는 수 없이 알퀴오네는 다시 뒤로 달렸다. 거기는 벽이 콱 막고 있었다. 알퀴오네는 당황되고 절망되어 비명을 지르고 눈을 꼭 감았다. 그랬더니 독수리도 그물도 창끝도 벽도 보이진 않았지만, 이번엔 밑에서 위에서 앞에서 안에서 밖에서 옆에서 웃으며 조롱하는 소리가 소나기처럼 퍼부어 내렸다. 창자라도 토해낼 듯이 그것들은 낄낄대며 알퀴오네의 정신을 혼란하게 했다. 전신을 감고 도는 혈관이 터져나는 것 같은 괴로움이 알퀴오네를 들쑤셨다. 알퀴오네의 정신은 미친 듯이 타오르다 아스라해지고 있었다.

「알퀴오네, 넌 어디서 온 계집이냐, 엉? 흐흐흐흐흐,」
　소리의 내용이 떠올랐다.

「전엔 이웃이었댔는데, 해해해, 이젠 모르겠어. 해해, 해해해,」
　무엇이 부인했다.

「안됐지만, 히히히, 알퀴오네 떠나 줘야 되겠어. 다른 데로 말야.」
　무엇이 추방을 했다.

「헤헤헤, 부인, 이방인이 오실 땐 피주머니를 달고 다녀야 합네다요.」

무엇이 혀끝을 댔다.

「그, 그야 그렇구 말구! 넌 반역자라구.」

무엇이 낙인을 찍었다.

「넌 직선처럼 영원히 가거라. 멈춰도 안 되고 굽어도 안 된다.」

무엇이 선고를 했다.

「허지만 네가 돌아오고 싶을 땐 머뭇거리지 말아라.」

가장 엄숙한 음성을 가진 무엇이 노자(路資)를 몇 냥 주었다.

그리곤 다시 조용해져 버렸는데, 알퀴오네는 무슨 깊은 구렁창으로 털썩 떨어뜨려졌다. 얼음과 같기도 하고 죽음과 같기도 한 것이 몸에 감기고, 소금 같기도 하고 피 같기도 한 것이 눈 속으로 비집고 든다. 그런데 그것이 알퀴오네를 각성시켰다. 알퀴오네는 버림받아 물 위에 처박혀 있었다. 그땐 무서운 것도 없었다. 치매(癡呆)와 같은 그런 것이 번져 왔다. 둥지와 알에게로 돌아가야겠다는 생각이 퍼뜩 들었다. 주부라는 의무감과 약간의 모성애가 생겨났다. 그런 점으로 느껴졌지만, 그러나 그것이 알퀴오네에게, 몸이 어딘가에 비끌어져 매어 있다는 믿음을 불러일으키게 했다. 그건 좋은 짐이며 구원이었다. 그래서 둥지를 찾으려 목을 기웃거렸다. 때마침, 얼어붙은 듯하게 잔잔하고 조용한 바닷 속에서 폐결핵 사기 환자의 낯짝 같은 달이 흘러왔다. 그러자 바다는 이슬덮인 초원처럼 번쩍이며 그의 검푸른 품 속에서 왼갖 고적을 다 헤쳐 놓았다.

둥지는 생각보다 그렇게 멀리 있지 않았다. 그러고 보면 알퀴오네는 맴돌 듯 한 점 이상은 탈출하질 못했던 모양이었다.

알퀴오네는 백치처럼 웃고 둥지 위로 올라, 알을 보지 않으려 외면하며 품에 품고 얌전하지 못했던 자신을 돌이켜보았다. 아직도 무섭고 초조하긴 마찬가지였지만, 그런 거보다도 부끄러움이 더 크게 나타났다. 야유와 조소가, 남편과 자식에게 충실치 못했던 부덕한 여인을 향해서였던 것같이도 생각이 들었다. 오늘은 이미 돌아오긴 틀려 버린 케잌스의 포근하고 억센 품이 그리워졌다. 그의 맥박에서 바다의 그것을 느꼈듯이, 그의 넓은 품 속에서 이 세계의 모든 신비한 얘길 찾고 싶었다. 잇달아서, 행여 방향이라도 잘못 잡아 영 못 만나게 되면 어쩌나 하는 불안이 싹텄다. 그래서 하늘과 바다를 살펴보고, 그 불안은 싹 씻어냈다.

「하늘은 맑고, 바다는 잠잠하니깐 뭐. 허지만 그인 몹시 피곤해져 있을 거야. 그래두 뭐, 오늘 밤만 쉬시면 금방 원기를 찾으실 건데 뭘. 방향을 잡는 데 그이가 실수해 본 일이 있는 건 아직 못 보았으니깐.」

자위를 하고 알퀴오네는, 가슴이 허전해 알을 으스러져라 하고 꼭 안았다. 반들반들한 껍질 그것이 맥(脈)이 되어 아들의 꿈틀거림을 전해 주는 성 싶었다.
「너두 아빠처럼 튼튼하고 씩씩해야 돼. 너의 아빠가 두려워하는 건 아무것도 없단다. 너의 아빠가 두려워하는 건 엄마뿐이야. 호호혹,」
알퀴오네는 좀 안정을 찾은 듯 쿡쿡 웃었다.
「엄마 참 나쁘지? 그래두 아빠께 일러 주는 건 싫여요. 이제 엄마는 아빠랑 아가 생각만 할께 응.」
알퀴오네는 한숨을 깊이 한번 쉬고 입을 다물었다. 발광이 한번 가시고 나서는, 자기 외계로부터 받는 자극에 대한 반응이 아주 무디게 나타났다. 큰 고기 한 마리가 바로 둥지 곁에서 치솟아올랐다가 첨벙 뛰어들었어도 별로 겁내지도 않았다. 물뱀 같은 것 두 마리가 번드르한 수면을 가르며 지랄을 떨어도 그저 멀리만 봤다. 졸음이 알퀴오네의 안팎을 폐쇄시키고 있었거나, 그만큼 더 내향(內向)스러워졌던 걸 거다. 사실로 그녀의 심신은 피로로 천근은 되어 있었다. 물 아래와, 물 위와 하늘 아래에 충만한 정령들이, 그리고 남편과 알과 자기 자신이, 멀리 사라졌다 문득 되돌아와 이제는 알 수도 없는 웃음 소리와 야유와 선고에, 모습을 차차로 잃어가고 있었다. 알퀴오네는, 그 모든 정령들의 얼굴을 모두 만나보고 싶고 만져보고 싶어져서, 졸음에 먹히운 쉰 음성으로 별 헤이듯 떠듬떠듬 불러냈다. 그렇게 해서 정령들이 몰려왔었는지 어쨌는지는 모르지만, 알퀴오네는 이튿날까지도 정령이라곤 보질 못했다.
밤은 어느덧 을야(乙夜)인데, 달은 훈륜(暈輪)에 감겨 있었다.

바람 속에 사는 금송아지야,
예배를 보는 금송아지야,
머리를 내 놓아라, 머리를.
만약 내놓지 않으면
구어 살러 먹겠다.

바다 밑 어두운 방에 사는 금송아지야,
뜨거운 머릴 창문 밖으로
밀고 나와 봐라, 나와 봐라,
만약 나오지 않으면

구어 살러 먹겠다.

금송아지야,
거북의 염통 속에 사는 금송아지야,
머리를 내놔라, 머리를.
……………………

송사리의 눈깔 안에 있는 금송아지야,
……………………
구름을 뜯어먹는 금송아지야,
……………………
금송아지 속애 사는 금송아지야,

제 2 일

알퀴오네가 잠에서 깨어났을 땐 케익스가 돌아와 있었다. 멸치 큰 것을
한 마리 물어다 놓고, 피곤스러이 쓰러져 케익스도 자고 있었다. 케익스
의 볼은 홀쭉해지고, 눈밑은 피곤으로 검푸러져 있었고, 날개는 땀에 젖
어 축축했다가 고드름이 맺었다. 괴롭게 숨을 뱉으며, 잠꼬대로 신음을
했다. 밤 동안에 언제 그렇게나 구름이 덮였는지, 푸른 하늘 한 점 남김
이 없어서, 시간은 몇 점쯤이나 되었을지 짐작해 볼 수가 없었지만, 하옇
든 해는 벌써 상당히 높이 솟아 있는 듯했다. 알퀴오네는 자기 참회를 섞
어 눈물을 뿌리며, 남편의 깃에 열린 고드름을 따냈다. 그리고 감사와 사
랑과 존경하는 마음으로 뜨겁게 속삭였다.
「정말 얼마나 수고가 많으셨어요? 당신의 몹쓸 여편네를 좀 야단쳐 주
시지도 않으시고…… 이번만 용서하여 주신다면 당신의 종이 되겠어요,
정말 착한 종이 되겠어요.」
그런데 또한 진통이 일기 시작했다. 되도록이면 남편의 잠을 깨우지 않
으려고 알퀴오네는, 눈을 감고 세상이 노래질 때까지 이를 악물었다. 어
제와 마찬가지로 세상의 모든 것이 다시 저주스러워졌다. 암흑하고, 비참
했다. 어미의 저주와, 암흑과, 비참을, 생명이 벗어던져 버렸을 때 알퀴
오네의 그것도 끝났다. 안도와 수집음과 교만이 한덩어리가 되어 빈 곳으
로 차 들어 왔다. 어제보다는 수월했다. 이젠 자궁이 닫혀 내년의 이맘때

244

에야 다시 열리겠지만, 이런 상태로 한두어 번 더 낳아 본다면 그땐 비누 방울 불어 내듯 퐁퐁 잘도 내놓을 듯싶었다.

알퀴오네는 산후의 싫지 않은 피로를 즐기며 천천히 눈을 떴다. 그리고 서야 케익스가 자기의 어깨를 움켜안고 격려해 주었다는 걸 알았다.

「여보, 누가 당신더러 절 보라구 했어요?」

알퀴오네는 자기로서도 뜻밖인 투정을 부렸다.

「저의 찡그러진 얼굴이 그렇게도 보고 싶으세요? 다시 찡그려 봐요?」

「여보, 정말 여자로 태어났다는 건…… 정말이지 불쌍해! 이렇게 여자 라는 것이 어려운 것인지도 모르고 도대체 조금도 당신을 위해 주질 못했 군. 할말이 없오. 헌데 뭣 땜에 여자만 그렇게 고통스러워야 하지 엉? 내 이제부턴 진짜 잘 위해 줘야겠는걸.」

케익스는 진심으로 위로해 주고, 새로 낳은 알을 안아 보았다. 그건 어 제 낳은 알보다 훨씬 더 우아하고 여성적인 것이 틀림없이 딸이 될 것이 었다. 조물주의 섭리에 케익스는 그저 묵연할 뿐이었다.

「전 이제까지 받은 것만으로도 너무나 황송해요.」

한참이나 지나서야 알퀴오네는 대답을 했다.

「절 좀 미워해 주시면, 아, 아니예요, 그러심 더 보챌 수도 있을 텐데요. 여보, 괜한 청으로 고단하시죠?」

「여보 애기 어멈, 이앤 딸애가 틀림없는 것 같소 그려. 안 그루?」

케익스는 엉뚱하게 말했다.

「정말 후회가 돼서 죽을 뻔했어요.」

「좀 쉬구려. 그리고 식사 좀 합시다. 도대체 당신은 아무 것도 들질 않 았더구료. 그러다 몸이나 축나면 어쩔려고 그러오?」

케익스는 싱싱한 멸치를 토막내서 살을 발겼다. 그리고 아내의 손을 잡 아 편히 앉히고 살점을 입에다 넣어 주며 계속했다.

「어제 먹다 남은 건 모두 어름덩이가 되었더군. 그래 내가 먹어 치워버 렸지. 밤엔 걱정 많이 했지? 좀 쉬고 나면 다 말해 주겠지만, 내 진심으 로 용서를 빌지. 춥지 않소?」

케익스는 아기에게 하듯 아내를 얼리며 부지런히 먹여 주었다. 알퀴오 네의 눈은 티 한점 없이 맑고 빛났는데, 감사로 해서 눈물이 크렁히 맺혀 있었다. 아무 말도 못 했다. 욕심장이 아가처럼 남편의 정을 한 방울도 흘 리지 않고 다 받아 쌓았다. 그런 아내 옆에서 케익스도 행복했다. 이렇게 철이 없는 것같이 귀여운 아내에게 밤의 무서움을 주었다는 것이 맘 쓰렸

다. 한편으로는 용감하게 밤을 극복한 아내의 용기에 마음 든든함을 가졌
다.
　알퀴오네는 남편이 나머지를 먹어 주기를 바라고, 배가 좀 덜 불렀지만
고개를 살래살래 저었다. 그리고 밤새 쌓였던 무서움과 외로움을 위로받
으려 열성껏 남편의 품을 파고 들었다.

「할아범이 말야,」
　케익스의 여행담은, 둘의 심정이 일상적인 그런 평온한 상태에 왔을 때
에야 시작되었다. 케익스는 아내의 어깨를 안고 얘길 했고, 알퀴오네는
남편의 수염을 비비작이며 들었다.
「글쎄 앓고 있잖겠오?」
「그래요? 쯔쯧, 그래서요? 대단히 앓으시던가요? 참 안됐어요!」
「그래, 안됐지. 내가 등대에 도착된 때는 할아범네 서쪽 창이 빨갛게 빛
나고 있었을 때였오. 헌데 다른 날과 달리 너무 조용했어. 그도 그럴밖
에 없는 것이, 파도도 없지, 바람도 없지, 도대체 무슨 기척이라도 있어
야 말이지.」
「눈에 보이는 듯해요. 깡깡이 소린 없었나요? 소나무도 울지 않고? 그
냥 닫혀져 버린 것 같았나요?」
「그랬지, 그랬어. 뭔가 예감이 이상합디다. 하여든 지붕 위로 내려가 보
았오. 할아범이 우릴 기다렸던 모양입디다. 그러나 벌써 오래 전부터 아
마 움직일 수가 없었던 모양이었오.」
「아직도 그 자리에 계시던가요?」
「아니지, 그게 아니라, 새우니 멸치니 꽁치니 뭐니 하는 것들이 그릇에
담겨져 지붕에 있었오.」
「저런! 츠쯔쯧.」
「헌데 고기는 썩어 뼈만 남기고 있었고 물은 거의 바닥에 닿아 소금덩이
가 되어 가고 있었다오. 밤에는 얼고, 한낮에는 녹고 그랬을 터인데도 그
런 정도로 되었다면 짐작할 만하잖소?」
「그렇다면 적어도 반달 전부터 앓기 시작했겠군요? 그보다도 더 될지도
모르겠어요.」
「그럴거야. 어쨌든 할아범의 기력이 형편없이 된 건 반달 저쯤이나 되었
을거야. 썩은 고길 치울 수도 없이 된 건 말야.」
「안됐어요 정말! 그래 할아범은 만났나요?」

「그래서 당신께 오는 게 늦은 건데, ……난 창문으로 가서 안을 들여다
봤다오. 할아범은, 거 왜 간혹 보았던 죽은 수부(水夫)의 팔뚝처럼 말이오,
바랜 백지장 같은 석양별 아래 누워 있었오. 덮는 것도 시원찮았어. 무슨
헌 자루 같은 것을 이은 것이었다오. 거의 해끝이었지. 난 창문을 쪼았오.
그리고 한참이나 기다린 후에야 간신이 눈을 떠 보는 것이 아니겠오? 그
리고도 정말 한식경이나 더 기다려서야 창문이 열렸오. 그렇게나 기력이
없었다오. 웃어 보이시려고 무척 애쓰시더군. 찬바람을 쐬시더니 사지를
비꼬며 기침을 하십디다. 그래 문을 빨리 닫으시라고 했더니 그저 조용히
고개만 저으십디다. 〈할아범, 빨리 문을 닫으세요〉 하고 내가 다섯 번이
나 말했을 때에야 거의 들리지도 않게 〈이젠 난 두 번 다시 일어서진 못할
게야. 자네는 부인께 돌아가셔야지. 문을 모두 닫고 내가 죽어 버린다고
해 보게. 그런 불행이 자네에게 또 있을 수 있겠나? 헌데 참, 현숙한 부
인께선 요즘은 어떠신가? 자네 부인을 뵌 지도 꽤 오래야, 오래지. 정말
드문 숙녀지〉 하시잖겠오?」

「정말 가엾으셔!」

　알퀴오네는 젖은 눈으로 서쪽을 바라보면서 입술을 실룩실룩했다.

「그리곤 가쁜 숨을 돌리시느라 한참이나 애쓰시더니, 〈고마우이, 한번
만나고 싶었다네〉 하시곤 힘 없는 손바닥에 날 앉혀 쓰다듬어 주십디다.
〈제 처가 할아범 걱정을 많이 했읍니다〉고 말했더니, 〈그럴 거야 아름다
운 맘씨는 내 다 아는 바지. 헌데 슬하에 자녀라도? 허, 허기야 지금이
자네들 철이군. 헌데 이런 귀중한 시간에 날 찾아 주는가? 고맙기야 말
할 수 없지만, 어서 돌아가도록 하시게, 어서! 부인께서 기다리시겠어.
이 이레야말로 자네네 가을 아닌가. 설 아닌가. 나야 참 자네들께 비하
면 복이 너무 많지〉 하시곤 또 한동안 뭔지를 골똘히 생각하십디다.」

「그래서요? 어서 마저 들려 주세요.」

「그래서, 〈사실은 저어 제 처가 오늘 아침에 해산을 했는데 말입죠, 헌
데 그게 글쎄 알이 태어났거든요. 저는 제가 태어난 껍질을 보았기 때문
에 조금도 놀랄 일이야 없었죠만 제 처는 그런데 알을 품고 있다는 것 때
문에 세상을 보는 눈이 갑자기 묘해졌는지 말이죠, 할아범 얘길 꺼내면서
이렇게 묻는 게 아니겠어요? 등대가 할아범을 품고 있을까요 할아범이
등대를 품어 오셨을까요 하구 말예요. 그것이 몹시 알고 싶은가 봤어요〉
하고 여쭈었더니, 할아범께선 한동안 껄껄 웃으시기만 하시곤 대답은 없
었다오. 그냥, 〈자네의 부인도 정말 만나 뵙고 싶군. 죽기 전에 말야.

허지만 알을 낳았다 해서 심려하시는 건 옳지 못한 일이지. 바다나 땅의
선한 정령으로부터 뱀에 이르기까지 알에서 부화되지 않은 건 없으니깐
말야〉하고 혼잣말처럼 하시더군.」

「……살아만 계신다면…… 저도 뵙고파요. 살아만 계신다면. ……서, 설
마 돌아가시진 않으셨죠? 어쩐지 아직도 살아계신 것 같지 않은 느낌이
에요.」

「……」

「돌아가셨군요, 그렇죠? 돌아가셨어요, 가엾으시게도!」

케익스는 무겁게 고개를 끄덕였다.

「허지만 여보, 할아범은 정말 훌륭하게 숨을 거두셨다오. 아주 진지하고
엄숙하게, 그러면서도 기쁘게 죽음을 맞으셨어. 죽음의 신랑이라도 되는
듯하게. 그분은 용사(勇士)이셨어. 아니 그보다도 더 위대한 어떤 정령이
셨어.」

「……」

알퀴오네는 울고 있었다.

「하기야 그렇게 생각했던 건 비약이었을는지도 모르긴 하지. 시체는 죽
은 피래미나 새끼 갈매기나 조약돌 이상의 것은 못 돼 보였으니까. ……할
아범은 임종을 느끼고서인지 굉장히 길게 말씀하시며, 뭔가 자기를 증명
하고 싶어 몹시 애쓰신 것 같았오. 〈나도 참 고단했어. 맘 둘 곳 하나 없
었어. 자네들은 일년 내내 파도 위를 날아야 되지만, 난 일년 내내 외로
움 속으로 가라앉히워야만 되었네. 그것과 파도는 어느 쪽이 더 무서운
건지는 모르지. 하지만 말야, 풍랑은 전쟁과 전장(戰場)을 주지만, 그저
먼지 냄새만 나는 쉼 없는 침체란 아무 것도 주는 것이 없거든. 거기선 말
이네, 자기의 바깥 것에 대해서가 아니라 바로 자기 자신에 대해 전쟁을
선포해야 되고 자신이 또한 전장이 되어야 한단 말이네. 허지만 자네들이
나 누구나와 나도 같아. 다른 게 있다면 신들도 나를 잊었다는 그것뿐이
지. 나에겐 단 일곱을 셀 동안만이라도 날 위해서 특별히 베풀어 준 휴식
이 없거든. 그리고 보면 내겐 세월도 없어 왔던 거야. 자네들은 이 칠일
을 기준으로 해서 다시 맞는 칠일까지를 일년이라고 할 수도 있겠지만,
난 기준 삼을 것이라곤 아무 것도 없잖나. 그래도 세월은 흘렀을 터이니
난 늙었겠지만, 내게도 일년이라든가 하는 것이 흘러갔을까? 오늘 뜻밖
에 생각해 낸 건 아니지. 그런데도 난 뜻밖에 생각이 난 듯 다시 생각을
하곤 하거든. 대답은 언제나 같았다네. 나는 동그라미의 시간을 살아 왔

다고. 동그라미는 시작도 끝도 없으니, 그것은 영원한 시작이며 동시에 영원한 회귀(回歸) 아닌가. 영원한 운동이며 또한 영원한 정지 아닌가.〉」
「여, 여보,」
　알퀴오네는 자신도 모르게 남편의 말을 중단시켰다. 그런데 그녀의 얼굴은 창백하고, 입술을 가늘게 떨고 있었다.
「아니, 당신 갑자기 왜 그러오?」
　케익스는 놀라 물었다.
「아, 아니예요, 갑자기 쥐가 내려서 그랬는데 바로 괜찮아졌어요. 그러니 마저 들려 주세요.」
　남편이 걱정할까봐 알퀴오네는 거짓말을 하고 말았다. 사실로는, 알퀴오넨, 어젯밤의 선고를 생각하고서 무서워했던 것이다. 〈넌 직선처럼 영원히 가거라. 멈춰도 안 되고, 굽어도 안 된다.〉——그 선고가 오늘 알퀴오네에게, 현기증나는 탈락감과 구원받을 수 없는 절연감을 느끼게 해 준 것이다.
「그래? 그럼 자세를 좀 고쳐 앉아 보구려. 퍽 허약해진 모양인데. 도대체 식사도 제대로 하지 않고 꿍꿍이속만 대니 그렇지.」
「이젠 됐어요. 여보, 말씀 도중에 걱정을 시켜드려 죄송해요. 어서 계속하세요.」
　알퀴오넨 웃어 보이려 했다.
「그래, 그러지. 가만있자, 어디까지 얘기했더라?」
「동그라미의 시간에 관해서 말씀하셨어요.」
「그래 그랬었군. 그것은 영원한 시작이며, 영원한 끝이며, 영원한 운동이며, 영원한 회귀며, 영원한 정지라는 거야. 할아범의 이런 말씀에 난 무척 감동했었지. 난 말야, 시간이란 놈은 뱀처럼, 자꾸 껍질을 벗고 나와선 젊어지는 놈인 줄 알았었거든. 무서운 밤엔 그 생각이 비약을 해가지곤, 막연하긴 했지만, 또아리를 틀고 꿈틀꿈틀 도는 뱀이 보였다오. 그래서 밤이 영 샐 것 같지 않았지. ……헌데 말요, 그 전부터 나도 그런 생각을 해 왔던지, 아니면 할아범의 얘길 듣고 나서 그런 생각을 했었던 것 같다고 생각했는지는 나로서도 잘은 몰라, 후훗.」
「허긴 누구나 다 그럴지도 몰라요. 막연하겐 말이죠. 그러니깐 저도 당신도 이해할 수 있는 거죠, 그죠?」
「역시 알퀴오넨 그만이야! ……가만있자, 그리고 할아범은 〈어쨌든 나도 세월을, 계절을 살고 싶었다네〉 하셨지. 〈나도 쉬기도 하고 달리기도 하고 싶었었어. 한 나이나 더 젊었을 땐 말야. 신들이 날 잊어버린 걸 난 몸서리치며 무서워했다네. 그러다가 난 신을 잊어버렸어. 그때부터 외로움은 시작된 거라구. 현기증이 나더라니까. 어이없게도 난 더 이상 올라갈 수가 없는 그런 꼭대기에 던져져 버렸단 말야, 자네도 어느날 갑자기 그렇게 될지도 모르겠네만. 그때로부턴 자네네들의 방문(訪問)에서밖엔 즐거움을 찾을 수가 없었다네. 폭풍우라든가, 폭양이라든가, 갈매기의 노래, 아름다운 고기들, 암내 풍기는 저녁 녘, 작은 새들, 평야니, 황무지니. ……헌데 말야, 별로 오래지 않아서 난 다른 걸 느끼지 않으면 안 됐어. 그들에게 내가 주는 사랑보다도 그들이 내게 주는 사랑이 적었어. 나는 그들 속에 깊이 참여할 수가 없었고, 그들은 그들의 세계 속에 참여자를 용납하려 들질 않았단 말야.〉 그리고 할아범은 가쁜 숨을 조절하며 한참이나 침묵하셨오.」

　케익스도 숨을 조절하며 알퀴오네의 표정을 읽으려 했다. 알퀴오네는 슬픔을 조금이라도 숨기려들려 하지 않고 있었다. 할아범 일로 이렇게까지나 슬퍼해야 할 일이 뭣인가를 생각하며 케익스는 다시 천천히 계속했다.

「그러시다 다시 천천히 계속하셨오. 〈금송아지 얘기가 있는데,〉 이렇게 꺼내 놓으시곤 눈을 한 구석에로 보냈오. 보니 거기에 깡깡이가 있었는데 매우 섭섭하게도 줄이 끊어진 채 버려져 있었오. 그러고 보니 할아범도 줄 끊어진 깡깡이처럼 보여졌오. 〈그런데 그들은 바로 그 송아지들이었단 말야. 금송아지, 그 얘기는 이렇지. 굉장히 질투가 많은 신이 하나 있었다네. 그 신은 어쩌나 질투가 많았던지, 자기의 자녀들이 자기가 아닌 다른 신이나 또는 우상을 향해 조금만 추파를 던져도 손톱으로 할퀴고 저주하곤 했다네. 그랬었지만 그의 자녀들은 어쨌겠나? 별로 오래잖아서 바로 금송아지를 만들어놓곤 극진히 예배를 했단 말야. 배반받은 그 노인의 진노야 어떻게 말로 다 하겠는가. 그러나 그의 자녀들은 그의 진노에 대한 두려움보다도 금송아지에 대한 사랑이 더욱 두터웠던 탓에, 금송아지를 그의 손이 미치지 못할 다른 곳에다 갖다 두곤 그를 속이기 시작했어. 그들 영혼 속의 제일 깊은 장롱 속에다 모셔 놓은 거라구. 금송아지가 그렇게도 사랑스러운 이유가 뭔지는 그들도 모르긴 했지마는, 금송아지는 그들이 모르고 있었던 그들 자신이었으며, 모반의 나팔이었던 거야. 시샘 많은 그는 쫓아내야 될 식객(食客)이었고, 그의 입장에서 보면 금송아지는 천하며 세속적이고 이기적인 우상에 불과했지만, 예배자들의 입장에서 보면 그는 가난스럽게 만들며 간섭이 많고 귀찮은 시어미였던 것이지. 가난스럽게 만든다는 말은 정신적인 것을 두고 하는 말이네. 그래서 그들은 참고 참다가 쌀벌레 같던 그를 문밖으로 쫓아내곤, 그리곤 아름답고 교태도 있으며 순한, 그들만의 생활을 꾸리기 시작한 거라. 분가(分家)를 한 거지. 금송아지는 생활이며 집이며 그 속에 사는 정신이 된 거야. 문밖으로 쫓겨난 그는 차차로 패해 갔지. 그가 옛집으로 다시 돌아가게 될 날을 기다리는 것은 자기의 자녀들이 금송아지에게 절망하고 넌더리를 내게 될 오직 그날뿐이지. 그래서 그는 그들이 절망하기를 미치도록 바라며 담을 빙글빙글 돌기도 하고, 문지방에 걸터앉아 문 열리기를 기다리기도 하고, 그래도 소식이 없으면 욕설을 뱉으며 안에다 소금을 뿌려 넣기도 했어. 허지만 그들이 절망할 것 같나? 한다더라도 그때가 언제일는지는 모를 일이지. 했다더라도 그들은 오뚜기처럼 일어나니까. 일어났을 땐 그들은 바로 그[神]가 되어 있거나, 그[神]까지도 필요로 하지 않을 폐인이 되어 버렸을 게야. 아까도 말했네만, 그때부터 외로움이 시작된다는 말일세. 그도, 그들도, 모두 다 외로와.〉할아범의 얘긴 여기서 잠깐 끊였오. 외로움이 할아범의 얼굴에 버섯처럼 피어 있읍디다.」
「금송아지에 대해서는,」
　영 말을 잊어버린 듯하던 알퀴오네가 입을 열었다.
「전 사실 아무 내력도 몰랐었지만요,」
　알퀴오네는 머뭇거렸다. 그러더니 신경질적으로 섰겼다.
「어젯밤엔 이상스럽게 그것들이 웃었어요. 그리곤 마구 날 조롱했어요. 틀림없이 금송아지들이었어요. 말로는 설명할 수 없지만, 느낌으론 그것들이 금송아지가 틀림없다고 했다니깐요. 정말예요. 그래서 불러냈죠. 냈지만 그땐 대답이 없었어요. 참 이상했어요. 난 좀 어떻게 됐었나봐요. 정말이라니까요.」
「여보 알퀴오네, 난 좀 잘 알 수가 없군 그래. 내가 없어 너무 무서웠던 거로군. 그지?」
「……」
　알퀴오네는 남편이 이상하다는 듯 물끄러미 쳐다보았다. 케익스도 좀 이상해져 아내를 바라봤다. 그리고 케익스는 어제 느꼈던 그 씁쓰름한 거리감을 다시 느꼈다. 그건 괴로왔다. 그래서 그걸 잊을 양으로 케익스도 반은 신경질적으로 남은 얘길 섬겨대기 시작했다.
「〈외로움이 그들의 알이 되는지, 그들이 외로움의 알이 되는지는, 나도

자네의 부인처럼 알 수가 없어〉라고 할아범은 다시 시작했오. 〈나도 그것
을 누구에겐가 물어 보고 싶었으니까. 그렇지만 그럴 곳이 없었지. 그래
서 난 나대로 생각하길, 외로움이 끝이 나야 그것을 알 수 있을 것이라고
했네. 외로움 속에서 그가 일어난다면 외로움이 알이 되고 그의 속에서
자꾸만 외로움이 태어나고 있다면 그가 외로움의 알이 되는 거지. 알이란
조용하지만 맹렬한 혼돈이기 때문에, 나는 그것을 시원(始原)이라고 생각
하거든. 허지만 아무래도 좋아. 다만 자네 부인의 의문이 생각나서 말해
본 것뿐이네. 어쨌든 말야, 이만큼이나 외로운 생활을 살아 왔는데도 말
야, 난 아직도 외로움의 쓴 맛을 잊고 있지를 못하고 있단 말야. 언제나
난 외롭더군. 외로움을 잊을 때도 됐는데 말야. 헌데 난 우습게도 말이지,
언제나, 내가 내 외로움을 잊게 되면 어찌하나 그것이 걱정스러웠다니까.
외로움이 내게 퍼붓는 학대가 즐거워서가 아니네. 그것이 싫어서일세. 난
아직 내 외로움에 익숙칠 못했어. 그러는 사이 그 무게로 난 등이 휘어 버
렸지만. 그러나 굶지는 않았어. 않았구 말구지. 이, 이보게, 내 누, 눈을
좀 쪼아 주겠나, 내 눈을? 자꾸 눈꺼풀이 무거워지고, 비, 빛이 죽어들
기 시작하, 하는데? 해라도 지, 지고 있는가? 이보게, 이, 이런 소, 속
으로 내, 내가 가라앉아야 되, 된다는 건 무, 무섭군, 무서워! 하, 하기
야 난, 매, 매일 무서웠어. 고, 고, 굶지 못하, 못하, 못한 탓이라. 해,
해가 지는군, 해가. 자네는 어, 어서, 부, 부인께 도, 도, 돌아가, 가,
가시라, 라구, 어, 어, 어서.〉 그리곤 할아범은 갑자기 사지를 풀었는데,
숨냄새가 없었어. 마침 창이 훨훨 타는 듯이 노을이 좋았다우. 할아범은
다신 더 말씀하려들지 않으셨는데, 그런 외로움은 다시 있을 것 같지 않
더군. 그래 난 할아범의 가슴팍에 앉아 날개를 오무리고 할아범의 영혼을
위해 하룻밤의 철야를 한 거요. 조금 있으니 완전히 어두워져 버리더군.
줄 끊어진 깡깡이가 우는 듯했오. 생각이 물밀 듯 밀려 오는가 하면 빠짝
말라 버리고, 그런가 하면 당신과 알이 걱정스러웠오. 어쨌든 난, 할아범
이 죽은 게 아니라 부화된 걸 알았오. 그 이상은 알 수가 없었지만. 하여
튼 그분은 치열하게 자기의 전쟁을 수행했고, 죽으면서도 싸운 것이오.
내가 그분을 용사라고 한 건 그 때문이오. 그분은 결코 외로움 그 자체로
굶고 싶어하지 않은 거요. 그것을 무찔러 죽이든가, 그것과 싸우면서 죽
든가 둘 중에 한 길이었던 셈십소. 헌데 외로움이란 그놈은 죽는 게 아니
고, 자꾸 더 목이 자라나서 삼키고 말 것인데, 할아범은 이겼는지는 모르
지만 먹히우지는 않은 것 같았오. 헌데 알쾨오네, 할아범은 어찌 되셨을

까? 어디로 가실 데가 있을 것 같소? 그래서 말야, 난 밤새도록 기다려 보았다오. 할아범의 혼백이 어떻게 되나 보려 했던 거요.」

케익스는 얘기를 끝맺고, 반응이라도 보려는 듯이 알퀴오네를 곁눈으로 보았다. 알퀴오네는 뭔가 말을 꺼낼 듯하다가 다물어 버리고 외면했다.

「그러나 종내 혼백이 어떻게 되지를 않더군. 보질 못했어.」

케익스는 반복했다. 그리고 왠지 가슴이 답답해서 하늘을 올려다보았다. 구름이 두텁게 덮여 있었다. 그래서 숨이 막힐 듯했다고 케익스는 생각했다.

「그래 어찌 되리라구 생각을 하셨단 말예요?」

입술을 꼭 오므리고 있던 알퀴오네가 한숨을 뿜으며 반문했다.

「안 그럴 수가 없잖소, 알퀴오네?」

「제 생각으론,」

알퀴오네는 구름으로 해서 아주 낮아져 버린 하늘을 불안한 듯 살펴보며 생각 깊게 말문을 열었다.

「할아범은 벌써 어떻게 되어 있으신 분 같아요.」

「벌써 어떻게 되셨다구?」

케익스는 이해할 수 없다는 듯 반문했다.

「외로움이 시작된 그때부터 말예요.」

알퀴오네는 겸손하게 대답했다. 그리고 케익스의 가슴에 얼굴을 묻었다.

「그럼 그때 할아범은 죽고 혼령만 여태 살아왔단 말이오?」

케익스는 좀 착잡하게지만 아내에 대해 존경심을 갖게 되었다.

「그건 어찌 됐다든 별로 문제가 되는 건 아닌 것 같아요. 살아 있던 때의 순간순간이 문제죠. 당신은, 외로움은 죽지 않는 거라고 하셨는데, 제 생각으론 당신은 외로움 쪽에는 눈을 대고 보신 것 같아요. 반대로 할아범 쪽에서 외로움을 보면 어떨까요? 그러면 외로움이 아무리 고단해도 죽어 버리는 것을 볼 수 있을 것도 같애요. 그렇잖으세요? 외로움을 무서워하시면서도 도망치시지 않으신 건 그 순간순간 외로움을 쳐 눕힐 수가 있었기 때문이었을 거예요. 제가 말하는 외로움이란 고적이니 무서움이니 불안이니 하는 그런 모두를 합쳐서 하는 말이에요.」

알퀴오네는 또록또록 말은 하면서도 뭔가 부끄러운 듯 얼굴을 자꾸 감쳤다. 케익스는, 그저 사랑스럽기만 하고 소박한 줄로만 알았던 이 아내가, 그렇게도 생각이 깊었던 데에 감동되어, 지극한 사랑과 존경으로 불써 다루듯 소중히했다.

「그것이 계속된다고 해 보세요, 그분은 완전히 성주가 되는 거잖겠어요? 죽음까지도 그래서 할아범에게 지게 되는 거겠죠. 두려워하면서도 도망치려곤 안 했을 거예요.」

「정말, 당신이 옳소! 허지만 알퀴오네, 그렇다면 말이오, 돌아가시기 직전에라도 외로움이 주는 공포니 또는 죽음이 주는 무서움을 잊어버리셨어야 했을 것 같진 않소? 헌데도 할아범은 계속 무서워하시다가 숨졌오. 그래서 난 용사라고 한 건데, 당신의 견해는 여간 다르지 않거든. 물론 당신의 견해에 내 생각쯤은 먹히우고 말았지만.」

케익스도 겸손스러이 말했다. 아내에게서 배우게 되었다는 게 그를 몹시 즐겁게 했다. 그러나 반대로 알퀴오네는 몹시 두려움을 느끼고 있었다. 그녀는 무엇이든 남편의 입술로 말하게 하고 싶었었고, 또 그렇게 해 왔으며, 그의 말에 순종하는 걸 즐거움으로 알아 왔었는데, 오늘은 남편의 생각까지를 자기의 입술로 말하고 있다는 것 때문에, 처음에는 부끄러웠고, 지금은 자신이 두려워졌다. 그러나 남편의 얼굴을 흘끗 한번 보고 나서 알퀴오네는 좀 키득거리고 싶었다. 케익스의 얼굴은 좀 미련스럽게 보일 정도로 천진스러웠고, 무엇이 굉장히 좋아 못 살겠다는 듯이 빛난 얼굴이었다. 알퀴오네는 생각하길, 〈당신은 굉장한 미남이시군요 당신처럼 빛나고 건강한 미련둥이가 또 있겠어요? 열일곱살도 되잖아 선장 앞에서 담배통을 물고 있던 곱슬머리의 그 소년 뱃놈 같아요. 바로 그 소년 앞에 서 있던 늙은 선장 같기도 하구요〉했다. 두려운 생각은 사라졌다. 대신 남편은 알퀴오네 자기의 입술로 말하고 싶어하고 있다고 믿게 되었다.

「아 이제 알겠는데 말야.」

케익스가 아내의 엉덩일 철썩 갈기며 떠들었다. 아주 신통한 생각이 떠올랐다는 태도였다.

「혼백이 어떻게 되려나 보려 했던 건 어리석었어. 할아범은 수억만 번 어떻게 되었던 모양이라, 당신이 말한 대로. 어떻게 되었다는 건 부화(孵化)되었다는 뜻 아니오? 그건 그래! 헌데 외로움이나 죽음의 공포를 잊었다면, 그건 그러니까 부화가 멈췄단 말이 되는 거라. 바로 그거라. 살아 있으면서 죽어 있다는 말이 되는군. 여보, 내 생각이 어때?」

케익스는 아내의 얼굴을 자기 쪽으로 돌려놓고 보았다. 알퀴오네의 눈은 빤짝이고, 입술은 미소로 덮여 있었다.

「그렇지만 알퀴오네, 그냥 그렇게 부화되다 끝나 버린다면, 그런다면 말이오, 어떻게 훌륭하게 살았든, 겨, 결국 허무하지 않겠오?」

케익스는 좀 비참함을 느끼게 됐다.
「할아범은 어쩜 그런 문제도 생각하시긴 했을 것 같잖으세요?」
「생각하시기야 했겠지. 그렇지만 어떻게 생각했는진 알 수가 없잖소?」
케익스는 좀 불멘 음성을 썼다.
「당신은 무엇에게나 정령은 있다고 생각하지 않으세요?」
알퀴오네는 어젯밤에 들었던 웃음 소리와 조롱하는 소리를 기억해 냈다.
「허지만 난 눈으로 보진 못했단 말야!」
케익스는 얼굴을 잔뜩 찌푸렸다.
〈허지만 전 들었어요.〉── 알퀴오네는 이렇게 말하려다, 아무래도 믿어 줄 것 같지 않아서 말을 바꾸었다.
「여보, 뭐 눈이라도 몇 잎 내릴 것 같죠?」
「가만 있자, 글쎄? 하, 그, 그런 점에 관해서 뭐라고 하신 것도 같은데. 여보 알퀴오네, 혹시 이 얘기가 그런 얘기 아닌지 들어 보구려. 깜박 잊고 있었는데 말야.」
「무슨 말씀인데요?」
「지붕 위에 아직도 먹이가 있더냐고 물으시는 것이었오. 새우니 멸치니 뭐니 하는 것들 말이오. 그래서 썩었다는 얘긴 차마 할 수가 없어 그냥 있긴 있더라고만 대답했었지. 했더니 〈벌써 썩어 형편이 없겠지?〉 하시기에 할말이 없어 난 가만히 있기만 했었다오. 〈둥근 한 꿰미에 꿰어 있던 것인데 그만, 그렇게 되었군 그래. 그래도 꿰미는 계속 돌 거야. 돌구 말구. 그러니 돌아올 게야. 아니 돌아와서 멈춰 있는지도 모를 일이고. 다시 시작하는지도 몰라. 허기야 끝이 났겠지.〉 이런 말씀만 오래도록 중얼이셨다오.」
「바로 그 동그라미의 시간에 관한 말씀이시군요?」
「그랬던가 모르지.」
케익스는 피곤을 느끼고 둥지 벽에다 몸을 기댔다.
「할아범이 살아만 계신다면,」
알퀴오네는 혼잣말로 중얼거렸다.
「어떻게 하면 직선이 동그라미 속으로 굽어져 들 수 있을 것인지 그것을 여쭈어 보았을 터인데 동그라미엔 틈이 없어서 어떻게 더듬어 들어가야 하는지를 정말 모르겠거든.」
「여보, 당신 지금 무슨 말을 하고 있오? 이젠 알겠오? 할아범이 등대를 품어 왔는지, 등대가 할아범을 품어 왔는지를?」

「……겨울 날씨란 변덕도 참 많군요……. 이젠 노을이 뜨구, 오늘은 구름이 끼구, 며칠 후엔 또 풍랑이 일겠죠. 저녁도 되기 전에 뭐가 좀 두텁게 내릴 것 같아요.」

「그렇군.」

그제서야 날씨에 관심을 보이며, 등대지기 할아범의 본거에서 일어나 케익스는 주위를 살펴보았다. 갑자기 우울하고 비참한 기분이 들었다. 축축한 대기가 숨도 못 쉬게 억누르고, 운무가 바다 끝과 끝을 가리고 있어 두터운 청동탑에나 갇히게 된 것만 같았다. 이런 날씨에 대한 부부의 반응은 꽤 미묘했다. 알퀴오네로서는 방과 같은 이런 속에서 남편과 알에 취해 언제까지나 있으며 배아래의 물소리나 듣고, 시(詩) 같은 것들을 얘기할 수 있는 것과, 남편의 염려가 자기에게서 떠남이 없는 그런 모든 것이 다 좋지만, 케익스에게 있어선 아내를 보살피고 위해 주는 보다 더 현실적인 문제들이 압박해 왔다. 적어도 삼일치의 양식은 준비해 와야 되고, 좀 더 푹신한 둥지를 꾸미기 위해선 물 가까이에 가서, 검불이든 버린 종이 쪽지든 빠진 새깃이든 뭐 그런 것을 더 준비해 와야 되고, 그러기 위해선 아내와 많은 시간을 떨어져 있어야 된다는 걱정이 있었다. 방향도 문제였다. 이 일점을 떠나 두 마장만 날아도 이 일점은 사라지고 이 세상에는 없는 것 같으며, 다만 자기가 날고 있는 거기만이 열리는 것일 뿐이었다. 수억만의 수억배나 되는 이 많은 물나불 중의 한 물나불,──그것도 시시각각으로 양상이 달라지는 이 한 주름을 찾아내야 된다는 것은 오관으로서는 도대체 불가능할 뿐이다. 언제나, 이끌어 주는, 뭔가 이끌어 주는 그런 것이 있기에 찾아올 수 있었다. 물론 헤어져서 날게 된 경우는 거의 없었지만, 알퀴오네가 학질에 걸려 이틀을 앓았을 때라든가 또는 왼종일 송사리 한 마리 쪼으지 못하고 날개를 접어야 했던 배고픈 저녁녘──그럴 때도 케익스는 아내를 쉬게 하고 상어에게라도 달려들었었다.──이라든가. 또한, 하여튼 그런 여러 때의 경험을 케익스는 갖고 있었다. 오케아노스의 발금 맨 끝줄에 가서 있다더라도, 그 이끌어 주는 것만 있으면 숱 많은 오케아노스의 어느 머리칼 끝에 있는 아내일지라도 찾을 수 있는 그런 것이 케익스의 오관 깊숙한 곳에는 있었다고 믿지만, 그러나 눈바람 불고, 하늘마저 밀폐되고, 가뜩이나 반마장 앞을 못 볼 때는 오관 속에 있는 어떤 것마저도 실명되지 않는달 수는 없었다. 그런저런 것을 미리 계산할 수 있는 나이도 못 되어 굳이 그렇게 하자고는 못했었지만, 단애가 가까운 쪽의 바다에 깃을 치는 게 어떤가고 아내에게 건

외해 보긴 했었다. 그때 그녀는.

「그런 덴 위험할 것 같아요. 작은 고깃배도 많을 거구…… 그리구 왠지 우리의 첫 밀월만은 좀 은밀한 데서 지내고파요.」

하고 반대했었다.

「그게 옳겠군. 나도 사실은 좀 조용히 보내보고 싶거든.」

케익스도 찬성하고 말았었다.

오후도 제법 기울고 있는 듯했다. 케익스는 용기를 내야 되었다. 도대체 물주름까지도 지나치게 고요한 게 아무래도 큰눈이 한번 내릴 것 같은 예감이 들었다. 그렇기에 일터로 나가야 되는 것이다. 도대체 자기네 깃친 해면엔 복쟁이[복어] 한 마리 튀어오르지 않고, 어쩌면 물결이 바다밑 무슨 말뚝에라도 묶여 무겁게 짓누르고 있어 고기들까지도 참지 못하고 모두 어디론지 떠나가 버린 듯했다.

「여보 알퀴오네, 잠깐 한잠 졸고 있구려.」

케익스는 날개털을 가다듬으며 은근히 말했다.

「우리 알퀴오넨 정말 씩씩두 하지!」

「어딜 가시려는 거예요?」

알퀴오네는 당황하여 남편의 연미복 자락을 힘껏 움켜 쥐었다.

「어디 가시는 건 정말 싫어요, 안 돼요, 가시지 마세요!」

「잠깐이야. 뭐 절대로 오래 걸리지 않아. 당신을 내가 얼마나 지극히 사랑하고 있나를 안다면 내가 늦으리라곤 생각할 수 없을 거야.」

「허지만 어젯밤엔 절 울게 했잖우?」

「그건 내 진심으로 사과하오. 두고두고 내 사과할 테니 내 잘못을 너무 탓하지 말구려. 자, 저기 저 제일 큰 물주름을 봐요, 저 주름이 저 안개 속으로 사라지기 전에 내 돌아올 테니. 알겠지? 배가 고플 거야, 츠쯧. 알퀴오넨 씩씩도 하지.」

케익스는 아내를 달래려 성의를 다했다. 그래도 알퀴오넨 막무가내였다. 남편의 심사를 모르는 바는 아니지만, 이런 험악한 날엔 상어도 외출을 못 한다.

「맛있는 새우 한 마리만 잡아올 테니 걱정 말아요. 여기서 곧장 동쪽으로 한 스무 번만 날개를 폈다 오므리면 단애가 나타나는데,——맑은 날 당신도 보았잖소?—— 단애 밑엔 새우가 정말 너무 많아. 대번에 채어오지. 그거 뭐 문제 있오? 그러니 날개를 쉰 번 움직일 동안만 기다리고 있구료. 알 속의 애들과 얘기라도 나누란 말야.」

알퀴오넨 하는 수 없어 힘 없이 남편의 옷자락을 놔 주었다. 케익스는 정말 용감하니까 금방 돌아오실 것이다. 그런 믿음직한 남편에게 너무 걱정을 준다는 것도 부덕은 못 된다——그러나 알퀴오네는 헤어질 때면 언제나 느끼는, 이것이 마지막이면 어쩌나 하는 그 방정맞은 불안을 감추질 못하고 입술을 바르르 떨었다.

「그럼 조심하셔요, 정말 조심하셔야 돼요 네? 못 잡으셨더라도 금방 오셔요.」

하고, 남편이 안스럽게 보아 줄 표정을 감추려 머릴 숙이고 알을 보았다. 어느덧 그녀의 볼엔 눈물이 번지고 있었다.

케익스는, 역시 가슴이 아팠지만, 눈을 용감하게 치뜨고 전신에 기(氣)를 모은 뒤, 물을 차고 날개를 활짝 폈다. 운무가 기분 좋게 안겨 왔다. 케익스는 아내를 위로하는 뜻에서 그녀의 머리 위를 세 바퀴 경쾌하게 선회한 뒤, 서서히 해안 쪽으로 날기 시작했다. 다섯 번 숨쉴 동안도 못 되어 둥지가 보이지 않았다. 운무가 더욱 더 짙어지고 있는 모양이었다. 케익스는, 이렇게 되면 날이 개일 때까진 아내를 잃게 될지도 모르겠다는 생각을 했다. 그래서 방향을 돌려 다시 아내가 있는 쪽으로 되돌아가 그녀가 눈치채지 못하도록 확인해 본 뒤, 다시 처음 방향으로 나아갔다. 그때 좋은 생각이 들었다. 해안 쪽으로 거리를 좁혀 날으면서 몇 번이고 반복해서 둥지 사이를 왔다리 갔다리 해 본다는 그것이다. 그리고 호흡으로 시간과 거리를 재어두면 여간 멀리까지 간다더라도, 또 해가 진다더라도, 아내가 있는 가까이 오는 덴 별로 어렵지 않을 것이라는 배려에서다. 정통으로 둥지까진 못 온다더라도 소릴 보내면 대답이 있어 줄 지점까지는 올 수 있을 것이다.

다섯 번 되돌아갔다가 다섯 번 되돌아 날랐을 땐, 겨울날 짧은 하루가 사위고 있었다. 그래도 그땐 해안에서 케익스는 비로소 낚시질을 할 수 있게 되었다. 허지만 케익스의 날개는 땀과 운무와 피로로 한짐이나 무거워 있었으며, 수심(水深)도 어둡고, 시야도 어두어져 있어서 물나불의 굴곡도 잘은 보이지 않았다. 케익스의 전신은 진땀에 젖고, 마음은 초조로 바작바작 타들고 있었다. 거의 배에 물이 닿을 만큼 낮게 떠서 주의를 곤두세워 보아야 자기가 찍어 올릴 만한 아무 것도 보이지 않았다. 쾡해진 눈으로 애타게 기다리고 있을 아내를 생각하면 도저히 침착할 수가 없었다. 케익스는 반은 미쳐서 날뛰었다. 지혜도, 완력도, 체구도 볼품 없는 생명의 비극을 몸서리치게 체험하고 있었다. 사랑스러운 아내가 있으

며, 귀여운 자식들이 앞으로 태어나리라는 것밖에 그의 비극을 위로해 줄
것은 이 넓은 우주에 단 하나도 없었다. 가장 우둔하며, 가장 약하며, 작
은 이 사내가, 그래도 그의 가정에서는 영웅이 되어야 하며 우주가 되어
야 한다. 사내의 이 고독을 그의 아내가 알 수는 없을 게다.

　사람들이 사는 땅에 불빛이 하나씩 둘씩 보이고 있었다. 움직이는 것은
아무것도 보이지 않고 특별히 등이 많이 매어달린 곳에서 생명 냄새와 같
은 고기 비린내가 짙게 풍겨오고 있었다. 나직한 사내 목소리들이 언뜻 불
려 오는가 하면, 묶인 작은 목선들이 서로 부딪히며 내는 달그닥 소리가
들리고, 그런저런 소리들이 다 죽었는가 하면 등 몇 개가 더 켜져 있고
윗녘 어디서 대문 닫기는 소리가 삐그덕 나는가 하면, 해소병자라도 실었
을 인력거 멎는 소리가 나고, 문 두드리는 소리가 나고, 그리곤 매큼히
깔리는 연기 위를 진눈개비가 내리기 시작했다. 케익스는 슬펐다. 물에서
뭣을 찍어 올린다는, 정당하지만 수확 없는 노동은 포기하지 않을 수 없
게 되었다. 그래서 생선 비린내가 물씬물씬 풍기고 있는 곳으로 후각을
시력삼아 서서히 따라갔다. 잠시 후에, 끄을음 냄새를 지독하게 풍기는
램프를 세 개나 매달고, 허벅지까지 올라오는 장화를 신은 수염 많은 사
내가, 갈고랑으로 싱싱한 생선을 찍었다 놓았다 하며 뉘집 식모 같은 여
자들과 홍정을 벌이고 있는, 어시장에선 맨 가장자리에 자리잡은 어물전
에 닿았다. 거기만 해도 좀 한산한 곳이지만 케익스는 눈이 빙글빙글 도
는 듯함을 느꼈다. 독한 알콜 냄새와, 바닷뱀 구어지는 냄새가, 붐비고,
질척이고, 좁은 골목을 흘러 수챗구멍 같은 하늘로 사라지고 있었고, 떠
드는 소린 귀를 멍멍하게 했다. 진눈개비가 더 짙게 내리기 시작했다. 바
람은 불지 않았다. 케익스는 수염 많은 사내네 어물전 건너 지붕 위에 몸
을 붙이고 기회를 보기 시작했다. 그렇게 탐스러운 생선들은 바다에서 태
어나 바다만 갈아〔耕〕 먹고 살았던 그로서도 본 적이 많지 못했다. 그렇
게도 사납고 기세등등하던 상어까지도 수염 많은 사내네 어물전에 와선
어떻게 그렇게 수집고 얌전하게 있는지 그것이 이상했다. 정혼해 놓은 늙
은 처녀가 다 되어 있었다. 그러나 그 많은 늙은 처녀들 중에서 케익스가
욕심내는 건 자기 몸 정도밖에는 더 크지 않은 살이 좀 똥똥한 빨간 새
우 그것 한 마리뿐이었다. 건너편 주막 안에 있는 어린 색씨 만큼이나 그
렇게 통통한——그 많은 생선 속에서 다만 한 마리의 새우. 케익스는 겸
손하게, 자기는 욕심을 부리자는 것은 아니라고 자신에게 말해 주었다.

　생선 장수는 이것저것을 찍었다 놓았다 뭐라뭐라 투덜대는 듯이 써부리

며 잠깐 안으로 들어가더니 종이 한 장을 북 찢어내 가지고 나와선 안에
다 대고 뭐라고 소리친다. 가게 앞에 서 있던 여자들은 술집 쪽으로 얼굴
을 돌리는가 했더니 금방 하늘로 향하곤 뭐라뭐라 한다.
「더 우물거렸다간 다 틀려 버리는데. 돌아갈 수가 없잖나? 가게문이 곧
닫힐지도 모른단 말야. 알퀴오네가 너무 걱정을 하고 있겠는데. 에라 모
르겠다, 한 마리 얼른 찍어 도망가 버리는 수밖에.」
　케익스는, 족히 자기 몸 크기만한 새우를 향해 부리를 세우고 쏜살같이
달려들었다.

　모른 척하고 있었지만 알퀴오네는, 남편이 몇 번이나 날아왔다 날아간
걸 다 보았었다. 생각 같아선 자기도 따라 날으고 싶었었고, 되돌아와 달
라고 소리치고도 싶었었지만, 남편의 노력이 너무도 필사적이고 엄숙했기
에 감히 이러지도 저러지도 못했다. 자기의 사랑하는 심정대로만 하였다
간 남편은 용기를 꺾이우고 말지도 모르며, 정신의 집중이 흐트러져 사소
한 것에서라도 기를 잃고 말지도 모른다는 생각이 그녀를 억눌렀다. 그래
서 모른 척하고, 자기는 자기의 일에 성실을 다하고 있다는 것을 보여 주
려 애썼던 것이지만, 지척도 분간할 수 없이 되며, 진눈개비가 자꾸 두터
워지고 있는 즈음엔 남편을 부르지 못한 후회와 남편의 안부에 대한 궁금
과, 또 새로이 시작된 공포로 해서 미치기 시작했다. 전날은 하늘이라도
맑았지만, 오늘은 바다가 거꾸로 내리고 있다. 어저께 간 곳은 멀기도 먼
곳임을 알았으므로 남편의 안부에 대해 그렇게나 걱정되지는 안했었는데,
오늘 간 곳은, 맑은 날이면 육안에 닿는 그런 가까운 해안으로 간 것일
뿐인데, 별다른 일이 그의 신변에 일어나지 않은 이상은 빈 손으로라도
돌아와 주었을 것이다. 낮에 먹다 남은 것이 있으니, 그것으로나마 저녁
은 참아 보자고 달래며, 육신이 주린 것을 마음에서는 흠뻑 채워 주었을
것이다. 헌데 아직도 돌아 오지 않은 것은 분명히 심상찮은 무슨 일이 있
음에 틀림없다. 남편의 고집을 모르는 건 아니다. 그렇더라도 그는 고집
보다도 사랑을 더 많이 갖고 있다. 그만큼 왔다갔다 하곤 했으니 방향을
잊을 리도 없다. 〈아니 그렇더라도 이쪽인 줄 알고 날다가 보니 전혀 딴
곳일 수도 있어. 별이라도 하나쯤 있다면 문제가 다르지만 말야. 도대체
동서남북을 무슨 수로 아신단 말야.〉——알퀴오네는 이렇게 자위도 해 보
았다. 그런데 이 자위가 더욱 더 불행하게 했다. 〈정말 동서남북도 아실
수가 없다면 오늘 밤도 나 혼자 지내야 된단 말야? 어휴, 하느님 맙소

사! 맙소사 하느님!〉알퀴오네는 생각만 해도 소름이 끼치는 밤을 앞에 놓고 있는 자신을 확인해야 되었을 때 자살이라도 하고 싶어졌다. 그러나 알퀴오네는, 아무 볼 것도 취택할 것도 없는 못난 여편네 하나 때문에 이렇게 궂은 날도 맘 편히 한시도 쉴 수 없는 남편을 생각하곤, 마음을 좀 가다듬어야겠다고 이를 악물었다. 일단 생각을 한번 뒤집고 보니, 남편이 무사히 돌아올 수 있도록 정성을 다해 비는 일밖엔 자기에게 다른 일이 남아 있는 것 같지 않았다. 언제까지고, 남편이 돌아올 그때까지, 자기는 다만 그 기구(祈求)의 제단에 놓인 촛동강이 되어 태우는 일밖에, 정말 다른 일이 있을 것 같지 않았다. 그래서, 진눈개비와 구름과 안개와 어둠을 지배하는 어떤 정령께 머리 풀어 겸비함을 보이고 심령으로부터 간곡히 빌었다.

「저로 하여금 그이의 모든 고통, 모든 수고를 다 대신하게 하여 주시옵고, 그이를 보호하여 주시옵소서. 저로 하여금, 저, 저로 하여금,」

그러나 기도는 더 계속되질 못했다. 웬지 영혼은 가엽게 흔들리며 정령들을 불러 모으지 못했다. 이 탐욕스러운 정령들은 바다가 너그러울 때에라도 사납기만 사납다.

「만약 당신네들 저녁 식탁의 포도주 한 잔으로서,」

알퀴오네는 발악하고 싶은 기분을 느꼈다.

「그이의 생명과 영혼이 필요하다면, 그이와 내가 함께 자리했을 때 나를 취해 흡족하도록 하십쇼!」

알퀴오네의 음성은 짙은 밤의 짙은 진눈개비의 짙은 내장을 찢기라도 할 듯했다.

「그렇게 할 수 없거든, 그이와 나를 동시에 취해 당신들의 입술에 피를 바르고, 그것도 정말이지 시원치 못하겠거든 아직도 알 속에 있는 이 자매들의 것까지를 취하십쇼!」

그리고 알퀴오네는 금방, 자기의 아들 딸의 생명까지를 저주한 것에 대해 후회를 하곤 가슴에 덮인 깃털을 쥐어뜯어 참회했다. 분노는 결코 가시지 않았다. 바다가, 신들이, 선심을 베푼 이 이레를 앗아가려는 고약한 정령들에 대해서——.

「그리고도 모자라거든 당신네들의 가슴을 스스로 찔러 그 피에 취해 버리시옵시오. 그러나 다만 오늘 저녁만은 그이를 보호해 주시고, 또 제게 데불어다 주시옵시오.」

알퀴오네의 격정은 제어할 수 없을 지경까지 맹렬해졌다간, 자기의 발악에 자기도 놀라 떨며 소심해졌다. 남편의 사랑하는 아들 딸이 어미의 막돼먹은 상상과 기우로 해서 버림받고 떨고 있다는 것이 소심공포 속에서 모성애를 불러냈다 이것은 알퀴오네를 두 배로 괴롭히는 것이긴 했다. 그렇지만 이것은 그녀의 현재의 불행을 두 배로 경감시켜 주는 것이긴 했다.

알퀴오네는 무엇이든 생각해서 공포와 위축을 물리치려 했다.

「끝이 뾰족한 이애는 사내앨 거야.」

주머니 속의 밤톨을 만지듯 어루만져 보며 큰 소리로 떠들었다.

「그리고 이 애는 이쁜 계집애겠지.」

떠든다는 것도 싱거운 생각이 들며, 떠들지 않았던 때보다 더 허탈된 듯해졌다. 등대지기 할아범을 떠올려 보았다. 상념이 아무래도 추적적일 수는 없었지만, 그 상념은 남편과 아이들과 자기가 처한 환경과 운명에 약간의 위로는 주었다.

그러나 그것도 순간의 위로밖에는 되지 못했다. 이젠, 붉은 진눈개비 몇 송이처럼 단애가 있는 곳에서 흐적이고 있는 등 몇 개가 이 세계의 전부를 열고 있을 뿐, 완전히 밀폐되고 만 이 죽음 속에선 다른 위로가 있을 것 같지도 않았다. 남편이 곁에 있었더면 화촉이 밝은 동방(洞房)이 되었겠지만. 알퀴오네는 전신을 녹혀내어 흐득여대기 시작했다. 정령들이 그녀의 울음 소리를 들었다면 그들도 그들의 고집을 꺾고 어떻게든 그녀를 도와주려 했을 것이지만, 정령들에겐 귀가 없었거나 더워질 심장이 없었거나, 아니면 가학성 음란증을 가진 자들이다. 그녀의 슬픔을 외면했거나, 그녀의 슬픔 속에서 포도주를 짰다. 밤은, 바다에겐 음탕히 풍염했지만, 알퀴오네에겐 괴롭고 무거웠다. 깃이, 등이, 온통 진눈개비에 덮이고 이젠 느낌만이나 혼백만이 살아 있다고 의식할 수 있을 뿐, 육신은 없어져 보이지 않았다. 바람은 없는, 어둠만 중량을 더하고, 부표하는 가엾은 고혼을 잠들게 못 하는 해조는 그의 수맥(水脈) 속에 아직도 분노를 조금은 가지고 있었다. 알퀴오네는 자꾸 흘러갔다. 어디로 얼마나 흘러가는진 모른다. 그녀가 알고 있는 것이라면, 이젠 자기의 날도 끝이 가까왔으며, 귀여운 남매에게 들려 줄 용감한 아버지의 무용담을 엮는 일밖에는 없다는 그것이었다. 물론 알퀴오네는, 자기가 언제나 너무 성급하며 발광적이라고는 알고 있었다. 남편이 살아 있을 것을 믿기에 그렇게도 생각하는 것이기도 하다. 대부분의 과부들이 생각하는 바, 자기의 남편은 〈명태잡이〉를 갔을 뿐, 결코 죽지는 않았으며, 언제고 꼭 한번은 사립문을 밀고 들어설 것이라고 기다리는 심정, 바로 그것의 꺼꾸로긴 허지만 그녀들은 남편이 살아 있을 것이라고 믿으면서도 돌아옴이 늦는다고 애타하지는 않는데 이 작은 여인은 불길하게 생각하면서도 학수고대로 남편을 기다렸다. 바닷물보다 더 빽빽한 이 흑암을 아킬레스라도 헤칠 수는 없을 것이라고 알면서도.

남편이 원망스러운 생각이 들기 시작했다.
「케익스, 어쩌면 당신은 그렇게 태평일 수 있단 말예요?」
알퀴오네는 맘에도 없는 원망을 퍼부어대기 시작했다. 알퀴오네에겐 도대체 시간이 흐르질 않았지만, 어쨌든 술시(戌時)가 지나고 해시(亥時)도 고개를 넘고 있었다.
「당신은 절 조금도 사랑하시지 않으셨어요. 당신은 유람선에서 본 조그만 인간녀밖엔 사랑하지 않으셨어요.」
알퀴오네는 울음 때문에 생긴 딸꾹질을 하며, 남편과 자기의 혈육이 짜넣어진 알을 으스러지도록 끌어 안았다.
「당신은 바람피듯 제게 이 남매를 심어 주시곤, 그리곤 가 버리셨어요.」
남편을 원망한다는 일은 정말 처음이지만, 가슴을 도려내는 듯 아프게 하면서도 얼마간은 쾌감을 주었다. 지금에 이르러선 사랑이 그렇게밖에 달리 표현되질 못했다.
「당신은 늘 저로부터 도망치고 싶었었어요. 제가 너무도 귀찮게 굴었으니깐요, 그렇죠? 절 미워하셨어요! 케익스, 저도 당신이 미워요, 미워요!」
케익스가 가리켰던 그 물주름은 안개 속을 몇 백리나 흘러 지금은 어느 어둠 속을 헤매는지 모른다.
「허지만 무사하셔야 해요, 여보. 깃 하나도 상함이 없으셔야 해요. 그리고 제가 밉더라도 돌아는 오셔야 해요.」

제 3 일

밤중까진 진눈개비가 계속되더니, 새벽부턴 싸락눈이 되어 모질게도 알퀴오네를 두들기고 해면을 얽게 했다. 기온이 차차로 내리며, 축축한 눈에 젖은 알퀴오네의 깃은 온통 얼음으로 뒤덮이고, 그리고 아침엔 함박눈이 밀림처럼 내렸다. 알퀴오네는 흐느끼지도 못하고, 탄식하지도 못하고, 중얼거릴 수도 없이 되어 그저 왼몸을 오들오들 떨며, 자꾸 흩어지는 의식을 간신히 붙들고 있었다. 어깨는 뻐개질 듯하고, 허리는 끊어질 듯하며 숨을 쉬면 서리 가루가 날랐다. 눈은 쉽게 멈출 것 같지도 않았다. 방주 속에 있는 자에겐 다른 방주가 있을 수도 없었다. 어쨌든 밤은 그렇게 새었다. 밤은 새었지만 비둘기는 날라와 줄 것 같지 않고, 감람나무는 죽어 잎을 피울 수 없는지도 모른다. 그래도 날은 밝았다. 다시 무엇이든 시작될 것이다. 시간이 또한 그녀의 수용 안에다 정액을 쏟아넣을 것이다. 그녀만한 장소에밖에는 더 쓰일 데가 없는 그녀만한 시간이 와서 꼭 자기만한 전쟁과 평화와 신을 만들어낼 것이다. 그리고 새로운, 그녀만한 젊은 시간이 그녀를 탐내고 달려들면——등대지기 영감에 의하면——묵은 시간이 과거로 돌아가 다시 젊어져 오는 그 전환으로서 과도적인 밤이 올 게다. 창녀적인 언제나 처녀로서의 장소인, 그렇지만 빈사에 처해 있는 그녀를, 그녀만한 시간이 담겨 차올라오며 뭘 야기시키려 들었다. 그러나 알퀴오네는 성의를 낼 수가 없었다. 알 속의 자녀가 남편과 자기를, 생명과 우주를 연결시켜 주고 있는 가느다란 줄이었고, 그것이 또한 죽음과 생명 사이를, 존재와 무 사이를, 연대와 절연 사이를 칸막아 주는 생울타리였지만, 줄은 더 이상 늘일 수 없을 만큼 지나치게 팽팽해져 있고, 울타리는 만리(萬里)까지는 뻗치지 못했다. 알퀴오네는 차차로 일그러지고 있었다. 불씨는 알을 품고 있는 가슴팍에만 좀 남아 있었다.

날이 훨씬 밝아졌지만, 단애 같은 건 보이지 않았다. 눈이 막아 버린 저쪽에 무슨 다른 풍경이나 고장이 있다고 믿을 수도 없었다. 있다더라도, 주리고 얼어 열 빠진 흐릿한 눈으론 볼 수도 없긴 했을 게다.

공중으로부터 눈송이가 으깨어져 분분해져 오더니, 알퀴오네가 있는, 그녀로서도 자기가 어디에 있는지도 모르는, 그 맨 낮은 해면까지 찬바람이 휙 감아오기 시작했다. 그래도 알퀴오네는 아무 관심도 보이지 않았다. 알퀴오네는 외계와는 문을 닫고 자기의 불씨 앞에 앉아 그냥 눈을 감고 있을 뿐이다. 닫긴 귀에 들리는 거라곤 없었다. 몸이 매우 거북할 정도로 흔들리고 있다는 것만 희미하게 의식하고 있었다.

그런데, 귀에 익지만 아주 귀에 설은 소린가 무엇인가가, 그리고 낯익지만 아주 낯이 설은 형상인가 무엇인가가, 반은 무덤에 든 알퀴오네를 손잡아 일으켰다. 일어났는데, 알퀴오네는, 사자(死者)처럼 싸늘히 굳고 멍청했다. 정말 생명의 냄새도 분위기도 없었다. 그녀의 관뚜껑 위를 고양이가 넘어간 것인지도 모른다.

그녀는 그렇게 흔들흔들 서 있다가 반듯이 누워 버렸다.

가시덤불의 정령들 모두 모여라,
그래서 이 계집의 혼백 모두 지켜라.
꿀벌의 정령들 모두 모여라,
그래서 이 계집의 혼가루를 모두 뭉쳐라.
그리고 고양이의 정령들은 느리게,
아주 느리게 관을 넘어라.

바람이 속삭이는 것 같았다.

아직도 계속 눈은 날리고 있었지만, 구름이 찢기기 시작하자 눈발도 가늘어지며, 정오에 온 햇빛이 창백하게 흩어졌다. 용 가는 데 바람 가고, 바람 가는 데 구름 가고, 구름 가는 데 햇빛 잤다. 햇빛과 구름만 스산한 게 아니었다. 바다도 스산했다. 해조가 항시 머물고 싶어하는 바다 밑 고요의 집에서 쫓김 받은 유목민(遊牧民)들은 거부하는 경련을 했다.

넘어진 알퀴오네 품에서 고운 알 두 개가 굴렀다. 알들은 입도 눈도 귀도 없지만, 자기들 어미의 슬픔을 안 듯, 몇 번 흔들흔들하다간 이내 소심스러히 움추렸다.

제일 큰 물주름 하나가 스무 번 고꾸라지고, 스무 번 분신하고, 스무 번 둔갑했을 그만큼의 시간 후에 알퀴오네는 깨어났지만, 아무 것도 의식이 안 되는 듯 멍하니 하늘을 우러러보았다. 찢어진 하늘들이 난산으로 죽은 산부의 대정맥처럼 허공을 기어 건너갔다. 푸른 바다는 끝이 흰 푸른 혀를 널름거리며 둥지 속으로 짠 침방울을 끼얹었었다. 죄 없이 떨고 있는 작은 두 알 위에도 덮이고, 알퀴오네의 얼굴도 때렸다. 그것이 알퀴오네의 정신을 돌이켜 주었다.

「크으흑!」

알퀴오네는, 뱉아져 나오던 긴 울음을 빨아들일 때 아이들의 목젖에서 나는 것 같은 신음을 했다. 그리곤 앞뒤 볼 것도 없이 둥지에서 뛰어내렸다. 그러나 그땐, 알퀴오네를 그렇게도 뒤바뀌게 했던 그것은 들리지도 보이지도 않았다. 알퀴오네는 미쳐서 물을 박차고 날아올랐다. 그리고 사납게 선회했다. 그리고서야 그녀는 그것을 발견했다. 둥지쪽으로 자꾸 가까와 오려 하면서도 어쩔 수 없는 타력 탓에 흘러만 가고 있던 작은 사내, ——케익스는 절규하며 허우적이고 있었다. 입엔 여기저기를 무엇엔가 뜯겨 거의 껍질만 남은 새우 한 마리를 물고 오른쪽 날개 하나를 가지고 헤엄을 치려 필사의 노력을 하고 있었다. 그런데 왼쪽 날개는 부러졌는지

축 늘어져 있었고, 어깻쭉지에 응고된 피자국이 낭자했다. 그는 거의 임종이 가까와지고 있었던지 자꾸 뒤집혀지려 하는 걸 가까스로, 그리고 때때로 정신을 수습하여 이뤄질 수 없는 노력을 바치고 있었다. 그러나 그것도 알퀴오네가 자기를 발견했다고 믿는 순간 갑자기 풀려 늘어져 버렸다.

이런 지극히 비참한 상태에 이르러선 알퀴오네는 울지도 못하고 웃지도 못하고 그렇다고 뭘 느끼지도 못했다. 전신에 갑작스런 수축이 오고, 그런가 하면 경련과 이완이 뒤쫓아와 자기 몸도 주체를 못 해 떨어질 것만 같았다. 알퀴오네는 부리가 떨어져 나가도록 자기의 가슴팍을 물어 뜯기를 좀 모았다. 목과 눈에선 피를 쏟고 있었다. 그리고 알퀴오네는 나직이 떠, 남편의 날개털을 부리에 물고 솟아오르려 안간힘을 썼다. 남편은 꼼짝도 하지 않았다. 물방울이 사정없이 덮여 올라 숨을 못 쉬게 했다. 그래도 그 짓을 삼십여 번이나 계속했다. 아까까지는 살아 있었지만, 지금은 그의 생사도 알 수가 없었다. 어쨌든 둥지에 모시고 우선 따뜻하게 해 줘야 될 터인데, 힘은 모자랐고, 마음만 급했다. 새우의 무게도 있었던 것이다.——죽었는지 살았는지는 모르지만——숨을 멈췄으면서도 케익스는 새우를 무슨 집념처럼 물고 한사코 놓치려 하질 않았다. 그것을 빼어내버릴 순 아무래도 없었다. 그 한 마리 때문에 죽음도 불사한 것이 아닌가. 하는 수 없이 알퀴오네는, 버려두고 둥지를 밀어오기로 했다.

둥지는 어렵지 않게 밀렸다. 그렇더라도, 그 사이에도 흘러간 케익스 곁까지 밀고 간다는 일은 쉽지 않았다. 굵은 땀방울을 전신에서 눈물처럼 흘렸다. 알퀴오네는, 자기가 무슨 일을 그렇게 열심히 하고 있으며, 또한 자기는 불행해진 건지 아닌지 그것도 나중엔 모르게 되었다.

태양이 정오와 함지 사이의 중앙을 구르며 빛비치고 있을 즈음에야 알퀴오네는 남편을 둥지 위에 올려 놓을 수가 있었다. 그땐 알퀴오네도 케익스나 같았다. 하나는 숨을 쉬며 고동이 빨랐지만, 하나는 숨을 쉬지 않으며 고동이 거의 없었다는 것이 달랐다. 어떻게 손을 쓸까도 모르고 알퀴오네는, 날개 하나를 활짝 펴서 남편의 등을 덮어 주곤, 원한에 뻘개진 눈으로 태양을 바라보았다. 알퀴오네처럼 맥빠진 흰 양광이 알퀴오네의 눈 속과 케익스의 상처 위로 모래처럼 끼었어졌다. 알퀴오네는 권태롭기만 했다. 이해할 것도 없고, 가다듬어 둘 것도 없는 듯했다. 그저 왼갖 것이 시들하기만 했다. 알퀴오네는, 자기는 이 세상의 시간 속엘 끼이지 못하고 떨어져 나가며, 자기의 창백한 긴 그림자만이 그 시간 속에 떨어져 있다는 것만 희미하게 느꼈다. 일체의 것이 권태로왔다. 존재와 무 사이의, 생명과 우주 사이의, 밤과 낮 사이의, 그런 모두의 의미가 죽어 버렸다.

「아, 알, 알퀴, 알퀴오네!」

알퀴오네의 귓전으로 희미한, 몇만 년 전의 별빛이 몇만 년 후에야 와 닿는 것 같은, 그런 해묵은 소리가 들렸다. 그리고 계속해서, 결리고 아프며, 숨이 막히지만 죽을 힘을 다해 하는, 옛 얘기 같은 소리가 떠듬떠듬 들렸다.

「다, 당신을 위해, 해서 내가 조, 좀 더 잘 해 줄 수, 수도 있었는데,」

알퀴오네는 별 반응 없이 소리나는 쪽으로 시선을 향했다. 케익스가 탄 입술을 움지작이며 말을 만들려 무진 애를 쓰고 있는 것이 무슨 칸막이를 지난 저쪽에서 보였다. 그도 눈은 해를 향해 있었는데, 벌써 아무 것도 보고 있는 것 같지는 않았다. 알퀴오네는 웃음을 느꼈다. 「상처가 있는 저 사내는 저기서 무얼하고 있는가.」 알퀴오네는 자문했다. 도대체 그를 이해할 수가 없을 것 같았다. 그런데도 그는 기를 쓰고 씨부렸다.

「여, 여보, 자, 자꾸 몸이, 몸이 무거워, 지, 지는구료. ……하, 항구의 기, 긴 장화 신은 새, 생선 장수께 말요, 새우 하, 한 마리 갚아 주구려. 제, 제발 부, 부탁이오.」

그는 깊이 숨을 한번 들이마셨다. 그리곤 눈물을 흘려냈다. 그런 것이 알퀴오네에겐 몹시 우습게 보였다. 알퀴오네는 그만 웃음을 터뜨리고 말았다. 웃음 때문에 눈물이 나오려고 했다. 그런데도 그는 웃지 않고 자기를 바라보고만 있다. 참 이상했다. 더는 웃고 싶지 않아 알퀴오네는 웃음을 거둬 버렸다. 그의 얘기는 계속되고 있었다. 아까보다는 좀 덜 더듬었다.

「당신 웃는구료? 그래야지, 그게 용기야. 허지만 진정으로 웃었으면 좋겠어. 당신이 미치기나 했다면, 정말 그러기나 했다면, 그, 그럴 리야 없지, 없을 거야!」

그는 말하며 알퀴오네의 눈을 빤히 들여다보았다. 그리곤 안심했다는 얼굴을 했다.

「알퀴오네, 용, 용기를 갖구료. 그, 그리고 그거 이, 잊지 말아요. 긴 장화 신은 고, 고기장수께 새, 새우 한 마리 갚는 거 말요. 그, 그러면 내나, 날개를 꺾은 걸 후, 후, 후회할 거야. 그, 그리고 병신이 된 날개를 보, 본래처럼 돌려 줄 거야.」

그는 좀 쉬고, 그리고 이었다.

「당신 있는 곳이 이, 이렇게 멀진 않았었는데,……빠, 빨리 온다구 했는데 말요, 늦어서 미, 미안하오. 어쨌든 헤, 헤엄이란 것도 배, 배우게 된 거지.」

그는 웃으려고 해 보였다.

「물이 차더군. 밤도 길기도 깁다. 당신이 부, 불쌍했어.」

그는 다시 심호흡을 한번 하더니, 팔을 쳐들려는 듯하다가 꼼짝도 할 수 없는지 다시 늘어뜨렸다. 호흡은 가쁜 모양이고, 의식도 자꾸 가물가물해지는 모양이었으나, 할 얘기가 많은 듯 계속 혀를 놀렸다.

「헤엄을 치고 오면서 새, 생각을 했는, 는데 말요, 우, 우리에게도 세월이나, 계, 계절이 어, 없었오. 이 일곱날은 바, 밤에 부, 불과했어. 밤은 내, 내일을 태어내 노, 놓는 여, 여인이었오. 그, 그렇다고 내일과 밤이 다, 다른 게 아, 아니어, 었오. 밤이 제 자, 자궁 소, 속에서 저를 내, 내, 내놓는 거였단 마, 말요. 그러더니 어미도 이, 있고, 자, 자식도 이, 있지만, 도, 동시에 어, 어미도 없고, 자식도 어, 없었오. 허, 헌데 나는, 나는 그것으로부터 도, 도망치고 시, 싶었었어. 그런데 마, 말이오, 안 되더군, 안, 안 돼. 무스, 무슨 꿰미에 콱 꼬, 꽂혀 있는 것 가, 같았어. 아주 둥근. 확실히 그, 그랬어. 처음엔 화, 화가 나더군. 났어. 헌데 차, 차로 그, 그것이 위로가 되, 되었어. 죽, 죽는다, 다는 게 떨어져 나, 나가는 것은 아, 아닌 것 같았으, 쓰니깐 말야. 돌아올, 올려고 도, 돌아, 돌아가는 거였오. ……지금은 아, 아주 즐겁게 마, 맞을 수 있, 있겠어. 조금도 두, 두렵지 않아. 정, 말이지 두, 두려웠, 웠었거든. 헌데 지금은 쉬, 쉬이러 가는 것 같, 같기만 해. 가라앉는 땅은 아, 아닐 게야. 후후후, 우, 우리가 꿈꿨던 따, 땅은 고래, 고래 등이었, 었지. 그땐 즐거웠어. 허, 허지만 지금은, 지금은 더 즐, 즐겁소. 가, 가슴이 두, 두근거리게……」

길게 말하고 그는 숨을 할딱할딱하며 괴로운 낯빛을 했다. 조금 돌아올랐던 혈색이 가시고 잿빛이 그를 덮었다. 그냥 죽어 버렸어도 그만이지만, 꼭 들려 줄 얘기가 있어 살아났다가 죽는다는 식이었다.

「애들을 못 봐 서, 섭섭하군. 어, 어쨌든, 애들, 애들께 이 애, 애비의 얘기나 해, 해 주, 주고, 당신도, 당신도 슬, 슬픔에만 잠겨, 잠겨 있, 있지 말고, 놀이라도 나, 나가, 보구료. 그리고 이 내 부, 부러진 날개, 날개론, 여, 여기, 바로, 바로 여기,……다, 당신과 처, 첫것첬던 무, 물

주, 물주름에 꼬, 꽂아서, 당신과, 나, 나와의 추억을 영글, 영글게 하,
하고, 애들, 애들께 애, 애, 애비의 무덤의 표, 표식이나 사, 삼아 주오.
허, 허고 내 모, 몸은 뜨, 뜯어 당신과 애, 애들의 양식, 양식을 삼, 삼
고, ……여보, 아, 알을 내 품, 품에 좀, 안, 안겨……」

그는 가슴을 여는 듯하더니, 그리곤 끝났다. 알퀴오네는 울지 않았다.
석양이 밤의 상복 자락에서 황토를 쏟았다. 알퀴오네는 헬쑥한 얼굴로,
그리고 빛 없는 눈으로, 이미 맥도 숨 냄새도 없는 타인으로부터 고개를
돌려 하늘의 저쪽 시선이 닿지 않는 고장을 바라보았다.

제 4 일

흰 달이 지고 마지막 별 하나도 녹아 스러지고 있을 때, 바다는 새롭게
잠들고 아무 것과도 인연 없는 찬 흐름이 동을 트며 흐를 때, 알퀴오네는
케익스의 시체를 물에다 던졌다. 밤새도록 알퀴오네는 케익스의 품에 부
리를 묻고, 그냥 그렇게 새웠다. 그렇게 그냥 새웠다. 그리고 아침엔 케
익스가 그렇게도 은근히 뽐냈던 목 밑의 눈빛 깃 하나를 뽑아 추억과 상
복으로써 자기의 가슴털 속에다 꽂아 놓고, 그리곤 자기에게서 가장 아름
답다고 칭찬해 주던 가슴팍의 다척색 깃 하나를 뽑아 남편의 부리에 꽂아
주었다. 그것으로써 염습은 다 끝난 것이다. 무공주(無孔珠)나 엽전 한 잎
이 있었더면 열명길[十王길] 노자로 입 속에다 넣어 주었겠지만, 마포 한
치 없는 가난한 살림에 그 이상 더 호화로운 염습을 죽은 이도 바랄 순 없
었을 것이다.

케익스의 유언대로, 케익스의 날개를 짤라 낼 수는 아무래도 없었다.
날개를 짤라 물주름에 꽂아 놓는다더라도 어차피 파도가 그 표식을 빼앗
아 갈 것이었다. 아침의 감빛 물결이 끝나 버린 자리 거기만 와서 찾으면
케익스의 무덤은 있을 것이다. 감빛 물결은 알퀴오네의 시선 바로 앞쪽에
서 끝났다가 다시 뒤쪽으로 끝간 데가 없었다. 케익스의 시체를 뜯어 먹
는다는 건 생각할 수조차도 없었다.

케익스는 그렇게 염습되고 난 뒤, 관도 명정도 상여도 없이, 알퀴오네의
깃털 하나를 요여(腰輿)로 타고 돌아갔다.

벌써 남편이라고는 생각되지 않는 차거운 비유(非有)를 밀어넣고 알퀴오
네는, 눈을 감았다. 그리고 비로소 뜨거운 눈물을 주루루 흘려 냈지만 그
러나 슬픔에 먹히워들어서만은 아니었다.

「이 혼백은 해정님의 품에서 나서 해정님의 품에서 치열히 살며 치열히 사랑하다가 이제 돌아가나이다. 하오니 이 세상에 충만된 금송아지님들, 이 못된 계집으로 하여 숨진 이 장렬한 혼백을 보우하여 주옵소서. 이 혼백은 무구하고 순수하였으며, 겸손하였나이다. 하오니, 이 못된 계집으로 더불어 살았었다는 이 계집의 때가 조금 그에게 끼어 있더라도 씻어 주옵시고, 당신들 가슴에 품어 주옵시오.」

묘비명이라도 새기는 듯, 알퀴오네는 케익스의 명복을 빌었다. 또록또록한 음성이었지만 역시 침울한 건 사실이었다.

시체를 밀어넣고 알퀴오네가 눈을 감은 건, 오래도록 수면에 부표할 케익스의 시체를 보지 않기 위해서였다. 사실로 케익스는 아내로부터 떠나기가 싫은 듯, 아직 태어나지 않은 아들 딸과 아내의 둥지 곁을 오래도록 떠돌았다. 빙글빙글 돌기도 하고, 물결 따라 자맥질을 하기도 하고, 둥지 가까이로 왔다가는 멀어 가곤 했다. 수로 육만 리를 정든 처자 버려두고 떠나가기란 그렇게도 싫은 것이었던지. 가다가는, 풀리지도 않은 짚신끈을 죄이고 또 죄이었다. 그러다 케익스는 멀리멀리 흘러갔다. 왼갖 고통, 왼갖 수고, 왼갖 번민, 왼갖 불행, 왼갖 행복, 왼갖 미련 다 버리고 물 가는 데 따라가고, 바람 가는 데 불리워 갔다. 내일 아침에나, 아니면 백년도 더 지난 어느날 아침에나, 어느 해변에로 밀려가 모래가 해모(海毛)를 빗기는 틈에 끼어 모래 속에 묻히게 되거나, 뭍이 싫어서 오케아노스의 주름주름을 헤치고 다니며 그렇게 살다가 바다의 맥박이 시작되는 곳 거기로 귀의해 버릴지도 모른다. 부리에 꽂힌 다적색 깃 하나를 이 세상에서 살았던 표식으로 남겨 두고——.

「자 이젠, 좀 차근차근히 생각을 해 봐야겠어. 과부로서도 자식들과 살 수 있을 것인지 어떤지를. 나의 삼분의 이쯤을 잃기는 했지만, 그래도 나는 남았으니, 어쨌든 살아야 하긴 살아야겠지. 죽는다는 게 정말 스러져 버리고 마는 것이라면 어떻게든 더 맹렬히 살긴 살아얄 것이고…… 살아얄 것이고, …… 하여튼 좀 생각해 봐야겠어, 생각해 봐야지, 우선 기운을 좀 차려야 해. 이 슬픔을 헤아려 줄 아무도 없고, 애도해 줄 아무도 없는 이 천애에서 너무 슬퍼만 해싸도 더욱 더 가련해질 뿐일 게고. 좀 차근해져 봐야겠어.」

알퀴오네는 아무 것도 먹고 싶지 않은 허기를 느꼈다. 케익스가 물어다 놓은 새우의 비린내가 유혹적으로 풍기고 있었다. 알퀴오네는 기력 없이 눈을 뜨고 새우를 바라보았다. 만신창이가 되었으면서도 탐스러운 살을 드러내고 있는 그것은 케익스의 생명을 빨고 더욱 더 살쩐 듯했다. 산 생명을 빤 죽은 새우——알퀴오네는 자신도 모르게 부르르 치를 한번 떨었다. 그 새우의 살 한 점이 한 여자에게선 남편을, 아직 깨이지도 않은 자녀들에선 아비를, 선조들에게서는 소중한 후예를, 손주들에게선 용감한 할아비를, 그 본인에게선 다 못 산 젊음을 빼앗아 갔다. 그리고——알퀴오네에게는 너무도 공허하게만 느껴지는——이 우주에는 공허와 허무를 한 점 더 보태 주었다. 하기야 새우에게도 그의 일가(一家)는 있을 게다.
「그래, 그에게도 친척은 있을 게다.」
알퀴오네는 새우로부터 시선을 돌렸다. 품 속의 유복자들이 어미를 오두마니 올려다보고 있었다. 어미의 시선에 굶주려서——.
「그래 참, 난 어머니였지.」
알퀴오네는 오랜 후에야 가장 중요한 것을 기억해 냈다.
「생각보다 그렇게 쓸쓸하진 않군.」
알퀴오네는 발작적으로 유복자들을 껴안고 입맞춤을 퍼부어댔다. 알들은 금방 어미의 침과 눈물에 덮였다.
「그래, 난 어머니군!」
이 확인은 굉장한 희망을 안겨 주었다. 아이들이 깨어난다더라도 어딘가 한 구석은 여전히 빈 채 남아 있을 것이지만, 그렇더라도 그것은 좀 빨리 와 버린 것이라고 넘겨 버리고, 어쨌든 다시 시작해야 된다는 용기가 났다.
「그래, 난 어머니야.」
갈매기 한 쌍이 서로 경쾌하게 부르고 대답하며 날아갔다. 알퀴오네는 그 부부의 모습이 아주 보이지 않게 되었을 때도 그들이 날아간 거기를 멍청스레 바라보았다. 그러다 두리번두리번거리고 주위를 살폈다. 품에 꽂힌 눈빛 깃 하나가 그녀의 눈 아래서 바람에 스적였다. 알퀴오네는 제 머리를 썰레썰레 흔들었다. 그리고 엉뚱한 것을 기억해 냈다.
「너는 직선처럼 영원히 가거라. 멈춰도 안 되고 굽어도 안 된다.」
이 선고는 새로운 사실을 알퀴오네에게 가르쳐 주었다.
「그러고 보면 내가 과부가 된 건 어제 오후가 아니라 그저께 밤부터였어. 갈매기 부부는 어떨까?」
알퀴오네는 어깨를 한번 으쓱하며 웃었다.
「케익스로부터만 제외된 건 아니었어. 그날 밤에 난 그것을 느꼈었지. 허지만 케익스에게 희망을 걸었었다. 헌데 그이도, 날 비웃고 조롱하던 그들의 한편이 되어 버렸어.」
　알퀴오네는 두 알의 위치를 바꾸어 보았다.
「난 이렇게 젊은데, 그리고 남자가 싫지 않았었어. 다시는 불러 볼 일 없는 자궁을 위해서 그래도 배꼽 아래에 비게는 찌겠지. 흥, 기름이 덕지덕지 앉을 거야. 낯은 가렸지만 이 세상에 충만된 금송아지님, 날 멈추게 해 줘요. 그리고 굽혀 줘요. 정말 난 어쩌할 바를 모르겠어요. 날 좀 어떻게 도와줘요, 네?」
「후후후,」
　바람의 정령이 웃었다.
　이 탐스러운 과부의 소근거림은, 남편을 여읜 지 하루도 지나지 않아, 매우 유혹적이며 음탕했다. 알퀴오네는 결코, 바이러스 한 마리도 살고 있지 않은 자기의 수용소를 침묵하고 인내하며 살아갈 것 같지가 않았다. 그렇더라도 그녀 스스로는 조금도 죄책감을 느끼지 않았으며 부정한 과부라고는 생각하지 않았다. 무엇이 그렇게 만든 것인지는 몰라도, 그 격리 속에서 동화(同和) 속으로 나오고 싶어함은 어쨌든, 그녀는 생명을 사랑하며 자기를 아끼고, 그리고 케익스를 그리워하는 것이었다. 알퀴오네가 자신도 모르게 자기의 아자(亞字) 창문에 홍등(紅燈)을 걸어놓은 것은 케익스가 가 버린 곳, 거기로부터의 소명을 탐내기 때문일 것이었다.
「밤이 자신을 제 음부로 태어내 놓는 거기, 거기로 날 좀 불러 줘요, 날 좀 불러 줘요. 당신들의 조국으로 좀 불러 줘요. 오오, 불러 줘요. 불러 주잖음 불에 구어 살러 먹겠어요 살러 먹겠어, 호호호호호. 그땐 참 즐거웠었죠. 그 작은 섬 위에서 서로 포옹했을 때 말이죠. 우린 거기다 유리 궁전을 짓는다고 했었죠. 상어로 울타리를 만들고, 온갖 아름다운 작은 고기들을 정원에 심어 꽃을 피우기로 했었죠. 풍랑과 비와 폭풍이 싫었으니 거북을 데려다 천정을 견고히하면 아무도 시샘 못 할 거라구 했죠. 쌍쌍의 새들을 모아다 신하와 시녀로 삼고, 당신은 태양을 이마에 붙이고 전 달을 머리에 쓰기로 했죠. 분수가 참 그럴 듯했어요. 헌데 그게 움직이는 섬인 줄이나 누가 알았겠어요? 호호호 고, 고래등 위에서 꿈을 꿨다뇨! 우리는 현기증을 느끼며 어딘지도 모르는 곳으로 달리다가 하마터면 빠져 죽을 뻔했죠. 빠져 죽지 않길 잘했는지 어쨌는진 모르겠지만요, 가을엔 구경꾼으로서 그런 풍경을 보았었죠. 고운 나뭇잎들이 훌러온 곳으로 가 보지 않겠느냐고 당신이 말씀하셨었죠. 참 아름다운 섬이긴 하더군요. 그때는 별로 즐거웠지 않았어요. 당신이 저의 한숨을 오해하셨었죠. 허지만 전 제가 그런 속에서 살지 못한다는 것 때문에 한숨 쉬었던 것 같지 않아요. 그 속에서 사는 다른 당신과 내가 빠져 죽지 않기를 바라는 기도였었을 거예요. 그리고 우리는 우리의 대지로 돌아왔어요. 하루도 쉼 없는 기복의 대지로. 우린 유리 궁전에 대해선 그 이후론 한 마디도 안 했었죠. 허지만 우린 그런 궁전을 지었었는지도 몰라요, 지은 것은 아니지만 어느덧 살고 있었는지도 몰라요. 오오, 허지만 이젠 그것을 부숴 주세요. 음악도 즐거움도 없는 이 권태로운 시간을, 갇히워서 살란 말예요? 이젠 부숴 주세요. 당신과 나의 손이 가까이 있으면서도 맞잡지 못하게 하는 이 무서운 것을, 이 무정스러운 것을. 아, 아니예요, 아직은 그대로 두세요. 그래요, 역시 그대로 두는 것이 좋겠어요. 아직은 이 애들이 잠이 깨이지 못했거든요. 잠이 깨이기도 전에, 몸에 털이 나기도 전에, 영혼이 굳기도 전에 그것을 강요할 수는 정말 아무래도 없어요. 이 애들도 아비와 어미만 해졌을 때, 그리고 이 애들이 다시 한번 씨눈이었음을 인식했을 때, 그때 케익스님, 금송아지님, 오오, 튼튼한 부리의 어머니여, 그때 이 껍질을 쪼아 주웁시오. 그리고 음악은 사라지고, 즐거움도 없어진 이 권태로운 시간의 투명한 껍질을 부수고, 그리고 이 완고하기만한 이 긴 줄을 굽게 해 주웁시오. 그때까지, 제가 지치지 않고, 쓰러지지 않고, 이 희박한 대기를 감수하게 하는 용기를 주웁시오. 참게 하시옵시오. 산고보다도 더 무서운 이 은총에서만 죽게 해 주웁시오.」

제 5 일

 어제도 해가 지고 오늘 아침에 떠올랐으니, 오늘도 해가 졌다. 무덤 위로 바람이 지나듯 알퀴오네의 번히 뜬 눈으로 성에처럼 어둠이 덮이고, 흰 달이 지나고, 아침이 오고, 푸른 낮이 기울고, 석양이 비치고, 별이 박히고, 저녁의 으스름이 펼쳐지고, 다시 구름 사이에서 이우는 찬 달이 돋아올랐다.
 알퀴오네는 부리와 발톱을 써서 벗길 수 있는 만큼 자신의 털을 뜯어 놓고 있었다. 털이 빠진 자리는 송송 피가 솟아올랐다 얼어 붙었다. 벗긴 털들은 알 위에 덮어 두었는데, 남편의 목에서 빼어낸 깃털은 부리에 꼭 물었다.
 자기에게 그렇게나 심하게 대접을 한 것은, 조그만 허기를 못 이겨 남편과 바꾼 새우를, 그것도 약간 음미를 하며 씹어 먹어 버린 것에 대한 참회로서였다. 애들에게는 먹일 수 있을는지는 몰라도 자기 입으론 먹을 수 없는 것이라고 몇백 번이고 다짐했던 것이다. 남편을 죽이고도 모자라서 남편의 살점까지를 파먹었다는 것을 생각하면, 그리고 과부의 외로움을——맛을 잃도록 맛보고도 새우 중의 어떤 여인의 남편을 뜯었다는 것을 생각하면, 몸서리가 쳐졌다. 유혹을 받았을 땐, 남편은 자기가 먹어 주기를 한사코 바랐을 것이라는 자위를 갖긴 했었다.

　밤의, 무섭게 찬 흐름이 털 빠진 알퀴오네의 몸을 얼게 하곤 탁탁 갈라지게 했다. 살갗이 터질 때마다 불로 지진 듯한 아픔이 비틀리게 했지만, 나중엔 아픈 줄도 몰라했다. 전신이 그저 얼얼하기만 하고, 의식이 가물가물 했다. 그래도 겨우 지탱할 수 있었던 것은, 하루 먼저 품었던 알 속에서 새 생명이 미동이 시작되어 있었던 덕으로서였다. 내일 새벽쯤엔 껍질을 터뜨려 주어야 될 것 같았다. 케익스가 있었더라면 알 속에서의 이 버둥질하는 자식의 외침을 같이 들었을 것인데, 그렇질 못해 알퀴오네는 다시 한번 쓸쓸했다. 그렇더라도 케익스가 빛을 거둬가 버린 이 꼬치또에서 한번 쾌재를 불러 보고 싶게 하는 그 계기가 되었다. 그래서 오랜 만에 길게 한번 소리쳐 광활한 이 천지에서의 이 한 점을 선언하려 목을 쑥 빼 올렸다. 그러다 비명을 지르고 나둥그러졌다. 얼어 경화된 목 부위의 살이 튀겨진 것처럼 갈라터진 것이다. 그래도 울진 않았다. 죽을 듯이 앓아대면서도 그녀는, 빛 속에 있었던 것이다.

　피 냄새를 맡고 정령들이 몰려왔다. 몰려와선 화롯불을 둘러서듯 알퀴오네를 삑 둘러쌌다. 그러나 갈라터진 핏자국에 혀를 대려는 정령은 없었고, 다만 그저 피의 향기를 즐기려는 것 같았다. 그들은 홈홈거리며 서로 코를 부딪쳤다.

「이제 곧 뭍에서는 닭이 울 터인데 돌아가는 게 어떻겠어?」

　어떤 정령이 느긋해져 졸음이 오는 소리로 말했다.

「아직 그렇게는 되지 못했을걸. 조금만 더 이 잔치를 즐기자.」

　어떤 정령이 대답했다.

「하긴 이 여자의 피는 참으로 향기롭다. 이런 잔치도 흔하진 않지.」

「그러나 피주머니가 이렇게 가여운 줄은 정말 몰랐는 걸.」

「후유. 그래도 이 주머니 속에다 온갖 것을 다 집어 넣고 싶어했지, 안 그랬나? 피주머니가 작더라도 이 피 냄새는 창세부터 썩어 왔던 포도주처럼 아주 진하다.」

「아, 그건 그래. 벌써 취해서들 횡설수설하잖나.」

「포도주, 포도주에 관한 얘기가 나오니 말인데,」

술맛을 알았던 듯한 정령이 흥미를 냈다.

「그건 혁명과 같은 놈이더라. 모든 묵은 가치를 뒤집어놓으려고 해. 그것은 어떤 이데올로기이자 십자군이다. 그것을 마시기 전까지는 위대하게 보이던 것들도 일단 그것의 맛을 한번 보았다 하면, 위대했던 그 모든 것들이 쓰레기로 보이는 거라. 그래서 그 쓰레기를 치우려 하고 새롭게 위대한 것을 세우려 하지. 허지만 그 술이 깨었을 땐 뭔지 머리가 띵하고 도대체 공허하더군.」

「그건 질이 나쁜 술이었군.」

그도 술맛을 알았던 듯한 다른 정령이 시들하다는 듯 말했다.

「나는 진짜배기로 한잔 마신 뒤 여태도 취해 있거든. 진짜 좋은 술이란 형체에게서 형체를 빼앗아 버리더라구. 질이 나쁜 술은 형체에게 약간의 광분을 주곤, 형체를 위해 위대한 공화국을 세우려 하지만 말야, 자네 말대로 혁명이지. 허지만 진짜배기는 형체를 미워하게 한단 말야. 난 아직도 취해 있다구.」

「추억이로군, 응? 추억이야.」

「뭐 그렇다는 거지. 이 여자의 산 피 냄새가 불러 준 생각이야.」

「그러나 난 느꼈는데,」

〈질이 나쁜〉 술에 취해 봤던 정령이 다시 나섰다.

「이 피 냄새는 그 둘을 동시에 가능시키는 것 같애. 우리에게가 아니라 바로 살아 있는 그 자신에게.」

「형, 건 굉장히 해괴한 소리군.」

〈진짜배기〉에 아직도 취해 있는 정령이 비웃듯 뱉았다.

「뭍에서 닭 우는 소리가 흘러오는군.」

「그래, 닭 우는 소리군.」

「그럼 이제 우린 일어나세. 우리의 이웃인 이 여자가 베푼 잔치를 감사나 하고 돌아가세.」

「그래, 우리의 이웃이군.」

「우리의 이웃이야.」

「이웃이야.」

그리고 정령들은, 어두운 쪽에서 햇빛 쪽으로 촛불을 가지고 나오듯이 그렇게, 그 어스름 속에서 형체와 음성이 엷어져 가더니 사라져 버렸다. 정말 멀리 어디서 닭 우는 소리가 기류처럼 흘러왔다. 삼분의 이도 더 먹

히운 달이 닭의 목젖에서 빠져 나와 오케아노스 저 너머 영원히 계속
되는 암흑 속으로 던져져 가고 있었다.

제 6 일

　정오가 가까울 무렵에, 자기의 껍질을 벗어 던지고 그 속에서 씩씩하고
젊은 새로운 케익스가 나타났다. 일어나자마자 이 왕자는 경쾌한 음성으
로, 제가 지닌 목청껏은, 자기가 처한 오방과 하늘과 바다를 향해서 자기
의 탄생을 고했다. 어미는 벅찬 자랑을 빙그레 웃는 웃음으로만 표현하며
이 씩씩한 젊은이를 내려다보았다. 한파와, 아비의 수고와, 어미의 고뇌
가 합쳐 부화시킨 이 아들이 다시 한번 자기의 껍질을 인식해야만 될 때
를 생각하고 알퀴오네는 가볍게 한숨을 한번 쉬었다.
　젊은 케익스는 그러나 곧 비틀비틀 어미의 목 밑으로 쓰러졌다. 알퀴오
네는 그런 것을 사지가 떨리는 애정으로 바라보면서, 이 아들을 위해 뭐
든 먹을 걸 준비해야 된다고 생각했다. 그러나 아직 품 속엔 부화될 다른
생명이 있으며, 그건 어떻든 도대체 몸을 움직일 수가 없었다. 구름에 가
려 햇볕은 엷었지만, 그래도 밤에 얼어 온 몸을 약간은 녹혀 주고 있어 더
욱 더 아팠다. 알퀴오네는 가슴이 쓰렸다. 부리로 아들의 머릴 쓰다듬고,
슬픔은 감춘 채 정다운 눈으로 바라보아 줄 수밖엔 없었다. 그러다간 아
들마저 곧 죽이게 될지도 모르겠다는 두려움이 없는 것도 아니었다. 생각
다 못해 오후에는, 하는 수 없이 자기 가슴팍의 살을 물어 뗐다. 아픔은
이미 계속되어 온 것이다. 그렇더라도 자기 살을 자기가 물어 뗀다는 것
은 받았던 아픔의 천배는 더 가혹한 것이었다. 그래도 자기의 살을 떼어
주는 것은 남편이 자기에게 베풀어 준 그 정성의 반도 못 된다고 생각하
며 알퀴오네는 거의 미쳐서, 약간의 쾌감을 느끼며 자기의 살을 쪼아내기
에 치를 떨었다.
　열다섯 번을 쪼으고, 설흔 번을 쪼아 피에 푹 젖은 살 한점을 발라냈다.
알퀴오네는 곧 죽어 가면서도 그 한 점을 아들의 입 속에다 넣어 주었다.
아무 것도 모르는 아들은 그 살점을 받아선 꿀꺽 삼키지를 못하고 뱉아내
선, 적었다간 놓고 놓았다간 적으며 핏물로 새빨개진 얼굴을 쩔레쩔레 흔
들기도 하다간 바닥에다 동댕이쳐 버리고 말았다. 그리곤 다시 어미의 오
른쪽 깃 밑에로 쓰러지며 몹시 보챘다. 고기맛을 알아 버린 것이다. 알퀴
오네는 구역을 참으며 다시 자기의 살을 뜯기 시작했다. 그러다가 알퀴오

네는 까무러쳐 버렸다. 어린 케익스만 비틀비틀 시든 어미를 맴돌다가 그도 스르르 잠이 들었다.

　하늘은 잿빛 구름으로 무겁게 덮여 있었다.

　동지를 하루 앞둔 겨울 저녁 녘은 메마른 가지에 더욱 차겁고, 황토길에 패인 지팡이 자국에도 소복이 쌓이는데, 일박 여인숙의 병든 바깥 램프의 유리가 그을음에 덮이고, 진눈깨비가 말소리들을 삼키고, 손님 없는 어느 찻집 레지의 가느다란 손가락이 묵은 레코드를 걸 때, 그리고 방파제는 바닷뱀처럼 길게 누웠고, 조수마저 적막이 두려워 안으로 응축되고, 여객선은 어느 녘엔가 떠나 돌아올 손님들을 되돌려 주지 않고 소식도 없어 그들의 가족들이 스스러운 마음으로 잠자리에 들 때, ──알퀴오네는 어린 자식의 부르는 소릴 들었다. 림보보다도 더 먼 어디서 들려 온 소리던가, 짙은 구름에 익사되어 버린 어느 별에서 지심(地深)으로 내려온 소리던가 무덤의 밖에서 안으로 들려 온 소리던가, 그런 아득한 소리가 아주 가까이서 엄마를 찾고 있었다.
「오냐, 엄마가 여기 있다, 엄마가 여기 있어!」
　알퀴오네는 목청을 다해서 대답을 했다. 대답을 보냈는데도 아들은 계속해서 부르기만 했는데, 어미의 대답이 아들에게 들리기에는 아들은 가까이 있었지만, 어미가 너무 멀리에 있었던 모양이었다.
　알퀴오네는 정말 너무 많이 주리고 목이 말라 있었다. 대답이 목구멍에서 새어나오질 않았다. 그럼에도 알퀴오네가 스스로 자기의 생명을 확신할 수 있기는 어이없게도 그 주림과 목마름으로 해서였다. 보이진 않지만 무엇이 소록소록 내리고 있는 것이 벗겨진 피부에 느껴졌다. 그래서 알퀴오네는 입술로 둥지를 미친 듯이 핥았다. 그 동안에 그렇게나 눈은 내려 쌓여 있었다. 해갈이 되자 주림도 약간은 면해졌다. 그제서야 목이 틔었다.
「아가, 엄마가 여기 있잖어?」
　알퀴오네는 말하며 목 밑에 쪼그려앉아 오들오들 떨며 우는 아들을 어루만졌다. 물론 캄캄한 밤이라 접촉이 주는 느낌으로서만 볼 뿐이었지만, 아직 것이라고 하기엔 털이 너무 부드러워 뻘건 살애다 솜을 발라 놓은 듯한 그 생명이 전해 주는 것은 그렇지만 굉장한 것이었다.
「엄마가 예 있는데 울긴? 원 씩씩두 하구나? 자, 그만 울어야지, 그만.」
「엄마가 옆에 있는 줄 누군 모르나 뭐?」

아들은 엄마 목에 매달리며 칭얼거렸다.
「헌데 어딜 갔었어?」
　알퀴오네는 가슴이 찢긴 듯 아프면서 또한 말할 수 없는 위로를 느꼈다.
「가긴? 여태껏 아가 곁에 있었잖어?」
「치이 있었지만 없었단 말야! 배가 고파, 엄마!」
「자아식두!」
　알퀴오넨 목이 메어 탄식하곤, 다시 자기의 가슴팍을 물어 뜯기 시작했다. 아들은 어미가 하는 짓을 알지 못했다. 침을 삼키며, 낮에도 그랬으니깐 아마 그렇게 하는 것이려니만 했다. 피비린내가 아들의 코를 자극했다. 배가 고팠으므로, 어머니가 뜯어 줄 때까지 기다릴 수가 없어 아들은 어미의 살을 뜯으려 덤볐다. 어미는 맘으로 서럽게 울었다.
　그렇게 해서 배가 불러졌을 땐, 아들은 곤하게 잠들려 했다. 허지만 알퀴오네는 아들을 재울 수가 없었다. 이것이 어쩌면 마지막 밤이 될 것 같았기에 아비의 애기를 들려 주지 않으면 안 되고, 엄마가 없더라도 용기 있게 사는 방법을 일러 주지 않으면 안 될 것 같았다.
「아가, 엄마가 아주 옛날옛적 얘기 하나 해 줄까?」
　알퀴오네는 자기도 들었던, 말하자면 구전(口傳) 족보를 들려 줄 셈으로 권지일(卷之一)의 첫장을 열려 했다.
「엄마, 난 잠이 오는걸. 나중에 들으면 안 돼? 옛날 얘기란 게 뭔데?」
「그래서 그걸 들려 주려는 거란다.」
「그럼 쬐꿈만 들려 줘봐. 옛날이란 게 뭔지도 모르겠어.」
「그렇지 참. 넌 모를 거야. ……그건 그러니까…… 네가 태어났을 땐 해가 눈부시게 반짝였지? 헌데 지금은 아주 어둡잖어?」
「그래, 그래.」
「네가 태어났던 때를 지금에서 보면 옛날이 되는 거야, 알겠니?」
「어웅, 허니깐 옛날이란 건 해가 있을 때를 말하는 거로군.」
「그렇다고만 말할 순 없지. 내일 또 해가 떠오르거든. 그러면 이 밤이 옛날이 되는 거야. 해가 뜨고 지고, 뜨고 지고 하는 일이 굉장히 많이 모이게 되면, 그때 뒤를 돌아다보고 옛날이라고 말하는 거야. 오늘 밤도 그땐 옛날이 되지.」
「알 것도 같고 모를 것도 같아.」
「그렇겠지. 허지만 너도 곧 알게 되지. ……그런 옛날에 멧실리라고 하는 땅에 말이지,」

「땅이란 건 또 뭐야?」

아들은, 낱말 사전에 접하게 될 때의 그 호기심으로 성급히 물었다.

「오오 참, 넌 아직 땅을 모르지. ……이 세상은 말야, 하늘과 땅과 바다의 세 가지로 크게 나뉘어져 있단다. 하늘은 너두 알잖니. 바다도 알고. 하늘은 말라 있고 바다는 이렇게 맑어 있는데, 그 두 개가 반죽이 되니까 아주 굳은 것이 나타났어. 그걸 땅이라고 하는데, 너도 알게 되지. 아뭏든 애야, 잘 모르겠더라도 들어 둬요. 그러면 나중엔 다 알게 되니깐 말야.」

알퀴오네는, 아들이 묻는 대로 다 설명을 하다간 삼라만상의 한 가지도 빼놓지 않고 다 설명을 해야 되겠고, 또 그렇게 설명해 가면서는 얘길 다 마칠 수 없다는 생각으로 좀 안슬펐지만, 아들의 물음을 제지시켰다. 시간이 꽤 촉박한 듯해진 것이다.

「알게 되구 말구. 저절로 알게 돼요. 친구도 생기게 될 게고, 또 오다 가다 얘기도 듣게 될 테니깐. 헌데 말야, 그 땅에 케익스라는 임금님이 살고 계셨었어. 정말 헌출하게 잘 생기고 씩씩하신 분이셨대요. 왕비는 알퀴오네였는데, 가문이 아주 좋은 집 따님이셨지……」

알퀴오네는 잠깐 침묵했다. 이것이 선조로부터 남편과 자기까지 생애의 권지십(卷之十)이 될 것이기 때문에.

「두 분은 정말 의가 너무 좋아 병이었어. 그건 유전이 되어 버렸으니 말이다. 그런데 너무 귀찮은 일이 많이 생겨서 그 해결책을 알아 보려고 바다를 건너 먼 여행을 하지 않으면 안 되게 되었단다. 이오니아 지방 쿨라로스의 아폴론 신탁소를 찾아가기로 한 거란 말야. 그런데 어떻게 되었겠니? 임금님이 먼 바닷길에서 무사하기만을 밤낮으로 빌던 그 왕비의 기도도 헛되게 되었단다. 풍랑이 케익스왕을 삼켜 버린 거야. 임금님을 말야. 왕비 알퀴오네는 그것도 모르고 먹는 것도 자는 것도 잊고 남편이 무사하기만 빌었다고 하니 얼마나 가엾니?」

「참 가여워요.」

아들은, 잘 모르지만 엄마의 음성이 슬프게 떨리고 있었기 때문에 가엾다고 생각한 것이다.

「그래요. 하늘의 신들도 못 볼 지경이었다니까. 그래서 왕비에게 임금님의 죽음을 일러 주기로 했대. 그래서 꿈의 신을 시키기로 했어. 넌 아직 모르겠지만 꿈이란 건, 잠을 자고 있는데도 깨어 있을 때와 마찬가지로 어떤 광경이 보이는 것을 말하는 거예요. 그래서 그 꿈에 왕비는 임금님이 죽은 걸 알게 되었단 말야. 왕비는 꿈이 깨이자마자 임금님이 떠난 그 바닷가로 달려갔단 말야. 안 그럴 수 있겠니? 바닷가로 달려가 임금님이 남겨 놓고 간 발자국이라도 보려 했단다. 그렇지만 발자국이 아직도 남아 있을 린 없었다. 얼마나 슬펐겠어요, 왕비는. 울음을 터뜨리지도 못했대요. 그냥 주저앉아서 바다 끝만 멍청히 바라보고 있었다지. 헌데 말야, 뭔지가 왕비 앞으로 둥둥 흘러오더라는 거야. 글쎄 죽은 임금님의 시체였어. 안됐지 뭐니?」

「안됐어요!」

아들은 아까와 같은 그런 몽롱한 상태에서 아까처럼 대답했다.

「왕비는 까무러칠 듯했어요. 그래도 정신을 바짝 차리고 시체 곁으로 막 달려갔어요. 헌데 이상스럽게도 몸이 둥둥 뜨더라는 거야. 어느덧 온몸에 털이 나고 날개가 돋혀 있었단다. 새가 된 거지. 그땐 임금님도 어느덧 새가 되었더라지. 신들이 불쌍하게 본 거야. 왕비가 그렇게도 슬퍼했었거든. 그런데 그 둘이는 바다에서 새가 되어 버렸기 때문에 뭍에서 사는 법은 몰랐다는 거야. 그래 사철 바다 위에서나 살았는데, 바다는 성미가 사나운 탓에 편히 한번 쉬어 볼 수가 없더란다. 신들이 보니 이 부부새의 처지가 너무 불쌍했지. 그래서 겨울에 바다를 잠 재우고, 이 부부를 위해 일곱 날을 주셨단다. 이 동안에 이 부부는 알을 까고, 그리고 힘을 모으는 거야. 그 이레를 알퀴오네 철이라고 한단다.」

「참 가엾어!」

아들은, 잘은 모르면서도 다시 깊이 동정했다.

「그래도 가엾다고만 할 순 없지. 부부는 바다를 이기기 시작한 거야.」

「어떻게 새가 바다를 이겨요?」

아들은 당연한 질문을 했다.

「그건…… 그건 이해하기가 꽤 어렵지.……허지만 그들의 운명을 사랑하기 시작한 거야. 깃 한번 쳐볼 수 없는 파도를 자기들의 짐으로 지고 괴로와하기 시작한 거야. 그들에게 주어진 미래는 겨울의 칠일이었다. 그러나 차라리 겨울의 칠일은 폭풍우와 험준한 파도보다도 더 무서운 것이었다. 그것은 그들의 일년을 하루도 빼놓지 않고 삼켜 버렸기 때문이다. 그 칠일이 주어지지 않았던들 그들의 나날은 무력하지만 그런 대로 바다를 이기려면서 살았을 것이다. 헌데 그 부부새는 겨울의 칠일을 잃었다. 그리고서야 그들의 일년을 되찾았다. 사라진 일년을, 풍랑과 폭우에게서 되돌려 받았다. 그들이 바다를 이기기 시작한 것은 바로 겨울의 칠일을 잃

고서부터였다. 이젠 그 부부에겐 안식일은 없을 것이다. 물론 그 칠일은
세월 속에 끼어 있는 것이니 분명히 오긴 오겠지만, 그것이 왔다더라도
그것은 그들에게 이겨내야 할 한 짐이며 현실일 뿐이다. 자기의 짐과 현
실을 미래 속에다 의탁시켜 버리고 산다는 것은 불행한 일이다. 그들이
그 미래 속에 들게 되었을 땐 그들의 의탁은 벌써 좀에 먹히웠을 뿐일 거
다. 정말 아무 쓸모 없는 먼지가 되어 있었다.」
　알퀴오네는 아들의 눈꺼풀을 만져 보고, 아들이 벌써 잠들어 있음을 알
았다. 슬펐지만 깨우진 않았다. 육신이 약한 탓으로였는진 모른다. 알퀴
오네는 잠든 아들의 귀에다 그냥 속삭였다. 품고 있는 알 속에서도 생명
이 야기되고 있음이 느껴져 왔다.
「헌데 바다는 너의 선조들이 흘린 소금과 땀으로 자꾸만 더 깊어만 지고
더 거칠어만 왔는데, 신들도 이젠 발목을 대기만 하면 빠져 들어가 익사
하고 말 거다.」

제 7 일

　일년 중에도 가장 어둡고, 일년 중에도 가장 길고, 일년 중에도 가장
무거운 동지의 밤이 새이고, 물결이 그의 짧은 잠에서 깨이려고 다시 기
지개를 시작했다. 새벽 녘에 별 몇 개가 보이고, 열닷새로부터 닷새나 더
이우러진 어스름한 달빛이 서리가루처럼 뿌려지더니, 오전부터는 다시 눈
잎이 날리고, 오후까지 계속되었는데, 알퀴오네는 죽음에 임박해 있었다.
아들은 저녁 녘에라도 날 수 있을 만큼 성숙해서 아비의 용자를 꾸미기 시
작하며 약간 건방진 의젓함을 보였다. 그 아들에 대해서는 믿음직스럽게
생각하고 이젠 눈을 감아도 좋을 것 같았다. 허지만 아직도 깨이지 않고
있는 알 하나가 어미의 생명을 그렇게도 강인하게 붙들고 있었다. 알퀴오
네는 사실 이 오후까지 몇 번이나 죽고 몇 번이나 깨었는지 모른다. 이 우
주의 끝에서 끝까지를 그녀는 현기증나게 빙빙 돌고 돌았다. 생명의 쓴잔
도, 죽음의 단잔도, 죽음의 쓴잔도, 생명의 단잔도, 그녀의 미각을 어
떻게 좀 자극시키진 못했다. 혀가 마비되었거나 맛을 초월해 버린 것이
었다.
　이젠 정말 두려운 것이 없었다. 두려운 것이 없어지자 모든 것이 친근하
고 다정한 이웃처럼 느껴졌다. 그러나 그녀는 그런 행복한 감정을 즐기지
는 못했다. 허지만 그것은 그녀가 그녀 자신을 모아들이려고 애쓰게 하지

않으면서, 바로 그것들 속에 흐트러 놓은 채 그녀 자신만을 강하게 느끼게 해 준 것이었다.
「얘야, 어민 이젠 가망이 없겠어.」
알퀴오네는 아들을 불러 앉혔다. 유언을 해 두려는 것이다.
「왜 그러시죠, 어머니?」
아들은 장자(長子)답게 걱정스레 어미 곁에 앉았다.
「어민 이제 곧 너와 헤어져야 될 것 같아. 그러니 잘 들어 둬요.」
어미는 아들의 눈을 속깊이 들여다보았다. 음성은 새파랄 정도로 또록또록했다.
「대체 무슨 말씀이신지 알 수가 없어요.」
「난 이젠 죽을 모양이야.」
좀 은유적으로 말하려다 알퀴오네는 탁 털어놓고 말해 버렸다. 아들이 어미에게 묶어 놓은 줄을 끊을 테면 사정없이 끊는 게 좋겠다는 생각이 들어서였다.
「어머니, 죽다뇨?」
「생명은 죽게 마련이야. 겨울엔 쥐가 뱀꼬리를 갉고, 여름엔 뱀이 쥐의 대가리를 깨문다는 얘기가 있느니라. 생명은 죽음의 꼬리를 갉고, 죽음은 생명의 대가리를 깨물지. 꼬리를 물리며 대가리를 깨물지…… 빙글빙글 돌지.」
「……」
「너의 할아버지나 아버진 케익스였고, 너의 할머니나 어머니는 알퀴오네였느니, 너도 어느 때엔가는 너의 자식들에게 이 얘기를 들려 줘요.」
「어머니, 그럼 어젯밤 애긴.」
「그래. 그러니 너의 이름도 케익스가 되는 거야. 그리고 이 속에 이 꼬마 신부는 너의 누이가 될 터인데, 너의 색시로 삼고, 아들 낳고 딸 낳으렴. 이름은 물론 어미의 이름을 붙여야지.」
「……」
아들은 거의 멍한 눈으로 어머닐 건너다보았다.
「너의 아버진 정말 훌륭한 용사였어. 바다까지도 이겨내셨으니깐 말야. 너도 용감해야지. 너의 아버진 날개 둘로 이 거대한 바다를 다 휩쓸었느니라.」
「아, 아버지가 말이죠?」
「그럼 그렇구 말구지! 헌데 그만…… 너의 아버진 엄마보다 먼저 가셨어. 이젠 엄마도 가는 거야. 언제든 너희들도 만나겠지. 너의 아비의 무덤은 아침의 감빛 물결이 끝나 버린 자리 거기니라.」

「……」

아들은 좀 숙연해했다.

「가시기 전에 너의 아버지는 이렇게 말씀하셨었지. 〈밤은 내일을 태어내 놓는 여인이었어. 그렇다고 내일과 밤이 다른 게 아니었오. 밤이 제 자궁 속에서 저를 내놓는 거였단 말요. 그러니 어미도 있고 자식도 있지만, 동시에 어미도 없고 자식도 없었오. 헌데 난 그것으로부터 도망치고 싶었었어. 헌데 안 되더군, 안 되었어. 무슨 꿰미에 꽉 꽂혀 있는 것 같았어. 아주 둥근. 처음엔 화가 났지만, 차차로 그것이 위로가 되더군. 죽는다는 건 떨어져 나가는 것은 아닌 것 같았으니까. 돌아오려고 돌아가는 거였오.〉 그리곤 너희들 일을 부탁했어요. 씩씩하고 담대히 바다를 이겨야 된다구. ……헌데 에미는 오랫동안 떨어져 나가기만 해 왔었어. 너의 아비는 도망치고 싶었고, 어미는 들어가고 싶었었는데 결국은 마찬가지였던 모양이다. 나도 이젠 무슨 꿰미엔가 꿰어져서 어쩌는 수가 없는 것 같으니까……」

차차로 알퀴오네의 숨이 가빠지고 있었다. 품에 안긴 알 속에선 탄력적인 태동이 시작되고 있었다.

「허 헌데, 그건, 그건 가, 가슴 두근거리게 하는 거구나. 푹 쉬러, 쉬러 간다는 건. 새, 새로이 살기 위해, 도, 돌아갔다가 돌아, 돌아오는 거겠지.」

알퀴오네는 맥이 탁 풀려지는 걸 간신히 모아 품 속의 알껍질을 탁 쪼았다. 조금 금이 가는 정도였다. 그렇게나 기력이 소모되어 있던 것이다.

「어, 어미가 돌아가, 가면 어미의 사, 살을 먹고, 그, 그리구 나면 내, 내일부턴 풍랑이 다, 다시 시, 시작될 텐데, 잘 해 봐라, 잘. 누이를 위, 위해 주, 주고, 너의 아, 아비가 남겨 준 이 흰, 흰 것은 내 부, 부리에다 꼬, 꽂아다오. …… 그, 금, 금송, 송아지님, 이, 이젠 이 계, 계집의 도, 돌아감을 받아, 받아 주옵시오. 무, 문을 좀 열, 열어 주옵시오. 곧은 건 문으로 나, 나가서 무, 문으로 들, 들기를 워, 원합니다. 이 계, 계집의 껍, 껍질을 쪼아, 쪼아 주옵, 옵시오.」

그리고 알퀴오네는 고개를 품 속의 알 위로 푹 떨구었는데, 부리가 안껍질에 쿡 박혀 껍질이 탁 깨어졌다. 그와 동시에, 자기 어미만큼이나 아름답고 슬기로와 보이는, 새로운 작은 알퀴오네가 삐틀삐틀 일어섰다.

＊ 풍문에 의하면, 알퀴오네는 테티스의 동정으로 물총새〔翡翠〕가 되었다는데, 오비디우스의 「轉身賦」에 이 이야기(拙作「7 일과 꿰미」)의 前身이 있다고 한다. 그 풍문이 만들어낸 이야기이므로 이 이야기 속엔 翡翠의 生態가 무시되어 있다. 헌데 풍문은, 그것을 무시해도 나쁘지 않다는 그 너그러움의 그릇 속에 담겨져 있었다.

羑　里　場

제 1 장

「바람 한점도 없는 이 여름 한낮에, 젖이, 흐흐, 젖이 시려 죽겠다야, 젖통이가 시려,」

　벼락 맞고 죽은 나무로부터 반 마장쯤 저쪽엔 소나무도 여남은 그루 있어, 그런대로 그늘도 짙었는데도, 하필이면 벼락 맞고 죽은 나무를 지고 앉아 따님은, 큰 한 얼룩뱀의 애무가 발끝까지 아파서, 발가락을 꼼질꼼질 비틀어대며, 쥐난 것 모양으로 겨우 그렇게 신음했다. 하면서 쥐난 것 같은 웃음 소릴 뒤 토막 잘라냈는데, 그러자 이 색골이 더욱 미치고 들었다. 그 육중한 근육을 더욱 트림해대며, 비록 여윈 어깨일망정 더욱 억세게 휘어감고, 또한 형편없이 흘러내려 볼장 다 보아 버린 염소불알 같은 젖통이일지라도 더욱 혹닉을 하고, 입에서 더욱 뜨거운 불을 끄집어내, 그것을 녹히려는 데 더욱 젊음을 다했다. 그럼에도 그놈의 핵은 호물어들기는커녕, 오히려 거머리의 그것 같은 수천의 흡반만을 돋구어내선, 이 색한의 타액으로부터 정액의 마지막 방울까지를, 그래선 이 냉한한 불길의 혼백을 에워싼 천년의 냉막(冷膜)까지를, 빨아들이려고만, 몸서리쳐지게 쑤물댔다. 이 싸움은 치열하고 괴로운 것이었다.

　어찌되었든, 성난 해면 같은 욕정만으로 전신을 채워넣고 있는, 이 갈증의 자루는, 땅꾼의 피리에 의해서처럼, 이 늙은 계집의 속삭임과 신음에 의해서, 그 호색적 명오를 한꺼번에 열었던 모양으로, 그녀의 신음의 독기에 휩싸여, 이 불 가운데로부터 사십일을 하산하지 못했다. 하긴 그런 방법에 의해서 그들은, 만나고, 계명을 여수하는 것 같았다.

「이, 이 잡님이, 흐이 이 잡님이,」

　이번에는 늙은 계집 쪽에서도 참지 못하고, 몸부림하는 그 팽팽한 알몸 위에다 입술을 눌러대곤, 파구와 파구를, 파곡과 파곡을 이루며, 그 긴

강 속으로 홍수져 가는 젊음에 투신하기 시작했는데, 사실 그녀로선, 그 전신에다 침을 덮어 씌우고, 그 미끄러운 색근(色根)을 삼켜 버리고 싶었으나, 그러나 이 색근이 인간의 타액을 극도로 싫어한다는 것을 알고 있었으므로, 그 짓만은 참았다. 헌데 〈잡님〉이란 아마도, 지극히 은근한 호칭으로서 〈잡놈〉이란 말의 높임말인 듯했다.

그러나 그런 얼어붙는 신음이라든가, 쥐난 눔의 웃음 또는 쥐도 안 먹을 존칭이라든가, 속에 있어야 아름다울 것이 파들어내겼기에 추악해 뵈는 그런 뿌리다움, 거기만을 휩싼 음독(淫毒)의 안개, 그런 것이 사복(蛇福——마을에선 蛇童이라고 불렀다)에겐, 적어도 표면적으론 아무런 관심거리도 못 되는 듯, 그쪽으론 눈 한번 돌리는 법 없이, 한 마리의 일개미가 개미귀신의 지옥에 빠져, 도대체 허잘데 없는 노력을 바치는 것이나 지켜보며, 정말 허잘데 없는 울화나 바치고 있었다.

「짜슥, 뒈져라, 뒈져, 뒈져라이순,」

그러나 개미는, 매번의 노력이 헛수고로 돌아가자, 나중엔 도대체 갈피를 못 잡고, 다 오른 지옥전에서 제 스스로 떨어지기도 했다. 그 노력은 그래서, 그 지옥을 지옥이게 하는 그 부드러운 모래 탓이라기보다는, 태어나면서 가져 버린 그 육신의 무게 탓에, 죄도 모를 형벌을 인고치 않으면 안 되는 걸로 보였다. 사복으로서도 처음 얼마 동안은, 그 지옥의 어느 밑에 복병하고 있으면서 검은 침을 흘리고 있을, 그 귀신의 흰 이빨을 느꼈었지만, 그러나 그가 종내 나타나지 않았기에 그 지옥은, 폐가였으며, 거미줄과 누습과 이민의 땀냄새 조금이 흐릿하게 남아 있는 것으로 변했다. 그것은, 사복의 연정(憐情)을 분노로 바뀌게 했다. 개미의 그런 노력이란 얼마나 무의미하며 권태로운 것인가, 또 얼마나 어이없는 원죄인가, 그 둘레가 팔만유순이래 보았자 조그만 계집의 배꼽 둘레 정도밖에는 안 되는, 그래서 지나가던 비 한방울만 떨어져도 메꿔져 버릴 그런 지옥의 풍속이란 어떻게나 시답잖은 것인가,——사복은 분노하고 있었다—— 허지만 그것을 벗어나지 못하는 개미의 비극은 그래도 거기에 있던 것이다. 이상하게도 헌데 그것이, 사복의 전신에서 기름땀을 흘리게 하고 있었다. 그건 반드시 더위 탓만으로도 돌릴 수가 없었던 것이, 사실로 그는, 맥이 자꾸 풀려 몸을 가누지 못하고 있던 터였다. 이 황지(荒地)에다 마을의 장정들이 풀어헤쳤던, 그 오백짐의 모래가, 자기의 전신으로 무너지고 있는 듯이도 사복에겐 느껴졌다.

「젠장, 이게 낮중에서도 한낮인데,」 사복은 그래서, 몹시 피로를 느끼고 머리통을 등뒤로 넘겼다. 그러다 자실하고 말았는데, 그 위쪽에서, 벌겋게 달궈진 모래들이 소나기로 내려퍼붓고 있었던 것이다. 헌데 그 사태의 한가운데엔 예의 개미지옥 하나가 새까말 정도로 깊게 패여져 있었고, 그 가운데에 자기가 빠져 어쩔 줄을 모르고 있었다. 게다가 그것은 왼골안보다 더 웅장하고 깊어, 현기증을 일으켰다. 사복은 그래 자기도 모른 새 불똥이 튀도록 눈을 눌러 감아 버렸다. 「대체 너를 훍는 귀신은 어떤 얼굴이냐,」 눈을 떴을 땐 그리고, 사복은, 개미를 죽여 없애버리고 있었다. 맨발로만 살아서, 잡육(雜肉)으로 바위처럼 우거졌던 그 뒤꿈치였는데, 그것으로 얼마나 매질을 했던지, 개미는 혼껍질도 못 벗은 채 사라져 버렸고, 그 대신 그 자리엔, 예의 그 왼골만한 골짝만 하나 나타났다. 만약 그 개미가 어디서 볼 수 있었더면, 그것은, 족히 백년의 사역을 치르고서야 이룰 수 있을 그런 것이라고 생각했었을 것이다. 그러면서, 어찌하여 그렇게나 큰 힘의 이삭 한톨을 인색해했던지를 또한 두고두고 의문했을 것이었다.
「글쎄, 흐흐, 이 땡볕 속에서, 흐, 글쎄, 바람도 없는데, 나는 춥기만, 이상하게 춥기만,」
「글쎄 그러구보니 글쎄, 나도 춥기만 이상하게, 춥기만 춥고……」
 사복은 그리고 멍해져, 벼락 맞은 나무등걸에 걸린, 늙은 요부의 치골이 있을 곳을 건너다보기 시작했다. 그러면서 추억인지 뭔지를 쬐끔 토해되씹어 보다 입을 다물었다.
「글쎄 춥기만 춥고…… 후훗참, 그랬었구나, 잘 익은 배맛은 없었어도, 허긴 반이 곰이 띈 곶감 맛은 있었댔어, 것두 나쁠 거야 없구 말구였지,」
 따님은 석새삼베 속곳 하나만을 입고 있어서, 그 속에서 혼백이 내왕하는 것이 보일 듯도 싶었는데도, 그리고 또, 그 혼껍질 한벌만을 줄곧 일흔 다섯 해나 입어 와서, 그 속의 뼉다귀들이 삭아지는 소리를 내는데도, 그런 가난 따윈 벌써 초극해 버린 모양으로, 그땐, 너무 피다 시들어드는 웃음이나 홀리고 헐헐하고 있었다. 그러면서 세 철만큼씩 걸려 눈을 한 치씩 감아내렸다. 뱀이 자기 속으로 스며들어 버리고, 자기가 뱀 속으로 빨려들어 버린, 그 일체감을 얻고 있는 듯했다. 신음도 사그러지고, 뱀도 더 지랄을 떨지 않았다. 그리고 나자 거기 남은 것은, 낡은 한 빈 뱀자루와, 그 자루를 쓰륵쓰륵 빠져나와선, 그 자루의 치골 위에 대가리를 얹고, 액기 탓에 괴롭게 또아리치다 잠써 버린, 한 마리의 긴 정충뿐이었다. 그리곤 갑작스레 그런 모든 비유(非有)들 위에서 여름이 시작돼 버렸다. 그것은 맹혹한 여름이었다. 그 안에선, 신들이나 제사장들이나, 모두 처참하게도, 겨울에 조금씩 삭혀뒀던 이것저것을, 심지어는 자아까지도, 개헛바닥처럼 토해 놓고, 늘어져 버린다. 여름을 태우는 한낮 속에선 그 래서 왕국들이, 누룩에 의해서처럼, 태양열에 의해 부풀려져 흘러가 버린 다. 남는 건, 늘어난 속을 어떻게도 줄여맬 수 없어 구멍나 버린, 품 좁은 껍질들뿐이다. 그래서 여름에 울자고 사는 벌레도 정작으론 곡조를 주워 담지 못하고, 빈 구유에 몸을 눕히고도 여름의 포만 때문에 겨울을 참았던 소도 역시 정작으론, 넘치는 네 통의 구유에 손을 집어 넣고도 들어올리질 못한다. 허긴 돌도 그늘 쪽만 살아 있는, 이런 여름의 맹폭한 겨울 가운 데선, 모든 생명이 다시 한번 뿌리로 이어지는 여행을 강제당한다. 그리 하여 태양의 혀끝에 젖꼭지를 난도질당하는 땅의 몸시려함을, 그 격렬한 내정(內情)의 한끝을 엿느끼며, 그 겨울을 참는다. 그런 건 처녀다움이며, 또한 순전한 처녀다움이다.

「헌데 이건, 젠장, 송장보다도 더 조용하구나,」

사복은, 발치 건너편, 벼락 맞은 나무 밑 고뇌가, 너무 쉽게 평정을 얻 어 버렸기에, 다시 몹시 심심해져, 뭔가 번열을 내고 있는 것이 없나 하고 찾다가, 갑자기 여름과 해후를 하곤 어리떨떨해져, 그렇게 투덜댔다. 그 리곤, 하품을 한번 하곤 발을 쭉 뻗어 허리의 피로를 발끝으로 보냈다. 「도대체 바람 한점 없고, 산기슭 푸른 그늘에도 바람은 한점 없고, 젠장 이 긴긴 한낮 내내 바람은 한점 없고,」 사복은 다시 하품을 했다. 「헌데 가만 있자, 그 개민 지금쯤이라면 골짜구니에서 올라와 버렸을까, 지금쯤 이라면——」 사복은 도대체 너무 할일이 없었기에, 그 개미라도 생각하려 하다가 종내 두통을 느끼고 말았다. 무엇이 머릿속에서 쑤물쑤물하고 있 었고, 헌데 그것은 바로 그 일개미였고, 그것은 자유의 한계를 옥죄고 들 었다. 그것은 해가 중천이었을 때 느꼈던 배설기나 같은 것이었다.

모든 건 잠결에 이뤄졌던 것이지만, 누군가가 엉덩이를 한차례 갈겨대 곤 따라나가자고 해서 따라나갔었고, 손을 뒤로 돌리라고 했기에 하품을 하면서 돌려댔었고, 그리고 한번인가 하품을 더 했었을 뿐인데, 어느덧 밤이 새버렸고, 오전도 반이 다 흘러가 버렸던 것이고, 그래서 보고 사복 은 비로소, 자기가 큰비암 아랫둥치에 불알처럼 매달려 있었음을 알았던 것이다. 새끼손가락 하나 굵기는 넉넉히 되는 삼노끈이, 잠결에 돌려댄 두 팔목을 비끌어매곤, 매우 거북하게도, 큰비암님을 뒤로 안고 있도록 해놓고 있었던 것이다. 그리고도 오줌만 마렵지 않았더라도, 조금 더 천천히 부자유의 쓴맛을 느꼈겠지만, 그때 제길하게도 오줌이 귀두 끝까지 차오르고 있었다. 그래 사복은 몹시 투덜대며, 별수 없이 입은 채 갈겨 버리고, 물잠뱅이가 젖어 있는 동안 내내 욕설을 뱉았다. 그러면서도 차근히 자기 상황을 살펴보곤, 나중엔 씨석씨석 웃기까지 했다. 「남이 잠에 꾸들어드는 틈을 탔다는 게 간특하긴 하지만, 후훗, 그러고 보니 이 따위 삼노끈이란 시늉에 불과하군. 이까짓 것쯤, 터서리에 둬 번만 문질러도 동강이 나버릴걸 뭐, 그러고 보면 후훗, 할미도 꽤는 재치꾼이고, 농담꾼이야,」—— 그때 그것은, 끊어던져야 될 아무 이유를 못 가진 것으로, 사복에게 변했다. 오히려 그것은, 거의 달콤한 기분까지를 사복에게 주었을 정도인데, 그와 같은 작은 규제로 하여 사복은, 자기도 조금은 쓸모 있는 짐승으로 이 세상을 살아 왔었다는 것을, 최소한 자기에게만이라도 증명할 수 있었던 때문이다. 허긴 그것도 그랬을 것이, 사람들이 알아 주기론, 자기는 뱀으로 태어났어야 될 것이 사람으로 태어났기에 어디도 끼일 수 없는 어중간한 짐승이라고 해서 홀대했는데다, 양부(養父)까지도 자기에게 실망하고 있는 상태에 있었기 때문이다.

떠도는 얘기에 의하면, 사복은 사실로 그렇게 태어났던 것이다. 어떤 매우 달덩이 같았던 소쿠리장수 하나가, 거의 달 건너 한 번씩, 사기를 바꾸러 소쿠리짐을 저고 다녔었는데, 아무 해 아무 날 해거름판엔 그런데, 그 소쿠리장수가 소쿠리짐은 짊어지지 않고, 이상하게도 소쿠리 하나만을 배에 엎어 뭘 숨겨가지고 와설랑, 마을엔 들르지도 않고 먼저 큰밭 가운데로 똥마려운 듯이 건너갔더라는 것이고, 그래 그걸 수상쩍게 생각한 아무개네 팔순 노인이 거기에 당도해 본즉슨, 그 소쿠리장수는 이미 없고, 소쿠리만 하나 덩그마니 큰비암님 아래 놓여 있었기에, 다가가 들여다보니, 박덩이 큰 것만한 뱀알이 거기 담겨 있더라는 것이고, 그래 그걸 기이히 여긴 아무개네 팔순 노인이 장죽에 불붙이고 앉아 돼 가는 꼴을 기다리자니, 해가 지려면서 큰비암이 등천을 하는데 천지가 흔들리더라는 것이고, 그래 하도 무서운지라 눈을 살콤 한번 감았다 떴을 뿐인데, 어느덧 큰비암님이 그 알 위에다 붉은 정수(精水)를 토해 놓았더라는 것이고, 그러자 조금 있으니 알이 깨이더라는 것이고, 그것은 처음엔 뱀으로 보였는데, 헌데 눈 한번 다시 닦고 본즉슨 사내애였더라는 것이고, 그야 물론 그 옌넨 소쿠리장수가 아니라 큰비암님이었다는 것이다.

어쨌든 그러했음에도, 그 새끼 뱀을 저어하지 않고 품에 넣어간 사람은, 스물 다섯 살이 되었을 때, 살던 산막으로부터 훌쩍 떠나, 어디 가선

지, 팔만잡귀잡령 부랑하는 도깨비들을 창호지에 묶어서 당나귀 등에 한 짐이나 싣고 서른여섯엔가 돌아와선, 마을에다 소금처럼 뿌리려다 실패하곤, 그리고 그 뒤부턴 입 딱 다물곤 사기나 옹기를 구워 객상 상대로 팔았던 따님의 그 외동아들이었고, 그는 그때 마흔 한 살이었었는데, 어머니 움에 내려와 있었던 터였다. 헌데 창호지에 묶어 온 도깨비 부랑배란 다른 것이 아니었고, 해를 해라 하지 않고 똥그라미 속에다 점을 하나 찔러 놓았다든지 달을 달이라 하지 못하고, 부러진 낫조각 같은 모양에다 두 버팀 쐐기를 찔러 놓았다든지 하는 그런, 도대체 옆으로 보나 서서 보나 백해무익한 환을 일컬었던 것이다. 해는 해고, 달은 달이고, 그것들은 하늘에 있으니 거기서 보면 되고, 또 아무리 봐야 해는 구멍이 없을 뿐 아니라, 달은 없을 때도 있고 있을 때도 있고, 반달일 때도 있고 왼달일 때도 있는데, 어째 하필이면 이를 악다물은 초생달만 달일까부냐, 제길헐놈의젊은놈이할짓이그렇게도없더냐. 애들을 둔 마을의 어버이들은 결국 분노하고 말았다. 허지만 그는 아무것도 설명할 수가 없었던지 입맛을 한번 다시곤, 돌아가서, 옹기 굽는 일에 세월을 보내기 시작했다. 열세(閱世)에서 그는, 자기 고장의 토질이 무척 우수하다는 것을 알아냈던 것이다. 마을에선, 피는 어쩔 수 없어, 애비의 일을 물려받았다고 쑥덕댔다. 허지만 배나무집에서 쑥덕이는 소리가 채 샘집 골목을 다 굴러가기도 전에 그는 논밭을 사기 시작하더니, 그것들을 다 어머니 소유로 해두곤, 옹기업은 때려치워 버리고, 사복에게 정들이며, 잡환나부랑일 사복이 세살적부터 가르치기 시작했다. 물론 어머니 소유의 전답이야 소작인을 두었겠었다. 그 소작인은 세 깐 마음 중 두 깐은 굴뚝 속 같고, 한 깐 마음만 거길 빠져나온 흰개꼬리 같았을 뿐이지만, 마을 사람 중에 요순을 아는 사람은 없었으므로, 그의 이름이 요순을 대신했다. 그리고 마을의 그 요순에 의해서, 큰밭 가운데에 사는 따님과, 산기슭에 사는 따님의 아들과 사복과, 마을 사이에 연결이 지어지고 있었다. 그에 의하면, 따님의 아들은 하늘이 낸 효자며, 사복에 대해선 서리처럼 엄하다고 했다. 그러나 뒤해 전부터, 정확하게 말하면 사복이 만 열여섯이 되던 해부터 그가 획 바뀌어져, 외인 만나기를 꺼려하는 것을 둘째 쳐놓고라도, 사복까지도 귀찮아하고 있다고도 했다. 사복의 입장에선, 그때부터 기를 좀 펼 수도 있었지만, 그 탓에 한숨도 더러 쉬어야 되었었다.

어찌되었든 이번엔, 종적도 없었던 그 개미가 어느 덧 머릿속으로 옮아와, 배설이 하고 싶어 안달을 시작한 것이다. 규제가 주는 달콤한 예참

(預參) 따윈 문제도 되지 않고, 오히려 그건 환멸로 변했다. 그래서 사복은 속으로 어떤 종류의 반란을 도모하기 시작했는데, 그때 마침, 늙은 색부의 목침 같은 치골 위에서 변화가 일어났기에 사복은, 이내 머릿속 배설기를 잊어버릴 수 있게 되었다.

죽은 듯하던 얼룩뱀이 갑자기 살아나서, 머리를 쌀래쌀래 저으며 혀를 사려내다간, 스르르 또아리를 풀더니 사복 쪽으로 기어 오기 시작한 것이다. 그걸 보고 사복은, 너무도 기분이 좋아 쿨쿨 웃기까지 하며, 그것과 똑같이 혀를 낼름거려 주기도 했다. 사복의 생각에, 그것은 늙은 계집에게 넌더리를 내고, 자기에게 오는 것이라고 했다. 그래서, 한꼬투리의 잘 익은 머루 같은 파리뭉치를 흐물트러지게 한 입 물고 시들어지고 있는 따님께, 어깨도 으쓱해 보였지만, 그러나 뱀의 입장에선 굉장한 실속이었던 모양으로, 사복의 발끝이 몸을 건드리자, 한사코 방향을 돌리려 했다. 했지만, 사복은 발의 왼갖 잔꾀를 다 부려, 그것을 불알 밑까지 유인해다 놓곤, 넋 잃고 관찰하기 시작했다. 그것은 확실히 개미보다는 백배나 더 흥미 있는 놈이었고, 호랑나비처럼 아름다운 놈이었다. 보통보다 뚱뚱하고 길어서 의젓하고 너그러워 보였는데다, 무뚝뚝해서 믿음직스러운 분위기까지 지니고 있었다. 그리고 햇빛 아래서 반짝이는 그 전신의 빛깔은, 사복에게 달밤의 해당화 울타리를 연상하게 했다. 그리고 그것은 곧장 그것으로 환치되어 버렸다. 폐결핵이나 문둥병으로, 또는 시집길에 살(煞) 때문에, 죽은 자의 한 같은 것이라도 싸안고 있을 듯한 그 그늘의 음침스러움, 그 음침스러운 속에서 달빛을 탐하며 소리없이 피를 뱉는 꽃송이들, 그 울침 맞는 웃음들,──「그것은 젖은 서답에서도 피었었다. 해당화 꽃잎을 뭉쳐 너는, 그래 너는, 그 웃음들을 닦아냈구나, 그러면서 울었는데, 젠장 나는 불알이 아팠다.」 사복은 꿈속에서처럼 중얼댔다. 「닦아내도 내도 끝없이, 문둥이가 웃었지, 그건 달빛 속으로 흘렀다. 허지만 난 네가 뒈져 주면 좋겠어, 정말 뒈져 주면,」

사복은 그런데, 그것 위에도 또한, 뒤꿈치를 퍼부어 대기 시작하고 있었다. 황소라도 쳐 눕혔을 그런 뒤꿈치를 퍼붓고 있었다. 한 뒤꿈치가 쳐들리면 다른 뒤꿈치가 쩍어 내렸고, 그 뒤꿈치가 솟아오르면 다른 뒤꿈치가 쩍어 이겼다. 물레방아나, 관음보살만큼이나 많은 뒤꿈치를 그는 갖고 있었다. 그러는 동안의 그의 얼굴이야말로 진짜 달밤의 해당화 울타리 그것이었다. 달빛보다 더 푸러진 얼굴 속에서 눈이 붉게 타고 있었고, 피 같은, 문둥병 같은 웃음은, 그 얼굴을 덮은 음침 맞은 그늘 속에서 살(煞)

처럼 뻗쳐나왔다. 「돼져, 주면, 나는, 네가 돼져 **주면**, 좋겠어 돼져,」

그리했어도 물론, 그 얼룩뱀은 그렇게 쉽게는 돼져 주지 않았다. 그것이 비록, 귀부인의 정부였던 동안은 죽순처럼 연하긴 했었다더라도, 탯줄이 탯줄인지라, 그 저주의 근력(根力)을 아무렇게나, 그저 그만큼 굵기와 길이의 무슨 검은 불꽃 같은 걸로나, 화신시켜 미련 없이, 훌쩍 떠나 버리고, 껍질만을 남길 것 같진, 결코 않았다. 비록 복병에 당해, 대가리를, 목을, 허리를, 꼬리를, 뜨거운 모래 속에 처박히지 않을 수 없었다더라도, 놈 또한 혹랭(酷冷)한 불길로 타고 있었으며, 타는 증오로 얼어굳고 있었기 때문에, 이 승강인 쉽게 끝날 것 같지가 않았다.

그럴수록 사복은 더욱 초조로와지고, 나중엔 어디서 비롯되는지도 모를 공포를 느끼게 되었다. 그때는 그는, 자기가 도대체 죄라곤 없는 얼룩뱀 한 마리를 상대하고 있었다는 것을 깨닫고 있었다. 그래서 그 승강인 결국, 아무 의미도 없는 것으로 변해져 버렸지만, 사복으로선 도대체 어찌 할 바를 몰랐다. 마구 도망치는 짓으로서 뒤꿈치를 퍼부어대는 수밖엔, 정말이지 그는 어찌할 바를 몰라 쩔쩔맸다.

그러나 희끄무레하게 웃었는데, 무섭게 꿈틀거리며 다리를 휘감아 틀던 그것의 몸부림이 희끄무레해져 버렸기 때문이다. 사복은 그때에야 그것을 조금 멀찌감치 차 던져 버릴 수가 있었다. 쉬파리들이, 둥글고 긴 희끄무레한 죽음 위로 날라붙기 시작했다.

그러나 그것뿐으로, 적막해져 버린 여름의 한군데도 흠난 데라곤 없고, 처음엔 그냥 희게 투명하던 물도 깊어지면 푸러지듯이, 천지가 노랗게 탁해진 걸로 미뤄보면, 햇볕만 줄곧 쌓였던 모양이었다. 그래서, 무게를 더하는 볕의 밑바닥에서 참고만 있던 수목이, 풀줄기가, 벼락 맞고 죽은 나무가, 심지어는 오방을 주류한다는 큰비암님까지도, 형체보다도 두 배도 더 불어난 내용을, 복숭아나무 동쪽가지처럼 괴롭게 토해놓고, 열귀풀이에 들었다. 그러는 동안 형체들은 빈 속 탓에 더욱 짧아져 갔는데, 사복은 파리들의 뱃속으로 삼일간 여행하며 쉬로 부활하는, 그 얼룩뱀의 복음(福音)을 보면서, 비로소 천천히, 자기의 살육을 이해해 보려고 했다.

했지만, 끝내 다시 체머리를 혼들었을 뿐이고, 도대체 쓸모라곤 없을 듯한, 자기의 연정(憐情) 몇 낱을 주워들었을 뿐이다. 자기는 언제나 좀 쓸쓸해 있는 탓에, 무엇에든 금방 깊은 정을 쏟아 버리는 탈이 있고, 그 때문에 정작으론 개미새끼 한 마리 죽일 수 없다는——바로 그런 연정이었다. 그러고 나니 울고 싶은 기분이 쬐끔 들어, 사복은 따님을 찾았다.

누구라도 좀 자기의 눈물을 봐 줬으면 싶어서, 그래서였다. 그랬지만 결국 울지를 못하고, 입만 헤벌린 채, 사복은 멍해졌다.

어느녘에 깨었는지 잠을 깨어, 따님은 사복을 그냥 한정없이 정처없이 건너다만 보고 있었다. 헌데 표정도 없고 움직임도 없어, 그녀 역시 무슨 희끄무레한 죽음으로만 사복에겐, 보여졌던 것이다.

「허, 허니깐 저어,」 사복은 멍해졌으면서도, 뭐라고는 몇 마디 해야겠다는 생각은 간신히 해냈다. 「허니 보고 있었구먼요, 쭈욱 보고 있었어요,」 사복은 여기까지 말해 놓곤 히쭉 웃었다. 그리곤 입술에 침을 바른 뒤, 눈을 히번득 히번득 굴려, 이상스럽게도 자기를 휘감아싸는, 따님의 눈의 주술을 풀어 버렸다. 그런 뒤 이번엔, 멋지게 한번 웃어젖혔다. 그 웃음은 잔솔포기 그늘에 누워 연습해 두었던 것인데, 성년제(成年祭)를 지내면 턱하니 한번 웃어젖혀 어른인 것을 증명하려 했던 바로 그것이다. 성년제라야 오늘 해지고, 오늘 달 중천에 오면 지낼 터로, 목전에 온 것이지만, 아무래도 그 웃음이 지금 끼이게 되는 게 더 마땅할 것도 같아, 사복은 말하자면, 장릿쌀 주듯, 그렇게 웃어젖힌 것이다. 턱하니, 멋지게, 명년 가을 웃음을. 그리곤 지혜를 다해 씨부리기 시작했다. 「그, 근데 이거이, 거 몹시 안 됐구먼요, 글쎄 그 탓에 나도 좀 울려고 했다구요, 속으로야 펑펑 울었죠 물론, 헤헤헤,」 사복은 자기 얘기가 꽤는 요령 있게 돼 간다고 믿었다. 「글쎄, 나도, 이 친굴 보자마자 턱하니 반했댔으니, 허, 헌데 이 친굴 좋아했었구먼요,」 사복은 목청을 가다듬느라 헛기침을 둬 번 했다. 「아 그런데, 그게, 글쎄 묘하게도 그렇더구먼요, 글쎄 그랬어요, 역시 이 친군 좀, 섬뜩지근한 건 사실 아니냐 이 말이죠, 헤헤, 글쎄 맞는 얘긴 얘기죠, 그래서는 더 반하게 하는데 말이죠, 글쎄 그게 반편이 계집애 서답하고 뭐가 다르냐는 이 말을 하려는 중이죠, 후훗, 아하 그러구 보니, 보니, 그것이 글쎄, 죽음을 끄집어냈구나, 아 그러구 보니깐, 깐은,」 사복은 이 대목에서 한번 더, 예의 그 멋진 웃음을 걸판지게 날렸다. 「……이제쯤은 따님도 아셨을 만하구먼요, 참말이지 아실 만합니다, 아, 아버지, 후훗, 이놈이 방금 전에 그 물리(物理)를 얻은 겁니다,」 사복은 그러나 갑자기 목병이라도 얻었는지, 높였던 목소리를 목구멍에다 집어넣어 버리곤, 얼굴을 찡그리며 우물거렸다. 「……헌데 젠장마즐, 나도 어떻게 된 셈인지 작것, 통 알 수가 없을 뿐인데…… 가만있자, 그래, 반편이 계집애 서답은 불알을 땡땡하게 굳게 했었다, 허으 고 병신, 내가 말해 줬었지, 너 같은 건 뒈져 주면 그 아니 좋겠어? 후훗, 해도 곶감 비틀어진 맛 따위야 댈 것 없기야 했지, 헌데 가만있자, 씨부랄, 고게 뒈져 주면 생각이 그럴 듯이 떠오르는 건데, 아뭏든 내가 말은 옳게 들려 줬으니 저도 생각은 있겠지러, 젠장마즐, 아 나는 불알만 여물고 말았다……」 그러다 사복은 뒤꿈치로 땅을 굴렀다. 「……후후, 아 할머님, 따님, 드디어 생각이 났읍니다, 생각이 후후후, 그것이 이눔의 속에서, 속에서 인(仁)을 불러낸 겁니다, 인을, 이 말입니다, 아버지, 인이란 그런 것이었읍니다요, 그래요, 이눔의 비뚤어진 옹기 속에서도, 때로는, 하나를 넣으면 하나가 고스란히 나올 때도 있다는 것을, 후훗, 이제는 아실 뗍니다, 예 아실 뗍니다,」 사복은 진정으로 의기양양해했다. 그도 그랬을 것이, 사복은 걸핏하면 책망만 들어 왔던 것이다. 「이 답답한 친구네야, 너는 비뚤어진 옹기 같은 그 머리를부터 깨버리는 게 낫겠다, 그래서 차라리, 넣으면 새버리는 쪽이 낫지, 거 하나를 넣으면 하나가 썩고, 둘을 넣으면 둘이 썩고 마니,」 ──사복으로서도 물론 속이 없었던 건 아니다. 그런 책망을 들을 때마다, 속으론 물론 쫀쫀스럽게 갚으며 살아 왔던 건 사실이다. 「허지만 저의 대가린 소리는 안 냅니다요, 대체 이 따위 쓸모없는 환나부렁인 뭣 때문에 이 비뚤어진 옹기 속에다 꾸역꾸역 처넣으려는지, 난 정말이지 알다가도 모르겠다니까요, 내참, 정말이지 전, 먹지도 못할 김장 담겠다고 그릇까지 깰 생각은 없어요, 이제 두고 보세요, 아버진 소리내는 그 머리 탓에 어느 때든 온전하진 못할걸요, 안 그럴 수 있어요? 오만 잡귀의 환님들이 지저귀고 날르는데, 대체 안 그럴 수 있겠어요?」 헌데 대체, 안 그럴 수 없었던지, 사복의 생각에, 그가 그 증상을 나타내기 시작했다. 황하에 살던 용마가 물고 나왔다든가 지고 나왔다든가 하는 쉰 다섯 점의 그림에, 또는 낙수(洛水)에서 나온 거북의 등에 새겨 있었다든가 하는 마흔 다섯 점의 글씨에, 뭐라는 것에, 빠져 거의 죽어가는 형편이었다. 그는 나중엔 그것들을, 천정에고 벽에고 창에고, 심지어는 방바닥에까지 새까맣게 그려 놓곤, 왼골안 사는 토끼처럼 둘러다니며 뜯어먹었다. 사복은 그래, 썩 편한 나날을 보내며, 깨어지지 않은 자기의 대가리 탓에 쿨쿨 웃곤 했지만, 알 수 없는 소적감 때문에 한숨도 쉬었다. 그러던 어떤 날은 그런데 그가, 조반을 끝내기가 무섭게, 소싯쩍에 입고 벽에 걸어뒀었을, 그 굉장히 유행지난 두루마기를 떼어 입더니, 말도 없이 횡 나가버리고 말았다. 그래 사복은, 열 두깐 마음 중 두 깐은 무척 시원해, 굴 속 같은 방에 엎드려, 담배도 뻐끔거려 보고, 불알도 긁어 보고 지냈는데, 지내다니 반달인가 지난 어떤날 밤엔, 급기야 그가 조금은 환한 얼굴로 돌아왔던 것이다. 헌데 그는 품에다, 겉보기에 다섯홉들이는 족히 될, 주둥이가 작은 수정으로 만든 병 둘을 안고 있었다. 그건 아마도 특별히 그의 주문에 의해 깎여졌던 듯이도 보였다. 어쨌든 사복의 생각에, 〈틀림없이 아버지는, 저 병 속에다, 도깨비들 소리내는 화상들을 담아 두려는 것이다〉고 했었다. 그것은 비뚤어진 데라곤키녕, 너무 우아해 눈부신데다, 맑기가 물보다 더해, 그 속에서 무엇이 썩는지 새는지, 싹을 돋구는지 꽃을 피우는지를, 너무도 잘 볼 수 있도록 돼 있던 것이다. 아뭏든 그는, 이튿날은 방안의 모든 그림들에, 이긴 황토를 덮어씌워 버렸다.

「인이란, 아버지, 그런 겁니다요, 젖은 서답이 불알을 긁는 것 모양, 섬뜩지근함이 인을 불러내는 겁니다요, 글쎄 인이란 그런 것이라구요, 그러니 인이란 혼자 사는 중늙은인 아니죠, 헤헷, 그래서 제가, 저눔의 섬뜩지근한 벌레를 짓쳐버렸던 모양이었죠? 아 그랬어요, 인이 살생을 한 겁니다요,」씨부리다 사복은, 뭣이 몹시 어리떨떨해져 버린 모양으로, 입을 헤벌린 채 다물이지도 못했다. 발가락만 꼼지락꼼지락하다간, 결국 병신같이 웃어 버렸다. 「어찌됐든, 저 섬뜩지근한 족속은 그 인 탓에 돼진 건 사실이야, 어떤 개새끼가 바위를 보고 인을 느낀단 말이냐? 속에 아름다움을 지니지 않았다면 어떤 빌어먹을눔이 비맞은 개똥을 보고 눈을 찌푸린단 말이냐? 젠장, 내가 틀렸으면 또 어떠냐? 나는 머리만 아프구나,」

사복은, 머릿속이 멍해져, 따님이 등을 받치고 앉은 벼락 맞은 나무끝으로 해서, 저쪽의 회황색 하늘을 그냥 멀거니 바라다보았다. 해는 등 뒤에 있었기 때문에 볼 수 없었지만, 그 하늘에 어느덧 저녁빛이 어려 있었고, 또한 마을의 저녁 연기가 물림받은 객귀 모양 피어오르고 있었다. 그런 건 순간 사복을 외롭게 했다. 사실로 언제나 석양녘이면 사복은 외로왔다. 한번도 본 적 없는 어머니를 그립게 하고, 또한 마을을 그립게 했다. 그는 섬돌에 앉아서, 소를 몰고, 또는 풀짐을 지고 골목으로 들어가는 사람들을 바래며, 아무리 눈닦고 보아야 집이라곤 사십여 채밖엔 없는 그 마을의 어디에, 그래도 자기 어머니는 살고 있으며, 자기를 기다려, 부엌을 들락이며 사립문을 흘깃거리고 있으리라고 했다.

「헌데 정말 내 이 가죽주머니 속에, 비뚤어진 옹기 같은 것일망정, 아직도 머리통이 있기는 있는가? 헌데 저 늙은 무자치 같은 따님은, 아 드디어 움직이고 있구나.」사복은 생각했다. 「이눔의 큰비암을 이 이상은 더 못 참겠어. 그러구 보니 대체, 나는, 이눔의 큰비암놈의 낯짝을 조금도 모르고 있었댔군, 아 그래, 후훗, 오줌을 한번 디립다 갈겨 주마, 허긴 그 래주마,」 생각을 하며 사복은, 머리가 무거워 가슴 위로 머리를 떨어뜨렸 다. 벌써 네 번이나 젖었다 마른 물잠뱅이에서 흙냄새도 비슷한 지린내가 풍겨 올랐다.

비록 일흔 다섯이라도, 꼿꼿이 걷고, 꼿꼿이 말하고, 꼿꼿이 살았던 그 따님이, 이 석양엔, 벼락이나 소금에 의해서처럼, 왠지 가엾게도 꺾이고, 흔들리고, 풀이 죽어, 나락 닷말짜리 새경의 새끼머슴 짐으로도 반짐도 못 될, 그 몸 하나를 갱신 못 하고 헐헐거렸다. 그녀는, 아무 소리도 낼 수가 없고, 아무 생각도 할 수 없고, 심지어 움직일 수조차도 없는 듯했 다. 「그이가 죽었구나, 죽었어, 죽었어,」 그녀는 몇천 번인가를, 무슨 염 주구슬이라도 돌리듯, 그 말만을 목구멍에서 반복했을 뿐이다. 아마도 그 것이 병이었으며, 느닷없이 와 버린 경직이었던 모양이었다. 그러나 그녀 의 세 어미 중의 한 어미가, 이 굳은 딸을 부드럽게 쓸어 조금은 유연하게 해 주었는데, 세월이 느슨느슨 이 큰밭 가운데를 지나다, 이 딸의 곤혹을 목격한 것이다. 해서 일어나게 된 따님은, 고개를 떨군 사복을 내려다보 다간, 갑자기 생각난 듯, 몸을 돌이켜 거의 벌벌 기면서도 부산을 다해 자기의 움 속으로 들어가 버렸다.

그 움은, 열네댓 자 길이에 대여섯 자 넓이의 토굴로, 매우 이상한 분 위기를 지녔던 한 옹기장수가 장사차 왔다간, 네 철이 다 지나도록 떠나질 않고, 주로 공지니네 집에서 밥을 빌어 살며, 기묘한 옹기를 하나 구워냈 던 그 토기장(土器場)이었다. 그런데 그는, 그 기묘한 옹기를 큰밭 가운데 세워놓고, 큰비암님이라고 한다 하며, 조끼 속 어디 안주머니에서 털어낸 몇 낱 금싸라기를 바쳐, 주육 사다 마을 사람들과 제사하고 먹고 마신 뒤, 떠나 버렸던 것이다. 그리고 그가 떠난 지 두 달도 못 돼, 공지니네 음전스럽던 딸이 시집도 안 간 해산을 했기에, 마을에선 공론도 많았는 데, 그런 덕에, 시집도 안 가고 된 애어미는, 집에서나 마을에서 쫓겨나 고 말았고, 쫓겨나선 갈 곳이 없어 그 토기장에서 살았다. 뱀처럼 살았다. 그리고 뱀들과 더불어 살았다. 뱀공양을 잘 한다는 소문이 났던지, 뱀들 이 그녀를 좋아했다. 그렇게 살다보니 결국은 그것이 그녀의 직분으로 되 어 버리고 말았다.

세월은흐른다과실이라고침뱉던옛날의일들은의미가낡는다세상은어쩐지소 싯쩍보다더맛대가리가없어져버린다내일은알수없고언제나오늘은액귀에게덜 미를잡혀있는것만같다잘크던애가느닷없이염병에땀을못내고얌전하던계집애

296

가수심가나불러젖히며마슬로만나돈다지난여름엔비도걸맞았는데금년여름은
너무도긴장마다눈속에서벚꽃이피었고초저녁닭이세번이나울었다아지혜가필
요하다지혜가필요하다지혜가필요하다이건말시가아니냐말시가아니냐.

「어쩌면 이것이 말시구나,」

　움에 들어서서도, 멍하니 벽만 바라보고 있던 따님은, 그렇게 자기만
아는 한마디를 해놓곤, 뭔지 또한 자기만 아는 슬픔 때문인 듯 입을 씰룩
씰룩하더니, 비그르 무너져 버렸다. 여름이 시작되었을 때, 거기 막아두었
던 거적은 뜯어내 버렸으므로, 휑한 구멍만 열고 있는 문으로, 노을이 빨
갛게 스며들었다.

「아참, 오줌을 한번 갈겨 주기로 했었구나,」따님의 등을 멍청히 바래 주
느라 침이 흐르는 것도 몰랐던 사복은 따님이 움 속으로 스며 버리고 난
뒤에, 어쩐지 마음이 언짢아, 기분을 바꾸려며, 우선 그렇게 중얼거려 보
았다. 「허긴 그래 주마,」사복은 앨써 목소릴 과장적으로 꾸며냈다. 그리
곤 웃음까지도 하나 만들어 날려놓곤, 자기를 왼종일 큰비암게 붙들어매
고 있던, 삼노끈을 끊으려 들었다. 줄은 생각대로 그렇게 쉽게 끊어질 것
같진 않았다. 팔에 힘을 넣으면 넣을수록, 그것은 더욱 옥죄고 달려들었
으며, 손을 죽여놓으려 들었다. 사복은 당황하기 시작했다. 묶였다는 이유
로 달콤하게까지 자기를 바라보았던, 그 행복했던 오전이, 갑자기 거꾸로
서, 사복에게 중압을 가했다. 그때에 이르러선 사복은 침착할 수가 없었
다. 느닷없이 덮쳐 누른 이불폭 같은 부자유스러움에 숨이 막히고, 가슴
이 타올랐다. 그래서 용소 깊은 속에 빠졌을 때처럼, 허우적이고, 거품을
토해내고, 발을 찼다. 그렇게 하는 사복은 흡사, 거미줄에 걸린 왕매미였
고, 개미지옥에 빠진 일개미였다. 그러다 결국은 재물에 시들어지고 말았
지만, 그의 전신은 땀투성이였고, 반쪽은 상처투성이였다.

　사복은 울고 싶은 듯 체머리를 흔들다간, 한숨을 한 번 푹 쉬고, 고개
를 떨구었다.

「헌데 그렇다면 대체, 무엇이 나를 왼종일 묶어뒀는가,」사복은 맥없이
자문했다. 「이까짓 삼노끈 따위가 나를 이렇게도 묶어맬 수 있을까?」사
복은 자문했다. 「이까짓 것쯤이라면 터서리에 한번만 문질러도 동강이 날
것이 아닌가, 헌데 대체 무엇이 나를 옭고 있느냐 말이다,」사복은 자문
했다. 하다가 사복은, 정신 모자란 놈처럼 한번 웃었다. 다음으론 정신나
간 놈처럼 웃어젖혔다. 허긴 때때로, 관념의 육화란, 그렇게도 어처구니없
는 매듭에서 이뤄지지 않을 수도 있는 모양이었다. 그래서 관념과 현실에

동시에 붕괴를 일으키며, 그 관념이나 현실의 고전적인 형태를 빼앗아 버리고, 남기는 것은, 교리를 빼버리고 던져 놓은 묵시록 속의 현실 같은 것일지도 모른다.

「터서리 따위에 한번만 문질러도,」

사복이 웃는 동안에 그것은, 참으로 어이없게도 끊어져 버렸다.

몸이 온전히 자기 것으로 수복되었을 때 사복은, 다른 생각은 하지 않았고, 휘파람이나 홰홰 불어젖히며, 우선 팔을 휘둘러 거의 죽었던 팔을 살려내고, 머리를 휘둘러 두통 또한 물림해내고, 물구나무도 서 세상을 휙 뒤집어도 보았다. 그리고 갈증을 생각해내 미친개 모양, 따님만이 쓰는 웅덩이로 달려가 서너 되의 물을 마시곤, 다시 제자리로 돌아와, 물잠뱅이를 복숭아뼈까지 흘러내렸다. 곧이어 성난 오줌줄기가 곤두섰다. 그건 거의 사복의 코빼기까지 뻗쳐올라선 큰비암의 아랫두리를 뜨겁게 적셔댔다.

「어때? 자네네 늙은 마누라가 이 탓에 울었더니,」

사복은 진저리를 한번 친 뒤, 방울을 털어내며 의젓하게 들려 줬다. 물잠뱅이를 걷어올리면서는, 「헌데 듣자니 자네가 무슨 신통한 잔재주를 좀 가진 모양이며, 자네를 구워냈던 그 걸객은 귀신이었더라메? 허거든, 자 이 오줌을 피로 한번 바꿔 보라, 내 기다리겠노라,」 하고, 조롱하는 자 모양 혀를 낼름낼름 해 보였다. 그러나 오줌은 그렇게 쉽게 피로 바뀔 것 같진 않았다. 그것이 사복의 기분을 좋게 했다. 사복에게도 약간의 신앙은 있었던지, 오줌을 갈긴 뒤 속으론 은근히 겁을 먹고 있었던 터였다.

사복은 그리고 나서, 종일의 피로를 한꺼번에 느끼게 되어 어깨를 축 늘어뜨렸다. 그리고 큰비암의 그림자를 자기 어깨 위로 밀어뜨리며 지는 해를, 넋놓고 바랐는데 해는 그때, 큰밭 저쪽 푸른 석척 고개 위의 외뚤아진 소귀나무 가지에, 그 나무의 작은 귀신이 켜 매단, 이른 저녁의 등처럼 걸려 있었다. 바람은 그리고 그쪽에서, 송아지 울음과, 석양과, 소귀나무 귀신이 피우는 담배연기를 품에 담아와, 풀잎 위에 수런거려 흐트리곤, 개똥참외 밭으로 스며들어 갔다. 거기서 그녀들은, 달빛으로 켠 등을 엉덩이에 매달고, 달맞이를 나올 것이었다.

「몰랐됐었는데, 그러구 보니, 이 비암은, 그러구 보니, 무척 아름다웠댔구나,」 사복은 삼년이나 있다가, 잠꼬대처럼, 중얼중얼하기 시작했다. 「허지만 어쩌면, 나는 지나치게 배가 고파 있는지도 모른긴 하지, 어쩐지 나는 자꾸 어지럽기만 하고……」 사복은 눈을 지그시 눌러 반쯤 감으며, 깊은 데서 한숨을 한번 불어냈다. 그리고도 중얼였다. 「지는 해를 등지고 선, 저 죽은 장승의 설움은 대체 어디서 갑자기 우러나온 것인가? 그냥 언제나와 꼭같이, 도대체 이치에도 닿지 않고, 도대체 고운 데라고도 없고, 할일 없는 큰 아이가 장난해 놓은 것 같던 저것의 어디에 대체, 그 은근한 설움이 서려 있었던가? 허긴 난, 정작으론, 그래,」 사복은 눈을 치뜨고 똑바로 큰비암을 응시하기 시작했다. 「이것의 얼굴은 모르고 있었어.」 사복은 십이척 높이의 큰 비암의 위쪽을 올려다보았다. 거기, 석양을 뒤로 받아 후광 같은 걸 거느리기라도 한 듯한, 그 큰비암의 황금빛 추악한 머리가, 언제나처럼, 황금빛 꼬리를 여태도 물고 빨아들이고만 있었다. 헌데 그 그늘 쪽에 뭔지, 지혜를 감추고 손주를 내려다보는 그런 노인의 눈이라도 있는 것처럼 사복에겐 느껴졌다. 그것은 어쨌든 전혀 다른 얼굴이었으며, 한마을에서 계속 십팔 년간이나 같이 살아 왔던 얼굴은 아니었다.

사복은 그리고, 그 바로 아래쪽의 청자빛 고달픔에 눈시울을 적셨다. 거기도 물론, 변해진 건 하나도 없으며, 언제나처럼, 다만 문둥이 헌 데로만 보이는 하늘색 비늘을 두드러기처럼 아흔 잎이나 달고 있는 그런, 몸의 일부였을 뿐이지만, 그러나 그 그늘 쪽의 잠푹한 푸름은, 얼음이 풀리기 시작할 무렵의, 왼골안을 감돌던 그 이상한 고달픔을 품고 있었다.

사복은 그리고, 그 바로 아래쪽의 홍등빛 권태 속으로 걸어들어갔다. 그것 역시 언제나처럼, 다만 홍역으로만 보이는 빨간 비늘을, 부스럼처럼 아흔 잎이나 또한 두르고 있는 그런, 몸의 일부였을 뿐이지만, 그러나 그 그늘 쪽의 정밀에 찬 붉음은, 여름 석달을 내내 비 한방울 오지 않고, 줄곧 햇볕만 쌓여 버린 그런 한밤중에나 한낮 사이에 끼이는, 그 이상한 안도를 품고 있었다.

사복은 그리고, 그 바로 아래쪽의 무명빛 체념에 한숨을 쉬었다. 그것 또한 언제나처럼, 다만 백전풍으로만 보이는 흰 비늘을 구더기처럼 아흔 잎이나 역시 박아두고 살을 뜯기는 그런, 몸의 일부였을 뿐이지만, 그러나 그 그늘 쪽의 저문 듯한 흰 가슴은, 낙목한천 흰 날에 고개를 넘는 말 방울 소리 같은 그 이상한 격절감을 품고 있었다.

사복은 그리고, 그 바로 아래쪽의 잔회(殘灰)빛 주검을 열었다. 그것 역시 언제나처럼, 다만 흑반병으로만 보이는 검은 비늘을, 무사마귀처럼 아흔 잎이나 덩달아 붙이고 있는 그런, 몸의 일부였을 뿐이지만, 그러나 그 그늘 쪽의 충만된 검은 잠은, 삼동을 내내 오고, 불어젖히는, 그 눈과 북

풍 속에 끼여 있는 그 이상한 휴식과 꿈을 품고 있었다.

　사복은 그리고, 그 바로 아래쪽에까지 여행했을 때, 자기도 모르는 사이, 무릎을 꿇어 버렸다. 거기 다시, 그 큰비암의 황금빛 추악한 머리가 언제나처럼, 황금빛 꼬리를 여태도 물고 빨아들이고만 있었는데, 그것은 그때 쓰륵쓰륵 몸을 움직이기 시작했던 것이다. 죽은 것으로 거기에 있어 왔던, 그 추악하게 구워진 흙이, 그 꼿꼿하던 장승이, 천천히, 아주 부드럽게, 휘어지며, 제 꼬릴 제가 물곤 또아리를 치기 시작한 것이다. 그러면서 오색구름을 달무리처럼 흩뿌리며, 차차로 범위를 넓혔는데, 그것은 너무도 현란하고 너무도 장관이어서 전율하게 하는 것이었다. 그러나 사복은 두눈을 부릅뜨고, 그 운동의 한 끝도 놓치려 하지 않으며, 보았다. 그건 하나였다.

　그것은 그리하여 다음 순간, 한 오리의 허도 없는, 진짜로 둥근 원이 되어 버렸는데, 그러자 오색구름 같은 건 스러져 돌아오지 않았고, 한낮의 노란 해나, 계란의 노란자위 같은 것만 남아 버렸다. 그땐 까닭도 없이 그것의 회전이 중지되고 말았다. 아마도 그것은 완전 그것이라고 해야 했는지도 몰랐다. 허지만 그것은 순전히 노란 무결한 공이었고, 그 속의 풍경은 조금도 보이지 않았다. 그러했기 때문에 사복은, 더욱 간절히 그 노란 방 속을 들여다보길 원하게 되었지만, 그러나 그건 끝내 열려지지 않고, 사복에게 공포감만을 극도로 자극했다. 꽉 채워진 듯한 그 방이 갑자기 너무도 무섭게 비어져 버렸던 것이다. 그 허는, 사복으로선 도저히 더 참을 수 없게 하는 것이었다.

　끝내 사복은 눈을 감아 버리고, 모래 위에 엎드리고 말았다.

　그러자 이번엔, 무엇인지가 무시무시한 속도와 굉음으로 그의 위를 지나며, 무엇인지를 무섭게 몰아다 부딪쳐댔다. 그것은 갈라졌다 합쳐진, 어느 저녁녘의 홍해처럼, 그렇게 미친 듯이 출렁였다.

　그러다 어느 틈엔지 삼동처럼 조용해져 버려, 사복에 뭔가 소리를 그리워하게 했다. 아마도 시간이 그 모든 빈 곳을 채워들어 버린 모양이었고, 그래서 그 속에서 살던 고기들로 하여금 다시 유영하게 한 모양이었다.

　그리고서도 한참이나 더 기다렸다가 사복은, 눈치 보아 가며, 지극히 소심하게, 오관을 조금씩 조금씩 열어 보았다. 그리고 정신나간 눔처럼 반만 웃었다.

　도대체 무엇 하나 변해진 것이 없을 뿐만 아니라, 큰비암까지도, 열두 자 키에 반 아름의 굵기, 그리고 삼백육십 편의 비늘, 청·적·백·혹·황

의 다섯 부분, 그리고 하나씩 많은 머리와 **꼬리**—— 그렇게 이뤄진, 그
추악한 무의미로만 여태도 서 있었다. 그의 그늘 쪽 가슴에도, 다만, 그
저 저녁 그늘인 것만이 덮여 있었을 뿐이다.
「제길할, 나는 배만 육실하게 고팠댔구나,」
　사복은 침뱉아 던지듯, 한 마디 하곤, 부시시 몸을 일으켜, 큰비암을
그래서 등져 버렸다. 그는 자기의 빈 창자로부터 당한 사기에, 골을 냈던
것이다. 그리고도 거기를 떠나려는 생각은 손톱만큼도 하지 않는 듯했다.
허긴 떠나야 할 이유도 사복으로선 갖지 않고 있었다. 오늘 저녁엔 큰비
암께 드리는 가장 큰 제사가 있는 밤이며, 거기에 곁들여, 열여덟 살이 되
도록 손장난 한번 못 해 보도록 금제했던 그 속박을 풀어 주는 밤이다. 그
걸 성년제라고 하는 것인데, 이제는 결혼할 자격을 갖췄다는 선언식이고,
결혼할 자격을 갖췄는지 못 **했**는지는, 성년제 전날 밤에 **따**님의 심사를
거쳐서 알게 된다. 그런 건 일종의 할례라고 해야 할 것으로, 정작으로 중
요한 건, 바로 그 할례다. 그러한 것을 통틀어 속률(贖律)이라고 했다. 물
론 불문율이었지만, 아직은 범법자가 하나도 **없**었던 것으로 되어 있었다.
그걸 누구나 옳다고 믿었던 것이다. 헌데 마을의 네 친구와 함께 금년은
〈사복의 해〉가 되었던 것이니, 사복으로선, 늘상 울적하기만 했던 산막으
로 올라갈 이유가 없었으리라.
「헌데 목욕은 그만두더라도, 이눔의 손톱이라도 깎아 두는 게 안 좋을까?
그러구 보니 발도 서말 때는 없고 있구나,」 사복은 왔다리갔다리 서성서성
했다. 「헌데 아버진 뭐래얄까, 후훗, …… 허긴, 허긴 말야, 쉬흔 아홉인
데도 장가도 못 가 봤다면, 그건 안됐지, 안된 일이야, …… 헌데 사람도
짐승이라면 짐승일 텐데 말야, 암믄이지, 근데 소나, 돼지나, 닭이나, 뭐
가, 왼갖 짐승은 다 그래도 죄가 안 되는데, 왜 하필 사람만 안 되냐 이거
다 내 생각은……. 육실할, 헌데 뭐 좀 먹어둘 께 없을까? 생일에 잘 먹
자고 열흘을 굶을 수야 없지, 젠장헐, 그거라도 받아 눈감고 쳐넣어둘 걸
그랬지, 그럴 걸 그랬어,」 사복은, 물 한 대접과 쑥버무리 한 덩일 내밀고
잔잔히 웃었던 따님을 생각했다. 그때 사복은 물은 얻어마셨으면서도, 쑥
버무린 거절을 했었던 것이다. 따님의 손톱 사이에 낀 때의 내력을 너무도
잘 알았던 탓이다. 그건 참으로 손이었는데, 어떤 짓을 하고서건, 모래 위
를 한번 쓱 훑어나가는 것으로, 씻는 일은 끝났던 것이다. 「원 이런 육실
할, 뭐 좀 먹어둘 게 그래 정 없단 말이냐?」 사복은 창자를 거머쥐며, 두
리번두리번거려 먹을 걸 찾았다. 찾다가 한곳에 눈이 머물러, 파렴치한처

럼 씻득 웃었다. 「허지만 너무 너덜겼구나,」 사복은 진저리를 쳤다. 「그
래도 별수 없지 뭐, 사실 그거야 별미 중의 별미란 건 세상이 다 아는 바
아니냐,」 다시 진저릴 쳤다. 「허지만 여우를 생각해 봐라 씨앙, 그래도 털
빛만 그 아니 좋으냐,」 그리고 또 진저리를 쳤다. 「정말 쉬 덩이로구나,
허지만 알만 좋고, 살만 좋고, 새벽 울음 그 아니 좋은 닭을 생각해 봐라,
그 아니 호식하겠느냐,」 사복은, 벼락 맞은 나무둥치에서, 그것의 껍질을
떼어내고, 저절로 부러져 나뒹구는 삭정일 주워 모으면서도 씨부렸다. 다
음으론, 모래 속에서 났다가 뽑혀 말라죽은 잡초를 긁어 모은 뒤, 부시질
을 시작했다. 「별수 없지 뭐.」
　모닥은 잠시 후에 여름처럼 타고, 오래잖아 잉걸만 남겼다. 그때를 기
다려 사복은 몸을 일으켜, 짓쪓어 죽여 던졌던 얼룩뱀의 시체 곁으로 갔
다. 그건 수백 마리의 파리에 덮여 있었는데, 사복은 우선 손을 내둘러 파
리를 쫓은 뒤, 눈을 가까이 들이댔다. 그리고 사복은 똥물이라도 토할 듯
이 건구역을 하곤 물러섰다. 그건 수백 마리의 쉬가 들끓는 난장판이었는
데다 도저히 참을 수 없는 악취를 풍기고 있었다.
「개구리나 잡아 궈먹는 게 낫겠어,」
　사복은 그렇게 말하곤 풀섶으로 가려다, 무슨 생각에선지, 다시 파렴치
한처럼 씻득 웃곤, 이번엔 아무런 내색도 없이 그 쉬뭉치를 주워들었다.
그리곤 돌짝 위에다 그것의 대가리를 놓더니, 작은 돌멩이 하나를 주워들
어 그것의 목을 쩧어 대가리를 떼냈다.
　그것은 그리고 나서 불잉걸 위에서 지글지글 끓으며, 노란 연기를 솟아
올려냈다.
　사복은, 모래를 움켜쥐어 두 손바닥으로 비벼 손을 씻어내곤, 모닥가에
식인종처럼 앉아, 구수한 냄새를 피워올리며 몹시 뻐르적거리는 그 근력
덩이를 내려다보았다. 「늙었기 때메 별미였듯이, 썩었기 때메 별밀지도 모
르고, 그렇지 않더라도 인(仁)의 이치 속을 들여다보여 줬던, 후후, 그 선
생이 아니냐, 허지만 그거 다 그만두더라도 사즙(蛇汁)이란 죽을 병을 삭
히고, 양기 보양에는 제일이라,」
　큰밭 저쪽 변방, 석척 고개 언덕배기에다 해는 그때, 붉은 눈깔을 만들
고 있었다. 그러자 들이 푸르고 붉은 비늘을 꿈틀며, 산룡자처럼, 들이
들을 건너갔는데, 그 눈깔을 통해 저녁녘의 신선함이 그 들의 전신으로 퍼
졌던 모양이었다. 허긴 그래서, 지관이니 풍수라고 일컫는 오합떠돌뱅이
들이, 해가 비집고 드는 그 자리의 그 고개에다 묘 한자리를 써놓으면,

정승이 끊이질 않는다고, 셈할 수도 없는 도로들을 바쳐 왔기도 했던 터였
는데, 그러나 결국은 아무리 해도 해가 비집고 드는 곳을 찾지 못하고 말
긴 했다. 그들이 석척 고개 마루에서 해를 기다리기라도 할라치면, 해는
그들을 피해, 석척 고개 저쪽 멀기도 먼 곳으로 도망가 버리곤 했던 것이
다. 복이 닿지 않으면 못 얻는 지혈이라고, 간 뒤 다신 안 온 지관들은,
그래서 그렇게 포기해 버렸다. 어쨌든 그들에 의하면, 이 고장의 지세는
석척으로 생겼고, 소귀나무 한 그루 선 구릉은 그것의 머리를 이루고 있
다고 했다. 어쨌든, 소귀나무귀신은 저녁주막에나 간 듯, 그의 집 사립문
새끼줄엔 해묵은 부고들만 꿰어 있다.

　「싫더라도, 허긴 어쩌면, 한번 더 자드려야 될지도 모르는데,」사복은
구역질 대신에 이제는, 침을 꼴깍꼴깍 삼키기 시작했다. 그러는 동안에,
그것의 껍질이 튀겨져 벗겨지며, 속곳 사이로처럼, 얼풋얼풋 보이는 그것
의 내밀한 살 속엔, 쉬나 악취 따위는 보이지 않았던 것이다. 그러다 사복
은 기뻐서 소리쳤다. 「아 드디어, 내놨구나, 하긴 내놨구나!」제 기름으
로 저를 태우며 저의 추악함을 씻어내던 그것이, 그제야 밤송이 같은 다
리 둘을 고백했던 것이다. 「허, 허긴, 불보다는 더 차겁질 못했었군,」사
복은 감격했다. 그래서 사복도 자기의 진한 심정을 고백해 주었다. 「알았
다, 친구여, 너의 뜻을 알았네,」그리곤 서둘러, 손가락이 뜨거우면 귓바
퀴에다 대가며, 구워졌기에 뱀을, 끄집어내 씹어 삼키기 시작했다. 소금
은 물론 없었다.

　뼈까지도 다 먹어 치웠을 땐, 그 주위가 사정(蛇情)에 잠폭해져, 사액
빨고 눈꺼풀 무거워진 사동(蛇童)을 부드러이 재우려들었다. 그때, 저쪽
개똥참외 밭 속에서, 애 꾀어다 간 내먹고, 눈치 보느라 빼올린 문둥이
낯짝같이 민릇한 백중달이, 모가지 없이도 솟아올라왔는데, 솟아올라오면
서, 벌레에게는 간을, 돌에겐 또한 간을, 소에겐 역시 간을, 뽑혔던 자리
에 쑤셔넣어 주고, 처녀다움엔 간지럼을 먹여대기 시작했다. 그런 속에서
모기들은 덤을 향해 달려갔다.

　「친구네, 나도 허긴 알겠었다, 글쎄 늙다 보니 잘 익은 배맛이야 남길 수
없었어도, 살콤하게 썩은 곳감맛이야 있더라구. 오참 내게 물었었구나,
『애 요놈 보게나 엥, 요놈 이거 보통이 아닌데 이 따위 수단은 어디서 배
웠지엥, 어디서?』후후, 그래 내 멋들어지게 대답해드렸었다. 『에헤요,
할머님두, 배우기는요? 내가 가르쳐 줬댔죠, 공부라는 게 그렇게 섭게 이
치가 통한다면…… 글쎄 이게 뭐, 한번 두번이게요? 벌써 서너 달째 매

밤마다 일곱 재를 넘었는걸요, 것두 뭐 적당히 그 정도로 해둔 거죠, 헌데 고. 씨앙놈의 반편(半偏)이, 애를 뱄다구요, 글쎄 이눔의 애를 뱄다구요,』 난 물론 내 왼갖 재주 다 털어바치며 지랄이야 떨면서 대답을 한 거지, 『할머님도 잘 아실 만한 계집앱니다, 거 꿈에 걸어다니며 노래 부른다는 계집애 말씀입니다요, 글쎄, 젖은 서답 때문에 무섭다고 울었다니깐요, 그래 이눔, 해당화 그늘에서 착신하게 조져줬댔었죠, 처음에야 물론 그 이치 속을 알 수 있었나요? 난 물론 병을 생각했었고, 마개를 끼워넣으면 물이 새지 않더란 생각만 했었죠, 헌데 그게 후후, 몇 달째 서답을 안 하더니, 글쎄 그게 애를 뱃속에 처넣어 버렸다는 겁니다요, 그래 그 계집애네 부모가 하룻밤은, 후후, 낫을 꼰아들고 온 겁니다요, 그래 내 말해 줬죠, 나는 장가도 안 갔기 때문에 그애 뱃속에다 밀어넣을 애가 아직 없잖냐구요, 그리고, 누 애를 훔쳐넣었는지 동네를 뒤져보면 알 거 아니냐구요, 헌데 아버지가 아마 금싸라기 반홉쯤 줘 보낸 듯했지요, 허긴 아버지도 아시는지 모르시는지, 말씀이 없으니 난 모르지만요, 그래 내 화가 났죠, 그래 계집애게 소리쳐 줬읍니다, 『야이 씨부랄눔의 가시나야, 난 네가 뒈져주면 좋겠어,』헌데 친구네, 이런 얘기가 내 말을 가로막았었구나, 『학, 그눔, 이 나이에 이렇게 벅찼다가는 이눔이,』후후후, 그러다 저러다 친구네, 나도 별수 없더군, 너 모양 길게 늘어져 버렸댔으니, 아 그러고도, 한식경이나 지났겠었어, 나는 다시 지랄맞고 있었는데, 헌데 육실헐, 느닷없이 내 엉덩이서 천불이 났다, 『어흥, 이 고약헌눔, 이 고약헌눔,』제길헐, 그래 난 엉겹결에, 한쪽은 빠지고 한쪽은 무릎에 걸쳐 있었던 물잠뱅이를 끌어올리고 앉았었다, 그리고 모든 일은 잠결에, 헤헤, 너 웃느냐, 그래, 엉겹결에, 또 모르지, 우리들의 저 늙은 암컷의 암내에 취했던지도, 아뭏든 이뤄졌고, 젠장, 하품 한번 하고 나니, 난 묶였고, 해는 중천이었다, 허긴 묶든 말든 그까짓 할망구 더 상대하기도 싫어 내버려 뒀었을 뿐이긴 했구나, 허지만 이 뒤꿈치 탓에 불쌍하게 죽은 내 친구네, 저녁엔 네가 내게 내밀어 준 그 정성까지 합치마,」사복은 그리고 입을 오물오물하며, 몸을 비그르 무너뜨렸다. 머리는 자기의 오줌 자국 위, 큰 비암의 밑둥에 놓여졌다.

「이 무슨 기구한 팔자가, 이 무슨 놈의 팔자가, 생이별에, 사이별에,」

그냥 한 마리의 얼룩뱀이 죽었을 뿐인데, 그런데 그때로부터 왠지 어죽어, 형체만 남게 된 따님은, 그래서 저녁빛까지도 빠져나가 버린 그 칠흑 같은 어둠 속에 전복처럼 기복해 있었다. 허긴 그 뱀은, 본의든 아니

든 본래의 자기 것보다 두 배나 더 불어난 무게로 살다 죽은 건 사실이었
다. 따님의 얘기에 의하면 그것은, 그 이중의 무게대로 고스란히 죽어 버
렸던 모양이기도 했다. 그러나 그 뱀이 되어서 보자면, 어쩌면 그 뱀은
이중의 무게 탓에, 사실로는 어느 쪽의 것이든 반쪽의 무게도 제대로는
갖지 못했을지도 모른다. 다만 확실한 것은, 그 어느 쪽이나 없이 다 개
종도였다는 것뿐이다. 큰밭 가운데는 그 큰비암이 퍼렇게 살아 있었는데
도, 그들은 그의 앞에서 공공연히 만나고, 공공연히 영교를 가졌던 것이
다. 아뭏든, 상(喪)을 당하고서 따님은, 살아 있는 죽음이 되어 버렸다.
  달빛은, 빛이 더욱 여물수록 수풀의 그늘을 또한 더욱 여물게 하는데,
그 수풀의, 그늘 담긴 도랑에서 몸씻는 계집의, 계집은 안 보이고 오줌 퍼
내지르는 소리만 보이기 시작했을 때, 속률(贖律)에 옭혀 산으로 올라가
살아 버렸던 따님의 늙은 아들이, 별로 깨본 적 없는 불출(不出)로부터, 제
참(祭參)을 위해 내려왔다. 열세길에서 돌아올 수 없었던 그 십년을 제외
하곤, 비록 앓고 있었을 때라도 그는, 꼭이 제사엔 참례했던 터였다. 그
리고 그때마다 그는, 산삼주라든가, 비싼 값에 산 모시베옷이라든가, 하옇
든 뭔가 선물을 갖고와, 먼저 어머니를 예방하는 것이 그의 습관이었다.
그러나 해마다 그는 세 해씩도 더 늙어 자기 어머니보다도 주름이 많았
다. 그런 젯밥이라면 객귀도 코를 쿵쿵거리고, 물러앉을 그런 정도였다.
  헌데 그 속률(贖律)이라는 것이, 다만 한 사람, 그의 경우에선 속률(束律)
인 것으로 변하고 말았는데, 큰비암으로부터 은근한 초청이 있어 저녁 한
끼라도 얻어 먹어 본 적 없는 그가, 어떻게는 타인의 새 출산을 위한 양
수(羊水)로나 버려진 것 같았다. 그러고 보면, 〈머리가 소리를 냈음은〉
그 두 속신의 싸움 탓이었음에 틀림없었다.
「이 괴로워하는 속물아,」 속신(贖神)은 은근히 늘 그를 종용했다. 「자,
아무도 보는 사람 없구나, 그러니 가라, 따님께로 이제라도 가라, 가서
정(精)을 쏟고, 진짜의 사내로 태어나라, 괴로와 말라,」
  그러면 속신(俗神)은 힐난한다.
「허지만 그 엔네는 이 사내의 어머니가 아니야?」
「물론 그야 그렇지. 그렇지만 이 사내만의 어머니는 아니잖나. 모든 생
명의 어머니란 말이다. 그리고 이 사내도 그 생명 중의 하나다. 그러니
이 사내도 그냥 일반적인 사내일 뿐이지.」
  속신(贖神)은 감정내지 않고 조용히만 말한다.
「허지만 그 엔네의 진육(眞肉)의 진통에서 태어난 건, 오직 이 사내 하나

뿐인 걸 잊을 순 없다.」

  속신(俗神)은 분노한다.

「허지만 이 속된 족속아,」속신(贖神)은 조금 짜증을 낸다.「근본적인 문제를 외면하고서는 아무 얘기도 안 된다. 그 교미란, 따님이라는 한 매체를 통한, 대지와 세월과 유모에 대한 한 복종을 의미하며 그러한 복종이나 헌신으로 하여, 풍요와 백복을 상받는 것이고, 궁극적으론, 그러한 관계 속의 불길을 통해 자기 정화를 얻는 것이다, 이 경우, 그러한 교미란 동물적인 것이 아닌, 지극히 순결하며 엄숙한 그런 한 제사로 화하는 것이다. 어찌하여 자기 정화를 유예시키며, 제사를 거절하여, 죽기까지 그 세 어미로부터 유리되어 있어야 하는가? 게다가 그건 한 번만으로 끝나는 것이 아니냐? 그러니 그 사내를 보내라, 매체에게가 아니라, 세 어미께 보내라,」

「……」

  속신(俗神)은 대답하지 못한다.

  그런 은밀한 밤으론, 그러면 이 사내는, 뒤뜰 청수에 남근을 담가, 시간도 없이 정화시킨 뒤, 언덕을 내려 큰밭을 가로질러 달리기 시작한다.

  그러나 따님의 움에 닿아 거적문을 들치려 하면, 갑자기 유성만 많이 흐르고, 그리고 왠지 소쩍새가 피를 토하기 시작하고, 잡초만 자꾸 바스락인다.

  그러면 이 사내는, 세 번 숨도 못 쉬고, 몸을 돌이켜 주막으로 달린다. 달리면서는 자기의 아랫도리를 쥐어뜯어대며, 허허거리고 운다.

「열여덟이란 괴롭고도 먼 나이구나, 태어나서 대체 몇 개의 열여덟을 살았는지도 모를 이 나이에, 아직도 태의(胎衣)를 못 벗다니?」

  〈태의를 벗는다〉는 말은 바로 그 일종의 할례와 성년제를 달리 표현한 말인데, 이 사내의 경우에 그 속률이 문제가 된 것은, 그 일종의 〈할례〉때문이고 이 할례란, 남자의 첫 정액은 따님께 먼저 쏟아야 된다는 바로 그것을 의미한 것이다. 그래야만 태의를 벗게 되며, 거듭나게 되는 것으로, 속률은 묵시하고 있었다. 여자의 경우엔 물론 이와는 달라서, 첫 월후가 비치는 것으로 태의를 벗기우고, 둘째번 월후부턴 태의와는 상관 없는 것으로, 그것은 다른 생명을 수용키 위한 정화로서 이해되었다.

  해서, 그렇게도 술 많이 마셔댔던 그 아들은, 큰밭 가운데 닿아선, 큰 비암은 한번도 안 보고, 달빛을 덮어쓰고 잠들었던 사복의 얼굴만 한식경이나 내려다보다간, 어머니를 만나러 움으로 갔다. 어느 해나 마찬가지로 그의 어깨엔, 노루가죽을 화매어 만든 자루가 메어져 있었고, 그 속엔 어머니께 드릴 선물이 있을 것이었다.

「오늘은 아무것도 생각하지 않는 것이다. 지난 밤으로 모든 건 끝났으며, 지난 밤의 시달림은 지난 밤으로 족했다. 아마도 내일은 끝나고, 그래도 선조인 것은 얼마나 기쁘냐? 꽃은 꽃만, 뿌리는 캐려 말고,」따님의 아들은, 천천히, 무겁게 걸어가며 뭔가를 생각했다. 「굼뱅이가 파고드는 아픔은 뿌리가 당한 것만으로 족하다.」그러는 사이, 횅하게 구멍만 열리고 불은 없는 움에 닿았기에, 그는 머리가 아픈 듯 혼들곤, 이상하다는 듯, 우선 안을 끼웃해 보았다. 그리고 생각했기를, 아마 어머니는 뒤뜰 샘에서 목욕이라도 하시는가부다 했다. 그러나 그러했대도 다른 해엔 방에 불은 켜 놓았었으며, 제사에 입을 옷을 차근차근 준비해 방 가운데 쌓아 놓았던 것이다.

「더 이상 아무것도 생각하지 않는 것이다.」그는 부시를 꺼내 치면서도, 다시 뭔지를 두고 괴로와하며, 그러면서 자신을 달래는 듯했다. 「그리고 오늘밤만은 웃어야 되고, 내일은,」그는 한숨을 쉬었다. 「내일은…… 어차피 그 근원이 썩었던 뿌리는, 아마도 파 던져져야 된다. 그래, 내일은 …… 속률엔 속물(贖物)이 있어 완전해지겠지.」

불에 태워 똥을 비벼댄 수뤼치 심지에 불이 이미 붙어 있었는데도, 그는 그것을 모르다가, 그젓이 손가락을 뜨겁게 했기에 그때에야 부시질을 그만두고, 조끼주머니에 손을 넣어, 그 끝에 황을 묻힌 가느다란 관솔 한 개비를 꺼내, 그 황 위에다 그 불을 옮겼다. 잠시 후에, 다만 불이었던 것이 빛까지를 발하게 되었기에, 그는 그것을 들고, 움 안으로 들어갔다. 그 불빛이 나타내 보여 준 그의 얼굴은, 몹시 침울하고, 늙고, 말라 있었다. 도대체 아무런 조화도 노년의 지혜도 그 얼굴엔 없었다. 횅한 눈이, 소심하게 구르고만 있었을 뿐이다. 허긴 그 횅한 소심한 눈에는 그래도, 반치 길이도 못 되는 눈으로 세상을 한번 구획지어 보겠다고 떠들어 왔다가 동구 밖에서 죽어 버린, 그 불운한 측량사의 교활함도 조금은 어려 있기도 했고, 수년 전에 자살해 버린 당나귀집 그 젊은이의 성자다움도 조금은 있었다. 당나귀집 그 젊은이는, 노름에 마누라를 잃었다가 잣나무집 홀애비에게 뺏기곤, 낫을 거머쥐고 그 집 담을 넘어다니더니, 밭 한뙈기 얻어선, 그 왓대로 서너달 술을 퍼마시다 죽어 버렸었다. 헌데 그는 취하기만 하면, 자기는 동네의 액귀물림 염소로 점지됐었다고 떠들었었다.

헌데 황은, 수정의 고장을 다녀오던 길에 어느 장에서 샀던 것이고, 따님의 아들은 그것을 신주처럼 아끼고 있는 터였다.

그가 관솔가지를 태우며 움 안엘 들어서자, 웅덩이처럼 채워져 있던 어둠들이, 당황을 하고, 빠져나가느라 그림자들을 몹시 흔들었다. 그러나 한쪽 벽뿌리에 길게 뻗고 누운 한 어둠만은 미동도 없었는데, 그것은, 태양이 구렁이의 암흑을 녹이기는커녕 더욱 암흑하게 하듯이, 빛이 없었을 때 조금 몸을 풀었다가도, 빛에 쐬이자마자 고슴도치마냥 땡땡히 뭉쳐져 버린 듯이만 했다. 그리고 그것이 그의 어머니였기에 그는, 거의 비틀거릴 지경이 되었다.

아뭏든 그는, 고콜이에 얹힌 산초기름 접시의 심지에 얼른 불을 옮겨 붙이곤, 관솔에 붙은 불은 불어끈 뒤, 어중간한 몸을 만들어선, 어머니를 내려다보았다. 그러다 진저리를 한번 쳤는데, 순백한 잠에 덮어 씌워진 듯한 사복의 얼굴과, 칠흑 같은 추악함에 찌든 듯한 이 노파의 얼굴이, 이상스럽게 도착되다 똑같아져 버렸기 때문이다. 그가 본 건 그것이었다. 그래서 그는 외면을 하곤, 자기 어머니 곁에 무릎을 꿇고 앉았다.

「어, 어머님,」 그는 어머니 이마에다 소심하게 손바닥을 올리며, 역시 소심하게 불렀다. 「아마 몹시 불편하시군입쇼, 아 이런 수가, 아 이렇게 열이 높도록,…… 글쎄, 사복이라도 좀 밝았을 때 올려보내시지 않으시고,」

「……」 그의 어머니는 대답하지 않았다. 그런 대신 아들의 넓적한 손을 두손으로 그러쥐어 가슴에다 꼬옥 대며, 「흑」 하고 울음을 터뜨렸다. 외롭고 쓸쓸했던 것이다. 그리곤 자꾸 눈물만 흘려내더니, 떨치듯이 아들의 손을 놓아 버리고, 눈을 감았다. 그러자 아들의 눈에는 어머니가, 관 속에 들어간 촛불같이만 보였다. 그래 그 아들은 어찌할 바를 모르고, 어머니의 바깥 쪽에서 우물쭈물이나 했다. 「뭔가, 어딘가, 잘못된 것이 있다.」 아들은 불안하게 생각했다. 왼종일 두려워했으면서도 속을 태우며 기다리기도 했었는데, 사복은 영 돌아오질 않았었다. 그리고 어머니는 갑작스레 더 늙었으며, 반길 줄도 모르고, 열만 높은데 그건 병 탓은 아닌 것 같고, 허지만 사복의 평온한 잠을 생각하면, 그래, 어떻게 그렇게 맑은 잠을 이룰 수 있을 것인가, —— 그 아들은, 물 속에서 세번째 올라왔던 익사자처럼 고개를 휘둘렀다. 그리고 무슨 구원이라도 끄집어내려는 것처럼, 메고 있던 자루를 벗겨내 주둥이 속에다 손을 집어넣었다. 얼른 끄집어내진 않았는데, 그는 그 속의 것을 조금 음미하는 듯했다. 그의 눈은 차차로 간음기를 띠기 시작했던 것이다.

「어, 어머님, 이것이 아, 아마 어머님을, 조금은 기쁘게 해드릴 겁니다.」
그는 잠결에서처럼 말했다. 그리고 천천히, 그것을 꺼냈다. 그 순간 그것
은, 희미한 불빛에서도 무척 현란히 빤짝여, 그 빛으로 움 안을 가득 채웠
다. 그것은 그 수정병이었다. 유행이 지난 두루마기를 떼입고 나갔다 돌
아왔었을 때 안고 있었던, 바로 그것이었다. 그땐 둘이 아니고, 주둥이와
주둥이를 물고 있는, 그래서 흡사 장고통으로 보이는 하나로 되어 있었
다. 헌데 그러한 현란한 빛은 주로 한쪽 병에서 흘러나왔던 것으로 그 속
엔 재처럼 가늘게 빻아진 노란 모래로 가득 채워져 있었다. 금가루가 아
니었으면, 구리가루이기라도 했음에 틀림없었다. 다른 쪽 병엔, 낮귀신의
겨드랑털 한올도 담겨 있지 않아, 그것은 태와 묘혈이 쌍태아로 붙어 있
는 듯이 보였다. 그의 얘기에 의하면, 그것은 사실로 그런 것이라 했다.
　그것은 그리고, 어느 쪽 병에든, 아름다운 붉은 띠를 열두 줄썩이나 띠
고 있었는데, 병의 주둥이 쪽과 허리께와 엉덩이 부분을 두르고 있는 간
격에 차이가 있는 걸로 보아, 세밀한 고려하에서 그어 파 놓은 것 같았
고, 그런 뒤 주사로나 색칠해 놓은 것 같았다.
「아 이것을 보십세요, 아 이것을,」
　그는 완전히 도취되어 버린 듯 부르짖었다. 그리곤 저으기 슬픈 미소를
치으며, 무릎걸음으로 다가가 고콜이 위의 기름접시불 곁에다 거꾸로 세워
놓았다. (〈거꾸로〉란 빈 쪽을 밑으로, 채워진 쪽을 위로 해놓았다는 말
이다.) 그러자 위쪽의 모래가 실처럼 흘러내리며 그렇게도 비유 못 할 아
름다운 빛을 뿌리기 시작했다. 수식어나 비유로 그것은 한정당할 아름다
움이 아니었다. 그때 아래쪽의 비었던 곳에선, 갑자기 어떤 이상한 혼돈
이 일어났다. 아마도 그것은 그 속의 무가 깨어지는 그런 것이었다.
「……저것이 어머님,」 한참 후에야 그 아들은, 어머니 곁으로 돌아오며
속삭였다. 「저것이, 세월이라든가, 어떤 운행을 재주게 됩니다. 저것이
그 측량기입니다. 저것이 그 일을 합니다, 저것이,……이 우주의 운행을
…… 저것이 우선 어떤 시작을 잘라, 그 시작으로부터 세월을 토막내는데
…… 그 토막들은 시간이 되는 겁죠, 저것이 그 일을 합니다. 토막을 내
선, 그 토막들을 다시 정리합니다, 보십세요 어머님, 한쪽이 다 비워지고
나면 그건 말시며, 무덤입니다. 그러다 뒤집히면 그것은 다시, 시작을 젖
먹이는 태가 되는 겁죠, 저것입니다. 어머니 보십세요, 시계입니다, 아버
집죠, 큰비암입니다, 아 황금의 태자(胎子)입죠, 어머님께서 들려 주신 그
모든 전설입니다. 저것입니다,」 그 아들은 어머니가 열심히 들으며 무척

기뻐하고 있다고나 생각한 듯했다. 「저 금싸라기가 한 눈금을 비우고 흘러내려 밑의 한 눈금을 채우면 자시(子時)입니다. 두 눈금은 축시(丑時), 세 눈금은 인시(寅時), 그리고 열두 눈금이 비워지고 열두 눈금이 채워지면, 해시(亥時)가 끝나고, 자시로 바뀔 때입니다,」

그 아들은 그러나 더 계속할 수가 없었다. 손인지 소리인지 뭔지가, 몹시 어지럽게 그림자를 흩뿌리며, 짜증난 듯 방해를 했기 때문이다. 그래 입을 다물고 그 아들은, 그 흔들리는 그림자의 주인을 내려다보았다. 그러자 일순에, 그 시계 속에 끼워졌어야 될 현실들이 그 속에서가 아니라 그 밖으로부터 한꺼번에 와 버렸다. 그것은 그를 몹시 당황스럽게 만들었는데, 그러고 보면 아마도, 그 시계와 이 현실과의 사이에 있는 어떤 종류의 간극이, 아직은 메꿔지지 않은 채 있었던 모양이었다. 그리하여, 썩어가는 옷궤짝이니, 벽의 균열, 또는 꿈틀거리는 뱀자루 같은 것에 발톱을 박고 거꾸로 매달려 있었던 박쥐들——가령, 늙은 여자의 씻지 않은 몸냄새라든지, 침 타는 냄새를 연상시키는 구렁이 냄새, 또는 곰팡이라든가, 어젯밤에 누고 간 어린것들의 정액 냄새 같은 것들을 깨웠기에, 그는 더욱 쩔쩔매지 않으면 안 되었다. 게다가 윗목의 항아리 속에서 왕개구리까지 꾸르룩이고 나섰기 때문에, 삽시에, 움 안의 신비롭기까지 했던 고요함은 더럽게 뒤엉켜 버렸다. 그래 헉헉거리며, 어머니를 까마득히 잊고 벌떡 일어서려는데, 「세, 세상이 대체 어떻게나 됐던고?」하고 어머니가 물었기에, 그는 어정쩡하고 어리떨떨해져 버렸다.
「세, 세상 말씀이십세요?」
「글쎄, 세상이 어떻게나 됐더냐구?」그의 어머닌 이번엔 몹시 짜증을 냈다. 아마도 그건 심정이 돋는 그 첫 징조였을지도 모른다.
「그, 글쎕쇼, 사, 사복은, 자고 있고, 마을에선 아직 올 때가 아닙죠, 그리고, 그, 그리곤 뭐,」
「……」
「어머님, 그런데 대체 어머님께……무, 무슨 일이 필경 계셨읍죠 예?」
그의 어머닌 고개만 저었다. 기름접시에서는, 기름에 물이 섞였던지, 턱턱 소리를 내며 불이 튀고 있었다. 때문에, 그의 어머니의 얼굴을 덮은 빛과 그늘은, 죽은 자 위에라도 떠도는 듯한 추억 같은 것으로 변해 포르르포르르 떨었다.
「이 어머니는 너무도 고왔었다.」아들은 그래서 생각해 나갔다. 「아 그래, 열여덟이 되던 해 나는, 산기슭으로 올라갔었구나, 그 뒤부턴 난 거의 어머니를 모르게 되었었지만, ……허지만 그 고왔던 어머니는 아직도 곱다. 나는 그 당시 철없이 얼마나 마을 사람들을 미워했던지 몰랐지. 이 어머니의 어머니가 돌아가셨기 때문에 그들은, 모든 지혜를 다 잃은 듯 당황스레 한 일년을 살았다, 그러다간 끝내 어머니께로 와서 지혜를 빌리기 시작했는데, 어머니를 그렇게도 천대했던 그들의 입에선 사과 한마디 없었구나, 허지만 어머니편에선 정작 그때부터 조금씩 웃기 시작하셨구나, 난 그 웃음이 싫었고, 또한 어머니와 나만의 아늑한 사랑이 깨어지는 것이 무서웠었다,」아들은 자꾸 더듬어 나갔다. 마을에서 지혜를 빌리러 오기 시작했을 때까지에 이르는, 그 헤아릴 수도 없는 밤과, 낮과, 달과, 해를 슬픔을 짓씹으며 참아냈던 어머니를 들개처럼 곤욕을 당하면서도 눈물을 감췄던 그 어머니를 그러면서도 애비 없는 아들 하나만은 씩씩히 키우려 미소 뒤에다 눈물을 감췄던 어머니를, 고적 때문에 아들을 끌어안았던 그 어머니를, 스쳐간 어떤 사내애의 추억 때문에 큰비암께 정성을 다했던 어머니를, 조금씩 자라자 품에 품을 수 없게 된 아들로부터 받는 슬픔 때문에 뱀과 더불어 살기 시작한 그 어머니를, 추억했고, 그리고 그런 모든 밤이 물 튀기는 기름불에 녹았음을, 모든 그런 낮이 배고픈, 수확 없는 고된 밭일에 녹았음을, 추억했다.

「그리고 나는, 그것도 아주 뒤늦게야 알았지만, 어머니는 마을에 대해 복수하고 계셨었다. 그래, 자기를 무섭게 학대하며 복수하고 계셨던 것이다. 속률이라는 것으로 복수하고 계셨던 것이다.」아들은 그리고 한숨을 쉬었다. 「그러나 어머니는, 결국 어머니는 자기를 더 파괴시킬 수 없게 되었을 때, 후회했지만 이미 늦어 있었다. 그리고 정작으론 아마 타락했었다. 허지만 어머니는, 내게는 영원히 고운 여인이다.」

「……」

「어, 어머님, 기력을 좀 차리셔야,」

「비, 비암님은, 어, 얼룩비암님은?」

「……큰비암님 말씀이십세요?」

「……」그의 어머닌 완강히 고개를 저었다. 「작은비암님 말이다, 작은,」

「……」그 아들은 얼른 이해가 안 된 듯, 잠깐 우물쭈물하더니, 「그, 글쎕쇼, 잘은 모르겠지만,」했다.

「그래, 잘은 모르겠지만?」

「잘은 모르겠지만, 사, 사복이란 녀석, 종일 얼, 얼굴이 안 뵈더니,」

「안 뵌 것 하고,」

「글쎄쇼, 너, 녀석 배가 무척 고, 고팠던 모양이드군입쇼,」 했다. 그리고 어머닐 외면했다.

「그냥 언뜻 봤었을 뿐인데요,」 그 아들은 추리를 하기 시작했다. 고뇌는 많이 치렀지만, 사실로는 기묘하게도 그 고뇌 탓에, 세상을 거의 일원적으로만 살아온 듯, 그는 여태도 순진한 채로 있었다. 그에게는 사복의 당돌했었음이 조금도 밉지 않았으므로, 자기의 어머니에게도 그럴 것이라고나 생각한 투로, 없는 목청까지 꾸며서 엮기 시작한 것이다. 「글쎄쇼, 녀석의 입술엔 검정이 묻어 있었고, 모닥불은 꺼졌었지만요, 그 옆에 짤린 뱀대가리만 있었던 걸 봐서,」

「이 천벌을 받을 녀석!」

「……」

「저주 받을 놈, 이 천벌을 받을 놈,」 그의 어머니는 몸을 벌떡 일으켜 앉았는데, 무섭게 떨어대며, 미친 것 모양 소리쳐댔다. 「저주를 받아 에미 애비도 없었던 놈이, ……느, 늦었네, 다 늦었어, 것두 늦었어,」 그의 어머니는 목놓아 울기를 시작했다. 그녀는 뭣엔가 홍역에서처럼 몹시 앓고 있던 것이다.

고콜이 위에선 금사실이 흐르고, 바람도 없었던지 불도 깜박이지 않았다. 그 주위를 부나비와 모기떼가 가마귀들처럼 날랐다. 잠결엔가 한번씩 왕개구리는 울었다.

「어머님, 설마하니,」 아들은 아무것도 이해할 수 없어, 그 움 안에 있었으면서도 움 밖에 있는 것 모양, 멀리서 얘기했다. 그러며 멀리로 고콜이 위를 바라보았다. 「그 뱀 한 마리 때문에 이렇게까지 맘 상하신 건 아니십죠? 설마 그러실리야……」 고콜이 위의 금사실은 그것이 시작을 당한 때로부터, 아래쪽 병의 맨 아래쪽 눈금의 반을 채워오르고 있었다. 그것뿐으로, 아직도 그 허 속엔, 그만큼의 세월이 토막지어겼던 동안에 태어났을 생명의 울음, 죽어 유전하는 혼백 같은 건 없어 보였다. 그는 깊이 한숨을 쉬었다.

「그까짓 뱀 한 마리쯤이야, 사복이 녀석더러 잡아오래도 되고, ……또 저 자루 속에도……」

「……허지만 이젠, 이 비암님은 없을 뿐이라,」

이번엔 어머니가 너무 또록또록하게 말하고 나섰기에 아들은, 얼른 눈을 돌려 어머니를 건너다보았다. 그녀는 그맨 어느덧, 책상다리앉음으로 고

처 앉아, 두 무릎 위에다 턱을 얹고 있었다. 그랬기에 아들의 눈엔 그녀가, 독을 너무 많이 허비한 한 마리의 늙은 독사가, 독을 굽느라 또아리를 틀고 있는 것처럼 보이기 시작했다. 그 좌법(座法)은 허긴 그런 것으로 이해되고 있긴 했다. 태극좌라고 하는 것으로, 주로는 긴 단식 명상에 들 때 하는 좌법이었지만, 여느 때라도 마음의 동요가 너무 격하면, 그 좌세를 취함으로써 빨리 기를 모아 쉽게 안정을 얻을 수 있다는 것이었다. 그러나 그 좌법은 가장 위험한 것이라 하여 속인에겐 금지되어 있었던바, 이윤즉슨, 느닷없는 비약과 속심과의 사이의 공백 때문에 미쳐 버릴 우려가 있기 때문이라는 것이다. 방법은 평범한 것에 불과한데, 얼마의 시간을 넘어 버리면 그렇게 출렁거리기 시작해선 도를 넘어 버린다는 것이다. 우선 평평하고 굳은 자리에 가부좌로 앉은 뒤, 두 무릎을 세워 두 어깨쭉지에 받치고, 다음으론 자연스럽게 낀 팔짱을 그 무릎 위에 얹는다. 그리고 그 휘감긴 팔뚝 위에다 턱을 얹으면 되는데, 목적은, 허기로 해서 이완되고 그러다 녹아져 버리게 될 오장육부를 보호함과 동시에 그 허기로부터의 해탈, 또는 항복을 얻고, 남근이나 여근이나를 또한 보호함과 동시에, 색욕에 이르지 않을 만큼의 긴장을 가함으로 해서 기를 모으게 하고, ——이때의 그 근(根)에 뭉치는 기는 촛불 같은 것으로 전신의 무명(無明)을 밝힌다는 것이다.

척추만이 당할 머리의 중량을 몸의 정중(正中)에 둠으로 해서, 또한 우주의 기둥이 되고 있는 척추에 무리를 주지 않음과 동시에 머리의 영향을 각 부분에 고르게 입힘으로 쇄락과 법열을 얻게 한다는 것이다. 이 때의 머리는, 두 엉덩이뼈와 두 뒤꿈치뼈가 굳건히 떠받쳐 주는 태양이 되고, 두 엉덩이와 두 다리는 합쳐 사계와 사방을 이루고 있다는데, 꽃으로 치자면, 그 자체가 한 연꽃 형상이라 하여 흔히는 연좌라고도 하고, 자취로 치자면, 여러 굽이로 진 굽이로 이뤄졌기에 궁좌(弓座)라고도 했다. 그리고 연이나 궁이나, 모두 태극선이며, 뱀은 태극의 진행 그 자체고, 그러므로 구경에 이르면 모든 것이 뱀으로 화한다는 것이었다.

「나는 이젠 맥을 잃은 늙은이라,」

어머니는, 이상하게도 냉소적으로까지 들리는 어조로 띄엄띄엄 계속했다. 그럴수록 아들은 한숨이나 불어내곤, 눈을 내리떴다.

「결딴나 버렸네, 핏줄이, 젖줄이, 탯줄이, 결딴나 버렸어,」

「……」

「땅은 태를 열고 씨앗을 받는다, 세월은 핏줄을 이어 그 씨앗에 피를 흘려 넣는다, 그리고 태어난 목숨은 유모가 풀어헤친 젖통이에서 젖을 빤다. 유모란, 따님(땅님)도 아니고, 세월을 땋는 님도 아니고, 그렇다고 하눌님도 아니지만, 그분은 어쨌든 하눌님이다. 그분은 따로따로 흩어진 외로운 목숨들을 서로 따라 붙게〔親和〕하는 님〔力〕인데, 따님과, 땅님과, 딸님〔〈따라붙게,〉〈따붙게,〉〈딸게,〉〕 세 몸 일신이 큰비암님이다. 그리하여 따님께 씨앗을 던지는 건 이 큰비암님이고, 땅님께 현신하는 것도 이 큰비암님이고, 딸님께 작용하는 것도 이 큰비암님이다. 그리고 나는 그 세 따님의 큰비암의 딸로 점지되었던 것이라, 너의 아버지는 그 큰비암의 인현(人現)이었고, 그는 날더러 늘, 〈따님아, 땅님아, 딸님아〉하고 세 번씩 부른 뒤에…… 그래서 너를 낳았구나,」

　접시불이 부나비의 투신으로 한순간 작아졌다 다시 커졌다.

「헌데 비암님은 죽고,」 이 대목에서 늙은 독사 같은 옌네는 연좌를 풀고, 그 또아리 속에서 몸을 일으켜 세웠다. 그리곤 날개 잘린 박쥐 모양 밖의 달빛 가운데로 나갔다. 갑자기 병신이 다 돼 버렸던 그 아들도 물론 한숨이나 불어내며 따라나섰는데, 밖은 달빛 아래서 번쩍이고 있었고, 풀벌레의 타작 같은 울음이 반딧불로 날아다니고 있었다. 큰비암과 벼락 맞은 나무만 그 속에서 제외되어, 음울하게 서 있었다. 〈큰밭〉이라고 선조의 누군가가 불러 버린 이 황무지의 저쪽 변방, 검은 흙 위에 흰 집을 세운 자들의 어느 집 감나무 밑에선 그때, 화톳불이 타오르며, 꽹과리가 울기 시작하자 곧이어 징과 장고가 따라 울려났다. 그들은 화톳불을 잡아들며, 노인이나 젊은이나, 계집이나 사내가 없이 인생을 섞어 마시며, 사랑할 것이었다. 그리고 달이 좀 더 돋으면, 그들은, 사닥다리 옆으로 뉘어 축제를 앉힌 뒤, 어깨에 메고, 들길을 상여처럼 건너 큰비암전으로 올 것인데, 술과 안주는 동답(洞畓)의 소출로, 그리고 열여덟 살 갓된 아들을 둔 가장들의 추렴으로 넘치도록 장만되었을 것이고, 그것을 힘센 머슴들이 몇 짐이고 져 나를 것이었다. 그리고 서른 짐의 장작이 대숲같이 타오르면, 잡초처럼 정적만 자랐던 자리에 큰비암의 하강이 있을 것이었다. 어쨌든 이 명절은 일년 중에서 가장 큰 것이었다. 워낙이는, 유월 말일과 칠월 초하루 사이의 자정에 가졌던 것이지만, 어느 때부턴지 한 절기가 늦춰져, 백중 달 떠오는 밤으로 변해졌던 것이다. 그리고 마을의 지혜를 따님이 처리하면서부터 그건, 사지후토서낭사방지신께 드렸던 일종의 풍요 기제(祈祭)였던 것이, 어느덧 무척 바꿔어지고 말았던 것이다.

「헌데 내 비암님은 죽었으니 이젠,」 어머니는, 자기의 쭈그러진 그림자

를 밟고 걸으며, 혼잣말처럼 더 하다가, 달빛보다도 달픈 사복의 잠을 만
나고서야 걸음을 멈췄다. 「따님은 월후를 끝내고 정결해져 씨앗을 기다리
지만, 심기지 않는다. 땅님은 이을 핏줄을 찾지만 없어 헛되게 죽을 피만
흘린다. 땁님은 불은 젖을 아파하지만 빨려지지 않아 그역 헛되게 썩을
젖만 흘린다. 그러다간 세 어미들 결국, 허옇게 말라 죽을 게다, 황폐다,
죽음들만 퍼져 눕는다. 끝날이다, 말라 꺼멓게 까스럭이는 죽음들이 퍼져
눕는다. 그 횟가루가 바람도 없는데, 일월에도 휘날리고, 십일월에도 흩
날린다, 아무것도 없어지지 않고, 아무것도 돌아오지 못할 거다, 갈아듦
이 멈춰졌으니,……아마도 십년 전에 울었던 여우의 울음이 십년 후에도
거기서 들릴 거며, 떠나신 양반이요, 어쩌면 좋으오, 어쩌면? 당신이 말
씀했던 그대로, 그대로, 떠나신 양반, 」

「……」 아들은 한숨이나 불어내며, 〈두번째 죽음을 목놓아 우는, 늙어
빠진 여인의 괴로움을〉 건너다보았다. 그러며 자기대로 생각했다. 「허지
만, 암소의 것이나 하루살이의 것이나, 모든 세월은 모든 동에서만 태어
나고, 모든 동은 모든 정의 제어 속에서만 가능하고, 모든 정은 모든 동
의 동에서만 살아남으로 세월은 언제까지도 죽지 않을 것이지만, 그래도
만약 어쩔 수 없이 그 모든 동이 멈추지 않을 수 없이 그 모든 동이 멈
추지 않을 수 없다면,」 아들은 자기의 모래시계를 떠올렸다. 「그리고 혹
간, 정의 어거가 끼이지 않은 티없는 동이 가능하다면, 또는 동이 끼이지
않은 맑은 정이 가능하다면, 그러한 동과 정은 결국 똑같은 형태일 것이
므로, 모든 세월은 언제까지도 태어날 수 없으며, 모든 세월은 언제까지
고 태어날 것임으로, 종내는 같아져 아무런 변화도 일어나지 않을 것이
다.」 그리고 그는 얼굴을 찡그리고, 사복에게로 시선을 보냈다. 「허지만
허긴 어쩐지, 어머니의 생명은 공허해져 버린 느낌이다. 어머니 속의 그
생명은 어쩐지 떠나 버린 것 같고, 어쩐지 내게, 어머니 속의 허허히 빈
방이 느껴지고만 있다.」 그러다 그도 사복의 얼굴 때문에 생각을 잊어버
렸다. 그는 좀 도착되고 있었던 것이다. 몇십 년인가를 잊어버리고 있었
던, 그것도 샘 속에서 보았던 것이지만, 자기의 얼굴을, 느닷없는 훗날에
다시 만나게 되어서였다. 그것은 그에게 조금도 기쁘지 않은 해후였는데,
그 당시 그는, 가장 슬프고도 외로왔던 나날을 살아야 했었다. 그리고도
그의 인생은 계속 그런 것일 뿐이어서, 그는 한번도 되돌려지기를 바란
적은 없었다. 그는 자기를, 한 의미 없는 희생물로밖에는 생각할 수 없었
으므로, 그 무의미한 희생물이 치러야 되는 그런 고통의 혼적을, 개에게서

라도 발견하게 되었다면 진저리를 치고 외면했던 것이다. 헌데 눈 아래
그 자기가 다시 젊어져 있고, 달빛 같은 그 맑은 잠의 언저리에도, 갈대처
럼 욱자란 그 고통의 그림자가 드리워져 있었다. 으시시 그는, 몸서리를
친 뒤, 차라리 어머니 쪽을 보았다. 그녀의 얼굴은 달빛의 뒤쪽에 있어, 그
로서는 읽을 수 없었지만, 그녀 어깨 위의 달빛이 포르르 떠는 것으로 보
아, 어머니는 울고 있다고 그는 생각했다. 사실로 그녀는 울고 있었던 모
양으로, 돌아서 달빛을 올려다보았을 때의 그 눈에는 눈물이 웅덩이처럼
괴어 있었다. 그 아들은, 그 눈물이 자기를 안고 겨울밤을 새우던, 그 청
상과부의, 접잣불빛 어린 그 눈물과 너무도 같다고 추억했다. 그래 그 아
들은 한숨이나 쉬고, 덩달아 달이나 바랬다. 여름밤이 너무 적막했고, 너
무 소슬했다. 개구리도 잘 안 울고, 지렁이도 안 울고, 어디 먼 숲에서 소
쩍새만 울었는데, 서리처럼 울었는데, 바람도 안 불고, 반딧불만 유성으
로 흘러갔다.

　물론 매월의 수없는 달을 이 늙어진 딸은, 거기서 우러르고, 그리고
보냈지만, 그 중에서도 매년의 백중달은, 그녀의 전 내부로 퍼져드는 그
런 달이었으며, 몸에도 마음에도 때를 남기지 않고 큰비암께 나가도록,
정화시켜 주었던 그 욕물로서의 달이었는데, 그런데 오늘의 달은 그냥 무
슨 연처럼만 보여지고, 도대체 차오름이 없고, 비워짐이 없는데다, 그 빛
은 횟가루만 같아서 그녀는 숨을 헉헉할 정도의 건조함에 당해야 되었다.
아들은 그저 한숨만 쉬었다. 그의 어머니는 그때 무릎을 꿇고 주저앉고
있었다. 아들은 그때도 한숨만 쉬었다.

　주저앉은 그 늙은 여자는 그리고 뭔가 검은 걸레쪽을 주워들어 달빛에
비춰보더니, 귀신처럼 소리 없는 웃음을 웃었다. 그 늙은 아들은 그래서
그 웃음 때문에 또 가을처럼 한숨을 쉬었다. 그것은 썩어 문드러지는 뱀
대가리였을 것인데, 그래서 아들도 또한 대가리를 썩히고 한숨만 풍겼다.
그 어머니는 그것을 씹기 시작했고, 그래서 가을 같은 아들은 머리가 아
프기 시작했다. 그 어머니의 입에선 검은 피가 걸레쪽처럼 흐르기 시작하
고 그래서 그 아들의 머리에선 빈혈증이 시작됐다. 사복만 자꾸 깊고 평
온한 얼굴이었다. 큰비암님 그림자는 자꾸 짧고 있었고 그래서 사복의
물잠뱅이는 자꾸 빠들려지고 있었다. 저주의 근력이 그 속에서 숲처럼 우
거졌을 것이고 그래서 가을 같은 사내는 한숨에 말라 황폐해지고 있었다.
달만 그냥 제길하게 밝았고, 그래서 그 늙은 계집은 토하고 나자빠졌다.
그리고 나자 어디로부턴지 털빠진 들코양이 한 마리가 소리도 없이 와선,

그것을 모두 삼키고 눈이 붉어져 사라지자, 그것의 울음과 털은 한참 후에
야 거기에 왔다가, 벌써 보이지 않게 된 몸뚱일 찾아 뒤늦게 떠나고 있었
다. 육실하게 달만 밝고, 가을 같은 한숨에 달만 밝고, 사복의 잠은 앉은
수캐처럼 뻐드러만 올라왔고, 그런데 그때 다시 털빠진 고양이가 사복의
그 잠 위를 느실느실 넘어가자 귀신 같은 계집이 히히 웃더니 자궁을 꺼내
입에 물고, 그 수캐 같은 잠을 향해, 발정한 똥갈보처럼 달리기 시작했다.
「엇 어머님── 엇어떻게, 히히, 히히히, 그, 그렇게 하실 수가 있읍니
까?」 가을 같은 사내는, 땅귀신이 내민 장대에 세로로 꿰어져, 발 한 발
자국 못 움직이고, 한숨만 쉬었다. 「히히, 이힛, 어머님, 당신의 손주니
다, 당신의 손주니다. 결국 당신은 손주에게도 그렇게 하시는 군요……」
그리고도 그는, 외면하고 어디로 떠나려는 생각은 해내지도 못한 듯, 계
속 그 자리에 꿰어져 있기만 했다. 속률이라든가 나이 같은 걸로 해서 잠
들어 버렸던 그런 어떤 주력(呪力) 하나가 차차로 깨어난 듯, 결국 그는
반은 미쳐서 그 벌레를 잡아내려고 가랑탱이 속에다 손톱을 박았다. 때
에 달은 중천이고 축제가 농악을 손에 켜 밝혀들고 들길을 건너오고 있었
고 그 달과 그 빛이 사복의 눈 속에선, 괴롭게도 오랑캐에게 썹히는 노란
호두처럼만 보여지기 시작했다. 결국 오랑캐의 이빨이 그 노란 달을 탁 깨
뜨려 버리자, 이상스럽게도 한 시꺼먼 용이 천둥을 치며 뻐드러져 나왔는
데, 그리고 보면 그건 달이 아니라 용알이었다. 그럼에도 오랑캐는 그것
의 머리를 물고 악착스럽게도 썹어 삼키려고만 들자, 이번엔 성난 용이 다
시 한번 꼬리로 천둥을 몰아치곤 물린 아가리로 흰 불 같은 피를 쫙 토했
다. 그 오랑캐는 그것을 마시고서야 캥캥 짖으며 나가 떨어져 버렸다.
　그리고 달은 다시 달이었는데 중천이었고, 농악이 축제를 손에 켜 밝혀
들고, 들길을 건너오고 있었다.
　그래서 사복은 미친 듯이 뛰어, 일어나 뒤꿈치로 다 늙은 잡년의 어깨를
한번 옥박질러 굴린 뒤, 물잠뱅이를 걷어 올리며 팔을 내둘러 축제를 맞
으러, 달려갔다. 그는 심신이 너무도 쇄락해 한번 아니 날뛰고는, 못 견
디게 지랄스럽고, 있었다.

제 2 장

리로 리런나

로리라 리로리
로라리 리로런나
로라리 리로리런나
로리라 리로리로라리

　비록 일흔 다섯이라 해도, 따님의 목청은 어느 해와도 다름없이 청청했고, 숨도 길었다. 어느 해와도 마찬가지로 제사를 위해 길렀던 꽃뱀을 목에 감고 어느 해와도 틀리지 않게 제 신명으로 저를 태우고 들었다. 어느 해와도 똑같이, 열두 화톳불은 큰비암을 삑 둘러서 타올랐고 또한 어느 해나 비슷한 사정(蛇情) 또한 서리고 들었다.

　가사가 좀체 끼어들지 않는 가락은 반복되고, 반복되어졌다. 그것은 그러는 동안, 열두 화톳불길처럼 짝없이 타오르다간, 그녀의 목에 감긴 뱀처럼 음침스러히 기었고 그런가 하면 벼락 맞은 나무처럼 덧없는 반음으로 그 나무만큼이나 오래오래 퇴색했고, 그러다간 사정처럼 폭이 넓어져 잠폭이 덮고 내렸다. 그러나 큰비암이 꿈틀거리는 것 같은 그런, 얼룩져 삼백 육십 번 떠는 주율로 옮아오고, 그것은 다시 타올랐다. 그래서 이 가락은 더욱 밝고, 더욱 어둡고, 더욱 축축하고, 더욱 건조하고, 더욱 무디고, 더욱 날카롭고, 더욱 두텁고, 더욱 엷고, 더욱 상쾌하고, 더욱 침울해져, 산인 것을, 바다인 것을, 들인 것을, 물인 것을, 불인 것을 다시 질시하고, 말 없는 큰비암의 가슴을 열어 그의 말을 이끌어내며, 대지와, 세월과 하늘의 세 어미의 강림을 가능시키는 것이었다.

　사실로 그녀들과 교통할 수 있는 말이란 말이 말이 아닌 말로써만 말을 주고 받을 수 있었던 듯, 노래가 노래가 아닌 노래가 계속되는 동안에, 그녀의 주위로 음습하고도 한랭한 영기(靈氣) 같은 것이 휩싸돌고 있었다. 그녀의 얼굴은 차차로 외꽃보다 노래져 갔고, 가늘어진 눈은 살기를 띠고 붉게 반짝였으며, 몸은 풍에 의해서처럼 사시나무 떨듯 떨어댔다.

　그때로부터 그녀는 무릎 꿇림으로 삼백 육십 번의 절을 큰비암께 바치고 그리고 일어나면, 우선 뱀을 놀리며 춤을 추고 큰비암을 잡아 돌며 천천히 얹었던 큰머리로부터 풀어헤쳐, 종내는 남천익, 홍치마, 혼백의 내왕이 아른히 보이는 석새삼베 속곳까지, 모두 벗어 큰비암께 둘른다. 그 알몸이야말로 〈지하로부터 보리를 살찌게 해 온〉 그 근원임을 알게 하고, 세 어미의 전갈하님임을 그녀들의 외동 딸임을, 알게 한다. 일년 내내 그녀를 늙혔던, 그런 세월 속의 노파는, 그 순간에는 영원히 끼이지 않으며,

그녀는 모든 영기의 형체일 뿐으로 **영원히 죽지** 않는 것으로 화한다. 장고의 가락도 거기엔 섞이지 않는다.

    러리러 리러루 런러리루
    러루 러리러루 리러루
    리러루리 런러리루리
    리러루리 러리로리
    러루 러리 로리

산은 둘러 있지만 허긴 너무 멀고, 숲은 수줍어하는 계집이라 또한 멀리 숨어 엿보고 있어, 불리워지면 그냥 스러지고 가락엔 반향이 없었는데, 그러나 그래서 그런 것만은 아니고, 큰비암을 울둘른 열두 화톳불에 그림자를 태워넣어 버렸으므로 외로와진 사내들의 조갈 탓에 가락은 불리워지면 불리워진 즉시로 그 박토들 속으로 빨려들어가 버리느라, 그래서 제꼬리를 못 가졌다. 일년에 한 번썩, 열두 화톳불에 그림자를 태워 본 사내들은, 자기가 얼마나 외로운 유아였던가를 이 밤에 알아내며, 그래선 서러운 마음으로, 한 근력의 불어난 젖통이에서 젖을 빨려고 한꺼번에 모든 심령의 입술을 열어 버린다. 그러기 때문에 그것은 더욱 빨리 스러져 버리고 〈내년에 묻힐 송장에서 벌써 싹을 틔워〉 낸다. 어쨌든 화톳불은 일년에 열둘 밖엔 타지 않고, 때로는 열셋도 타지만, 삶은 덧없이 스러지고, 생활은 이빨이 안 맞아, 콩 심은 데 팥이 나고, 기껏 땀흘려 채워 놓은 곳간엔, 작년엔가 써붙인 부적밖엔 남지 않는다.

    리로 리런나
    로리라 리로리
    로라리 리로런나

「만약 내가 한 마리의 꽃뱀이었더면」 사복은, 솔잎 사이로 밤송이처럼 내리는 달빛에 가래침을 쏴 올리며 씨부렁 씨부렁 했다. 「나는 틀림없이, 저녀러 할망구의 똥구멍으로 들어가 목구멍으로 나왔을 거다.」 사복은 그리고 쿨쿨거리고 웃다간, 다시 가래침을 쏴 올렸다. 그는 제사의 바깥뜰서도 저쪽, 외똘아진 소나무에 일곱 바퀴 묶여 있었는데다, 따님의 청승과 신명을 가락에서밖엔 느낄수 없었기에 무척 심심하고 서러웠던 것이다. 그래서 묶인 처음 얼마 동안은 그놈의 소나무들을 진즉 썰어 쪼개지 못한 것을 원통하게도 생각했었다. 그랬더면 벼락 맞은 나무나 큰비암께 묶여졌을 것이라는 생각 때문이었다. 아녀자는 부정하다 하여, 제참이 금지되어 있다가 비로소, 열여덟이 되면서 그 권리를 얻게 되자마자 그 끝이라서 사복은 분통이 터질 대로 터졌지만 별수 없었던 것이다. 물론 해당화 울타리처럼 둘러선, 키큰 남자들의 가랑탱이 사이로, 얼핏얼핏 그 내부의 광경이 보이기야 했지만 옷고름 탓에 엔네의 가슴이 폐쇄이듯이, 차라리 그것 때문에 그것은 더욱 폐쇄되고나 있었다.

「정말이지 나는 그랬을 거라구, 암믄이지, 생 들창을 내버렸지 뭐, 빌어 먹을, 한번만 더 힘껏 내질렀어도 진즉 뒈져 버렸을 건데…… 은혜도 모르는 저 쌍녀러할망구.」

사복은 그러다 깜짝놀랐는데 키큰 누군가가 음울하게 웃음을 흘리며 자길 내려다보고 있는 것을 깨달은 것이다.

「엣따 녀석, 목도 어지간히 컬컬할라.」그는 조용히 말했다. 「이거 한바가지 마셔둬라.」그리고 그는, 밤송이 같은 달빛이 담겨 철렁철렁하는 큰 바가지를 사복의 입술에다 대줬다. 사복은 그래 무작정 마시고 나서야 자기가 몹시 목말라 있었다는 걸 깨달았고, 그것이 술이었다는 것도 알았다.

「이왕이면 이것도 삼켜둬라.」그는 다시 뭔가 한덩일 사복의 입에 물려 주었는데, 사복은 그래서 또한 무작정 씹어, 눈이 붉거져 나오게 삼키고 나서, 자기가 몹시 허기져 있었다는 걸 깨달았고, 그것이 제육이었다는 것도 알았다.

그는 그런 뒤, 다른 말은 없이 그 자릴 떠나려고 했다. 사복이 그래 눈물을 글썽이며 그를 불렀다.

「아버지.」

「……」그는 말없이 사복을 내려다보았다. 잔잔히 웃긴 했지만, 신선이 다 됐거나 천치가 다 돼 있었다.

「죄, 죄송합니다. 전 뭘 잘못했는지 모, 모……」

「……」그는 여전히 빙그레 웃기만 하더니, 사복의 더벅머리에 손을 올려 비듬이라도 털 듯 훑뜨렸다.

「이 녀석아, 네게 큰복이 내려질지.」그는 돌아가며 말했다. 「뉘 알겠 냐?」

그 뒷모습을 보며 사복은, 자기도 모른새 눈물을 빠뜨렸다. 따님의 엄한 분부에, 그 아버지 보는 앞에서 묶여졌었지만, 그가 다녀간 뒤부터 그

묶음은 조금도 불편하지 않게 되었다. 사복의 속은 참으로 오랜 만에 정 같은 것에 눅눅해졌다.

헌데 사복을 그렇게도 사정 안 두고 묶었던 사람은, 사복의 애를 뺐다는, 그 처자의 아버지였었다.

리리러 리러루 런러리루
요것은 삼시궁〔三世宮〕에 거하는
큰배암님의 세 따님이로소이다
러루 러리러루 리러루
리러루리 러리루러리
태궁(胎宮)에 따님이시요
시월궁(歲月宮)에 땋님이시요
유모궁(乳母宮)에 딸님이시요
리러루리 러리로
러루루리 런러리리
태궁에 땋님이시요
시월궁에 따님이시요
유모궁에 따님이시요
리로 리런나
로리라 로런나
태궁에 딸님이시요
시월궁에 딸님이시요
유모궁에 땋님이시요
로라리 리로리런나

가락은, 삼천 번 자맥질하고, 삼천 번 곤두서고, 삼천 번 침몰하고, 삼천 날이 스러지고, 삼천 밤이 터오고, 삼천 달과 해가 찰나에 불타고, 삼세가 뒤엉키며, 절정으로 절정으로 치달았는데, 거기서 또한 왕국들이 사라지고, 그냥 사즙만 넘치고, 사정이 혼돈처럼 자욱해지자 비로소, 따님은 다시 무릎을 꿇고 큰비암을 우러르며 사설을 뽑아내기 시작했다. 그러면서 따님은 마을의 요순이 젯상이라고 움에서 들어다놓은 한번도 씻기지 않은 다듬잇돌 위에, 뱀의 목을 눌러놓고 한손으론 날이 퍼런 장도를 높이 쳐들었다.

요것은 씨앗입네다
요것은 남근입네다
받으십사 내립소사
서얼서리 내립소사
설서리 내립소사
리로 리런나
로리라 리로리
하루도 열두시요
한달 서른날
일년 삼백예순
달로는 열두달
과년은 열석달
입춘우수 경칩춘분
청명곡우 입하소만
망종하지 소서대서
입추처서 백로추분
한로상강 입동소설
대설동지 소한대한
절기로는 스물넷
일기는 삼후
일후는 닷새라
계집같은 춘하추동
삼등에 월후내어
춘절에 씨앗받고
녹음에 핏줄이서
낙목한천 산파로세
서얼서리 내립소사
받으십사 내립소사
저울같은 이밤년중(年中)
요때는 시중(時中) 중월(中月)이로소이다.
세따님께선 아무쪼록
설서리 내립소사
요것은 씨앗입네다

322

요것은 남근입네다
받으십사 내립소사
설서리 서얼서리

그리고 노래는 숙어들기 시작했다. 그러자 이상한 적막이 안개처럼 깔리고 들었다. 그 사이로 칼이 번뜩이며 가르고 지나갔다. 그리고 제사는 끝났다. 물론 젯돌 위에선 피가 튀겼고 잘라진 그 뱀의 대가리와 몸은 한참 동안이나 뛰고 꿈틀였다.

남은 일이란, 파제 절차 두 가지뿐인데, 한 가지는 그 뱀의 목에서 흐르는 피를 큰비암의 두 입술에 바르는 일이고 나머진 그 몸뚱일 구워서, 그 군 고기로 하여금 오늘밤에 성년이 된 열여덟 살짜리 어른들께 나누어 먹이며, 축복하는 일이다. 이때, 그 뱀의 대가리는, 숯처럼 태워 빻아, 술에 타서 따님이 마시게 되어 있었다.

그런 일은 언제나 마을의 요순의 차지였다.

아뭏든 그렇게 해서, 하루 열두 시, 한달 서른 날, 일년 열두 달 과년은 열 석달, 절기로는 이십사 절기, 날수로는 삼백 육십 오 일, 계집 같은 춘하추동, 지은 죄 받은 복, 다 감소하고, 다 감사하고, 해원도 하고, 송축도 했다. 그러는 중에, 연중 중월 시중은 기울어 있었다. 이제는, 소금에 토막 같은 제육 찍고 또는 매운 고추된장에 찍어 왼손에 끈아들고, 한 바가지씩 퍼마신 뒤 새로 된 어른들 뱀고기 먹고 토하거든, 사다리에 태워 메고, 달지도록 잡아 돌기나 하면 그뿐이었다. 그래서 목욕 정결히 끝내고 새옷 입은 열여덟들 따님 앞에 내세워 놓고 맛보기로 우선 한 바가지씩 돌아가며 들었다.

그러나 정작, 따님이 태극좌로 요동을 않자, 주홍은 잠시 포르르 떨다가, 권태를 거느린 긴장으로 바뀌어지고 말았다. 그녀는 너무 정력을 소비해 버린 탓이었던가, 아니면 신명이 다 풀리지 않은 탓이었던가, 태극좌로도 안정을 못 얻고, 포스스 포스스 떨고만 있었다. 아직도 벗은 채 있었기 때문에, 그것은 껍질 깨어진 바닷홍합 알맹이나 같아 추한 모습이었다. 보다 못했던지 어름어름 아들이 걸어가, 신명들려 벗어 던졌던 옷가지들 중에서, 남천익을 주워 펴들어, 그 추한 알맹이 위에 덮어 주곤 이렇게 속삭였다.

「무리하신 건 아니십세요? 허고 저 사복이란 녀석은 어, 어쩌실,」

「오냐, 알았네 알았어 정말 자넬랑 곁에 오질 마라.」

그녀는 아들께 몹시 짜증을 냈다. 그러며 외면을 해 버렸으므로, 아들은 멋적어 뒤통수나 긁었다. 그리고도 한식경도 더 죽어 있더니, 그 뒤에야 남천익 자락을 여몄다.

그녀는 고뇌했던 것이다.

「큰비암님이 내리시질 안했어, 타 내리길 안했어.」

그녀는 그것을 생각했던 것이고, 그리고, 해마다의 오늘 밤에 자기를 미칠 듯이 감고 타 내렸던 큰비암의 애무를 추억했던 것이다. 우선 큰비암의 강림은, 말초신경에서부터 시작되었었다. 그것은 무슨 달콤한 불로 지져대는 것 같은 것이었다. 그리하여 그것이 횡경막으로 옮아오면 염통이 조화를 잃고 타들었다. 그것은 계집이 옷 벗어 주기를 원하는 그 속삭임이었다. 그래서 하나씩 하나씩 옷을 벗어던지면서는, 오한 같기도 하고 전율 같기도 하고 무슨 푸른 정기 같기도 한 것이 어깨로부터 천천히, 그러면서 고문처럼 타 내린다. 그로부터는 어디라 말못할, 전신을 그냥 송두리째 두드러기로 덮어 버리며 무아경으로 이끌어가 버렸었다. 그리곤 그 두드러기들이 치골에 뭉쳤다가 무슨 두더지나 고슴도치가 되어 자궁벽을 파헤쳐 피를 쏟게 한 뒤는 병후 같은 노곤함만 남겼던 것이다. 그는 그렇게 강림하고 떠났었다. 물론 그러한 하혈이란, 월후가 끊기면서는 일년에 한 번이며 그 하혈은 때로는 젖빛깔이 되어 비치기도 했었다. 한데 이 밤엔 그 하혈이 없었던 것이다. 게다가 추억만큼은 몸이 닳아오르지도 못했었고 아무리 신명을 돋구려 했어야 잡념과 의혹이 껴들어 생땀만 흘려야 했었다. 물론, 완전히는 아니지만 포기하고는 있었고, 그래서 썩은 뱀대가리를 삼키려고도 했고, 사복의 정수도 빨아냈던 터이다. 사복의 홍수 같은 정수의 마지막 방울까지 취했을 때 따님은 자기로부터 떠나 버린 그 비암님과의 새로운 결연을 사복이라는 제삼자의 혈관을 통해 성취하고 그래서 그를 자기의 밖이 아니라 속으로 옮아오게 할 수 있었던 것이라고 조금은 믿었던 것이지만 그러나 하혈은 그 수근(水根)에 고갈이 와 버렸던 모양이었다. 아뭏든 그런 것은 따님께 인내키 어려울 고독감을 불러냈다. 애비 없는 자식을 낳을 때와 똑같이, 그러나 이번엔 모시던 세 어미로부터 다시 들어나 버려졌다고밖에는, 그녀는 아무리 해도 생각할 수가 없었다. 이 제사는 그 벌의 선고만을 내려보냈을 뿐이었다. 그리고 그러한 벌은, 아무데도 발 붙이지 못하게 하는, 그 외로운 유전(流轉)을 참게 하는 것이어서 하늘에도 땅에도, 세월 속에도, 죽음 속에도 못 들게 하는 그것이고, 그건 또한 완전한 유형이어서, 그저 겨울베짱이로 그렇게 삼라절연 속을 죽고 싶은 허기로 쏘다니게나 하게 하는 것이었다. 그녀가 알기로 그녀가 받은 벌은 그것이었다. 그러나 그것은 자기의 업보가 결코 아니라는 것을 아무리 주장해도 소용이 없는 듯했으므로 따님은, 최후의 한 방책을 생각해내고, 일어선 것이다.

따님은 손을 흔들어, 십팔년 동안이나 껍질이 깨어지기를 바랐던 네 개의 뱀알들을 불러 가까이 오게 했다. 물론 사복은 제외된 채였다.

그때의 그녀의 얼굴은, 냉혹하고 청승맞는 것이어서 삼세를 주류하는 방울장수 매파답게 귀기를 후광하고 있었다. 그 귀기야말로, 인색한 심뽀들 속에서 조공을 가능시켰던 그것이다.

그때에 이르러선 참으로 간사하게 제홍이 다시 출렁이기 시작하고 그러자 마을의 요순이 젯돌로 달려가 목잘린 뱀을 들어다 화톳불에 던져 넣었다. 이 성육은 이내 구워지고 또한 네 토막이 지어져선 접시에 소금과 함께 받쳐져 나왔다. 물론 따님 몫의 사두 또한 재가 되어 청수에 섞여 요순의 손에 받쳐 있었다. 그는 매사에 〈만족해〉하는 웃음으로 제중을 둘러보고, 따님께 눈웃음을 보냈다.

따님은 우선, 침이 말라 꺼끄러운 목에다 꺼끄러운 술을 부드러이 넘기고 나서, 소리 없이 웃어 보이곤, 바깥쪽만 습지게 하다 엉덩이를 한 차례씩 때려 맞았던 이 못난 뱀알들을 하나씩 하나씩 굽어 살펴보았다. 그리고 속으로, 「그래들갖고야 어디 세평 전답인들 가꾸겠더냐?」 하고 중얼였다. 그러면서 따님은 자기가 묘하게도 사복을 아끼고 있다는 것을 그때 깨달았는데 「삼만평의 땅이 아니면 못된 건달이가 되리라」였다. 그리고 함축 있는 미소를 흘리며 허리를 굽혀 땅에서 모래를 쥐어들었다.

그리고 따님은, 그 모래를, 그들의 머리 위에다 서캐처럼 뿌렸다.
「따님과, 땅님과, 딸님의 이름으로 복 주느니 이제 색시 얻고, 많은 자손 거느리고, 너희들 곳간에 넘침이 영영세세토록 있어라.」

그리고 따님은, 마을의 요순의 손에서 뱀고기 접시를 받아들어, 그들의 벌린 입 속에다 한 토막씩 밀어넣어 주었다.

그리고 따님은 피곤한 듯 돌아서, 큰비암 밑에 다시 또아리고 앉아 버렸다.

곧 이어 꽹과리가 짖고, 징이 울고, 장고가 가슴을 치고, 소고가 지랄을 떨었다. 아무도 사복을 기억해 내지 못하고 있었다. 어쩌면 거기에 끼이지 않은 걸 다행으로 생각들 했던지도 모르긴 하다. 사복은 그런 후레자식으로 쳐놓고 있었던 것이다.

사복은, 식곤증과 취기로 몸을 가늠하질 못하고, 그저 모든 걸 멀리, 그리고 무의미한 풀각시놀이로나 바라보다가 자기도 모르는 사이 고개를 떨구고, 침을 흘리며 코나 디립다 골아대고만 있었다. 허긴 그는, 너무 주리고, 너무 시달려 왔던 터였다. 멀찍이 떨어져 달빛 가운데 한숨 쉬고 나 앉아, 그의 아버지가 그 고단한 잠을 멀리 보고는 있었지만, 그는 헐 헐거리며 웃기만 웃느라고, 사복을 풀어 편안히 뉘지도 않았고, 어머니께 로 가지도 않았다.

「새벽엔 안개나 깊었으면 싶다,」 그는 누구에겐지 말했다. 「그래 안개나 깊었으면 싶어,……이 추악한 뿌리도 흙에 덮이면 좀 감춰질 건가? 그 뒤엔 지렁이나 됐으면 싶다, 이 울음을 한번 실컷 울게, 한번 실컷 울게, 지렁이나 됐으면 싶다. 이 모질게도 시달리게 하는 마음속 애길 한번, 떠 들고 고백이나 했으면 싶다.」

사복은 잠 속에서, 어머니라고 막연히 믿어지는 여인을 만났다. 그런데 그녀는 또한 여인이라고 막연히만 믿어졌을 뿐이지, 젖이라든가, 부드러 운 눈이라든가, 다사로운 손길, 아뭏든 여인들만이 지니는 어떤 종류의 지극히 은밀한 통로니, 아름다움이니 하는 아무것도 갖고 있질 않아, 막 연한 믿음만 빼놓는다면, 여자는 아니었고, 남자도 물론 아니었고, 그렇 다고 양성(兩性)도 중성도 아니어서, 그건 한마디로 불완전한 어떤 완전이 었다. 그러했음에도 그것을 만나자마자 사복은, 어려서 못 마신 젖의 조갈 을 느껴 버렸다. 그래 사복은 그녀의 가슴을 미친 듯이 헤치고 달라붙었 고, 그녀는 사복을 용납하지도 안 하지도 안했다. 그러나 아무리 찾았어도 아무데고 한군데의 통로도 없었고, 그렇다고 가두지도 않았다. 그녀는 그 냥 한 폐색에 불과했다. 그 폐색의 언저리에서 사복은 아무리 해도 안으 로 들어갈 수가 없었을 뿐이다. 그때는 사복은 어느 녘에 광야로 나와 버 리고 있었는데, 거기서는 아무것도 사라지는 것이 없고, 그렇다고 무엇 하나 머무는 것도 또한 없었다. 그저 열려만 있고 닫히는 것이 없어서, 앞쪽으로도 뒤쪽으로도, 어디로도, 무변의 공간만 열려 있고, 생명은 죽 지도 살지도 않았다. 그건 무서운 개방이었다. 그 가운데서 사복은 아무 리 해도 밖으로 나갈 수가 없을 뿐이었다. 「어머니, 날 들여보내 주세요, 안으로든 밖으로든, 날 들여넣어 주세요.」

사복은 그러다 잠을 깨었다. 젖에의 조갈이, 불붙은 송진이라도 흘러내 려 살 위에서 끓는 듯한 고통으로 바뀌었던 탓으로서였다. 실제로 그런 아픔이 발등에서 일고도 있었다. 그와 동시에 무슨 소리가 들렸는데 한참

생각해 보고서야 사복은 그것이, 웃음 소린 줄을 알았고, 또 퍼그나 귀에
익었던 것임을, 꿈에서 느꼈던 젖의 갈증까지 없애 주는 것임을 알았지
만, 그 웃음의 주인이 누군지가 아무리해도 생각이 나질 않아 무척 피로
왔다. 술이 무척 독했다는 생각을 우선 해냈다.
「사동아, 사동아 이 잠퉁아, 내가 왔잖애, 왔잖냐구,」
「……」 사복의 귀에 뭐라는, 무척 신선하고 시끄러운 기분을 주는, 소리
가 들렸다.
「아이 잠퉁아, 나잖애? 나잖냐구, 넌 나두 몬누니?」 그제서야 사복은
분명히 알아 보고, 이를 허옇게 드러내 하늘을 올려다보았다. 해당화 울타
리가 거기서 은하수로 흐르고 있었는데, 그 짙은 그늘 검푸른 물엔, 달같
이 벗은 계집애가 꽃돋은 몸을 잠가, 하혈을 꽃잎으로 흐트리고 있었다.
그러더니 그것은 이내 한마리의 꽃뱀이 되어 쓰륵 쓰륵 하늘을 건너갔다.
은하수와, 해당화 울타리와, 꽃뱀과, 달과, 벗은 계집과, 흩어진 꽃잎과,
저 씨앙, 계집애 죽지도 않고 또 왔어, 허지만 제길, 좋아서 왔구나, 허
지만 좋아해 왔었구나, 이 씨앙, 구역질만 디립다 내게 하는 계집애, ——
사복은 냅다 발길질을 한번 했다. 그리고 쿨쿨거리며 웃었다.
　꿈에 걷는다는 그 계집애가 와 있었던 것이고, 와선 사복의 발치께에
퍽적 주저앉아, 삭정이 한가지로 사복의 발등을, 종아리를, 갈겨대며 잠
을 깨우고 있었고 그러다 한 발길 얻어채어 나뒹그러져선 껄껄 웃었고,
웃다 말고 계집앤 미친년처럼 달려들어, 사복의 뒤꿈치를 깨물고 덤볐다,
그것은 인(仁)이 딛고 걷는 그것이었다.
「으후, 후후후——」
「이 씨앙눔의 새깽이야, 구너니깐 니가 난 왜 차?」
　계집애는 〈ㄹ〉 발음을 못 했다. 「니가 안 구녔으믄 나두 안 구나잖애?
나두 안 구너잖냐구,」
「후, 후훗, 구, 구내, 내 잔, 잔못했어, 저 씨앙, 내가 잘못했대두, 탁
한번 더 차버릴라.」
　계집애는 헬끔 웃었다. 「구나믄 나두 안 구넌게,」 그리고 계집앤 이번
엔, 깨물지는 않고, 넓적하니 두터워 서말 때는 없고 있을 사복의 발등에
다, 침을 택택 뱉아내선, 그 발등 위로 흘러내린 제 머리칼로, 그 때를
문질러대기 시작했다. 사복은 그 순간 거의 멍해져 가만히 계집앨 내려다
보았다. 달빛이, 머리칼이 모두, 숙인 고개의 앞으로 흘러내렸기에 드러
내진, 계집애의 가는 흰 목 위에서 시샘했다. 그늘들은 모두 동쪽으로 돌

아서고 있었다, 「허지만 넌 내 색시야,」 사복은 입속말로 부르짖었다. 그런 것은 그러나 한번도 생각하지 않았던 것이다. 「넌 내 색시라구,」

「혼데 사동아,」 계집애는 그렇게 해서, 사복의 발등을 대강 씻고 난 뒤에, 이번엔 사복의 두 발목을 한꺼번에 나꿔채, 젖무덤으로 뺑뺑한 가슴에다 꼭 싸 안으며 말했다. 「넌 참 좋겄다,」

「넌 내 색시란 말야,」 사복은 갑자기 발을 뺐기고도 속으로 부르짖었다. 배에서 가슴에 이르는, 일곱 바퀴 묶인 자리에, 참을 수 없는 압박이 밀려 왔지만, 그것이 아무리 컸다더라도, 발에서 타오르는 뜨거움만은 못했던 것이다. 그것은 참으로 생소한 체험이었으며 또한 이해할 수 없는 느낌이었다. 사복은 계집애에게서 늘 구역질만 느껴 왔었던 것이고, 그 구역질 탓에 어쩌면 계집애를 꽈냈던 것이다.

「나두 운엄마가 띄노 묶어 업어줬은 땐 참 좋았었눈데,」 계집애는 그리고, 아무렇게나 팔을 풀어 사복의 발을 동댕이치곤, 부러운 듯, 사복을 묶은 동아줄을 어루만졌다. 딴에는 아마도, 나이 들어가며 어설퍼진 세상을 이해해 보려 했던 모양이었다.

　헌데 그 동아줄은, 장정들이 지고 온, 삼십 짐 장작을 묶었던 새끼줄로, 이 계집애의 아비가 세겹으로 꼬았던 그것이었다.

　사복은 웃을 수밖에 없어 병신처럼 웃곤, 어쩐지 눈물이 쏟아질 것만 같아 화톳불이 타고 있는 데를 바라보았다. 거기서 나한 죽림(竹林)이 폭풍에 휩쓸리고 있어 보였다. 「갑자기 넌 내 색시야,」

「구치만 나두 엄마가 된구난다,」 계집앤 계속했다.

「구치만 엄마가 되기 준에 죽는 게 좋운구내, 운엄마가 는(늘) 그냈단 만야. 목매단아 죽우나구,」 계집애는 섬기면서 이번엔, 해묵은 솔잎과 흙을 긁어 모아, 기껏 닦았던 사복의 발등에다 쌓아올리기 시작했다. 어쨌든 잠시도 손을 가만히 못 두는 버릇이 그 계집애에겐 있었다. 「안 구나믄 따님모양 쫓겨나 구넹이하구 산구내, 구내서 내가 만했지녀, 난 사동이 새깽이하구 산군데, 구새깽인 언마나 힘이 좋운데,」

「후, 후훗, 잔, 잔했어, 썩 잔했다구,」

　허지만 목이 메어, 사복은 목 속에서만 부르짖었다.

「혼데 죽눈 게 뭐니?」

　계집앤, 사복은 올려다보지도 않고, 그 대목에선 제법 한숨도 쉬었다. 딴에도 속이 언짢았던지, 쌓아올렸던 솔잎과 흙을 신경질적으로 다지기 시작했다. 하며, 언제 어디서나, 생각이 나거나 안 나거나, 제멋대로의 꼭

조로 부르는, 그 노래를 또 시작했다. 사복이 개구리를 잡아선, 똥구멍에 풀대를 찔러 바람을 뺑뺑이 넣은 뒤, 어기적거리는 개구리를 놀리느라고 불렀던 그것인데, 그때 계집애의 눈이 몹시 반짝거리더니 배워 버렸다. 그건 그러나 메뚜기 노래였었다.

　　개구나 개구나 장개가구나
　　바지가 없어 못가굤다
　　쭈쭈쭈쭈 쭈쭈쭈
　　헹의 바지 입구가제
　　부난이 없어 못가굤다
　　쭈쭈쭈쭈 쭈쭈쭈

　사복은 그때 매우, 이상한 열예를 느끼게 되었다. 별로 의미도 없이 불렀던 그 노래가, 묘하게도 칙칙하게 휘감아 오르며, 새벽 꿀 베러 나갔다가 따먹은 그 약찬 고추맛처럼, 애릿하니 속쓰리게 했다. 그건 또한 고추먹고 배가 쓰려, 그 고추나무 포기에다 똥구멍이 쓰리게 해 버렸던 그 배설맛 같기도 했고, 그 배설을 하며 바라본, 그 고추들의, 암적색 이슬젖은 언저리로 입맞추고드는 동녘 같기도 했다. 붉어지느라 밤새도록 옘병한 고추들은 그때 열고(熱苦)의 혼탁한 밤을 토했었다.
「쭈쭈쭈쭈, 흔데 죽눈 게 뭔지 너는 안굤니? 쭈쭈쭈,」
　사복의 사타구니까지 이끼와 솔잎과 습기와 썩은 흙을 쌓아 올리곤, 계집애는 일어섰다. 그리곤 사복의 코를 석자는 늘여 보더니, 휙 돌아 마을 쪽으로 달려가기 시작했다. 너훌너훌 달려가기 시작했다. 그러면서도 노래처럼 노래는 계속했다. 황록색 달빛에 침수당한 저쪽 새벽 마을로 그것은, 해당화 깊은 속에서 문 열고 뛰어나간, 무슨 꿈꾸는 흰노루처럼 달려갔다.
「쳇, 저 반펭이 계집애,」 사복은 넋을 잃고 계집애의 뒷모습을 보다가, 계집애가 새벽 마을의 달빛 속에 녹아져 없어져 버렸을 때, 혀를 깨물며 투덜댔다.
「너 같은 건 정말이지 싹 뙈져 주면, 삼백 날 춤이나 추겠다. 씨앙, 저 씨앙, 허지만 너 내 색시야,」
　그리고 닭이 두 번 울었을 때에, 마을의 요순이 그 계집애의 아버지와 함께 사복께 왔는데, 저들은 따님으로부터 파송된 자들이었다. 와선, 「허이애야, 이거 안됐다야, 아 글쎄 우린들, 글쎄 따님께서 노하셔서, 허지만 만사가 다 만족허이 될 걸로 난 믿는다,」하고, 마을의 요순이 대표로 떠들었다. 그러며 사복의 묶음을 풀었다.

「야 이사람아,」사복을 외면하고 있던 계집애의 아버지가 요순을 핀잔하며 나섰다. 「뭣이 그리 만족허이 될 것 같나?」

「아 그러면 그래야 안 되겠는가? 나는 그렇게 알고 있구먼, 글쎄 말이라, 만족허이 제산 끝났으니, 만족허이 놀다가, 만족허이 돌아들 가면 그 아니 만족허이 되겠냐구, 거 좀만 만족허냐구?」

「……」계집애의 아비는 짜증난 헛기침을 해대며, 몹시 못마땅한 투로, 담배통을 나무등치에다 대고 털어댔다. 그는 한번도 매사를 〈만족허이〉 생각해 본 적이 없는 짜증 많은 그리고 마누라 잘 패는 사내로 알려져 있었다.

사복은, 마음과는 달리, 묶임이 풀리게 되자마자 몸을 가늠하질 못하고, 풀썩 꼬꾸라지고 말았다. 땅이 그저 새까맣게 잡아돌며, 사지의 인대들이 갑자기 풀기를 잃고 뼈마디와 살점들을 제멋대로 흩뜨리려 해서, 견딜 수가 없었던 것이다. 그리고 건구역질을 왝왝 해댔는데, 따님 앞에 끌려 왔었을 때까지도 계속 해댔다.

「녀석의 물잠뱅일 벗기게,」따님은, 사복이 자기 앞에 채 끌려오지도 않아서 소리쳤다. 그때까지도 그녀는 또아릴 틀고, 큰비암 뿌리에 앉아 있었다. 「허구, 녀석을 큰비암님 용채에 열 두 번 돌려 뮤게,」따님은 다시 소리쳤다. 계집애의 아비가 희미하게 웃는 듯하더니, 무기력해져 모래 위에 쓰러진 사복의 물잠뱅일 일른 잡아채 내렸다. 그러다 그는 기겁을 했는데, 누가 억세게 자기의 어깨를 휘어 잡고, 나직하지만 위압 있는 음성으로 이렇게 말했기 때문이다. 「여보게, 자넨 그것으로 충분했잖나? 뭐가 또 모자라다는 건가? 그 더러운 손을 그애에게서 치워! 그리고 날이 밝거든 딸애나 올려 보내게,」따님의 아들이었다. 「잔치는 내가 벌림세,」

물론 그런 얘긴 아무에게도 들리지 않았지만, 씨름이라도 구경하듯, 삥 둘러선 사내들 속에선 쑥덕이는 소리가 났다.

「저사람 좀 제정신이 아니군 그래,」

「글쎄 말이세, 그만하면 딸 덕 본 거지 뭘,」

「안할 소리로, 누가 그 어중간한 딸을 며느리 삼겠나? 늙어 머슴살이나 면했으면 됐지 원,」

그런 얘기는 그 계집애의 아비께 무척 괴로운 듯했다. 그는 슬슬 뒷걸음질을 치더니, 제정신도 아니게 둘러선 사람들 속을 벗어나자, 씌인 듯이 도망쳐버렸다. 그 뒤통수에다 대고, 바른말 잘하는 사내가 한마디 안 던질 수 없었겠다.

「저사람 틀림없이 마누라나 패 던질걸쎄.」

모두 웃어던졌다. 그리고 그에 대해선 잊어버렸다.

「헤에, 저 허, 헌데 따님이시요,」 마을의 요순이 소심하게 따님 앞에 나서고 있었다. 그때 따님의 아들은 사복을 큰 송아지 안 듯 안고 뭐라 뭐라 속삭이고 있었다. 「저, 저어 또 열두 번을, 열두 번을 돌려, 무, 묶으시라는 겁니까요? 헤, 저, 사, 사동이 뭘 어쨌는지 모, 모르겠으나,」

「거참,」 따님이 분통을 터뜨리고 벌떡 일어나 서자, 요순은 찔끔해서 뒷걸음질을 쳤다. 「웬 말이 그리 많은가 자네는?」

「헤에, 거 그래두 거, 그저 만족허이 뭣이든,」

「허으거, 자넨 혀만 길어, 그러지 말고 거 손발도 좀 길어서 농삿일이나 좀 만족허이 해 보게,」

따님은 요순의 약한 곳을 무섭게 찌르고 나섰다. 그는 워낙이 노름쟁이의 자식이었던 터라, 박토일망정 한뙈기 물려받지도 못했었는데, 따님의 후덕을 입어, 그녀의 전답에서 나는 소출로, 여름엔 풀먹인 옷에, 겨울엔 돼지토막도 더러 먹어둘 터수가 됐던 것이다.

「지, 지당한 말씀이십니다,」 요순은 더 기를 못 폈다.

「그러면 사복을 묶어매게,」 따님은 그리고 걸음을 옮겨, 벼락 맞은 나무 밑으로 가, 낮에처럼 기대고 앉았다.

농악은 어느 녘에 멈춰, 꽹과리나 소고를 쥐고 있는 자들까지도 모르고 있었다. 그리고 그들은 둘러서서, 깨어 가는 취흥과 수면 부족에 머리가 아파, 벼락 맞은 나무처럼 얼굴을 떼어내 버리고 있었다. 허긴 키대로 자란 강냉이대궁의 석격이는 소리를 멀리로 들으며, 토방 밑으로 떨어진 대가리 탓에 한창 코를 골아댈 시각이긴 했다. 그러면, 꽃지자 곪기 시작한 새끼배들이 그 대가리를 겨냥하고 떨어질 것이고, 그 탓에 놀라 깨 보면 대가리는 안개 속으로 사라지고 없다. 그러다 우연히, 마누라가 몰래 뒤뜰에서 쥐어준 보리 누룽지 속에서 그것을 다시 찾고, 담배 한대 팔썬 태울 터인데, 허긴 맛난 여름 새벽잠 한창 달플 때인데, 척진 일 없는 남의 일에 머리들만 아프고 있었다.

「어머님,」 사복을 품고 있던 그녀의 아들이, 사복을 앉히고, 어머니께 나아갔다. 「어찌 하시려는지 제가 참견할 일은 아닌 듯합니다마는,」 아들은 무릎을 꿇고 앉았다. 「녀석께 수명장수나 빌어 주시고, 다자 다복이나,」

「네가 나설 일이 아니다,」 그의 어머니는 비정적으로 잘라 말하고, 손을 홰홰 저었다.

「합죠만 어머님,」

「글쎄 참견할 일은 따로 있다구,」 그의 어머닌 아들에게까지도 무섭게 역정을 냈다. 「따님은 나지 네가 아니다, 큰비암님의 전갈하님은 나지 네가 아니란 말여, 너는 내가 없는 전갈을 만들어 한다고 생각하는가? 나라고 인정이 없다고 너는 생각하느냐구? 대체 이 어미를 괴롭히려만 드니, 너는 대체 날더러 어쩌라는 거냐? 어쩌라는 거냐? 삼재팔난을 어쩌라는 거냐?」 따님의 음성엔 흐느낌이 섞이기 시작했다. 「난들 어쩌겠냐?」

「……」 아들은 고개를 무척도 무겁게 떨군 채 일어나더니, 둔덕 밑으로 느실 느실 걸어가는 둘개 모양, 사복이 곁으로 다시 왔다. 그리고 사복의 퀭한 눈속을 들여다보더니, 고개를 한번 시들게 젖고, 요순을 향해 고개를 끄덕였다. 그러자 요순이 알아차리고, 누군가의 귀에 속삭여 소나무 밑에 버린 동아줄을 갖고 오게 했다.

따님은 아마 울고 있었던 듯했다. 아들이 물러나 버리자 무릎 위에 머리를 묻고, 어깨를 몹시 들먹여댔는데, 큰비암 등치에 묶인 사복의 눈엔 그녀가, 기름접시의 불꺼진 심지처럼만 보였다. 화톳불도 일그러지고 있어서 그것은 더욱 그렇게 보일 수밖에 없었는데, 그 접시 속으로 새벽빛과 달빛의 반죽이 공허하게 차들었다. 거기에 인간은 없었고, 있었대도 아는 얼굴은 없었고, 있었대도 접시를 이뤄버린 흙덩이들뿐이었다. 사복은 허탈되이 한번 웃었다. 아무도 웃지 않았는데 사복만 웃었다.

그, 웃을 수 없었던 사람들은, 이해할 수도 없는 따님의 슬픔들을 자기들의 것들로 받아들이고 있었다. 그게 낮이었더면, 또는 밤이래도 술마시기 전이었더면, 술이 완전히 깬 뒤였더면, 그렇게는 되지 못했을지도 모르지만, 신명이 빠져나가 버려 나른한 외로움만 남아 있던, 그 이상하게도 슬픈 새벽 속이어서, 타인의 슬픔은 곧 자기 것으로 대신 되었다. 따님의 흐득이는 모습을 이전에 본 사람은 하나도 없었기에, 처음 얼마 동안은 그녀를 인간녀로 수락하느라 어정쩡했지만, 그녀를 한 불쌍한 노파로 수락해 버렸을 때 느껴지는 그녀의 설움은, 처음부터 수락되어진 인간의 그것보다 곱절의 무게를 지녔다. 그래서, 그 죄는 은밀히들 알고 있지만 그것이 얼마나 큰지는 모르는 사복의 죄를 중죄로 인정하고 들었고, 나중엔 그를 죽여도 마땅하다고까지, 스스로들도 이해 못 할 증오심을 키웠다. 저

인자한 따님의 슬픔을 봐라 사동이란 놈은 원래가 막돼먹은 자식이 아니
냐 어느 고장에 할애비를 가졌는지도 모를 저 후레자식의 뻔뻔스런 낯짝
을 보라 아 저것은 원수의 종내기가 아니냐 객귀(客鬼)가 아니냐 너무도
착해 어눌한 처자를 망쳐놓은 저 독사의 자식을 봐라 칼로 배지를 베어
엄나무발에 무쇠가마를 덮어씌워 천질(천길) 물 속에다 처넣어야 마땅할
저 객귀를 봐라.

허지만 아무도, 어떻게 하자고, 나서지는 않았다. 그런 것은 그래서, 그
분위기를 더욱 살기에 차게 하고, 침중하게 하고, 자그맣게 서름덩이만으
로 뭉친 벌레의 울음을 더욱 가냘프게 하고, 그래서 어떻게든 그러한 음
독이 해소되기를 바라게 되는 음기를 모으게 했다. 그리고 따님이 오랜
후에 비로소 입술을 열었기에 그 일종의 음독이 삼출하기 시작했다.
「나, 흙과 세월과 하늘 세 어미의 따님이며, 큰비암님의 전갈하님이, 세
따님과 큰 비암님의 말씀을 전갈하니라,」따님은 그리고 태극좌로 앉았
다. 비록 목청은 돋구지 않았으나, 그 소린 누구에게나 잘 들렸고, 또한
서릿발 같았다. 「그를 세 따님의 집으로부터 쫓아내라. 돌아오지 못하게
하라! 사복의 불알을 까라!」
「……」
「……」

어디서 누군가가, 씨석 씨석 웃는 외에 아무도 말하는 자가 없었다. 그
것은 목을 매달아 죽인다는 것보다도 더 이해할 수 없는 선고여서, 모두
얼른 이해할 수가 없는 듯했다.

씨석 씨석 웃던 자는 따님의 앞으로, 병든 개처럼 나아갔다. 「허, 어
허, 허머님, 그까짓 미천한 구렁이 한 마리 값이 아, 하직도 셈이 덜, 더
헐됐읍니까요, 예? 덜 됐어요?」그의 음성은, 순간에 웃음을 잃고, 높
아졌다. 「덜 되셨냐구요? 그러시다면 어머님, 백만 이야기 다 삭제하고,
이 아들의 것으로 그 구렁이 값을 치르게 하십쇼, 이 생명으로 치르게 하
십쇼, 이 아들의 것은 정말이지 있어서 저주받은 것입니다, 있어서 저주
를, 가혹한 저주를 받은 것입니다,」그는 헉헉거리며 통곡하듯 씨부렸다.
「헌데 녀석까지 저주를 하십니다? 어쨌든 나는, 나의 이 생명으로 어떤
저주나 잘못을 갚음할 수 있었다고 생각했었읍니다,」그러며 아들은 모래
위에 엎드려져 심히 통곡했다. 「오늘이 그 마지막 날이었던 것인데, 그런
데,」이 대목에서 그는, 미쳐서 일어나 사복에게로 달려갔다. 그러더니,
사복의 뺨을 세일 수도 없이 갈겨, 입 속으로부터 피를 흘리게 했다. 「이

몹쓸 자식아, 에이순 몹쓸 자식아, 이 자식아,」사복은 신음도 내지 않았
다. 그는 아무것도 생각할 수가 없었을 뿐이었다. 입 속에서 선지피가 흘
러내리는 것도 몰랐다. 그 피는 턱으로 흘러 가슴을 검게 적시고, 동아줄
에 방울 방울 배어들었다.
「엑끼 이 사람,」요순이 보다 못해 달려갔다. 「이게 무슨 짓인가, 이
게 ?」
그때에야 그는 맥을 풀고, 사복을 끌어안는 듯하더니 흘러내려, 사복의
무릎 밑에 흩뜨러져 앉아 사복의 하초를 그 큰 손으로 가렸다.
사복은 더욱 더 무기력해져, 그냥 멍하니, 자기를 휩싼 푸른 얼굴들이
나 건너다보았다. 그때는, 그 푸른 얼굴들은, 새벽에만 피었다 사라지는
무슨 귀신 꽃들처럼, 그렇게 음산하게 피어만 있었고, 숨 쉬는 것도 움직
이는 것도 없어 보였다. 그런 건 몰래 열어 본 요여(腰與) 속 풍경만 같아
서, 소금은 한톨도 안 보이고, 알 수 없는 공곡(空谷)만 담겨 있어, 사복으
로 하여금 매우 거북한 느낌을 갖게 했는데, 때에, 옛날 얘기처럼 하는,
조랑조랑한 말소리가, 벼락맞고 죽은 나무등걸에서 울려났기에 사복은,
귀를 열었다. 그리고 그 얘기가 계수되는 동안에 사복은, 오줌을 질금 질
금 흘렸고, 사복의 하초를 가렸던 사내의 팔은, 그 임자의 심정이 슬퍼서
조락돼 버렸다.
「따님전에산을빌고땅님전에명을빌고딸님전에복을빌고큰비암님제도허야세
상인간태났으나가련허구가련타이내일신가련타전생엔풀만먹고삼천세계대천
소계겡(經)날랐던소였더니인간네로환신허니공지니네딸이었다우리부모날길
러서무신영화보려하고깊기도하도깊어물도곤깊은방에천금같이넣어두고외인
거래전폐허니친척도희소허다세경이여류허야십오세잠간이라정토살던큰비암
님물건느고산건느고십만억험로지나무엇하러내게와서내게다시지웠나죄없다
는죄를입어이내몸따님되니이팔이청춘열여섯에썰키도썰다거친밭에객구처럼
쫓겨나서물밥에한숨썸고겨우나겨운접시불청춘홍안다태우고구곡간장다녹았
다인간백년다살어도병든날과잠든날과격정근심다제하면단사십도못산다나모
진것이목숨이라이내목숨너무길다정월이라망일날독방완월그얼마며이월한식
에간산이그무신필요며삼월답청은그아니밟시린가사월춘풍모질더라오월이라
잎이피면그아니맘시리며유월소짝이칠월폭서에홍안간장다썩었네팔월추석은
공산에달만밝고구월국화들메워도그누와더불어즐기며시월오면나뭇가지여위
긴잎떨어진탓이다마는이내몸여위긴그무신탓이며오동짓달장장야에어이허면
잠을들고서웃달한풍에기러기떼울고간다독방야월삼경실솔성더욱섧다열여섯

에낳은아들금침한채못줘보고동방에해떴다서방에놀비끼니선아흡해흘렀구나
애비없는아들이라눈물도많았으나젱진어미죄로어언백발비껬이니섧고서러우
나그어찌허며원도한도많겠이나또그어찌헐까살아서는못본영화죽어서나볼작
시니천만한일랑접어두게천만한일랑접어두게속세가아무런들극락정토비길손
가건너세건너세모두건너세모두까지건너세건너면즉실례라허다허니어젯날을
들어세따님께서오셨겠어하난시말쌈이사복이법을에겨인간네로더불어첫정수
를쏟았거니그로인허야삼재팔난삼시팔년스물네해느마을에내리리라하시거늘
아소아소님아아으그리마소어린백성과도허물도천만없오이다아으그리마소님
아내빌었겠어허거든그의불알피묻은채전갈하님가져오소하시거늘내또빌었겠
어아소님아천만그리마소천애고애로자라나외로워서그러한걸천만그리마소아
소아소했거늘전갈하님아문안하님아네몰라서그러허다사복은원래큰비암님외
아들이라보통인간사내와는다른지라그아가한번죄를지면삼재팔난뿐이겄냐그
아점지했을때난세상구허라헌것인데세상을망쳤거늘그아를세상에서쫓아내라
그래내다시간곡히말했겠어그래도아소아소아으그리마소닭을드리라면닭을
드리고소를드리라면소를드리겠으니했으나이애전갈하님아너는생떼만많구나
허거든느마을에삼재팔난삼시팔년스물네해나받아갖구가거라」
　「……」
　닭이 세 홰째 울고 있었다. 그리고 달도 지기 전에 짧은 여름밤이 새이
려고 달빛을 엷고 푸르게 하고, 영롱히 맺힌 이슬들 속에서 탁한 안개를
뽑아냈다. 오래잖아 벼락 맞은 나무의 동쪽 얼굴에, 또는 큰비암의 동쪽
가슴에, 산의 동쪽에, 모든 동쪽에, 변절자의 그것 같은 아침빛의 입맞춤
이 있을 것이고, 그러고 나면 창과, 횃불과, 잘려질 귀를 하나 가진 병사
들이 와 더위를 떨 것이었다. 그러기 전에 물론, 소 같은 뱃놈까지도 꾸
드러지게 하는, 한 동산을 새벽은 갖는데, 그 동산에 그들이 그때 와 있
었기에, 잠 같은 모진 침묵만 디리 덮어댔다.
　「……」
　「삼재팔난,」 누군가가 한마디 잠꼬대처럼 했다.
　「삼시팔년,」
　「스물네해,」
　「아 그것은 죽을 노릇이다!」
　삽시에 새벽은 시작되었다.
　「저, 해두 저어, 따님이시요,」 마을의 요순이 그래도, 염습 스무나믄구
하고 얻은 달력(達力)으로, 따님의 혼륜을 얼른 깨고 나섰다. 「헤헤 저,

좁은 소견으로 한 말씀 올리면,」그는 숨을 조절하고 눈을 한껏 부릅떴다. 「어려서 개에게 끊긴 것도 아니고, 삼시랑이 병신을 만들어내 보낸 것도 아니고, 해서 좁은 소견으로는, 사동의 귀를 하나 자르시든지, 아니면 잠깐 귀양을 좀 보내시든지 하시는 게, 글쎄 죄야 그게 죄였읍죠, 허, 허드래도, 이제껏 피어 이제 비로소 구, 구실을 하려는 나이에, 글쎄, 헤헤, 나야 뭐든, 마, 만족허이 되길 바라서, 그래서 드리는 말씀입니다요, 나, 나야 뭐, 분부를 하신다면, 사동의 부, 불알도, 아닙죠, 귀도 썰겠읍니다마는, 크, 큰비암님 제도하였을 적엔 사내는 사내구실을 하도록,」

「그러면 자네가 까기 바라네,」따님이 조용하고, 냉엄하게 자르고 나섰다. 「그 일을 자네가 맡게,」

「아, 아니 이를테면 말씀입죠, 헤헤 따님도, 글쎄 성정도 급하세요, 이를테면 그렇다는 말씀입죠,」마을의 요순은 뜨거워라 싶은 모양이었다. 「헤참, 그런 말씀을 다 허세요, 내 생각으론 글쎄, 사동이 하나 죄로,」그는 뒷걸음질을 슬슬했다. 「설마하니 죄도 없는 마을에,」

「자네가 그 일을 맡는 게 더욱 좋겠네,」따님은 요순을 노려보며, 더욱 엄하게 강조했다. 「이 중에 누가 내 아들만큼 사복을 아꼈던 사람이 있었던지, 자네는 한번 말해 보게,」

「그, 그야, 그야,」

「그 내 아들이 홀로 살며 자식삼아 핏덩이 때부터 길렀던, 내 친손주 같은 사복을, 그러면 자네들 중에 누가 나만큼 아꼈던가를, 자네 또 한번 말해 보게,」

「그, 글쎄 그야, 그야,」

「한 마리의 힘센 황소가 있어서, 그 소가 삼만 평의 전답도 넉근히 갈아엎을 수 있었는데, 만약 그 소가 미쳐 그 삼만 평 전답의 곡식을 다 망치고들었다면 어째야겠는지, 자네는 또 말해 보게,」

「하, 그야, 그야,」

「그러면 이제 자네는 큰비암님의 전갈을 받게,」따님은 뚝 떨어지게 분부했다. 「내가 자네를 뽑았으니, 자네가 그 일을 맡든가, 아니면 스물네 해의 삼재팔난을 자네네 일가가, 사복과 마을을 대신해 당하든가,」

「에, 에엑, 그, 그야 안 됩죠, 아, 안 됩죠,」마을의 요순은 말로는 다 안 돼, 손까지 저었다. 그때 따님은, 무릎 위에 머리를 묻고, 소리없이 웃었다.

「어이거 누구, 누구, 없나 거?」마을의 요순은, 어쩔 줄을 모르고 쩔쩔매며, 울화동을 터뜨리기 시작했다. 「젠장 없어? 거 좀 불좀 보라구, 글쎄 불좀 봐요, 글쎄 거 대낮같이 좀 태우란 말야,」 그는 씨름거간꾼처럼 그 안을 빙빙 돌았다, 「아 젠장들, 거 연기좀 작작 피워, 글쎄 거,」

「여보게,」 누가 그의 팔목을 잡아 앉혔다. 그는 혼자만 바쁘던 중에도 그가 누구인 걸 알아 보곤, 몹시 어색한 표정을 했다.

「허유참, 글쎄 낸들 말이세, 자네가 얼마나, 글쎄 사동을 아끼는 줄 알기 때문에 헌데 글쎄, 내가 어째야 하나? 뭐든 만족허이 됐더면,」

「그, 그게 아니시, 아니구 이사람, 내가 녀석의 불알을 까, 깠, 깠으면 하고, 그래서,」

「아니, 이, 이사람, 자네이거 미쳤나 엉? 못하네, 못할 일이세 자넨, 못 해. 날, 날 용서허면, 내, 내가 함세, 암믄, 내가 해야겠지러, 그래야겠지러, 에끼 이사람, 자넨 술이나 듬뿍 마시고, 올라나가게, 올라나가,」

화톳불은 다시 대낮같이 타올라, 짙어지는 안개를 태우고 들었다. 그리고 모든 낡은 얼굴들 위에서 무섭게 일럭였다.

「그, 그래두 이사람, 내 손으로 길러 내가 아껴 왔으니, 내게 허락하게,」

「후유우, 이 무슨 못할 죈가?」 마을의 요순도, 세깐 맘에 한깐은 울며, 탄식했다. 「우린 사실 큰비암 없어도 살아 왔고, 우리 할아버지들은 첫 정수를 우리 할머니들께 쏟고도 자손만 많이 거느리고 풍성하기만 했더니 이 무슨 못할 죈가?」 그리고도 그는 좀 더 혼잣말 했다. 「이 무슨 못할 죄냐구, 보기만 하면 작대기로 떠다 흙탕물에 버렸거나, 돌로 짓쪄 죽였던 구렁이를 대체 언제부터 모셨단 말인가?」

마을의 요순은 고개를 한번 거세게 젓곤, 아무 만족함이 없는 얼굴로 술동이 곁으로 가, 몇 바가지인지도 모르게 퍼마셔댔다. 그런 뒤, 한숨만 쉬어대며, 잉걸불 한토막 꺼내 술부어 꺼 숯을 만들고, 그것을 돌팍 위에 소금과 함께 얹어, 가늘게 가늘게 빻았다. 그것은 불알이 뽑힌 빈 자리에 채워질 것이었다. 그러면 숫돼지의 경우, 닷새가 못 돼 새 살이 차올라 왔었다.

그것을 요순은, 술로 씻은 주발에다 담은 뒤, 다음으론, 주발 하나를 돌팍에 내부쳤다. 그리곤 날 좋은 걸로 대여섯 조각 파릴 골라, 또한 술부어 씻은 뒤 주발에 담아, 사복과 그의 아버지 곁으로 갔다.

「아마도 조금은, 그래 아주 조금이다, 고통스러울 것이다.」 사복의 아비는 사복의 묶음을 다시 고쳐 사복이 어떠한 고통에도 요동을 못 하도록 묶고 있었다. 사복은 듣고 있는 것 같지도 않았다. 「그리고 고통이란 그렇게 못 참을 것도 아니다. 네가 이제부터 참아야 될 고통도 사실 여러 해로 쪼개서 받는다면, 그냥 조그만 가려움증 정도밖에 더 되겠냐? 생각해 봐라, 담배나 술처럼 흥겹게 하는 것도, 갓난아이에게라면 그것의 작은 분량도 그애를 죽게까지 만드는 고통인 것이다. 이십년이나 삼십년에 걸쳐서 와야 될 것이 너의 경우엔 한순간에 온 것일 뿐이란 걸 알아두고, 비겁하지 마라. 담대하라. 그리고 노쇠란, 결국 생식력의 폐색 그것 아니겠냐? 어느 때까지고 생식할 수는 없는 것이며, 모든 생명에게선 자연이 생식력을 거둬가 버린다. 네 경우엔 그것이 인위적으로, 그리고 너무 빨리 와 버리긴 했지만, 그러나 우주를 사는 자의 눈으로 측량하라. 그리고 비겁하지 마라. 담대하라. 사는 동안엔 이보다도 더 큰, 도대체 예기할 수 없는 일들이 갑자기 와 버려선 그를 병들게 한다. 이건 너만이 당하는 것은 아니니, 비겁하지 마라. 한 일년생이나 이년생 정도의 천진무구할 산 배나무를 생각해 보라, 어느날 저쪽 멀리 있던 으름송이가 폭풍 탓에 거기까지 불려와서, 그 으름송이가 넌줄을 키워내 그 산 배나무를 감겨 결국 죽여 버리고 말았다면, 그것은 네가 당할 이 불행보다도 더 어처구니 없는 것이다. 너는 어쨌든 까닭 있는 벌을 받는 것 아니냐? 그러니, 차라리 너의 불행을 사랑해 버려라,」여기서 그는 더 말할 필요를 못 느끼고, 입을 다물어 버렸다. 그리고 묶던 손을 멈추고, 못 피는 담배를 한 대통 요순으로부터 빌려 피며, 얼마나 모든 일이 우습게 변했는가를 생각했다. 「술을 좀 마셔 보겠느냐?」

「……」사복은 대답하지 않았다. 그리고 속으로, 「나는 알고 있어요, 개미를 알고 있어요, 느닷없이 밟혀 죽은 개미를 알고 있어요,」하고 짓씹고 있었다. 「개미, 그 개미를, 아 부난이 없어 못 가겠다,」

마을의 요순이 술을 동이째 들고 왔다. 그러나 조금 맛보고 사복이 고개를 젓자, 그건 거기에 남겨졌다가, 최후까지 남았던, 가장 설움 많았던 사내가, 마셔 버렸다.

「나는 생각에, 대지와 세월과, 어떤 큰 친화력으로부터의 다른 모양의 어떤 큰 부름이 네게 있을 것이라고, 그래 그렇게 생각된다. 도리에는 허가 없으며, 그렇기 때문에 네 몸으로 하여 잃어버린 생식력을 너의 어떤 내밀한 곳에서 보다 광활하게 열어 주지 않으면 안 될 것이다. 모든 통력(通力)이 하찮은 불알 두 쪽 속에만 있다면, 그렇다면 불알 한 쪽이 머리통 하나만씩은 됐어야 될 것이었다. 솔직이 말해서, 나는 모르지만, 아마도 너는 이 절단으로부터 어떤 통할 길을 찾게 될 거다. 그 길은 분명 있을 거고, 너는 지금부턴 이 세상 사람인 것을 일단 떠났다 돌아와라, 어쨌든 아무도 당해서는 안 될 이런 고통과 폐색을 당하고서도 평범해질 수는 도저히 없을 거고, 게다가 넌 좀 열이 과한 편이니,」

사복은 그때 고개를 무겁게 뒤 번 끄덕였다. 이제는 거세를 수락하겠다는 그 표현이었다. 「난 벌써 알고 있읍니다. 어머니를 꿈에서 봤댔거든요.」 사복은 혼자 짓씹었다. 「어쨌든 아버지, 당신은 착한 노인이십니다. 어머니, 난 목이 무척 말랐었지요. 나는 광야로 나가게 됐었구나, 개페가 모두 같았었다,」

「눈을 가려드릴거나?」

마을의 요순이 동정심 깊이, 사복에게 물었다.

사복은 고개를 저었다. 그것이 그의 모든 반항이었다. 사복은 그리고 눈을 들어, 대낮같이 밝힌 불가에 선, 자기의 이웃이었던 사람들의 얼굴들을 둘러보았다. 그러다 웃었다. 이번엔 그들이, 죽은 모래들로만 보였다. 벼락 맞은 나무 밑에 개미귀신은 죽어 있었다.

사금파리는 벌써 사복의 고환 주머니를 파들고 있었다. 어느 사이 누가 물렸는지는 모르지만, 사복은 장작개비 한쪽을 깨물어, 거의 끊어놓고 있었다, 비명은 그 이빨 사이로 저주처럼 새어 나왔다. 전신으론 기름을 쏟았다. 그러나 사복의 그러한 반항과는 달리, 안막에 짙은 김이 서리고들며, 그 성에 밖으론 세계가 삼만 자맥질을 해대고 있어서, 그에게 아무것도 보이지 않았으며, 고통도 자꾸 희미해져 갔다. 피로 뒤덮인 그의 아비의 손이, 그땐 아들의 수정관을 자르고 있었다. 사복이 그리고 너무도 뚜렷한 모습으로 최후로 본 것은, 오직 따님의 얼굴 하나였다.

그녀는 피처럼 웃었는데, 「초혼(招魂)허나이다, 초혼허나이다, 초헌허나이다,」하고, 깊은 음성으로 빌고 있었다. 정작 집도한 자의 얼굴은 무표정이었다. 아마도 너는 자식은 가질 수 없겠지만, 너의 젊음은 계속 즐길 수는 있을 거다. 의감(醫鑑)에 의하면 그렇게 되어 있다. 그래 그것이면 될 거다. 너의 씨는 이미 심겨 있지 않으냐. 나는 아마도 이제는 죽어서는 안 될 것 같다. 그는 음침맞을 정도로 침착하고 냉정했다. 조그만 실수로 해서라도 그는, 아들이 완전한 불능자가 되길, 자기 목숨 열 개를 바치고라도 원치 않았다.

오래잖아, 두 개의 피뭉터긴 접시에 담겨져, 마을의 요순에 의해 따님께 바쳐졌다. 그러자 따님은, 큰비암전 잿돌에 우선 놓고 열두 번 절한 뒤, 그것을 두 번에 꼴각 꼴각 삼켜 버렸다. 남은 건, 그녀 입술을 검게 칠한 핏방울뿐이었는데, 그녀는 그것도 혀를 내둘러 소중히 빨아들였다.

그런 것을 보다 말고 사람들은, 마을의 요순까지도 합쳐서, 그 자리로부터 도망가 버렸고, 남은 자란, 숨이 멈춰져 모래 위에 뉘어진 사복과 피 묻은 손으로 얼굴을 감싸고 모래 위에 거꾸러진 그의 아비와, 그리고 미친 암캐모양 혀를 내둘러 피를 빠는 따님뿐이었고, 화톳불은 좀 더 씨럭거리며 그들의 그림자와 실체를 뒤섞다 시름시름 꺼져 버렸다. 사복의 맥은 어쨌든 희미하게지만 뛰고는 있었다.

지척도 분간 못 하게 그리고 안개만 자꾸 파묻고 들었다. 밤은 어느녘에 새었고, 그 안개삼라 속으로 아침빛이 섞여들었다. 헌데 그때, 거기 안개 어디 속에서 가냘픈, 그리고 몹시 어둑고 얄궂맞은, 왼음은 못 내고 반음도 가락이 찢어지는, 노래 같은 것이 울려나고 있었다.

　　개구나 개구나 장개가구나
　　바지가 없어 못가겄다
　　쭈쭈쭈쭈 쭈쭈쭈
　　형의 바지 입구가제
　　부난이 없어 못가겄다
　　쭈쭈쭈쭈 쭈쭈쭈.

제 3 장

서축

섯서축

서축

「……촉 촉촉 촉토 십만억토 서축 섯서축 십만억토 서방십만 억토귀촉 귀 귓촉 서방극락정토 다시 오지 맙수사 다시 가기 어렵니다 귀의 촉토 촉 촉 촉 촉토귀의———」

사복은 듣고 있었다. 그리고 빙그레 웃었는데, 무덤 머리에 있어서 그늘이라도 길게 던져 주고 있을, 그 가지 우거진 소나무 어느 가지에 앉아, 아비였던 사내가 새가 되어 노래하고 있어서였다. 그는, 「아비였던 사내가 소짝이가 되도록 흘렀으니, 세월도 퍽 흘렀을라,」 하고 생각하고, 천천히, 자기의 무덤이라고 생각되어지는 안의 풍경을 살피기 시작했다. 「그러구 보니 고콜이에선 아직도 기름이 타고 있구나, 아마도 어떤 아주머니 귀신이 켜놨겠지, 달은 오늘 저녁도 밝게 높이 뜬 모양인데, 저렇게 무거운 그늘을 창에다 휘어놓은 소나무 가지 어느 그늘에서 후훗, 아비는 노래하고 있구나, 저 음성은 그의 음성이 아니고 누구의 것이겠냐, 할 수 있으시거든 아비였던 선한 늙은이요, 저 창을 좀 열어 주세요, 허지만 나도 허긴 이내 썩을라, 무덤 위엔 찬비가 몇 번이나 뿌리고, 할미꽃은 몇 번이나 펴 올랐을까, 그러구 보니 벌레도 무척 울어쌌는데 허긴 그 속에 내 목소린 섞여 있지 않구나, 아비여, 이젠 노래 좀 그만 하세요, 어쩐지 울음 같은 것이 굼벵이가 되어 이 죽은 몸을 파려들고 있어요, 글쎄 굼벵이가 나를 온전히 다 파들기 전에 내가 뭣이 돼서 무슨 소리를 꾸미는 것이 좋을지를 좀 생각하게 내버려 두세요, 난 소짝새론 되고 싶지가 않아요, 헌데 어쩐지 무척 목이 마르고, 아 드디어 굼벵이가 내 아랫두리를 무너뜨려 버렸구나, 이런 것만 빼 놓는다면 죽음도 조금은 들척지근하구나, 소, 소내기가 내리는 날은 낙수라도 좀 받아 둬야겠지만, 대체 이 고장의 어디에 샘은 있는 건가, 아비여, 노래는 물이 되질 않아요, 할 수 있으면, 하, 할 수,」

그때, 수분을 담뿍 머금은 무엇이, 사복의 입술을 덮고들었기에, 사복은 우선 경악하고, 다음으론 미쳐서 그 물기에 달라붙었다. 그러다 다시 한번 까무러쳤다가, 다시 깨어, 한번더 수분이 자극하는 갈증에 흡착하고, 그리고 멍해졌다가, 느닷없이 울기를 시작했다. 십팔년간이나 뼈를 굵혀 왔던, 산기슭의 그 통나무집에 그때도 그는 누워 있었고, 진달래를 피우려면서 뿌리가 새가 되어 꽃을 불러내는 그 뿌리의 울음이 그때도 꽃을 불러내고 있었고, 그리고 달이 졌거나, 해가 떴거나 말았거나, 소나무 그늘이 무겁기도 무거워쌔서, 허리를 휘어 버린 서까래에 엉긴 끄을음은, 그때도 매달려 있었다.

아마도 사복은, 동냥젖이나, 하다못해 마을의 새끼 난 암캐의 젖을 얻어 빨았던 때모양, 그의 아비의 품에 안겨 산막으로 올라온 모양이었는데, 사복에겐 그 모든 의구한 풍경들이 새롭게 낯설어지고 무서운 것들로만 보여지기 시작하고 있었다. 다만 혼자만이 변화를 가졌다는 것은, 허긴 모든 의구함으로부터의 기절(棄絕)을 감수케 하는 것이어서, 권태롭도록 일상적이던 것들은 이 경우, 극락정토 같은 것으로나 돌변해 버리고, 그 외로운 변화 위엔 고독만 남을 것이다. 사복은 자기 소유였던 그 일상이 아니라, 그 낯모를 고독을 조금씩 조금씩 더 부과받으며, 이해할 수 없이 된 세계를 주먹으로 쳤다.

　그런데도 그의 아버진 목이 쉬도록 헐헐 웃고만 있었다. 그는 모든 것이 너무 재미있다는 투였는데, 웃다간 호로병을 기울여, 산적처럼 가슴으로 술을 흘러내리게 했다.

「흐으훗, 불알을 찾나, 불알을 찾는가엥? 허거든 따님께로 가야지, 암몬 가야지, 이 불쌍한 과객아, 그 양반이 점잖스레 삼켜두셨다네, 으흐훗, 암믄, 암믄이지, 또 아니면 가맜거라, 호울치, 구렁이나 되거라, 글쎄 되라구, 글쎄 구렁이 한 마리가 으훗, 따님의 자궁으로, 글쎄 자궁이라닝껜, 그걸 내 눈으로 본 거다. 봤다니깐, 내 이 두눈으로 시퍼렇게 본 거야, 글쎄 구렁이가, 따님의 자궁으로, 담구멍에 들어가듯이 그렇게 쑥 들어가 버린 걸, 이 내가 본 거야, 그야 그야, 처음에야 물론 둘다 다 싫어했지, 하구말구였지, 마는, 어떤 사내가, 알 듯도 싶은 어떤 사내가, 나야 물론 아니었지, 헤헤, 나도 어쨌든 무척 아리숭했으니 그가 누군 걸 낸들 어떻게 알아, 아뭏든 말야, 알 듯도 싶던 그 사낸 말야, 혼자 써부리길 말이지, 자기는 죽을려 했었는데 그만뒀다며 말이다, 글쎄 씨석 씨석 웃더라, 웃었어, 헤헤, 웃으며 따님의, 그래 가만있어, 지금도 귀에서는 들리는 묘한 노래가, 노래가 벼락 맞은 나무에서, 나무가 노래를, 젠장 그건 이랬다, 개구나 개구나, 장개가구나, 허긴 말야, 안개만 짙었댔으니깐 구렁이의, 아 그야 신명나게 살아 있는 놈이었지, 아 그래야 뜨거워라 하고 미쳐서 꿈틀대며, 글쎄 그래야 파고들 것 아니냐, 헌데 보니 따님네 뱀자루 속에 있던 놈이었더라, 전날엔가 두꺼비라도 한마리 잡수셨는지 흐흐, 허리에 솔방울이 맺혔더라구, 헌데 이 나그네야 글쎄 그 사낸 대체로 웃음이 많았더라구나, 쭈쭈 쭈쭈쭈쭈쭈, 글쎄 부난이 없어 못 가겠다는 노래였다, 허긴 말이 노래지 그게 노래겠냐, 생 꾸불탕거리며 그 눔의 구렁인, 허 거 정말 신명나는 광경이었다, 글쎄 꼬리까지 사라져버렸던 거라구, 물론 따님이야, 글쎄 뭐 영락없는 구렁이였다, 허니 따님이 구렁이였고, 구렁이가 따님이였고, 야 어때, 너두 구렁이라도 되었더면 그 불알을 찾았을 것 아닌가, 내가 본 건 그거였다, 글쎄 그걸 내가 본 것이다, 나는 죽고 싶었지, 형의 바지 입구, 야 헌데, 벼락 맞은 고목에도 그 아니 장관이냐, 그 아니 장관이냐, 거기 역시 구렁인지 처잔지 도마뱀인지, 뭔지가 하나, 목을 매달구, 늘어져 있더란 말이세, 하혈도 무척 많았더라, 흐훗, 유산을 했더군, 그래서 난 생각에, 그 처자의 자살을 보구설랑 말이지, 그 알 듯도 싶던 사내가, 따님께 구렁이를 말이지, 글쎄 그 처자

의 신체를 넋을 잃고 보고 있던 그 사내, 따님의 움으로 뛰어갔다 온 거
야, 허긴 가만있자, 아니 따님의 몸을 구렁이가 파고들 때도 노래는 들렸
어, 허기사 지금도 들리고 있구나, 야, 그게,」

그는 호로병이 비자, 벽에다 내던져 깨 버리곤, 코를 씩 씩 풀어냈다.
눈이 반은 위로 올라가 있었다.
「그 사내는, 이녀석아, 그리곤 이런 뜻으로 말했어. 돌아갑소사, 헤헤
돌아갑소사, 돌아오진 맙소사, 돌아가기 어렵니다, 돌아오기 어렵니다,
모두 어렵니다, 그걸 글쎄 내가 들었다잖느냐, 그리곤 흐흣, 그 사내 근
사하게 한동이 마시더군, 동이째 거꾸로 들고, 죽음이 묻은 손을 씻어내
더라. 그런 뒤 그는, 그 동이를 들고 마을로 갔다구, 그걸 본 사람은 오
직 나 하나뿐이니, 그 누가 알겠니 엉? 잠시 후엔 마을 사람들이 벌떼처
럼 밀려왔다, 난 겁이 좀 나더군,」

이 대목에서 그는 문을 박차고 나가 버렸다. 그 바람에 불꺼지고 반평
달빛이 스며들었다. 그러자 모기떼가 날것인 채로의 풀벌레 울음을 데불
고 날아들었다. 그때도 물론 골안(谷內) 어디선 소쩍새 울었고, 아랫녘 마
올에선 염소 울었다.

풀벌레 울음과, 모기와, 반평 달빛과, 소쩍새 울음, 그리고 아스라히
한번씩 들리는 새끼염소 울음과, 봉창에 휘어진 소나무 그늘, 산록의 적
요, 그런 것들과 더불어, 남게 되어진 사복은, 자신을 그것들 위에 형해
인 것으로 드러내 놓았다가, 비참하게 비참하게 웃었다.

사복은 그러다, 사타구니를 에이고 저며드는 통증과 똑같은 질량의 피
로를 느끼게 되었다. 그래 눈을 감아 버리자, 일시에 모든 것이 밀폐되며,
그 밀폐는 몹시 아늑한 것으로 그에게 느껴졌다. 그랬기에 사복은 그 밀
폐를 더듬어 보기 시작했다. 더듬다가 사복은, 그렇게도 늘 압박감을 느껴
왔던 그 벽들로부터 이상한 해방감을 맛보기 시작했다. 오히려 문을 통해
이상한 불안과, 이상한 압박감이 밀려들고 있어 사복은, 안간힘을 써서
움직여, 아비가 박차고 나갔던 그 문을 달아 버렸다. 물론 눈은 감은 채
그랬지만, 그 방의 모든 풍경은 시력과는 상관도 없는 그런 것이었다. 그
러고 난 뒤 사복은 잠 속에서 보았던 어머니를 추억했다. 휴식은 그런 밀
폐 속에만 있었던 것이다. 그러면서 사복은 그 휴식 속으로, 혼수 속으
로, 빠져들어가며 무덤으로 변해져 버렸다.

깨었을 땐, 서쪽 창구멍이 햇빛에 붉어 있었고, 누군지 열어놓은 문으
로 녹음이 푸르게 밀려들고 있었다. 오후의 절반은 기울고 있었다. 무척

도 쩌댔던 날씨였던 모양으로, 나뭇가지에 바람 한점 없고, 풀 죽은 잎들
이 무척 단내음을 풍겼다. 매미들은 녹음처럼 방초(芳草)하고 있었다. 여
름 한때의 이 산록은 살 만하며, 이내〔嵐氣〕위에 밭 갈고 살 만하며, 퉁
소 불며 살 만했다.

그의 아버진 보이지 않았다.

사복은, 이 오후엔 고독도 느낄 수 없었다. 죽었다 깨어난 것만 같아,
모든 것이 생소하기만 했고, 좀 머리가 아팠다.

「그런데 난 살아 있기는 살아 있는가?」

사복은 한숨 쉬듯 의문했다. 그리고 또 의문했는데, 그것은 그의 인생
에 있어서 어떤 한 시절을 전장으로 바꿔 버린, 바로 그 씨앗이 되었다.
그는, 한 공백한 기간이 그의 기억 속에 끼어져 있음을 발견해 버린 것이
다. 아버지로부턴, 그 이후 더 자세한 설명이 없었으므로, 그 자신으로선
그 기간이 얼마나 됐던 건지 도저히 알아낼 수가 없었지만, 그래서 결국
은 나이까지도 셈할 수 없이 되었지만, 정확히 말하면, 만 하룻낮 하룻
밤, 만 한나절하고 오후의 절반까지의 혼도와 혼수 때문에 아무것도 의식
할 수 없었던, 그 기간을, 아무리 해도 그는 찾아낼 수가 없게 된 것이었
다. 물론 그 사이에 아무런 변화도 없이, 늘 그렇게 계속되어 왔었던 것
같은, 의구가 거기에도 끼었더라면, 그는, 참으로 깊은 휴식을 취했었다
고 그렇게, 못마땅한 대로지만 돌려 버렸을 것인데, 그러나 아버지가 전한
풍문에 의하면, 그 기간 동안에, 마을의 이백년 토속 속에서도 가장 처참
한 사건이 끼어 있었고, 게다가 그것은 전부가 자기와 관련이 있는데다,
자기는 꿈에서 걷는 그 계집애의 꿈을 이해할 수가 있었던 것이다.

「허지만, 그, 그런 일이란 이, 있을 수 없어.」

사복은 머리를 휘둘렀다. 그러다 신음을 내지르며 몸을 새우처럼 오구
려 꼬았다. 상처를 자극했던 모양이었다. 척추로부터 슬관절까지, 아니
전신이 무너지고 타고 있어 사복은 끝내 어린애처럼 울음을 터뜨려 버렸
다, 그리곤 닥치는 대로 주먹으로 내갈기며, 이를 갈았다. 「이 죽일 할미
년, 이 죽일 할미년,」

그러나 두려워서, 사복은 자기의 아랫두리를 보려 하거나 만져 보려는
생각은 내지도 못했다. 그의 생각으론, 거기에 구멍이 뻥 뚫려 있을 것이
라고 했고, 그 구멍엔 구더기가 박실박실 끓고 있을 것이라고 했다. 했
지만 그와는 반대로, 무척 정결히 소금물에 씻겨지고, 의감에만 있고 평
인은 잘 모르는 약초 같은 걸로 붕대감겨 있어서, 구더기는커녕 고름도

없었다. 그런 상태라면, 비록 여름이라곤 해도, 닷새쯤 후면 기신도 할
수 있을 듯했다. 했더라도 앞산만큼 부어 있을 건 당연했다.

　그리고 정작으론, 나아가는 동안에 고통은 배중됐고 식별되었다. 쓰리
다든가, 쑤신다든가, 애리다든가, 무쥬레하다든가, 찌잉하다든가——아뭏
든 닷새 동안을 사복은 잠 한잠 미음 한 숟갈 제대로 들지 못하고 앓았다.
물론 그 동안엔, 고통 이외의 것은 아무것도 생각하지도 느끼지도 못했
다. 자기의 아랫두리를 보고 싶은 만큼 외면하며, 그는 앓았다.

　엿새를 지나서야 사복은 미음도 조금씩 들게 되었고 그리고 다 참아낼
수 없는 정성으로 돌봐 주기만 하는 부쩍 여윈 노인에 대해서 감사를 느
끼게도 되었다. 그의 말대로 하자면, 상처의 경과는 참으로 좋다고 했으
며, 아이는 못 가질지 모르지만 남자인 것을 운영할 수는 있을지도 모르
겠다고도 했다. 그는 머릿속에 오만 잡령의 국토를 갖고 있는 사내였던
것이다. 그런 외에 사복에게 한 말은 아무것도 없었다. 그렇다고 술도 입
에 대질 않았고, 웃지도 않았기에, 사복으로선 그의 심정을 좀체 짐작할
수가 없었다. 그는 다시 너무도 조용한 노인으로 변해져 버렸다. 자기의
어미였던 노파가 그랬듯이, 사복을 치료하기 위해 몸을 푸는 외엔 그도
밤이나 낮이나 연꽃 모양의 또아리 위에 자길 눕혀 놓고 있었다. 사복이
보기에 그도, 뭐를, 자기처럼 앓고 있었다.

　어쨌든, 미음을 마실 수 있게 되어지면서부터 사복은, 거의 왼밤 왼낮
을 자댔다. 그러다 흔들려 깨워지면, 몽롱한 정신으로 뇨도가 타는 배설
을 좀 하고, 산삼가루를 섞어 끓인 미움을 물처럼 마시곤, 다시 곯아떨어
졌다. 물론 그런 밤들을 내내 소짝새는 울었었고, 아랫녘 염소새끼도 울
었다. 그 동안에 구름도 꼈었고, 비도 한번 왼밤을 내내 오기도 왔었다.
그런 뒤론 장마가 지려는지 청개구리만 울어쌌고, 하늘은 좀체 떠들지 않
았다.

　제사가 있던 새벽으로부터, 그러니까 큰밭에나 마을에나 산록에나, 똑
같이 열이틀이 흐르고 난 열사흘째 새벽부터 사복은, 거의 평상시로 돌아
왔다. 그때쯤엔 사복의 사타구니엔 두꺼비만한 딱지가 덮어 들었다. 그
아래서 살이 몹시도 가려워 사복은, 생 몸부림을 해야 되었다.

　이튿날은 비가 하루종일을 내렸다. 사복은 새벽부터 혼자였기에, 문을
활짝 열어놓고, 문지방을 베고 누워 거의 새까말 정도로 내리는 빗줄기를
멍하니 보며, 조금은 흥겨운 느낌을 가졌다.

　오후엔, 골짜기에서 황톳물이 쏟쳐내려 녹음 속으로 사라졌는데, 그것

은 소박맞고 고개를 넘는 삼베옷의 중년 엔네였다.

저녁엔, 비는 그쳤지만, 바람이 지나자 산이 비로 내리고, 반딧불들이 불켠 산막을 지고 다니며 개구리로 울었다. 어느녘엔가 나가 버린 사복의 아버진 그때도 돌아오지 않고 있었고, 사복은 외로왔다. 문도 안 닫고 불도 안 켠 방에, 한습한 고적만 차 올랐다. 사복은 그래, 알 수 없는 전율을 느끼고, 문을 닫아 버렸다. 그런 뒤, 불을 만들어 방을 밝혀 보기도 했지만, 종일 혼자였었다는 이유로 사복은, 외로움을 알아 버렸기에 안정을 얻지 못했다. 그는 마을에 가 살고 싶었다. 게다가 사복은, 의식적으로로건 무의식적으로건 될 수 있는 대로 회피하려 했고, 도망치려 했으면서도 결국은 그러다 자승자박해 버리고 마는, 어떤 무서운 집념까지도 갖고 있었으므로, 산기슭의 적요를 더 이상 견딜 수 없게 되었다. 그래 매우 거북한 대로 사복은, 몸을 추스려 밖으로 나왔다.

구름이 흩어지며 별이 뿌려지기도 했으나, 밖은 동혈 속 그대로 캄캄해서, 아무것도 분간되질 않았다. 그래도 사복은, 가랭이를 어정쩡히 벌리고, 길이 아니라 기억과 습관을 밟으며, 마을을 향해 한발 한발 헤쳐나갔다. 나가며 자기가 그 어눌했던 계집애를 사랑해 간다고 알게 되었다. 마을을 전에없이 사랑하고 있다는 것을.

어쩌다 마른번개라도 지나가 주면, 늘 그 자리에 있는 바위, 떡갈나무, 처녀무덤 같은 것들이 몸을 드러내, 정표(程標)를 삼아 주었다. 그러나 굵은 빗줄기가 왼종일 파 갖고 가서, 길은 모난 돌만 돋아 있었고, 때로는 허리가 찔렸는데다 도랑이 되어 있기도 해서, 사복은 수십 번 꼬꾸라지고 수십 번 일어나야 되었다. 뛰쳐나올 땐, 울적한 마음까지를 합쳐서, 모양을 달리한 외로움의 엄습, 뭔가를 자기 눈으로 확인해 보아야 믿겠다는 그 집념만을 갖고 있었는데, 길을 헤치고 있었을 땐, 그런 것은 벌써 염두에도 없었고, 그 길이 무슨 길이 든 길에 나섰으므로 헤쳐나가야 되겠다는, 그 이상한 점만을 무겁게 지고 있었다. 사복은 그러는 동안에, 어디가 깨어지고, 어디가 찢어지고, 어디가 터진 줄도 모르게 되었다. 어둠이 그냥 모래냄새만 짙게 풍기며, 와그르 와그르 무너져선, 자꾸 새 지옥만을 만들어댔다.

그러다 개짖는 소리를 귓바퀴에 들었을 때 사복은, 비그르 무너지고 말았다. 아스라히 먼 것도 같고, 바로 눈앞인 것도 같은 곳에, 무명베에 풀먹여 만든 등의 불빛이 아른히 떠 흔들리고 있었고, 그 등 아래서 아낙네들이 삼을 짜개고 있는 것이 사복의 눈에 꿈처럼 보였다. 사복은 그래서,

조금 웃으려고 해 보다가, 다시 한번 정신을 잃어버렸다. 비그르비그르 무너지던 밤이, 이 개미의 전신에다 삼백 짐의 모래를 덮어 씌운 것이다.

구름은 자꾸 산 너머로 흐르고, 마을에서도 말소리가 하나씩 하나씩 잠에 잠기더니, 골목으로 사라져 갔다. 그런 뒤의 마을은, 깊은 잠에 그리고 잠풀이 가라앉아 버렸다.

한밤중의 이슬과 별의 속삭임 속에서 사복은, 모질게도 다시 깨어났다.

그의 전신은 흙탕 속에 처박혀 있었다. 그리고 마을은, 어느녘에 침수당해 버리고, 사복의 기억 속에다 전설 같은 희미한 불빛만 남겼다. 그래도 사복은, 아낙네들이 삼을 쪘고, 흐릿한 등이 흔들렸던 그 마을을 찾으려고, 그래서 오한에 떨면서도, 골목을, 닫긴 싸릿문 앞을, 걷기도 해 보고, 멈춰서 기웃거리기도 해 보았다. 개들만 죽을 듯이 짖다간 사복을 알아 보고 꼬리를 저었다. 그 어느놈이라 없이, 사복의 휘파람에 쫓아갔다가, 으슥한 풀밭에 엉덩이를 까내린, 사복의 뇌물을 다 먹어 본 치들이었다. 개든, 소든, 산노루든, 삵괭이든, 심지어 개구리까지라도, 사복을 한번 알아 보면 변절하지 않았다. 사복은, 자기도 잘 모르지만 인간 이외의 목숨들로부터 지지를 받고 있었는데, 어쩌면 그건, 출생으로부터 받는 제척 때문에 인간 이외의 짐승들이 그를 동정했던지도 모를 일이었다. 아뭏든 그는 손에나 휘파람에 어떤 주문을 발라놓고 있었다. 그러나 개들만이 반기며, 개들만이 사는 마을이란 그에게, 무섭게까지 공허한 것으로밖엔 느껴지지 않았다. 마을은 무엇엔가 퇴거당해 버리고, 골목과 지붕들과 개들밖엔 남아 있지 않았다. 그럼에도 사복은, 좀 더 그 언저리를 어름거리다 결국 비참한 사실만을 새삼스럽게 발견해 버리고, 도망하듯, 거기로부터 떠났다. 침수당한 건 마을이 아니라, 자기라는——그러므로 마을은 여전히 거기 있지만 자기가 없다는, 슬프지만 그 유형을 재확인하지 않을 수 없었던 것이다.

사복은 그리고, 꿈에 걷는 사람처럼, 어디론지 자꾸 흘렀다. 흐르며 노래를 흘리고 눈물을 흘렸다. 부엉이든, 나무든, 돌이든, 뭣이든, 누가 그를 보았더면, 그는 자꾸 의식을 잃어 가며 걷고 있다고 생각했을 것이었다. 어쨌든 의식을 잃어 가며, 영변약산 진달래처럼 그것을 뿌려 가며, 움직여 간다는 것도 어쩌면, 어떤 의지의 행동일지도 모르긴 하다. 이 경우 젖줄을 잇는 의식은 잠재해 있었던 어떤 것일 것이다. 어쨌든 사복은, 한 반딧불 모양, 어둠을 뒤에다 길고 넓고 두텁게 남기며, 자꾸 앞쪽의 어둠 속으로 파들고 갔다.

개구나 개구나 장개가구나
바지가 없어 못가겠다
쭈쭈쭈쭈 쭈쭈쭈
형의 바지 입구가제
부난이 없어 못가겠다
쭈쭈쭈쭈 쭈쭈쭈

사복이 멈춘 곳은, 벼락 맞은 나무등치가 있었던 큰밭 가운데였지만, 그러나 거기에 이미 아무것도 없고 도끼로 찍어낸 그 나무의 그루터기만 남아 있었다. 사복은 그래 한숨을 한번 쉬더니, 그 밑둥에다 가래침을 뱉아 던졌다. 그리고 큰비암 앞으로 가 우뚝 멈춰섰다. 거기선 사복은, 도대체 움직이려고 하질 않고, 큰비암을 무섭게 바라보기만 했다. 그를 이끌었던 처녀귀신으로서의 제삼의식은, 거기서 사라져 버렸는지도 모를 일이었다. 사복은 오들오들 떨며 이빨 부딪치는 소릴 내기 시작했다.

그 큰비암님 뿌리엔, 계집의 젖통이 같은 두 봉분이 있었고, 헌데 그것들은 삿갓과 도롱이에 덮여 있었다. 아마도 비가 내리기 시작했을 때, 누가 와서 그렇게 덮어 놓은 모양이었다. 그래서 무덤들은 송이버섯처럼 밑이 패여 있었다. 그런 풍경은 차라리 잡초가 우거진 것보다 더 스산하고 황막한 것이었다. 하늘이 걷히고, 별이 흐르면서 어두움도 미지끈해지자, 그 근방의 허스러움이 더욱 빈혈적으로 드러났다.

사복은 풍든 듯이 떨고 이를 부딪치다간 갑자기 발작을 일으키고, 그 무덤들에 덮였던 삿갓과 도롱일 차 던졌다. 그리고 거기다, 되는 대로 발길질을 퍼부어 대며 포악을 부리기 시작했다.

「말, 말을 해라, 이씨앙눔의 송장들아, 흙을 열어 말을, 말을 해라, 만약 잠 속에서도 살인을 할 수 있다면, 무덤 속에서도 말은 할 수 있을 거다. 말을 해라, 누가 죽게 했는지를 밝히란 말이다. 웃으며 목매달던 것을 보던 그 사내가, 구렁이를 쑤셔넣어 준 그 사내가 누구였던지를, 내게는 밝혀라, 죽기는 참으로 죽었는가를, 」

사복은 하다못해, 무덤에 입술을 쑤셔박아 넣고도 절규해냈다. 그래도 대답은 울려나오지 않자, 무슨 생각을 하고선지, 따님의 움으로 내달았다.

움엔 불이 켜져 있었다. 그리고 수정병 속에서 그때도 금싸라기가 흐르고 있었다. 그걸 보고 사복은 저으기 안심한 빛을 떠곤 눈을 두리번두리번했다. 그는 틀림없이 누굴 찾고 있었던 것이다. 그러는 중에 사복의 얼굴은 다시, 의혹에 싸여 음산하게 어두워져 갔다. 그땐 거의 쓰러질 듯이 혼들혼들했다. 그러다 쉬어서 가닥이 도는 목소리로, 무덤 위에서처럼 고함을 질러 보내기 시작했다. 「이 노망한 할망구야, 이 할망구야, 너 어디 있느냐?」그랬어도, 이번에도 대답이 없자, 웃궤짝 곁에 세워둔 괭이를 나꿔채들고, 달려 들어갔을 때처럼 달려 나왔다. 누군가가 처놓은 거적문이 그의 괭이날에 찍혀 북 찢어져 버렸기에 그 안의 불도 꺼져 버렸다. 「글쎄 구렁이 한 마리가, 따님의 자궁으로」, 사복은 한 무덤 위에 괭이질을 퍼부어대며 짓짜냈다「글쎄 자궁이라니껜, 그걸 내 눈으로 본 거다, 봤다니깐, 내 이 두눈으로 시퍼렇게 본 거야, 글쎄 구렁이가, 따님의 자궁으로, 담구멍에 들어가듯이, 그렇게, 쑥 들어가 버린 걸, 이 내가 본 거야, 그야 그야, 처음에야 물론 둘다 다 싫어했지, 하구말구였지, 마는, 어떤 사내가, 알 듯도 싶은 어떤 사내가, 나야 물론 아니었지……, 」

괭이 끝으로부터 둔하고 물큰한 촉감이 느껴져 오자, 사복은 괭이질을 멈췄다. 그리고 부호놈의 애첩의 묘를 판 무덤지기처럼, 전신을 외경으로 부들부들 떨며 먼저 무릎을 꿇고, 푸슬어진 흙을 헤쳤다. 그러자 역한 내음이 코를 쏘고 올라와선, 그것은 이전에 살이었던 것이 썩는 냄새라는 것을 사복에게 알려 주었다. 그때에 사복은, 손을 흙 속에서 조용히 놀려, 그 밑의 거의 전부를 만져 보고, 별빛에도 비춰 보고서야, 씰룩씰룩 웃었다. 그리고 다시 흙을 밀어넣기 시작했다.

「결국은 그래, 누군지 하나는 죽었구나, 」

그땐 사복은 떨지 않았다.

장속(葬俗)대로, 관곽은커녕 속곳 한 겹도 시체는 입지 않고 있었다. 포르르한 옷 한 겹이라도 세 따님과의 직접적인 교통을 차단하는 것이라고 하여, 공수래 공수거했다. 허긴 그러고 보면, 시체도 씨감자처럼, 싹을 돋과낼 듯이도 생각되어졌을 건 당연했는데, 여자는 음핵이 그 씨눈이 되고, 남자의 것은 그것이 고환 속에 있어 음경을 타고 자라나는 것이라고 했다.

「……, 그래 가만있어, 지금도 귀에서는 들리는 표한 노래가, 」사복은 한 구근 위에 흙을 되는 대로 밀어 덮어 버린 뒤 다시 다른 무덤 위에 괭이날을 박아대며 다시 중얼였다. 「벼락 맞은 나무에서, 나무가 노래를, 야 헌데 벼락 맞은 나무에도, 그 아니 장관이냐, 거기 역시, 구렁인지 처잔지 도마뱀인지 뭔지가, 하나, 목을 매달고 늘어져 있더란 말이세, 하혈도 무척 많았더라, 후훗, 유산을 했더군, 그래서 난 생각에, 그 처자의 자살을 보구설랑 말이지, 그 알 듯도 싶던 사내가 따님께 구렁이를 말이지……」

그리고 사복은, 거기를 떠났다. 음란생(陰卵生)으로써 검음이 채워져야만 보여지는 형체처럼, 그는 걸어가며 소쩍새 울음을 들었다. 그는 그때에야 이상한 쾌감과 마음의 평정을 얻은 듯, 고개를 꼿꼿이 쳐들고 걸었는데, 그러나 그는, 마을이나 산막으로 향하고 있지는 않았다.

「……아마도 그랬을 테지, 그래 그랬을 거다, 그는 자기가 한 마리의 구렁이가 되었었길 바랬었고, 그래서 할미의 똥구멍으로 쑤시고 들어가길 바랬었고, 계집애에게낸 뒈져 주길 바랬었으니…… 후훗, 그러면서 말했을 거다. 그랬을 거다…… 축 축축 축토 십만억토서축 섯서축, 십만억토 서방 십만억토귀축 귀귓축 서방극락정토 다시 오지 맙수사 다시 가기 어렵니다 귀의 축토 축 축 축 축토 귀의——」

서 축
섯서축
서 축

　

제 4 장

큰비암님 사시는 큰밭에는, 늦은 가을비만 추적 추적 내리고, 다섯 달 동안이나 황폐해져 왔다. 거기는, 악몽과 죽음과 원혼의 마을이라 해서, 아무도 가까이하지 않으려 했으며, 흰 낮인데도 음란생의 족속들이 어슬렁거리고, 따님과 애배고 죽은 계집애의 넋이 머릴 풀고 울고 있다는 소문이 돌았다. 따님이 그렇게도 열심히 뽑아냈던 잡초들이, 소문처럼, 모래 위에 우거졌다. 시들고, 여류세월에 한 세우만 내렸고, 운산동천에 기러기떼 날랐다. 두 무덤도 어느덧 고분이 되어 버렸고, 따님이 살던 움에선 뱀자루만 썩고 있었다. 따님이 없어지자마자, 들쥐 오백 나한이 썩고 마른 뱀의 뼈무더기에 주둥일 처넣은 외엔, 바람도 햇볕도 잘 안 들었다. 그리고 그 움의 바닥이니 벽이니 천정의 균열이니에 없이, 잡초가 노랗게 자랐다간 시들어 버렸는데, 그 누습과, 열려진 은폐와, 불길함 속에선 세월도 퇴적하게만 했던 듯했다. 그러기에 고콜이에서 타던 불은 그때도 탔고, 수정병에 흐르던 금싸라기가 그때도 흘렀다.

　그런 중에도, 우뚝 고고하게 살아 있어 온 건 큰비암이었고, 따님이 있었을 때보다도 더 정결해져, 이끼 한 뿌리 얹어 있지 않았다. 그러나 그런 것 모두 마을에선 잊혀져 버렸다. 위에로도 아래로도 피를 쏟으며 거의 느글느글해져, 얼른 보기엔 탯줄만 같은 것을 반쯤 뽑아내다 숨을 거둔 따님의 죽음도, 꿈속에서 걷는다는 계집애의 잠의 행방도, 불알을 잃고 사라져 버린 사복에의 궁금증도, 하루 열두 번씩, 다섯 달 동안에 일천팔백여 번 잊혀졌다. 그런 것들과는 벽을 쌓아 버리고, 여름에 깨인 뱀새끼들 색시 맞아들이며, 마을은 마을대로 살았는데, 또한, 따님의 아들인 산막처사를 본 사람은, 이 다섯 달 동안에 하나도 없었다. 다시 한번 마을을 그냥 마을로서, 자기네들 아궁이에 불 피우고, 그 구수히 따스한 불에 생활의 불안을 느끼며, 자기네의 풍속대로 살기 시작한 것이다. 마을의 요순은, 조공 바칠 것으로 사랑채를 세웠고, 죽은 처자네 남은 부모네 집에선, 그릇 깨지는 소리가 훨씬 뜸해졌다. 마을의 요순은, 따님과 그 처자의 장례가 있던 날, 산막의 처사로부터, 그가 병작했던 모든 전답을 무상으로 불하받았는데, 일년에 한 번씩, 그 처자까지를 포함하여 따님의 기일을 기억해 달라는 조건이 하나 첨부되었긴 했었다. 그러나 아직 그 기일은 오지 않고 있었으니, 큰비암이나 거기 살던 노파에 대해 문득 한 번씩 생각을 하고, 흐릿하니 한 번씩, 큰밭을 건너다보는 사람이 있었다면, 그들은, 옛얘기 좋아하는 늙은이들뿐이었다. 허지만 그들까지도 그런 얘긴 까맣게 한마디도 입에 올리지 않았으므로, 그것은 명부 입구의 안개낀 마을인 것으로 멀어져 갔다. 다섯 달 동안에 뭐 그렇게 대수로울 변괴가 있었던 것도 아니고, 삼십팔 년의 삼재팔난도 유월되어 버렸던 터였으니, 뭐 그렇게 지혜가 필요해질 까닭도 없었다. 언젠가는또지혜가필요해지겠지만지혜를무슨메주나누룩처럼얻어다쌓아놓을수도없는것이고꿀이나친구처럼오래될수록더욱좋아지는것도아니니당분간은지혜를빌릴일도없었다. 오늘걱정은오늘로써족할뿐이지내일걱정을미리끌어들일필요는없는것이며공중에나는새나들의흰꽃을생각하면그것들이무슨지혜를가져그리도배불리고아름다운것같진않았다. 어쨌든최악의경우는아직오지않은것이니우선배부르고등따수면됐잖느냐아직최악의경우는오지않은것이다. 아직은안온것이다.

　첫 싸락눈이 내렸던 새벽엔 그런데, 산록의 집에서 불이 나서 타 버렸고, 그 통나무집이 아직 연기를 올리고 있었을 때인데도, 거기 살았던 따님의 아들은 큰비암과 두 고분 주위를 어슬렁 어슬렁 걷고 있었다. 밤이 되었을 때에도 그는, 거길 떠나지 않고, 오히려 자기 어미가 살았던 움속으로 기어들어갔다. 허긴 갈 곳도 없었을지도 모르지만, 대부분의 그의 일용일습이나 양식들이 거의 다 옮겨와 있던 걸로 보아선, 오랜 객산(客山)으로부터 향리로 돌아온 것 같기도 했다. 허지만 부랑하는 도깨비들의 환을 묶은 창호지 나부랑인 한장도 없었다. 그건 그 집과, 그의 추억과 함께 오방으로 돌아가 버린 모양이었다.

그는 그리고, 밤중에, 위쪽의 금싸라기가 아래쪽으로 다 흘러내렸을 때, 그 모래시계를 뒤집어 놓곤, 습기와 한기 속에 몸을 새우처럼 오그리고 누웠다. 헌데 그 모래시계는, 따님이 있었을 때 시작했던 그 운행보다는, 두점쯤이 더 늦춰져 있었음이 분명했다. 그리고 짐은, 아직 생각이 들지 않아서인 듯, 아무렇게나 동댕이쳐진 그대로, 널려 있기만 했다. 그리고 떨다 그는, 잠이 들었는데, 비로소 어떤 조그만 휴식이라도 얻은 듯, 퍽으나 평온한 미소를 흘렸다.

그날로부터 그는 거기서, 자기 어미였던 노파처럼 지냈다. 그는 조공으로 살았던 사람은 아니었기에, 생활은, 산막에서나 큰밭에서나 조금도 다를 게 없었다. 겨울을 날 침구도 괜찮았고, 화전에서 거둬들인 감자나, 옥수수나, 수수나, 콩, 팥 등, 부족한 대로 근근히는 사복과 둘이서 한 겨울을 날 만큼은 준비되어 있었으니, 덫으로 잡았던 토끼고기나 노루고기는 없게 되겠지만, 들쥐라도 잡아서 기름기를 보충하면 될 것이었다.

다음날 그는, 큰비암과 두 무덤 주위의, 죽은 잡초를 깎는 일부터 했다. 그리고 그것은 한무더기로 쌓아두었다가, 날 좋은 날을 택해, 썩지 않은 것만 가슬가슬하게 말려, 자리 밑에 까는 북더미로 삼았다. 그런 다음 그는, 그 위에다 노루나 토끼 가죽을 이어 만든 보료를 깔고, 그의 겨울을 나기 시작했다. 밤중에는 물론 모래시계를 뒤집어 놓았고, 별무리가 가장 생기에 차고 변화가 많은 이경·삼경·사경엔, 큰비암 아래 두 무덤 가운데 앉아, 별의 운행과 변화를 관찰했다. 구름이 꼈거나, 비나, 눈이 오는 밤으론 하늘은 닫혀 버리니, 그도 자기 어머니처럼 태극좌로 밤을 지새웠는데, 그의 모든 명상과 응시의 대상은 그의 어머니 것과는, 적어도 표면적으로는, 달라, 그의 것은 그 모래시계였다. 그는 새벽과 오전 사이의 어중간한 한때 외엔 자리에도 잘 들지 않았다. 불을 보존하고 가꾼다는 일이란, 그런 그로서는 사실 굉장히 어려운 일이었으므로, 쥐고기라도 먹을 때 외엔 황도 거의 쓰지 않았고, 짧은 잠에서 깨이면, 남 다들 장죽 물고 울밑을 어정거릴 때도, 죽은 풀이라도 베어 거름을 장만했고, 그리

곧 날잡곡 반흡쯤을 썹어 넘기면 석양이 비치고, 이경으로부터 사경까진
그의 눈은 별이 됐다. 사실 도표로는 나타내 본 적이 없지만, 그의 머릿
숙은 성좌표와 그 이름들로 가득찬 지경이었다. 그렇게 산다는 일이란,
불씨를 가꾸고 보존하듯이 인생을 그렇게 하는 것이 아니라, 검불을 한꺼
번에 태워 언 몸을 좀 녹이듯이 인생을 그렇게 하는 것이었다.

　한 겨울이 다 지나서야, 〈별 불일〉은 없었지만, 마을의 요순이 거길 한
번 들렀다가, 그가 거기에서 살아 왔다는 것을 알게 되었고 그것만으로
마을에선 그를 새 따님이라고 부르긴 했으나 마을에서도 그를 필요로 하
지 않았을 뿐 아니라, 그도 평생에 마을 같은 걸 꽤의해 본 적 없었으므
로, 그들의 사이는 십이월말에서 정월초에 걸치는 기간의 대사성좌와 큰
두꺼비별 사이만큼의 거리가 있었다.

　싸락눈으로부터 시작은 했으나, 눈도 별로 많저 않았고, 추위도 그렇게
강포하지 않았던 그해 겨울은 그렇게 가고, 두 겨울이 더 왔고, 한 겨울
이 더 갔다. 그래서 그가 향리로 온 지, 햇수로는 네 해가 그렇게 흘렀고,
그렇지만 가을은 둘만 지나갔고, 세번째의 여름이 와 있었다.

　두 무덤 중의 한 무덤 위에 가슴을 바치고, 오열하며 넋두리하듯, 그가
한 고백에 의하면, 그 동안에 그는, 시중(時中)이라는 것을 정하려는 데,
자기를 다 바쳤던 모양이었다. 그의 모래시계는 여태도, 그 정확한 시중을
못 가진 채 운행되어 오고 있었다는 것이다. 헌데 시중이란, 시간의 시작
과 뒤집힘 사이의 그 미묘한 일점을 뜻하는 것으로서, 그는 우선, 그 외
연과 내포를 조리 있게 정리한다는 일부터 진땀을 뺐다는 것이다. 왜냐하
면 그건, 그의 생각에, 분명히 비실재의 시간이었는데도, 모든 실재의 시
간이, 실제로 거기로부터 시작되고 있었던 때문이었다. 시간의 과거와, 시
간의 현재, 그리고 시간의 미래를——그것들을 그는 실재의 시간이라고 부
른 것인데——그것은 갖지 않는 일점이었는데도 그런데도, 그 비실재가 실
재화할 때, 이상하게도, 과거·현재·미래의 제시간이 태어났던 것이다.

　「……나는 그래서 그것을, 태자(胎子)라고 생각했읍니다. 그러느라 어쩌
면 나는, 총명하고 독실했던 어머니의 입술을 통해서만 받은 아버지의 유
산을, 그렇게 탕진해 버렸는지도 모르지만, 어쨌든 태초에 그 일점이 있
었고, 그 일점이 혼돈하면서 따님과 땅님과 딸님이 나타나기 시작한 것입
니다.」 그리고 그는, 어머니의 입술을 통해서 알게 된, 아버지를 추억했
다. 그리고 그는, 다 늙어서야, 자기가, 그 무정한 아버지를 무척 경모해
왔었음을 알았다. 그리고 그는, 그것이 무척 진한 짝사랑이었음도 알았

다. 「……헌데 아마도 나는 어쩌면 어머니, 당신만큼은 아버지를 알고 있는지도 모르겠읍니다. 나는 이제는 어머니 없이도 아버지와 얘기할 수 있게 되었는데,」 그는 큰비암을 올려다보았다. 「내가 생각해낸 그 일점이란 아버지의 것과 너무도 같은 것이기 때문입니다. 그 일점이란, 머리와 꼬리가 합쳐진 그 장소며, 그래서 결국은 머리도 꼬리도 아무것도 아닌 것으로 변해지며, 몸뚱이가 몸뚱이가 아닌 것으로 되어 버립니다. 머리나 꼬리가 없는 몸뚱이란, 있지만 없는 것입죠. 그리고 머리와 꼬리가 생길 때에만 그건 나타납니다. 그래서 나의 탐구는 다시 그 일점으로 돌아옵니다. 허지만 어쩌면 아버지가 틀렸거나, 지나치게 이기적이었읍니다. 그런 것은, 한 여인의 일생을 순교시킬 그런 것이 아닙죠. 아니 어쩌면 어머니가 개종을 하신 겁니다. 그래요, 어머니의 변절입니다. 나로서는 충분히 이해할 순 있읍니다. 그래요, 어머닌 색욕이 좀 지나치셨죠, 아들의 것까지도 하초를 무척 탐내시고, 다 큰 아들을 한숨 불어내며 어루만졌댔으니까요. 지금은 알 수 있읍니다. 어떤 밤으론, 잠결에도 몸이 굳어져 깨어 보면, 당신은 아들의 하초를 씹고 계셨었지요. 아마도 모든 어머니들이 아들들의 하초를 그렇게 해서 성장시키는지도 모르긴 합죠만, 어쨌든 그런 여인들껜, 큰비암님이란 한 남근으로밖엔 안 보일 수 있겠죠. 옌네들이 제참에 금지되어 있는 이유도, 그런 것인지도 모르겠읍니다. 그래요, 난 이해할 수 있읍니다. 옌네의 개종을 이해할 수 있읍니다. 어머니는 차차 말씀이 적어지셨고, 마을엔 액귀가 들끓었읍니다. 수년래 한번도 천재지변이나 온역이 돌지 않았기에, 닭만 한번 잘못 울어도 그들은 겁을 내기 시작한 겁니다. 그들의 행복은 그런 불안의 액귀에 겁탈을 당하던 판이었죠. 그들은 그래서 손바닥의 종기쯤으로도 어머니께 왔었고, 어머니는 중매자가 됐읍니다.……허긴, 사실은, 난,……어머니를 조금도 이해하질 못하고 있는지도 모릅니다.……그러니 더더욱 아버지의 본래의 모습은 더듬어낼 순 없었을지도 모르지만, 그래서 아버지의 유산으로 방탕되어 왔는진 모르지만, 어쨌든, 나는, 나대로, 아버지를 갖게 되었읍니다.」 말하며 그는, 다른 무덤 위에 얹혀 있었던 모래시계를 끌어당겨, 눈앞에다 세워 놓았다. 「……허지만 어머닌 보시려고도 하시지 않았죠. 결국 그러시다 보시지도 못하고, 돌아가셨읍니다. 그러나 난 어쨌든 무척 기뻤었읍니다. 이튿날은 죽으려 했었는데, 여한은 없을 듯했죠. 허지만 사복이 들어오지 않았던 밤에, 나의 기쁨은 깨어졌읍니다. 떠나선 한번도 돌아와 본 적이 없는 아버지를, 내가 이 유리병 속에서 만났다고 생각했던 건, 순전히 나의 짝사랑 탓이었읍니다. 그걸 나는, 그날밤 알아 버린 것입니다. 아시다시피, 그날 나는, 어머니 무덤 위에 엎드려 있었읍니다. 그리고 비가 개였기에 올라가 본 산막엔 사복이 없었읍니다. 새벽까지 기다려 보았어도 녀석은 돌아오질 않았읍니다. 그래 다시 어머니게 와 보았을 땐, 어머니와 저 슬픈 처자애의 무덤만 파헤쳐져 있었고, 큰비암님은 말씀이 없었읍니다. 기억하시겠지만, 난 왼갖 괴로움 다 고해 올리고 울었었죠. 어머니께선 그래서, 제가 어머니보다 사복을 더 사랑하고 있었다는 것을 아셨을 겝니다. 울다가 내가 갑자기 눈물을 거둬 버린 것도 어머닌 기억하실 수 있으실 겝니다. 그래요, 그때 난, 생명과 죽음 사이에 놓여진 무덤을 식인하기 시작했던 겝니다. 무덤이 이 세상에 있다고 해서 사복은, 그것을 열고 잃어진 자기 것을 꺼내려 했던 겝니까? 그래서 꺼내 갔읍니까요? 그건 나로서는 알 수 없었지요. 내가 그때 알 수 있었던 건, 무덤은 이세상의 것은 절대로 아니지만, 그래도 이 세상에 부피를 갖고 있으며, 춘하추동 청풍명월, 일월성진 야우낙화 다 자기 것 아니지만 그래도, 자기 언저리에 거느린다는 것이며, 그렇다고 또한 저세상의 것도 아니어서 이세상에 쫓겨와 있는데, 그래도 그것은 저세상의 풍속으로 이세상에서 살고 있다는 그것이었읍니다. 그건 정말 고향 없는 짐승이었읍니다. 허지만 그것은, 생명과 죽음을 싸안은, 생명과 죽음을 목교지어 주는, 그것으로 있었읍니다. 나는 그것을 안 겝니다. 그래서 그것은 어색하지 않은 짐승이었읍니다. 한 무덤이 세워지면, 한 죽음이 지하로 떠나고, 한 죽음이 떠나면 다른 생명이 지상으로 솟아옵니다. 무덤은 그래서, 죽음과 출산의 그 태자인 것으로 되어졌읍니다. 그리고 나는, 한번 떠난 아버지가 왜 돌아올 수 없었던가를 알아냈읍니다. 이 모래시계도 큰 한 비암인데, 헌데 이 비암님 속에 아직 그 무덤이 세워져 있지를 않았던 것입니다. 그 태자가 없었던 것입니다. 그래서 난 그 무덤을 세우려기 시작했읍니다. 우선 선조들의 생각대로 나도, 한밤중에 그것은 있다고 생각했읍니다. 허지만 그것이 왜 밤중에만 있어야 되는가를 의문해 보고 나는 해뜨는 아침에 그것이 있지 않나도 생각했읍니다. 그 결과는, 하루를 이틀로 쪼개는 것밖에 아무것도 아니었으며, 쪼개놓은 그 자체도 도대체 뜻이 없었읍니다. 낮 하루와 밤 하루라는 그것이었지요. 나는 그래 다음으론, 정오 속에서 그것을 찾으려고도 했읍니다. 그러나 헛수고인 것을 알았을 뿐이었는데, 그 속엔 아무리 찾아도 출산과 죽음이 엇갈리는, 그 무서울이만치 조용한 정지의 시간이 없었던 것입니다. 결국나는 선조들의 생각에로 되돌아왔읍니다. 그건 옳았읍니다. 그러나 그때 나타난 이경으로부터 사경까지의 거리는, 몇 억만 년의 길이와 맞먹는 것이었읍니다. 그 사이에 그건 있었는데, 그 어느 점에 그게 있느냐를 따질 때, 그 사이의 한 찰나 한 찰나는 십년과도 맞먹는 길이로 되어졌던 겁니다. 별을 살폈읍니다. 해의 운행도 살피고, 모래시계의 흐름을 그 운행과 같은 선에 놓으려는 열망으로 밤을 세웠읍니다. 그러는 중에 북신(北辰)이 움직이지 않는 것을 알았는데, 그것이 모든 성좌의 운행의 축이 되고 있었던 것입니다. 그때 그렇게도 무변으로 광활하던 하늘이 갑자기 좁아져 들었읍니다. 그러고 난 뒤 나는, 손금 보듯 하늘을 살필 수 있었읍니다. 그리고 나는, 북두칠성이 모든 성좌의 가장 기본적인 형태를 가진 걸 알았고, 그 꼴이야말로, 모든 성좌의 비밀을 밝혀 주는 그 열쇠였읍니다. 그리하여, 아마도 오래잖아 스러져 버릴 그 증후를 가진, 스물 네 별무리로 된, 대사성좌——이 이름은 물론 내가 붙인 겁니다만——를 발견하고, 그 뜻을 읽을 수 있었을 땐, 모든 것이 좀 더 좁혀졌읍니다. 그 별은 바로 하늘에 있는 큰비암님이었읍니다. 헌데 그 스물 네 별무리는, 모두 빛이 달랐으며, 그 하나하나의 별이 부분적으론, 일년 중에서 십오일씩에 걸치는 한 절기를 주관하고, 총체적으론, 불의 승인가, 물의 승인가, 나무의, 흙의, 쇠의 승인가를 영향하고 있었읍니다. 그리고 이 별무리는 동서간으로 뻗쳐 있는데, 그 중에서도 가장 빛나며 큰 것은, 열두번째 별과 열세번째 별로 되어 있었읍니다. 그것은 분명, 어떤 수수께끼로써, 풀려져야 될 어떤 내용을 갖고 있었읍니다. 그러는 중에 나는, 그 별무리를 영향하며 운행하는, 빛은 찬란하지 않지만 너그러이 큰, 한 별을 보게 되었읍니다, 그것은 십이월말과 정월초에 극동에 있다가, 유월말과 칠월초에 대사성좌를 통과하여, 다시 극동으로 돌아왔읍니다, 하늘이란 둥근 것이었던 겁니다. 나는 그 별을 큰두꺼비별이라고 생각했는데, 전해지는 얘기에 따르면, 두꺼비는 뱀에게 잡혀 먹힘으로서만 생식을 가능시킨다고 했기에 그런 겁니다. 대사성좌의 빛나는 두 별의 수수께끼는 그렇게 해서 풀렸는 데, 그 두 별에 대사성좌의 색근(色根)이 있었던 것이고, 그 큰두꺼비별은 거기를 탐내 운행했던 것입니다. 그리하여 그것은, 유월 말일과 칠월 초 하루 사이의 지극히 미묘한 일점에, 그 두 별 사이의 정중(正中)에 들었읍니다. 그러나 나는 그것이 시중인 것은 아직 몰랐으나 그 찰나의 무서운 혼돈을 두고 살폈을 때, 그것은 연중이었으며, 시중이었읍니다. 그것이야말로 시중의 시중이었던 것입니다. 내가 그리고 그것을 혼돈이라고 한 것은, 그것이 그 정중에 든 그 찰나에, 참아낼 수 없는 한 정지가 시작되었던 때문입니다. 순탄히 움직이던 것들이, 멈춰졌을 때의 한 찰나를 생각해 보십시오. 어쨌든, 아시다시피, 오늘밤은 그 연중의 시중이며, ……그러나 그것은 지나가 버렸읍니다. 두꺼비별은 벌써 그 색근으로부터 벗어나 있읍니다.」

헌데 그의 긴 고백은, 바로 이 시중의 시중을 놓치게 된 데서부터 시작된 것이었다. 그건 그에게 무척 안타까운 것이었다. 그럴 수밖에 없었던 것은, 시중의 포착이란, 이제, 그의 나이로서는 거의 기약할 수 없는 것으로 되어졌기 때문이다.

그 대사성좌의 열두번째 별과 열세번째 별과의 중극(中極)에 큰두꺼비별이 막 들려는 찰나에, 한 검은 그늘이 지난 것만으로도 그는, 그것을 놓쳤던 것인데, 다음 해의 오늘밤엔 구름이 끼지 말라는 법도 없으며, 구름이 없다더라도, 바로 그 미묘한 일점에 재채기가 두 번쯤 나지 않으리라는 약속도 없었던 것이고, 부엉이가 그 별무리 사이로 날라가지 않으리라는 보장도 없이 그는 예순 세 살이었던 것이다. 물론 예순 세 살이란 별로 많지는 않은 나이지만, 그는 그의 인생을 마구잡이로 태워만 왔기 때문에 백년은 늙은 노인으로 되어 있던 것이다.

어쨌든 그는, 어림잡아, 한쪽을 비워서 준비했던 모래시계를 운행시키긴 했지만, 그는, 떠나 여태도 돌아오지 않는 자식을 그리워하게 되었다. 물론, 언젠가 한번은, 자기가 죽기 전에 돌아오리라곤 믿고는 있었다. 그래서, 해질 때면 늘 큰밭가를 휘둘러보면서도, 십년을 하루거니 생각하려 하며, 너그러이 기다렸으나, 그런데 오늘밤은 부쩍 초조스럽게 그에게 사복이 보고 싶어졌다. 헌데 그 사복이 돌아와 그의 등뒤에 서 있었고, 그는 백치가 다 된 웃음으로 늙은 시계공의 휘인 등을 내려다보고 있었다. 그는 이제 스물 두 살인데도, 건방짐을 잃고, 거의 침중해 있었다. 어쩌면 그는, 대사성좌를 검은 그림자가 지나갔을 때, 자기 아비의 등뒤에 닿았던지도 모를 일이다.

「헌데 무엇이 지나갔단 말이냐?」

늙은 시계공은, 착잡하고, 우울한 기분으로, 무덤 위로부터 몸을 일으켜, 밤의 그 검푸른 고적 속을 걷기 시작했다.

그리곤 더 중얼이지는 않았다.

여러 색깔의 별들이 반짝였다. 여러 색깔의 별이 흘렀고, 여러 색깔의 벌레 울음이 아른한 고적을 짰고, 여러 색깔의 미지근한 바람이 흐늑였고, 여러 색깔의 상념이 관 속으로 들어갔다.

그는 그런 속을, 뱀처럼 조용히 스며들었다. 뱀처럼 빠져나오며, 한숨을 불어냈다. 그러면서 그는, 아버지에 대해서처럼, 자식에 대해서도 몹시 타는 심정으로 짝사랑을 바치고 있음을 알았다. 그래 그는, 슬프게 울다가, 자기 앞에 우뚝 몸을 드러낸 한 검은 장승과 부딪쳤다. 그건 큰비암은 아니었고, 잔잔히 웃고 있었고, 더벅머리를 북더미처럼 얹고 있었다. 그래서 늙은 시계공도 잔잔히 웃고, 대사성좌와 두꺼비별을 한번 올려다보았다.

「너는 아마 사복이지?」

한참 후에야 그가 천천히 말했다. 그리곤, 무덤들 쪽으로 걸어가선, 그 한 무덤 위에 얹어 두었던 모래시계를 안아들곤, 다른 무덤 위에 앉았다. 모래시계 속에선, 검은 가는 흐름이 강처럼 또는 뽑혀져 나오는 뱀 혓바닥처럼 흘러선, 어떤 절연들에 통로를 잇고 있는 듯했다.

「넌 컸어, 나보다 훨씬 컸어.」

「……」

사복은 멀쑥해져, 이를 내놓고 소리 없이 웃기만 하다, 남은 무덤 위에 앉았다.

「헌데 넌 아마 자정에 왔댔지?」

늙은 시계공은 묻고, 그 검은 그림자를 얼핏 떠올렸다. 그리고 한숨을 한번 불어냈다.

「그 처잘 지금도 기억하나? 그게 그 처자의 무덤이니라. 허허, 허긴 봄마다 민들레도 피어났더라.」

「……」

사복은, 소리 없이 웃기만 했다.

「그래도 나는 그 꽃들이 어디로 불려 갔는지는 영 알 수가 없었단 말야.」

시계공은 아마도, 말을 중단하므로 해서 끼이게 될 그 침묵을 두려워하고 있는 것 같았다.

「전 한번도, 따님의 생각을, 안 해 본 적은, 없었죠.」

사복은 좀 더듬으며, 엉뚱한 말을 해 놓곤 고개를 숙였다.

「그래서 왔는지도, 모르겠어요.」

「그, 그래? 허, 허긴 그랬겠지.」

시계공은 혼잣말하듯 했다.

「그래, 지내긴 어떻게 지냈더냐?」

「처음엔 밥을 빌었죠 뭐. 그러다가 어느 집 머슴살이로 들어갔는데, 아무리 해도 견딜 수가 없었기에 그만둬 버렸죠. 한 달도 못 참았어요.」
「그, 그래, 힘이 들었겠지.」
　시계공은 무척도 가슴이 쓰렸던지, 탄식하듯 말하곤 사복의 손 하나를 더듬어 찾아 꼭 쥐었다.
「웬걸요, 일이야 힘들 걸 각오했으니 해낼 만했죠만, 어떤, 저어, 어떤,」
　사복은 갑자기 더듬더니, 거의 들리지도 않게 이었다.
「……저를, 주장하고 싶은 것이, 결백하다고 주장하고 싶은 것이, 그런 것이, 도대체 저를 한자리에 가만두질 않았어요.」
　사복은 그러다 갑자기 어조를 높여, 빨리 섬겨댔다.
「그러던 차에 어떤 장돌뱅이를 알게 되었읍니다. 그래서 그를 따라 장거리에서 장거리로 떠돌아 다녔죠. 퉁소가락도 그로부터 배웠죠.」
　사복은 허리춤에서 퉁소를 꺼내 보이곤 피씩 웃었다.
「허지만 늘 외로왔죠. 그리고 그 결백하다고 주장하고 싶은 그 집념은 아무리 해도 버릴 수가 없었읍니다. 어떤 잠 속에서의 일을 저는 늘 현재의 일로 깨우고 싶었었거든요. 그래서 전 잠결에서처럼, 자다가 벌떡 일어나, 저의 길벗이었던 그 장돌뱅이의 대가리를 돌로 짓바수고, 그 똥구멍에다 이 퉁소를 쑤셔넣어 휘저어 보기도 했지만, 결국은 헛일이었읍니다. 그러면서 악몽 같기도 하고, 지랄병 같기도 한 것이 수시로 나타났읍니다.」
「……」
「그 악몽인지 낮도깨비인지가 지나가고 나면 저는, 왠지 늘 살기를 느꼈읍니다. 그때론, 병아리든, 개든, 두꺼비든, 뭐든, 그런 목숨이 있는 것이 제 손아귀에서 목을 졸리우고 있었죠. 어쨌든 그것이 죽어 가며 발광할 때는, 전 결백하다는 것을 주장할 수 있었읍니다.」
「……어쩌면 비가 한번 몹시 올 것 같다. 으시시 뼈마디가 쑤시는 게. 어쩐지 그럴 것 같아.」
「……」
「……이, 이젠 그만 들어가자. 꽤는 곤할라?」
　그리고 시계공은 시계를 안고, 앞서 터벅터벅 걸어갔다. 그는 몹시도 착잡한 듯했다.
「나는 아무리 해도 상처에 대해서는 물을 수가 없구나.」
　그는 속으로 깊이 깊이 탄식하고 있었다.
「녀석이 먼저 얘길 해 주면 좋은데.」

　허지만 사복은 그런 애긴 한마디도 올리지 않고 그냥 말 없이 따르고만 있었다. 사복으로선 정작, 아버지가 그런 애길 물어 주지 않기만을 바라고 있었을 뿐이었다.

　불이 밝혀졌을 때 시계공은, 그 불접시를 들고 사복의 가까이로 가, 그 얼굴과 체격을 조심스레 살펴보다간,

「허허헛, 녀석, 내 젊었을 때보다 넌 두 배는 더 어글어글하다야.」

하고, 다시 불을 고콜이에 얹었다.

「야 그, 바탕 벗어라, 그리고 거 감발도 풀고, 오참, 뭘 먹어 둬야지?」

　모래시계는 고콜이에 얹혀졌다.

「아, 아뇨, 배불리 먹었읍니다.」

　사복은, 바랑을 어깨에서 벗어 내리며 말했다.

「장돌뱅이 몇 년을 했더니, 굶지 않는 법을 저절로 익히게 됐더군요.」

　사복은 감발도 풀었다. 그리고 새삼스레 큰절 같은 것을 하기엔 쑥스러운 듯해, 편히 앉았다.

「허허, 그러냐? 허기사 대 열매만 먹고 사는 봉황도 사는데, 왼갖것 다 먹는 사람이야…… 그러고 보니, 밤도 어지간히 새어 간다야. 누워라. 얘긴 내일 해도 늦진 않겠으니, 그래 오늘은 쉬자.」

　그는 사복을 생각해서인 듯, 먼저 자리에 눕고, 사복에게도 권했다. 그래 사복도 피로했던 터라, 아버지와 니은자(ㄴ)지게 누웠다.

　둘에게 다 잠은 좀체 올 것 같지 않았다. 기름에 물이 섞였던지 틱틱 소리가 나며, 한 동안 불이 홀홀 뛰었다.

　비록, 장돌뱅이 몇 년의 삶을 살아오는 동안에, 그리하여 수없는 노숙, 수없는 일숙박을 치르는 동안에, 잠자리의 풍경 같은 것은 잊어버리고 말았다고는 해도, 이 움에서의 하룻밤의 일을 사복은, 아무리 해도 생각하지 않을 수가 없었다. 그 밤의 짧은 한 순간이 그의 전 인생을 범벅이 되게 했던 그것이었고, 그것이 그에게서 고향을 뺏아간 그 전부였기 때문이다. 그는 여태도, 별 의미 없이 짓쳐 죽인, 그 얼룩뱀의 대가로, 자기가 그런 유형을 당하고 있다는 것은, 모르고 있었다. 허지만 그에게 아직은, 혹독한 겨울이 와 있지 않고 있었으니, 아직은 그는, 조금은 달콤한 감상을 섞어서, 그 밤을 추억할 순 있었다.

「한번도 따님을 잊어 본 적이 없었다고,」

　그렇게도 그리워했던 자식이 돌아왔기에, 아무래도 늙은 시계공은 잠들 수가 없는 듯했다.

「너는 말했었지?」

「……」

사복은 대답 대신, 감았던 눈을 떴다. 그 순간 그의 눈엔, 그 방이, 용소의 아랫녘이나 뭐 그런 걸로 생각켰다. 아마도 해가 질 때거나 달이 질 때의 용소의 아랫녘은, 담겼다 머물러 버린 빛으로 고즈너기 묽어 있어, 해나 달은 이미 없더라도, 그 밑의 조약돌을, 그 머문 빛이 휴식으로 감싸 줄 것이다. 사복은 바로, 그 조약돌인 기분을 비로소 오랜 후에야 맛보고, 한숨을 한번 불어냈다.

「나야말로 사실론, 너보다 더욱 따님을 못 잊었겠지.」

시계공도 한숨을 쉬었다.

「그리고 너는, 그것이 뭐든 목숨 있는 것이면 죽이며 무엇에 대한 너의 결백성을 주장했다고도 했지? 그 말의 뜻을 나도 조금은 알 수 있을 것 같긴 하다. 그리고 나도, 살육의 아름다움은 알고 있다. 파괴한다는 건 아름다우며, 잔인할수록 더욱 아름답다. 그건 아름다운 것이고, 진정으로 아름다운 것이다. 헌데 그것은 너무도 깊숙이 숨겨져 있어, 대부분의 생명들은, 평생에 단 한번도 그것을 만져 보질 못한다. 허지만 그것을 만진다는 것은 가장 불행하다. 내 생각에, 그건 일종의 힘인데, 그것 자체로는 색깔 없는 일종의 불일 뿐이고, 그 불이 뭣을 태우느냐에 따라, 파괴인가 창조인가가 나타난다고, 나는 생각한다.」

이 노인이 뭣을 얘기하자는 것인지 사복은 얼른 이해가 되질 않아, 그를 멀거니 건너다보았다. 그러나 늙은 시계공으로선, 생식력으로부터 절단된 이 아들의 살육에, 어떤 희망을 걸기 시작했다. 늙은 시계공은 계속했다.

「그래, 그것은 확실히 불행이야. 허지만 이미 자신의 불행을 캐어든 사람은, 어쨌든 끝까지 그 불행을 수행(遂行)하지 않으면 안 된다. 살육을 감행했으면 이 우주까지 파괴해 버려야 하며, 그것도 눈물 없이 해야 하며, 지치지 말고 해야 되며,」

그는 이 대목에서 말을 멈췄다. 사복은 좀 몽롱한 기분을 느껴야 했다. 그러한 몽롱함은, 어떤 충격 뒤에 오는 그러한 것과 같아서, 그 몽롱함 이전의 문제를 두고 두고 생각하게 하는 그런 것이었다.

한참 후에 늙은 시계공은, 조금 명랑한 음성을 꾸며서,

「헌데 따님에 대해 넌 뭐를 생각했단 말이냐?」

하고, 화제를 바꿨다.

「그러니까 조금 밝혀서 말하면, 어, 없어진, 없어진 너의,」
「정직하게 말씀드리면, 그렇지만은 않았죠.」
「그러면 따님을 용서하곤 있었단 말이냐?」
「……」
　사복은 좀 머뭇거렸다. 그러다 빨리 섬겨냈다.
「용서니 원한이니, 뭐 그런 것과도 분명히 다를지도 모르죠. 전 아뭏든
어떤 잠을 깨보고 싶었을 뿐입니다. 분명히 말씀을 드리면, 아무 감정 없
이, 따님의 목구멍에다, 산 뱀을 먹여 보고 싶었던 것입니다. 전 그냥 목
구멍이라고 말씀드렸을 뿐이지만요, 정말이지 그래 보고 싶었읍니다.」
「…….」
　시계공은 눈을 감고 있었는데, 눈꺼풀이 떨리고 있었다.
「따님의 죽음을 확인했을 때, 갑자기 그 생각이 들어선, 여태껏 계속돼
오고 있는 겁니다.」
　사복은 번들거리는 눈으로 일어나 앉았다.
「저로서는, 아무리 해도 기억해낼 수 없는 여러 날을, 혹은 몇 해인지도
모를 그런 동안을, 잠써 버렸던 것에 대해, 생각하지 않을 수는 없었거든
요. 왜냐하면 그 동안에 따님과 마을의 계집애가 죽었고…… 그리고 일반
적으론, 살인에는 원한이라든가, 또는 무슨 독한 감정이 따르게 되는 것
이거든요. 전 굉장히 둔해서, 그 계집애를 좋아하고 있다는 것까지도 뒤
늦게야 알았지만, 어쨌든 그 계집애의 자살이 피냄새를 풍겼고, 따님은
저의 불알을 삼켜뒀읍니다. 그러나 시체를 확인해 보았을 땐 원한이라든
가, 무슨 독한 감정 같은 건 없었죠. 그건 해소를 당했던 겁니다. 그러했
어도 의혹은 어쩔 수 없었죠. 전 어쩔 수 없었죠. 그 살인에 관련된 건 너
다, 아니 하지만 난 결백하다……」
「그, 그러니깐,」
　늙은 시계공은 손을 휘저으며 벌떡 일어나 앉았다. 그리고 사복을 좀
미친 듯한 눈으로 훑어보았다.
「그러니깐 넌, 네가 따님을, 따님을 네가 살, 살해한 악몽에 사로잡혀
왔단 말이지? 그, 그러니깐 혼돈됐던, 그때 말이지? 어, 허허, 어허헛,
허긴, 허, 허긴, 모르지, 건 몰라.」
「아마도 아버진, 그가 누군지를 아실 거예요. 그를 전 무척 알고 싶었
죠.」
「……」

시계공은 경미히 떨고만 있었다.

「……알고 싶었죠. 허지만 가만히 생각해 보면, 알아서 어떻게 하자는 것인지는 모르겠어요. 뭐 그러니 알 필요 없겠죠.」

그리고 사복은 씻득 한번 웃어 보이곤, 화제라도 바꾸려는 듯, 모래시계 애길 꺼냈다.

「아버진 저 수정병에 대해선 한번도 말씀이 없으셨죠. 헌데 지금은 무슨 조화를 갖고 있어 뵈누먼요.」

「너, 너는 그러니깐 나라면, 나, 나라면,」

「그래요, 절대로 헛되게 가루만 흐르는 것 같진 않아요. 저도 아까 대강은 들었거든요.」

「따님의 사, 살해자를 알 거라구 했지? 알 거라구, 알,」

「그래요, 저건 살아 있는 것 같기도 해요.」

「……」

늙은 시계공은, 좀 미친 것처럼, 소리는 없이 씰룩씰룩 웃기 시작했다. 그러더니 부르짖었다.

「이, 이녀석아, 그래. 나는 그 살해자를 알고 있다. 그래, 알고 있어. 내가 똑똑히 보았댔으니깐, 나 외에 아무도 본 사람은, 그래 없다. 거기엔 나밖엔 없었다구, 안개가 두텁게 꼈었지, 벼락 맞은 나무에서 노래가 들렸었지. 따님은 가엽게도 큰비암님 아래 쭈그리고 앉아 추워하고 있었다, 나는 거기에 있었다, 나는 죽고만 싶었던 거다, 사실로 난 이미 죽음과의 약속이 있었다, 그래서 내가 봤던 거다,」

사복은 병신스럽게 웃기만 하며, 좀 뒤집힌 듯이 건너다보는 눈을, 맞받아 건너다보았다.

「허, 허지만 그래, 그게 나는 아니었던 거다, 알 듯도 싶은 누구였던 것이다. 가능하다면 나도, 그가 누구인가를 알고 싶었다. 나는 아니었단 말이다. 헌데도 나밖엔 거기에 없었고, 따님과 소녀는 이미 죽었더라구, 나는 뒤늦게야 내가 그 현장에 있었던 걸 발견했더란 말야, 그 살해가 있고 난 후에 말이다,」

그는 그 대목에서 사복을 외면했다.

「나도, 그래서 나도, 알 듯도 싶은 그 사내가 누구였나를 몹시 알고 싶었단 말야.」

「아버지셨군요.」 사복은 차게 말했다.

「그, 글쎄 나는 아니었다구, 나는 죽고만 싶었었어.」

「결국 저였군요,」사복은 차게 말했다.

「그, 글쎄 너는 아, 아니, 아, 갑자기 생각이 났는데, 결국, 그래 그건 너였구나, 그래 너였어!」

「후, 후훗,」사복은 차게 웃었다.

「그래, 그건 너였구나, 그건 너였어, 그때 넌 죽어 있었고, 나는 살아 있었다. 그래 육신과 혼의 유리는 가능하며, 아 저 곡신(谷神)의 무궁한 조화 속임이여, 일시적인 혼의 이거 또한 가능하다.」시계공은 말하며 금모래가 긴 강으로 흘러 바다에 들어가는 수정병을 가져다 들여다보며, 떠벌렸다. 「나는 그때 살아 있었지만 나는 아니었으며, 너는 죽어 있었고, 따님은 귀애하던 뱀이 죽었을 때 이미 죽어 남은 건 빈 곳간뿐이었고, 아 그러고 보니, 그 빈 곳간의 흙내음이, 먼지 내음이 내게 체험되었다. 나는 그리고 죽고만 싶었지,」

「금모래가 벌써 한 눈금을 채웠군요,」

「그렇다면, 누, 누가 죽고, 누가 죽였는가? 그건 자살인가 타살인가,」

「……」사복은 하품을 했다.

「윤회였구나, 한 찰나의 윤회였구나, 뱀은 따님의 혼을 싸안고 죽었고, 따님은 하수인의 혼을 싸안고 묻혔고, 너의 혼은 하수인 속에 이거해 와 있었기에 너는 죽어 있었고, 아 그 너의 빈 집엔 그때 뱀이 살고 있었다. 결국 너는 얼룩뱀의 집이었었구나,」

「……」사복은 다시 하품을 했다.

「아마도 너는,」오랜 침묵 후에 시계공이 다시 입을 열었다. 「애, 애비를 죽이러 온 거지,」

사복은 차게 웃기만 했다. 그리고 그의 뒤집힌 듯한 눈속의, 어떤 간이적 공간 속으로 열고 들어가 보았다. 허지만 그것은 죽음이 채워 넣어져야 될 그런 공간같이는 사복에게 생각되지 않았고, 생명이 채워 들었어야만 되는 어떤 한 대지가, 불모해져 버린 그것으로서의 공간처럼만, 사복에게 생각되어졌다.

사복은 좀 거북하고 지루했기에, 눈을 감고 번듯이 누웠다. 침묵은 그리고 다시 계속되었다. 잠은 포기하고 있었다. 그 대신, 어서 날이 새어 주길 사복은 바랐다.

「엔네를 그려 본 적은 없었나?」이번에도 시계공 쪽에서 침묵을 깼다. 그리고 그는 평정을 얻은 잔잔한 웃음을 그땐 웃었다. 「가령, 너의 애를 뱄던 그 처자라든가, 한번도 본 적은 없지만, 너를 낳아 준 어미라든가,

또 아니면 어느 장거리서 본 색시라든가,」

「뭐, 벼, 별루요,」 사복은 갑자기 뭐라고 대답할 수가 없어, 우물쭈물하고, 따라 웃었다.

「아 그러구 보니 난 한번도, 너의 어미 얘길 해 준 적이 없었구나, 나야 물론 너의 어밀 알고 있었지,」

「그럼 아버진 알고 계셨댔군요?」 사복의 흐리멍텅하던 눈에 좀 빛이 떠올랐다.

「그럼 그야, 알고 있었지, 허지만 별로 할 얘기가 없었다. 허지만 지금이라면 조금은 얘기할 수 있을 듯해, 그래, 조금은 말할 수 있을 것 같아,」

「……」

「그 엔네는, 그래, 비록 기운 옷 탓에 소쿠리장수를 하긴 했었지만, 그래도 마음은 기워입질 안 했었니라. 병든 노부가 계셨다든가 했는데, 그 노부가 돌아가셨다는 말을 남긴 뒤, 다달이 한 번씩 왔던 그 엔네는 영 오질 않았더니라, 그래 난 생각에, 시집이라도 갔는가 했었다.」 시계공은 잠깐 침묵하다 다시 이었다. 「하기야 멀기도 먼 고장에 살았댔다. 열흘길이 족히 될 곳에 그 엔네는 살았댔다. 그 고장 근방에도 물론 토기장은 있었다고 했었다. 헌데도 늙은 아버지가 꼭이 이 고장의 토기를 바꿔다 팔라고 하신다며, 멀고도 먼 여기까지 왔었댔다. 허긴 오늘 길가는 길이 그 엔네의 장삿길이기는 했었을 게다만, 뭐 굳이 여기까지 오지 않았어도 됐을 것이긴 했다. 그런데도 굳이 왔던 이유는, 자기도 낳기 전에, 젊어서, 자기의 아버지가 이 고장을 한번 다녀간 일이 있었다는데, 그때 보니 이 고장 토질이 너무도 좋았더라는 것이다. 그래서 아버지가 보내 온다는 것인데, 그럴 것이라고만 난 믿었다. 나도 지금은, 한 달 길 이내의 고장들 얘기라면 네게 다 말해 줄 수 있으니까. 묻지는 않았다만, 나는, 이 몇 년 동안에 네가, 어디를 다녔으며, 어떤 풍경들을 보아 왔을지 대강은 짐작하고 있으니깐. 하지만 아마 많이 변했겠지.」

사복은 빙그레 웃어 보이기만 했다.

「…… 그 엔네는 헌데, 무척 슬픔이 독한 엔네였다. 다달이 더 진해갔다. 그건 고뇌였다. 고뇌란 허긴 엔네의 것은 아닌지도 모르지만, 내겐 그 엔네의, 털어놓지 않은 슬픔이, 고뇌로밖엔 여겨지지 않았다. 그건 아름다운 것이었다. 그 엔네는 그것을 아름다운 것으로까지 승화시킨 것이다. 정말이지 그 엔네는 그 슬픔을 털어놓질 않았다. 나도 묻지 않았다.

소쩍새가 왜 우는지 너는 아나? 그건 소쩍새의 고뇌며, 우리는 묻지 않는다. 나는 그렇게 생각했다. 어느날 소쩍새가 개구리처럼 울었다고 해봐라. 그 고뇌가 깨어진 소쩍새는 조금도 아름답지 않다.」 그는 잠시 침묵을 지켰는데, 깊이 숨은 시선으로 내부의 어느 축축한 곳을 더듬는 듯했다. 「……내가 할 수 있는 너의 어미의 얘기란 기껏 이것뿐이다. 그러므로 나는 네게 들려 줄 얘기가 없었던 것이다. 허지만 지금이라면 네가 조금은 이해할 것 같다. 어쨌든 우리는,」 시계공은 간격을 두지 않고, 그 엔네에 대한 얘기의 결말처럼, 빨리 섬겼다. 「우리란 나와 너의 어미를 말이지만, 서로에게서, 뭐라고 말로는 할 수 없는 그 고뇌만을 발견했고, 그것만을 주었고, 그것만을 한사코 빨아냈다.」 시계공은 그리고 말을 멈추고 거의 눈물에 폭 잠긴 눈으로 사복을 내려다보았다. 사복도 늙은 시계공을 올려다보았다. 그러면서 천천히 일어나 앉았다. 그리고 둘이는 바라보기 시작했다. 수정병 속에선 모래가 흐르고 쌓이고 있었다. 서늘한 여름 새벽이었다. 움 밖 옥수수 대궁을 조용히 흔들며 바람이, 지나가고 있었다.

「허지만 지금은,」 오랜 후에, 늙은 시계공이 잠꼬대처럼, 다시 침묵을 깼다. 「난 그 엔네의 머리칼 한올 기억하지 못한다.」

사복은 그때, 울고 싶은 걸 웃는 듯이 웃었다.

「그 엔네의 모습을 다른 데서 찾는 동안에, 정작으론 그 엔네를 잊어버린 것이다.」 늙은 시계공은 다시 모래시계를 무릎 앞에 끌어다놓고 들여다보기 시작했다. 「이것은,」 시계공은 시계를 턱으로 가리켜 보였다. 「내겐 두 모습을 떠올리기도 하고, 두 모습을 한꺼번에 잃게도 한다. 두 모습이란, 한 모습은 물론 그 엔네의 것이고, 다른 한 모습은, 꿈에도 본 적 없는 내 아버지의 것이다. 무척 우스운 말이다만, 이것을 상정해냈을 때 나는, 슬프게도 내 엔네를 내 아버지께 뺏기고 말았었다.」

이 대목에서 시계공은 미친 듯이 웃었다.

사복은 다시 감발을 매기 시작하고 있었다.

「보아서 알다시피, 이것은 곡신(谷神)과 현빈(玄牝)으로 이뤄졌다. 곡신이란 골짜기〔谷〕를 채운 허공〔神〕을 말하며, 현빈이란 그 허공을 담는 골짜기를 이름이다. 허지만 종국에 가선 그 어느것도 나는 구별할 수가 없게 되었다. 곡신이 현빈이며, 현빈이 곡신이었다. 아 그래, 그것을 〈황금(黃金)의 태자(胎子)〉라고 일컫은 것이다.」 시계공은, 좀 번들거리는 눈으로, 그 속으로 스며들고 싶은 듯 모래시계를 들여다보며 말했는데, 말 속엔 열이 차들고 있었다.

「그래 그건, 따님께 나를 심어 주고 간, 그렇지만 나는 못 본 내 아버지의 얘기대로 하면, 그래, 이 세상 어딘가에는 그 황금의 태자라는 것이 있다는 것이다. 그리고 그 태자 속엔 두 개의 황금 항아리가 있다 하며, 그것은 동서에 나뉘어져 놓여 있는데, 그 항아리들 속엔 한 마리의 큰 뱀이 살고 있다는 것이었다. 나는 그 항아리들에 이름을 붙여, 곡신과 현빈이라고 한 것이다. 헌데 그 뱀은, 동시에 암수며, 동시에 암수도 아닌 다만 그 곡신과 현빈을 경작하는 농부로서, 머리와 꼬리, 또는 꼬리와 머리는 황색이고, 몸은 넷으로 나뉘어, 청·적·백·흑의 사대 색상으로 구별되어져 있고, 각 구십 편씩의 비늘이 대부분을 덮고 있다는 것이었다. 그래서 이 뱀은 머리나 꼬리가 둘씩인데, 그것은 동의 현빈, 또는 동의 곡신으로부터, 서의 곡신, 또는 서의 현빈으로 또는 서의 황금 항아리에서 동의 황금 항아리로 이동한다. 세월이란 바로 그 이동이라는 것이다. 그리하여 사계가 갈아들며, 주야가 바뀌고 오행의 작용이 있게 된다. 그러나 이 뱀의 진행의 어느 굽이에서, 괴롭게 한번 틀려지게 되면, 천재지변이니, 삼재팔난이니, 온역의 창궐이니가 일게 되리라는 건 쉽게 짐작될 것이다. 물론 그것 몸의 오대 색상은, 동·서·남·북·중앙의 오방을 나타내며, 또한 금·목·수·화·토의 오행과 오계를 나타내는데, 동의 청색의 봄과, 남의 적색의 여름, 서의 백색의 가을, 북의 흑색의 겨울, 그리고 음양과, 오행과, 오방과, 사계의 방으로서의 중앙의 황색은, 제오계며, 황금의 태자, 곧 현빈과 곡신의 일체를 의미하고 있다. 그리고 세월이란, 동에서 서로, 또는 서에서 동으로만 이동하는 것으로 생각되어졌던 것으로, 해와 달의 운행에 좇는 것이다. 그리고 구십 편씩의 비늘은, 한 계절 석달, 또는 여섯 절기의 합의 날짜이고, 그래서 일년은 삼백예순 날이며, 네 번 철이 바뀐다. 헌데 하필이면 그것이 왜, 뱀의 모양인가는 이해하기 매우 곤란하지만, 아마도 처음에 혀가 있었을 때, 그것은 현빈으로 이해되었을 것이고, 그러면 응당 남근이 따라왔어야 됐을 것이다. 뱀은 동시에 그것의 의태로써 족했을 것이다. 그러다가 차차로 그것의 모습이 양성인 것만을 떠났을 것인데, 그것은 지금의 음양의 아무것도 아닌 것으로 되었기 때문이다. 어쨌든 그것의 형상을 좇아서 보면, 새나 짐승이나 고기의, 물과 땅과 공중에서 사는 모든 생물의 그 원형을 이루고 있는 것도 사실이다. 새나 고기나 짐승에게서, 서로 접근될 수 없는 부분들을 다 떼어내고 나면, 그것이 바로 뱀이 된다는 말이다. 또 그것의 진행을 좇아 보면,

너도 이미 알고 있는 대로, 뱀이란 궁궁이며, 태극선의 연쇄가 되고 있다. 그림으로 그리면,」그는 손가락 하나를 펴 방바닥에다 구불탕 구불탕 선을 그려 나갔다. 「이와 같은 〈〰〉선이 되는데, 알다시피 궁궁(ㅋㅋ)이란 태극선(〇)의 그림문자다. 태극이란 물론 수컷은 아니며, 더우기 암컷도 아니지만, 그것은 어쨌든 작용력이므로, 곡선이나 현빈을 채울 것이다. 태극이란 아뭏든, 타인의 설명으로 알아지는 것이 아니므로, 나는 음도 양도 아니라고만 말했을 뿐이다. 어쨌든 뱀은, 그 생리에 있어서도, 건습·냉온·화수·천지·산하·음양 같은 상극적인 것으로 이뤄져 이상스럽게 그 중(中)을 지키고 있는 짐승이다. 알다시피 너무 건하지도, 너무 습하지도 않고, 너무 온하지도, 너무 냉하지도, 않다. 하기야 보통으로 말하긴 뱀을 냉하다고 하나, 그것은 냉한 것이 아니고, 어제와 오늘이 갈아드는 사이의 그 미묘한 일점과 같은 그런 체온이다. 뱀에겐 냉도 온도 없다고 말하면 더 쉽겠구나, 아마도 이제는, 그것은 높지도 깊지도 않으며, 물도 불도 아니며, 하늘도 땅도, 이것도 저것도, 저것도 이것도 아니라는 데에 대한 설명 같은 건 하지 않아도 알리라. 그건 〈미묘한〉 짐승이다. 더우면 서늘함을 지키려 깨이고, 추우면 온을 보존하려 잠든다는 그런 식으로, 우주간에서 다만 홀로 중용을 지키는 짐승이다. 물론 나의 첨삭이 없을 수야 없지만, 이것이, 큰비암님을 구워 세워놓고 가신 양반의 생각이었으며, 적어도 나와 함께 지냈을 때까지는, 따님의 생각이기도 했다. 나는 그리고 한번도 나대론 의심해 본 적 없이 그 생각을 그대로 받아들였다. 나로서 지금 말할 수 있는 게 있다면, 따님의 입술에 토막토막 흩어져 있던 것을 내가 뼈는 맞췄다는 이 얘기다. 허지만 어쩌면 정작 중요한 건 잃어버렸을지도 모른다. 왜냐하면 따님은 마을이었으며 동시에 그 자신일 수 있었는데, 나는 심지어 나 자신까지도 온전히는 못 되고 있다. 따님의 것은 신도의 영혼의 조공을 바치게 했는데, 나의 것은 나 자신까지도 신도는 아니다. 따님의 것은, 마을이나 또는 그 마을 사람 하나하나 구원하려 했는데, 나의 것은 구원과는 별 상관이 없다. 이 말을 바꾸면, 따님의 〈대속(代贖)의 율리(律理)〉가 내겐 〈관계의 결과〉로밖엔 여겨지지 않는다는 뜻이다. 가령, 어떤 죽어가는 병자 하나를 살리기 위해, 어떤 한 〈흠 없는 염소〉를 그 병자 대신 죽였더니, 그 병자가 소생했다는 일이 있었다면, 그것이 따님에겐 대속의 결과로 되고, 내겐 관계의 결과로 된다는 이 말이다. 그 병자의 소생은, 이미 있어 온, 그 병자와 염소와의 관계로 해서 가능된 것이지, 관계가 없어 왔다면 가능되지 않는 것이다. 그 병자와 그 염소와의 사이에 관계가, 다시 말해서 한 병자를 소생시킬 만한 관계가 있어 오지 않았다면, 그 살생도 백정의 살생과 똑같은 것으로 변해질 뿐이다. 그러나 내가 알기론 따님에겐 관계 같은 건 그리 문제가 안 되고, 자기의 주술로, 쥐가 되어질 염소를 사람으로 옭아올 수 있다고 믿었던 것 같다. 그런 짓이란 우연을 붙들어 매자는 외에 아무것도 아니다. 관계가 있어 왔기에 그 병자가 살아나면 그건 더 할 수 없이 좋은 것이고, 또 죽는다더라도 따님의 책임은 아니기 때문이다. 그럼에도 사람은 비밀이 담긴 상자를 열어 보고 싶어하는 성미가 있으므로, 따님은 그들 사이에 있을 필요가 있었고 관계 속에는 삼자가 끼일 틈은 없다고 생각하므로 나는, 그들 속에 끼일 수가 없다.」

「정말 저런 종류의 생각이란.」

사복은 사복대로 생각했다. 그러나 그 생각은 시계공의 생각에 저항하기 위한 것은 아니었고, 어쩌면 그의 그 어쩔 수 없이 당하는 외로움을, 정직하게 인정해 주는 것이었다.

「얼마나 불필요하며, 얼마나 타인을 지루하게 만드는 것인가? 땅 아래서 보리를 싹 틔우는 그 힘이 뭣이든, 보리는 알지 못하되 열매를 맺으며, 농부는 더욱 모르되 거둬들일 줄은 알지 않는가? 설사 싹 틔우는 힘을 안다 하더라도 아마도 저 양반은 보리알을 더 크게 하지도 못할 거며, 거름을 안 주고도 보통의 수확을 할 재주도 없을 거며, 보리의 뿌리가 또한 몇 가지나 뻗었는지도 또한 모를 것이다. 그러면서도 인분이나 두엄이 그 힘이라고도 하지 않는다.」

「어쨌든 나는 그러한 생각을, 한 생명 있는 것으로 다시 말하면, 눈에 보여서 이해하기 쉬운 것으로 만들어 보고 싶은 욕심을 감히 가졌던 것이다. 물론 큰비암님이 바로 그것이긴 했지만 내게는 그것이 체(體)뿐으로 용(用)이 없는 것으로만 생각되어 그것은 한 무덤 같을 것으로밖엔 보이지 않았다. 허긴 난, 그 체가 용(用)으로 둔갑되던 걸 적어도 다섯 번 이상은 보았었지만, 그때마다 나는, 몹시 허기져 있었다든가, 몹시 앓고 난 뒤였었다.」

「아 그러고 보니, 제게도 그 기억이 있읍니다.」

사복은 생각만 하고, 싱긋 웃었다.

「그건 그러니까, 그런 어떤 결핍하고만 관계가 있었던 것이어서, 나로서는 나중엔 그 용을 신뢰할 수가 없게 되었던 것이다. 설사 그 용이, 좋은 조건과 관계지어졌던 것이라 했어도, 그것의 의미는 종내 엿볼 수 없는 것이었으며, 엿보려 한다면 그것의 무용성으로 돌아와 버렸던 것이다. 그러므로 그런 종류의 체란 중개자를 통해야 되며, 중개자가 그 용을 이루는 것이다. 허지만 이 얘긴 네게 이해가 잘 안 될지도 모른다. 적어도 어떤 체험을 큰비암님과 더불어 해 보지 않고는 달 보고 개가 왜 짖는가, 이다.」

「웬걸요, 저도 조금은 알 수 있읍니다. 저도 큰비암님이 살아서 큰 한 동그라밀 만든 걸 본 적이 있으니까요.」

사복이 자기를 밝히고 나섰다.

「그 제삿날 해거름판에였죠.」

「아 그랬었구나? 결국은, 그, 그러니깐, 그러면 너도 알 법하구나.」

시계공은 좀 빛나는 눈으로 사복을 건너다보았다.

「그래서 어쨌든, 나는 그것을 좀 더 완전한 것으로 만들려 했었단 말이다. 그리고 다시 하는 말이지만, 그때 나는, 한 옌네의 모습을 아주 독하게 갖고 있었고, 또 본 적 없는 내 아버지의 모습을 무척 찾고 있었다.」

늙은 시계공은 잠깐 눈을 감고, 심호흡을 한번 했다. 그리고 빙그레 웃으며,

「이것이 그것이다.」

하고, 모래시계를 가리켰다.

「허지만 아직도 이것은, 그 시중을 얻질 못해, 이것은 이것대로 큰비암과 별로 다를 바 없는 것으로 지금껏 있다.」

그리고 그는 슬픈 듯한 미소를 지으며, 손가락을 오무렸다 펴, 모래시계를 한번 튕겼다.

「아 그렇구나, 네게 그 시중이라는 걸 일러 주는 게 좋겠구나. 나는 어차피 너보다는 목숨이 짧은 건 사실이니까.」

그는 맥없이 고콜이 위의 접시불을 건너다보았다.

「어차피 기름이 다 돼 가고 있으니 말야.」

그는 입속으로 중얼거렸다. 그러다 분명한 어조로,

「나는 시중이란 것이,」

하고 시작했다.

「어디에 있는지를 알아내긴 했지만, 아직 포착하질 못했단 말야. 그래, 그러니 그것을 내게 말해 주는 것이 좋겠어. 아 그러면 너, 나를 좀 따라 밖으로 나가자. 네게 별들을 보여 줘야겠다. 그것이 별 속에 있기 때문이다.」

늙은 시계공은, 시계를 들어 소중히 품에 안더니 일어났다. 사복은 도대체 이 노인께 저항할 수가 없어, 흥미없는 얘기에 넌더리를 내곤 있었지만, 별수 없이 따라 일어섰다.

「시중이란 자시, 또는 자정이라고 말해지면 더 쉬운데, 나는 그것을,」

늙은 시계공은 밖에 나와서도 하늘은 안 보고, 그냥 걸으며 계속했다.

「그렇게 말하지 않고 그냥 시중이라고 하는 것은, 겁에도, 일년에도, 찰나에도, 그것은 있기 때문이다. 허지만 겁 중에나 찰나 속에 있는 건, 우리의 입으로 말해지기엔 너무 크거나 너무 작기 때문에, 말해지기에 제일 편리한 걸로 우린 택하지 않으면 안 된다. 그 중의 어느 것을 갖고 말해도 그것은 조금도 틀리지 않기 때문이다. 그 중의 아무것 하나라도, 정확하게만 포착하면 나머지 것들 전부를 포착한 것이라도 된다.」

그는 큰비암 있는 데로 가고 있었다.

「그러니 아무래도, 자시 또는 자정이라고 일컬어지는 걸로 말하는 것이 쉽겠다. 그건, 알다시피, 오늘이 어제로, 어제가 오늘로 갈아드는 그 사이의 일점이다. 그러니까 자시란, 오늘의 끝과 오늘의 시작 사이에 있는, 그 공백한 시각을 말하는 것이다. 거기엔 어제도, 오늘도, 내일도 아직 없는데, 그 이유는, 내일이 오늘로 아직 바꿔들지를 못하고 있기 때문에, 끝나 버려 오늘이 오늘이 아닌 오늘이, 아직 어제로 바꿔들지를 못했기 때문이다. 다시 말하면, 그건 일종의 보류나 유예의 시간이기도 하다. 그때 그것은, 내일이 내일이 아니며, 어제가 어제가 아닌 것으로, 뭔지 이해할 수 없는 막연한 것으로 남겨지거나 미뤄져 있게 된다.」

이때 둘이는 큰비암 있는 데에 닿았기에, 늙은 시계공의 얘기가 잠깐 중단되었다. 그리고 둘이는 똑같이, 별만 뿌려지고 달은 없는, 여름 새벽의 고적 속에 우뚝 서 있는 큰비암을, 멍청히 올려다보았다. 사복에겐 아무런 생각도 들지 않았다. 그는 흐리멍텅해 있었을 뿐이다.

「자, 앉자.」

시계공이 말했다. 그리고 그는, 한 무덤 위에 앉았다. 사복은 다른 무덤 위에 앉았다.

「그것을 자시라고 하는데, 그래서 나는 네게 별을 보여 주려는 것이다.」

시계공은 말하며, 어둠 속에서 사복을 빤히 건너다보았다. 사복은 그래 그의 시선을 느끼고, 멋깔없이 한번 웃어 보였다.

「그럼 먼저 북두칠성을 찾자. 그건 형태면에 있어 하늘의 뱀이다.」

이번에도 시계공은 하늘 대신, 사복을 건너다보았다.

사복은 하늘을 보면서, 그의 시선을 느끼고, 고개를 끄덕여 주었다. 그러나,

「나도 당신으로부터 들었기에 알고 있읍니다. 그것이 모든 성좌의 기본 형태라는 말씀이시겠죠.」

하고, 속말했다.

「그러면 이제, 큰두꺼비별과, 스물네 별무리로 된 대사성좌를 가르쳐 주마. 그러나 이 별들은 운이 다 돼 가고 있어. 무척 평범한데, 아마도 해시(亥時)를 살고 있는 듯하다. 어쨌든 저 북두칠성을 하늘의 한가운데로 옮겨 보자. 그러면 너도, 저 칠성의, 입구자(口)를 이루고 있는, 네 별이 딱 들어 맞는, 다른 네 별을 찾을 수 있다.」

그는 다시 사복의 눈치를 살폈다. 한참 후에야 사복은, 깊게 고개를 끄덕였다.

「그것이 대사성좌의 열하나, 열둘, 열셋, 열네번째 별이다. 그 중에서도 더우기 빛이 좋은 두 별이 열두번째와 열세번째 별인데, 그 별둘 사이에, 그 별들보다는 좀 크지만, 빛은 과히 좋지 못한, 그래 보이느냐?」

사복은 다시 고개를 끄덕여 주었다.

「그래, 그 객성(客星)이 큰두꺼비별이란 거다. 나머지 스무별 무리에 관해서는, 하늘과 네가 사귈 수 있는 한 수수께끼로 남겨두는 게 좋을 성싶다. 그걸 모두 찾아냈을 때 나는, 하늘을 온통 얻은 것처럼 흥분했던 것이다. 북두칠성의, 셈되지 않은 나머지 세 별을, 척(尺)으로 사용하면, 너도 금방 찾아낼 수 있을 거다. 그리고 그것들의 변화에 관한 것도 너의 몫이지만, 원한다면 차차로 알려 주마.」

그리고 시계공은, 잠깐 숨을 돌린 뒤, 그의 성리(星理), 성족(星族), 또는 성운(星運) 강석을 펴나갔다.

그러는 중에도 물론, 하늘의 족속들은 죽어 갔는데, 그럼에도 새 별의 출현은, 사복에겐 보이지 않았다.

「그렇지만 이 노인이 죽기 전에, 저 별들이 다 떨어지진 않을 거다.」

사복은 자기대로 생각해 나가며, 때때로 고개만 끄덕여 보였다.

「아하 아님죠, 건 따님별인 듯합니다.」

사복은 고개를 끄덕여 주었다.

「아 그러구 생각해 보니 전, 따님을 좋아했었는지도 모르겠어요. 왜냐하면 전 따님을 미워해 본 적은 없었거든요. 만약 살아 있다면, 헤헤.」

사복은 고개를 끄덕여 주었다.

「이처럼 조용한 새벽에, 그래요, 누구 보는 사람도 없죠.」
　사복은 고개를 끄덕여 보였다.
「아 저, 희미한 작은 별을 데불고 있는, 저 노란 우둔한 별 말씀입니까？
그건, 예, 그렇군요. 그 계집애 별입니다요. 그 별이 말하자면 배꼽이 되
고 있다구요？」
　사복은 고개를 끄덕여 주었다.
「어쩌면 그 계집앤 날 좋아하지 않았을지도 모르죠. 난 별로 그 계집앨
사무치게 생각해 본 적은 없었고,」
　사복은 고개를 끄덕여 보였다.
「계집애의 무덤을 열어 보았을 때도, 난 그것이 계집애의 시체라곤 생각
할 수가 없었으니, 말하자면 계집앤 죽자마자, 나로부터 떠난 것이었죠,
뭐, 정말 그건 무슨 큰 도마뱀 같은 것이었읍니다.」
　사복은 고개를 끄덕여 보였다.
「아니 그건 뭐랄까요. 죽어 조그맣게 된 마을 같은 것이라고도 해얄까
요. 뭐 그런 것이었읍니다.」
　사복은 고개를 끄덕여 주었다.
「왜냐하면 난 마을을 찾으러 갔었는데, 그것은 죽어 없었거든요. 그리고
이 무덤 속에서 캐낸 겁니다.」
　사복은 멍청스레 반만 웃었다.
「그래서 난 생각에 계집앤 날 좋아하지 안했다고 했죠. 그때부터 계집앤
내가 배웠던 모든 글 귀절들의 아리숭한 무슨 뜻 같은 것으로 변해졌죠.
그러면서 때때로, 아 그러고 보니 아버지도 말씀하셨읍니다. 따님이 계집
애로 둔갑도 했지만, 간혹이었죠.」
　사복은 무겁게 고개를 끄덕였다.
「그리고 난, 내가 아버지가 된다는 생각엔 아직껏 진저리를 치고 있으니
깐 뭐.」
「……그래서 이것은.」
　시계공은 그리고, 피로해진 듯, 머리를 숙이고 한참이나 있더니, 다시
이었다.
「아직도 그 시중을, 노란방을 얻지 못한 것이다.」
　사복은 고개를 끄덕여 주었다. 그러며,
「아, 안개가 차 올라오고 있군요.」
하고 생각했다.

「어쨌든 나는,」

시계공은 계속했다. 그는 인생도 그랬듯이, 말도 태우고 들었다.

「이것을 만들고 난 뒤, 한 중요한 사실을 알아냈다. 그것은 뭐냐 하면, 세월이란 결코, 어떤 막힘 없는 동굴에서 무궁무진하게 흘러나와선, 사라져 영원히 되돌릴 수 없는 것이 아니고, 한 뱀의 머리와 꼬리만큼 길이의, 무궁한 회귀라는 그 사실이다.」

여기서 그는, 모래시계를 사복의 눈앞에다 내밀어, 사복의 관심을 환기시켰다.

「이 속의 가루가 서 홉이든, 서 말이든, 삼백 석이든, 그건 문제가 아닌 것이므로, 그걸 염두에 둘 건 없다. 오늘밤 자정에서 내일밤 자정까지에 걸쳐 흐르는 시간의 길이는, 모래의 양과는 관계없는 것이니까 하는 말이다. 그러나 어쨌든 우리의 얘길 쉽게 하기 위해서, 이 서 홉의 금싸라기로 얘길 하면 이 서 홉의 금싸라긴, 정확하게 하루의 길이만큼 흐르도록 되어 있다. 그건 시중과는 관계 없이 그림자의 길이로 셈된 것이니까 거의 정확하다고 나는 생각한다. 그러면 이제 이런 얘길 할 수 있는데, 그것은, 모든 시간이란, 최초의 시간으로부터 그 끝에 이르는 시간이, 쌓여선, 자꾸만 뒤집혀지는, 그 과정이라는 것이다. 그러니까, 말을 바꾸면, 〈태초〉로부터 그 〈최초의 끝〉까지의 시간을 제외한 그 이후의 모든 시간은 과거의 시간의 재유출이라는 이것이다. 현재의 시간은 그러니까, 미래의 시간이 현재화하며 죽어서 된 그 과거의 시간에서 흘러나오고 미래의 시간은 그러니까 과거의 시간으로 쌓여 가게 된다. 그래서 이 견지에서 보자면, 너나 나나, 또는 우리와 함께 살고 있는 누구나, 어쩌면 우리는 몇 만년 전의 할아버지들의 생명으로 살고 있는지도 모르며, 그 할아버지들이 우리의 생명을 살아버렸는지도 모른다는 결과가 된다. 어쨌든 시간의 길이가 일정하다는 말은 생명의 길이도 일정하다는 말과 바꿀 수도 있는 말이다. 그리고 이 시간과 생명의 길이가 일정하다는 말은, 그것을 쌓아안은 곡신, 현빈, 또는 공간 또한 일정하다는 말과 같은데, 그러니 그 속에서 모든 〈관계〉는 맺어지고, 결말지어져 왔을 게다. 그러므로 한 노파의 비명의 죽음은, 만약 그 노파가 자연적 임종을 맞는다면, 그래서 오년은 더 살 수 있었을 것이라고 한다면, 그 노파 몫의 오년의 생명은 다른 생명 속으로 이주되거나, 새 생명을 출산시킨다. 또는 한 건강한 젊은이의 거세당한 생식력은, 다른 불모한 땅에 이주되거나, 아니면, 거세당했으므로 해서 결핍되게 된 그 허 속으로 다른 유령(遊靈)들이 채워들게 될 것이다.

그런 정리는 황금의 태자 속에서 이뤄지는 것일 텐데, 그런 관계들이 복잡해지면 복잡해질수록, 뭣을 이해해 보겠다는 일은 더욱 어렵게 행해지겠지만, 그러나 세상은 훨씬 더 아름다와질 것이다.」

이 대목에 이르러서 시계공은, 자기의 생각을 좀 음미하듯, 빙그레 웃었다. 그리곤, 객담이라도 하는 듯이, 무척 재미있어하는 음성을 지어, 계속했다. 「허긴 그래서, 이런 것도 나는 한때, 걱정하기도 했다. 만약 말이다, 만약, 갑작스런 풍년이라도 들어 뿌리나 줄기나 열매가 세 배쯤이나 불어난다든가, 또는 백 마리의 쥐가 만 마리의 새끼를 친다든가 하는 일이 있어, 갑자기 생명의 길이가 세 배, 혹은 만 배로 불어나 버린다면, 또는 전혀 그 반대로, 흉년이나 천재지변이 있어, 일시에 생명의 길이가 줄어든다면, 그때는 어떤 결과가 올 것인가, 종말이 아닌가, 라고 말이다. 허지만 그런 건 내가 걱정할 일이 아니었다. 나는 무척 짧게 보았던 것이다. 긴 눈으로 보자면, 그건 성쇠의 갈아듦이었으며, 가감의 법칙이었으며, 다른 말로 하면, 태극의 작용이었던 것이다. 극소한 것으론 찰나가 있고, 극대한 것으론 무겁(無劫)이라는 것이 있는데, 이 성쇠의 갈아듦과 가감은 극소한 것에나, 극대한 것에나를 막론하고, 똑같은 것을 가지고 있는 듯했다. 그 때, 극소한 것이 극대보다 커질 수도 있고 극대한 것이 극소한 것보다 작아질 수도 있어서, 극대나 극소는 같으며, 그러므로 그 사이 것의 크기도 같아졌으므로, 무엇에서 시중을 구해도 그것은 전부의 시중일 수 있었던 것이다.」 여기까지 말해놓고, 그는 비로소 깊은 숨을 세 번 쉬고, 입을 다문 뒤, 사복을 건너다보았다. 그의 얼굴은 무척 두터운 안도를 띠고 있었는데, 안개 속의 우울한 새벽빛에도 그 얼굴은 너무 평온해서 죽은 것 같았고, 사복으로선, 다시는 그 눈 속의 간이적 허를 볼 수 없을 듯했다. 그러한 관찰이란 눈으로 온 것이 아니며, 그러나 그 어떤 미묘한 체온으로 오는 것이었다.

그리고 새벽이 좀 더 밝아졌을 때까지도, 둘이는 말 없이, 새벽이 온통 안개비로 내리는 무덤들 위에, 그 무덤들의 흰 영혼들처럼 앉아 있었다. 그리고 그보다 좀 더 밝아졌을 때, 사복이 아버지 앞에 무릎을 꿇고 땅에 이마를 댔다.

「아, 아마도 너는,」 그의 아버지가 더듬으며, 간신히 말했다. 「떠날 모양인가?」

사복은 일어났다. 그리고 좀 슬픈 듯한 웃음을 지으며 아버지를 내려다보았다.

「허, 허긴, 그래, 가 봐라, 가 봐,」늙은 시계공은, 거의 혼잣말하듯 말하곤, 고개를 푹 떨구었다. 「가 봐, 가라구, 허, 헌데 애야, 내년의 어제 날짜쯤 내게 한번 들러다우, 그래 가 봐, 허긴 내가 그때도 살아 있을지 어쩔지는 모르겠다만, 그날 와서, 이 시계를 좀 돌봐 줘야겠어, 그래, 이젠 가 보라구, 오참, 살육이란 아름다운 것이다, 지극히 아름다운 것이다, 그것은 맹렬할수록 더욱 아름다운 것이다. 가 봐라, 그럼 가 봐,」

그래서 사복은, 떠났다.

슬픈 듯한 미소를 좀 물고 떠났다.

그것이 그의 방식이었던 것이다.

날이 저물면, 무주공산에서라도 감발을 풀고, 날이 새려 하면, 감발을 매는 것이, 그의 방식이었던 것이다.

그의 방식은 그런 것이었다.

바랑이나 퉁소는, 챙기지 않았는데, 그것이 그의 전재산이었으므로, 그는 그것을, 아버님께 선물로 남겼던 것이다.

늙은 시계공은, 사복의 뒷모습을 지키며, 혼잣말하고 있었다. 「어미 손에 피를 씻김받을 수 있었더면, 그랬더면 아마도 너석은, 제 손으로 제 피를 씻으러 다니지 않았어도 좋았을 것을, 좋았을 것을.」그러나 사복의 모습이 안개 속으로 흩어져 버리자, 그는, 사복이 앉았던 무덤 위에다 모래시계를 올려놓고, 그 속에서 흐르는 금싸라기를 한 식경이나 바라보더니, 허리를 굽혀 무릎 위에 얼굴을 묻어 버렸다. 그 모습은 저으기 처참했지만, 울지는 안했고, 해가 중천일 때도, 그냥 그런 상태로 있었다. 이듬해의 그날도 그는 그리고, 그렇게도 처참한 상태에 있었는데, 이듬해의 어젯밤에도 그는, 그 시중을 포착하질 못했던 것이다. 다시 한번 그 검은 그늘이, 살별처럼 느리게, 하늘의 그 가운데를 건너가 버린 것이었다.

그 새벽에도 물론, 안개는 석척고개 허리를 둘러 올라, 오래잖아 해를 중천으로 토해냈다.

허지만, 수정병은, 박살이 나 있었고, 그는 입에서, 검은 피와 함께, 금가루를, 조금씩, 조금씩, 하혈처럼 흘려내고 있었다. 검은 피에 반죽되어 햇빛 속으로 흘러내리는 그 금가루의 묽음은 그런데, 달밤마다 그늘 속으로 기어간, 해당화 울타리 그것이었다.

제 5 장

　그래서, 해도, 철도, 달도, 절기도, 날짜도, 조석도, 세일 수도 없는 길
을, 슬픈 듯한 미소를 좀 물고, 무척도 표류하다가 사복은, 망우수(忘憂樹)
열매만 먹고 사는 족속의 땅을, 우연히 들르게 되었다. 이 고장은, 도대
체 남을 해친다는 일이 어떤 건지조차도 모르는 사람들이, 그것의 열매가
주는 몽락(夢樂)을 먹고, 그것의 싹과, 꽃과, 열매를 맺게 하는, 길쭉한
호숫가에 누워, 마을도, 율법도, 일정한 습관도 없이, 그 열매의 내실에
서 살고 있었다. 그들은, 심는 일도, 가는 일도, 하지 않았어도, 그 고장
은, 특별히 상천일월성신으로부터 하지후토서낭사방지신의 보우함을 입은
듯, 저절로 자란 보리며, 밀이며, 즙이 넘치는 포도송이로, 옹달샘에 왼
산 푸른 골이 다 고인 듯했지만, 도대체 아무도 그런 땅에 말뚝을 두르려
하거나, 어느 한 귀퉁이에라도 곳간을 지으려 하지 않았기 때문에, 황량
하게 변해 버린 그 풍요를 즐기는 건, 이마 넓은 깨끗한 암소들이나, 넓은
가슴의 수소들, 초라니라도 수염은 석자씩이나 된 염소들, 또는 그런 순
한, 풀만 먹는 짐승들뿐이었다. 그리고 거기에 사는 사람들껜, 어디 다른
고장으로 가 볼 꿈도 의욕도 없었다. 그들은 이 세계의 부가 얼마나 큰 것
이든, 그런 것엔 관심도 없어했는데, 그들이 그 작은 열매들 속에서 누
릴 수 있는 부는, 셈되지 않는 그런 것이었기 때문이다. 결국 밖의 부란,
그 작은 열매 속의 부를 더 정수한 것으로 가꾸는, 그 거름이 되기나 했
을 뿐이었다. 가령 검푸른 호수의 신비, 너무 푸르르다 깊어져 궁곡(弓曲)
만 남기고 산은 보이지 않는 봉우리들의 은정(隱情), 살찐 계집의 둔부 같
은 들의 풍요나, 부드러운 빗줄기, 서발 줄느린 두레박으로도 그 속정 한
방울 떠낼 수 없이 두리깊은 속의 산그늘, 산그늘 같은 적요, 또는 천고
로부터 은은히 흐르는 퇴정[土情]이라든가, 냄기 같은 것들, 그런 것들이
그러하다. 그런 것들은, 저녁녘에, 또는 새벽녘에, 또는 안개가 산을 허
리내버리는 이른 오전 한때에, 또는 밤중 같은 한낮에, 아니면 해거름판
에, 호수의 검푸른 언저리에 어렸다가, 바람이 불어 망우수잎을 목선처럼
흔들면, 잎 속에서 나온 수선 같은 흰 손에 담겨져 열매의 내부로 들어가
는데, 그러고 나면 홍등이 켜지고, 그 홍등은 그리하여 정토 그것으로, 물
과 흙과 하늘의 삼세에 삼라한 불귀(佛鬼)들을 유혹해들인다. 그래서 찾아
든 건달이 홍등 불어 끄면, 십아유다의 생멸성쇠가 잦은 숨소리 속에서 녹

아나고, 세워서든 뉘어서든, 삼세가 아무리 광활하다 하더라도, 그래서 결국은, 반치길이도 못 되는 호박모양의 열매밖에는 더 안 된다.

「아 이 호수는,」처음에 호숫가에 닿았을 때 사복은, 「몇백년 들을 건너가고 있구나,」하고 생각했다. 「아 이것은 몇백년 들을 건너가는, 아 해당화 울타리구나,」그리고 사복은 사라쌍수 밑등에 주저앉아, 그 주변의 모든 무뚝뚝한 사람들이 그러는 것처럼, 고픈 김에 그 열매를 따 먹어 보았다. 「저 자맥질하는 꽃들은 그러구 보니, 하혈 질척이 묻은 비늘이구나,」그리고는 사복도 떠나지 못했다. 깊이 깊이, 그 호수를 사랑하기 시작한 것이다. 그리고 열매란 바로 그 호수의 깊은 속 사랑이었다. 「계집의 신비로운 고장임이여,」

그 열매의 맛은 그런데, 피곤의 맛 같기도 해서, 도대체 욕망을 남기지 않았고, 눈물맛 같아서 원한을 남기지 않았고, 풀뿌리를 씹다 알아버린 무덤맛 같아서 애착을 남기지 않았다. 그 맛이야말로 최상의 것이었다. 그래서 감발을 풀어던져 버린 뒤 사복은, 자기는 이제 갓 서른이 되었다고 생각했다. 그리고 나서 그의 나이는, 서른에서 단 한톨의 모래도 흘러내리지 않았다.

태양이, 마갈궁 뒷뜰, 잎진 가지 끝에, 고수레 감처럼 매달려 있을 때이니, 눈잎이라도 내려야 되고, 하다못해 찬이슬이라도 내려야 될 때였는데도, 이 고장엔 봄도 가을도 겨울도 없어 여름도 없으니, 그러니 말하자면 노란 세월과, 노란 하늘과, 노란 땅이 맞닿아 있는 채, 아직 궁창이 나뉘지 않았고, 그래서 거기서는 모든 것이 정지해 있는 것만 같았다.

사복은 자기가, 매 시각 매 찰나마다 작아져들고 있다는 것을 의식했는데, 그건 그를 굉장히 즐겁게 하는 것이었다. 그리곤, 게으르고 거추장스럽도록 큰 몸뚱이는 자기 것이 아니라고 내던져 버린 뒤, 자기는, 겨자씨보다 더 작지만, 그 작은 속에다 모든 걸 다 잡아 처넣을 수 있는, 그런 숨결 같은 것으로 되어졌다고 생각했다. 그래서 그도, 누웠거나 앉았거나 어슬렁거리거나 하지만 살아 있는 것처럼은 보이지 않던 이웃들을 이해할 수 있게 되었고, 또한 망우수 열매 속을 내왕할 수 있게 되었던 것이다. 사복은 그래서 늘 쿨쿨거리고 웃었다. 그러나 그는 몰랐지만, 그가 쿨쿨 웃을 수 있었던 동안은, 어쨌든 이방인인 채 머물러 있었던 것도 사실이었다. 그는, 웃는다든가, 흙바닥에다 호수모양이라든가, 또는 해당화 울타리라든가, 기억에 희미하게 남은 고향의 산천 같은 것의 그림을 그려 본다든가, 찰흙을 물적셔 뭐든 모양을 만들어 본다든가 하는, 그런 일에 여태도 흥미를 갖고 있었던 것이다. 헌데 그것들은 손끝에서, 이상하게도 매번마다, 물고기라든가, 도마뱀 같은 것의 형상으로 나타나곤 했었다. 가령 호수를 사생했다 하면, 우선 긴 원이 나타났고, 다음으로 그 호수 속의 꽃들이 비늘 같은 것으로 둔갑을 해서 나타났던 것인데, 그것은 고향의 산천과, 그 속의 초가집을 그려넣었을 때와도 꼭 같은 그림이었다. 그것은 그리하여 곧장 해당화 울타리의 영상으로 환치되고, 그래서는 계집애의 하복부로 발전을 했다. 그런 것이 또한, 사복으로 하여금 쿨쿨 웃도록 만든 것이었다. 그는 쿨쿨거리며 그 짓을 무한정 반복해댔다. 뭐든, 심지어 바위를 밀어올려야 하는 형벌까지도, 반복되어지면 일상화하고, 일상적인 일의 반복이란 권태를 만들게 마련인데, 헌데도 사복의 그러한 그림은, 그에게 아무런 권태도 주지 않는다는 것이 이상했다. 아마도 구경은 권태였다.

사복은 그러느라 하면서, 암소의 허벅지처럼 흙위로 드러내진, 사라쌍수 뿌리에 대가리를 얹고, 다시 세월도 없이 살았는데, 그러나 잠들고, 밤중에도 깨어선 허기지면 열매를 먹고, 그러곤 호수 위의 안개나 달빛이나 부표하는 별이나를, 또는 먼 숲이 하는 옛얘기 소리를, 산록에 누워 밤을 새며 새김질하는 소들의 콧김 소리, 밤의 안개를 둘러치고 수소와 자는 산꼭대기 여자귀신의 속삭임, 개구리의 울음, 아침의 구름과 새의 지저귐, 도마뱀들이 돌틈에서 나와서 사라쌍수 가지 위로 미끄럽게 올라간다, 이슬 속 마을의 살인 같은 것을 들여다보고, 포도송이 속으로 석양이 스며듦을, 그냥 듣고, 보고, 그리고, 또 자고, 또 깨었다. 독사까지도 독을 잃어버린 듯, 뱀들도 모두 순하고, 크고, 아름다왔으나, 사복은 한번도 뒤꿈치를 퍼붓지도 않았었다. 그런 모든 것들이 다 자기를 좋아하고 있다고, 사복은 믿었다. 오래 전에 죽은 쥐뼉다귀든, 심지어 죽은 나무의 그림자까지도 자기를 따른다고──그래서 사복은 쿨쿨 웃었다. 그리고 어느날은, 진짜로 아름다운 한 마리의 암도마뱀이 자기를 그 중 더 따르고 있음을 알았다. 그녀의 집은, 사라쌍수 뿌리가 타고 넘어간, 돌틈에 있었다.

그곳에 온 지 얼마가 지났는지도 사복으로선 알 수가 없었지만, 어쨌든 열흘만큼씩 걸러 세 번 비가 왔는데도, 사복은, 처음에 주저앉았던 사라쌍수 뿌리로부터 스무 발자국 이상은 움직여 보질 않고 있었다. 그 스무 발자국이란 것도, 언짢지만 별수 없는 배설기 탓에 어쩔 수 없이 가졌던 그런 것이었으니, 실제로는 호수가 얼마나 크며, 그 둔덕에 얼마나 많은 사람이 먹고 자고 있는지는 알 수가 없었다. 그렇게도 몽락 속에 몰락돼 있었으면서도 사복은, 그 주위를 한번 답사해 보고 싶은 생각을 내고 있었다. 그리고도 몽롱한 눈으로 호수를 지나가는 바람결이나 바라보느라, 한 번 비가 더 왔을 때까지도 몸을 일으키질 못했다. 그리고도 자기의 생각의 뿌리를 저주하며, 새벽부터 별러, 오후에야 몸을 일으켰다.

　어쨌든 그렇게 해서 그는, 자기를 사랑하는 도마뱀을 어깨에 붙이고, 어슬렁 어슬렁, 건달이가 다 돼, 이웃 사이를 지나기 시작했다. 도붓짐 위에 대가리를 얹고 코를 끌아대는 도붓장사와 소는 들에 놓아줘 버리고 늙어 버린 쇠장사와, 장돌뱅이들 사이를 지났다. 그러나 누구도 그에게 말을 걸지도 않았을 뿐만 아니라, 사복도 그럴 념은 없어, 그냥 빙그레 웃는 웃음으로 내려다보다간 떠나고 했다. 그리고 얼마 걷지 않아 사복은, 한 옹기장수를 보게 되었는데, 그는 옹기짐의 그늘에 팔베개로 누워 있었다. 헌데 그 옹기짐을 받치고 있는 지게나 작대기가 너무도 삭아 있는 듯해, 사복은 그것을 한번 만져 보고 싶어 걸음을 멈췄다. 「하마 김장때 지난 지도 벌써였겠소,」 그리고 사복은, 멀리 손을 뻗쳐 그 작대기를 슬쩍 건드려 보았다. 그리곤 재미있어 쿨쿨 웃었다. 그것은 그렇게도 삭아 있었던 것이다. 얼마나 손끝에 힘을 주었는진 모르되, 사복으로선 다만 한 번 슬쩍 건드렸을 뿐인데도, 그 옹기짐은 왓싹 앞으로 쏟겨 버리고 말았던 것이다. 그것도 그 임자의 면상으로, 복부로, 천향되었던 전면으로 내려 쏟겨 버린 것이다. 그래서 사복은 웃었었는데, 웃다가 사복은, 벌집을 건드린 듯이 도망치기 시작했다. 「해, 해, 해당화가, 천 마리의, 해, 해당화가, 해당화가, 기어나왔다, 서답을 적시고,」 옹기장수가 살았는지 죽었는진, 사복으로선 모를 뿐이었다. 다만, 그가 전신에서 하혈(下血)을 쏟았다는 기억만이 사복에겐 있었다. 헌데 그 하혈이, 뭔지 명확하게는 얼른 기억되지 않지만, 그렇지만 상당히 아프게 느꼈던 것 같은, 과거의 어떤 체험 하나를, 사복이 달리는 동안에 사복의 말초신경에서부터 일깨우고 있었다. 그래서 사복은, 그 체험의 재현만이 확실했지, 그 체험을 갖게 했던 사건은 기억이 안 되는 이상한 고통을 가지고, 한 고장의 비밀문서를 품에 넣고 다른 고장으로 가는 밀사라든가, 끝난 전쟁에서 마누라 품으로 돌아가는 노병, 도둑놈이나, 그를 잡으려고 달려 왔던 포졸나부랑이, 와 병중인 노모의 약을 구해 돌아가던 효스런 아들이나, 어느 종단의 임금 중, 또는 창호지 장수, 그런 사내들 머리맡을 획획 지나갔다. 그러다 사복은, 이미 사근사근해져 버렸지만 형체는 아직도 조금은 남은, 소쿠리더미 사이에, 가랑탱이를 벌리고 난잡스러이 누워 있는, 한 늙은 여자의 사타구니를 보았을 때, 심정의 쇄락함을 느꼈다. 해당화가, 그 다 삭아져 걸레쪽이 된 옷 속에 피어 있었던 것이다. 해당화가 홍건히 피어 있었고, 계집애는 무섭다고 울며, 흘러내리는 해당화를, 그 꽃잎을 뜯어 뭉쳐 자꾸 닦아내고 있었다.

사복은 그래서, 미쳐서 달려들었다.

그를 사랑하는 그의 암도마뱀은 그때, 그의 등짝에 엎드려 붙어, 그의 꿈틀리는 척추의 흐름을 복부에 받으며, 햇볕을 즐기고 있었다, 그러나 두 여인은 다 조용했을 뿐이다.

그러나 사복은, 그 늙은 여자의 흩어진 가슴 위에서, 소처럼 하늘을 보고 길게 한번 웃었다.

다시, 척추의 흐름이 암도마뱀의 복부로 밀어갔다. 그러나 두 여인은 다 조용했을 뿐이다.

그러다 사복은, 그 늙은 여자의 흩어진 가슴 위에서, 소처럼 멍청하게 눈을 껌벅였다.

다시, 척추가 암도마뱀의 복부를 흘러갔다. 그러나 두 여인은 다 조용했을 뿐이다.

그러다 사복은 늙은 여자의 흩어진 가슴 위에서, 소처럼 길게 길게 울었다. 그리곤 암도마뱀과 더불어 그 늙은 여자로부터 떠났다.

그는 결국 이 세계는 완전히 닫겼으며 자기는 이름도 없는 한 작은 혹성으로서, 이 세계가 던져 주는 두터운 그늘 속을 떠돌도록 이미 유리되어 있었음을 다시 한번 인식해 버린 외에, 아무것도 얻은 것이 없었다. 물론, 그는, 오래 전에 이 유형을 별수 없이 수락하고는 있었지만, 그래도 어디엔가는 통로가 있어서, 어느날엔가는 자기를 수용해 주리라고, ——사실 그런 믿음의 저변엔 회피가 짙게 깔려 있었을지도 몰랐지만——그렇게 이 닫긴 세계에다 기대를 걸기도 했었다. 그러나 그는 이제, 모든 절연을 정면으로 보아 버렸으며, 이제는 어떤 종류의 위로도 남지 않았다는 것을 똑똑히 알아 버렸다. 그랬기에 그에게, 허탈이 밀려들며, 무한정 미끄러져 내려지기만 하는 현기증이 시작되었다. 맨발이었는데도, 흙의 부드러움 같은 건 그에게 조금도 감촉되지 못했고, 폭양에도 녹지 않는, 무슨 그런 얼음 같은 것이 주는 차가움과, 미끄러움만이 느껴져선 자꾸만 불어났다. 대지와, 한 어줍잖은 인간과의 사이에 단절이 끼어 버린 것이다. 그리고 대지의 그러한 변절은 사복을 분노케 했다. 사복은 땅에 엎드려, 땅과 자기를 격리시키는 어떤 격절을 향해, 손톱을 박아넣고, 이빨을 세웠다. 그러나 그의 입술과 손에 만져진 것은, 여름에도 안 녹는, 그런 어떤, 차가운 얼음 부스러기와, 냉소 조금뿐이었다. 다만 그것뿐이었고, 흙의 냄새도 없었다. 허지만 이번엔 울지 않았다. 이를 악물지도 않았고, 파헤쳐진 그리고 자기의 손톱이 흘린 핏방울 묻은 얼음가루에 가래침도 뱉지 않았다. 이미 반드르르하니 얼어붙은 세계에 대해, 그는 그렇게밖엔 앙갚음할 수가 없었다. 자기가 그렇게 했을 때, 세계는 적어도 냉소만이라도 지었던 것이다.

그는 그리고 다시, 사라쌍수 그늘로 돌아왔다.

분출(噴出)이 멈춰 있었던 것이다. 아니, 자기는 거세게 뿜어냈는데도, 얼음이 덮어 버려, 그것이 흙 속으로 스며들질 못했다. 사복이 소처럼 울어야 했던 건 그 탓이었다. 그랬기에 사복은 더욱 고독해진 것이었다. 만약 아무것도 가능되질 못했더면, 사복도, 다른 수많은 고자들처럼, 체념해 버리고 돌아섰을 것인데, 불행하게도 그는, 타아에 관통되지 못하는, 그러니 외로운 별일 수밖에 없게 된, 다만 그 자신만의 내광(內光)을 가지고 있었음을, 그 관계를 통해서 알아 버린 것이었다. 분출만을 빼놓는다면, 사복은 너무도 충분한 남성일 수 있었고, 남편을 거느리고도 하루 세 번씩 무릎이 시큰거려 하는 모든 계집들의, 처진 눈꼬리를 바로 잡아줄 수도 있었지만, 그는 그를 위해 불행한 교리를 가진 마을에서 왔으며, 그가 그 마을을 떠났을 때 그것은, 그의 머릿속으로 옮겨와 버렸던 것이다. 계집이 그냥 계집인 것에만 머물러 버렸으면, 그는 결코 흙을 얼음이라고도 생각하지 않았을 것이고, 쾌락은 있지만 사정이 안 되는 성교를 울지도 않았을 것이다, 그리고 그 수없는 새벽마다, 성냈던 역근(力根)을, 공포로써 꼬집어 뜯는 대신에, 짧은 밤에 일곱 번씩이나 측간을 오르느라 신끄는 소리를 조심 안 하는 계집의 연한 손목을 분질러 놓았을 것이었다.

사복은 어쨌든, 우선 망우수 열매 하나를 따서 천천히 씹으며, 병든 듯이 고개를 좀 흔들더니, 감발과 함께 사라쌍수 뒷전에 던져 놓은 바랑 속에서 퉁소를 꺼내 들곤, 그 나무 뿌리에 머리를 얹었다. 퉁소는 그리고 바랑도, 그가 아버지였던 늙은이게 조금 경애하는 마음으로 남겨 두었던 그것을, 언젠지 그는 되돌려 갖고 있었다.

그러나 퉁소에 바람을 넣을 기분은 좀체 생기지 않는 듯, 사복은, 사라쌍수 끝가지로 천천히 찢기며 지나가는, 저녁빛 담긴 구름이나 바라보고 있더니, 위선으로 살던 자가 껍데기를 벗기우고 뒷뜰에 앉아 비로소 한번

웃는 것 같은, 그런 소리 없는 웃음을 한번 웃었다. 그의 암도마뱀은 먹이
를 찾아 외출을 해서, 그 때는 없었다.
 구름 한조각이, 사라쌍수 가지 사이를 범선 그림자처럼 지나가 버리자,
사라쌍수의 바닷물 같은 녹음 사이엔, 수천 구멍이나 뚫린, 분홍빛 허만
남아 버렸다. 헌데 바람이 불었던지, 그 허들이 호랑나비처럼 춤을 추며,
윙윙 날더니, 사복의 눈 속으로, 흩어지는 꽃잎처럼 쌓이고 들었다. 그래
서 사복은, 도화촌 처사삼월에 넋빠진 웅덩이 같은 눈으로, 그것들을 받
아들였다. 그러나 오래잖아 사복은, 간질을 일으키기 시작했는데, 그것은
간질의 전조였던 것이다.
 그 호랑나비 같은, 또는 꽃잎 같은, 그 조각난 허들이 그의 눈 속에 쌓
여 버렸을 때, 그것은 피비린내와 같은 악취를 풍기며, 갑자기 둔갑을 하
여, 형언 못 할 그런 추악한 모습으로 변해져 버렸다. 그것은 분명 손은
아니었으나, 손이라고 해야 할 것이었다. 그것은 분명, 저주 뿜는 뱀의
대가리들이었지만, 손가락이라고 해야 할 그런 손가락들을 한손에 열가락
이나 가진, 그런 팔목 없는 손이었다. 헌데 그것이, 이전에 남근이 있었
으나 어느덧 없어져 버려, 웅덩이만 남은 그 속으로 사정없이 비집어 들었
다. 거기서부터 간질은 시작된 것이다. 그래서 눈을 뒤집어까며, 사지를
뻗어, 우는 찌르라미 날개처럼 떨었다. 그리고 큰숨 서너 번 쉬었을 사이
에, 그 간질은 끝났다. 사라쌍수 녹음 사이에 분홍빛 허들은 그때도 별들
처럼 박혀 있었다.
 간질이 끝났을 때 사복은, 수치스러운, 미친 듯한 눈이 되어, 주위를
한번 살폈다. 그리곤 한 마리의 두꺼비가, 발치 건너편 풀섶에서, 목을 깔
딱이고 있는 걸 발견하곤, 미쳐서 달려갔다. 그리곤 뒤꿈치를 내립다 내
질러, 그것의 등짝을 쪼개 버렸다.
 그런 뒤 돌아와, 다시 사라쌍수의 녹음 저쪽을 올려다보고 있었을 때
의 그의 얼굴은, 송장처럼 창백한 얼굴 위에다 비굴스런 웃음을 띠어 놓
고 있어서, 무척 더러워 보였다. 때에 어디로부턴지 그를 사랑하는 암도
마뱀이 고적처럼 돌아왔기에, 그는 외로왔던 아이처럼, 그녀를 무척 반기
고, 슬픈 목소리로 속삭이며, 웃음을 거뒀다.
「마침 맞는 때에, 그래, 네가 지금 돌아와 주길 얼마나 잘했는가, 만약
네가 조금만 더 일찍 돌아왔더면, 그랬더면 정말 큰일이 날 뻔했는데, 그
렇지만 이보다도 좀 더 늦었더면, 난 정말 너무도 외로왔을 거다. 허지만
이젠 지나갔구나, 이젠 스쳐 버렸어, 이젠 정말 아무렇지도 않아, 아 괜찮

구 말구지, 그러고 보니, 참 고운 계집애구나, 헌데, 가만 있자, 헌데, 난 어쩌면 너무 탕진되었는가? 어쩐지 흔들린다, 모든 것이 흔들린다, 흔들린다,」

해가 지고 있었다.

사복은, 안도의 숨을 돌려 쉬다 말고, 느닷없는 어지러움중에 당하고, 눈을 주먹으로 눌러 감은 뒤, 머리를 사라쌍수 뿌리 틈에다 처박았다. 그의 암도마뱀은 그러자, 그의 등을 부드럽게 몇 번 오르락이더니, 그녀도 종내, 그의 등뒤에 고적처럼 기복해 버렸다.

밤중에야 그리고 일어나, 사복은, 한번도 흉내조차도 내 본 적 없는 태극좌를 꾸며 앉았다. 그는, 간질을 불러내는, 그 악의식의 정체를 붙들어내어, 곪은 데를 짜내듯, 그것을 짜내 버리려는 심사였던 것이다.

「그러구 보니 나는,」 사복은, 도마뱀을 손바닥 위에 눕혀 놓고, 생각을 말로 풀어나갔다. 「너무도 오랫동안 날 속여 왔던지도 모르겠다. 허지만 이렇게 변명할 수는 있을 것 같다. 그 이후 오늘까지 사실 어떠한 징조도 내게 나타나질 안 했던 것이다. 허기야 때때로, 마음이 까닭 없이 시달리고 고달프기야 했지, 그리고 물론, 살욕과 이 벌과는 전혀 맥락이 닿지 않았으며, 나는 지금도 그렇게밖엔 생각할 수 없으면서도, 그러면서도 그 악혼을 보고 나면, 난 살욕을 느낀다. 그건 먼저, 이상스럽게도 황홀하고 달콤한 것이 되어 온다. 그 시작은 매번 달랐으므로, 나로서는 그것에 대해서는 표현할 수가 없다. 그러나 뱀 대가리를 손가락으로 열씩이나 한 손에 가지는, 그 이상한 손으로 그것은 변했다가, 어떻게 해서 그렇게 변해져 버린지는 모르지만, 나는 갑자기 여자의 하체를 갖는데, 그것은 그 속으로 휘집고 들어간다. 그래서 자궁을 긁어 헤치는데 그러한 일은 매번마다 같았다. 그리고 살욕을 일으키는 것도, 또한 같았다.」 사복은, 진저리를 한번 치고, 도마뱀을 두 무릎 위에다 올려 놓고, 어스름한 밤빛을 통해 그것을 내려다보았다. 그것은, 밤이나 호수 같은 그런 것으로 그의 무릎 위에 누워 있어, 그것의 분위기가 사복을, 무척 명상적이게 했다. 「그래 난 그 악혼을, 내 피 속 어디 진하게 뭉쳐 있는, 어떤 결백성을 불러내는, 그 명두할밀지도 모른다고도 생각했었다. 나는 언제나, 어떤 살생이나, 그와 비슷한 일이 벌어졌거나, 벌어지고 있거나, 또는 그 소식이 전해지는 현장에 내가 끼어 있으면, 그 사건은 도대체 나와는 아무 관계도 없는 것이었는데도, 나를 결백하다고 주장하지 않고는, 견딜 수가 없었던 것이다, 정작으론 난, 개미 한마리 죽이지 못한다. 내가 어떻게 감히, 그 아름다운 목숨을 대앗는단 말이냐. 그랬기 때문에 나는, 나를 결백하다고 증명하지 않으면 안 되었던 것이다. 어느 마을에서 나는, 한 마리의 병아리의 시체를 본 적이 있었는데, 헌데 불행하게도, 내 눈이 그것에 머물렀을 때 그 주위엔, 정말 아무도 없었다. 그리고 잠시 후엔 한 노인이 다가왔기에 나는, 서둘러 말했었다. 그 병아리는 결코 내가 죽인 게 아니라, 내가 보았을 땐 이미 죽어 있었다고, 그러므로 내게 죄는 없다구, 말이다, 그래도 그는 웃기만 하더니, 『뭘 그까짓 병아리 한 마릴 갖고 ……』하고 대답했다. 그때 난 무척 울고 싶은 기분이었다. 왜냐하면, 어쩌면 나도 모르는 무슨 꿈속에서, 내가 그 병아리를 죽였을지도 모른다는 생각이 들었기 때문이다. 그 생각은 몇 날 며칠인지를 계속되었다. 그것은 다시 그 손을 불러냈다. 나는 아마, 어떤 강아지 한 마리의 목을 졸라댔을 것이다. 그리고 나서 그 강아지의 시체를 확인했을 때, 나는 그 병아리의 죽음에 대한 아무런 부채감도 갖지 않게 되었다. 난 결백했던 것이다.」사복은 이 대목에서 잠깐 침묵을 지켰다. 사라쌍수 나뭇잎이 바람에 흔들려지며 내는, 부드러운 소리가 둥치를 타고 내려, 도마뱀의 고적 속으로 스며들었다. 「헌데, 나로서는 도대체 정확한 햇수는 셈할 순 없지만, 나의 그 결백성을 불러내는 명두가 사라져 버린 건 꽤 오래 전이었다. 허지만 날짜나, 그 시간만은 기억할 수 있는데, 그날은 유월 말일과 칠월 초하루 사이였고, 정확하게는 칠월 초하루가 조금 시작되었을지도 모른다. 어쨌든 큰두꺼비별이 대사성좌의 색근에 들었던 때였다. 그때 나는, 정말이지 명명백백하게 나를 밝혀 버렸던 것이다. 정말이지 나는 무죄였던 것이다. 그리곤, 이 세상의 어떤 종류의 살생에 대해서도 나는 부채감을 가질 필요가 없게 되었던 것이다. 반복하지만, 나는 완전히 결백해져 버린 것이었다. 그건 정말이지 당연했다, 헌데도 뭔가 보류된 게 있었단 말인가, 그 보류를 가진 채로 나는 나의 무구만을 주장해 왔단 말인가, 나를 속였단 말인가, 어찌해서 그 손이 다시 나타났단 말이냐,」사복은, 자기의 음성이, 거의 부르짖는 듯이 높아져 있었음을 알곤, 슬픈 심정으로 눈을 내리감았다. 그땐 병야(丙夜)였다.

그리곤 정야(丁夜)에 다시, 사라쌍수 뿌리는 오열을 얘기로 풀어냈다. 「그래서 이제, 나는 알았는데, 그것 또한 당연할 수밖에 없다고 나는 믿어야 되는데, 나는 그러고 보니, 따님에게서만이 아니라, 땅님으로부터도 내쫓김을 받고 있었던 사내였다. 결국 이 뜻은, 남은 땅님으로부터도 버림을 받았다는 뜻이 아니겠냐.」사복은, 창자를 모두 불어내듯이, 한숨을 길게 불어냈다. 그리곤 태극좌를 풀곤, 도마뱀을 어깨에 붙인 뒤, 한 삼십 보의 간격을 왔다 갔다 했다. 도마뱀도 그의 깊은 슬픔을 이해하고라도 있는 듯이, 조용히 참으며, 그의 탄식을 경청하는 듯했는데, 그녀가 가진 것이라곤, 자기 몸 길이만큼의, 그 일책수(一磔手)의 사랑뿐이라서, 달리 어떻게, 이 외로운 사내를 위해 해 줄 수가 없는 듯했다. 「정말 완전하고, 무서운 기절(棄絕)이다. 내가 나를 속여 온 것이 아니라, 내가 미처 나를 몰랐던 것이었다. 그래, 내가 결백한 건 확실하고도 확실했다. 다만 흔들렸을 뿐이다. 그래, 나는 뒤흔들림을 당했었지만, 그 의미를 몰랐었다,」 사복은 잠깐 발을 멈추고, 아무것도 보이지 않게 시선을 접어들인 눈으로, 호수를 내려다보았다. 그러다 사라쌍수 뿌리에 머리를 얹고 누웠다. 「이빨이 맞지 않아 버린 것이다. 세월이, 내 것만의 세월이 그렇게 변해져 버린 것이다. 세월이, 흔들렸던 것이다. 나는 이제는, 세월의 어느 틈에 내가 끼여 있는지를 알 수 없게 되었다. 허기야 난 지금 서른이 됐다. 그렇지만 난 한번도 햇수는 셈해 보질 못하고 살아 왔을 뿐이기야 했다. 했지만, 그래도 어제와 오늘과 내일은 분명한 것들을 가지고, 적어도 요 몇 년은 살아 왔었다. 아마도 그렇게 착각했을는지도 모르긴 했다. 오늘 비로소 나는, 따님의 거부를 실감했을 뿐이니, 땅님의 거부로 오늘에야 실감하게 되는 건지도 모른다. 이제 나는 흔들린다. 흔들릴 뿐이다. 나는 기름 방울이 되어 그 흐름 위에서 흔들린다.」 사복은 말하다 말고, 실제로 어지럽게 흔들리기라도 한다는 듯이, 사라쌍수 뿌리를 움켜 잡았다. 그리곤 쉰 목소리를 쥐어짜냈다. 「아버지, 그러고 보면, 세월이란 어쩌면, 모든 목숨들에 따라 다 다르고, 그것들은 그것들만의 것을 갖는지도 모릅니다.」 사복은 다시 일어서서 서성이기 시작했다. 「하루살이는 하루를 육십년으로 살고, 용소에 산다는 이무기는, 천년을 하루로 삽니다.」 사복은 다시 태극좌로 앉았다. 그는 영 안정할 수가 없어 그러는 것 같았다. 「그러니 세월이란, 긴 누런뱀의 이동이나 뭐 그런 것은 아닌지도 모릅니다. 그러면 이제는 그 시중을 왜 얻을 수 없었던가를 아실 땝니다.」 사복은 병든 것처럼 한번 웃고, 다시 누웠다. 「그렇지만 그것은, 나의 것은, 없으며, 아니, 터져 나가며, 아니 아무것도 빠져나가지 않는 웅덩이 같은 건지도 모른다. 아 그럴지도 모를 것이, 십년이나, 오년이나, 그보다도 더 전엣 일이, 아직도 스러지질 않고, 그것이 아까 느닷없이 나타난 것이 아니냐, 지나 버린 일들이 어디의 현재에나 있으며, 또한 먼 훗날의 아직 오지도 않은 일이 또한 어디의 현재에나, 또는 과거에나, 어디에나

386

있다. 젠장,」사복은 벌떡 일어나 앉았다. 「그렇다면 그것은, 집적된 시간의 재유출이구나,」사복은 다시 누웠다. 도마뱀은 그의 그런 변덕을 참지 못해, 뿌리 밑의 돌틈으로 들어가 버렸다. 「아니, 사실은, 그렇지만도 않다. 아 나는, 젠장, 질서를 잃어버린 것이다. 그래, 질서를 잃어버린 것이다. 나는 어제나, 일년 전이나, 십년 전에로 돌아갔다가 갑자기, 내일에나, 일년 후에나, 십년 후에로 떠밀려갔다가 다른 것들의 오늘 속으로 끼어든다. 아마도 틀림없이, 그래 틀림없이, 간질을 불러들이는 그 황홀한 풍경들은 미래의 것이다. 나는 전혀 그런 경험을 가져 본 적 없는데도, 그것들은 뜻하지 않는 곳에서, 이상하게 다가온다. 손, 아 손, 손이여, 그리하여 현재는 늘 간질이구나,」사복은 다시 삼십 보의 간격을 서성였다. 서성이며, 그 간질의 의미를 생각했다. 그것은 그에게 물굽이의 어느 소용돌이를 연상시켰다. 그리고 자기의 현재의 시간이란 그 소용돌이가 아닌가 생각했다. 물에게 있어서의 과거, 물에게 있어서의 현재, 물에게 있어서의 미래가, 그 소용돌이에 이르면 일단 뒤죽박죽이 되어서, 거기선, 물에 있어서의 과거 현재 미래가 다만 현재화했다. 「아 제길할,」사복은, 소용돌이의 연상 때문에 너무 피로해서, 다시 사라쌍수 뿌리에 누웠다. 「질서를 잃었구나, 질서가 완전히 조각나 버렸어. 그렇다면, 죽을 수는 있는가, 썩을 수는 있는가, 흩어질 수는 있는가,」

정야의 말에 사복은, 그리고 이었다.

「죽을 수 있다는 건 얼마나 큰 질선가, 썩을 수 있다는 건 얼마나 훌륭한 질선가, 흩어질 수 있다는 건 얼마나 무결한 질선가, ……추수 때처럼, 잡힌 소처럼, 알곡식은 알곡식대로, 등심살은 등심살대로, 콩은 콩대로, 콩팥은 콩팥대로, 팥은 팥대로, 죽어져, 흩어져, 썩는다는 것은, 얼마나 좋은가, 흙 속에, 세월 속에 나뉘어짐이여, 그리하여 그 뒤주들 속에 새로운 양식과 씨앗으로 채워짐이여, 흩어져 썩을 수 있다는 건, 정말 얼마나 좋은가, ……하지만 어디에나 내게는, 맑은 얼음만 덮여 있다.」사복은 여기서 중얼거리길 중단해 버렸다.

그러자, 병야 말의 현실이 그에게 갑자기 달려들었다. 풀섶엔 풀벌레 웃음이 작은 솜방울들로 하얗게 피어 있었고, 호수의 둔덕과 호수 속에서 개구리들이 순배를 돌려가며 울었다. 별의 흐름, 포도가 뿜어내는 향기, 송아지 울음, 산의 허리를 감고 내리는 안개, 검푸른 정밀, 몽락수 꽃 속에서 불(佛)이 타고, 젖은 서답을 차고 들은 누워 있고, 호수는 몇백 년 들을 건너간다——그런 건, 듣거나 보기에, 새삼 좋은 것이었다.

「아 그러구 새삼 보니,」사복은 좀 무리해서 힘을 내 비시시 웃었다. 「세상이 반드시 그렇게 쓸쓸한 것만도 아니고, 뭐 그렇게 날 구박하고 있는 것만도 아닌지도 모르긴 하다, 허긴 그러구 보니,」그렇게 생각하며 사복은 다시 일어나 앉았다. 그런 생각이 불러온 기분은, 아직 그 의미는 뒤집어보지 않은 악몽에서, 깨었을 때처럼 당분간 좋은 것이었다. 그래 사복은, 그 당분간 좋은 기분으로, 교만하다고 평판이 있는 계집에게 물이라도 얻을 때처럼, 멈칫멈칫하며, 무엇에든 말을 좀 걸어 보려고, 눈치를 살폈다. 우선, 산은 사라지고 없는 먼 궁곡으로부터, 그 궁곡을 채운 하늘, 수면에 목이 졸려 피를 뱉는 망우수 꽃, 둔덕에 웅숭거리고 잠든 가시덤불의 짐승으로부터, 사라쌍수의 잎덮인 가지를,── 허지만 그때, 불쾌하게도 그에게 구역질이 시작되며, 복통의 전조가 나타났다. 그것은 가중화했다. 어제 석양판에, 눈물과 함께 씹어 넘겨 두었던 망우수 열매가, 도대체 소화가 안 되고, 씹혔던 그대로 오롯이 살아선, 창자 속을 떼굴떼굴 구르고 있는 것 같았고, 물은 또한 물대로, 수은방울처럼 뭉쳐선, 또한 창자바닥을 떼그르떼그르 구르고만 있는 듯이, 그에게 자꾸 느껴진 것이다. 그가 추파를 던지려 하지 않았을 때 당분간 나타났던 세계는, 그가 창녀처럼 웃으려 했을 때 사라져 버리고, 없었던 것이다. 물론 세계는 여전히 있었지만 얼굴들이 없었던 것이고, 몸뚱이들은 있었지만 대가리들이 없었던 것이다. 다만, 무슨 문둥병만이 창궐하고 있어서, 그런 것들에서 눈썹이니, 콧날이니, 입술이니, 손가락이니, 발가락이니, 모든 모서리들을 떼어가 버려, 민뜻하여 더러운 나한들만, 〈대숲처럼〉자기를 둘러서 남겼을 뿐이었다. 그것은 사복에게, 어쩌면 지나왔는지도 모르고, 어쩌면 통과하게 될지도 모르는, 어느 성자(聖者)들만의 고장을 연상시키고, 구역질을 내게 했다. 성자란 구역질이라고 부를 것이노라, 성자란 황폐라고 부를 것이노라.

사복은, 바닥을 기기 시작했다. 그리고 객귀물림한 서낭당 음식 잘못 먹고 배탈난 개가, 풀 뜯어 먹고 토하는 것 모양, 계속 왝왝 토하기 시작했다. 그러나 뭔가 똥물 같은 것이, 목구멍에 좀 걸렸을 뿐이고, 신 침만 줄줄 흘러내렸다. 뱃속의 이물감은 그럴수록 자꾸 더해갔다. 그것들은, 걷어채인 돌멩이처럼, 그의 발가락 끝에서 뇌근까지를, 더그럭 더그럭 굴렀다. 으스름한 밤이 그러면서 노래지고, 앞판 없는 대가리들이 대가리 없는 몸뚱이들이, 사유십방에서 웃었다. 그 웃음은 그리하여, 사복의 혈관 속으로 쳐 들어와, 사복의 전내부를 진동시키며 황폐를 채웠다. 「용,

용서합시우, 아 용서합시우,」 사복은, 참을 수 없어 빌었다. 그러나 아무
것 하나 너그러워지지 않았다. 이 세계의 것은 부스러기도 너의 것은 아
니다, 그러니 토해라, 토해라, 이 세계에선 살지도 말고 죽지도 마라, 너
를 양육할 음식은 없으며, 너를 버릴 두엄자리도 없다, 자 떠나라, 그리
고 떠나라, 떠나라,

동이 훤해졌을 때에야 사복은, 고통을 좀 잊을 수 있었다. 그땐 그는,
귀신이 다 되어 있었다.

사복은, 떠나고 싶었지만, 갈곳을 몰랐다. 한 이방인에 대해, 이 유대
놈들은 나날이 더 가혹한 냉대를 퍼부었지만, 사복은 눈물을 참으며, 그
리고 풀먹은 개처럼 토하며, 별수 없이 참아야 되었다. 죽을 수 있다는
것은, 썩을 수 있다는 것은, 흩어질 수 있다는 것은, 얼마나 좋은가——
그렇게도 만즙된 포도송이도, 밀이삭도, 망우수 열매도, 그것들 모두 세
따님의 젖으로 자란 것들이라 해서, 그에겐 젖을 주지 않았다. 그래서 먹
을 수 없었지만, 죽어 주지도 않는 죽을 듯한 주림 탓에 먹는 날에는, 이
물감을 독약처럼 참아야 했다. 게다가 그의 의식은 나날이 더 뒤엉키고
있었다. 그의 시간의 무질서 탓이었다. 시간의 과거와 시간의 미래가, 시
간의 현재 속으로, 시간도 없이 넘나들었다. 그러자니, 객관적 존재로서
의 그는, 결코 시간의 현재를 벗어날 수 없었으므로, 시간의 현재의 그의
방은 시간의 만재 탓에 터져나가려 했다. 물론 그러한 시간의 무질서란,
그의 의식 속에 공화국을 갖고 있었던 것인데, 그래서 타인이 보기에 그
는, 완전히 미쳐 있었다. 그는 찰나에도 수천 번 웃고, 간질을 일으키고,
울고, 씨분대고, 서성댔다. 그가 당한 파문은, 그렇게도 완전한 것으로
변했다. 언어까지도 그의 것은, 이 세상의 것은 아니어서 종잡을 수가 없
었다. 결국 그는 어디에도 소속되지 않았던, 한 수은방울 같은, 그 자신
만의 우주로서, 그렇게 굴렀다. 구르며 그는, 오전엔 산의 꼭대기로 갔다
가, 오후엔 호수의 밑바닥으로 가라앉아 가슴이 터질 듯한, 가슴이 터지
지도 못할 공포 때문에 솟아올라 왔고, 저녁엔 오줌을 갈겨대고 들을 도
망쳤다가, 새벽이 시작되려면 사라쌍수 뿌리에 얼굴을 묻었다. 그런 증세
는 나날이 더 심해져, 그는 그를 따르는 도마뱀까지도 무서워하기 시작했
다. 알 수 없는 소리들과, 냄새들에 뒤덮여 버린 세계, 이미 지나가 버렸
던 망령들과의 동시동거, 얼음에 뒤덮여 버린 땅의 차가움, 한번도 체험해
본 적 없는 극락감, 손, 그리하여 시간의 현재까지도 불확실해져 버린 현
재,——그는 일엽편주로 그것들 위를 흔들렸다. 모든 것이 무서웠다. 그

중에서도 태양은 가장 무서운 것이었다. 비가 내리는 밤엔, 그는, 조금은 자기를 정리하고, 또 뭐든 생각할 수가 있었지만, 아침이 시작되려는 청명한 새벽으로부터, 동이 터올 때를 그는 가장 무서워했다. 자기 우주의 밖에다 태양은, 그 빛으로 하여 말뚝을 둘렀던 것이다.

어쨌든 사복은, 이미 회피할 수 없게 되었으므로, 그의 유형지 저쪽의 세계를, 그것대로 승인해 버리고, 그것과 정면으로 대해야 되었다. 이때 그는, 두 가지 것을 결단하지 않으면 안 되었는데, 그 하나는, 자기를 유형지로부터 귀환시키려는 노력을 용기 있게 포기해 버리는 일이고, 나머지는, 자기의 마을을 선언하는 일이다. 그것은 무엇보다도 비극이며, 패배 그 자체였지만, 그렇게밖에 그가 할 수 있는 일이란 없었다. 어쨌든 그러기 위해서는, 그 자신만의 질서를 만들어내고, 모든 흔들림을, 그 말뚝에다 붙들어매야 되었다. 그러나 사복으로선, 황무해진 자기의 육신에 어떻게 하여, 그런 풍요를 수확할 수 있을는지는 알 수가 없어 서성였다. 그럼에도 어느날 그는, 그의 사라쌍수 아래로 돌아와, 그의 우주를 선언해 버렸다.

「어쨌든 나는 나다.」

그러는 동안에, 저쪽 마을의 태양은, 쌍어궁을 지나 백양궁 모퉁이를 돌아나오고 있었다.

「나는 좀더 일쩍, 저쪽 고장 사람일 것을 포기할 걸 그랬어.」 어느날 한낮에 사복은, 도마뱀에게 들려 주었다. 「내가 저쪽 동네 사람이기를 원했던 동안엔 없어졌던 따님이, 내가 포기해 버렸을 때, 갑자기 나타난 거다.」 사복은, 일책수짜리 사랑을 어루만지며, 조금 웃었다. 「후훗, 네가 몸을 누이고 잠든 이 여윈 몸뚱이를 보라. 그것이 내 따님이다. 그래, 비록 메말랐으나 그래도 내 땅인 건 확실하다. 아 그래, 땅만이라도 가졌다는 건 얼마나 다행하냐.」 그리고 입을 다문 뒤, 사복은 석달 동안에 말이라곤 두 마디밖에 하지 않았다. 그리고 눈돌릴 곳이 없었기 때문에, 도마뱀이나 보면서, 살았어도 산 것이 아닌 삶으로, 죽었어도 죽은 것이 아닌 죽음으로 〈있어〉 왔다.

「허지만 따님이란, 있어도, 따님이 아니구나.」 한마디 한 뒤, 한숨 한번 쉴 만큼 띄어서, 「만약 땅님만 돌아와 준다면, 조화는 저절로 생길 텐데.」 했다.

그렇게 지낸 석달 동안에 사복은, 도마뱀처럼 변해지고 있었다. 어쨌든 그것도, 일종의 생존이었다. 도태는 아니었다, 그는 늙어야 되는지, 유아

에로 돌아가야 좋은지를 몰라, 추악하고도 유치한 모습이었으며, 서야 좋
은지 기어야 좋은지도 몰라, 그 몸에 아무 조화도 갖질 못하고 있었다.
그러고 나서야 그는, 암도마뱀과 언어를 통하여 살 수 있게 되었다. 그것
하나만이 그를 제척하지 않았던 것이며, 그것 하나만이 무섭지 않은 것으
로 남았던 것이다. 그런 깨달음은, 그로 하여금, 자기의 암놈을 무척 진
한 사랑으로 바라보게 했다. 그건 헤아릴 수 없는 위로였다. 이 사랑은
그리하여, 사복에게, 자기를 외면하는 모든 외면으로부터, 자기도 또한
외면을 돌려줄 수 있게 했다. 이 사랑은 그리고 또, 사복으로선 한번도
현실적인 의식을 가질 순 없었지만, 사복에게, 최소한도, 그의 고향과, 또
그를 머물게 해 버린 그 호수만이라도 사랑하게 했고, 수용하게 했고, 그
러면서 사복으로 하여금, 그 사랑 속에 젖어들게 하고, 수용되게 했다. 도
마뱀은, 사복의 응시 아래에서, 다만 도마뱀뿐만인 것이 아니라, 도마뱀
으로 연상되는 수많은 풍경으로 바뀌었다가 다시 도마뱀으로 돌아왔고,
다시 돌아왔다간 그런 풍경들로 바뀌어지곤 했던 것이다. 그럴 때 물론,
그러한 풍경 속에서 풍경만이 빠져나가기도 했고, 그러한 도마뱀 속에서
도마뱀이 빠져나가기도 했다. 사복의 응시 아래서 변화를 일으키는 도마
뱀은 한 예를 들면, 어떤 땐, 석척 고개마루를 머리로, 동으로 길게, 그리
고 마을의 집이 있는 데서 조금 너그럽게 옆으로 퍼졌다가, 다시 계곡을
따라 좁혀져선 끝장이 나는, 그런, 산으로 병풍쳐진 마을의 들로도 나타
나는데, 그것은 그런 풍경만으로 오래도록 사복의 눈 아래 펼쳐져 있기만
은 하지 않고, 어느 때는 갑자기, 그 풍경 속에서, 풍경이 일시에 빠져나
가 버려, 사복으로선 이해할 수 없는 이상한 그림만 남기기도 했다. 가령,
그들을 길숨하게 두르고 있던 산은, 산인 것을 떠나, 무슨 길숨한 원을
그리는 선으로만 남는다거나, 마을의 집들은, 몽락수 꽃모양의 또한 원 같
은 것으로 변해진다거나, 그런 투였다. 그리고 반대로, 그 풍경에서 도마
뱀이 빠져나간다면, 솔잎 위의 달빛이라든가, 모닥불 주위로 둘러선 사람
들의 얼굴의 하나 하나, 아니면 가사가 묘한 노래 같은 것들만 사복의 귀
에 들렸다. 그런 뒤, 풍경이나, 알 수 없는 그림은 수천 번 그냥 도마뱀인
것으로 돌아왔는데, 사복의 현실적인 의식이란, 바로 그 도마뱀을 도마뱀
인 것으로 만났을 때에만 시작되었기 때문에 객관적 현실 속의 사복으로
선, 여전히 외로왔을 것도 사실이다.
　그 도마뱀은, 그리고 그녀 역시 형체에 있어 일반적인 도마뱀 중의 하
나였을 뿐이지만, 암감람색 바탕의 등에 황갈색 종선을 꼭 다섯 줄 가진데

다, 몸의 측면으론 넓은 띠를 한줄 두르고 있어, 물감으로 이름난 고장의
부자집 외동딸이라도 죽어 태어난 듯한 느낌을 주곤 했다. 그것은 그리
고, 이십사열(二十四列)의 둥근 비늘을 덮고, 몽땅 하지만 그래서 더 복스
럽게 사복에게 여겨지는 다리 넷에, 각 다섯씩의 발가락을 갖고 있었다.
어쨌든 그 전체로선, 지극히 조화되지 못한 짐승인 것도 사실이었다, 꼬
리의 한없이 긺과, 다리의 한없이 짧음, 등의 불쾌한 딱딱함과, 배때기의
기분 좋은 부드러움, 너무 작은 몸에 너무 많은 다리와 발가락, 그렇다고
뱀도 아니고, 새도 아니고, 짐승도 아니고, 물고기도 아니며, 땅 속에서
눈물만 먹는, 지렁이만 먹는 게 아니고, 꿈을 거둬 먹는 하늘의 거미도
먹고, 건에도 처하는가 하면, 습에도 처하고, 돌틈에 있는가 하면, 나무
끝에도 있었다. 그래서 사복은, 「너도 그러구 보니, 어떻게나 가혹한 제척
을 당한 계집인가. 그래서 너는 날 제척할 수가 없었던 것이구나. 어쨌든
너의 부조화의 아름다움은, 네가 받은 제척이 얼마나 오래 됐는지를 알게
한다. 아마 나도, 어느때든, 이 무질서 탓에 아름다와지겠다. 아 그러구
보니, 너를 사랑하길 시작한 건 나부터였구나.」하고 자기를 좀 위로하
고, 자기를 고백도 했다.
「허지만 나로서는, 전에 네가 무슨 모습이었던지를 짐작할 수가 없을 뿐
이다.」이 말은 자신을 향해서 한 말인 것 같았다. 그는 그렇게 탄식하며,
몰라 보게 뼈만 남은, 자신을 살폈던 것이다. 그리고 체머리를 흔들었다.
선재(先在)와 후현(後現)들의, 해일과 같은 의식들의 느닷없는 침범(浸汎)
에, 집을 잃어야 되며, 생활을 잃어야 되고, 그리고 가뭄 같은, 그 메마른
삶을 언제나 다시 시작해야 되는, 뼈만 남은 그 땅은, 아직도, 그런 것이
었다. 여태도 그런 것이었다. 아무런 약속도 없이, 그제도 그런 것이었다.
「어떻게 되어서 네가, 본래의 너의 모습을 찾는다더라도, 허긴 그땐, 너
도 무척은 달라 있을라.」
　둘이는 그렇게 사랑했다. 뭣을 사랑하는 눈으로 바라볼 수 있다는 것은
좋은 것이었고, 둘이가 사랑하는 동안은, 〈사막에 아직 달은 지지 않았
고, 항구에도 불은 꺼져 있지 않았다.〉
「아 그러고 보니 너도.」그렇게 사랑하느라고 하며, 살던 어떤 날 사복
은, 「너도 계집이라고, 제법 몸치장을 하는구나.」하고, 농담 한마디를 하
다가, 얼굴을 굳혔다. 도마뱀의 몸빛깔이 변해진다는 것을 사복은, 발견해
낸 것인데, 그것은, 그 자신의 어떤 원죄나, 결백성, 또는 참아낼 수 없
는 고독 같은 것을, 그것에게 짐지운 뒤, 그리고 자기는 그것의 그것들을

자기가 분담한 뒤, 조금은 달콤한 기분의 객관자의 눈으로 보아 왔던, 그 도마뱀을 보는 눈을, 휙 바꾸어 놓기에 충분할 만큼, 경이에 찬 것이었다. 그로부터 별로 그렇게 오래잖아 사복은, 그것의 몸빛깔이, 하루라고 계산될 만한 시간 안에서, 열두 번, 그것도 꼭 열두 번 변한다는 걸 관찰할 수 있었고, 도대체 조화되지 못한 듯한 그 몸의 어디에, 너무도 무서운 듯한 질서가 있었음을 또한, 희미하게지만, 더듬어낼 수가 있었다.

그러한 일을 하기 위해서 사복은, 밤엔 모닥불을 피워 대낮같이 밝혀야 했으며, 잠 한숨 자지 못했고, 땅엔 말뚝을 박아 그 그림자의 길이를 측정해야 되었다. 그러나 도마뱀에겐 그렇게 혹사를 시키진 안했는데, 한번의 변색이 스쳐가면, 그때 그녀는 먹이를 구하러 떠날 수 있었으며, 또는 사복의 노력과는 관계 없이, 얼마라도 깊은 잠을 잘 수 있었기 때문이다.

헌데, 모닥을 만들 삭정인, 이틀 품을 들여 별로 멀지 않은 숲에서 모아 왔던 것이고, 그것을 태울 불은, 그의 바랑 속에서 나왔던 것이다. 그가 그런 식으로 불을 만들려 하지 않았더면, 그는 보다 편리한 걸 보다 쉽게 구할 수도 있었을 것인데, 그것은, 그 근방은 잠든 장으로, 행상꾼의 봇짐 속엔, 백화(百貨)의 씨가 다 있었던 때문이다.

그러는 동안 그는, 아버지였던 늙은이를 무척도 많이 추억했다. 그래서 그의 마을엔 늙은 아버지와 도마뱀과 그 자신의 셋이서 살고 있게 되었었다.

「하루에 열두 번, 도마뱀의 몸빛깔은 변한다.」

사복은 우선, 그 사실에 못을 박았다.

「그것은 곧, 도마뱀의 몸빛깔이 열두 번 변하면, 그것이 하루가 된다는 말일지도 모른다.」

그러나 슬프게도, 그의 생각은 여기서 조금도 진전할 수가 없었다. 그는 논리적인 사고는 할 수가 없었다. 그는 어느편인가 하면, 충동적이고, 직관적이며, 그의 아버지와는 달리, 다분히 운문적이었다. 도마뱀의 변화는 거기까지뿐이었다. 그래서 그는, 상상력의 빈곤을 느꼈다. 그는 무척 초조해져, 조용히 앉았지도 누웠지도 못하고, 서성서성 사라쌍수를 돌았다. 그러면서 할 수 있는 일이란, 아버지였던 노인의 얘기를 반복해 음미해 보는 일이고, 밤엔 대사성좌를 막연히 올려다보는 일이었다.

「아니 그까짓 도마뱀의 변색이 무슨 의미가 있단 말이야.」 그는 포기도 했다. 「나는 아마, 무척 외롭고 지루한 게다.」 탄식도 했다. 「허지만 서둘 일도 아냐.」 위로도 했다.

「어쨌든 서둘 일은 아니라구. 헌데 그렇다면, 그렇다면 그 열두 변색은 무엇이 일으키는가.」

그리고 그 의문은, 그에게 조금 희망을 주었다. 그 해답은 금방 얻을 수 있었던 것이고, 그것은, 그 도마뱀의 의미의 탐구에 있어, 한 꼬투리를 잡을 수 있게 하는 것일지도 모른다는, 막연한 믿음을 그에게 주었던 것이다. 「나는 아마, 무척 외롭고 지루한 게다.」 사복은 웃음이 만들어지지 않은 냉소를, 자신에게 한번 덮어 씌웠다.

「변색을 일으키는 것이야 그것의 몸이지 뭐겠냐.」

이것이 그 해답이었다. 그리고 사복은 좀 비약했다.

「허지만 색깔은, 분명히 몸은 아니다.」

그때도 사복은, 냉소를 자기에게 덮어 씌웠다. 「나는 아마, 무척 외롭고 지루한 게다.」 그러나 그 부정으로부터 사복은, 막연하게 흩어져 있었던 지식의 조각들이나, 상념들을, 조금은 질서 있게 조립해 나갈 수가 있었다.

「허긴, 색깔이란, 용(用)이지 체(體)는 아니다.」

사라쌍수 밑둥에 사복은, 다시 태극좌로 앉았다. 물론 아직 그는, 태극좌가 주는 비약은 체험하진 못했지만, 그것이 지구력을 갖게 하는 좌법이라는 건 알고 있었다.

「아 그래, 용이지 체는 아니다.」 사복은 반복했다. 「그래 그건. 헌데 아마도 용이란, 붙들기 어려우며, 그건 너무도 미묘하다. 나는 서른살까지 살았지만, 그럼에도 정작으론, 내 것인데도, 내 심상의 한끝도 정확하겐 붙들질 못했던 것이 아닌가. 허지만 체도 물론 변한다. 그래서 처음에 붙든 체가, 다음엔 생판 딴 것이 될 수도 있다.」 사복은 여기서 좀 웃었다. 「아 난, 그러구 보니 다시 용을 생각하고 있군. 그래, 그 변화는 역시 용이다. 그러니 용을 뺀다면, 체란 언제나 일정할지도 모른다.」 여기서 사복은 다시 좀 웃었다. 「어쩌면 체나 용은 결국에 가서 같은 것일지도 모르겠다. 허지만 시작에 있어서, 그래 그 어느것 하나를 온전히 붙들 수 있다면, 그 나머지도 온전히 붙들게 될 수 있을지도 모른다.」 사복은 다시 조금 웃었다. 「그런 경우, 아마도 역시, 만질 수도 있고, 맡을 수도 있고, 볼 수도 있고, 들을 수도 있고, 맛볼 수도 있는, 체를 택한다는 것은, 보다 쉽게 할지도 모른다. 물론 그 모두, 용이지 체는 아닐지 모르지만, 어쨌든 체란, 용보다 이해하기 쉬울지 모른다.」

사복은 우선 체를 택했다.

그런 다음, 그는, 그 도마뱀을, 전체로써, 그 몸이 몇이나 되는지를, 면밀히 열검(閱檢)하기 시작했다, 그리고 확실하게, 전체로써, 도마뱀의 몸은 하나다라는 것을 인정할 수 있기까지는, 사복으로선 몰랐지만, 다시 몇 개의 동이 터왔다. 몸은 하나였다.

그런 식으로, 눈은 둘이며, 다리는 넷이고, 그리고 마지막으로, 그것의 발가락은 모두 스무 개라는 것을 믿을 수 있었을 땐, 얼마나 낮밤이 쉤는 지를 도마뱀은 물론, 사라쌍수까지 몰랐으니, 그 본인으로선 더욱 몰랐다. 그 동안에, 비도 몇 번 왔고, 송아지도 몇 마리 더 불었고, 거미줄에 걸리듯, 행여자들 몇이 주저앉기도 했고, 완전히 망우수 열매가 되어 뿌리속으로 스며든 사람도 두엇 있었다.

그러한 점검을 완전히 수행했을 때, 사복은, 오랜 만에 지극히 평안한 마음을 얻고, 산록을 옷 입힌 들로 달려가, 송아지 딸린 암소의 젖을 한 통 빨고, 그리고 포도송이도 좀 따서 씹기도 하고, 모으기도 해서 돌아와 그날 밤은, 도마뱀을 목 밑에 누이고 푹 잤다. 굉장히 거북할 정도로 뱃 속이 차 있었지만, 그날 밤만은 아무런 이물감도 그는 느끼지 않았다. 그 리고 그날 밤 이후부터, 그는 뱃속의 이물감 같은 건 거의 느끼지 않게 되었다.

몇 날 며칠을 잤는진 모르지만, 그가 깨었을 땐, 무척 신선한 아침이었 다. 안개도 걷혀 있었고, 새로 핀 꽃송이들은 그의 몸 둘레에서 반짝이고 있었다.

사복은 우선 기지개를 한번 크게 하곤, 따라 쌓아놓은 포도더미에 여우 처럼 입술을 박더니, 되는 대로 즙만 짜내다 퍼렇게 물든 입술로 웃었다. 그리곤 사랑하는 친구를 찾다 없으니, 첨벙 호수 속으로 뛰어들었다. 그러 자 일시에 호수의 처녀가 깨어져, 붉은 꽃들을 흩뜨려댔다. 아무도 이 여 윈 물돼지 같은 사내의 노략질을 탓하는 자도, 고개 젓는 자도 없었다. 그는, 호수의 가운데로 가운데로, 물장구를 첨벙 첨벙 치며 들어갔다. 그 러면서 마구 꽃을 흩뜨리고, 꽃의 목을 끊고, 열매를 대궁째 씹다 돌아왔 다.

그로부터의 사복의 일은, 자기의 분석과 점검을 종합하는 일이었다. 종 합 없는 점검들은, 그의 머릿속에 퇴적해 있던 문자들 모양, 재료에 불과 했고, 그것은 도마뱀은 아니었다. 하지만 사복은, 분석보다는 종합이 더 어렵다는 것을 깨달아야 되었다. 하기야 그러한 종합으로서의 산 도마뱀 이, 그의 발등 위에 죽치고 엎드려 있지만, 그것은 용과 체의 조화덩어리라서, 사복으로 하여금 다시 원점으로 돌아가게 하기에 알맞았을 뿐임으로, 사복은, 그녀를 관심에 두지 않기로 했다.

헌데 그러한 일은 아무래도, 머릿속에서만 할 수는 없는 것처럼 사복에게 느껴졌다. 가령, 고누 같은 간단한 놀이만을 두고 생각하더라도, 그림 없이 머릿속에서만 둔다면, 세 번의 행마도 다 못해 혼란이 빚어지는 형편이므로, 그래서 사복은, 그 점점의 한 토막 한 토막을, 실제로 빚어낸 뒤, 그것들을 제자리에다 박아넣는 방법으로, 그 종합의 완전을 기하려 했다. 그래서 그는 우선 물이 둔덕을 기어오르는 그 부분에서, 찰흙을 한 덩이 떼어내, 그 일을 시작했다. 우선, 실제의 도마뱀보다는 수십 배나 크지만, 그것의 몸만을 근사하게 빚었다. 그리고 그건 양지에 두어 마르게 했다. 「이 부분은 머리고, 이 부분은 너의 몸뚱이고, 이 부분은 너의 꼬리다. 부분으론 물론 세 부분이지만, 그러나 이것은 하나다.」 다음으론 찰흙을 조금 떼어, 두 손바닥에 굴려선 새알 같은 모양을 둘 만들었다. 그것은 그래선, 그 흙도마뱀의 머리에다 적당한 간격으로 붙였다. 「이것은 너의 눈이고, 둘이지만, 그러나 하나 속의 둘이다.」 그 다음으론 네 개의 짧은 다리와, 스무 개의 발가락을, 다음은, 이십사열의 비늘과, 다섯의 세로줄과, 측면의 띠까지도 만들었다. 그래서 그것은 햇볕 아래서 태어나고 있었다.

그러나 다 만들고 났을 때, 사복은, 코를 썩썩 불고 가슴을 들먹들먹하더니, 벌떡 일어나, 한 뒤꿈치에 내려 쩍어 그것을 부숴 버리고 말았다. 「젠장, 난 무슨 헛짓을 했단 말이냐, 이게 그래서 무슨 뜻이 있단 말이냐, 차라리 산 놈을 한 마리 죽여 느려 말리고 보는 쪽이 훨씬 낫겠다.」 그리고 사복은, 사라쌍수 뿌리에 머리를 얹고 누워, 눈을 지그시 감아 버렸다. 눈물이, 그의 눈꼬리로 흘러내렸다. 사라쌍수 뿌리가 갖는 넓이 속의 두 평은 적실 정도로 눈물은 흘러났다. 그의 암도마뱀은 그때, 그의 턱 밑에 엎드려서, 그의 떠는 목젖에 머리를 묻고 있었다.

사복은 그리고, 도마뱀에 향했던 그의 집념을 여의어 버린 듯, 슬픈 표정, 슬픈 미소로 며칠을 어정어정 더 살더니, 하루는 땅에다 글씨를 써 보기 시작했다. 그러다 그는, 그때는 울지 않고, 웃고, 그 글씨들을 손바닥으로 지워 버리고, 말았다. 지워 버린 글씨들은 몸은 하나〔體一〕라든가, 다리는 넷〔四足〕이라든가, 두 눈〔二目〕이라든가, 뭐 그런 것들이었다.

그러한 여러 시도들 뒤에, 결국 그가 깨달은 건, 그것은 문자나, 무슨 죽은 형상은 아닐지도 모르며, 어쩌면 그것은 어떤 수리 (數理)나, 또는 암

호(暗號)일지도 모른다는 것이었다. 「체(體)란 말을 바꾸면, 그것의 구조
(構造)인데, 그 구조는 어쩌면 수(數)다. 눈은 둘인데 하나 속의 둘이라든
가, 비늘은 이십사열이나 되는데도 하나 속에 포함된 이십사라는 것이 그
것인 것 같다. 그러나 나는, 그것의 의미를 읽을 수 없으므로, 그것은 그
냥 습호일 수밖에 없다.」라는 것이다.

그의 노력은 다시, 원점으로 돌아와 버린 느낌이었다. 거기서 그는, 아
무것도 생각하지도 못했고, 아무런 일도 하지 못했다. 그는, 「도마뱀은
신비스런 동물인 것 같긴 하지만 그것이 무슨 의미를 지녔는지는 아무리
해도 알 수가 없다.」고 단념까지도 했다. 그리고, 「어쩌다 뜻이 밝혀진다
더라도 나와 무슨 상관이 있을까.」 하고 자위도 했다. 그러다가 불현듯
생각이 치민 듯, 수를 가지고 자신과 다퉜다. 「발가락은 스물이다, 그렇
지만 그것도 하나 속의 스물이다. 색깔은 하루에 열두 번 변한다. 그렇
지만 그것도, 하루라는 또는 하나인 몸이라는, 그 하나 속의 열둘이다. 아
젠장, 이 추방당한 백성은 어떻게 자길 정리했는가. 그 뜻이 밝혀진다면,
나도 이렇게 외롭진 않는데, 그 뜻만 밝혀진다면, 정말이지 나도, 이렇게
만은 황폐하지 않는 건데.」

그는 새롭게, 다른 형태로 미치고 있었다. 그의 입술에선 수(數)가 늘
방울져 내리고, 지지지 끓고, 바삭바삭 탔다.

「그래, 하나다. 하나다, 아 하나다, 후후, 하나다, 하지만 젠장, 그것이
현빈의 가랭이서 물이라도 쏟게 한단 말이냐, 그러면 둘이다. 젠장, 둘이
다.」

그의 셈은, 도대체 진전이 없었다. 그는, 그의 말대로 습호만 남기고
있어, 그것이 원래 무슨 짐승이었는가를 판별하기 어렵게 변해져 버렸다.
스물넷의 갈비뼈와, 해골과, 삭정이가 다 된 뼈와, 그는 그런 것으로 이
뤄진 어떤 것이었다.

「눈은 둘이다. 몸뚱이는 세 부분으로 되어 있다. 다리는 넷이다. 등의
종선은 다섯이다, 변색은 열두 번 한다. 비늘은 이십사열이다. 그것들 그
런데, 모두 하나 속의 것들이다.」

사복은, 다시 시작하고 있었다. 다시 도마뱀 속에 빠져 죽을 듯이 내려
다보면, 이번엔 좀 다른 방법으로 접근하고 있었다. 그는, 도마뱀의 질
서를 읽는다는 것이, 자기의 질서를 가질 수 있을지도 모른다는, 의식의
심층엔 그 막연한 믿음을 갖곤 있었지만, 그 심층을 벗어나면, 그런 것은
그림자도 밀어뜨려지 않고 있어, 얼핏 보기엔, 그 일을 한다는 자체에서

구원을 얻고 있는 듯이도 보였다. 어쨌든 그런 그의 응시 아래서, 다시, 호수가 도마뱀으로 응축해져 들고, 고향의 산과 들이 우그러져 들었다. 그래서 그것들은, 체를 잃어버린 용만 남기기도 하고, 체만을 남기고 용은 스러지기도 하면서, 도마뱀도, 호수도, 그의 고향마을도 아닌 것으로 변해져 갔다.

「헌데 만약 그것들에서 하나를 빼낸다면, 그땐 그 숫자들은 몇씩이나 남는 걸까?」

사복은 다시 기술(記述)의 필요를 느끼게 되었다. 그것들은, 아무리 숫자가 작더라도, 고누처럼은 단순하지가 못했던 것이다. 왜냐하면, 그러한 숫자들에서 하나를 빼냈을 때, 그것들은 어디로 사라지고, 단 하나의 숫자도 남기질 안했던 것이다. 그것은 어쨌든 고누처럼 단순하지 않은 것이 확실했다.

「그러구 보니 문제는, 후훗, 그 하나를 푸는 데 있구나.」 사복은 좀 바보처럼 웃었다. 그리고 땅에, 그 하나의 표시로, 한 선을 그렸다. 그러나 다음 순간, 그 선은 다만 자기 하나밖엔 포함하지 못한다는 걸 알았다. 그때 그에게 한 상념이 떠올랐다. 그것은 그의 의식 속에다, 벌써 오래 전부터 그 그늘을 던져놓고 있었던 것이지만, 그 그늘이 현실적인 것으로 반영된 건 바로 그때였다. 그것은, 호수나, 그의 고향이나, 도마뱀을 단순화시켜서, 바로 그 자체로 본 것에서 비롯된 상념인데, 도마뱀이라는, 또는 마을이라는, 또는 호수라는, 바로 그것들을 둘레 자체가 그 하나의 이상한 의미를 해석해 주고 있는 것은 아닌가였다.

그래 사복은 그렸던 선을 지우고, 그 자리에다, 그의 상념을, 선이 아닌 다른 형식으로, 재현시켰다. 그것은 사복에게 무척 만족스러웠는데, 왜냐하면, 그것 속에다 모든 다른 수를, 포함시킬 수 있었기 때문이다. 허지만 다음의 일도 그렇게는 쉬운 일이 아니었다.

아뭏든 하루에도 오십 폭 이상이나 그렸다 지운, 수천 그림 중의 마지막 것은, 다음 그림과 같은 것인데, 그것은 흰 돌팍에다 숯검정으로 그린 것이었다.

헌데, 이 그림을 그리고 난 뒤 사복은, 평소와는 달리, 저으기 슬픈 눈으로 도마뱀을 내려다보며, 거의 확실치 않은 음성으로 그 그림을 조금 설명하곤, 호수 속에다 던져 넣어 버리고 말았다.

그는 우선, 양극(兩極)을 갖는, 바깥 큰 한 타원형에 대한 그의 생각을 피력했는데, 「나는 생각했기를, 생동하는 〈一〉(도면의 〈一〉)이란, 점이거

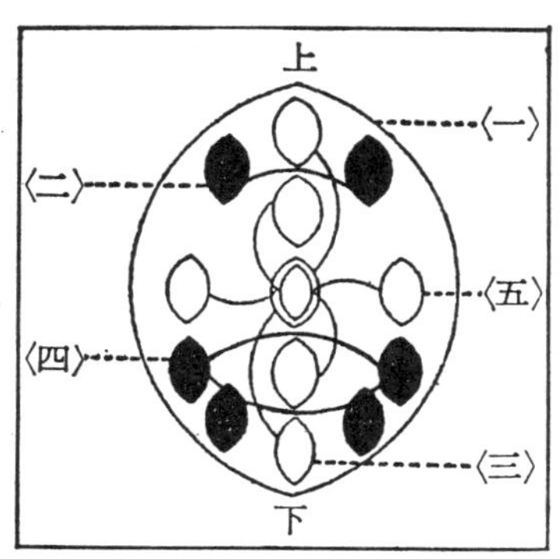

나, 그냥 곧은 선일 수는 없다고 했었다. 그리고 조금 망설인 끝에 나는, 호수라든가, 산이 둘러친 마을 같은 것을 염두에 두고, 〈一〉이란 원이지 않나 했었다. 그 원에 대한 해석은 좀 더 후에 떠올랐는데 그러고 보니 원에 대한 나의 상정은 조금 그럴 듯했다. 내 생각에 원이란, 뱀의 자취와 같은 궁형의 연속의 완성이라고 한 것이다. 그러나 나는 그것에 만족할 수가 없었는데, 그것은, 물론 원이란 완전한 것이어서 진행과 정지의 극치를 이루고 있는 건 사실이었으나, 그 극치에서의 분열이 불가능한 듯했기 때문에, 결국은 무의미로 전락되는 결과를 그 원에서 보았기 때문이다. 그것은 무척 공허하고 황폐한, 도대체 그 이상으론 발을 디뎌 넣을 수 없는 그런 것이었다. 그건 체인 것도, 용인 것도 아니었다. 나는 그것을 이미, 큰비암으로부터 보았던 것이다. 종국엔 시작도 끝도 없어져, 전체를 무로 썹어 삼키고 말았다. 그러한 무란 영원한 무였던 것이다. 그런 건 물론 있을 것이지만, 나의 탐구와는 전혀 별개의 것이었으므로, 나는 그것을 허원(虛圓)이라고 치부하고 나의 시선을 다른 데로 돌렸다. 그리고 나는, 태극선, 또는 궁형의 연속에서, 가장 원초적인 형태 하나와, 가장 완전한 형태 하나를 각각 취했다. 그때 나는, 원초적인 것은 궁극적인 것과 그 형태면에 있어서도 똑같은 것을 알았다. 그 둘은 똑같이, 반원까지가 채 못 된 초생달 모양이었다. 내가 만약 완전한 반원을 취할 수밖에 없었다면, 그것은 합쳐져 다시 허원이 되어 버렸을 것인데, 연속이나 진행이란, 완전한 미숙(未熟)에서밖에 가능되지 못했으므로, 나는 그 완전한 미숙을 취할 수 있었다. 완전한 반원은, 두 번의 진행에서 완전한 원이 된다는 의미에서, 그것은 미숙이 아니라 성숙의 상태였다. 그 완전한 미숙을 취한 뒤 나는, 조화라는 것의 속을 조금 짐작하기에 이르렀다. 조화란, 미

진한 듯한 그 미묘한 곳에서 이뤄지는 것이며, 그렇기에 우주는 멈추지 않
는 것이었다. 그래서 나는 뒤에 진실로 진정으로 완전하다는 것은, 허원
다운, 그 불모해져 버리는 완전이 아니라, 생멸이 영원히 갈아들 수 있는,
그 완전이라야 완성된 완전이라는 것을 알게 됐다. 그것을 설명하는, 이
양극을 갖는 원은, 그래서 진원(眞圓)으로 나타날 수 있었다. 어 원에는,
시작과 종말의 그 양극이 있고, 종말은 동시에 시작으로, 시작은 동시에
종말로 이어지는, 그 출산과 묘혈이 있다. 영겁을 두고 진행하고, 영겁을
두고 정지하고, 따라서 영겁을 두고 회귀한다, 그리고 그것의 한 극이 양
이 되면, 다른 한 극은 음이 되고, 그래서 그것은 음도 양도 아닌, 저 너
머의 것이나, 그 아래의 것으로 화한다. 이 경우, 저 너머의 것이나, 그
아래의 것은 그리고 똑같은 것일 뿐이다.」라는 것이었다. 그리고 세부적
인 주석으로 넘어갔는데, 그런 얘길 들으며, 어느 때나 마찬가지로 도마
뱀은, 무척 달콤한 낮잠 속으로 빠져들어갔다. 그녀도 늙고 있었다.
「그리고, 이 바깥 큰 진원 속에, 다른 작은 진원들이 들어 있음은 아마
도, 번거로운 설명을 피해도 알 수 있으리라. 큰 진원이나 작은 진원이나
그것은 결국 같은 것이다. 헌데 보아서 이상스럽겠는데, 이런 작은 진원
들엔 속이 비인 것과 채워진 것이 있다. 그것은 그러나 그렇게 중요한 뜻
이 있는 것은 아니고, 다만 편의상, 음과 양을 알아보기 쉽도록 구분해
놓은 것일 뿐이다. 이것은 방법일 뿐이며, 종국엔 어느 것 하나 음이나
양인 것은 없을 뿐이다. 그러므로 큰 진원의 흰 방을 염두에 두고, 그것이
양이니 음이니 할 필요는 없는데, 그것도 방을 검게 칠해 놓는다더라도 의
미가 변해지진 않는다. 그러나 그 경우 그 속에 들어야 될 다른 진원들의
관계를 나타내기 어렵게 되므로 그건 흰 대로 둬 둔 것이다. 어쨌든, 방을
메꾼 것이 비워져도 상관 없고, 빈 방을 메꿔도 상관 없다. 반복하지만, 그
건 설명을 간편화하기 위한 방법이고, 어떤 종국에 올라가보기 위한 사닥
다리일 뿐이다. 그 방들의 속에 또한 이 그림들이 들어가고, 그 속의 방
속에 또 들어간다. 억천만의 그림이 그 방들 속에 쌓이는 것이다. 이 큰
그림은 이 그림보다 더 큰 어떤 방 하나의 풍경이고, 이 방은 밖으로도
억천만 겹이 쌓인다. 어찌 되었든, 속이 빈 것을 편의상 나는, 양(陽)이라
고 했고, 채워진 걸 음(陰)이라고 했다. 나는 구태여, 태양(太陽)에 소음
(小陰)이 합쳐진 걸 양으로써 방이 빈 진원, 태음(太陰)과 소양(小陽)은 음
으로써 방이 채워진 진원이라곤 하지 않는다. 그건 번거로우며, 뜻을 더
구부러지게 할 뿐이지, 반복되지만, 종내는 같은 것이기 때문이다. 어쨌

든 그래서, (一)·(三)·(五)는 양이 되고, (二)·(四)는 음이 되었다.」
사복은 강석(講釋)을 펴는 동안, 좀 밝은 얼굴이 되었다.
「(一)은, 그 안의 작은 진원들을 빼고 나면 그냥 한 체에 머물 것이나,
그 속에 용(用)을 거느림으로써 용으로 변해진 그 무다. 나는, 체 안에 체
가, 용 안에 용이, 수수억만 겹 쌓일 수 있다는 것을 미리 말해 둬야겠다.
다음 (二)는, 너의 두 눈을 옮겨 놓은 것인데, 그것은 (一) 속에서는 용이
지만, 그 자체로서는 체에 머문다. (三)은 너의 몸의 세 부분을 나타낸
것인데, 그것 역시 (一) 속의 용이지만, 그 자체로서는 체에 머문다. 그리
고 그것은 아마도, 세월에 있어 세 부분을 담당하고 있다고 나는 생각할
수 있었다. 내일과, 오늘과, 어제의 세 몫이다. 그리고 (四)는, 너의 네
개의 다리로서, (一) 속의 용이지만, 그 자체로는 체에 머문다. 나는 그것
을, 사유(四維)와 사방(四方)의 의미로도 보았고, 또 화기(和氣)의 충만 상
태로도 보았다. 그래서 이 화기의 충만은, 다시 (一)을 낳게 될 것이다.
(五)가 그것이다. 그것은 너의 등의 다섯 종선을 도식화한 것이지만, 그
것은 다시 (一)이다. 이 (五)에서 다시, (一)의 모든 것을 성취해 버린 것
이다. (五)의 중앙의 방을 나는 황양(黃陽)이라고 했는데, 그것을 살펴보
면, 오계(五季)와, 오방(五方), 오유(五維), 오시(五時)가 모두 거기에 모여
있다. 그러니 그 중앙의 황양 하나만 남겨 놓고, 다른 그림은 모두 지워
도 같은 뜻으로 돌아온다. 그래서 (一)과 (五)는 같은 것이 되었다. 헌데
오계와 오방이란,——오유라는 것도 오방에 포함된 것이지만——옹기장이
였던 내 아버지의 생각을 나는 그대로 차용한 것이고, 오시(五時)란 나의
생각인데, 나는 세월이란 다섯의 얼굴을 가진 괴물이라고 생각한 것이다.
우선 과거·현재·미래가 있고, 그리고 그런 세월이란 가로줄의 모양이
고, 헌데 현재는 현재의 시간을 가지면서, 세로줄 형상의 두 시간을 동시
에 갖는 것이었다. 다시 말하면 현재의 시간은, 그 시간의 현재 속에, 가
장 작은 시간과 가장 큰 시간을 갖고 있었다. 가장 작은 시간이란, 매 찰
나의 전이 속에 끼이는, 그 시중(時中)을 말하며, 가장 큰 시간이란, 그
시간의 현재 속에 있으면서 동시에 모든 시간을 감싸고 있는, 그 우주적
시간을 말한다. 그것은 정지의 시간이며, 무의 시간이며, (一)과 같은 체
(體)의 시간이다. 헌데 그 체를 용으로 바꿔서, 과거·현재·미래의 제 시
간을 가능시키는 시간이 있는데, 그것은, 나의 아버지가 시중이라고 일컫
은 바의, 그 가장 작은 시간이 맡고 있다. 이렇게 해서, 시중에 대한 해
석은 서로 달라져 버렸다. 그러나 나는, 가장 큰 시간과 가장 작은 시간

은 같다고는 말하지 않는다. 그것은 같은 것이지만, 하나는 체이고, 하나
는 용이기 때문이고, 체가 용이 되고, 용이 체가 되었을 때 나타나는 것
은 과거·현재·미래의 시간들이기 때문이다. 그러므로 내가 할 수 있는
얘기란, 거기에 시간은 하나밖에 없거나 다섯이 있다는 이것이다. 이때
나는 다시 하나와 다섯은 똑같다라는 말을 할 수 있다.」
　사복은 목이 말랐던지, 모두어진 두 발등 위에서 잠든 도마뱀을, 바로
그녀 자신이 그려진 돌판 위에 누이곤, 개처럼 엎드려 목을 빼 늘이곤,
호수물을 빨아넣었다. 그런 뒤, 다시 도마뱀을 내려다보며, 무척 많이 계
속했다. 모든 생각들을 털어내 버릴 모양이었다.
「아참, 그러구 보니, 이 그림에서 한 마디의 설명을 나는 잊고 있었댔구
나. 어찌하여 이 그림들을 연결짓고 있는 선이, 직선이나 점선들이 아니
고, 궁선이냐 하는 점이다.」 사복은 그리고 좀 웃었다. 「그것은 체를 용
으로 바꾸기 위해서였다. 내 생각에, 점선은 단절의 연속 같았고, 직선은
체는 체라는 그 의미 없는 연결이거나, 또는 돌아올 수 없는 전진으로만
여겨졌던 것이다.」 사복은 다시 잔잔히 웃었다. 그러나 그땐 얼굴을 덮고
있던 빛은 좀 죽어들고 있었다. 「아마도,」 그는 한숨 쉬듯, 〈아마도〉를 쉬
어냈다. 「아마도, 세월을 좀 더 따지자면, 가령 나의 아버지처럼 따지자면
그건 한없을 것이다만, 나는 어쩐지 좀 피곤해졌다. 그리고 그렇게 한없
이 따질 필요도 없을 것이다만, 나는 너를 읽으면 그뿐이다.」 사복은 이
번엔 쓰게 웃었다. 「너를 읽으면 이런 결과가 나온다. 그러기 전에 생수
(生數)와, 성수(成數)라는 낱말의 의미부터 밝히는 것이 좋겠다. 생수란 나
의 도표에 표시된 바와 같은 그 전부의 숫자를 말하고, 성수란, 六으로부
터 그 이후의 모든 숫자를 다 일컫는데, 그 이유는, 一·二·三·四·五
의 생수에, 이 생수를 보탰을 때 이뤄진 숫자들이 六·七·千·億이 되기
때문이다.」 사복은 기를 어지간히 탕전해 버린 듯, 심호흡을 몇 번 했다.
그리고 이었다. 「내가 처음에 너의 몸의 생수를 다 보태봤더니, 十五라는
성수가 나타났었다. 뒤에 그리고, 나는 그것이 입춘에서 우수까지라든가,
소한에서 대한까지라든가 하는, 그 한절기들의 날수인 것을 알게 되었다.
그리고 그 절기라는 것은, 일년 속에 스물네 개가 있고, 그것은 너의 등의
이십사열의 비늘의 의미였다. 그러한 추단은 그렇게 어렵지 않았다. 그래
서, 十五라는 그 한 절기 한 절기의 스물네 개의 모임이 일년 삼백예순 날
의 날수를 만드는 것이다. 그리고 아마도 너의 열두 변색은, 너의 몸을
이룬 전체의 十五에서 시간에 있어서의 과거·현재·미래의 세 부분을 제

하고 난 열둘인 것 같았다. 과거·현재·미래란, 변색과 더불어 오는 것이지, 변색 없이 오는 것이 아니기 때문이다.」

사복은 여기서 말문을 닫고, 긴 침묵을 지켰다. 그의 눈은 전에 없이 퀭해져, 아무것도 보고 있지 않았다. 세월이 어떻게 되든, 그런 건 별로 사복이 개의치 않았던 것이지만, 그땐 해가 거의 하늘의 한가운데로 올라와, 모든 존재로 하여금, 가장 이기적이게 하고, 내향적이게 하고 있었다. 그 시각엔, 갈보까지도 자기의 그림자를 아끼는 때였다.

「그래서 나는 어쨌다는 것인가,」 오랜 후에 사복은 탄식처럼 한마디 했다. 그리고 또 좀 침묵을 지키다, 거의 우는 음성으로, 자기 설움을 토했다. 「어쩌면 나는, 어떤 할아비가 달력을 만들었을 때의 심정을, 조금은 이해할 수 있게 되었는진 모른다. 그래서 나는 어쨌다는 것이냐, 그러한 숫자들이 곡신의 안방에서 불알이라도 꺼내다 준다는 말이냐, 무슨 뜻이 내게 있단 말이냐,」

사복은 도대체 맥이 없이 중얼거리며, 자기의 그림이 그려진 돌판 위에서 잠든, 한뼘 길이의 그 암놈을 부드럽게 들어 올리더니, 그것의 목을, 오른손의 엄지와 다른 손가락 사이의 아귀에다 끼웠다. 그런 뒤, 아무 표정도 없이, 조금씩 조금씩, 두 손가락 사이의 아귀의 동그라미를 줄여 갔다.

「나도 새끼 갖고, 그리고 엉덩이 큰 계집의 볼기짝을 두들기며, 그렇게 살고만 싶은 것이다. 계집과 자며, 홍수처럼 사내를 쏟고, 그리고 이튿날은 보습에 묻은 녹이나 쓸어내고 싶고, 산모퉁이를 돌아가는 그 모든 풍족치 못한 농부들 모양, 굴비 한 마리 지겟가지에 매달고 싶을 뿐이다. 가난에 거칠어져 가시뭉터기 같은 마누라의 손바닥으로 등을 긁히고 싶은 것이고, 홍역에 죽어가는 자식놈 탓에 인색한 의원 무릎 위에 눈물도 흘리고 싶은 것이다. 목소리가 변해 가며, 마을처자들 댕기나 나꿔채다 돌아와 늦잠을 자는 아들놈이 꾀병을 앓아대는 꼴은 얼마나 흐뭇한 것이냐. 그래 그런 것은 얼마나 선하며, 좋은 것이냐. 그 아들이 마포 상복자락에다 눈물과 황토를 담아다 아비의 관을 덮어 주는 그 황토냄새는 또한 얼마나 좋을 것이냐. 썩을 수 있다는 건, 죽을 수 있다는 건, 흩어질 수 있다는 것은 정말 얼마나 좋은 일이냐,」

사복은 눈을 감고, 도마뱀이 이미 도마뱀이 아닌 것을, 되도록 멀리 호수를 향해 쏴 던졌다. 그것은 한 일년이나 걸리는 침묵을 건너서, 가볍고 부드러운 첨벙 소리를 한번, 사복의 귀에 전해 주었다.

사복은 그리고, 병든 것처럼 체머리를 썰레 썰레 흔들며, 뭔지 자기만
아는 소릴 씨부렸다. 그러더니 갑자기 무슨 광기가 휩쓸었던지, 미친 듯이
번들거리는 눈으로 그림이 그려진 돌팍을 내려다보더니, 그것도 머리 위
로 쳐들었다가, 될 수 있는 대로 멀리, 호수 가운데다 던져넣어 버렸다.
그건 무척 큰 소리를 내고, 물방울도 튀겨내더니, 나중엔 물뺑돌앰이나 되
어, 망우수 꽃 목을 조르며, 호반으로 여울져 왔다.
사복은 그리고, 사라쌍수 늘 자기의 머리를 받아 주었던 뿌리에, 오줌을
한번 뜨겁게 갈기고, 어정 어정 다시 한번 거기를 떠났다. 벗어 던져 두
었던 누덕진 윗도리도 다시 꿰었고, 감발도 메었고, 한번도 거기선 불어
본 적 없는 통소도 허리춤에 찔렀고, 바랑도 메었으니, 그는, 그 나무 아
래에, 자기 것은 아무것도 남겨두지 않았다. 그렇게 하는 것이 그의 방식
이었다.
가다가 그는, 소쿠리더미 사이에 누운 늙은 여자를 다시 한번 보게 되
었다. 그 여자는 노란 꽃 한송일 눈에 꽂고, 상태를 열어 놓은 뒤, 남자
를 여지껏도 유혹하고 있었다.
사복은 거기서 다시 감발을 풀었다.
그리고 사복이, 그녀의 노란 꽃 위에, 지친 혼을 뉘었을 때, 그녀는 소
쩍새가 되어 날아갔다.
해는, 하늘의 한가운데에 와 있었다.
사복은 그때, 번듯이 돌아누워, 노란 꽃 돋은 그 늙은 여자의 머리통을
받쳐들고, 그 꽃대궁을 통해, 그 눈속을 들여다보고 있었다.
「어머니, 아 어머니, 내 어머니,」
하늘의 어디서 소쩍새가 울었다. 그 울음은 그리고, 구름 한점도 없는
하늘의 꽉 찬 푸름 속을 건너와, 그 노란 꽃 대궁을 따라, 그 늙은 여자
의 해골 속으로 내려갔다.
「어머니, 아 어머니, 내 어머니,」
사복은, 그 소쩍새의 울음의 여운을 되씹어 보았다. 그러나 그러한 이
름은, 그의 기억에는 없는 것이었다. 해골 속으로 들어간 울음은 다시 나
오지 않았다. 그 대신, 그 노란 꽃이 그녀의 눈속에서, 그 울음 같은 날
개를 돋구더니, 하늘의 가운데로 나비처럼 날아 올라가 버렸다.
「어머니, 아 어머니, 내 어머니,」 사복은 그 떠올라가는 노란 꽃을 보며,
다시 소쩍새의 울음을 되씹었다. 그러며, 「아 너는, 그러구보니 해가 되
어 가고 있구나.」 했다. 사복의 음성은 달콤해서, 소쩍새 울음 같았다. 헌

테, 그 한 송이의 노란 꽃이, 태양의 한가운데로 가까와지자, 해가 가슴을
열었다. 그러자 순간, 해의 한 가운데에 암흑이 내다보이더니, 그 꽃이
그 속으로 스며들자, 해는 다시 노랗게 돌아왔다. 그런데 바로 그 순간,
사복의 눈엔 하늘도 땅도 다 사라져 보이지 않게 되고, 그 하늘에, 한 마
리의 도마뱀이 나타나 보였다. 그가 그렸다가 호수에 던져넣어 버린, 바로
그 도마뱀이, 진짜의 도마뱀으로 화신하여, 그 하늘을 꽉 메꿔 버린 것
이다.
「아 그러구 보니, 너는 죽지 않았구나,」 사복은 전율을 느끼면서도, 눈
한번 깜박이지 않고 그것을 응시했다. 「그러구 보니 너는, 오색찬란한 체
〈體〉였구나. 동의 청색, 남의 빨강색, 서의 백색, 북의 검정색, 오 저 중
앙의 저 신비스런 노란 방은,」
사복은 더 읊조리질 못했다. 그것은 체만이었던 것을 떠나고 있었다.
무엇의 작용이 있었던지, 사복으로썬 볼 수 없었지만, 그것은 용(用)으로
화하고 있었다. 그런 다음 그것에게서는, 어느 것이 체고, 어느 것이 용
인지, 알아 볼 수 없는, 진실로 질서롭고, 진실로 난마 같은 흐름이 시작
돼 버렸다.
그 체가 체가 아닌 체 속에서, 수수억만 마리의 뱀 같은 흐름이, 찰나
에도 억천만 자맥질을 하고, 억천만 소멸을 하고, 억천만 흥기를 했다.
그것은 아름다왔으며, 순전히 아름다왔으며, 또한 완전히 아름다왔다.
그러나 무엇의 작용이 있었던지, 사복으로썬 알 수 없었지만, 찰나에,
그 모든 흐름과 정지가 사라져 버리고, 그때 남은 건, 그리고 그것은 노
란 꽃이 몸을 태우고 들어간, 그 노란 방 하나뿐이었다.
「아 그러구 보니 나도, 한 송이, 노란 꽃이 되었구나.」 사복은 떠올려지고
있음을 느끼고, 그렇게 중얼거렸다. 「아 저 노란 방이 문을 열고, 그 속의
암흑을 내게 보이누나. 아 그러나, 그건 암흑 같지만 암흑은 아닌지도 모
르겠는데, 텅 빈 듯해 뵈지만, 또 꽉 찬 듯도 해 뵈고, 그러니, 후훗,」 사
복은 후후거리고 웃었다. 「그러니 말이지. 그래, 꽉 찬 듯도 하지만, 텅
비었으니, 그러니 말이지. 그래, 모든 게 멈춰 있는 듯하지만, 멈춰 있지
않고, 모든 게 멈출 수 없는 듯하지만, 멈춰 있으니, 그러니 말이지. 그
래, 뭐든 헝클어진 듯하지만, 간추려져 있고, 간추려진 듯하지만 헝클어
져 있으니, 그러니 말이지. 그래, 암컷인 듯하지만, 수컷이고, 수컷인 듯
하지만 암컷이니, 그러니 말이지. 후, 후, 훗.」
사복은 그리하여, 그 방 속으로 들어가 버렸다. 그리곤 촌놈처럼 킬킬

웃으며, 언젠가 한번 염통을 열어 보였던, 그 홍해의 염통 속을, 어름어름
돌아다녔다.

　　　큰밭 가운데. 짙은 새벽 안개. 큰비암. (큰비암은, 무슨 출산을 고
했던 듯. 피 묻은 금색을 뿌리께에 풀어헤쳐 놓고 있는데, 거기엔 숯
도 고추도 꿰어 있지 않아, 태어난 아이가 사낸지 계집앤지를 의문케
한다.) 벼락 맞고 죽은 나무. (그것은 묘혈 같은 것으로 거기 서 있
다.) 큰비암 아래 두 무덤. (그것은 부활을 기다리는 육신을 쌓아안
고 있는 듯하게 보인다.) 원숭이 늙은 것 같은 노파. (그녀는 벗은 몸
위에 남천익을 두르고, 두 무덤 가운데에 귀신처럼 끼여 앉아 오들오
들 떨고 있다.) 사내. (그는, 왼손엔 금모래가 흐르는 수정병을, 오
른손엔 얼룩뱀을 팔에 감고, 그 둘을 희롱하며 웃고 있다.) 마을 쪽
으로부터 들을 건너오며 부르는 여인의 노래 소리. 가까와 **온다**. 계
집애. 핏덩이.

　　개구나 개구나 장개가구나
　　바지가 없어 못가겄다

노　파　누가 노래를 부르느냐? 이 안개삼라 속을 뚫고 오는 저 노래는
어디서 오느냐? 시영산 약물 소리는 아니냐?
사　내　(대답은 없이, 노파를 향해 무섭게 웃으며, 그도 귀를 기울인다.)
　——노래 소리 가까와지며, 하얗게 옷 입은 계집애, 들꽃 한 다발을 들
고 나타난다.——
계집애　쭈쭈쭈쭈 쭈쭈쭈
　　헹의 바지 입구가제
사　내　(놀리던 뱀과 수정병을 가슴에 안고, 노파 곁에 앉으며, 몸을 숨
긴다.)
계집애　(노래를 계속하며, 벼락 맞고 죽은 나무 뿌리 위에 꽃묶음을 놓
더니, 큰비암 곁으로 춤추며 간다. 허지만 그녀의 눈엔 눈물이 샘처럼
어려 있다. 무덤 사이에 앉은 노파와 사내를 그녀는 못 본다. 큰비암께
다가가선, 피 묻은 금색을 주워 들더니, 그것을 **뭉쳐** 가슴에 한번 안아
보곤, 다시 벼락 맞은 나무 곁으로 간다.)
사　내　(미친 듯한 눈이 되어, 몸을 일으킨다.)

노 파 (머리를 푹 숙이고, 한숨을 쉰다.)

계집애 (금색의 한끝을 동그랗게 만들더니, **목**에다 걸고, 남은 끝을 흘
  리며, 벼락 맞은 나무를 오른다.)

사내와 노파 (말 없이 계집애를 바라보고 있다. 짐작할 수 없는 표정들
  이다.)

계집애 쭈쭈쭈쭈 쭈쭈쭈(노래하며, 나무의 가지가 나뉘어진 데 걸터앉아
  선, 금색의 늘여진 끝을 끌어올린다. 그리곤 그 끝을 그 가지에다 자기
  힘껏 맨다.) 부난이 없어 못가겄다. (노래하며 나뭇가지 위에 선다. 그
리곤 학처럼 한번 팔을 휘젓더니, 떨어져 내린다.)

사 내 (다 죽은 얼굴로, 뱀의 대가리를 노파의 눈에 흔들어 보인다.)

노 파 (역시 다 죽은 얼굴에 희미한 미소를 담고, 사내를 한참이나 올
  려보더니, 사타구니를 벌리고, 눈을 감는다.)

사 내 (뱀의 머리를, 노파의 음부 깊숙이 밀어 넣는다. 그러자 뱀은 몹
  시 싫어하며, 엉겁결에 더 안쪽으로 꿈틀거리며 파고든다. 사내의 표정
  은 도대체 종잡을 수가 없다.) 태어나지 마라, 죽는 것이 고통이니라.
  죽지 마라, 태어나는 것이 고통이니라.
  ──그런데 그때 어디서, 「말이 너무 길구나.」하고, **그** 사내를 책망하
  는 소리가 난다. ──

사 내 (놀라서 두리번거리다, 기쁘게 웃는다. 계집애가 죽으며 고통 탓
  에 쏟아 놓은 핏덩이가 계집애가 꺾어다 놓았던 들꽃 위에 누워 말하고
  있었다.) 아, 드디어, 사복이 자네였군. 보았나? 전생에 우리가 읽던
  경을 나르던 암소가, 늙어 호랑이가 되었기에, 장사를 지내던 중이라네.

핏덩이 (그의 말엔 대답이 없이, 자기를 낳은 계집애를 묵연히 올려다만
  보고 있다.)

사 내 (핏덩이께 달려와선, 자기의 저고리를 벗어, **수정병**과 함께 품에
  품는다.) 이 죽은 여아를 보게. 자네의 경독과(經讀果)가 아닌가.

핏덩이 (가볍게 한숨을 쉰다.)

사 내 아 보게, 어느덧 저 여아가 한 도마뱀이 되었군 그래. 따님의 자
  궁에서 어느덧 돌아왔네. 자네의 어미가 아닌가.

핏덩이 시상(時相)의 도착은 마음에 든다.

사 내 허엇츠쯧, 헌데 쯔츳, 다시 한번 더 목이 졸리는군. 아 저 괴로
  운 압살을 보게. 허지만 모두 둥근 고리에 **생명**을 걸었군. 거 모두 자
  궁으로 들어감이라. 오 이번엔 사다함과(斯陀含果)를 받았군. 아 보게,

저쪽 장거리를, 불쌍한 옌네를. 흐흐훗, 엿 한가락에 몸을 허락하고 있
잖은가. 허흠, 허구 보니 딴은, 그 태가 비었군. 아 이 도마뱀은, 그렇
네, 거기로 스며드는군. 어허웃츠쯔, 허지만 저 태락(胎落)이여, 오 그러
고 보니, 영겁의 땅에서 태어나겠네, 아나함과(阿那含果)를 얻었도다.

핏덩이 자네는 대체로 언제나 말이 많아.

사 내 허지만, 여성인 것의 지난(至難)함을 살펴보게, 여성인 것의 지복
(至福)함을. (사내는 한없이 씨부렸다. 심지어, 그 장터 엿장수의 접전
의 조상 얘기까지 했다.)

핏덩이 (사내가 가졌던 수정병을 빼앗아 들여다보며, 그 흐르는 금사실
에 정신을 뺏긴 척한다.)

사 내 억만아유다의 움직임이 멈춰 스러지지 않음이여, 시중임이여, 중
정임이여, 중극임이여, 현빈임이여, 곡신이 흘리는 액이 충만함이여.

핏덩이 이제는 자네가 죽게! (그리고 사내의 품에 팔을 뻗쳐올려, 사내
의 벌리고 떠벌이는 아가리에다, 금모래를 흘려넣는다. 그래도 그의 얘
기가 멈추질 않자, 그 두 개의 수정병으로 사내의 대가리의 숨골을 내리
치고, 또 내리친다.)

그러다 사복은, 그 염통을 벗어나와, 파도와, 소리와, 빛줄기가 스산한
고장으로 나왔다. 그리곤 다시 천천히 감발을 메고, 통소를 허리춤에 찌
르고, 바랑을 멘 뒤, 산의 동쪽을 향해 걷기 시작했다. 아홉 달이나 걸어
가며 그는, 옛날 얘기 뒤 마디만 하고, 입을 다물었다.
「언젠가 꿈에서 난 참, 어머니를 봤었구나. 그녀는 그런데, 일개미처럼,
아무 통로가 없었지. 그런가 했더니 아무런 막힘도 없었어. 그냥 개미였
구나, 그래, 여성도 남성도 아닌, 그냥 개미였었어. 그리고 나는 한 마리
의 일개미구나. 나는 어머니구나. 개미란 작용력(作用力)이 아니런가. 전
날의 그 개미는 그러니까, 그 골짜기에서 번뇌하던 것이 아니고, 작용했
던 것이 아니런가. 아 나는 어머니구나. 개미구나.」
사복은 그리고, 축축한 한숨을 한번 불어냈다. 그는 비로소 고향이라는
데를 찾아가 보려다 그런 것이다. 고향이라고 기억되는 곳이 그때 그에
겐, 어떤 후현이나 선재화된, 어느 장거리 풍경에 불과했고, 그것은 촉루
나 같은 것이었다. 아홉 달 걸었지만 그는 고향을 찾지 못했다.
가다가 그는, 그 장(場) 다음 장은, 산(山)의 동쪽(東)에서 열린다는, 목
교가장의 한가운데를 가로지른 그 장통에서…… 한 만삭된 거지 옌네가 목

교를 건너려다, 급작스런 산기로 목교를 안고 비트는 것을 보았다. 오래
잖아 엔네는, 꿀방울을 떨어뜨리듯, 핏덩이를 탁한 흐름 속에다 떨어뜨렸
는데, 그 꿀방울 같은 핏덩이가 그 흐름 속에 떨어지는 순간, 사복은 견
딜 수 없는 현기증을 느꼈고, 다음으론, 무슨 맹렬한 불길에라도 태워지
는 듯한 고통을 참아야 했다. 사실로 사복은 태워지고 있었다. 그리고 그
자신의 횃더미에서 사복이 일어났을 때, 그는, 오백년이나 육백년쯤을 더
살고도 남을 듯한, 그런, 활력에 넘치고 있었다. 그래서 그는, 그 애어미
와 그 핏덩이를 향해, 좀 들린 듯이, 씨부려 주곤, 옹기업을 해먹었던 아
비의 추억을 좇아 먼저 옹기점 있는 데로 갔다.
「여성인 것의 지난함이여, 여성인 것의 지복함이여.」

ॐ

노트

이 소설은, 나의 연작 〈却說이 日記〉 그 여섯번째 편이 되는 셈이지만,
이것은 그러나, 형식상 각설이 자신이 쓰는 일기는 아니므로, 〈却說이 日
記〉와는 별개의 것으로 분립시켰다. 첨언하면, 이것은, 그가 서른살이 되
었을 때까지의 그의 한 철을 涉閱한, 그의 傳記이다.

그런데 나는 이 전기를 포함한 〈却說이 日記〉 연작에서 하고 싶었던 얘
기와는 별도로, 이 전기를 포함한 〈却說이 日記〉 연작들이 갖는 시대적
배경이나, 이 전기의 구성에 대한 해명의 필요를 약간 느꼈다. 그것은,
나로선, 〈却說이 日記〉 연작을, 〈일종의〉 신화적인 것으로밖엔 가능시킬
수 없었기 때문에, 야기될, 어떤 종류의 오해를 고려치 않을 수 없기 때
문이다.

신화적으로밖에 가능시킬 수 없었다는 말은, 어느 한 시작에서 어느 한
종말에 걸치는 한 시대를 共時態에서 보았을 때 일어나는 현상 때문인데,
그때 그 한 시대는, 河圖나 洛書 같은, 암호만을 남기고, 그 저변에 길게
누운 時體로부터 유리되고, 그래선 그것 자체로써 폐쇄되어 버렸던 것이
다. 가령, 한 오십년에 걸친 한 시대를 통시태에서 본다면, 그것은 암호
같은 것으로 변해져야 될 이유는 없는 것이며, 문제가 되는 것은 좋은 보
습일 것이다. 그런 통시적인 한 시대란, 그 한 시대를 산 어떤 한 인물이
나, 집단의 눈과 체험을 통해, 또는 한 이대나 삼대쯤의 성숙을 통해, 그
시대를 분석하고 종합하는 것이 가능하며 그러면 독자는, 그 시대를 살지

않더라도 그 시대를 살 수 있게 된다. ——나는 〈살 수 있게 된다〉고 요약
했을 뿐이다. ——그리고 그러한 방법이란 확실히 고전적이다. 그러나 그
오십년을, 어떤 동시성의 축에서 볼 땐, 반복되지만, 時體 저쪽에 암호만
남게 된다. 그러면서 그 암호는, 그 오십년간의 한 시대만의 왕국인 것을
떠나며, 어떻게는 오초의 것으로도 응축되고, 어떻게는 오천년의 것으로
도 확대되는 공화국이 된다. 다시 다른 단어로 바꾸면, 그 암호란 바로
어떤 구조 그 자체인 것이다. ——『易經』은 그래서 아마도 그 암호, 또는
구조를 판독하려는 책인 것으로 내겐 이해되었다. ——어쨌든 이것은 확실
히 신화적이다. 그러나 그 암호, 또는 구조는 해석되어져야 하며, 그래서
약속되어 있을 의미를 캐어내야 되는 것이다. 이것이 내가 구태여 해명에
나선, 나의 〈却說이 日記〉 연작의 시대적 배경이 되고 있는 것인데, 어떤
한 시대 한 시대를 공시태에서 보는 것은 나의 방법이며, 그렇게 하는 것
이, 선도 악도 아닌 것에 접근될 수 있다고, 나는 믿은 것이다. 허지만
열두 가지의 고역을 치르고서야 올림포스에 닿은 헤라클레스를 염두에 둔
다면, 이 경우의 선이나 악은 똑같이, 그 열두 고역으로 변해진다는 것은
명백하다.

　이 전기의 주인공의 이름은, 『三國遺事』(下권, p. 235, 光文出版社. 〈世界古
典全集〉의 〈蛇福不言〉이라는 기사에서 빌었다. 첫째는, 이 주인공의 출생
의 전설과 잘 걸맞는 이름이었기 때문이고, 둘째는, 인과율에 대한 나대
로의 주석을 달지 않더라도, 그 점을 적절히 주석해 주는 바탕이 되었기
때문이다.

　이 전기의 제목이자 무대가 되고 있는 〈羑里〉——나는 사복의 출생지나
망우수 열매를 먹고 사는 족속의 땅(「오딧세이」 9장 참조)이나를 동시에 일
컫는 바이다——라는 곳은, 문왕이 귀양살이를 하며, 〈易〉을 완성했다는
곳의 이름이다(광문출판사, 易經, p. 31). 그리고 〈易〉이란, 도마뱀의 그림
글자라고 하며, 도마뱀은 十二虫이라고 한다고도 한다.

　이 전기 속의 도면의, 〈양극을 갖는 타원형〉은, 성배 전설과 관련된 'Fish
Symbolism'에서 그 형태의 암시를 받은 것이며, 사복의 거세 역시, 성배
전설과 관련된 'Fisher King'에게서 암시를 받은 것이다(제지 L. 웨스튼 著
『儀式에서 로맨스로』, Doubleday Anchor Books edition : 1957). 물론 이 전기 속

엔 한 사람의 어부도, 한 마리의 고기도 등장하진 않지만, 그러나 어부왕 전설이 갖는 모든 이미지가 이 소설을 가능시킨다. 웨스튼에 의하면 고기 (생선)란 생명의 상징(同書, p. 125)으로 되어 있다. (〈물의 요정 싸이렌은 생선의 가죽에서 태어났고, 인도의 비슈누神은 생선 아가리에서 태어〉난 건 알려진 얘기다.) 그런데 어부왕의 성불구로 그 왕의 땅이 황폐해졌다는 기사와(同書 중, 「영웅의 과제」) 연결지어 본다면, 고기=생명이란 남근과 밀접히 연결되어 있으며, 그러니까 왕의 성불구로 하여 황폐해진 땅이란, 여인의 擬地化라고 해야 할 것이다. 私人으로 환치할 때, 그 내용은 보다 명백해진다. 그러니까 대지는, 그 자체의 풍요함에도 불구하고, 황폐를 감수치 않으면 안 된다. 〈여자에 있어서 모든 점은 하나의 해결을 갖고 있는데, 그것은 임신이라고 부르는 것이다〉(朴俊澤 譯, 博英社刊, 『짜라투스트라는 이렇게 말하였다』, p. 72).

『아프리카 신화』(The Hamlyn Publishing Group 版)에 의하면, 남근이란 독 없는 뱀으로 상징되고, 또 이 뱀은 영겁회귀의 상징이 되고 있다. 다호메이의 게조왕 궁전에는, 제꼬리를 제가 물고 있는 둥근 뱀의 벽화가 있다는 데(同書, p. 38), 그것이 그것이다. 그러고 보면, 고기와 뱀과 남성기는 같은 것이고, 고기와 뱀은 형태면에 있어서도, 유선형이라고 불리는, 양극을 갖는 타원형이 되고 있다. 그러니 물과 대지는 여성이며, 자궁이라는 뜻을 갖는데, 고기는 물을 대지로 살고, 뱀은 대지를 물로 산다. 호수 속에 던져진 도마뱀과, 사복의 그림과, 「쿠마장」을 가로질러 흘러가는 개울에 빠뜨려진 핏덩이는, 그렇게 이어진다.

나의 주인공이 그린 도면은, 그 형태를 떠난다면, 전부 河圖나 洛書의 나대로의 재현이다. 그러나 나로선, 그 그림들의 의미는 잘 모른다.

시간에 있어서 五頭의 문제는, 아직 발표되지 않은 나의 장편 『요나서』의 주제가 되어 있기 때문에, 이 소설에선 요약으로 그쳤다. 그리고 'Fish Symbolism'은, 곧장 그것(『요나서』)에로 이어진다.

소설인 것을 최대한으로 가능시키려는 노력 때문에, 따님과, 시계공과, 사복은, 三代의 관계를 갖는 것으로 되었지만, 사복의 求道적 측면에서 볼 때, 거기엔 사복 하나만이 있어 온 걸로 된다. 그러니까 따님은, 사복 속의 〈여성적 경향〉, 시계공은 〈남성적 경향〉이 된다. 이때 사복의 거세는, 그 양자를 싸안게 하는, 제삼의 존재의 출산으로 화한다.

야담으로 전해진 원효의 득도를 나는 사복傳에 차용했다.

羑里揚 411

연금술사의 꿈

진   형   준

여성인 것의 지난함이여
여성인 것의 지복함이여——「羑里場」

　朴常隆의 소설을 비교적 논리적인 체계로 읽어내기는 어렵다. 그의 소설들이 체계적으로 되어 있지 않아서가 아니라 그의 소설들이, 그것들에 대한 논리적 체계의 구성을 끊임없이 거부하는 그런 체계로 완벽하게 이루어져 있기 때문이다. 그의 소설들은 그 소설들 자체의 완벽한 구조, 그러나 굳어 있음을 거부하는 완벽한 구조로서, 그 소설들에 대한 논리적 해명을 거부한다. 거기에 그의 소설 읽기의 어려움이 있다. 작가의 말을 빌어 이야기한다면 그의 소설 읽기는 그의 소설에 대한 논리적 해명 작업이라기보다는 차라리 암호 해독에 가깝다. 가장 좋은 방법은, 그의 소설들에 버금가는, 논리적 체계를 거부하는 또다른 체계적인 글을 쓰는 일이겠지만 그것은 물론 내 능력 훨씬 밖의 일이다. 그러니, 소설 쪽에서 들려오는 그게 아냐, 그게 아냐 하는 소리를 귓전에 담고서 더듬거리는 수밖에. 이 글은 그 더듬거림의 모습이다.
　그의 소설들은 신화적이다. 그러나 〈신화적이다〉라는 말은 그의 소설들이 〈신화적 영웅들의 이야기〉를 각색하여 옛날 이야기식으로 들려 주고 있다는 뜻이 아니다. 그가 「유리장」 끝의 노트에서 썼듯이 그의 소설들이 신화적이다라는 말은 〈어느 한 시작에서 어느 한 종말에 걸치는 한 시대를 共時態에서 보았다〉는 뜻이다. 그런 시각에서 시간은 앞으로 나아가는 것이 아니라 정지되기도 하고 역행하기도 한다. 아니 차라리 해체된다.

작가의 말을 그대로 인용해 보자.

그러나 그 오십 년을 어떤 동시성의 축에서 볼 땐 時體 저쪽에 暗號만 남게 된
다. 그러면서 그 暗號는 그 오십 년간의 한 시대만의 왕국인 것을 떠나며, 어떻
게는 오초의 것으로도 응축되고, 어떻게는 오천년의 것으로도 확대되는 공화국이
된다. 다시 다른 단어로 바꾸면, 그 暗號란 바로 어떤 構造 그 자체인 것이다.
——「易經」은 그래서 아마도 그 暗號, 또는 構造를 판독하려는 책인 것으로 내
겐 이해되었다——어쨌든 이것은 확실히 神話的이다. 그러나 그 暗號, 또는 構
造는 해석되어져야 하며, 그래서 약속되어 있을 의미를 캐내어야 한다. (「유리
장」에 관한 노트)

박상륭이 소설을 쓰는 이유는 바로 그 암호 혹은 구조——달리 말하면
삶, 혹은 세계의 어떤 본질이라고 해도 되겠다——를 판독하기 위해서이
다. 삶의 구조를 판독하고 그 본질을 낚겠다는 박상륭의 의도는, 그를 탈
역사적 공간에 위치시킨다. 그러나, 그것은 그의 의도일 뿐, 그가 낚으려
는 세계의 본질이라는 것은 박상륭이라는 한 역사적 사회적 인간과 관련
을 맺는 본질이다. 달리 말한다면, 그가 낚으려는 세계의 구조라는 것이,
그와는 혹은 우리와는 무관하게 객관적으로 존재하는 그런 구조는 아니다.
그 말은, 우리가 그의 소설을 읽으면서, 그의 작품에서 드러난, 혹은 그
가 낚아 올린 세계의 본질이라는 것이 어떠한 것인가를 밝혀내서, 우리의
또 하나의 교훈으로 삼는 데 힘쓸 필요가 없다는 뜻이다. 그가 판독해내
려는 세계의 본질이라는 것은, 그가 판독해내려는 세계의 본질일 뿐이다.
그 본질은, 객관적으로 존재하는 것이 아니라 그 본질을 낚으려는 추구의
과정에 있다면, 있다. 우리에게 보다 더 중요한 것은 그 과정이다. 논의의
편의를 위해서, 그 과정중에 그가 던진 질문이, 그리고 그가 택한 방법이
어떤 것인가를 보여 주는 문단을 인용하는 것으로부터 시작하기로 하자.

i) 나무 둥지와 잎은 어떻게 자기의 보이지 않는 뿌리를 인식할 수 있을까, 지
렁이는 땅속으로 기어들면 자기의 실체를 어떻게 수긍할 수 있을까?

(「2月 30日」)

ii) 이때 그는 두 가지 것을 결단하지 않으면 안 되었는데 그 하나는 자기를 유
형지로부터 귀환시키려는 노력을 용기 있게 포기해 버리는 일이고, 나머지는 자
기의 마을을 선언하는 일이다.   (「유리장」)

414

i)의 문단에서 읽을 수 있는 것은, 관념으로밖에 인식되지 않는 자신의 삶의 실체화의 욕구이다. 그것은 달리 표현하면, 인간 혹은 생명이라는 추상명사 속에 익명으로 함몰해 버린 한 개인이, 그 비개성적 익명성으로부터 탈출해서 자기의 정체성 *identity* 을 확인하려는 욕구이다. 그 욕구는, 개성적인 삶의 자기 회복, 혹은 구원의 욕구와 닿아 있다. 그 보이지 않는 실체에 대한 인식은 익명성으로부터의 탈출을 의미한다는 뜻에서 타인에 의해 이미 규정되어 있는 의미의 거부와 연결된다. 그 인식을 이루고 못 이루고는 오로지 나의 몫이다. 나와 타인과의 의도적 혹은 방법적 단절은 거기에서 온다. 「유리장」으로부터 추출해낸 인용문 ii)는, 그 소설의 주인공 蛇福이, 이 우주의 질서 밖으로 추방되어 이 우주의 기존의 질서와 완전한 棄絕을 이룬 후에 나오는 문단이다. 세계의 질서 밖으로 완전히 추방되었음을 정직하게 인식한 후에(그것은 일상적인 삶의 죽음을 의미하기도 하고, 코스모스 *cosmos* 로 보였던 세계가, 카오스 *chaos* 로 화했음을 의미하기도 한다), 취할 수 있는 가능한 두 방법을 인용문 ii)는 보여 준다. 하나는 그 추방된 유형지의 무질서를 그대로 수락하는 방법이고, 나머지는 그 수락한 무질서를 다시 질서화하는 방법이다. 그 두 방법 모두, 기존의 세계와의 완벽한 기절을 인정한다는 점, 다시 그리로 편입되기를 포기해 버린 자리에서 가능한 방법이라는 의미에서 기실은 한 가지이다. 그 길은 「유리장」에서 비교적 압축되어 나타났다가 『죽음의 한 硏究』에서 본격적으로 다루어지게 될 〈人神됨의 길〉이다. 태초에 혼돈 *chaos* 이었던 우주에 질서 *cosmos* 를 부여한 것이 창조주인 신이라면, 자신이 완벽한 혼돈 속에 있음을, 아니 자기 자신이 혼돈 그 자체임을 인식한 후, 다시 자기만의 질서 있는 마을을 세우겠다는 말은, 스스로가 神이 되겠다는 선포에 다름아니다. 스스로가 神이 되겠다는 것은, 우선은, 영원히 계속되는 듯한 이 우주의 흐름, 그 영겁 회귀의 밖에 자신을 위치시켜, 그 영겁 회귀를 하나의 객관적인 대상으로 객관적인 위치에서 바라보겠다는 의도에 다름아니다. 그 의도, 그 욕구가 바로 세계의 구조를, 그 암호를 해독하겠다는 욕구이다. 그 욕구가 시간의 해체와 이어진다. 즉 우주의 생성으로부터 소멸에 이르는 그 기나긴 세월을, 혹은 시간의 흐름, 즉 광활한 미래 속에서나 보장될 수 있는 영겁 회귀의 본체의 획득을, 축소시키고 공간화시켜 한 순간에 포착하고자 하는 욕구로 이어지면서 시간의 해체를 낳는 것이다. 그러나, 인간이 어떻게 신이 될 수 있을까? 유한한 존재인 인간이, 그 유한을 벗어 버리지 않는 한 무한에 이를 수 없다. 무

한자를 상정하고 그를 섬기는 일은 가능할지 몰라도, 스스로 신이 되겠다고 꿈꾸는 이상, 그 유한으로부터 벗어날 수 없다. 거기에서 〈人神됨의 고뇌〉가 생겨난다. 이 세상에 속한 유한한 존재인 인간이, 그 스스로의 내부의 무한을 꿈꾼다는 의미에서, 그 꿈은 이미 고뇌를 내포하고 있다. 그 꿈과 고뇌는 저 위대한 연금술사들의 꿈에 다름아니다. 무한을 유한 속에 담으려는 어찌 보면 터무니없는 그 욕구 말이다. 박상륭의 소설은 선적인 직관까지 가미된 그 연금술적인 노력을 보여 준다. 그의 소설 세계는, 인간의 유한함에의 집착을 버리고, 무한을 찾아 떠나는 혹은 그것만을 동경하는 모습을 그려내고 있는 것이 아니라 그 둘을 온전히 융합시키려는 노력쪽에 가 있으며, 인간의 지혜로써 인간의 번뇌를 깨우치려는 모습을 보여 준다기보다는, 이 글의 題詞에서 인용했듯이, 至難과 至福이 하나임을, 인간의 지혜와 번뇌가 한몸임을 끊임없이 보여 주고 있기 때문이다. 그가 꿈꾸는 人神은 인간들 위에 군림하여 이 세상의 질서를 다스리는 영웅적인 심판의 신이라기보다는 인간적인 욕망과 고뇌를 담고 있는 신이다. 그에게는, 추상적인, 실체의 확인의 노력이 포기된 채 섬겨지는 신의 모습도 거부되고, 인간만의 마을을 세우겠다는 욕구도 터무니없는 것으로 여겨진다. 우선 「뙤약볕」 연작부터 살펴보기로 하자.

모두 세 편으로 되어 있는 「뙤약볕」 연작중, 〈子正女〉라는 부제가 붙어 있는 「뙤약볕·3」을 제쳐놓고 읽는다면, 신을 상실한 인간의 비극, 자신이 신이 되려한 인간 시도의 어리석음을 보여 준다는 김현의 지적은 매우 타당한 듯이 보인다. 그러나 「뙤약볕」의 세계가 인간이 상실한 神, 이 현상계 너머에 존재하며, 그 神의 은총을 통하여서만 인간의 구원이 가능하다고 믿는 객관적 존재의 神의 회복에의 권유로 곧장 이어지지 않는다는 점에서, 기독교적 세계관의 주류와는 거리가 있음을 인정할 때, 그 지적은 부분적으로만 옳다. 차라리 神/人間의 단절을 전제로 한 후에 나타날 수 있는 가능한 태도, 즉, 神의 부재를 확인한 후에 인간만의 왕국을 세우려는 노력 및 그 단절을 고통스럽게 여기되, 그 단절을 여전히 인정하고 神을 人間의 구체적 삶의 밖에서만 찾으려는, 조금 도식적으로 표현하면 俗과 분리된 聖의 객관적 실체를 확인하려는 이원적 태도를 동시에 비판하고 있는 것처럼 내게는 보인다.

섬의 중앙에 「말〔言語〕」을 모시는 사당이 있고, 〈당굴〉이라 불리우는 말의 대행자가 사당지기의 역할을 맡아 사당 옆의 흙집에서 살고 있다. 그 당굴은 말도 사람도 아닌 그 가운데에 거하는 어떤 것이다. 당굴은 〈말의

입술이며, 섬의 혼령이며, 사람들의 한 의지(依支)이다.〉그는 말의 질서를
인간에게 전하여 그대로 따르게 한다. 그는 말에 속하지도 않고 인간에게
도 속하지 않는 중간존재이다. 당굴이 당굴로 존재하는 한 말과 인간 사이
의 직접 교통은 불가능하더라도 말과 사람들 사이의 먼 거리를 좁혀 주는
다리는 마련되어 있는 셈이다. 달리 말하면 그는 무당이고, 제사장이고,
말의 전령이다. 그런데, 그 어느 쪽에도 속할 수 없는 당굴이 인간의 편
에 서서 인간적으로 고뇌하는 데서부터 비극이 시작된다. 그가 말의 존재
의 신성불가침성을 믿음으로 획득하려는 노력을 포기하고, 〈말이란 우연의
自存者인가?〉아닌가를 탐구하면서 벽을 느끼기 시작한다. 말이, 그 이
전에 自存者로 여겨졌던 말이 회의의 대상이 되는 것이다. 그러나 그 고
뇌는 사실 인간의 편에서 본다면 정직한 고뇌일 수 있다. 정직한 고뇌일
수 있다는 말은, 당굴이 그 고민을 회피할 수 없는 지경에 이르도록 인간
과 말의 관계가 이미 어긋나 있다는 뜻이 된다. 당굴이 그런 고뇌 없이 말
의 전령으로 존재하려면, 인간들의 말에 대한 믿음과 신뢰가 전제되어야
한다. 그러나 「뙤약볕」의 마을 사람들은, 그들의 말에 대한 믿음을 당굴을
통해 확인한다기보다는, 즉 당굴을 자신들의 말에 대한 믿음의 확인자로
서 여긴다기보다는, 자신들을 대신해서 말을 만나는 존재로, 말에 대한 믿
음의 확인의 노력 자체까지도 자신들을 대신해서 해 주는 존재로 여긴다.
그들이 섬긴 것은 말이 아니라 말의 허상일 뿐이다. 당굴의 고뇌가, 그들
모두의 책임이면서 비극이고, 한편으로는 정직한 고뇌인 이유가 거기에
있다. 〈말〉의 존재에 대한 회의를 당굴에게 야기시킨 것은, 그들의 말에
대한 믿음의 거짓됨이라는 뜻에서 그 책임은 그들에게 있는 것이며, 한편
으로는 당굴이라는 허상을 통하여 말의 허상을 믿어 버리고, 고뇌조차 않
는 그들에 비해 〈말이란 무엇인가〉라고 고뇌하는 당굴의 고뇌는 정직한
것이 된다. 따라서 당굴의 죽음은 말의 죽음이라기보다는 말에 대한 거
짓 믿음의 죽음으로 보는 편이 옳으며, 그 이전에 숨겨져 왔던, 이미 있
어 왔던 말의 죽음의 드러남으로 보는 것이 옳다. 말의 죽음과 말의 허상
에 대한 믿음의 죽음의 역할을 당굴의 죽음이 암시한다면, 〈말이란 무엇
인가〉라고 고뇌하던 당굴의 또다른 모습은 「뙤약볕」의 점쇠를 통해 그대
로 살아남는다.
　어찌 되었건 그것이 허상이던 실상이던, 당굴로 대표되던 인간과 말 사이
의 다리가 끊긴 이후에, 말에 대한 믿음이 허위였음을 깨달은 인간이 택
할 수 있는 가능한 두 가지 방법, 즉 그 허위를 깨달은 것을 오히려 다행

으로 여기고 인간만의 새로운 왕국을 말이 없는 곳에서 찾으려는 노력과, 그 잃어버린 말의 실체를 다시 확인하려는 노력을 확연하게 대비시켜 보여 주는 것이 「뙤약볕·2」와 「뙤약볕·3」이다. 마지막 당굴이 죽은 후에, 질병과 죽음이 지배하는 마을을 떠나 신천지를 개척하려는 인간들과, 그래도 그 섬에 남아 말을 찾으려는 점쇠의 대비가 그것인데, 마을 사람들이 출발하는 날, 떠나기를 종용하는 점쇠의 형인 족장의 이야기와, 남기를 고집하는 점쇠의 이야기를 인용해 보자.

  i) 그렇지만 난 곧 생각을 바꾸었다. 〈말〉이 없다는 걸 알았을 때 난 새로운 가능성을 찾으려 했어. 밝은 쪽으로만 생각을 키웠단 말야. 〈말〉이 없으므로 어디에 의탁할 데가 없으므로 더 강해져야 한다고 말이다. 〔……〕 〈말〉이 있었을 때에도, 〈말〉이 없었던 것처럼 살았던 사람도 있었다. 거의가 그랬다. 〔……〕 사당을 헐어 버린 이후 나는 사는 동안만 살기엔 훨씬 좋은 세상이 될 것을 믿어 왔다. 〔……〕 결국 어느 때엔가는 비까지도 사람의 뜻대로 내리게 하려고 할 것이다. 씨뿌리듯 구름을 뿌리고, 수확하듯 구름을 거두어들일지도 모른단 말야. 우리가 찾는 새 천지란 그런 미래라는 말도 된다.   (「뙤약볕·2」, 상점 인용자)

  ii) 그럼 그 뒤엔 뭐가 있죠? 가령 새처럼 날을 수도 있고, 비도 마음대로 내리게 하고…… 다 상상 못 할 정도로 편리한 세상이 되고 난 뒤엔 어떻게 되죠? 〔……〕 사람은 톱이나 보습 같은 연장이거나, 소나 돼지 같은 짐승이 아니라는 점에 (저의 문제가) 있읍니다. 어떤 문제에 있어서도 사람은 제가끔의 생각〔理念〕을 가지며, 자기가 옳다고 주장합니다. 〔……〕 그때 싸움이 시작될 것입니다. 하지만 그것은 남의 밭이나 아내를 제 것으로 만들려는 그런 싸움과도 다릅니다. 〔……〕 자기가 좋고 옳다고 믿는 걸 다른 사람도 따라달라고 하는 외침이야말로 피를 흘리더라도 아름다운 것입니다. 그러나 그땐 형님의 새로운 〈말〉은 다시 한번 죽고 맙니다. 여러 생각을 한 생각으로 모을 순 없으니까요. 〔……〕 그땐 우리를 죽여 왔던 병보다도 더 지독한 병이 생길 겁니다. 〈말〉이 없기 때문입니다. 〈말〉——그것은 여러 생각 중에서도 으뜸인 것만이 뭉쳐서 된, 그것들 너머의 어떤 것입니다. 여러 생각이 서로 짓이겨져 찌꺼기는 떨어져 버리고 남은 맨 나중의 것이면서도, 모든 생각이 태어나오는 맨처음의 것입니다. 〔……〕 말이 사라진 것 같은 지금, 형님과 저 사이는 갈라져 있읍니다. 〔……〕 형님과 마찬가지로 저도 저대로의 미래가 있기 때문입니다. 그래서 저는 남으려는 것입니다. 〈말〉을 되찾으려는 겁니다.   (「뙤약볕·2」)

족장이나 점쇠나 말이 사라져 버렸다는 사실, 이제 더 이상 말이 존재하지 않는다는 사실에는 인식을 같이한다. 그러나 족장의 입장에서 볼 때, 말의 사라짐은, 오히려 그 말에 기대 왔던 많은 부분을 인간의 몫으로 되찾는 계기가 된다. 그리하여, 어디엔가에서 언젠가는, 인간의 힘만으로, 불안과 고통이 없는 인간들만의 유토피아를 건설할 수 있다는 믿음으로 이어진다. 그들이 찾아 떠난 신천지는, 인간의 질서가 말의 질서를 대신하고, 그 말의 질서에 버금가는 인간의 질서에의 믿음이 낳은 유토피아이다. 그때, 〈말〉을 믿어 온 것은 오히려 인간의 능력의 포기를 뜻하며, 〈말〉의 허상에 속아 온 것이 된다. 그 생각 속에 숨어 있는 것은 〈사는 동안만 살기〉라는 철저한 현세주의이다. 그가 꿈꾸는 미래는, 인간의 이성으로 지상에 건립할 수 있는 실증주의적·과학주의적 유토피아이다. 그것은 인간의 유한성의 체념적 수락이다.

그러나 점쇠는 그 뒤의 일을 묻는다. 그 물음은, 그렇게 유한으로 끝나는 인간의 삶을 통합해 줄 수 있는 원리에 대한 물음이다. 그 질문은, 〈인간은 어차피 죽게 되어 있지 않느냐〉는 엄연한 사실의 거부와 닿아 있다. 그 인간 조건의 거부가 점쇠에게 소중하게 여겨지는 것은, 〈말〉을 생각 않는 인간들만의 주장과 싸움은, 그것이 〈남의 밭이나 아내를 제 것으로 만들려는 그런 싸움〉과는 다른 싸움일지라도 결국에는 다른 주장을 죽이는 싸움이 되기 때문이다. 그 싸움 자체는 아름다운 것이지만, 그 싸움을 싸움이게 하면서 껴안는 보다 큰 원리가 없다면, 그것은 생성의 원리로 작용하지 못하고 파괴에서 그친다. 점쇠가 형을 만류하지 않고 떠나 보내는 것은, 말이 사라진 지금, 형과 자기 사이의 싸움을 융합해 줄 큰 원리가 사라졌다고 보기 때문이다. 그 싸움을 싸움이면서 싸움 아니게 하기 위해, 그는 〈말〉을 찾으려고 남는다. 그때 최고의 싸움은, 즉 가장 의미 있는 싸움은 〈말〉 있음과 〈말〉 없음 사이의 싸움이 된다.

그러나 그 둘의 사이는, 지나치게 간략하게 간추린다면 현세주의 / 초월주의의 대립을 표면상으로 하고 있지만, 어찌 보면 聖 / 俗의 이원적 세계관을 같이 드러내고 있다는 점에서, 똑같은 동전의 양면이라고 볼 수가 있다. 단지 전자는 그 단절에서, 〈말〉의 질서를 〈땅〉의 질서로 끌어내려 〈말〉의 존재 자체를 부정하고 있고, 후자는 〈땅〉의 질서를 뛰어넘는 객관적 〈말〉의 실체를 상징하고 있다는 것이 다를 뿐이다. 그 둘은, 강조가 어디에 있는가가 다를 뿐으로, 대립항의 한쪽을 다른 쪽보다 훨씬 중시한다는 의미에서는 공히 二元的인 태도이다. 그 두 태도에서 기인한 기도는 박상륭의 소설에서, 모두 무참히 패배한다. 신천지를 찾아 배를 타고 떠난 사람들은 새로운 땅을 찾지 못한 채, 서로를 죽이는 싸움 끝에 멸망해 간다. 〈형님도 이 종족의 존속을 생각지 않는다면 저처럼 남으려 할 겁니다〉라는 점쇠의 발언을 통해서 엿볼 수 있듯이, 〈말〉을 버린 종족들의, 종족 유지의 동물적인 본능의 파멸의 모습을 그것은 보여 준다. 〈말〉이 사라진 인간들은 자연이 가하는 〈현실적〉이고 〈육체적〉인 고통에, 서로에게 위해를 가하고 멸망하고 만다. 그 결말은 끔찍하다. 한편 섬에 남은 점쇠가, 헐어 버린 사당을 다시 짓고, 그 이전의 당굴처럼, 그 사당을 통해 〈말〉의 실체를 확인하려 하는 한, 그의 기도는 실패한다.

섬에 남은 점쇠의 행동의 방향은 둘로 압축된다. 하나는, 그가 섬에 남게 된 이유인, 〈말〉을 찾으려는 노력으로서의 무너진 사당을 다시 쌓는 행위이며, 다른 하나는 〈말〉을 찾는 행위와는 무관한 듯이 보이는 밭을 갈고 씨를 뿌리는 일상의 노동이다. 그 노동은, 남들이 버리고 떠난 섬, 그 대지에 다시 생명을 불어넣고, 그 숨결과 합하는 행위에 다름아니다. 편의상 몇 가지 중요한 모티프들을 요약하면 i)섬에 버려져 살아 남아 있던 누이와의 관계맺음; ii)누이의 살해; iii)사당의 파괴; iv)섬 전체에 불을 지르겠다는 결심 등이다.

누이와의 간음은, 정신분석학적인 근친 상간의 의미로 해석될 것이 아니라 관념의 〈말〉을, 대지와 무관하게 찾아헤매던 점쇠가 그래서 섬을, 그야말로 죽어 버린 땅으로 인식하던 점쇠가, 대지를 아내로 어머니로 하여 새로 태어날 준비를 갖추는 과정으로 이해해야 한다. 점쇠의 거듭남이 없이는, 그가 〈말〉을 찾으려는 욕구는 새로운 〈말〉을 세우려는 욕구로 이어지지 못하고 이제 사라진 〈말〉의 허상을 다시 찾으려는 헛된 노력에 불과하게 될 뿐이다. 누이와의 간음은, 섬 전체가, 그에게 자신의 음부를 드러낼 수 있게 하는 계기가 된다. 누이의 살해는 섬이, 누이라는 끈, 혹은 점쇠의 여자라는 관계에서 벗어나, 그 자체 하나의 대지모신으로 화하는 존재의 변환 과정에서 필요로 하는 하나의 代贖 행위이다. 그 행위를 통해, 점쇠는 창조가 지닌 그 통합의 사이클, 그 안에 필연적으로 들어 있는 우주적 파괴의 질서에 편입된다. 그 대속 행위를 통해서, 점쇠와 누이와 섬의 존재 변환이 이루어진다. 〈이제 보니 버마재비의 암컷은 그건 어쩌면 나였고 너는 아니었다 [……] 네가 나를 분만했구나〉라는 점쇠의 말을 통해 알 수 있듯이, 점쇠는 하나의 숫컷에서 암컷으로 화하며 (이 양성 (兩性)의 모티프는 「유리장」에서는 핵심으로 작용한다) 누이는, 나를 분만한 여인, 즉 풍요로운 대지모신으로 화하고, 그대로 섬으로 연결된다. 〈말〉을

찾던 점쇠의 지혜의 완성이나 그의 의식의 성장을 통해 말이 모습을 드러
낸 게 아니라 다시 태어남이라는 존재의 변환의 순간에 말이 모습을 드러
낸다. 그런 존재의 변환이 이루어지는 순간, 점쇠는, 〈말〉이란 〈말〉에의
집착으로써 얻어지는 것이 아니라, 이 대지가 내민 젖퉁이를 보듬고, 인간
이 인간의 영특함 때문에 스스로 버림받은 어떤 근원에 귀의하는 순간 모
습을 드러낸다는 것을 깨닫는다. 그 근원은 어머니의 자궁이다. 〈말〉은
분리된 관념이나 실체로 존재하는 것이 아니라, 대지의 숨결 속에 어디에
나 있다.

　　〔……〕난 새벽에, 두터운 껍질을 벗기우는 모진 아픔을 경험한 거야. 그래서
　너 죽었다. 수백 년이나 걸려, 이젠 집처럼 쌓여져 버린, 그렇지만 박락(剝落)되
　어져야 했던 모든 껍질을 대신해서 난 그 수 천년의 몰락으로부터 그 본래 자리
　로 한순간에 되돌아오는 현기증으로 무섭게 떨었다. 그러고 보니, 한때, 흑암에
　찼던 이 땅이 온전히 새롭게만 보인다. 묵고 거칠어지고 이지러진 껍질 속에 숨
　겨져 있었던 풍염한 젖퉁이가 드디어 열린 거야. 인간만이 볼 수 없었던 그리하
　여 스스로를 제외시켰던, 태고적인 그 어떤 숨결 같은 것이, 샘솟는 것을 되찾
　은 것이다. 그것이 바로 자정의 의지였다. 땅의 맥관을 타고, 줄기차지만 고요
　히 흘러온 작용력——그것이 어쩌면 내가 찾은 〈새로운 말〉이다. (「뙤약볕·3」)

　거기서 그는 우주의 미아가 아니라, 우주의 생성 및 파괴와 함께하는
우주라는 어머니의 품에 안긴 우주적 어린 아이가 된다. 아니, 그 자신이
바로 우주라는 어머니가 된다. 「뙤약볕·3」의 끝부분에서, 점쇠가 대지에
불을 놓기로 결심하는 것은 묶은 땅에 불을 놓아 그 땅을 순수하게 정화
시키겠다는 뜻만이 아니라, 대지와의 결합을 통해 풍요로운 결실을 기약
하는 의지의 표현이기도 하다. 그 불은 대지로부터 잡것을 몰아내겠다는
정화의 불의 의미를 넘어서 모순되는 것끼리의 성적인 결합의 결과 생겨
나는 다산성의 불까지 그 의미가 확장된다. 그 불은 뒤에 살펴볼 「유리
장」의 끝에도 나오는 연금술의 불이다. 그 불을 놓겠다고 결심하는 점쇠
에게서, 마을을 버리고 떠난 마을 사람들과, 환골탈태하기 이전의 점쇠는
그 이원적 대립성의 모습을 벗고, 하나로 합쳐진다. 점쇠가 대지에 심는
씨앗은 바로 그 불의 씨앗이다. 점쇠는 대지와 혼례한 남성, 대지가 낳
은 아들, 그 자신을 낳은 태고의 조상의 모습이면서, 대지모신 자체가 된
다. 그것은 바로 우주 자체이다.

「뙤약볕」 연작에 비해 훨씬 섬세하고 복합적인 구조와, 다양한 이미지로 치장을 하고 있는 「유리장」 역시 그런 연금술적인 노력의 연장선상에서 읽을 수 있다. 朴常隆은 독자의 이해를 돕기 위해, 작품의 뒤에 그에 관한 노트를 친절하게 달아놓았다. 그것을 요약하면, 아래와 같다.

i) 이 傳記의 주인공의 이름은 『三國遺事』의 「蛇福不言」이라는 기사에서 빌었다.

ii) 이 傳記의 제목이자 무대가 되고 있는 유리라는 곳은, 문왕이 귀양살이를 하며 〈易〉을 완성했다는 곳의 이름이다.

iii) 이 전기 속의 도면의 〈양극을 갖는 타원형〉은, 성배 전설과 관련된 〈Fish Symbolisme〉에서 암시를 받은 것이며, 사복의 거세 역시 성배 전설과 관련된 〈Fisher King〉에서 암시를 받은 것이다.

iv) 따님과 시계공과 사복은 三代의 관계를 갖는 것으로 되었지만, 사복의 求道的 측면에서 볼 때, 따님은 사복 속의 〈여성적 경향〉, 시계공은 〈남성적 경향〉이 된다.

「유리장」을 소설인 것으로 가능시키려고 한 사복의 〈傳記〉라고 일컬은 점이 특이하며 동서의 설화 및 신화에 대한 해박한 지식이 이 작품을 쓰는 데 동원되었음도 알 수가 있다. 심지어는, 요즘에 이르러서야 겨우 우리에게 친근해진 심리학적인 용어, 즉 남성 속의 〈남성적 경향〉, 〈여성적 경향〉이라는 용어까지 등장한다. 그것은 융의 아니무스와 아니마의 개념에 다름아니다. 그의 그 해박한 지식이 때로는 사변적으로, 때로는 격정적으로 그의 작품을 수놓고 있어 독자를 매우 당혹스럽게 하기도 한다. 그러나 찬찬히 살펴보면, 그 사변적인 지식들이 어설프게 자리를 잡고 있는 경우는 거의 없고 작품의 전체적 구성과 긴밀히 호흡하면서 완벽하게 녹아들어 있다.

위의 노트들에서 무엇보다 우리의 주목을 끄는 것은 네번째의 노트이다. 그 노트를 염두에 둘 때, 「유리장」을, 사복이라는 주인공에게서 있게 되는 남성성과 여성성의 대립·결합의 드라마로 읽을 수 있게 된다. 그 드라마는 사복이라는 한 남자 주인공의 남성적 편력의 드라마가 아니라, 사복이라는 한 개인 속에 내재한 모순되는 두 속성간의 긴장과 융화의 드라마이다. 달리 얘기하면, 사복의 求道 행각은, 공시적으로 이루어진 모순의 융합이라는 至高의 상태에 대한 소설적 표현(그것은 바로 시간적 표현인데)이라고 할 수 있다. 사복의 求道的 편력은 「뙤약볕」에서 점쇠가 〈말〉을 찾는 과정과 흡사하다. 그러나 「유리장」에서는, 종국에 하나로 합쳐질 대립

되는 요소들이, 남성/여성, 空/色, 谷神/玄牝, 俗神/贖神, 有限/無限, 완성/미완성, 삶/죽음, 영혼/육체, 고통/법열 등으로 훨씬 세분화되어 서로 얽힌 가운데 「뙤약볕」보다는 훨씬 복잡하게 파노라마처럼 펼쳐진다. 그 얽힘 관계를 자세히 살펴보기란, 너무나 섬세한 노력을 요구하는 작업이다. 그 작업을 단순화시키기 위하여, 도식적이라는 위험을 무릅쓰고 「유리장」을 간략하게 요약하면 아래와 같다.

 i) 사복의 출생; 그는 큰비암님의 아들로서 卵生이면서, 養父를 또한 갖고 있다.
 ii) 성년이 된 어느 날, 그는 무심코 개미와 얼룩뱀 한 마리를 죽인다.
 iii) 마을에 성년제가 있던 날, 그 얼룩뱀을 죽인 대가로 사복은 거세를 당하고 거세를 명한 사복의 할머니인 〈따님〉은 죽는다.
 iv) 사복은 마을을 결별하고 광야로 나간다. 속세와의 일차적 단절이다.
 v) 사복은 다시 돌아와, 시계공이며 옹기장이인 아버지의 설법을 듣는다. 그는 아버지를 살해한다.
 vi) 사복은 미쳐서 혼돈의 세계를 떠돈다. 세계와의 완전한 단절이면서 우주적 질서로부터의 일탈이다.
 vii) 자기만의 새로운 마을을 세우겠다고 결심한 사복은, 사라쌍수 아래서 도를 닦는다. 그리하여 〈完全한 未熟〉이라는 아버지와는 다른 질서를 강설한다. 그러나 그 질서를 스스로 깨닫는 순간 그는 그것을 팽개친다. 그리고는, 〈아 나는 어머니구나, 나는 개미구나〉하는 깨달음 속에서 새로이 태어난다. 그 새로이 태어나는 고통은 바로 맹렬한 불길에라도 태워지는 듯한 고통이다.

 간단히 요약한 것들을, 하나씩 설명하는 것으로 「유리장」의 해설을 대신하기로 하자.
 i) 사복의 출생은, 마치 예수나 모세처럼, 그의 아버지가 둘임을 보여준다. 아버지가 둘이라는 사실에서 첫번째로 확인할 수 있는 것은, 그가 바로 神의 아들이라는 사실이다. 다시 연금술적으로 이야기한다면, 그는 연금술사들이 달과 해를 결합시켜 알의 형태로 이 세상에 태어보낸 양성적 존재로서의 신의 아들이다. 그의 양성은, 이중의 의미에서의 양성이다. 그중 하나는 앞서 얘기한 대로 그의 안에 남성 여성이 함께 자리잡고 있다는 의미와 신성한 것과 인간적인 것이 동시에 들어 있음을 의미한다.

그는 求道의 길에 나서기 전부터 이미 운명적으로 하늘과 땅의 중재자이다. 다음에, 아버지가 동시에 둘일 수 있다는 것은 달리 표현하면 그가 두 번 태어났다는 의미로 해석할 수 있다. 두 번 태어났다는 것은 역으로 두 번 죽을 수 있다는 뜻이 되어, 그때 사복이 맞게 되는 죽음은 종말이 아니라 새로운 탄생을 위한 필연적 절차로 이해될 수 있다. 사복의 출생 내력은 그가 환골탈태를 이루게 될 유충으로서의 준비가 갖추어진 존재임을 이미 암시하고 있다.

ii) 성년제를 앞두고 그가 죽이는 개미와 뱀은, 뒤에 있게 될 그의 두 번의 세상과의 단절 및 죽음을 예비한다. 개미를 죽이는 것은, 俗世의 나, 일상의 나를 죽이는 것이고, 얼룩뱀을 죽이는 것은 육체의 성적 능력을 없애는 일이다. 역으로 본다면 사복의 육체적 남성성이 제거됨으로써 내면의 양성의 활성화가 이루어진다. 사복이 얼룩뱀을 죽이는 것은, 다음에 살펴볼 사복의 거세에 대한 암시이다.

여기서 잠시 〈뱀〉의 상징적 의미에 대해 살펴보기로 하자. 「유리장」 전편에서 가장 중요한 역할을 담당하는 상징 중의 하나가 바로 뱀이기 때문이다. 우선 주인공의 이름에 뱀 蛇자가 들어 있으며, 작가 자신이 노트에서 〈男根이란 독 없는 뱀으로 상징되고, 또 이 뱀은 영겁회귀의 상징이 되고 있다〉라고 쓰고 있기도 하다. 일차적으로 볼 때, 형태상 남성 성기의 모습을 연상시키는 뱀은, 그 자체 여인의 몸 안으로 파고 드는 남성 성기의 상징이 된다. 「유리장」의 서두는, 얼룩뱀과 한바탕 신나게 정사를 벌이는 〈따님〉에 대한 묘사로부터 시작된다. 사복이 죽이는 것은 바로 그 리비도적인 뱀이다. 그러나 뱀은 그러한 리비도적인 표상에서 그치지 않는다. 우선 뱀은 달과 동일시된다. 지하에서 깊은 잠을 자고 다시 나타나는 뱀은, 차고 이울고 사라졌다 다시 나타나는 달과 동일시되면서, 삶과 죽음의 반복처럼 여겨진다. 그때 작가가 노트에서 썼던 영겁 회귀의 상징으로서의 뱀이 나타난다. 자신의 꼬리를 물고 있는 뱀은 단순한 육신의 고리가 아니라 죽음과 삶의 물질적 변증법 그 자체이다. 자신의 꼬리를 물고 있는 뱀은 삶과 죽음이라는 건너뛸 수 없이 서로 단절되어 있는 듯이 보이는 것을, 죽음에서 나온 삶, 삶에서 나온 죽음식으로 끝없이 전위를 이루어 만나게 한다. 그때 뱀은 그 자체 뛰어난 모순의 융합의 상징이 된다.

한편 뱀은, 달과 동일시되는 여성적인 동물이면서 앞서 얘기한 남성 성기의 모양을 하고 있는 그 자체 음양이 결합되어 있는 다산성의 상징이 된다. 뱀은 음지의 동물이면서 그 안에 수많은 정액을 간직하고 있다. 사복이 뱀의 아들이면서 뱀인 것은, 그 자신이 자웅 동체임을 다시 한번 확인하게 해 준다. 그러나 뱀이 부여받고 있는 최고의 상징적 가치는, 그것이 지하의 동물임으로 해서 죽음과 시간의 비밀을 그 안에 지니고 있다는 사실이다. 죽음의 비밀을 지니고 있음으로 해서, 뱀은 미래의 지배자이고, 과거를 자신 안에 모아놓은 존재가 된다. 그 뱀은 생사의 비밀을 알고 있는 마술적인 동물이다. 그 뱀 안에는, 인류의 조상의 영속성이 미래와 결부되어 들어 있다. 그렇게 되면, 우주 전체가 바로 그 생성 소멸 가운데 위치한 거대한 뱀인지도 모르며, 「유리장」 전체의 구조가 한 마리의 뱀인지도 모른다. 뱀이 그 자체 모순의 융합이면서, 우주의 비밀을 알고 있는 자이고, 우주 자체이면서 시간의 비밀을 알고 있는 자라면, 「유리장」 자체가 모순의 융합의 장소인 연금술사의 용광로이면서, 그 자체가 우주의 비밀을 알아내려는 커다란 욕망의 덩어리이기 때문이다. 그 뱀을 먹는 자는 혜안을 획득한다. 사복이 죽인 뱀은 리비도적인 뱀이면서 다산성의 뱀이고, 그로 인해 대지의 상징이랄 수 있는 따님의 죽음이 있게 된다. 한편 〈따님〉이 섬기고 있으며 사복의 아버지로 되어 있는 큰비암님은 바로 우주의 비밀을 알고 있는 자, 아니 우주 자체이다. 사복의 얼룩뱀 살해는 결국 큰비암님의 죽음으로까지 이어진다.

　　〔……〕「땅은 태를 열고 씨앗을 받는다, 세월은 핏줄을 이어 그 씨앗에 피를 흘려 넣는다, 그리고 태어난 목숨은 유모가 풀어헤친 젖퉁이에서 젖을 빤다. 유모란, 따님(땅님)도 아니고, 세월을 땋는 님도 아니고, 그렇다고 하늘님도 아니지만, 그분은 어쨌든 하늘님이다. 그분은 따로따로 흩어진 외로운 목숨들을 서로 따라붙게〔親和〕 하는 님(力)인데, 따님과, 땋님과, 땁님(〈따라붙게〉〈따붙게〉〈땁게〉) 세 몸 일신이 큰비암님이다. 그리하여 따님께 씨앗을 던지는 건 이 큰비암님이고, 땋님께 현신하는 것도 이 큰비암님이고, 땁님께 작용하는 것도 이 큰비암님이다. 그리고 나는 그 세 따님의 큰비암의 딸로 점지되었던 것이라, 너의 아버지는 그 큰비암님의 인현(人現)이었고, 그는 날더러 늘, 〈따님아, 땋님아, 땁님아〉 하고 세 번씩 부른 뒤에…… 그래서 너를 낳았구나」〔……〕「헌데, 비암님은 죽고……」

「유리장」의 배경이 되고 있는 〈벼락은 나무에 걸친 큰비암〉이란, 바로 기존의 우주적 질서의 죽음이면서, 다시 태어날 새 질서의 상징이 되기도 한다. 혹은 그 배경 자체가, 기실은 「유리장」이라는 작품을 압축해 하나로

놓은 것이라고 말할 수도 있다. 나무는 죽은 듯하지만 소생을 그 안에 품고 있으며, 큰비암님은 사복을 이 세상에 내어놓지 않았는가. 〈따님〉이 죽음으로 해서, 그 따님, 땋님, 딸님의 새로운 중재자로 사복이 탄생하는 것이다. 〈따님〉의 죽음은, 따라서, 「뙤약볕」의 당굴의 죽음과 흡사하다. 그때 사복은, 따님이 내보낸(=이미 기울어진 달), 자기 속에 들어 있는 남녀 양성을 그대로 간직한, 자기의 배우자이며 「뙤약볕」의 점쇠와 비슷한 존재가 된다. 그 역시 남녀 양성임은 두말할 필요가 없다.

[……]사복의 홍수 같은 정수의 마지막 방울까지 취했을 때 따님은 자기로부터 떠나 버린 그 비암님과의 새로운 결연을 사복이라는 제삼자의 혈관을 통해 성취하고 그래서 그를 자기의 밖이 아니라 속으로 옮아오게 할 수 있었던 것이라고 조금은 믿었던 것이지만……

iii) 이야기가 중복되는 감이 있지만, 사복의 거세 역시 두 가지 방향에서의 해석이 가능하다. 거세는, 사복의 리비도, 육체적 욕망의 제거를 뜻함으로써, 영혼의 淨化의 의미를 떠기도 하며(작품에서는 마을로 상징되고 있는 속세와의 결별을 의미한다), 다른 한편으로는 새로운 탄생을 준비하기 위한, 필연적인 자기 훼손의 과정이라고 해석될 수도 있다. 또한 그것은 사복의 자웅 동체성을 완벽하게 해 주는 기능도 수행한다. 우선은 첫번째 해석의 의미가, 사복의 구도 과정에서 크게 부각되지만 달리 보면 그 해석은 부수적이다. 그런 해석만으로 그칠 수 있을 때란, 사복이, 대지를 박차고 날아오르는 존재, 이 속세를 떠나는 영웅신의 모습으로, 혹은 순수한 남성성의 보유자로서 그려졌을 때에만 가능한 일이다. 그러나 그러한 모습은 우리가 살펴본 사복의 모습과는 거리가 멀다. 사복의 거세는 달리 얘기하면, 사복의 예정되었던 한 번의 죽음이다. 실제로, 거세를 당한 후에 사복은 기절했다가 무덤 속에라도 들어갔다 나온 듯한 기분에서 깨어난다. 그것은 다시 한번 태어남이면서 존재의 변환을 의미한다. 자신의 존재가 변환을 경험했을 때 변한 것은 자기 자신이지만, 세상은 여전한 것이지만, 그 존재의 변환을 이룬 자에게 세상은 여전한 것일 수 없다. 그 존재의 변환은, 일차적으로는 세계와의 단절로 나타난다. 그러나 그 단절은 감수해야 할 단절이다. 아버지인 시계공은 사복에게 그 점을 가르쳐 준다.

아마도 **너는** 이 절단으로부터 어떤 통합 길을 찾게 될 것이다. 그 길은 분명히 있을 거고, 너는 지금부턴 이 세상 사람인 것을 일단 떠났다 돌아와라, 어쨌든 아무도 당해서는 안 될 이런 고통과 폐색을 당하고서도 평범해질 **수는** 도저히 없을 거고,

사복이 거세를 당하면서 뚜렷이 보았다는 따님의 얼굴에서 읽은 〈초혼 허나이다. 초혼허나이다〉라고 비는 모습은, 바로 그 사람인 것을 일단 떠**나는** 영혼의 여행의 모습을 다시 확인하게 해 준다.

iv) 사복의 방황은, 「뙤약볕」보다는 훨씬 섬세하게 그려져 있지만, 떠나온 마을을 완전히 잊지 못하면서, 즉 그 완벽한 〈棄絶을 온전히 승인 못하고서 새로운 질서를 찾는 모습이다. 그가 〈이 노망한 할망구야, 이 할망구야, 너 어디 있느냐」라고 부르짖는 것은 당연한 일이다. 그는 아직도, 완전한 환골탈태를 이루지 못했다. 달리 얘기하면 할멈과 한몸이 되지 못했다.

v) 사복은 방황 후 다시 돌아와서 아버지의 설법을 듣는다. 그는 그때 사복의 구도 편력에서의 스승이 된다. 그는 사복의 구도를 돕기는 하지만 완성을 시켜 주지는 못한다. 그는 우주는 바로 뱀의 모습이라는 것, 세상은 모두 윤회라는 것, 〈세월은 결코 어떤 막힘 없는 동굴에서 무궁무진하게 흘러나오다 사라져 영원히 되돌릴 수 없는 것이 아니고, 한 뱀의 머리와 꼬리만큼 길이의 무궁한 회귀라는 그 사실〉을 사복에게 들려 준다. 그러나 그는, 우주를 객관화시켜 그에 대해 한없이 설명을 늘어놓는 자로서의 한계를 지닌다. 그는 사복에게 가르침을 주지만, 사복이 추구해야 할 것, 時中이 어떠한 것인가에 대해 알려 주지만, 자신은 관념의 틀 안에 갇혀 정지되어 있다. 그는 〈여성인 것의 지난함이여, 여성인 것의 지복함이여〉라는 법어를 사복에게 남기지만 그 자신이 득도하지는 못한다. 그는 〈여성인 것의 지난함이여, 여성인 것의 지복함이여〉를 알고 있는 하나의 남성이었을 뿐이다. 사복이 그 아버지를 죽이는 것은, 닥치는 대로 극복해야 할 사람을 죽이라는 「臨濟錄」의 권유를 행하는 모습이면서, 시간의 파괴를 의미하기도 한다. 그 시간의 해체 후에 새로운 질서를 부여하지 않는 한, 영원한 혼돈만이 남는다. 아버지의 죽음은, 사복을, 이제 그 혼돈 속에서 온전히 홀로 새 질서를 부여해야 하는 자리에 위치시킨다.

vi) 사복의 본격적인 구도 편력이다. 다시 편의상 그 구도의 편력을 간추린다면, 가) 사복의 우주와의 완전한 단절의 깨달음. 그것은 달리 보면

기존의 우주 질서의 파괴이며, 시간의 해체이다. 사복의 득도를 위하여 시간의 해체는 필연적이다. 나)〈나는 나다〉라는 선언으로서의 자기 마음을 세우겠다는 결심. 그 결심의 순간, 그 이전에 온통 자신을 거부하던 세상에서 자그마한 누울 자리를 찾음. 다)〈완전한 未熟〉이라는, 아버지와는 다른 식의 우주의 이치의 깨달음. 우주의 순환에, 그 순환이 가져오는 정지로부터 벗어나기 위해 未熟이라는 생각을 끌어온다. 라) 자신이 깨달은 이치를 버리고 대지로 귀환. 그것은 이미 예정되어 있던 결말이다.

사복은 〈해도, 철도, 달도, 절기도, 날짜도, 조석도 세일 수도 없는 길을 슬픈 듯한 미소를 좀 물고〉 떠돈다. 그가 완전한 자기 자신으로 돌아오는 것은, 이 세상에 대한 자신의 변명 같은 것으로부터도 자유스러워지는 것은, 자신이 이 세상과 완전히 단절되어 있음을 깨달았을 때이다.

[······] 「그래서 이제야 나는 알았는데, 그것 또한 당연할 수밖에 없다고 나는 믿어야 되는데, 나는 그러구 보니, 따님에게서만이 아니라 딸님으로부터도 내쫓김을 받고 있었던 사내였다. 결국 이 뜻은, 남은 딸님으로부터도 버림을 받았다는 뜻이 아니겠느냐」

그 완전한 기절을 확인한 후에야, 그는 이 글의 앞부분에서 인용한, 〈나는 나다〉라는 선언을, 자기의 마을의 선언을 한다. 이제 나름대로 우주에 새로운 질서를 부여하는 일이 남았다. 그가 애초에 착수하는 방법은 아버지가 했던 방법과 흡사하다. 그것은 분석, 점검, 종합의 방법이다. 그는 〈원이란 완전한 것이어서 진행과 정지의 극치를 이루고 있는 건 사실이었으나, 그 극치에서의 분열이 불가능한 듯했기 때문에 결국은 무의미로 전락되는 결과를〉 그 원에서 보고는, 〈조화란 미진한 듯한 그 미묘한 곳에서 이뤄지는 것이며 그렇기에 우주는 멈추지 않는 것이었다. 그래서 나는 뒤에 진실로 진정으로 완전하다는 것은, 허원다운, 그 불모해져 버리는 완전이 아니라, 생멸이 영원히 갈아들 수 있는, 그 완전이라야 완성된 완전이라는 것을〉 알게 된다. 그 자체로도 중요한 의미를 띠는 시간에 있어서의 五頭의 문제 등이 사복의 입을 통해 강술되며, 하나의 우주적 형상을 사복은 이윽고 그려낸다. 그 모양은 양극을 갖는 타원형으로 되어 있는데 박상륭은 친절하게도 그 타원형이 고기와 뱀의 유선형과 관련이 있음을 밝히고 있다. 그렇다면, 유리장의 〈뱀〉은 〈물고기〉와 비슷한 상징떡 가치를 부여받고 있는 셈이 된다. 물고기는, 다른 물고기를 삼키는 배 (자궁)이면서, 그 자체 다른 것에게 먹히는, 그리고 바다라는 커다란 자궁 속에 들어 있는 존재이다. 물고기는 그 자신이 자신 안에 포함되어 있는 이중의 容器이다. 그것은, 우리가 「뙤약볕」에서 읽은, 대지모신의 轉位를 다시 한번 확인시켜 준다. 김현이 『죽음의 한 研究』에 대하여 그 작품의 핵심적 행위로 지적한 〈마른 늪에서의 고기 낚기〉는 말하자면, 이 우주를 삼키고 우주에 삼키우는, 인간 존재의 궁극성에의 도달의 욕구의 다른 표현이며, 박상륭 소설의 주인공이 신과 인간 사이의 중재자임을 다시 한번 확인시켜 주는 행위이다. 예수를, 십자가라는 미끼로, 홀로 바다의 괴물을 낚는 어부의 모습으로 묘사된 그림이 있듯이 박상륭 소설의 주인공은, 바로 그 예수의 모습과 동일시될 수 있다. 「유리장」에서 사복의 설법이 내포한 바의 내용이 작품의 주제 자체를 그대로 드러내 보여 주기도 하지만, 그 주제는 그렇게 하나의 결론으로 제시될 성질의 것은 아니다. 사복의 구도 편력에서는, 그것이 일단 설파된 이상, 그것은 다시 파괴되어야 한다. 그때 사복에게는 〈그래서 나는 어쨌다는 것인가. 어쩌면 나는 어떤 할아비가 달력을 만들었을 때의 심경을, 조금은 이해할 수 있게 되었는지 모른다. 그래서 나는 어쨌다는 것이냐〉 하는 의문이 생긴다. 조금 확대해서 생각한다면, 이 우주는 변화하는 원이다, 미완의 완성이다라고 정의내리는 순간, 우주는 그 정의의 틀에 갇혀 다시 정지된다. 세상은 돌고 돈다고 정의내리는 순간 그 돎 속에서 정지된다. 그때 사복은 다시 그가 떠났던 타원의 우주 속으로 들어온다. 그 모습은 일상 생활의 욕구, 애 낳고 기르며 평범하게 살고싶은 욕구로 표현된다. 그는, 자기가 도를 닦은 사라쌍수의 나무 그늘을 떠난다. 그것은 귀환 행위이다. 자기가 버렸던 대지를 〈어머니〉로 인식하는 순간, 그리고, 〈아 나는 어머니구나, 개미구나〉라고 인식하는 순간 하늘과 땅이 화합하고 體와 用은 하나가 된다.

〔……〕 사복은 더 읊조리질 못했다. 그것은 체만이었던 것을 떠나고 있었다. 무엇의 작용이 있었던지 사복으로선 볼 수 없었지만, 그것은 용(用)으로 화하고 있었다. 그런 다음 그것에게서는 어느 것이 체이고, 어느 것이 용인지, 알아 볼 수 없는, 진실로 질서롭고, 진실로 난마 같은 흐름이 시작되었다.

변하는 것과 불변인 것이 한 몸이 되면서 새로운 시간의 운행이 시작되는 순간이다. 사복은, 그때 열린 우주의 門, 그 자궁 속으로 들어가면서

읊조린다.

〔……〕 그러니 말이지, 그래. 꽉 찬 듯도 하지만 텅 비었으니, 그러니 말이지,
그래 모든 게 멈춰 있는 듯하지만 멈춰 있지 않고, 모든 게 멈출 수 없는 듯하지
만 멈춰 있으니, 그러니 말이지, 그래 뭐든 헝클어진 듯하지만 간추려져 있고,
간추려진 듯하지만 헝클어져 있으니. 그러니 말이지. 그래 암컷인 듯하지만 수
컷이고, 수컷인 듯하지만 암컷이니, 그러니 말이지. 후, 후, 훗,」

그 선적인 직관의 세계에서의 사복의 귀환은 우주로 들어감이요, 계집
과의 화합이요, 어머니의 자궁으로의 들어감이요, 대지로 들어감이요, 자
기에게로의 들어감이다. 아니 들어감이 나옴이요, 나옴이 들어감이니 그
건 들어감이면서 나옴이요, 나옴이면서 들어감이며, 사복은 애당초 나오
지 않으면서 나온 것이고 나오면서 나오지 않은 것인지도 모른다. 결국
그때에 죽음은 또 하나의 탄생으로 의미가 전도된다. 즉 어머니의 자궁으
로부터 나오는 행위인 탄생과, 대지의 자궁으로 들어가는 죽음은 같은 행
위가 된다. 단편 「늙은 개」의 늙은 시체실 청소부가 맞아들이는 죽음의
의식은 그 가치의 혼용을 훨씬 극명하게 보여 준다. 〈추하게 늙은 암캐가
한 시든 남근을 어중간하게 매달고〉라는 묘사에서 그가 사복과 마찬가지
로 자웅 동체로 화하는 모습을 우리는 엿볼 수 있는데, 〈그는 이제 구멍으
로 나가려는 것이었다〉라는 표현으로 그는 죽음을, 자웅 동체로서의 새로
운 탄생으로 맞이하는 것이다.
참고로 덧붙이는 것이지만 「유리장」의 뒷부분에 나오는 〈노파〉〈사내〉,
〈계집애〉〈핏덩이〉간의 야릇한 대화는, 길게 이야기로 이루어져 있는, 그
래서 다소간 시간적인 진행으로 읽게 마련인 작품 구조의 공간적인 압축
이다. 두말할 필요 없이 노파는 따님이고, 사내는 시계공이며, 계집애는
사복의 애를 뱄던 옌네이고, 핏덩이는 사복이다.

결국 사복은 자신 안에서, 남성다운 예지의 현현이랄 수 있는 시계공과,
큰비암님의 전갈하님(중재자)인 따님의 완벽한 결합이 된다. 다시 얘기하
지만, 그 결합이 이루어지는 용광로는 사복 자신이면서 우주라는 그 자궁
내에서이다. 〈무슨 맹렬한 불길에라도 태워지는 듯한 고통을 참아야 했
다〉라는 사복의 완전한 새로운 탄생 이전의 시련은 그 연금술적인 시련에

430

다름이 아니다. 연금술은 그 무엇보다도 불의 예술인 것이다. 사복은 그 자체 양이면서, 음이라는 용광로를 통해 음양의 결합의 결과 나오는 실체 같은 것이 된다. 그 결합은 그 안에 불화를 내포하고 있는 결합이다. 따라서 동적인 결합이다. 이쯤 오면 「유리장」을 사복의 求道 과정에 초점을 맞추어 통시적으로 읽을 필요는 없어진 셈이다(나는 편의상 그렇게 읽었지만). 사복은 연금술의 용광로 안에도 있고 밖에도 있다. 사복이 〈시간의 도착이 마음에 든다〉라고 이야기한 것은, 그가 스스로 이 세상의 모순들을 융합시켜 새로운 질서를 만들어내겠다는, 시간을 파괴하겠다는 연금술적인 욕구에 사로잡혀 있음을 의미하는 것이며, 그가 자신이 어머니이며 핏덩이이며, 개미라고 느꼈음은, 소설의 구조 자체 속에서, 혹은 우주 속에서 자신이 연금술사의 아들로 새로이 태어났음을 의미하는 것이기 때문이다. 어머니구나, 핏덩이구나, 개미구나 하는 깨달음에서 그는 스스로 시간의 파괴자이면서 시간의 파괴의 결과로 융합된다. 그것을 得道라고 표현한다면 그 득도는, 속세를 떠나 도를 깨우치는 모습과는 사뭇 다르다. 이런 비유가 허락된다면, 도를 닦으려고 멀리 떠난 의상의 모습보다는, 떠난 곳으로 다시 돌아온 원효의 득도의 모습을 그것은 하고 있다. 그가 돌아온 곳은 어머니의 자궁이면서 우주이면서 연금술의 용광로이면서 그 자신이기도 하다. 사복은 사복이면서 사복의 아버지이고 조상이고 아들이고 딸이다. 사복의 안에는 선조와 후손이 한데 어울려 산다. 그러니, 그는 떠났되 떠나지 않았고 돌아왔되 돌아오지 않은 것이 된다. 그 득도는 속세와 결별한 후, 짜라투스트라처럼 신이 되어 이 세상으로 내려오는 것이 아니라, 이 세상에 있으면서, 아니, 떠남과 안 떠남이 마찬가지라는 깨달음 속에서 이루어지는 득도이다. 박상륭의 연금술은 그렇게 완성된다. 그러나, 박상륭은, 이곳을 떠나 캐나다에 살고 있다. 하지만 그는 그의 소설들로써 우리 곁에 남아 있다. 떠남과 안 떠남의 한몸됨을 다시 맛보기 위해 전에 얼핏 보아넘긴 『죽음의 한 硏究』를 빨리, 찬찬히 읽어야겠다.

박상륭 소설집

열명길

제1판 제 1쇄   1986년 8월 1일
제1판 제16쇄   2025년 4월 23일

지 은 이 박상륭
펴 낸 이 이광호
펴 낸 곳 ㈜문학과지성사
등록번호 제1993-000098호
주   소 04034 서울 마포구 잔다리로7길 18(서교동 377-20)
전   화 02)338-7224
팩   스 02)323-4180(편집) 02)338-7221(영업)
전자우편 moonji@moonji.com
홈페이지 www.moonji.com

ⓒ 박상륭, 1986. Printed in Seoul, Korea

ISBN 89-320-0275-4